U0534723

好家伙

GOOD FELLAS

兰晓龙 著

人民文学出版社

图书在版编目（CIP）数据

好家伙/兰晓龙著. —北京：人民文学出版社，2016（2024.12重印）
ISBN 978-7-02-012108-3

Ⅰ.①好… Ⅱ.①兰… Ⅲ.①电视文学剧本—中国—当代 Ⅳ.①I235.2

中国版本图书馆 CIP 数据核字（2016）第 244384 号

选题策划	杨　柳
责任编辑	黄彦博
装帧设计	陶　雷
责任印制	王重艺

出版发行	人民文学出版社
社　　址	北京市朝内大街 166 号
邮政编码	100705

印　　刷	三河市中晟雅豪印务有限公司
经　　销	全国新华书店等
字　　数	683 千字
开　　本	710 毫米×1000 毫米　1/16
印　　张	36.5　插页 2
印　　数	14001—17000
版　　次	2018 年 1 月北京第 1 版
印　　次	2024 年 12 月第 5 次印刷
书　　号	978-7-02-012108-3
定　　价	72.00 元

如有印装质量问题,请与本社图书销售中心调换。电话:010-65233595

《好家伙》 人物表

芦焱
演员：张译

一个充满正义感和同情心的青年，无意中成为共产党的"种子"。无尽的追杀逃亡、爱恨情仇，从懵懂到明白，从混沌到透彻，善良犹在，信念更坚。

时光
演员：李晨

一个不知出处的人，屠先生塑造了他，要使他成为未来的自己。他冷静无畏、机敏果决，视人如草芥。所幸心底还残存着一丝温情，在最后一刻唤醒了良知。

青山
演员：杨新鸣

卑微掩护着忠诚，血肉之躯包裹着打不断的钢筋铁骨。肩负使命，他忍受了身心所有的苦与痛，向死而生。无论爱他恨他，都不能不慑服于他那不死的精神。

屠先生
演员：高捷

冷面，冷血，冷酷无情。一九二七年黑色的四月之后，他以极高的效率统合江湖帮会，建立暗流王国。人生最大的败笔，是失去了用心血培育的接班人时光。

芦之苇（若水）
演员：赵志君

老油条，老滑头，老谋深算。曾与屠先生同为党国重臣，失势后虽不能与之匹敌，但也不容小视。一切都在他的算计之中，两个儿子的道路，他却无法左右。

门闩
演员：王烈

时光的副手，他能告诉时光他想了解的一切，也向屠先生汇报时光的一切。他看透了时光心中的秘密，时光却不知道，这位多年的同僚，是一粒潜伏的种子。

双车
演员：王双宝

上海滩的一方老大，屠先生和时光手里的一根拨浪鼓。他从烈焰中救下芦焱一条命，只因为那天是他老娘的忌日。他想要混世界，可不想这世界是日本人的。

岳胜
演员：鲁诺

他从抗日战场上来，用生命保卫党的"种子"。芦焱身边任何危险的阴影都躲不过他的眼睛，而他就像一个没有影子的魔鬼，时刻给敌人致命的打击。

九宫
演员：张殿伦

时光的随从，沉默寡言，内心阴暗。喜欢酷刑，当然是用于别人；当刑法反施于己，他只能发出绝望的哀嚎。直到最后一刻，他的真实身份竟无人知晓。

小欠
演员：李培铭

欠记客店的小老板，若水的忠实亲信。千辛万苦，从遥远的西北荒原奔来上海，得到的却是精神的折磨和肉体的伤痛。最后时刻的觉醒，已不能拯救灵魂。

卞融
演员：瑛子

上海的傲娇小姐，阴差阳错，在荒凉的西北高原开始追逐叫花子般的芦焱。决心之大，攻势之猛，志在必得。两个人，究竟是为利而分，还是为情而合？

薛小家
演员：何杜娟

一个什么都不知道，只知道顺从的女人。不知道若水为什么娶她，不知道时光为什么救她，不知道南京已没有家，更不知道人心有多深，世界有多复杂。

一

上海，一九二七年四月十五日，四一二政变后第三天。

锅炉门轰然打开，白炽的火焰猎猎，它其实离芦焱很远，但在芦焱的眼里，像是他自己就在炉膛之内，火焰之中。

芦焱在发抖，这时候他可以尽管发抖，并不会显得丢人，因为他那些过于严谨的同志，还没有把他称为"同志"——芦焱今年二十二岁，宽裕家境使他比实际年龄显得年轻。现在，他正为少不更事、善良和热血付出代价——被绑在这里等死。

其实在这厂房一角被绑缚的人们中，他算是境遇最好的了，他是被绑得最松的一个，甚至还能用被绑在一起的双手抹抹脏污的眼眶。其他的大部分都是一些人形粽子，即使再没有一指的加害，他们中的很多也会窒息而死。

人们或奄奄一息，或默不发声，或念念有词，间或有几个人过来，工人的装束裹着帮会的举止，尽管都戴着白底黑字的工会袖标，但工人不会玩鼻烟壶和珐琅怀表。

"哪一个？"

通常连回答都省了，就挑最靠近他们脚边的一个。锅炉门被打开，白炽的火焰映着浓重如有实体的黑影，一个人形的粽子被填进去，锅炉门关上。没有惨叫，高温会在第一时间冲进张开的嘴里，连声道带呼吸器官一并烧毁。

芦焱早已不去看了，这个灰飞烟灭的程序他已经看了太多遍。他只是个跟着红色找激情、不小心被白刷子狠狠刷到的倒霉小子，他只管发抖，直到被人粗暴地踢了一脚。

"小子，"踢他的中年人有让人信任的脸，"掏我口袋。"

他是被反剪的，同一根绳索卡在喉结上，让他说话也难，但这是个多话的人。

中年人："我的左边……就是你的右边。小子你是不是左右都分不清才跑这儿来了？天，那是破洞不是口袋，你要掏什么？"

芦焱生气地看了他一瞬，因为他在家里一向是被玩笑的对象。

东西掏出来了，一个小纸包，里面是纽扣大小的一块东西，青不青，黄不黄。

中年人："送你啦。一个洋人送的，他说革命始自流血，而我不信。"见芦焱不知其所以然，他只好很无趣地揭晓，"毒药啦，小子。如果你不想被那样……"他停顿了一下,这一瞬锅炉门又一次打开,"……就可以这样。"他好像对自己说,"还有得选就不叫完蛋。"

芦焱沉默。没人搞得清这个毛头小子此时会想什么。他又去掏对方的口袋。

中年人:"没啦。如果周全到预备足够自杀的毒药,还会被算计?"他把自己从一个绝不可能舒服的姿势换到稍微舒服点的姿势,这让他看上去有些忧伤,"我害怕。"

说出害怕是一个底线,他越过了底线,所以他哭了。

中年人:"我怕,所以把它给你,这能让我壮胆。把自个儿先点着,就不怕他们把你塞那里边烧掉。"他踢了芦焱一脚,"小子,人本来就是万事的燃料,最好的和最坏的。"

芦焱正想说点什么,一支纳甘左轮的枪管把他的脑袋杵到一边去了。

戴着白底黑字的工会袖标的双车玩着自己刚到手的枪,他神情不定地打量所有人,还不大适应自己的身份。

有人跟他打招呼:"十五爷,在外头待烦啦?"

双车:"烦啦,来找个试枪的。"

他拿枪杵芦焱脑袋时已经挑中他了,他抓着绑在芦焱手上的绳子把他拖了起来,向双车问话的几个人也架起了那个中年人。

芦焱爆发了:"我拿了他东西!"

双车用枪柄打蒙了芦焱,把他的脖子夹在腋下。

芦焱在那只膀臂下窒息,他能看见那个中年人在通往锅炉的过程中露出一丝诡异的笑容,他全无挣扎,但在宣言。

"如果革命,成于公元一九二七年,那就,连中国的孙子,也要竖起大拇指。现在,他们要预备另一个手指头了。但是我不怕了!"

双车又给了芦焱一枪柄,于是那个笑容成了芦焱在这地狱里看到的最后景象。

双车把芦焱推得撞在墙上,拉到一个抵头射击的距离后却没有射击。他放下枪,再翻手时有了一把刀,他割断绳子。

双车:"滚吧,小子。打杂小厮多的是,你直接走出去,没人管。"

芦焱:"我拿了他的东西……"

双车:"我只不过瞧你最嫩,活出去也是个屁。"

芦焱:"我拿了他的命!"

双车便把枪掏了出来:"我妈死时说,她生了个坏种。可这坏种在她忌日这天总得做件好事。"他晃了晃枪示意芦焱走人,"感她的恩吧。"

芦焱犹豫一下:"我又不认得你妈!我欠他一条命!"

双车的表情变得又难看又复杂。他扣动了扳机。

两天后。上海街面已经清静,帮会和军警还在用小铲子和刷子清除前几天游行留下的标语痕迹,那些痕迹显示着中国曾进入过一个短暂的乐观时代。

一辆垃圾车过来了,穿着号衣的清道夫放下了车把,一副木呆的神情,第一个凑过去的家伙立刻掩住了鼻子:"妈的,粮车三天一趟,拉尸车一天三十趟!"

车里只有小半车的垃圾,芦焱以一个死人才有的僵硬姿势蜷曲在垃圾上,一双眼睛茫然瞪着天空。

在一个弄堂里,清道夫把车停下,拿起铜铃摇了几下,已经没人出来倒垃圾了,他做的事情仿佛只是出于惯性。

但在弄堂里的某个小门出现的人们就绝非惯性了:一小群四月的幸存者,现在是不打算活到五月的复仇者,无论是工是学,现在都是兵的神情。

清道夫开始传递他运送的真正内容:一支手枪、一支古老的单发后膛装填别旦式步枪,几束点火引爆的炸药是稀罕物,冷兵器中竟有十二磅铁锤和套筒式刺刀这样来路不明的东西。

年轻精壮的工人阿卯拿起那柄十二磅铁锤,看着芦焱的眼睛说:"这人不坏,死了还帮我们打掩护。"

清道夫不置可否:"谁知道?捡来的。"

阿卯向芦焱道歉:"没空埋你啦,反正我们随后就到。"

死人赧然,便坐起来复活了:"我……不麻烦了。"

人们讶然。阿卯举起锤子对着清道夫作势虚击。

清道夫:"捡来的啦。他自己跑来说他最会装死。游行时我见过,跑前跑后的可生猛。"又由衷赞叹,"他真是会装死。"

芦焱:"给我枪。"

阿卯取笑地:"哈!"

芦焱:"我要做点事——就不怕啦。"

这个大家倒同意,可枪是不能给他的,阿卯给了他一根尺半长的木条。

芦焱抗议:"他们把我们塞进锅炉烧,你们倒好,也给我木头。"

没人理他,因为每一个人都或多或少地经历了这样的事,也因为清道夫开始做他的战前动员。

清道夫:"大家听着,我们今天都死定了。因为我们要去杀屠先生——那个几天前还是国民党阵营里最得力的同志屠先生,现在,我们叫他阴谋家和叛徒屠先生。因为他,三天前这场屠杀的效率高了至少十倍。因为他的座右铭是,效率即使命。我们死定了。想杀他的人很多,军阀、黑道、政敌、外国人,哪路的都有,可真这么做的人都死定了。我们没有在昨天、前天、大前天被枪打死、斧头砍死、火烧死、水淹死……"他敲打着幸存者们微笑,"好家伙,能站在这里的家伙,都是这个白色四月里最幸运的家伙,也是不打算活到五月的家伙——我们只剩这个了……计划不怎么样,就是大家一起上。没组织,组织早被他杀光了,其实也没计划,呐喊和愤怒又何须计划……连稍像样点的人都被屠先生杀光了,所以,你们就跟我这个不像样的上吧。"

他说话时,芦焱悄没声地从垃圾车上下来,阿卯为示安慰,将他手上的木条抽出来一半。那并非木条,而是一柄木柄木鞘的日本短刀,削水果切手指都很好使,要割肚子就不好说了。

但是芦焱觉得不那么受轻忽了。

屠先生来了。国民党建党伊始便与江湖帮会千丝万缕,而屠先生则是将半个中国的地下帮会统合为白色阵营先锋的人。他现在春风得意,人们对新权贵的逢迎多到了他懒得拒绝的地步,于是他的出行由双缸摩托车的小小车队开道和殿后。摩托车声震四野,又名"震骨机",在某种程度上成了肃静回避的开道牌。

没人看得见他,大家追随的不如说是那些穿着日式学生装和欧式摩托服的追随者,年轻、冰冷、敏捷、狂热,看人时倒像在研究从哪部分下手能让人断气最快。

一个雷管被塞进玻璃瓶里,再点燃,便是幸存者的手榴弹了。

于是在车队后方的屋宇上出现一个奇观:一个人在坡形的屋脊上奔跑,在半弧形的最好发力点上扔出手上的家什,让它落入下边的街道。

爆炸。飞溅的玻璃中最倒霉的是那些站在街边行注目礼的家伙,殿后的保镖们也挨了几下,但他们处变不惊,就地放倒摩托车便开始射击。

屋脊上的袭击者再次出现,居然是个女人,她把一块红纱巾系在手臂上,这让她看上去像一面活的旗帜。她又扔出一支燃烧瓶,街道开始燃烧。

车队因此停顿了一下,从摩托车上跳下来的人端着俗称"水连珠"的莫辛式卡宾枪和上了枪托的毛瑟短枪。载着屠先生的轿车开始加速。

一个袭击者从里弄里冲出来,扔下一块钉满铁刺的长木板。他被撞倒,扎在轮胎上的木板被拧成几截。车偏离了车道,蹭着墙壁,降到了小跑也追得上的速度。

清道夫从里弄里冲出来,后面跟着他的同志。他拾起那支长得像矛的别旦步枪,在很近的距离上对司机开了一枪。一个黑衣服家伙从还未停稳的车上跳出来,他像使用自己的手指一样扳动着柯尔特左轮,他第一枪就放倒了正在装弹的清道夫,然后每一枪都有一个人倒下。

突然,别旦步枪上的套筒式刺刀没进了他的小腹,枪仍握在清道夫手上。清道夫有气无力地微笑了一下。黑衣人将最后一发子弹射进清道夫的头颅。

屠先生的八名保镖有七个奔向被截住的轿车,剩下的那名枪手调整了一下标尺,开了准得出奇的一枪,屋脊上的红纱巾不再飘扬,那里腾起一团火焰。

芦焱还在弄堂里等着自己成为下一个,他抖得像是手上握着两把刀。

阿卯倒是不紧不慢,把一束炸药塞在腰间,拿起了锤子,还在芦焱脸上拍了拍。

阿卯:"好好看我怎么死。我死了,你就不怕了。"

他把垂在裤腰上的药捻点着,然后操着锤子冲了出去。

芦焱惊骇地看着那渐渐烧短的引药:"杀屠先生!杀了屠先生!"他声嘶力竭地叫喊,不让自己因惊骇而麻木。然后他冲了出去。

街道上,八个枪手只剩下五个,袭击者倒下的更多,他们知道,对自己这种生手而言,投掷爆炸物更为有效,于是满街飞散燃烧的液体,间杂着雷管与炸药的爆炸。一个枪手半边胳臂燃着熊熊的烈火,仍在有条不紊地射击。阿卯冲出弄堂便几乎和一个枪手撞上,他一锤下去,对方弓在地上抽搐,仿佛虾米。他冲向汽车,铁锤狠砸在引擎盖上,那是个无意义的举动,但近在咫尺的复仇让他成了个狂人。他一定看到车里屠先生了,但那位手臂燃烧的枪手舍死冲上来将他抱住了。在双方的角力中,药捻燃到了尽头。爆炸,他功亏一篑。

芦焱茫然地在烟与火中走着,枪声、爆炸声、"杀屠先生!杀了姓屠的!"的吼声还在响,而浓烟与烈火中看不到活人。他本能地走向那辆轿车,直到一个穿摩托服的家伙出现在他正前方。芦焱几乎是平静地看着他向自己开枪,但对方的枪里已经没有了子弹,只是把一柄空枪砸上了芦焱的额头。芦焱在挨着那一下的同时胡乱地挥刀,在对方的脸上身上划出许多红色的血流。最后他一刀扎进了对方肋下,一具强壮的身体瘫软在轿车的引擎盖上。

芦焱拔出刀。后车门开着,清道夫和左轮枪手都躺在旁边。现在车里的那个人和芦焱之间没有任何障碍了,他看见一双冷淡得稍带厌倦的眼睛和一个黑漆漆的枪口——确切地说是六个,因为屠先生拿的是一支古老的六管手枪。

屠先生的语气平静得很,他已经把所有的热情用到正在整个中国进行的杀戮大业上去了:"想杀我的人算你靠得最近,可你拿了把什么破刀?"

芦焱这才注意到自己手中那柄只剩下两寸刀刃的破刀,他舔舔嘴唇:"下一个人一定更近。"

先生叹了口气:"谢谢你们总来看我。"

芦焱:"……什么?"

什么也与他无关了,先生把枪口往上抬了一下。他这一路的人总爱打人脑袋,似乎他们讨厌那玩意儿总产生和他们不一样的思维。但是,这时候,一个燃烧瓶摔在车上,车里车外溅开了燃烧的液体。屠先生躲了一下。

芦焱扑了上去:"杀了姓屠的!杀了姓屠的!"

先生一次次地扣动扳机,但手被芦焱抓着,子弹在车顶上开着小天窗。芦焱手里只有一把断刀,他猛力扎着先生厚厚的中山装与风衣。

芦焱:"死啊!你死啊!死了那么多人,你怎么还不死?!"

他的喊声介乎愤怒与恳求之间,后来又变成了哀求。而从四月十二日至今,芦焱发现自己第一次在哭泣。

八年以后。

一辆敞篷车在跑马也见不着几匹的荒漠上驰骋,车上是一个西北军的军官和便装年轻人,边车和盘河车。边车是主事,而盘河车是一个相当得力的助手。

边车:"你确认是他?"

盘河车:"我只怀疑。你来确认。"

边车:"四年前见过,在瑞金赤区边沿。这回是西北赤区边沿。"他翻着一张地图,上头红线标画的轨迹混乱如麻,"瞧瞧九年来我们追着他跑了多少地方。此人如拔了翅膀的苍蝇,飞不起来,逃都逃得乱七八糟。唯一可循的,只要有了赤讯,他必设法与赤党会合,却又不得其门而入。我怀疑他是否根本没与赤党搭上线。"

盘河车:"荒唐。"

边车也及时纠正自己的错误:"确实荒唐。一个能伤到屠先生的人怎会是孤魂野鬼。"

盘河车只管自身公务:"疑犯半月前以马霍坡霍四古之名在临潼入征十七军,居然是套上身军皮进赤区封锁剿匪的。我得信时部队都已开拔,真是精怪。"

边车也只好压下话头:"没死的都变得精怪。"

他们远方的黄土沟壑,一名后防哨在向他们打着旗语。两人暗暗舒了一口气,至少他们没丢失目标。

车停在了沟壑的入口,在陪同军官一声"留在原地"的喝令声中,正在穿过沟壑的西北军停了下来。军官自去与带队的交涉,边车盘河车则第一时间投入他们此行的要务。

这支部队士气实在是不高,筋疲力尽,又被烈日晒得头昏眼花,"留在原地"的声尾还未落下,士兵们便一屁股坐在地上。

盘河车并不去指出他们的目标,因为那会让人心生警戒。他把目光看着别处,和同伴低语时几乎不动嘴:"就是……"

边车摇手:"别说。我自个儿认出来更加牢靠。"

他的目光自那帮全无行伍之相的士兵身上扫过,童工一般的少年兵、鲁钝木然的青壮兵……他的目光陡然移向一个骡马兵,那是个满面沟壑的半老头子,正蹲在骡子的胯间专注地清理粪蛋。盘河车的冷脸上现出钦佩之色,他往后退了一步,没掏枪,但枪随时可能出现在他的手上。

边车则很戒备地对这马粪蛋一样的半老头子鞠躬施礼:"震惊上海的红先生居然在马屁股下讨生活,真是恍然隔世,恍若他人。"

芦焱茫然地蹲踞着。他混杂地穿着西北军的旧军装和自己的破衣服,那副苍老之相和土到掉渣的西北味足以让他成为另一个人。这来自做作和伪装,也来自逃亡岁月的折磨。总之他绝不像一个三十一岁的壮年,而像五十岁的老人。

芦焱:"甚?娃娃你说甚?"

边车:"先生请起。"

芦焱木然起身,边车掣出一根拥有铅头、勒绳和内藏的锋刃的棒子,用铅头狠捣了芦焱一下,趁着他差点瘫倒的时候用勒绳把他连肩膀带双手向上反绑了。盘河马开始搜身,他手指间夹了片小刀,遇到需要动粗的地方就利落地一刀割开。芦焱身上的零碎落了一地,除了大头兵必备的那些玩意儿,贴身捆扎的两串死面饼子和一个长条的皮水囊也暴露无遗。

盘河车闻一下:"捂臭了,馊了。"

边车微笑:"西北军有饿肚子攒口粮的习惯吗?还是攒来熬隔离区的荒漠?"

芦焱死撑:"有钱也买不到东西,就图个口粮金贵嘞。"可藏在衣领里的地图也被一刀剖了出来。

盘河车看着,嘲笑:"自己画的保安路线图,居然还没走样。"

芦焱:"那甚嘞?"

然后,藏在衣角的毒药——那片九年前的纪念——也握在盘河车的指间。

边车:"随时预备着死?西北军要有这号死士,赤匪进得了西北?"

芦焱已经不再做作。边车放开了手,一支枪滑到手上,瞄着,而盘河车随手打开水囊,一捧水泼到芦焱脸上,清洗出芦焱的本来面目,除了那股子土渣味,芦焱并没比原来年轻多少。

边车叙着旧:"您真老了许多,岁月催人啊。听我的同人说在川贵也发现过您的踪迹,您是不是也来了一趟所谓的长征,走投无路又改道西北了?放心吧,您这就从苦海里挣出来了。赤橙黄绿青蓝紫,我们拿颜色给先生的敌人编号,您是红,名列第一。先生教我们尊重对手,要像敬他一样敬重你们。所以,请吧红先生,从现在起您就是我们的座上贵宾,中国最安全的人。"

芦焱:"就这怎样?就地一枪,脑袋拿走。否则我会跑,我的腿被你们打断过,可我还是跑了。"

边车同情地吁口气:"死也死在往赤区的路上?我很想成全你,可屠先生没放这个话。"

芦焱叹口气,坐下,躺了。

边车哑然:"这算什么?撒泼放赖?我追了您四万华里,传说一样的人物,放尊重些好么？"

芦焱悠然："活命的心早八年就没啦。我就是给你们添些堵，耗掉些力气。"

边车气恼："那我还不是一呼百应？您觉得被捆成生猪一样扔上车好看么？"

芦焱四仰八叉："那也是添堵。"

边车一抬手："来几个力气大的……"

然而并没有一呼百应，西北军的官兵或呆立或呆坐，几乎没动地方，但刚才闲散劲已全然不见。

这时，沟壑之上的一个小土丘崩落了，那只是一块覆在黑漆漆枪体上的泥土色旧布，枪口森森地指着沟壑中的西北军。设伏的红军东一个西一个分布在沟壑两畔，却照顾着每一个射击死角：开打的话必是单方面的屠杀。

芦焱呆呆看着那些穿着他从未见过的军装，却和他想象中一模一样的人。当确信梦境成真，他一骨碌爬起——这时候我们仿佛又看见那个混沌无知的行刺屠先生的青年。

红军指挥官，一个像八年前的芦焱一样年轻的家伙拿着喇叭在喊："西北军的兄弟们！我们不想跟你们打！都回去吧！告诉我们的同胞，敌人不在西北，把头转过去看，日本鬼子来了！"

边车低声诅咒。见鬼的是居然有个西北军士兵也在喊："缴枪不杀！缴枪不杀！"然后炫耀地说，"我被他们抓过一次的。"

红军指挥官："谢谢那位兄弟！不过这回不用缴枪，没了枪你们也不好交代。只要你们原路返回，别对我们开枪！"

这活儿不错——从西北军的士兵脸上瞧得出这意思，他们向后转走出沟壑时尽力压抑着没有欢呼。而一个红军战士从隐匿处蹦了出来，他的手伸向怀里，像要掏出一个手榴弹，实际上他掏出的是一副竹板。这家伙脚底下装了弹簧似的，呱嗒呱嗒地打起竹板欢送他的西北军兄弟回家。

芦焱情不自禁地笑了出来，往前挣了一步。盘河车的刀摁在他的动脉上。

芦焱："屠先生好像要我活着回去？"

犹豫，刀松开了。芦焱奔向他寻觅了九年的队伍。

边车喊："红先生！"

芦焱回头，边车把那颗毒药扔回了给他，附带一个不怀好意的笑："先生要记得，您去的地方，我们要去，比您还容易得多。拿着这个，睡得别太踏实，因为我们随时会来。"

芦焱拿着那颗药看了看："你也转告屠先生一句话。"他把药揣了，"这九年我睡不踏实，跟你们没相干，而是我总在后悔，那天真该有把好刀。"

他甚至做了个鬼脸，拔步去追赶那支红军小队。

红军正策马奔向沟壑外那片广漠而苍黄的无人带,匆匆追赶的芦焱追上了他们的指挥官,气喘吁吁地大叫:"我跟你们走!我要跟你们走!"

红军指挥官:"我明白你的心情……"

芦焱拦在马头前:"你明白个鬼!"

红军指挥官:"可上级的命令是不带走一人一枪。"

芦焱:"我不是他们的人!我也没有枪!……同志,我就是你们!"

红军指挥官:"等等吧,兄弟。等这样不开枪的仗打多了,你们会知道枪该指哪头的,那时你们就是我们!"

芦焱:"……你被晒昏头了吗?!"

红军指挥官不想纠缠,想来也是军令:"后会有期啦,兄弟!"

芦焱:"别他妈跟我喊口号!我也会喊!枪口一致向外!"

红军指挥官嘲笑地看了他一眼:"老子可不光在喊。"他绕开了芦焱,策骑而去,身后黄尘滚滚。

芦焱愣了几秒钟,诅咒道:"天塌下来也不能把你砸开窍!"

他继续追赶那一骑黄尘。

边车和盘河车看着极目处正在散去的奔尘,芦焱是肉眼难辨的一个小黑点。

盘河车:"没粮没水,隔离带上一个没边没际的大沙锅。他会不会死在路上?"

边车明显不信:"一个我们穷九年之功都没逮到的孤魂野鬼?"

盘河车立刻明白了:"保安,撑死能数出两条街。"

边车:"和尚头上的虱子,他明摆在那儿,只要我们想抓。走吧,回去告诉屠先生。"

盘河车:"赤区,于他才是真正的死地。"

芦焱蹒跚在黄土烈日之间,比没粮没水更惨的是他没了衣服,一个只着内衣的人曝晒于烈日之下,便如热锅上的蚂蚁。他挣扎向前,多走一步是一步,但放眼皆是的地平线使他失去了方向。最后他昏然跪倒,伸出双手做出个掬水的动作,一头扎在沙土里。

不知过了多久,清水徐徐注入芦焱口中。昏沉中的芦焱死死地抓住盛水的土碗,直到喝完最后一滴才睁开眼睛。

喂他水的是个真正的西北老小子,久旱的皮肤仿佛大象皮,混浊的眼睛里好奇绝对超过同情:"你叫马贼劫了?我赌你会死,害我输了两毛五。"

芦焱试探着:"……同志?"

野豆子的爹手一松,芦焱的后脑勺不轻不重地磕在黄土地面上。

"你赔我两毛五!"

几个几乎是光腚的小屁孩在周围玩耍,尘土喧天。

芦焱:"……这儿不是保安?"

豆爹:"保安?你要去保安?喝高了吧?天不收,地不管,这鬼地方叫一棵树!"他收了水碗便走,顺便把正玩得开心的儿子野豆子踹了一溜跟斗。

芦焱绝望地瞧着这一切。一棵树,黄土沟壑中红白交界处的一个小村,小得一眼望到底,却沉积下几千年的绝症:烟、赌、酒的幌子比哪里都夸张地飘着。

土娼花儿,冲他扬扬手上介乎抹布和手帕的东西:"来玩哦!"

芦焱沮丧得想就此睡去。

不过小地方还是有点小人情,昏昏沉沉的芦焱躺在了一个柴草棚里,棚子一面没墙,两面漏风,比驴棚还要糟糕一些。铺边的一碗水已经喝光了,一碗掺和着杂面饽饽和土豆饭的百家饭没怎么动。

两个人从外边冲进棚子,在芦焱未及反应前就把他摁住。一只布袋罩了下来。芦焱剧烈地挣扎,在布袋罩他的嘴之前把那粒毒药递到了嘴边。

来人:"敢吃?吃就打死你!"

芦焱:"开枪啊!老子立马就吃。"

静止。芦焱感受着脑门上的枪口,忽然露出讥诮的笑意。

来人:"你很会开玩笑啊,逃了九年的人死于同志的问候,那就玩笑大发了。"

芦焱:"你们就这样问候?"

来人:"你不信我是红,可又怎么确定我是白?"

芦焱建议:"说来试试?"

来人语出惊人:"好吧。屠先生连你的真名都没搞清,只好划给你一个红字,可我知道你叫芦焱。"

"你怎么知道?!"

来人:"我还知道你生于一九〇五年,本名芦淼。十四岁时你愣跟你哥芦焱换了名字,因为你不喜欢人生浩淼,只想如火焰炽烧。"

芦焱反倒冷静了:"再多说点?"

来人:"能伤屠先生,定是红色中国极重要的人物——是人都这么想。偏你跟共产党扯不上一毛钱相干,只是白色恐怖时一个过路的,有正义心和激愤,加上阴差阳错——要不要来碗水你把那药吃了?看着怪悬的。"

芦焱让那片毒药离嘴更近了。

来人苦笑一声:"该怎么安顿你这个硬塞来的烫手大山芋呢?"

芦焱听出些蹊跷:"硬塞?我自己找来的。"

来人置若罔闻:"你别再往前了。你一心要去保安,那里正广纳进步青年,屠先生的人扮个进步青年跟玩似的。只是把逮捕变成绑架而已,你藏不住。"

芦焱:"我只是想去红色苏维埃,管他什么安。朝达,夕死,足矣。"
来人:"真是轻狂孟浪。敢情你去那什么安就为蹭顿午饭?那里没啥好吃的。"
芦焱被噎得直瞪眼:"这什么话?!"
来人:"实在话。别再像个没头苍蝇似的了,先老实待这儿,等我们想好拿你是烹是炸。你今儿跟老乡通名何思齐,那以后就叫何思齐。"
芦焱:"……何思齐是谁呀?"
来人:"我怎么知道?——走了。别揭开,枪指着呢。"
摁住他的人松开了,细碎的声音表示着那两人都要离开。
芦焱立刻打算揭布袋:"我怕死吗?"
来人:"那我们绝不会接纳你——喜欢孤魂野鬼吗?"
芦焱犹豫。一个九年中跟耗子都不敢畅所欲言的人会喜欢孤独吗?他决定顶着那个布袋。
芦焱:"握个手行吗?"
那边愣了:"万一我是白呢?"
芦焱:"这会儿我当你是红。"
那边略一犹豫,把手伸了过来:"敢抓着不放,老子宰了你。"
芦焱局促地轻触了一下,立刻不可抑制地握紧了,后来他很想把自己的额头贴上那只手。
芦焱:"……你是八年来我遇见的第一位同志……我常想你们是不是已经被杀绝了……"
那只手奋力抽开,并且随手给了芦焱一个响亮的脑崩儿:"麻出我一身鸡皮来……神经病啊?走了走了!"
芦焱确信两位都走了,他顶着布袋子呆坐。风吹了进来,芦焱扯开了布袋。
芦焱:"你倒是关门哪!缺德玩意儿!"
他话里带着哭音,从握住那缺德玩意儿的手开始,他就一直在哭。

两年后,西安,国民党情报机构。
屠先生的亲信门闩向边车和盘河车宣读屠先生的字谕。
门闩:"……先生谕,西北赤患愈烈,而汝辈一无建树,竟置双十二剧变于后知后觉,又多年要犯未能成擒。两位调任哈密。"
边车和盘河车戳得木桩子一般,他们不光怕屠先生,更怕那位靠了桌子看书的年轻人。
屠先生从来是就事论事,戛然而止,连句以观后效也没有。边车两位,对着这形同发配充军的结果还要做出一脸平静,连收拾带打理,唯恐被看出半分怨意。

那位年轻人代号时光,屠先生一力培养的接班人,一人之下万人之上的人物。只是此时还未显露头角。

时光:"充个军还惦记家私,哪还有心为先生办事?"

门闩立刻反应:"烂摊子一个不用收拾了,赶紧上路!"

边车和盘河车终于露出一丝沮丧,除这身上的,再多一颗纽扣也别想带走了。

门闩:"双十二的账,两位想担也还差修行。"他看了眼看书的家伙,"时光只想知道,你们报称进了赤区的红先生是怎么回事。"

边车:"保安、延安、延川、清涧……凡赤匪占地都筛过三五遍,尤其双十二后,赤区对我们更是通途。"

门闩:"……那位红先生恐怕从未来过西北。"

盘河车:"不可能。我们亲眼……"

边车给他一肘子算是交情,也是为了哈密生涯还有个同伴。

门闩:"红先生是江浙日占区最活跃的一位,也是最踪迹难寻的一位。"

那便是盖棺论定。门闩挥挥手,打发了这两位。

时光忽然扔了书,起身出门。门闩一帮人跟在他后边追着。

门闩:"时光,先生是要你接手这里!"

时光:"这一股烂纸味的地方?霉得火都点不着,它完了。我们换地方开练。"

门闩:"你要去哪里?"

时光:"离赤区最近的前沿在哪儿?"

门闩条件反射般地:"两棵树。以前是隔离带的驻军重地,双十二之后是非武装带……"他突然猛醒,"你违抗先生的命令!"

时光:"赤匪穷得就剩个肉身,还每每整得你我一班混吃等死的混蛋舔屎盆子。"他瞪了门闩一眼,"是不是我们也沦落到只会签字和发电报了?"

门闩神情复杂地瞧着时光:他像个成绩优良的好学生,擅长用课堂之外的方式解决算题。实际上他确是屠先生最好的学生,不过布置给他的算题是如何让阴谋、清洗、暗杀和灭绝更具效率。跟冷冰冰无欲无求的屠先生相比,他的热血像是另一个极端,以至门闩这样的人常疑惑屠先生为何要培养这样一个大相径庭者。

门闩在最短时间内做出了抉择,他吩咐一个下属:"通知先生!"他自己跟在时光身后,"我们跟他去。"

下属:"先生的命令……"

门闩:"先生命令我们跟他跟到死。"

四年以后,西北,一棵树。

芦焱醒了。他有一间小小的房,用土坯和木板搭的小小的床、小小的桌子、小小的书架。他有几本书,与其说是古董不如说是破烂,他把能收集到的残简断篇贴在用过的习字本上,从《三字经》到经年才能流落到这里的旧报纸无所不包。他有几件简陋的农具……

遥远的枪声,不是战斗的枪声,芦焱听着,无奈地苦笑和轻轻地应和。

几个一瞧就绝非良善的人纵骑于田埂之上,打头的那位对空鸣放着他的马枪,几个正在旱田里劳作的农民连滚带爬地逃开。

那枪口一直追着人小腿短的野豆子,拉栓上弹,砰然一枪,一只探头探脑的沙兔从田埂间翻起又落下。乱世孩子贼大胆儿,野豆子站住了,滴溜溜瞧着,也害怕。

"捡啊!"开枪的家伙嚷嚷。

这是时光,他已经不是四年前的模样了,半幅彩绘的文身从他的手背一直延伸到左脸颊。皮的单的夹的,仿佛捡着什么就穿什么,枪具凶器再往身上一通套,他看上去很像一个马匪——实际上他这四年来就是马匪,顶级的马匪。

有便宜不占灰孙子,野豆子捡了死兔子扬尘而去。

时光不大喜欢跟随者与他并缰,在他们赶上来时他骑开了。当同样极似马匪的门闩过来时,时光已经下了马,对着树根撒他的野尿。

门闩:"这里是一棵树,所谓红色中国的外沿,近朱者赤的地方。"

时光尿得直激灵:"从两棵树到一棵树,三棵树中间居然能夹一个百十华里的大沙锅,快把老子的马跑废了,真是荒得可以啊!"

门闩:"三秦边关从来拿荒地当天险,巴不得胡人的马渴死饿死才好。"他下句跟上句没半点联系,不过这老兄习惯有条不紊地跳跃,"这里是共治区。"

时光开始为他的枪压子弹:"什么叫共治区?"

门闩:"就是国共共同管理的区域。不过我方从来是虚设几个芝麻屁大官,共匪却是不遗余力把这些地方染成一片红色……"

时光的枪托不小心撞上了门闩的裆,"你当我真不知道共治区?"

门闩痛苦地捂着裆:"两棵树于我们已是前沿,你已经深入敌区一天的马程,这样以身涉险……"

时光用丈量的姿势又往一棵树方向走了几步。

时光:"天下华人世界都是先生的通途,包括洋鬼子地界上那些唐人街中国城,只是这什么中华苏维埃却进不去一步,不管是瑞金、保安,还是延安。"他又前进了一步,在浮土上踩了一个脚印,"我为先生留个脚印。"

门闩:"我会知会先生。"

时光:"连同我那泡尿。"他很有些无聊地回到马前,摘下肩上的枪瞄准某个方向,"你说这子弹能不能飞到延安?"

门闩:"方向没错。弹头撑死飞个十里地吧,差得远呢。"

时光:"先生特地让人送来赤匪与日寇作战的枪械,粗劣至极,子弹都翻着筋斗出去的。用那样的枪械驱除日寇就是白日做梦,可他们就要做这个梦。"他叹口气,拉栓上弹,"先生说,未来几十年的中国,就是梦与梦的战争。"

几个人沉默肃立,看时光对着中华苏维埃方向一发一发地射出他的挑战——他又何尝不是在做一个梦?

上海,弄堂里。

化名陈植的芦淼在弄堂最里头的门前候着,看上去像一个行商或者买办。他身后立着岳胜和邱宗陵,三人一副恭迎贵客的阵势,面色却惨淡阴郁得很。

船帮主事笑面暴下了人力车,老远就一揖到地。

笑面暴:"拉和老陈!三年来承你拉着船帮弟兄避死就活,若水先生的示意,今儿的是非咱们是一头儿的。"他身后跟着乱哄哄一大帮伙众。

芦淼不卑不亢一揖为谢:"承情。可老弟这阵势也忒大了些。"

笑面暴倒也痛快:"船帮穷鬼可比不得天目山老大,没车子没房子,只好拉些废物充数。"说着手一挥,"留两个,其他的都滚。"

后面是天目山的双车三人,芦淼的一揖未毕,双车将他一拥入怀,猛拍肩膀。

双车:"茂林惨变,是顾祝同这厮染上了疯狗病。屠先生谕,抗日统一战线的利好,他心知肚明,绝无逆天行事的可能。"

芦淼话里有话:"屠先生的智慧若用于吾国吾民,自是中国之幸。请里边谈。"

一群人鱼贯进门。

这是个沉闷的茶局,尽管双车和笑面暴摆出一个和字茶阵,但芦淼丝毫不敢掉以轻心。

芦淼:"……暴哥、双车兄,两位身为帮会人,却吃的官家饭,这江湖名堂就收起来吧。南面战场分秒都在死人,你我也省些客套——双十二后,国共携手抗战,两位虽系同党,却因上峰政见不同屡生争端,我一个姓共的斡旋其中,也算为国为民做些事情……"

笑面暴:"那是!没你拉和老陈,船帮还真要跟小东洋比比谁干的天目山黑腿子更多……"

双车阴阴阳阳地:"好张臭嘴!泰山就是堆的,火车原是推的,您的牛皮自然是吹的。"

芦淼赶紧借敬茶打岔,那两位将就把茶接了。

芦淼:"只是拉和老陈今天不是要拉两位的和,是我们三方的和。本月初,贵方先以顾祝同部八万人设伏,再以抗战之名把新编第四军军部及皖南分部九千余人调入伏击圈。老陈只懂拉和做生意,不懂打仗,可也知道新四军不是神仙……"

双车沉默,笑面暴只管扮痴:"哪有此事?"

芦淼:"九千健儿四去其三,竟殇于同胞之手。"他指了下身后的岳胜,"这位,本是我苦于无人,从新四军里要来的。他做梦都想着回去……如今也不用回去了。"

笑面暴饶有兴趣地瞧了瞧立得雕像一般的岳胜,立知此人惹不得。

笑面暴:"前头打疯了吧?他们打他们的,咱兄弟喝咱们的!"

双车也表态:"顾祝同就是条疯狗——这是屠先生原话。"

芦淼:"聪明人发疯,不外是个利字。陈植痛心疾首,却人微言轻,拦不住皖南兄弟相残。现在我只想知道两位和屠先生、若水先生的意思,这上海的地下是打是和?是教亲者痛仇者快,还是大家都忍一忍,恩恩怨怨,驱除了日寇再说?"

双车:"打什么?叫日寇得利吗?我当然是想和的。"

笑面暴:"老陈多好的人哪——我们怎么舍得打?"

芦淼:"要说打,我方不堪一击。"他转问笑面暴,"不说贵方十数年把这上海地下王国经营得铁桶一般,连日占军都渗透不进,也不说还是对头的时候,贵方就把我方连根掘起两次,还是株连十族的屠戮……"

笑面暴:"过眼云烟的事情,嘿嘿。"

芦淼没理他:"……只说为了统一战线情报畅通、前方少死几个人——无论姓国姓共。我方有限的实力是早就暴露在贵方面前了,而且,瞄着我们的绝不止日寇,我只希望扣动扳机的不要是自己人。"

双车有些演不下去,"啪"地把茶杯拍落桌上:"拉和老陈,你今儿是痰堵了心窍吧?我早说了想和,你偏照打里说!"

笑面暴:"就是!我今儿都要跟双车同心同德了!"

芦淼:"早几天两位便携手监控了我方十几个站点,与皖南真是配合得紧锣密鼓,要把上海日占区做成第二个茂林。这是否也算同心同德呢?"

双车仍是面沉似水。笑面暴一瞪眼,顺手抄起茶盘摔了。

笑面暴:"姓陈的你真不懂事!姓国姓共比得过咱兄弟情谊吗?你把手上的种子给我,我也给你本在延安能邀功的账,大家各自交差,大碗喝酒,其乐融融!"

芦淼微笑——这才是真正的表态,所以他盯着双车。

双车:"他那叫放屁。屠先生之意,皖南有过激举动,就怕贵方有过激反应,监控自然是必要的,只要你交出那些种子以示诚意……"

芦淼:"自缚双手,由着贵方剁成肉泥——这样的诚意吗?"

双车只摇头不说话。这时,两个人冲进庭院,一个在门口停住,抱住追上他的船帮伙众,由了人一刀刀刺落,另一个冲向芦淼,大喊:

"大寒!船帮的人……"

一只布袋套落,把他拖倒,一根棒子猛砸下去。凶手直起身来,看着这边。

芦森微笑,百感交集:"大寒,这就是说,我方被掘了至少十个以上的站点。两位和两位的上峰,你们是利令智昏还是天生迟钝?非得日本人的子弹打到自个儿身上才知道痛吗?"

笑面暴一把掀翻了桌子:"打呀!先把他捆了,再来说好兄弟!"

他的两个随身伙众掏枪便上,眼前一花,却是一直不动声色的岳胜把两张椅子甩了过来。同时,他袖筒里的手枪对着椅子下方点了两响,两个伙众抱膝倒地。

邱宗陵已经护着芦森撤退,掩入侧厅。

双车站起身,三进兵和八角马把他的椅子往后挪了挪,他退了几步,继续坐视。

笑面暴伏在翻倒的桌后,乌泱泱冲进来的伙众给他长了信心:"给我上!"

岳胜抬手一枪,正中迎门第一位的额头。然后他闪进侧厅,边走边拔出弹匣装上三颗子弹,同时拔出腿叉刺中了窗外一个正在开枪的伙众。

他在二楼赶上芦焱和邱宗陵,这时船帮追兵的子弹啃上了楼梯扶手。面对空荡荡楼梯口,船帮们变得无所畏惧,发一声喊便上。岳胜那张风雨不动的木头脸忽然现形,当头两枪,两人应声滚落。他又伸手拉开楼梯上的某个机簧,破坏了这架楼梯的承重结构,积尘飞扬,楼梯坍塌。

一棵树,芦焱蹲在路边研究着刚捡到的子弹壳——这是时光开过枪的地方。十三年的逃亡与隐匿让他极为坚强隐忍,却又极为幼稚和敏感。他现在完全成了一个农民,却又在肩上搭着一袭破旧的长衫。

诸葛骡子赶着他的骡车过来了,芦焱拿起他的空锡酒壶上了车。他给诸葛骡子看他的弹壳,骡子却专心地用脚指头打着响指,根本不理他。芦焱不堪冷落,瞪着眼睛看太阳。

诸葛骡子:"你乌珠子不想要啦?"

芦焱自说自话:"太阳,它跟延安哪个远?来五年了,保安改叫志丹县,中央苏维埃成了延安。大沙锅虽说马匪不绝,可隔离带现在叫非武装带。一棵树长出了好多棵树,成了共治区,红白协管,听说国共还一起打日本人。西北的日头也瞅了五年了,红色中国?没见过。"

诸葛骡子拿鞭子轻轻打骡子屁股:"骑上,东南向,两天半。延安就是山沟沟一条,双十二之后接近不设防,能来的可不光是进步学生。"他预言,"一个月后,你腌过的脑袋到重庆。"

芦焱:"从二七年到四〇年,人该有些啥?除了逃命和藏猫猫?"

诸葛骡子:"问我呀?想想看……猛觉得女人比男人好看,闹革命、追女人、成家立业,闹革命、娶女人、跟女人吵架,闹革命、想要儿子、女人被砍了头,逃命。我倒是想再找一个,就怪这帮死牲口,还有你们,搞得老子忙死了。你没有女人吗?"

芦焱气得往后一躺:"……女人?我没空陪你个老鳏夫聊女人。"

诸葛骡子:"认得屠先生不?"

没这么气人的。芦焱反击:"砍了你女人脑袋的那位?"

诸葛骡子却淡然到让芦焱无法接受:"还有她怀了五月的娃呢——人说买一送一嘛。不过我要说的是他那地下王国的太子爷时光。"

芦焱显然只对屠先生有兴趣:"没听说过。"

诸葛骡子:"现在听说啦。这个时光,三年前把屠先生让他接管的机构扔了不顾,跑来这塞上不毛之地。"

芦焱惊讶:"那他一定死得很惨。"

诸葛骡子:"死?没死,倒有几次差点被马匪打死。半年前他打垮天外山,自个儿做了大沙锅的头号悍匪。好极了,马匪可不管双十二协定,我们顾着他的身份又不好灭他,三秦咽喉,就此又套上绞索。于是屠先生有谕:我心甚慰。"

芦焱很快失去兴致:"这跟一棵树的野路子教书匠何思齐啥相干?"

诸葛骡子:"我告诉你用不着跟日头瞪眼,跟前就有个杀星呢。你捡了个弹壳不是吗?太子爷时光今儿冲一棵树来了。你精神点儿了吗?"

芦焱:"屠先生没断过扩张,为他卖命的直系和帮会多过苏区红军,这不用你说。"

诸葛骡子却挤出一脸猥琐笑容。一棵树历历在望,俊小伙崔百岁推着独轮车跟他们错头而过,车上坐的是土娟花儿。年过三十的花儿抱着一摞花花绿绿的被褥,笑得暴出五颗牙——她出嫁了。

诸葛骡子要多暧昧有多暧昧:"花儿也出嫁啦?"

花儿风情万种手绢一挥:"常来玩哦!"

崔百岁的脸色越来越难看了。

诸葛骡子深刻地:"花儿居然能嫁给东沟的崔百岁,小伙子货郎生意做得很好呢。往常干她这行的总得干到死吧?一棵树这几年变得比千年还多呀!"

芦焱没好气儿地瞪着诸葛骡子:"说这样忧国忧民的话就不要那样贱笑!"

咔嚓一声大响,崔百岁忍无可忍地把车放倒在地上,劈头给了花儿一个巴掌。立刻,小两口儿你来我往抡起了王八拳。

"让你笑!让你笑!"

"我不嫁啦!老娘不嫁啦!"

芦焱心如火焚:"好日子来之不易!不要打啊!"

诸葛骡子猛加一鞭,芦焱猝不及防,来了个后仰。诸葛骡子则哼起了酸曲,还轻轻打个响鞭。

芦焱:"诸葛骡子?"

诸葛骡子:"干啥?"

芦焱:"你是唯一跟我有联系的共产党。可四年前让我留这儿的是两个人,还有一个是谁?"

诸葛骡子嬉皮笑脸:"是我一毛钱请来打短工的。"

芦焱:"你说我们都是种子,口口声声那是最重要的事。种子是什么?"

诸葛骡子:"没长芽的种子都一操性,谁知道你是地瓜是土豆。"

芦焱转了话题:"我常疑心你是屠先生的人。"

诸葛骡子:"哦?"

芦焱:"因为你们都存心让我这辈子成一笑话。"

诸葛骡子已经去瞄另一个比花儿强不了多少的柴火妞了:"哈!"

芦焱真是起了暴力的心,可……只好下车走人。

诸葛骡子:"拿好你的武器。"

芦焱接住扔过来的武器——落在车上的锡酒壶:"这真是件消磨岁月的好武器啊。"他叹着气,"你们保护我的办法,就是在屠先生杀我之前把我耗死吧?"

上海,芦森居所。笑面暴听着来自房宇深处的鬼叫,端坐不动,只是一旁望闲的天目山三位叫他有些气不顺。

笑面暴:"相好的,说是见者有份,可也不能这么吃白大吧?"

双车不阴不阳:"我这儿里外里就三个人,充大头怕被打了黑枪。"

笑面暴笑得很欠抽:"坏人。坏人。"

他扔下他那俩互相帮携包扎的伙众,自顾自地出去,扔下他鬼喊鬼叫的一帮伙众去死啃一个没楼梯的二楼。

双车坐着,叼上根烟,然后和把着院门的那位船帮伙众大眼对小眼,直到对方被一根包铅皮的棍子揍晕在地上。

邱宗陵和芦森进入二楼密室,邱宗陵推上厚重的门,芦森打开某个暗格,用铁锤将里边的密码机砸成零件。

芦森:"宗陵,发报。明码,大寒。"

身后没有动静。芦森回头,邱宗陵,这个外表普通、经常被当作家仆的人正拿枪指着他,表情仍然不咸不淡。芦森微笑,挑开了衣领,一个手榴弹领结一般绑在他的颈下,那意思倒也明确:一起死?

门开了,那是因拒敌而来迟的岳胜。邱宗陵抬手,一枪命中岳胜胸下,第二枪擦伤飞扑推开岳胜的芦森,第三枪击中芦森关上的门板。

芦森和岳胜滚倒在门外,门里的邱宗陵迅速落锁上闩。芦森听着落锁上闩声,连推门的尝试都没做,他知道强开这门要费多大劲。他扶起岳胜,离开。

邱宗陵听着外边的动静,趴下,掏柜底,掏出一个沉重的包裹,打开:一套分解成了零件的汤姆逊弹盘式冲锋枪。

芦焱架着岳胜在房子里转来转去,岳胜逐渐清醒过来。

岳胜:"……怎么回事?不是发了警报就和他们拼个够本吗?"

芦焱:"邱宗陵叛了。警报没发出去。"

岳胜:"你一拉手雷,几条街都听得见——那就是警报……怕死?"

芦焱答非所问:"不对。真的不对。赶尽杀绝不是情报行的搞法。万事缩的笑面暴怎么就成了阵前风?邱宗陵到底叛的是谁?太多事情不对。"

他们挪到了窗边,芦焱推开窗户,窗外是寂静的后院。没有别的下到一楼的办法,芦焱帮着昏昏沉沉的岳胜坐到窗台上。

芦焱:"不对。你要活着出去。告诉青山,我会按最坏的情况处理。"

岳胜挣扎:"我的任务是保护你。"

芦焱:"你我都是种子。有种子才有一切。"

他毫不犹豫把岳胜推了下去,岳胜硬生生地摔在地上,反倒是痛清醒了。他艰难地起身,走向咫尺之外的围墙。

一棵树,芦焱怀揣已经盛满对水村酿的锡壶,从全镇唯一的酒铺出来,老板古轱辘在后边追着:"要个菜嘛!你个两杯量,光头酒喝死你!"

芦焱:"醉乡路稳宜频到,量小那叫抄近道。"

他瞧了瞧当街的公告板——一棵树的新事物之一。板上贴了张红底黑字,说的是延安的卫生队要来此地为乡亲们治病,而芦焱四年来扮演的是一个对绝大多数事物都没什么兴趣的人,他护了酒壶,快步往他的住处走去,坐在街边剥兔子皮的豆爹把芦焱拦住了。

豆爹:"你这个野先生怎么教学生的呀?教得野豆子造我的反呢!"

芦焱一声哀号:"他还造我的反呢!"

一个篮球呼啸而来,砸在芦焱的脑袋上,绝对不轻的一下,芦焱幸好抓紧了自己的酒壶。随后是来自一个小群体的欢呼:"我——不——是——故——意——的!"

芦焱:"野豆子,你就是故意的!"

一群芜杂的小泥猴,以一个楔形阵横塞了街面与他对峙。多数是连上衣都没有的农民家孩子,少数是包得严严实实的地主富农崽子,极少数是红军军装恨不能遮住膝盖的红色中国后裔。打头是红军骑兵队长寄养在此镇的孩子花机关和无上衣族的野豆子,还有一个地主崽子洋芋擦擦。擦擦猪头胖脸,夹袄马褂,常常戴个圆框眼镜,三十多岁还混迹于一群幼齿蒙童之中,胖大身子常常缩在人后藏着——原来是一个近亲通婚的弱智。

花机关好汉做事好汉当:"我踢的!"

擦擦鹦鹉学舌:"花机关踢的!何老师何老师!"

野豆子拐擦擦一条胖胳膊拉花机关一个宽衣袖:"我们踢的!"

豆爹怒了,挥动剥兔子皮的家伙事儿:"打死你个驴日的!"

芦焱惊叫:"出人命啦!"他躲闪着利刃,险些着了一下,"上课!现在我们上圣人说!"

豆爹知道圣人惹不起的,立马老实了。芦焱把他的酒壶交给擦擦,然后套上他晚间还要当被盖的破旧长衫,开始以圣人之名满嘴胡诌:"子曰:过而不改,是谓过矣。子曰:强身健体,不是打架。子曰:篮球不是这样踢的。"

豆爹心悦诚服:"子曰:就是圣人说,圣人说。"

野豆子却不那么好糊弄:"何老师何老师,怎么套上那玩意儿就不说人话了?"

花机关心里明白:"……篮球本来就不是踢的。"

洋芋擦擦研究着酒壶里的内容,嘬了一口:"是吃的,吃的。"

笑面暴在草丛中一通摸索,搜出一架梯子来,回了头却见几个刚还忙活着在尸体上搜细软的伙众呆若木鸡。正要开口骂过去,忽然发现自己也面对了天目山那几个黑漆漆枪口。

双车得意了,嘴上的烟头一口唾在地上:"笑面暴啊,这事双车哥接手啦!赏你点鞋底钱赶紧回家吧!"天目山帮徒拉栓上膛以壮声威,四下一片金属碰击声。

笑面暴立马高举双手:"不要打!我有要紧的话说!都是党国栋梁怎么能打?"

双车:"你一个船帮破落户算个屁的栋梁?快说快滚吧!"

笑面暴举着手退到一个子弹拐弯才打得着的地方,"好啦!你们打吧!"

八角马气急了:"打吧!这瘪三真要把人气瘫啦!"

双车抓住八角马的枪管子,压低声音:"你疯啦?屠先生和若水先生是有宿怨,但你我何必来点这火苗子?"

于是两下里鸦雀无声,枪口对对这个,瞄瞄那个。笑面暴由着手下与人对峙,自己在角落里把梯子竖将起来,爬上二楼。

二楼密室内邱宗陵迎门而坐,缓慢而轻巧地把零件组装成枪械,然后慢慢地将子弹推上膛。他的表情平静得如同在组装一个玩具模型。

二

  一棵树学校的课堂是临街的,它的操场就是街道。操场(街道)上扬着半人高的黄尘,偶尔路过的人和车乐得看个热闹。

  芦焱站在街道一头,拉着根绳,绳那头连着扎入地下的锹把子,做成个球门。芦焱拿着一个哨子,他又是裁判。黄尘和泥猴子在他面前卷过来卷过去,夹着一个气也不足皮也磨损甚至都不成圆形的"球"体,每一脚踢上去都发出蔫乎乎的啪嗒声。破球被踢到了跟前;芦焱连忙尽一个球门的责任,把绳子拉直,又伸出腿把球搪在门外。

  野豆子急了:"你是球门,球门怎么能踢球?"

  芦焱耍赖:"你们都不做守门员啊,守门员总得有。"

  野豆子挥之以拳:"那你又是裁判,又是守门员,又是球门?"

  观球的豆爹大义灭亲:"我打死你小王八羔子!"

  芦焱忙保护野豆子:"体育课!子曰!圣人说体育课!"

  而擦擦趁乱抱起球就冲,嘴里还喊着"我抢到球啦!"芦焱把绳子悠起来,擦擦傻傻地跳起绳来。

  花机关不平:"酒鬼!有你这样的老师吗?"

  芦焱得意得很:"没有。可你们一样从我这儿学东西。"

  这一幕,恰被国民政府派驻此地的督教看到。他把手杖一下一下在地上戳着,口里念道:"匹夫竖子!敢辱师道!整窝魑魅魍魉!一帮狗溺猪矢!"

  芦焱毕恭毕敬:"巴督教……"

  督教的回应是用手杖把那只漏气的篮球戳在地上。

  芦焱:"……这是教具。"

  球被戳破了。

  芦焱也泄了气:"……算了。"

  上海,芦森居所。芦森缩在拐角里瞧着趴在门外听墙根儿的笑面暴,那自鸣得意的样子真能把他气得笑出来。

  暴哥敲门:"宗陵兄弟,大事办好了吗?咱哥儿俩拿了东西赶紧的重庆领功去！"

邱宗陵的闷声："都死了。"

门口的血迹让笑面暴信了一半，他干哭一声："拉和老陈你个没良心的，是真舍得死啊！东西得了没有？"

邱宗陵："拿到了。"

暴哥顿时出戏："快开门哪，小心肝！让傻瓜去放对，咱兄弟喝酒去！"

门顿时大开，笑面暴立马爬起来，一抬眼，一支汤姆逊的枪口杵在他的肚子上，他自己手上倒是也有支手枪，不过邱宗陵的手指已经塞进他的扳机护圈里了。

笑面暴一脸灿烂笑容都没来得及褪下去："这这是搞什么王八蛋……"

邱宗陵左手加劲，让一发手枪子弹打进自己腹腔，右手也在使劲，一弹鼓五十发的点四五子弹轰鸣着在暴哥肚子里搅和，那跟被一头牛连撞了几十下差不多。

芦淼看着那两人撞开护栏直坠庭院。

笑面暴怕是在头十发子弹就嗝儿屁了，再一摔，真真的含笑而逝。邱宗陵被打了个腹穿孔，再一摔，也不好受，挣扎着往双车那边爬了两步。

邱宗陵："双车，船帮要灭咱们的口……"就此晕过去。

两下哑然——爆炸前的寂静。

八角马："……他是咱们的人！他是边炮啊！"

而船帮那头也轰然炸开："他杀了暴哥！""他是天目山的人！"

船帮先开了枪，全照着邱宗陵去的，虽说准头太差，还是有一发打在了邱宗陵腿上。然后轰然雷鸣，八角马拿猎枪把一个船伙打成了腾空的纸人。然后就是几支汤姆逊的交错射击。

双车："不要打！不要打！"

以汤姆逊六百至八百发的理论射速，船帮们在十几秒内便安静了——死的死了，活着的几个缩在死角发抖。

双车："不要打！！"

回应他的是八角马退弹壳的声音，三进兵也从冲锋枪上卸下空弹鼓。

双车惊骇地瞧着眼前的一切，惨状已经远超他的估计。

西北，一棵树。巴东来把那只瘪篮球挑将起来，慢悠悠捅到芦焱鼻子跟前，芦焱退一步，他就进一步，直到芦焱把球抱住。

巴东来："何谓教具？"

芦焱："……老师教孩子们学习知识用的东西。"

巴东来："你是先生？"

芦焱："我……"

巴东来:"我巴东来愧领国民政府官派督教之职,来这穷山、恶水、刁民的化外之地,翻遍了官派的册子,也没找见一位姓何名思齐的先生……阁下何思齐?"

芦焱嗫嚅:"一棵树识得的字码一块儿还不过百……我总识得几百个字……所以……滥竽充数……"

巴东来:"滥竽充数?天哪!"他挥舞着手杖,形态和神情都不似常人,"毁人不倦!误人子弟!这片死地怎么也没一个教司?你活该判一个号枷!笞足!"

芦焱终于有些忍受不住:"您是学富五车,可又不教……"

偏那疯子耳力还好到要死,顿时又把一根手杖戟指了:"我不教?我是官派的督教啊!我督的是饱学鸿儒,不是无知顽童!"

芦焱决定跑路,让野豆子们跟他扯呼。

巴东来不依不饶地跟着:"何思齐你听说了吗?匪都延安大旱三年,昨天有青蛙自天而降。"

芦焱:"……没听说。"

巴东来:"天失衡,地失常!汝等共产妖人不分师徒,长幼乱序!颠倒尊卑,不知廉耻!辱没了三纲五常,搞到天人共愤!"

一棵树共治后是红军穿越非武装带的驿站,立刻便有过路的红军带着一脸义愤走了过来。

巴东来身子一缩:"三大纪律八项注意!吾乃国民政府官派督教!"

红军战士们气坏了:"你是官派神汉吧?""督教?督他个妖怪嘞!"

巴东来咆哮:"陕北又地震啦!都是共匪搅出来的!"

红军和看热闹的乡民哄笑起来,乡民们期待继续热闹,红军战士却走开了。

泥猴子们也呼啸四散,芦焱追在后边叫唤:"哪里跑?野豆子你烧退了没有?小心烧成一个擦擦!擦擦你那嘴烂牙该看医生了!下晌午卫生队要来派药!"

上海,芦淼居所。双车看见,船帮的人没一个站着的了,自己这边也倒了两个。他的嘴唇发颤:"……打共党也不用这么狠哪……咱们在屠先生和若水先生脚下丢了个炮仗……"然后突然爆发,"把他拖过来!死活都拖过来!"

手下拖来了不知死活的邱宗陵。双车猛扇邱宗陵的耳光,直到那家伙醒过来。

双车:"你搞什么?!我都没想过要灭共党的门!你连若水先生的臂助都杀了!"

邱宗陵:"……他要杀我。"

双车:"那你就由他杀啊!就是让你在共党这做个内应!搞到种子就可以去死的内应!"他又想起一根救命稻草来,"种子呢?!老陈呢?!"

邱宗陵:"跑了……"但他瞧见了二楼那扇关着的门,想起来那门原是打开的,

"不……还在上边！"

双车："上啊！天目山的弟兄们！死也得弄个手指头遮遮脸啊！"

门关着，屏息静气中听得见里边轻微的击键声。

芦淼发出他最后一封明码电文：惊蛰。几乎每一方都知道这两字的意味，但那是另一回事了。然后他拉开衣领。他从不佩枪，只有一个可以粉碎自己头颅的手榴弹。他抚摩着弹体，如古玩家抚摩自己的珍藏。

"……东进，东进！我们是铁的新四军！东进，东进！我们是铁的新四军！"

芦淼闭着眼，轻轻哼着这首歌，黯然神伤。双车带着天目山的哥们儿砸开了门，见芦淼坐在电台边，两手空空，掉转了椅子，看着双车们。

芦淼："双车兄，相煎何太急啊？"

双车还没回话，八角马和几个手下已经猛扑了过去，把芦淼连人带椅扑倒在地上，包铅皮的棍子猛揍。

双车："别打！我要问话！先把所有可疑的东西都搬出去！"

芦淼竖指于唇，对他神秘兮兮嘘了一声，然后把耳朵捂住了。双车不由纳闷，回头一瞧，手下正在搬动电台。

双车："别动！"

晚了，一个手榴弹的拉环滚落地上，电台轰然爆炸。双车耳朵里余音袅袅。

芦淼真切地："没事吧双车兄？"

双车委屈得快哭了："拉和老陈，你他妈以前没这么缺德啊！"

芦淼坏笑："小耍怡情嘛。"

双车郁愤难泄："我让你小耍！给我往死里打！"又想起了什么，"把那个边炮也给我关起来！屠先生切咱们脑袋之前，先称称他脖子上的玩意儿够不够六斤半！"

三进兵："他说，拉和老陈，可能就是红先生！"

双车："我去他的红先生黄先生！"

三进兵："从二七年便在逃的红先生！"

双车："什么？！"

他忽然蒙了，瞬间被巨大的幸福感袭击，如同一个死刑犯忽然发现刑场原来是梦中情人跟自己开的婚礼玩笑。

三进兵："红先生！二七年刺伤屠先生后就一直在逃，十三年来高踞我系通缉榜之首！"

双车明白了，他惊喜交集地猛扑过去，手脚并用护住了拳脚棍棒下的芦淼。

双车："别打啦！别打啦！掉一根汗毛都要给我接回去！快！"双车渐渐冷静，发现自己在发抖。

三进兵:"……如果是真的,咱们就无过了,还……"

双车:"……有功!有功了!最要紧的,有命了!"

伤痕累累的岳胜遮掩着自己的伤痕从街头走过,远远地看见两个日本兵过来,他捡起一块连泥带水的麻袋片披了,蜷在水坑里,装成一个司空见惯的预备式饿殍。

双车的座车从跟前驶过,溅了他一身泥水。他甚至能看见车里的芦森,而他稍一转头,又看见芦森的居所还在袅袅地冒着青烟。

他在恍惚中嘀咕:"……这不对……真的不对。"

他支撑着穿过无人的弄堂。芦森最后的话使他清醒:"有种子才有一切。"

一棵树的芦焱和他们赶着不走打着倒退的队伍,参差不齐地唱着歌走过街道。那支人们期待已久的延安卫生队已经在村公会外边支开破桌子,老乡们早已搋着人口,牵着牲口候着了——卫生队本就是人畜共治的,只是几个卫生队成员有些不在状态。原因很简单:屋里在吵架,而桌上的医药箱已经见底了。

队长:"卞融同志,我们这回要走十个村子!这才第三个!可我们的药已经被你派得只剩几颗糖果了!"

卞融早已是哭腔:"他们病了啊!他们病得那么重!你有没有同情心啊?"

芦焱让泥猴们停下,听着屋里头吵架。

队长:"我常在同情中哭醒!我知道大部分药品是你带来的!可这是在做慈善吗?每一粒药要用在该用的地方!你整瓶地派药,不识字的老乡怎么吃?同情治不了病,眼泪也不能!"

卞融咆哮:"我去要回来好啦!"

芦焱瞧着卞融从屋里冲将出来,她那身似红军又非红军的衣服明显是定做的,合身却没有领章,显示着她模糊的政治倾向。她已经很简朴了,甚至没戴项链。

啜泣并没妨碍她一眼就把芦焱从人群里剔出来:"何思齐!"

芦焱对这个女人有种远避的冲动:"我很忙!"

卞融:"你怎么能不帮我?!"

芦焱没搞懂为什么必须帮她,但随后过来的卫生队长让这成了必须。

队长:"去帮她去帮她,她根本搞不清把药都派到谁家去了。"他从口袋里掏出糖果塞给擦擦们:"好孩子,缴获小日本的水果糖,专治你们的馋嘴病……"

芦焱追上卞融,她抹着眼泪,冲芦焱怒吼:"我受不了你们这个鬼地方啦!我也受不了延安那个鬼地方!一个鬼地方又一个鬼地方!"

芦焱死样活气:"哎,你不是很喜欢延安的吗?你说那里开明,健康,乐观,积极……"

卞融:"蛮荒！落后！粗野！贫穷！前些天有个伤员死了,因为该死的医生舍不得给他用盘尼西林！现在他们又不让我把药发给病人！"

芦焱又一次追上来:"因为被禁运了盘尼西林所以可耻？"

卞融瞧他一眼:"你不是一直对延安没兴趣吗？怎么帮他们说话？"

芦焱心情复杂地承认:"我对延什么安是没什么兴趣啦。"

卞融结论:"以你的年龄,读过点书,有些想法,离延安又这么近,却不赶那份时髦。从不随波逐流的你,不俗。我走了以后,你要是不想做一辈子的西北人,可以来找我。"

芦焱:"你又要走了？"

卞融:"这回是真的。"

芦焱明摆了是不信:"我对那西什么安也没兴趣啦。"

卞融瞧他一眼,似乎想说什么:"……反正你来,我就会帮你。"

芦焱也瞧瞧她,似乎想戳破什么:"……知道你一定会帮我。"

大沙锅,荒漠上一个扬尘形成的大三角追赶着一个小三角——一众马匪在追赶一个逃逸者。时光放下了望远镜。他的手下正忙着支开藏在马驮子里的电台。

时光:"若水老怪手下的高泊飞,这家伙总算舍得离开两棵树啦？我真当他一辈子只泊不飞呢。"

门闩端支装了瞄准镜的毛瑟98K步枪,从狙击镜里盯着前边跑的那人:"色厉内荏的家伙也生出了骨头,那准是利字当头。"

时光:"我不认得前边那只兔子。"

但手下传来的电文揭开了他的疑惑:"截获共党上海方面电文。明码:惊蛰。"

沉默。"惊蛰",谁都不明白但又都大概明白那个意思,就跟点了堆烽火差不多。

时光:"上海出了什么事？共党好像要动他们所谓的种子了。"

门闩吹出一个尖厉的呼哨,手下立马收拾电台,上马待发。时光给了门闩一枪托,把他打倒在地。面对众人惊诧的目光,时光干脆把护裆和一身披挂都给卸了。

门闩:"我揍我的下属时都会给他们一个理由。"

时光:"你个笨蛋！反正高泊飞要干的勾当跟咱们一样,咱们还巴巴地急什么？下马休息！"

门闩恍然:"那我们什么时候出手？"

时光:"等他不合咱们意思的时候。"

一棵树,高泊飞的人在废弃教堂的楼顶上用望远镜和步枪监视着两棵树的周围。

一骑飞驰而过,那位骑手举枪叫唤:"兔子！兔子！"

监视者立刻拉响了那口残破的钟,钟声回荡,破而又哑,如哭如丧。

驻守国统区前沿的国民政府驻军正忙着关门落锁,支起拒马铁刺笼,骑手咆哮:"加岗!加双岗!没听见警讯吗?堂堂西北军,还不如老子一个马匪吗?要不要我们黄沙会替你们代劳啊?"

驻军排长史橛子尖声地号叫着,整个班的守军冲出来,足足加了四岗。

大沙锅外,高泊飞的人也喊着号子:"黄沙会发市!过路君子闪开!"

他们截住了一辆马车,进行彻底的搜索,一本簿子被他们抄了出来。

被抄的小老板急了:"那是我的讨账本子!"

他扑上来想往回拿,高泊飞抬手一枪,算盘珠子飞了老远,人尸横于地。

手下报告:"真是个账本子。"

高泊飞不以为然:"早知道他是个假的。"

时光和门闩远远窥看着弃尸而去的高泊飞一行。

门闩:"高泊飞个白痴,把佟阎王给打死啦!"

时光:"佟阎王我们天外山的?"

门闩:"不是。小老板一个,共党整得他没法放印子钱了。"

时光:"那就不管他。"

门闩的瞄准镜追着趾高气扬的高泊飞:"这货真是烧房子只为抓耗子的奇才。"

时光给了门闩一枪托。还好不重,门闩受着。

远方,在屠先生的私室,手下送来电报:"若水麾下的高泊飞有了动静,时光正在紧盯。"

屠先生一瞄就看完了整张电文:"送死的人来了。"

高泊飞一行圈转了马头,遁入荒漠。被他追赶的独骑驰入村里,几乎撞到延安卫生队的女医生卞融。一旁的芦焱怒骂:"崔百岁你今天成亲啊!赶着去投胎吗?"他忽然发现卞融身上有血迹,"他伤着你了?"

卞融检查自己,摇头。芦焱忽然明白了什么,忙去追赶崔百岁。

那马跑到有人的地方,自然就慢了下来。崔百岁从马上摔下,身前一个弹孔,身后还有一个,已经生命垂危。

人们乱作一团,小孩哭,娘们儿叫,汉子骂,卫生队长推搡开这些碍事佬冲上来,撕开崔百岁的衣服便开始抢救,但他那点绷带,连血都止不住。

队长急得砸自己的脑袋:"没有药啊!给我药啊!"

芦焱跑过来,在人群外就站住了。

卞融捧着装药的笸箩冲了过来:"有药了!我都要回来了……"

队长看了一眼,又捶自己的头:"瞳孔都扩散了!你以为这是白喉沙眼吗?我要手术台!手术台手术台!"

崔百岁忽然开始挣扎,甚至抓着队长的衣襟坐了起来,他的目光茫然,仿佛什么都没看见。"惊蛰。"他清晰地说,然后呼出一口气,死了。

芦焱的脸色陡然变了:一副囚犯看着牢房倒塌砸向自己时的表情。下融恸哭,一边哭一边徒劳地为崔百岁做人工呼吸。人群里的诸葛骡子木然地看了芦焱一眼,拍打着身上的黄尘走开了。

诸葛骡子的马棚是个垃圾窝,墙上挂着马具和乱七八糟的破烂,靠墙的案板上堆着他的生活必需品,棚口的水缸人骡共用,至于床,骡车往棚里一停就是现成的床。马棚里倒外斜地坐落于高岗之上,除了诸葛骡子没人要来这个地方。

芦焱避开拴在棚口的骡子,驱赶着马蝇走进来,转过骡车,发现诸葛正坐在车轮后发呆,芦焱从未见过他如此消沉。

芦焱:"崔百岁也是种子?"

诸葛骡子闷闷地应一声。

芦焱:"还有谁?"

诸葛骡子:"至少还有两个——你我。"

芦焱气结:"非得死了才让知道?"

诸葛骡子:"那叫不会死。会死的死了都不让人知道。"

芦焱真是完全没了脾气,一屁股伴诸葛骡子坐了。

芦焱:"他说惊蛰。"

诸葛骡子哼了一声。

芦焱:"你说过,听到惊蛰,所有种子都得放下手头的事,甭管什么,哪怕家里着了火,哪怕老婆孩子在火里烧着……"

突然传来的哭声打断了芦焱,哭声带着韵律,那是中国民间特有的丧曲。花儿为自己的嚎啕打着拍子,让悲伤合乎节拍。

诸葛骡子:"花儿没事呢。百岁好小伙,多是听见惊蛰就撇了婚事不管,急匆匆来做他的种子。知道不连累家小,比我强。"

芦焱:"知道种子是啥,知道为什么而死的。比我强。"

诸葛骡子:"他不知道,他跟你一样,就认识我这个自己人。你比他强。你活到了能知道啥是种子。"

在芦焱枯燥得喊天的西北生涯中,那是最大的疑团。现在他只能以冷淡来保持尊严:"种子就是你有一天神道道地塞给我的一个记事簿子,上面汉字拉丁字阿拉伯数字种种符号扎着堆鬼画符。你说组织信任我了,以后咱就为它活着了。我兴奋了几个月——那是三年前。"

诸葛骡子："咱们在国统区的联络网被整片掘起过两次，知道吗？一次是出了个大叛徒，第二次是军统出了屠先生这个大能人。"

芦焱："我不知道。我看过最新的报纸是两年前的。"

诸葛骡子："联络网一断，延安就真成了孤岛。后来咱们就学了乖，事先把重建联络网所需的一切留着个备份，这备份就叫种子，揣着这些种子的人也叫种子。种子被掘了就叫惊蛰，听到惊蛰，咱们得不惜一切把种子送到地头。我们粉身碎骨，种子生根发芽。"

芦焱尽力消化这个信息，以致看起来倒颇为平静："这回哪儿被掘了？"

诸葛骡子："你老家，上海。"

芦焱震惊。平静之后芦焱问出他的第二个问题。鉴于很少听到实话，他习惯在一个紧追一个的问题里缩小自己的思考圈："重建联络网所需的一切，是什么？"

诸葛骡子："要是说得清，谁还用一切这个词？"他叹了口气，"你的种子呢？"

芦焱："你给过我种子吗？你那儿有一份？"

诸葛骡子："当然。你这样的白丁都有。我是担心你出纰漏，百十页的一个簿子，不是那么好藏的。"

芦焱："簿子？你不是说花生大豆的种子？"

诸葛骡子略感满意："对，死成了灰也不要说。"

芦焱："那，有多少种子？这么说吧，多少个百岁和你我？"

诸葛骡子："谁知道呢？差不多是个对头就知道老共有帮人叫种子，这是个阳谋，根本瞒不住。对头都知道这些人单线接头，没事时就是老百姓，有事就拿身子往上填。他们就说，打兔子的时间到啦。"

芦焱因为诸葛骡子用的词皱了下眉："兔子？"

诸葛骡子："对，阳谋啊，好像下棋，你能不让对手看你走的棋？你赢的是个局。咱仗恃的就是兔子们保命的绝活嘛，干掉兔甲兔乙，兔丙兔丁全跑——双兔傍地走，安能辨我是雄雌？"

芦焱："那谁是雄谁是雌？"

诸葛骡子："雄雌？你真要跟我聊女人吗？"

芦焱忍着气："我是说真假！都真的，被截住一个就瞎忙。那不是只好一群假的护着真的，前仆后继，假仆真继？"

诸葛骡子竖起大拇指："你有数！一般做种子的都光顾激动啦，三五天后才想到这个不好的问题！"

芦焱叹了口气："当然我是仆的那个啦，一个今天还没去过延安，也没任何身份的家伙。"

诸葛骡子宽慰地："如果撒出去一百颗种子，那你就有百分之一的机会是真的那个,很高吧?"

芦焱认真地:"很高。从二七年到今天,我还没断了喘气,概率是万分之一。"

诸葛骡子大赞:"你是颗好种子。好种子都想得开。"

芦焱不领情:"因为你也不知道,所以胡说八道。"

诸葛骡子:"用你时不常灵光一现的夹生脑袋想想,如果我都能知道,那许多假种子算是白死了——只有青山知道。"

芦焱:"青山是谁?"

诸葛骡子:"所有种子的头儿,让你留在这儿的人。我才是拿枪顶你的人。"

芦焱感慨:"今儿十分钟的收获,胜过了足足四年。"

诸葛骡子:"不过青山肯定告诉你他也不知道。他是我见过最缺德的人。"

芦焱不信:"比你还缺德?"

诸葛骡子:"我跟他待过半个月,学的坏。"

芦焱默默地想了想:"太好了,我肯定在认识他之前就仆了。替我带话。"

诸葛骡子:"啥话?"

芦焱:"祝他跑肚拉稀见天儿头痛脑热,鬼上身鬼掐脖子的时候药都已经被卫生队的娘们儿瞎派完了。"

诸葛骡子:"这样的话我早跟他说过了,为我自个儿说的。"

芦焱真有点气馁了:"那就替我带个好。"

诸葛骡子:"他会说谢谢。走好。"

诸葛骡子站起来,收拾了家什,脱下护裆使劲拍打,弄得冲天臭气,漫天灰尘。

诸葛骡子:"三两天吧,所有种子都得各使各法,往外突。咱们走一棵树,穿越大沙锅的百里荒漠,到必经之路的两棵树。那儿有一个营的中央驻军,不算啥,要命的是两棵树是被两伙子名为马匪实为暗流的家伙占着。四海的天外山,屠先生的人。高泊飞的黄沙会,他政敌若水的人。两伙都是干脏活的高手,这三棵树走下来,种子少说要折一半。"

芦焱苦笑:"世界上最远的地方叫延安。我抬头看得见太阳,可看不见延安。"

诸葛骡子:"掉头转身东南向啊,没人拦你,没人管你……"

芦焱:"我这辈子欠过一个人,欠他一条命……一个死法。他说,自己点着了,就不怕人把你塞那里边烧了。人本就是万事的燃料,你不能总指望别人为你烧。"

诸葛骡子:"……是个女人?"

芦焱:"是个大叔。"

诸葛骡子:"男人我就没兴趣啦。回吧,还想要啥?你知道得和我一样多啦。"

芦焱断定不可交流,于是转身掉头。

诸葛骡子:"何思齐呀,送你个笑话。"

芦焱只好站住:"最好不要说女人。"

诸葛骡子:"送死的人来了。"

芦焱等下文,没有,诸葛骡子大笑。

芦焱:"您的痒痒肉长在眼珠子上了吗?"

诸葛骡子:"不好笑吗?我们这帮做种子的相互常说的笑话,也是咱们的对头瞧着咱们难免要说的一句话。太好笑啦!算啦算啦,你个嫩货屁都不懂!"

芦焱气极:"这不好笑!"

"别太多怨气。你逃了十三年,在这一棵树窝了四年。我也逃了十三年,跟这堆骡粪一块儿睡了四年。你天天想去延安,一横心就去,我也巴不得你就一横心。可我天天就想我的女人和孩子,我横啥玩意儿才能再见他们?……我那女人啊,脑袋被人挂城门上了,我想我孩子,可他被连着我女人的身子一块扔了。"他眼泪哗哗,"你个坏小子还从不肯跟我聊女人!"

芦焱语无伦次:"我没有怨气,你要是经历过我那些事情,就会想人为什么死和活,比想怨气要多……不不,我是说我没经历过你那些事情,我……别难过。"

诸葛骡子:"醒着就不难过,没那工夫,醒着就得做事。我高兴死了,走了这趟,以后省了想他们啦。你走吧,有啥惦记就去看看。"

芦焱:"我……没啥惦记的。"

他傻子似的走出诸葛骡子的窝。

芦焱背着手踱上山坡,身后跟上来三条尾巴,他的三个学生:昂首挺胸的花机关,低着头的野豆子,永远莫名其妙的洋芋擦擦。三位都在学习他背着手的威严。

芦焱:"坐吧。只好就找你们三个了,你们就是我最好的朋友。"

野豆子:"我爹说跟先生称兄道弟有辱圣人。"

芦焱:"我跟圣人没啥关系,跟你们说子曰都是被巴督教逼的。我也没跟你们称兄道弟……"他看了看眼前的三张脸,"我只是说,你们是我最好的朋友。"

他的声音变得严厉:"今天谁看见死人了?"

花机关立刻激动了:"血都溅到我身上啦!"

擦擦:"我最近我最近!"

野豆子:"血溅我脸上啦,只溅到他身上!"

芦焱咆哮:"我是让你们离远一点!你们没有生在天堂乐土,可你们至少可以学点好!"他沉吟,"少年的中国没有学校,他的学校是大地和山川……也就是说,你们以后也许要自己学习了,像我一样……不,不要像我一样,你们要学好。"

野豆子:"这个是子曰吗?"

芦焱的离愁更盛了:"这是我爹说的……我爹说过最有道理的一句话。"

他拿出他的教科书,一棵树唯一的教科书,是把能找到的任何字纸剪贴在破习字本上做成的,他是捡破烂一样捡着字来教他的学生。

芦焱:"这本书,是老师四年来一点点攒的。花机关你拿着,你爸爸队上识字的人多,逮着他们你就问,问好了你再教大家。你不要光顾自己,要教大家。"

擦擦也很想要:"给我!我来教!"

芦焱:"不行,你会把这世界教得像你一样的。"

擦擦决定抢,被花机关狠揍一掌,大哭。

花机关:"臭地主崽子!"

擦擦:"臭长工!"

花机关:"野豆子才是臭长工!我是臭当兵的!"

芦焱再度咆哮:"闭嘴!我是不是臭老师?"

三颗头一起点着。

芦焱:"好了,说正事。老师要出个远门,花机关,野豆子,你们以后一起玩一定要带上擦擦……"

野豆子:"我才不……"

芦焱一拳捣地,并施以诱惑:"每次都带擦擦,老师就会很快回来。野豆子,我看看你的牙……都快烂完了。花机关,交你个任务,让你爸队上的医生给野豆子看牙。"

花机关:"臭……"

芦焱一拳捣地:"你们三个都是我的好朋友,就是说你们三个也是朋友!"

花机关:"……那个叔叔很忙。"

芦焱:"磨他,缠他,赖上他。野豆子,你也有事,擦擦除了吃啥都记不住,你帮他温课。"

野豆子:"我爹说他笨得能把斧头崩飞三里地……"

芦焱瞪眼:"好啦好啦,再打手烂了。"

擦擦自告奋勇:"我帮野豆子做什么?"

芦焱:"你帮花机关吧。哪有小孩天天穿军装的?你有旧衣服帮他找一身。"

花机关:"红军怎么能穿地主的衣服!"

芦焱:"穿你朋友衣服怎么啦?别因为你爸带几个兵你就瞧不起老百姓!你爸的兵能像他们一样陪你吗?"

花机关嘀咕:"可他的衣服我能当蚊帐……"

芦焱也觉理亏:"我穿都大啊……找豆妈改改,擦擦一件衣服够你换两身新了。"

问题都解决了,芦焱对那三个张开怀:"过来,你们三个。"他抱着那三颗脑袋,"我已经走到了我能看到的尽头,将来你们会看得更远。"

擦擦聪明地:"这是子曰。"

芦焱:"是子曰。"他很想哭,于是他哭了。

上海,天目山据点。芦淼被架进牢房,镣铐加身。这间蜗室中间立了一道铁栅,另一半关着邱宗陵。

邱宗陵看见芦淼身后的双车,叫道:"双车,我是边炮啊!怎么把我也关了?你我同人哪!"

芦淼大笑:"宗陵吾友演得好戏啊!想不到能和你为邻哪!"

邱宗陵顿时不再出声了,双车冷冰冰地关上门。

又一天,双车再次进到芦淼牢房,放下风灯,掏出一纸袋酥饼,递了过去。从个人角度来说,他对这拉和老陈还真是好感依旧。

芦淼眼睛一亮:"蟹壳黄啊!谢啦!"顿时吃得不亦乐乎。

双车:"我让人专门去买的。拉和老陈,你也算共党的一号人物吧?生意做得不小,日常连碗菜泡饭都捞不着吃,图什么?"

芦淼:"你不懂我的乐,我也不懂你的乐。双车兄也算屠先生手里一号人物吧?要上得抗战前线,领军数千不算多吧?"

双车骄傲地:"愧领个旅长也说得过去的。"

芦淼:"那你奋勇一战,怕不能收割上千小日本的人命?——停电了?"

双车下意识地:"没。黑了灯防对头反袭。"

芦淼笑:"所以我乐在其中呢,我做的事不用黑灯啊。"

双车有些恼火,又有些愣神,最后叹了口气:"我只问,你是红先生吗?"

芦淼:"双车兄知否,红是三原色之首,什么色都是红绿蓝三色的混成,譬如说你老兄的肤色,便是红加黄加白。那你是红先生吗?"

双车真有点急了:"再这样胡说,我也只好给你苛刑加身了!"

芦淼:"稍安,勿躁。我懂你双车兄的,以前应对日本人时,常是咱们仨一起拿主意……现在暴哥死啦,只好两人拿主意了。"

双车也兔死狐悲:"死得不能再死啦!他的人我还杀剩三个,也是烫手。"

芦淼:"我的主意么,你设宴款待那三个,以你的身份也算是道歉了。所有事原原本本跟他们讲了,放回去,然后你们摆出备战架势。以你们在上海的实力,若水先生也知道惹不得,再与他礼让一二,就过去了。"

双车大怒:"天目山宴请船帮小瘪三?我把死鬼笑面暴拖来上席还好一些!江湖上牙都要笑掉的!"

芦淼:"你们素来声称,上海的地上日本人暂时占了,可地下的王国永远是你们的。以这样的势力,做这样的委曲求全,别说江湖人,中国人都会伸一个大拇指,赞一声大担当,护住了统一战线!"

双车倒也有些动念:"啥托词？走火？若水先生要对我们也走了火呢？"

芦淼:"邱宗陵。"

双车:"他不够替死的分量。"

芦淼:"不是找替死鬼。你说实话,他是屠先生一系栽培出来的人吗？嫡系？"

双车:"我都算不上嫡系,他就一随时可以扔掉的弃子罢了。原本他是若水先生的人,瞧我们势大便想靠过来。"他笑得微见赧然,"我一瞧他在你们那也扎得不错,就收了。得罪。"

芦淼:"情理之中。这要说上海四方势力,他唯一没勾搭上的是日本人？"

双车:"什么意思？"

芦淼:"我只是在想,贵方拨我方点,又开枪又扔炸弹。日占区呢,日本人居然没个动静。我只是在想,邱宗陵真有你看到的那么不堪？人家对着我一个引信截短到瞬爆的手榴弹,眼皮也没眨一下。"

双车:"明面是帮会斗殴啊,小日本巴不得中国人全斗死才好呢。暗面？就他们那小几百搞情报的？动如乌龟吧。没有屠先生的禁令,早轰得他们窝在军营里做缩头王八了。邱宗陵嘛,谁都知道这边炮是我系绝无仅有的怕死鬼。"

芦淼:"原来双车兄也知道日本人巴不得咱们斗死？吾心甚慰。"

双车:"啥意思？咱们要举国一心,光是东北就能把小日本耗成鱼干了吧？这是人就知道。——手榴弹可是你扔的！我这耳朵里还嗡嗡嗡呢！"

芦淼:"说出的理和做出的事经常是相反的,此谓理论与实践的区别。只希望双车兄不要为了自己心安,替敌人找理由。"

双车起身:"我不会那么蠢。"他在门口站住,瞧芦淼细心地对付酥饼。

双车:"老陈,你绝不会告诉我种子的下落,对吗？"

芦淼微笑:"现在才问？"

双车:"你是狠在心里的人,天目山全伙绑一块儿也抵不过你的狠。我之所以不问,是因为你绝不会说。明天我还带吃的来看你,我还不问——这是你我的交情。等到屠先生发令来问,你知道那是个什么问法。"

芦淼苦笑:"幸甚吾友。"

双车摇头:"我个人一向是敬你的。"

双车出了牢房,瞪着阴霾的夜空发了会儿呆。三进兵在等着他的命令。

双车:"咱们那两位亲眼见过红先生的同人呢？"

三进兵:"去查了。那两人在调任哈密途中遇匪,殉职了。"

双车气恼:"怎么就这么巧？难道还请屠先生亲来指认不成？"

三进兵很聪明地保持沉默。

双车:"……明天设宴。"

三进兵:"请谁？"

双车欲言又止:"先设着。"

他再度对夜空犯愣，然后起步就走。

双车:"……把边炮放出来。"

时光们又到了一次电文联系的时间，他裸着半边膀子，让手下补绘已经褪色的文身——那文身本就是画上去的。他一边用另一只手忙于晚饭，嚼着肉干，喝酒一样豪饮白水:"忒他娘的热！这样下去三五天就得补画一次。"

门闩:"您这文身全无必要。"

时光:"马匪头子都有文身。"

门闩:"二百五如高泊飞都没文这个身。"

时光:"假的文身能被对手误作真的特征。"

门闩，嘀咕着走开，收报的手下把他截住。

时光手下:"先生谕，让若水做我们也要做的事，直到他做出我们不要做的事。"

这和时光的决定一致，以至门闩和那名手下都惊疑地看了看时光的背影。

三

西北，一棵树。

卫生队长大声地喊着号子，衣服搭在肩上当垫子，一件破背心下裸着两只小细胳臂。面临匪患？这真让这小知识分子兴奋得失眠了。

卫生队长："嘿哟嘿嘿嘿嘿嘿哟嘿！打马匪呀！有大炮呀！嘿嘿嘿哟嘿嘿嘿哟嘿！从来就没有什么救世主！也不靠神仙皇帝！要创造人类的幸福！全靠我们自己！"

尽管大炮就是一棵刨铣过的老树干，掏空了，铁圈箍着，不炸膛的话能喷那么几下。但他老哥营造出来的这个早晨一定能让一棵树的人们记上十几年，《国际歌》声震四野，老中青女人孩子全上，装上土的袋子就是垒堆，各家掏弄出来的破烂成就了街垒，几十年前的老土炮被架在村口，再用重重重物压住了，免得它砰一下便跳成二踢脚。

巴东来跟周围挥着手杖，漫空叫骂："反贼！乱民！古制私造床弩便是死罪！你们竟连火炮也有私藏！匹夫！竖子！村愚！"

没人理他。人们忙着往那粗劣到极点的炮管里装填火药、石子和任何能找到的尖硬物，卞融把她收缴回来的药瓶砸成玻璃片，直到心痛不已的古轱辘给她拿来粗陶罐子破瓷碗。

芦焱思虑重重地出现，第一眼便被震惊了，然后他成了刺杀屠先生的那个年轻人。"我来帮你们！"

他嚷嚷着去跟一扇可以做路障的磨盘玩了一会儿蚍蜉撼树的游戏，结果是豆爹随手就把磨搬夹走了。芦焱毫不知耻地跟在全无觉察的豆爹身后做着助手，看上去倒像要把磨盘从豆爹手里抢回来。他大声地跟人一起嚎着《国际歌》，直到险些被诸葛骡子绊一个马趴。

诸葛骡子整理着骡车，耷拉着眼皮梳理着鞭子："你在干什么？"

芦焱："防马匪呀！"

诸葛骡子："不知道马匪为啥来的？怕苍蝇就把屎拉屋外去！"

言之有理。芦焱老实了："怎么走？"

诸葛骡子："我要知道你怎么走，我被逮了，你脖子上的东西稳当吗？"

言之有理。芦焱转身,遭遇了一个大惊奇——巴东来在他身后,一开口又给了他一个更大的惊奇。

巴东来:"阁下是此地劣童的先生?"

那位一向是明知故问的,但芦焱错愕而没能示好,痛失讨好巴东来的绝好机会:"我……只是偶尔教他们几个字。"

巴东来:"请跟我来。"

芦焱跟着,这前所未有的客气比诸葛骡子更让他迷茫。

芦焱:"您老这是……"

巴东来:"你且观望。到用得着你时再出手。"

芦焱纳闷儿得脑门上都要生烟了,好在巴东来等待的对象已经来了:野豆子和洋芋擦擦合伙拖着一根刚砍下的大树枝子走过来,巴东来白日阴魂一般扑将上去,先逮住了野豆子。

野豆子大叫:"干什么干什么?"

巴东来:"不要动!我要查你身上有没有违例禁藏的物品!"

芦焱大悟,顿时哭笑不得:"您老不能把气撒孩子身上吧?"

巴东来:"呔!韩非子曰:千里之堤,以蝼蚁之穴溃!"

这老小子总让自己介乎似有理又极无理之间,芦焱苦笑,只好挥着手让挣扎不休的野豆子稍安。

芦焱:"您总不成在几岁孩子身上查出枪支烟土来。"

树杈子做的弹弓、几只死虫子、泥巴团子是野豆子身上搜出的零碎,巴东来炫耀地向芦焱展示弹弓,真是让后者哭笑不得。再去搜擦擦时,擦擦掉头就跑,巴东来追上去就是几下,擦擦大哭。

巴东来骂一声:"痴肥蠢物。"然后开始搜查。

几颗花生、炒蚕豆,一个泥阿福……然后巴东来屁股上着了一下。

这一脚来自后来的花机关,芦焱昨儿的教育算是深入人心了,花机关现在是把擦擦当了同志加兄弟的关系,一脚下去,叉腰站了。

花机关:"老妖怪!他们三个是我最好的朋友!"

巴东来"赤匪孽畜"地大骂一声,舍却擦擦不要了。他抓住花机关时干脆是用掐的,花机关鬼叫,就是不哭。然后巴东来从花机关身上搜出了所谓的教科书和一颗子弹。

这通闹腾早就惹来一堆旁观者了。巴东来惊喜交加,把子弹高举了:"看见没有?幼齿蒙童,身怀这样杀人利器!朗朗乾坤,人心昭昭,这叫什么……"

花机关大叫:"那是我要送给野豆子的!"

屁股上又着一记,这回是野豆子瞧不得花机关挨揍,使出一个头槌。

巴东来哎哟一声，顿失花机关。

几个小的腿短跑不快，转起弯却是肉陀螺一般。

巴东来冲芦焱叫唤："给我抓牢！这样逆悖尊长的东西该用蘸盐鞭子抽！"

芦焱初时在忍，后来倒是在瞧那三个如何互相匡护："您还是收了神通吧，比您小了半百的孩子都没叫帮手呢。"他倒也骂那几个，"你们几个，以后再叫年长的人老什么，我一个打你们三个！"

"啪嗒"一下，芦焱的后脑被巴东来拿那书打了一下，倒没别的意思，只是老家伙乐于用这倨傲态度跟他这下等人打招呼。

芦焱回头，忍着气："还给我。方圆几十里，这是唯一一本教科书。"

巴东来又给了他一下："抓住他们。我跟上头呈文，你做正份的教书先生。"

芦焱："书还我……我一直当您只是固执，您刚打掉我最后一点敬重心。"

巴东来又给他一下："拿国民政府正份的薪水。"

芦焱："那您呈文帮他们要点真正的教科书，哪怕是《三字经》。"

巴东来又给他一下："这样贩夫走卒的糟烂地方，岂不玷污了圣人之书！"

芦焱忍够了，拧住巴东来把书抢了过来，好容易剪贴在一起的文字图画早散落了："要打人您去捡块圣人的砖坯，干吗使我们贩夫走卒的教科书？"

巴东来惊怒交加，这回挥过来的是手杖。芦焱终于爆发了，两个人扭在一起。巴东来手杖狂挥，芦焱挨着，只是对一个花甲之人总是下不去拳头，只好不轻不重地推搡。

巴东来："三大纪律八项注意！"

芦焱："我不懂三大纪律八项注意！我是没地位没身份连延安都没去过的野路子教书匠何思齐！"

巴东来："清平世界，朗朗乾坤……"

芦焱："您就是通往黑夜的漫长旅程！"

巴东来失足，两人滚作一团。

大沙锅外，高泊飞的探子正在向高泊飞报告。与时光一伙相比，高泊飞及其下属真是从外在到内在都酷似真正的马匪。

探子："一棵树连个人毛也没有出来，倒是村口拖了土炮设防。也不知道按惯例晌午派东沟的马车还会不会派。"

高泊飞对镜整理着络腮胡子犯愁："昨儿半天就劫杀了四个，今儿一个都没发市。这可不好。"

手下也愁："说不定是打草惊蛇了？"

高泊飞推开镜子："会个成语就乱用！你哪里知道我的计谋！共党这所谓种子是千年才出一回的宝贝，最妙就在只要死了，他就不是种子也是种子！我巴不得杀他百八十个,回头报上去,还用得着在这三棵树之间的大沙锅玩沙子吗?"

一帮人顿时惊艳和发愁:"可不嘛!上哪儿干一票大的去?"

高泊飞也玩着胡子直发愁。

一棵树外,现在已经进入了一场不大成功的打架的最后阶段:因为并不是刺刀见红的打,所以双方各自保持了一定的畏惧,而未泄出去的怒气又让双方都有点不依不饶,但开山第一拳的意气却又已经泄出去了。巴东来没受任何外伤,受伤的是他那不管怎样都能伤到的自尊,以及滚得与大地同色的衣服。他挂了杖在前头气呼呼走着,速度之快有点像逃跑。

巴东来:"革出学堂!永不录用!"

芦焱后头跟着,虽额头上叫杖敲青了一块,却是一个胜者的姿态。

芦焱:"您录用过我吗?学堂在哪儿呀?我在田埂上教他们认的一二三四!"

自然少不了跟着望闲望呆的,芦焱的肩膀都快被表示赞许的拍打给拍肿了。

巴东来望空咆哮:"无尊无卑的妖魔国度!"

芦焱:"我们贩夫走卒没见识,敬事不敬人!敬卫生队为的他给治病!敬剧社为的他给演戏!您要尊要卑的哪怕教我们认个尊字卑字呢?您个堂堂的督教……我说您去哪儿呀?我不跟您打!我真对不起您,不该跟我爹一般大的人打……我说您倒是要去哪儿呀?"

他算是知道巴东来要去哪儿了:此地从来是夜不闭户的,是民风淳朴也实在是耗子进门都得含着两泡眼泪出来,而巴东来一头扎进了……芦焱的狗窝。然后就听见叮当二五,尘土飞扬,芦焱那土坯加木板造就的家当就连野豆子都可以摧毁之,巴东来转眼就在一堆土坯和木板上猛蹦猛跳了。

巴东来:"革籍!充军!你快过来打死我!老夫死也是死在你屋里的一个厉鬼!老夫死了你也不得好活!你们一帮匹夫瞧清楚了,老夫是为匡扶正义而死!"

芦焱气极反笑,挡住几个终于看不过去想要插手的村民。他瞧了瞧从一棵树无论哪个角度都望得见的漠漠黄土:那一片浩渺已经等了他一天了。

芦焱:"留给您啦,别闪了腰!"他转身从人群里退出来,那嘀咕仅是对自己的,"我该走了。"

野豆子、花机关、洋芋擦擦本来被人群挡在后边,现在,他们无限景仰地瞪着他。

芦焱苦笑:"昨天我就跟你们说过的。"

野豆子:"昨天说过的!你真的能一个打我们三个!"

芦焱摇头,摸了摸他的头,顺手把夺回来的书交回给花机关。

芦焱:"昨天我就说过,老师要走了。"

芦焱还是没有走。他缩在一棵树最不起眼的某个角落,村人来来往往,倒还真没几个看见他的。而豆爹抱一堆东西,小跑着过去,又倒跑着回来。

豆爹:"哎呀何先生,你怎么在这儿?"

芦焱:"因为我在哪儿都会被人问你怎么在这儿。"

豆爹大悟:"哦。那你怎么在这儿?"

芦焱:"……因为我不想老被人问你啥时走。"

豆爹大悟:"哦。那你啥时走?"

芦焱只好去接豆爹手上的东西:"这是从我屋里抢出来的?"

豆爹:"抢啥,你走啦老妖怪也走啦,捡就行啦。"

芦焱:"以后别在孩子们面前叫老妖怪,有天他们也会这么叫您。"

豆爹:"对。以后叫他老王八。"

他得意得嘿嘿直笑。一棵树的人们总是那么擅长让人无语,芦焱决定打理自己那堆破烂,被豆爹拣出来的东西并没啥实用性,但不妨碍豆爹很好奇地在一边问"这啥呀?那啥呀?"

芦焱:"豆爹,麻烦您找古老板讨个器皿,我路上解渴。"

豆爹哎哎地去了。芦焱终于得空,能从某件破衣服里子里翻出他绝不放手的宝物——那片跟了他十三年的毒药。不留意间,卞融出现在他的身旁。

卞融:"你怎么在这儿?"

芦焱忙把毒药藏了:"……因为我很喜欢被人问你怎么在这儿。"

卞融:"我才不想知道呢。那你啥时走?"

芦焱叹口气:"……你们……这么闹腾,我也不知道晌午去东沟的车走不走。"

卞融:"走吧?马匪哪敢在红区边沿久待?皮队长就会胡来。那你什么时候走?"

芦焱:"……我希望马上走。"

卞融幽幽叹一口气,表达才是她真关心的:"没想到你还走在我之前。"

芦焱:"我不信你真要走。"

卞融:"我昨天非常受伤害——算了,我都习惯啦。"

芦焱:"你能让西北的风沙停下吗?你不能。你只能种棵树,种点这,干点那,等着这里见点绿色。改变是最耗时间的事情,还随时有可能被你想改变的人和事改变。"

卞融:"你根本不懂。我又不像你在西北土生土长。不过你今天不错,我以为你永远不会狂风大作……"

芦焱:"和一个六十多的老头打架实在没什么值得骄傲。"他摸摸额上的肿块,"这老头下手真狠。"

卞融根本不在乎芦焱的以此为耻:"所以你真的可以来找我。"

芦焱:"西安?"

卞融犹豫了一下:"西安。"

芦焱:"我一定会去。"

卞融:"你一定要来……好臭!"

芦焱看着卞融的身后,诸葛骡子停下了骡车,拍打着自己。那飞扬之中,定有一半以上是有关粪便的内容。

卞融:"我先走了。"

卞融匆匆逃逸。诸葛骡子讪笑着过来。

诸葛骡子:"你老可是真会走。临走了还玩个鲁提辖拳打镇关西,为地方上除一大害。巴东来这会儿正在村公所坐地打滚,说老脸丧尽,乞骸骨还乡,大伙一起拍巴掌,说多年没这么好看的戏了。"

芦焱直苦笑:"一下没忍住……其实他字写得不错,那些涂鸦常被我就地给学生做习字范本。"

诸葛骡子:"总之打得好打得妙。"

芦焱:"他都跟我爹一个年纪了。"他倒想起件蹊跷事,"卞融是种子吗?"

诸葛骡子:"谁?那女流?"他吓了一跳,"开什么玩笑?我们做种子的难道都是真嫌自己命长的人?"

芦焱也被诸葛骡子的吓一跳吓了一跳:"她是对面的人?"

诸葛骡子:"她是对面的人?……真的?那可是咱们的幸事!"

芦焱算是明白了:"得了得了,我明白了。"

诸葛骡子:"她有问题,那问题全是她自己脑袋里的问题,这样的人谁敢用?由得她满嘴上海腔地说自己西安来的——阿拉西安人。"

芦焱告饶:"知道了知道了——我怎么走?难道真一车坐到东沟,然后……"

诸葛骡子:"别跟我说你的然后,这样等我熬到了再没然后那会儿,也不会连累你的然后。"

芦焱默然:"……说得对。"

诸葛骡子便毫不客气地逐客:"青山让我们都尽快走,落单的兔子好杀得很。"然后他伸出一只手,"还有句话是青山单对你说的——交出来。"

芦焱愣了:"交什么?"

诸葛骡子:"那个有钱买不到的好玩意儿,那个让我们能自个儿选择死法的好东西呀。"

芦焱错愕,他知道交什么了。他伸出手,手指间捏着那片毒药,但并没松手——诸葛骡子当然老实不客气给他掰开了。十三年来第一次失去那物件,芦焱顿时空落落的。

诸葛骡子打量赞叹:"真真的宝贝啊。有这宝贝,还怕什么酷刑惨死,车裂凌迟？地狱到天堂也就是咬一牙瞪一眼的距离。"

芦焱:"你们……是不是太过分了？"

诸葛骡子:"送死的人来了,是不是？不是想死的人来了。"

芦焱咬牙切齿地看着他,却咬出了半个笑容。那真是莫名其妙的荒唐情绪,后来他忍无可忍地开始大笑,噙着泪花。

诸葛骡子:"你笑了,你听得懂了。你现在是种子了。"他转身上了骡车,拿起他的鞭子,"何先生一路走好！少小离家老大回呀！"

芦焱:"命给了你们,连个死法都给我拿走了。"

诸葛骡子看看他,从车上捞了条绳子扔给他:"拿一还一。"

芦焱没好气看着脚下那条绳子:"拿来上吊？"

诸葛骡子:"绑行李啊。你瞅着都像个稻草人了,顺便还能让人拿来绑你。"

芦焱冲着扬尘远去的骡车叫唤:"谢您吉言哪！"

远处,高泊飞一行下马,只留一骑,牵着所有空下来的马被牵去安全之地。

这是近现代步枪骑兵的典型打法。匍匐着掩进荒沟的黄沙会们终于显示出他们也是受过一定军事训练的。高泊飞拿望远镜瞄着一棵树的村口,那尊土炮旁边只有老皮等寥寥几人了,一棵树的人们在防患未然之事上从来缺乏耐性。

高泊飞:"这就是咱们离开西北的通途了,狠家伙拿出来。"

手下从背上解下一个长筒形袋子,打里边掏出一个日式的八九掷弹筒。

而芦焱现在成了一个旅人,包袱皮用绳子绑了,斜背在身上,长衫没穿,因为路上可以用来遮遮烈日。他走过一棵树的街道,与巴东来的斗殴曾让他成为一个一小时内的热点人物,现在热点已经过去。他心情复杂地向出嫁当日便守寡的花儿欠了欠身,转头发现豆爹醉倒在古轱辘的门前。话倒是带到了,古轱辘拿着一个细绳系了的大号瓶子过来,那瓶子几十年前大概是装香槟的,现在和芦焱一样沦落。

古轱辘:"何先生,你要的器皿。"

芦焱惊了一下:"这么大？给个羊尿泡就可以了。"

古轱辘:"羊尿泡不好用。一直照顾生意,我只好给你多年的珍藏。水已经装上了。"

芦焱:"是水不是酒？"

古轱辘:"本来想装酒。后来一想你老骂小店卖的就是水,省了。"

芦焱苦笑,现在他像一个去打批发酱油的叫花子了。他走向驿站,驿站是村口与那尊土炮几近平行的一个大号马棚,形同一棵树的公交站。但芦焱拐到村口就站住了,他的全部的学生都巴巴地站在那里。

芦焱:"回去！"

全体大哭,无须酝酿。芦焱最怕的就是这个,所以他这次走完全是逃之夭夭。

芦焱:"我只是你们的第一个老师!也是最差劲的老师!有哪个老师跟学生说我一个能打你们三个的?"

全体大哭。

芦焱只好竭尽全力向着驿站的马车嚎叫:"走吗?"

所谓的驿马车比诸葛骡子的坐乘豪华得多,就是说它的轮子是真轮子而不是两个锅盖。车上已经满满当当地坐了人:"还差一个屁股!……你嚎什么?"

芦焱连忙补上自己的屁股,接着嚎:"走啊!快走啊!"

他不敢看,但他实在没法不看那个声震四野的队列,于是他死死地抱着他的破行李,在马车的加速中用变了音的嗓子鬼喊鬼叫:"我想起个事来!那天你们问我魑魅魍魉怎么念,我说离未罔两——错啦!我不是好老师,连好学生都不是,我后来查啦,是魑魅魍魉!"

哭声渐远。芦焱瞧着那个队列,瞧着老皮在土炮边和卞融说话,瞧着岗上阴森森挂着拐杖瞪着他的巴东来。黄土在移动,一棵树在走远。

芦焱:"我一定会回来!否则我不得好死!"

这不算谎言,却很是无赖,但总算让他好受了些。他揉了揉眼睛,总算把眼睛从他的学生身上挪开,然后看见马车刚路过的土沟里拱起了一团,"嗵"的一声,像是把人的吞咽声放大了一百倍。

高泊飞的人掀开身上罩的土黄布,向着村口射出了第一发掷弹筒。

芦焱是第一个反应过来的:"马匪!!!"

马夫是第二个,立刻狠甩了两鞭子,陡然加速中一车人滚作了一堆,而赶车佬大有要把马车跑散的意思。

芦焱瞧着那发五十毫米炮弹在村口爆炸,看上去像是在他的学生中间爆炸的——还好那只是个视像错觉。他的学生们四散,卞融冲过来想让他们逃向一个统一的方向,村口的人往村里跑,而村里有人冲出来,和老皮一起去操作他们的土炮。

芦焱大叫,尽管没一个听众:"带他们回去!把他们带回去!!"

高泊飞的炮手在装填第二发炮弹。

卞融并非一个缺乏勇气的人,第一发炮弹后她在硝烟黄尘中仍在试图把四散的孩子们引向村里,而高泊飞们射来的流弹已经在周围纷飞。

她高举一只手:"都看着我的手!把手举起来!好啦!跟着我的手一起回去!"

而最无所畏惧的是擦擦,这家伙索性在研究第一发炮弹造成的弹坑,试图在里边找个纪念品。卞融清脆的女声吸引起了他,他站起来,摇摇晃晃走向卞融身后,准备像以往那样,享受女性回身时发出的一声尖叫。

他得逞了——卞融尖叫:"别站在我后边!……"

第二发炮弹炸开,离着一个还算安全的距离,除了簌簌落下的土块并无大碍。

卞融:"去那里!和你的同学待在一起!"

擦擦便企鹅似的摇晃着走向卞融所指的方向。没走几步,一头拱在地上。卞融尖叫,嚎哭,她在野豆子几个的帮助下把擦擦翻过来以便救护。擦擦一脸无害的笑容,把从自己身上摸出来的弹片递到她手里。卞融把弹片摔开,对着就此咽气的擦擦尖叫和哭泣。

老皮一伙在那使足了劲搬动着土炮,没法快得起来,他们的土炮只有一个炮身,没有炮架子。

马车上的芦焱已经疯了,他还看得见肉山似的擦擦、嚎哭的卞融,还有周围几个呆若木鸡的他的学生。

芦焱:"让我下去让我……"

他打算跳下飞驰的马车,但一次猛烈的颠簸,他被几只手一起拽住,一车人滚作一团,他无法抽身下车。

迎面的山弯里冲出来又一帮马匪,嘴里呐喊着并无实意的战斗号子。马车夫狂热地挥鞭,心里觉得这回死定了。那帮马匪却在堪堪相撞时玩出个几径分流,把这一车人视若无睹地抛开,直冲着一棵树方向去了。

马匪和一棵树的叠影是芦焱对一棵树最后的印象。在芦焱的想法中一棵树一定要被屠村了。

被几只手牢牢抓住的芦焱冲着车边掠过的马匪大叫:"我杀了你们!只要没死我就杀了你们!"

他被同车掩住了嘴。

在一棵树村口,老皮高举了拳头,往下的猛力一挫中险些伤了胳膊:"开炮!"

醺醺然的豆爹点着了药捻,然后掩住耳朵。一堆掩耳朵的人中间,威严依旧的老皮有点尴尬:药捻子烧进去就没动静了。

老皮:"坏啦?"

"轰"的一声,他们所待的几米方圆都被漆黑的药烟笼罩了。空中似乎有几万只马蜂飞过——超音速的。老皮黑头黑脸巍然屹立。豆爹们黑头黑脸呆若木鸡。

那个古怪到超自然的声音让高泊飞的人统统趴地,听着它从晴空中掠过,远去,然后苍蝇都没砸死一个,湮没荒野。

半截锅铲子不翼而降,掉在高泊飞屁股后边。作为杀伤破片而言,它实在还是太大太重了些。

高泊飞目瞪口呆拿枪管捅了一下："……娘们儿炒菜的玩意儿也拿来打人？"

手下："有了红军撑腰,这帮乡巴佬怕是够胆把咱们灭啦。"

高泊飞跑去踢打他的炮手泄愤："我让你炸掉那个土炮！炸掉那个土炮！"

炮手申辩："这是小日本的破玩意儿啊！"

村外,时光在疾驰中与门闩并缰。

时光："门闩,打掉看马的！"

门闩："要结这梁子吗？"

时光："这样滥杀不合我们的意！高泊飞只要杀人邀功,我们是要拿到真正的种子！"

门闩便领会了——如果他能在马上用带瞄准镜的步枪精确射击,那他一定是王母娘娘养的。所以他减速,在奔驰中下马,顺势仆地,几乎在刚开镜时就砰了一枪。

在高泊飞大后方守着马群的黄沙会手下惨叫着抱腿倒地。

时光纵缰驰向马群,左一枪,右一枪,把惊驰的马群轰向荒漠。

村口,豆爹们还在忙着装填他们的土炮,那真是个跟搬家装修一样烦琐的工程。老皮得到了一杆老掉牙的土枪,很想展现他百步穿杨的枪法。

村民："皮队长,村东有马匪突进来啦！古老板被绑票啦！"

老皮调枪东向,远超他这火砂枪射距之外,一个马匪扛着人回到高泊飞阵地：扛的自然是古轱辘。老皮凝神瞄准,大伙屏息等待。

老皮忽然愤怒大叫："这鬼枪的准星长哪儿了？"

众皆哑然。

村民："村里也有马匪突进来啦！"

老皮也顾不得准星了,瞧着几骑从村里冲向他们这里,砰的一枪,身外五尺之地腾起一片黄沙。好在那新来的几骑也没理他,一个个冲进他们阵地,跳下马便扑进他们的阵地与高泊飞们对射。

老皮开始欢呼："咱红军的骑兵来啦！从老远的地方连夜赶过来啦！"

顿时一片欢腾。

土沟里,钱串子把人事不省的古轱辘反绑了,上司高泊飞在一边看稀奇。

高泊飞："这什么东西？"

钱串子："一棵树开店的古老板。"

高泊飞顿悟："当差顺便发财？钱串子你会算账！"

钱串子："跟高会长学的乖。"

高泊飞美得顺便摸了摸钱串子的头,那头却连滚带爬带来了扫兴消息。

手下："会长,天外山的人惊散了咱们马匹！"

高泊飞惊了,刚爬出土沟,一枪飞来,让他立刻趴在地上:"这帮乡巴佬咋拉泡屎工夫就学会打仗啦?"

他骂咧咧地擎着望远镜看去,大后方的荒漠上,一个受伤的手下正在痛呼哀号,马跑得只剩远影,而时光一伙正斜刺里散去。

高泊飞:"时光你太损啦!真心想让我走到两棵树?"他放了望远镜鬼叫,"还打个奶奶呀!快去追马!"

黄沙会稀稀拉拉跑向遥不可及的马屁股,红军的枪法却不是吹的,让他们在沟畔又留下两具尸体。

零散的枪声终也歇息,一棵树的村口黄尘多于硝烟,一地狼藉,满目疮痍。卞融守在擦擦身边一直没动过,她还在啜泣。那几个孩子也不曾动过。

红军队长的呼喝声在尘烟中起伏:"报告伤亡!报告伤亡!"一个小小的人影扑过来,被他抱起——他是花机关的父亲。

而一名红军战士晕厥在自己的阵位上,老皮在那里检查。

老皮:"没事没事!是跑脱水了!"

红军队长歉疚至极:"离得太远。一路跑过来的,就到了这几个。"

他摸着花机关的头,花机关从父亲的肩膀上望着死去的朋友——这里是他最安全的港湾。

一群舔伤的人中,最另类的是拖着一口大箱子钻过来的巴东来,那箱子的分量教他汗流浃背,可没一个人帮他。

巴东来:"这地方待不得了!我要去两棵树!谁拉我?"

有马车,拉单活的那种,还有着遮阳的棚子,但车夫不应声。

巴东来:"我出高价!够你们再买挂车的价!"

车夫:"你杀得太狠。"

巴东来:"你还没叫价呢!"

赶车的咬咬牙,伸了一个巴掌。巴东来咬牙还回两个,那头立刻把头转了。巴东来一脸肉痛地加到三个,当他伸出四个手指头已经是不共戴天的神情了。

车夫终于去帮他搬那口死沉的箱子,一边还犹豫不决:"我一准儿是穷晕头了……钱再多也要有命花呀。"

箱子一上车,巴东来立刻又伸三个指头:"太破了,你的车太破了。"

车夫气死了,啥也不说就把箱子往下搬。巴东来立刻抖开了四个手指头。

大沙锅里芦焱茫然坐在车上,同车的乘客也同样茫然。

芦焱看见时光一行远远驰过,他们仍然对这辆马车视若无睹。

马车夫谢着上天:"真是玄女娘娘显圣了,连着两回这帮瘟神愣没看见咱。"

"是朱毛。朱毛法力强大,真正辟邪的。""一棵树完了,就是朱毛像挂得太少。"

芦焱没有说话,他瞧着时光远远地回过头来,手里拿着一个望远镜。他甚至能感觉到时光的目光就在对着自己。

时光从望远镜里扫视着芦焱,兴趣在若有若无之间,他收回了望远镜。

门闩:"那辆马车要不要过去查?"

时光:"都是去东沟的。别费事了,共党难不成就把种子送到东沟?"他随口下了命令,"天外山的弟兄在大沙锅撒网,遇事谨慎,下手要有数。谁要像高泊飞那样闭了眼胡喷,我亲手把他埋在热沙子里做成干粮。"

门闩:"一棵树已经来了红军,他们不会追击?"

时光:"我看见了,快跑死的一帮人。"他几乎有些神往,"还真是梦与梦的战争。可人再做梦,马没个三五天缓不过来。大沙锅和两棵树的我方驻军战力怕还比不得一棵树的村夫,可总也是统一战线一员,这叫投鼠忌器是不是?"

门闩:"高泊飞就快发疯了。"

时光不以为然,他早想过了:"他所以还没死,只因为还差先生一纸电文。"

门闩沉默,跟了时光这么久,这年轻人每道命令和分析都让他多一份敬畏。

那辆惊惊的马车在路边停下,一路担惊受怕的人们散向远处山峦间的民居——那里是东沟。

芦焱是唯一还坐在车上纹丝不动的人,马车夫以为他睡着了。

马车夫:"哎,东沟到啦。"

芦焱没有睡着,他只是在瞪着眼前那没边的荒漠出神。

芦焱:"我不去东沟。"

马车夫:"不去……兄弟,我只到东沟,还有,这几天我死也不去一棵树。"

芦焱:"我去两棵树。"

马车夫:"兄弟,知道你伤了心。东沟有个大夫,不过我不知道他能不能治得了心。"

芦焱:"我做什么你才会送我去两棵树?"

马车夫:"早两天我会要两套车马的钱。今天,你觉得我这烂命值多少钱?"

芦焱:"没价。"他乖乖地下车,并且让自己做回一个叫花子,"所以我自己走。"

马车夫追着他跳下车来:"我说,你那条烂命也没价!"但芦焱那副烂糟样让他顿时没了自信,"……就看谁出啦。"

芦焱:"我走过。"

马车夫:"那你就能攀着雨水爬上天啦,还得先耗个大半年等雨水出来。"他指着两棵树,"你走过……"

他顿住了,逆光之下,山冈之上,远远几个骑马的人影,马头向着这边。于是他迅速从芦焱眼前消失,芦焱只听得一阵细响。那哥们儿连驭马都不敢出声了,只拿鞭子轻轻地甩着,跑了两步,终于忍不住恐惧,大呼大喝地加速奔向东沟。

芦焱叹了口气,看着那几位瘟煞,慢慢向那边走去。

野豆子和花机关坐在一棵树村口的土坎上。穷荒之地的愈合能力极强,人们正在尽量让他们的家园恢复原样。但两个孩子看的是擦擦躺过的地方。

花机关:"他像个胆小鬼一样跑了。"

野豆子:"老师不会回来了。他说带擦擦一起玩,他就会很快回来。现在擦擦没了,他不会回来了。"

诸葛骡子的骡车从他们身边驰出,这是今天离开一棵树的第三辆车。

大沙锅外,时光瞧着向他们走来的小小人影,有些小恼火,因为他刚才出现了误判。

时光:"没想到。一百里没遮没挡的大沙锅,黄沙漫漫的一个蒸笼,倒有个乖乖要靠两条腿子走过去呢。"

门闩从瞄准镜里观望着:"来人档案有载,何思齐,一九〇一年生人,临潼人氏,民国五年为逃兵乱流居一棵树,务农兼教书。当地督教巴东来参他无照执教的报文四年来足有十几份,是教育处最让人心烦不过的废纸。"

时光:"教一棵树的农民喊共党口号?"

门闩:"完全没有政治倾向,只是把农民家孩子从一二三四教起。孤僻懦弱,嗜酒,赤贫,不爱与成人交往,倒好与蒙童智障为伍。"

时光把步枪拔出了鞍套,也不知他在想些什么,然后向着芦焱嚷嚷:"教书匠,你拎着瓶香槟,是要在沙锅里头开了吃自己吗?"

芦焱看着他,从那份莫名其妙来看,他根本不知道香槟为何物,也不知道自己手上拎了个香槟瓶子。然后他解下行李,打开了,规规矩矩放到了一边,再规规矩矩站到了一边。

时光:"啥意思?"

芦焱:"草命随风飘,任爷有情刀。"

时光哑然:"真当会两句江湖口就能走西北了?你不是想杀了我吗?"

芦焱苦涩地:"是想。可拿什么杀?"

时光打了个响指,几个手下按部就班。芦焱又一回重温了四年前的遭遇,被反绞着,由着搜查者一把刀在指间上下翻飞。

他身上但凡能藏下颗蚕虫的衣角都被割开了,扔在地上的行李也是一样。

时光拿枪顶着芦焱的额头,仔细观察着芦焱眼中的悲伤与愤怒。对芦焱,他的办法是尽可能营造极端的情绪波动,由此来判定真伪。

时光无辜得很:"只要没死,你就要杀了我——可惜你死了。干吗要杀我?"

芦焱死瞪着他:"你们杀了我的学生。"

时光:"哦,我杀了你学生。"

他忽然倒转了枪,拿枪托捅着芦焱,在他的示意下反绞着芦焱的手下放开了猎物。于是芦焱手上莫名其妙多了一支枪,以及半打对着他的枪口。

时光:"我让你试一次。"

他敲敲自己的额头,但实际上他们每一个人都在观察着芦焱用枪的姿势。

芦焱拿枪是典型的外行,实际上他从未用过任何枪械。他把枪托担在肩上,像木匠在看自己刨的木条直不直,也不懂拉栓上膛,他把枪还给时光。

时光:"怎么啦?"

芦焱:"我没种。"

时光:"我叫时光,天外山的老魁,三秦道上的十一路马匪倒有七路是栽在我手上的。你大喊大叫要杀了我,还没种?"他扫了眼门闩,"你说他懦弱?"

门闩:"我只管记住我看过的东西。"

时光:"教书匠,你学生是黄沙会杀的。不来杀我你就是个孙子,可我们天外山不喜欢像二百五一样胡砍乱杀。"

芦焱意兴阑珊:"对一棵树来说有啥区别?"

时光:"你当一棵树怎么啦?"

芦焱:"我看着你们喊打喊杀好不威风,只有一门土炮的村子,还能怎么样?"

时光:"喊打喊杀,是去找黄沙会的晦气。你那一棵树还好好的在那儿,没少掉什么枝丫——好像还多亏了我。"

芦焱怀疑地看着他。而时光并不喜欢"不信"这种反应。

时光:"得啦得啦,骗你的。杀了个鸡犬不留呢,老子马匪嘛。"

芦焱倒深深给他鞠了个躬:"你没骗我。谢谢。"

时光倒愕然:"怎么瞧出来的?"

芦焱:"屠一个要什么没什么的一棵树,没疯就是傻了。你清醒得很。"

时光:"凭一双腿子走过大沙锅,没疯就是傻了。你清醒吗?"

芦焱:"被赶出来了。老家临潼,没路可走时最想家,只想个落叶归根。"

时光:"归根? 搞不好是荒地上一具旱尸,风掩土埋。"

芦焱:"啥都没有的人,自然也就没有搞得好和搞不好。"

时光:"走吧。"

芦焱纳闷儿,他的平静源于极端的无奈,就是把他活卸了,他除了叫好之外似乎也没别的让人意外的方式。他没想到能离开,而且是完整地离开。他决定开路,收拾起自己的破烂,拎起香槟瓶子。时光抬枪,他上弹的速度跟门闩有一拼。砰的一枪,芦焱的瓶子成了一个炸成无数碎片的水炸弹。芦焱看看还吊在手里的瓶颈,扔了。

时光大笑:"现在你可以喝到最地道的西北风啦!"他一脸顽劣,"走吧,一百里热锅底一样的沙地,只能喝你自个儿的汗水,我瞧你到底有多想家。"

他出奇地没有在芦焱脸上看见恨意。从芦焱知道他没做伤害一棵树的事之后,他再没看到属于芦焱的恨意。

芦焱:"感激不尽。"

然后他开路,仍是两棵树方向,步子固执均匀得如同一个又一个的箭头。时光很意外地看着他,又没面子地看看自己手下。一个手下对着芦焱举起了枪,但时光并没发令。

时光:"走吧!等晒成人干儿了还能更臭更硬。"

于是天外山的人轰踏着从芦焱身边分两径而过,很难说不是存心地把黄尘和碎石溅扬到芦焱身上。时光和门闩是最后两个,时光从马鞍上拿起一件物事,日月地悠了两圈,狠狠把芦焱砸倒在地上。然后他和门闩加速,成为这支马队的队首。

芦焱挨的那一下绝对不轻,他定了定神,捡起时光当流星锤砸过来的那件兵刃——时光自个儿的长条形皮水袋。

门闩总是尽可能靠近时光,因为他扮演的是一个无所不在的忠谏者。

门闩:"这样死人不死理的主儿能没问题?"

时光:"有。不过他最在乎的好像跟咱们没大相干。生生死死的恍惚最难装,但凡是种子都是为种子活着的,可这哥们儿倒像是被一棵树的鼻涕虫摄了魂了。查他,我要知道他图啥。"

门闩:"是。"

时光:"放他上路。在这三棵树之间,他怎也跑不出咱们眼底。高泊飞只要人头邀功,高泊飞不做梦,而这帮家伙砍头只当风吹帽,会永远拿他们的梦来跟子弹头比硬。我们要斩草除根,根就是他们脑袋里的真货。门闩,你做梦吗?"

门闩近乎答非所问:"我为先生尽力。"

于是时光笑着骑走:"你不做梦。你根本无力承当先生的梦景。"

荒漠呈现在他们面前,然后他们成为荒漠的一部分。

芦焱爬上高处,看着眼前的荒原,远远已只见时光们的扬尘。

有几个人尽皆知的数据扔在这里:人步行的时速六公里,马的时速是四十公里,急驰六十公里,负人奔跑一百公里左右需要歇息。所以这一百华里的荒原对时光们是轻松两头,而芦焱呢,十几个小时不能休息,没晒死前多走一步是一步。

芦焱打的也是这个主意,他的底气源自他曾走过一次,虽说走砸了,但那次他没水。所以他信心满满地晃了晃时光拿来砸他的水袋:"谢谢啦,你这太子爷倒还坏得有药可救呢。"

听是绝不可能听见,但那位太子爷远远地把马圈了一下,回望了一眼,芦焱连忙望着那边作揖。再抬头时漫漫荒原就剩他一个人了。芦焱环视了四周这一圈地老天荒,吸了口凉气,然后把他千疮百孔的长衫彻底撕了。绑香槟瓶子的绳他没舍得丢,在自己的头上绑出来一个阿拉伯人——与风土民情无关,科学芦焱还是懂一点的,这可以相对减少水分流失。

芦焱:"芦师傅,您现在就是一个半米尺。不就是一百个华里吗?两步一米您也就量个十万步。苦不苦?想想追您的人都追了四万华里,人家可是足足量了两千万步。"他装束停当,"走吧。少年的中国没有学校,他的学校是大地和山川。"

他走向他的学校。山峦之后静悄悄飘起一发黄色的信号弹,他没有看见。

但时光一行不可能没看见,实际上这就是他们等待的东西。一个尖厉的呼哨,他们策马奔向信号弹所在。

诸葛骡子张皇四顾,驱赶着他那辆过目难忘的骡车——他看的人如狼如隼,就那么几人,他快人也快,他慢人也慢,附骨之疽一样跟随于旁边的高地。诸葛骡子看上去就是一个走投无路的骡夫,他百分之九十九的时间在骡车上跪着,磕头。

诸葛骡子:"诸位一字并肩的王爷,一棵树被拿了买卖,小人不得安生,出来逃难的!王爷们堵的官路截的财路,不拦生路啊!"

他嚎得都带了哭音。那几位只在十几米开外静静地看着。诸葛骡子轻骂一声,继续他时快时慢的路程。而真正要命的主儿终于来了:时光一行从山弯里拐出来,一字形地截住了前路,不紧不慢地并缰过来。

门闩:"天外山盘道!是对头只管逆着来!穷家兄弟就地顺了!"

诸葛骡子下骡车仆地团了,一杆鞭子举在头顶上,只管筛糠——顺了。

门闩:"诸葛骡子,一棵树穷到轮子都配不齐的骡夫,老光棍,日常接些没人接的破碎杂活。"

时光不满:"这么短?"

门闩:"他恨不得睡骡粪堆里,臭得没人要跟他打交道。"

时光依规矩去接诸葛骡子顶在头上的骡鞭,被熏得直皱眉:"真臭。"他顺手抽死一只搞不好跟诸葛骡子从一棵树过来的马蝇,"以鲍鱼臭盖兰桂香吗?贱招啊……扒光了查。"

几个手下有点傻眼,掩鼻子都不合适,只好屏了呼吸把诸葛骡子拖到一边折腾。

诸葛骡子喊得杀猪也似:"王爷!冲家的家当都在这儿!瞧得上你拿走个八九,留下个十一啊!不能这么干不能这么干!咱不能这么干!喂喂喂?哎哟喂!"

一个手下被他连熏带叫得心烦,拿包头棍子狠狠给了一下,于是他就剩一迭声的哎哟了。时光径去看那骡车,拿骡鞭挑了挑那堆超出人类想象的破烂,终于被臭得掩了鼻子。然后他想起了这根鞭子是来自哪里的,忙扔了,在衣服上擦着手,置门闩递过来的汗巾于不理。

时光:"这里也要搜。"

几个手下忙拥过来,唯恐被差去搜嚎得惊天动地的诸葛骡子。天外山的搜查不是那种司空见惯的胡摔乱砸,倒是如考古一般的轻拿轻放,放在车边,还顺便分类归档,只是但凡敢有个夹层的地方全用刀剖过了。

门闩摇头:"穷得我疑心他是吃土长大的。"

时光避开又一阵袭来的臭浪:"怕是靠吃粪肥长大的。去哪儿?"

刚被放开的诸葛骡子哭丧着脸:"东沟,找个安身处。"

时光:"走劈岔了。"

诸葛骡子:"啊?光顾跑了,也不敢走大道。"

时光:"也对,大道上有我们嘛。走吧。"他提身上马,"我们也走。"

还真是说走就走,瞬间便跑得就剩一溜扬尘。

诸葛骡子把自己将就着遮掩了一下,赶着他骡车去往另一个方向。

走着走着,时光停下,用望远镜看了看,诸葛骡子已经成了一个远影,地上堆叠着那些他们搜过的破烂。

时光:"门闩,我们劫过道吧?"

门闩:"劫过。"他的表情明显觉得那是孩子气勾当。

时光:"我琢磨过被劫的人。你十抽一,他感激你,倒像你救了他不是劫了他,十抽九,他看不见你,只看见剩下的十分之一,好像那突然变成了黄金。"

门闩:"弱肉强食而已。"

时光:"你见过这样我们什么也没拿,他也什么都不看的主儿吗?"

门闩:"只是些破烂。"

时光:"是他苟延残喘的全套家当,我明白什么叫穷。去逮那家伙,他是共党。他身上没鬼,鬼在车上!"

他们追赶骡车。

诸葛骡子试图跑,可他根本跑不快。而且这回的追逐不再是动口不动手了,天外山开始鸣枪,枪声尖厉地划过骡车上空。诸葛骡子停下,再一次跪伏,再一次把骡鞭高举过头。两支枪上来逼住,几个人搜查。

这回时光却对这样细致的搜查不满意了:"拆了!"

那车本就是一个跑着要散架的德行,几个家伙刀砍斧劈,砸开几个榫头,两副抓钩一搭,放马一扯,一辆车顿时分崩离析。明晃晃的银圆滚了一地,诸葛骡子顿时抱头大哭,也不分辩了。

时光却蹙着眉,银圆是马匪想要的,却不是他这种马匪想要的。

门闩拿了一个银圆,吹了一下,递给他:"不错的货色,响洋,不是哑洋。"

时光玩着那块银圆,很和蔼地看着诸葛骡子:"说说看?"

诸葛骡子:"不是我的!一棵树的古老板被诸位王爷请了财神,当时放话三百现洋的赎金!古家的人找的我,说是跑这趟够我连骡带马的再买一副呀!"

时光:"我没在一棵树请过财神。"

门闩:"黄沙会袭击一棵树时趁乱绑了一票,好像是当地小富古轳辘。"

时光:"高泊飞还真干上打家劫舍的勾当了?报上去倒能给若水老妖脸上抹黑,可这跟我们眼前的事有什么相干?"

门闩:"没什么相干。"

时光:"杀了埋了。我会记着高泊飞以公枉法的这笔账。"

他的手下瞄住了诸葛骡子的头,但时光在最后一次皱眉中转念。

时光:"不要。拨几个人看着他,带上赎金,别断了刑讯。我要带他见高泊飞。"

他离开。门闩挥手留了三个人,将诸葛骡子五花大绑。

芦焱还在荒原上跋涉。炎热和酷寒一样,在第一时间就让人用全副心神与之对抗,在对抗之时拿走神志,神志模糊之后拿走意志,最后拿走生命。芦焱现在在神志模糊阶段,偶尔抿下的一小口水是他保持清醒的唯一良药。

他念叨着,鼓励自己,挖苦自己:"……你不想那样,就可以这样……还有得选,就不叫完蛋……把自己点着,就不怕人把你塞那里头点着?可是大叔,我很热哎!……他们把我塞进去烧,你们给我木条……诸葛骡子,你过得比我惨,可我还得说,你不是个好东西……青山先生,久仰大名,如雷贯耳……你就是个王八蛋!"

身后有个声音传来:"魑魅魍魉!"

芦焱听见这久违的声音,瞧着眼前的世界,只一片热气蒸腾。

芦焱:"海市蜃楼?"

那声音:"天生一个杀才!"

芦焱叹气:"幻听幻听。"

声音更近:"科举大废,读书人不思入闱进取,只想谋逆造反,都是欠杀头的佞臣贼子!"

芦焱回头一瞧,累成这样都忍不住乐了:马车奔着,巴东来把着车篷子框,看来是想学古车兵在奔驰中给芦焱来一下子,只是手杖比长戈可差着不少,而车夫又不大配合,急得巴东来直骂,语无伦次加手足无措,指挥车夫连骂人带动手,忙坏了。

巴东来:"怎么这样了无战意?你倒是奋勇一点!快点!哎呀,我叫你慢点!何思齐,在大庭广众之下侮辱老夫时可曾想过,你也有今天?"

芦焱好气又好笑:"老爷子,天地为炉,造化为工,咱不都是一口热锅里炖着的蚂蚁吗？您和我共着一个天。"

巴东来："呸！谁和你一个天？老夫出有车，何其舒服哉？倒要看天蒸日晒，罚你这只野鬼！"又呵斥车夫，"慢点不是停下来！他熬不过烈日爬上车来怎么办？"

车夫擦着汗发牢骚："您老人家就闹吧。明年到得了两棵树我就烧高香了。"

巴东来："荒唐荒唐。你靠近些，我不挥他一手杖还是恨不过。"

芦焱警惕，退一步，先捡块石头在手上："放尊重些，您总也六十好几的人了，别逼着我拿打狗的办法对您。"

巴东来怒喝："啊呀！侮辱了斯文还敢说出这样话来！不可理喻！"

芦焱："我也觉着不可理喻。自打认识了您老，我才知道中国字原来还能这样用的。所有刁难字全给别人，所有光彩字全给自己，再大的光彩也得沤出霉味。"

巴东来还蠢蠢欲动，芦焱退后作势："您最好把拐棍放下，帮您走道的东西不该用来打人。我先敬人做的事，往下才敬他的年龄。"

巴东来气极，可自从芦焱真不忍让了，他色厉内荏就越发暴露，他猛拍车篷吆喝欺得着的车夫："走啊！这样巴巴地凑上来干什么？叫他污了我的清听！"

车夫恨得想跟芦焱同阵营了："是您非要冲上来给人一下啊……我说老爷子，我说句地道良心话行不行？"

芦焱也知道那位要说啥："别啦。我谢谢您。"

巴东来不管好歹，先大叫："不行不行！"

车夫："您两位共同进了这大沙锅，可真没见死不救的理。谁也别掏钱，我也不要钱，让那位小哥上车……"

巴东来咆哮："绝对不行！我掏钱看他死还行！"他倒循循善诱起来，"我们先走，我给你讲忘恩负义的中山狼故事。"

芦焱："走吧，大叔。也不想想，一车拉我们两个，死的怕会是您。"

车夫想想也可怕，摇头叹气，加鞭。车到了芦焱前方，巴东来拿杖头对芦焱点点，总算没再咆哮。

芦焱："希望您终于能找到心里的平静。我也一样。"

巴东来抱着杖冷森森地坐着："死了就平静啦，走啊！"

他拍了拍车篷子，车终于远去了，留下芦焱半米半米地丈量这百里荒原。

而这回他看见了——巴东来去的方向升起一发黄色信号弹。

芦焱："……太子爷，你好像也不得平静啊？"

信号弹还在落下，车夫瞪着那玩意儿加鞭疾驰，跑不跑得过再说，但遇着危险跑路总是第一反应。

忽然的加速让巴东来叫苦不迭："跑什么跑什么！你这鬼车可是硬板子啊！

哎哟喂你要敬老尊贤啊！慢下来啊！先不讲中山狼，我跟你说说欲速则不达的至理！"

车夫："遇着狼啦！"

巴东来顿时惊了，趴车上只管四望："狼？君子不与狼狈合污，这可大大的不好！哪里哪里？"他终于看见了远处迅速靠近的烟尘，"那里那里！狼啊狼啊！……你怎么慢下来啦？怎么停下来啦？"

车停下来了，车夫像诸葛骡子一样在车边跪伏。巴东来揪着他不让下车。

车夫："跑就是个死啊！跪了还指着他心里一高兴不是……"

巴东来："狼心里一高兴还不胃口大开！这哪里是狼啊，马匪啊马匪啊！"

他终于看清楚了那烟尘里裹着的人马。也真是跑得不善，时光一行冷冷地拍打着身上的黄尘，恢复自己本来的面目。

车夫挣开他，跪了伏了，马鞭举过头顶，低声啜泣："正经的狼祖宗啊……我这是财迷心窍还是鬼迷心窍呢？想挣您老人家的钱都没好下场啊……"

巴东来已经不理他了，猛醒之后开始翻他那口巨大的箱子。

时光的手下报号："天外山盘道！长逆鳞的只管上来！穷家门兄弟赶紧顺了！"

时光和门闩冷冷瞧着跪在地上筛糠的车夫和不知在翻什么鬼的巴东来。

门闩："巴东来，此县政府官驻一棵树的督教。其实一棵树从无学堂，只是自打成了共治区，我方总得把无论大小的芝麻行政官职全给占上。东沟佟阎王盼咱们光复，那是背地里烧香。这巴东来可是明着刷标语大骂共党的，往好里说是我方战士，往坏里说就是偏执成狂的神经病。我方线报怀疑是县政府也消受不住才把他发往一棵树的。他性情恶劣，色厉内荏，吝啬多疑，僵硬固执……"

时光打断了他："这么长？还没一句好话！"

门闩："大概我方线报也受不了他啦。"他苦笑，"干我们这行总是不习惯把人往好里看的。"

时光："我只是奇怪这帮教育佬今儿是要跑大沙锅来搞诗会了？"

门闩："一棵树近红区，我方联络不便，还得汇总到两棵树再转我们这儿……"

时光："说不知道就好，我不会花时间听你为什么不知道。"

门闩顿时出了一脑门子冷汗："尽快查到。"

两人说话的辰光，巴东来早从箱子里翻出了几张片子，放在车沿上，也不下车，如车夫一样跪伏在车上筛糠，而时光和门闩交谈中已经把这马车看了两圈。

时光依规矩接了车夫的鞭子——他总是尽可能在做足一个马匪："拖开了搜，像对上一个一样。"

那又是扒光了剔开了的搜，这个倒不叫唤，恭顺地被拖到一边去了。

巴东来偷瞧一眼,筛得更狠:"有伤风化,有伤风化……"

时光没理他,拿鞭杆子扒拉着巴东来的片子瞧,倒也简单,但吓死人。

时光乐了:"国民政府中央教育部督教,你教育部?"

巴东来:"教育部教育部。"

时光:"一个穷山恶水的破县有教育部?阁下封王了?"

巴东来:"隶属教育部,隶属。"

时光:"那干吗不写上隶属?某省、某市、某县、某村……要吓死我这大字不识的马匪吗?"

巴东来:"无心之失,无心之失。"

时光笑:"他总是有理……拉开了搜!"

巴东来顿时一声尖叫,如遭非礼一样护住自己:"老脸!我那老脸啊——"

时光的鞭杆子却是敲在马车上了,两个手下把巴东来双足悬空地架下来,往旁边一放,径去搜马车和他的箱子。其中一个与时光交换了一个眼色,时光便去拍打巴东来的肩膀。他摸到了某种形状熟悉的东西,顺着一径往下摸。

时光微笑:"阁下是官?"

巴东来:"官,官啊。"

时光:"清官?"

巴东来:"清官啊。"

时光:"这样清廉的官员,怎么舍得离开那样清贫的一棵树?"

巴东来顿时来劲了:"赤患猖獗!乃是暗无天日的从逆之地啊!现在连赤匪的骑兵都来了!阁下英姿飒爽,枪快马快,何不弃暗投明,了此祸患于振臂之间?我亲眼所见,那些骑兵现在都是人马困顿,倒地就晕的都有……"

时光掉头问门闩:"你咋没把这大贤弄成咱们的线报?"

门闩苦笑:"真的想过。但再深想,我已经很讨厌了,不能再给你把我做成干粮的由头。"

时光:"干吗不给呢?"他回头大力拍打着巴东来的肩,拍一下巴东来便一震,发金属之声,"清官嘛,总得给点面子,就不曝清官的老骨头了。"

巴东来大喜之余还得陇望蜀:"去打一棵树?"

时光:"做人难啊。一个搞教育的说打一棵树他就杀了我,另一个却要我弃暗投明。"

巴东来:"杀了你?这样不明是非之人活该不得好死……"

时光:"上一个查的是颗鬼哭狼嚎的臭弹,这回是个唠叨鬼。你们真要考验我的耐心?"巴东来顿时噤声,"走吧。再有人找你麻烦,报号是天外山打了戳的人,比你那假冒的片子好使。"

巴东来在身上翻寻:"戳?戳在哪儿呢?"

时光不轻不重一脚飞了过去:"滚!"

顿时所有啰嗦全没了,巴东来几乎是飞身上车,衣不遮体的车夫挥动了鞭子。跑出老远,巴东来才敢去收拾被翻腾过的箱子。

门闩:"这老鬼……"

时光:"有问题。我摸着他身上都是银圆,可我不是来查芝麻贪官的问题。这些天过大沙锅的都有问题。我甚至疑心高泊飞都可能是种子。"

门闩吓了一跳:"我立刻去查!"

时光:"我是告诉你共党什么都干得出来!所以连你都有问题!"

门闩:"编号B五一七,代号铁门闩,民国十七年独立公干,曾完成黄色四号、橙色七号、青色三号、紫色五号任务,参与……"

时光用枪托撞了他一下,走向自己的坐骑。

时光:"门闩,我放走每一个高度可疑的对象,是要你们盯死他们……"

门闩:"我们会。但我也想你可能是共党的种子。"

这样的交谈让他们的手下惊疑不定,但时光置若罔闻。

时光:"这样想就对了。"他看看他那帮神情古怪的手下,"我不愿滥杀,因为看多了你们的胡砍滥杀。他们是传说中浴火重生的不死鸟,你们就是一群只会捡柴火的匹夫,烧到他们在这样蛮荒的地方都建出一个天国来了!这帮送死的家伙,他们的理想是什么?希望是什么?根在哪里?为什么不怕死也不怕活着?找到真正的种子——我根本不在乎是不是我找到的,只是要找到,让他们蔫掉,枯掉,没得想,自然没得做。这就是先生想要的,让他们没梦可做。"

他把那只一直在寻觅的手,伸进了鞍囊,掏出一个香瓜,捏碎了,大啖。而他的手下,一个个庄严而木然,真是让他不大满意。

时光:"杀一万个共党只会引起民愤,找到种子各位必将飞黄腾达。你们还真是不做梦的人哪,那我给的这个真金白银的梦境如何?"

他很不高兴地看着某位手下在臆想中隐藏着欣喜。

诸葛骡子的骡子还在荒原上缓慢跋涉,它仍拉着那辆支离破碎的骡车。骡车上的板子已经被拆空了,像个没门的门框。诸葛骡子被面朝地吊在这像是两个锅盖夹一个门框的物事中间,伤痕累累,神志模糊。

时光留下的那三名看守在玩他们的游戏:把他们的包头棍子拿绳子系了,飞旋着,猛击在诸葛骡子身上。这需要套马的技术,而几人确实是个中老手,总能准确地击中诸葛骡子的裆下或者关节,于是每一下都能引起惊天动地的惨叫,而砸在骡子身上的误招让骡子一阵阵痛嘶。

时光手下:"他在说话!想说啥?"

侧耳过去,诸葛骡子难辨分明地在嘀咕。于是这家伙在诸葛骡子耳侧开了一枪,这样的巨响倒真是能让他清醒过来。

诸葛骡子:"……别打……别打骡子。"

手下便戏谑:"你不是叫骡子吗?别打你还是别打骡子?"

诸葛骡子:"……我是我……骡子是骡子。"

这样的回答让问的人生气,对着诸葛骡子被吊着的手背狠砸了一下。

诸葛骡子开始啜泣:"……我的儿呀……我的儿呀……"

手下气极反笑:"还骂人?"他对着那只手又给了一下。

诸葛骡子嚎哭:"不是骂你!多好的……三个字……孙子才拿来骂人……我的儿呀……"

于是上马,继续他们的飞旋、竞技,不在乎时间的旅程和刑罚。

另一条路上,芦焱又迈出一个半米的步子:"……五四三二二"然后他摔倒了。他艰难地去掏水袋,打算让自己得到一点润泽,"也就是……"他敲打着自己的笨脑袋,"这还要算吗?五十四点三二二华里。"

但是没水了。

芦焱愠怒:"太子爷哎,你好事做到底,就不能多灌点水吗?"又迅速明白过来,"太子爷六条腿的,这点水够你老人家大沙锅折几个来回啦!错怪错怪。"他就此躺下,"诸葛骡子,我现在最想念臭烘烘的你和你臭烘烘的骡车。"舒服得直呻吟,"原来躺着这么舒服?……不好了,起来,起来啊,所有的舒服都是阎罗王在给你吃糖豆呢。"

他挣扎,起来,这个起来是向前摔倒:"第五四三二二和五四三二三步都是摔的,这可怎么算哪?"

他摇摇晃晃迈出步子。一个濒临脱水、被曝晒了整整一天的人,就像个醉鬼:"太阳,你不晒我啦?让我盯着看啦?服了我啦是不是?老子我属蟑螂的……"

他忽然明白一件事,赶紧打开他的破行李,把能往身上套的布都套上,连同他的阿拉伯式缠头和那整块包袱皮,他成了一个用绳子绑着的难以名状的生物。

芦焱:"对不起,又搞错啦,原来你不是太阳,你是月亮。"他打着寒噤,"谁堆的荒漠戈壁啊,温差这么大。"

而他在忙活这一切时,听见了狼叫。他愣住,苦笑:"狼来啦。"他向着真正的太阳展开双臂,"夕阳无限好,只是近黄昏啦!"

上海,天目山据点内。

双车:"把边炮带来陪席,三个船帮瘪三等会儿看我眼色行事。"

他冷着脸坐在桌边,菜还没上,他瞪着坐在桌中间的四瓶白酒发愣。

八角马来报:"船帮的人已经出门,瞧方向是往咱这儿来的。"

双车:"有若水先生吗?"

八角马:"怎么可能?咱们谁又见过他的活人了。是船帮二当家冯河虎。"

双车只点点头:"……今儿得喝死,总比打死好。"

八角马:"我可以找几个海量的人来。"

双车:"这是人命关天酒,替得了吗?再上个双份。"他瞧着十二瓶酒在桌中坐着,也觉不寒而栗,"上冷拼吧。知会老陈,船帮人来了也许还得仗他说个是非。"

八角马:"你早让我知会过了。他说,拉和老陈,酒量二两,为拉和舍命。"

双车稍宽慰地叹口气,瞧着邱宗陵则立刻又冷了脸。邱宗陵是被押着来的,并且押他的人之后就站在他的身后。

双车:"今天这是什么酒,知道吗?"

邱宗陵总是那样一张死白脸,没希望的德行:"船帮,和头酒。"

双车也直爽:"也是你的断头酒,多是就手把你交给船帮。"

邱宗陵:"能不能把我……"

双车:"交上个死的?我也这么想。你知道的也不少,还是少些后患的好。"

邱宗陵:"……那能不能……不交?"

双车忍不住一个耳光甩了过去:"人跟人怎么就差这么远呢?"

此时第二位冷拼刚上,而那名端盘子的从托盘下翻出一把手枪冲着双车就打,而邱宗陵对着那家伙狠撞了一下,让能就此销掉双车的一枪打歪了。双车也是打出来的货,捞凳子一下把来人砸在桌子上,一桌子酒瓶顿时狼藉。那位也是颇有经历的主儿,晕头转向之余,砰砰几个速射,不求伤人,一径往外冲。但是双车捞到了早粘在桌子下的手枪,在那位都冲出正厅时给了一枪,也许不致死,但顿时让那位燃得像个火炬。

于是外边的院里惨叫,惊呼,报警,枪声,乱作一团。双车从桌后站了起来,从桌下又摸出一把手枪,看了一眼被踹在地上爬不起来的邱宗陵,总算是点了点头。

三进兵拿着猎枪从外边冲了进来,掩着鼻子不想闻那烧人的臭味:"怎么回事?"

双车叹口气:"若水先生终究是不想善了。"

三进兵:"我是说冯河虎半路就转道了,咱们的地头来了许多恶形恶状的点子!"

双车:"就是说,我不用死在酒上了。至于……要比狠恶么?我们是先生的人。"

实际上,就屠先生一系一向的蛮横来说,喊打喊杀的士气是无须鼓舞的。

三进兵:"只要你说句话!"

双车:"把边炮关回去,他们已经不听我说话了。"

他拎着枪出去,无论江湖还是派系之争都是意气用事的地方,被人如此欺上门来,双车的表情渐渐变得狞恶。

西北,大沙锅。

时光一行在荒漠上燃起了篝火,作为一群随时准备在荒原上狂驰的主儿,他们比谁都在乎休息,也拥有更好的休息条件。热饭、热水、在火上烘软的肉干、面饼,加热的罐头,他们拥有的每一件东西都能让此时还在荒原上跋涉的人疯掉。

时光窝在一个军制睡袋里睡觉,门闩过来,想了想决定还是走开。

时光:"我在想事。"

门闩:"一棵树那头的线报来了。确有叫古轳辘的老板被劫,那叫诸葛骡子的也确是被遣了去送赎金。绑了票的高泊飞在一棵树放过几个响屁便再没动静了,咱们把他的马惊得不轻,搞不好现在还在找马。督教巴东来与那教野书的何思齐有数年的宿怨,今天上午两人终于大打出手,姓巴的把姓何的家都给拆了,姓何的只好走路,姓巴的也羞愤还乡。"

时光发笑。

门闩:"还有,如你所料,红军骑兵下午才陆续到齐,连人带马跑伤不少,三五天内只好在一棵树养着了。明天有个叫卞融的女人要离开一棵树,她的父亲卞子粹是个民族商人,身家和爱国之名不小,所以搞得动静挺大,今天就有人知道了。"

时光:"先生评过此人,若真爱国便舍了家产厮杀去,缩在上海做国际人士,还不是沽名钓誉发两面财。"他皱皱眉,"他那千金不至于做了共党的种子吧?"

门闩:"一个理智落后于情感八千里的女人,共党应该放不下这心。不过大小姐回家动静不小,我已经把到两棵树伺候她的司机、护卫,连同侍候她洗澡的老妈子,都换成了咱们的人。第四组到了。"

第四组就是押着诸葛骡子的那个组,不过时光现在不是很感兴趣。

时光:"别弄死了。"他继续睡觉。

门闩过去看了一眼,那几位正把绳子解开,由着诸葛骡子掉在车轮间。

诸葛骡子微弱地呻吟和啜泣:"……儿呀……我的儿呀……"

门闩:"别弄死了,医药、吃的、水。"

他看了一会儿,径去忙他的。

芦焱还在跌跌撞撞地走着,身后的狼叫此起彼伏,他常常怀疑它们是不是就在自己身后。他不时往后挥一下,可啥也没挥着。荒漠上的夜真是黑到了极点,芦焱的张望啥也看不见。身边的高岗上有碎石簌簌滑落,无疑,那是狼们踩落的。

芦焱:"想想,想想,一棵树的老乡跟你说过什么?第一,听见狼叫不要回头,因为它正好叼你的嗓子……"

越说不回头,越忍不住拿手护了咽喉,回头看了一下——屁也没有。

芦焱:"下不为例下不为例。第二,有棍子捡棍子,有石头捡石头……我有更好的东西。"

他有时光的皮水袋,他往里边装了几块石头,挥起来更像那么回事了。

芦焱:"第三……第三是什么?"

他猛跑,视野之外的狼们被他挥的东西吓得静了一会儿。他跑起来,周围的细碎之声更多了。

芦焱:"第三……第三是……赶紧点个火?那位我欠你一个死法的大叔啊,我得跑到两棵树才有劈柴呢!冷静,冷静,我有……我有衣服!"他赶紧把半件破衣服抓在手上,然后想起最要命的部分来,"那位被烧着的大叔啊,我没东西点火!……芦焱,他居然死于缺火!"

嘴上胡叨,腿上可不歇着。从某个角度来说,四周不散的狼群成了他逃向目的地的发动机。

四

两棵树外。

高泊飞手下:"有客人来!"

教堂顶上的枪手瞧着远远自荒原而来的车影,对着下面叫唤:"嚷你的断头气啊!老大没回来!"他看着载着巴东来的那挂车子驰进两棵树。

天已黑,两棵树就像死了一般。黄乎乎的马车驰来,从遇见时光后,这辆车一直在奔驰,车上坐着泥菩萨一样的巴东来和车夫。

巴东来爬下车,用力拍打着黄尘,又制造出一层风沙。然后打量着停车的地方,老赶车的人总是找个能息处做口岸,而停的这地儿,处于两棵树的外围,一边是一座酷似教堂也确实是教堂的地儿,却不伦不类挂了个"西北大饭店"的牌子,另一边是一座古已有之的黄土坯子建筑,支着个破破烂烂不知所以的"欠记"招牌,倒是很像个旅店,不过是在西北蛮荒中的一个大车店。

风舞狂沙,静得像闹鬼。一只巴掌静悄悄伸到巴东来眼前,巴东来惊叫一声。

车夫可怜巴巴地:"老爷子,您倒是开发个脚力钱吧,我今晚也不敢回去了。"

巴东来伸四个手指头。车夫直叫撞天冤:"哪有饭吃下去再讲价的理啊!早知道还要被马匪爷爷扒光了搜,十个我也不来啊!"

巴东来狠狠心:"五个就五个。"他细细地掏口袋。

车夫还真敬老,自去帮他搬箱子,先瞧他一眼:"欠记还是西北大饭店?"

巴东来先看那西北大饭店一眼,觉得怪异:"不伦不类,非妖即邪。欠记。"

车夫便帮他在欠记门口放了箱子,顺便还帮着砸了砸门,回头看见巴东来一脸恩赏递来的钱却快哭了。

车夫:"法币?我在边区过日子用啥法币?您能不能赏点边币?"

巴东来:"你自己去换,讨价时你也没说要边币。"

车夫:"我在边区跟您讨的价呀!"

巴东来:"咄!老夫坐正行直,哪有那样从逆的钱!"

门开了,店主小欠端着一张活一天算一天的脸,面瘫一般站在门后。

小欠:"老爷住店?"

巴东来就一手推门扎了进去,车夫也只好在后边伸着手跟着。

巴东来:"我是国民政府官派督教……"

然后他就势又出来了,车夫还在伸手跟着。

巴东来一脸厌憎:"是个大车店就要早说啊!有辱身份!"

车夫央告小欠:"你别关门,我就住大车店!"

巴东来昂首挺胸走向那西北大饭店,这儿的门倒是虚掩着,巴东来推门就入。

巴东来:"我是国民政府官派督教……"

"砰"的就是一声枪响,还在门外伸着双手的车夫掉头就跑,跳上马车快马加鞭,巴东来一步一晃把自个儿横挪出来时,马车大概已经跑出两棵树几里地了。

从西北大饭店里挪出来的巴东来一度让人以为他中了枪,僵着两条腿横着晃,表情木然目光呆滞,可人挪到欠记也倒下。

小欠:"西北大饭店是黄沙会的老爷们住的。"

巴东来:"我……我……我……"

小欠:"老爷要住店吗?"

巴东来呆看了眼箱子:"搬……搬……"

小欠伸了五个手指。

巴东来:"荒……荒唐。"

小欠:"这在两棵树就够买一桶水。两棵树就三样东西是不要钱的,吃沙子、吸气、吃枪子儿,人都说吃枪子儿是最省钱的。"

巴东来自个儿搬起了箱子进门,小欠关门。

大沙锅外,芦焱在荒原上奔跑,他听见的已不仅仅是狼泣,已经能听到那帮食肉兽的喘气和奔跑。他被一个牛头骨绊倒了,倒毙的牲口在大沙锅真是不缺。

芦焱爬起来,大声呼喝,挥舞着装了石子的水袋,软不软硬不硬酷似传说中的夜战八方藏刀式。从动静上听狼似乎离他远些了,但再靠过来是分分钟的事。

芦焱:"第四……第四……哪有第四,他们只说到三啊……"他气急败坏地使用着自己的脑子,"……但是绝不会只有三条规律的事情,因为随便两条规则相加就能出现四五六七八条规律,它们又能融合出无穷多的规律。好吧,我们一起想,大家一起想。"他对着黑暗中的狼群建议:"你们怕棍子,因为你们也不想受伤害……你们怕火,因为你们不知道火是什么……好吧,恐惧就是人……包括生物唯恐被未知事物伤害的心理……这有用吗?你们又不是野豆子花机关和擦擦。"

喘息和低吠来得更近了。芦焱突发奇想:"等等!你们怕鬼吗?"

情况没有改善。芦焱相当沮丧:"对,动物没有灵魂,自然不惧鬼魂——但是,你们怕妖吗?怕一种你们从来没有见过的奇怪生物?"

说干就干,芦焱把牛头骨顶在自己头上,配上他那身破布,还真是一个西北的乡巴狼们不可能见过的怪物。芦焱大叫,冲向黑暗,黑暗中的呜咽四散。

芦焱冲杀:"这不是自己吓自己吗?为什么你们要像人类一样愚蠢?"
他大笑,怪叫,弄出各种的古怪动静,还真有追杀狼群三百里的余威,但他很快又跑了回来。
芦焱:"不对不对,两棵树在那边。"
他的旅程继续:不断地回头去用各种怪声和古怪的肢体动作吓唬狼群。

上海,天目山据点。芦淼听见门响,看见双车进来,微笑。
芦淼:"这回带什么了?"
双车把插在口袋里的手拿出来,把一支枪扔在一边。
芦淼皱了皱眉:"你身上有血腥气,怎么啦?"
双车:"你真没听到?"
芦淼苦笑:"真希望你给我换个隔音差点的房间,我这人静极思动的。"
双车:"我刚亲手杀了船帮的那三个瘪三。"
芦淼没用多少时间来惊讶,过了一会儿才轻轻的一声:"不是讲和吗?"
双车:"讲和讲和,拉和老陈,你那娘们儿心思害死了我!船帮从开始就没生过和心,我这儿忙和头酒,他那儿调兵遣将,一口气拔了天目山三个点!"
芦淼:"你要去想为什么!以若水的智慧,以你们的实力,他会算不到真打就是跟屠先生拼根基?他会赔得连本带利全吐出来!他疯了?让屠先生抓这把柄?让日本人占这便宜?"
双车:"若水先生,我党自辛亥之前便在的元老,他和屠先生的纷争,轮不到我去想为什么。我只是个看门的,丢了就是丢了,丢了就唯我是问⋯⋯我只是来告诉你,你可能真得换房间,这个点我要放弃了。"
他拿起他的枪,出去。留下芦淼在那想着这超出预料的事态。
院子里很乱,而以前这是一个虽阴冷却也幽静有序的地方,所以如此是因为拥在院里坐着、站着的天目山帮众,很多人受了伤,很多人在包扎,很多人在保养武器,每一个人都从双车出来就盯着他,等着复仇的命令。
双车在众目睽睽下踱着,最后站住。
双车:"我妈临走时说,生了一个坏种。"
众人哄笑,倒颇有乌龟惜王八的意思:"双车老大,这院子里的又有几个好种?""我妈使的词是孽种!"
双车:"每年她的忌日,我得做件好事。今天不是她的忌日,可我想明白了,她在乎的不是她的忌日,只是不想我忘了分辨好坏⋯⋯你们还会分辨好坏吗?"
沉默。因为这不但像是好话,而且是要想一下才敢回答的话。
三进兵:"老大,做好做坏我们由不得自己,可好坏还会分辨啦。"

双车:"好吧,船帮的孙子现在放任占着上海的小日本都不管了,分出全部的力量来打咱们,这叫好还是叫坏?"

分辨别人的好坏总是很容易的,顿时一片激愤:"当然是坏!""卖国贼!""坏冒烟啦!"

双车:"那咱们要也放任小日本不管?腾出全部的人去打船帮的孙子,那叫好还是坏?"

沉默。自己的好坏不是那么好定格的。

三进兵:"……老大,做好做坏由不得我们。"

双车:"那咱们就去跟船帮拼一个血流成河吧,叫上海的地上地下全归了日本鬼子,连半壁江山都叫人夺了,这真他娘的不过是小小人情。"

沉默。这回真是彻底沉默,这话没法接。

双车:"天目山退守,这块地盘我们不要了,因为我们腾不出人手……"

他的话硬生生被八角马打断了,八角马递过那张电文纸时有一个十足的理由:"先生急电。"

先生电文一向简洁,但除了时光,怕没人敢只扫一眼,都得恭恭敬敬,看一遍再琢磨一遍,让每一个字都落进心底——双车这样做了,顿时噎住了。他看着八角马,因为八角马是看过电文的,八角马点头,以示没错。

双车:"……听……听好了。"他咳嗽了一声,以便不让自己的出尔反尔显得那么难堪,"先生急令,盯死共党,搁置日寇……若水通敌,剿灭船帮……逼他出来。"

干巴巴念完,干巴巴看着众人,众人也干巴巴地没反应。若是在双车的话前,这电文带来的多是快意的欢呼,可这是在话后。

双车:"先生的、先生的意图……"他真是窘得很,"……我之前领会有误……"

干巴巴的掌声响起,还是三进兵懂事。八角马应和,大家干巴巴地应和,掌声一片,连双车也在干巴巴地应和。

八角马举起了武器:"把船帮的破烂清出上海。"

终于有了轻微的欢呼和呼哨。而双车难以为继地离开。

双车:"……原来我们在上海不是要对付日本人的么?"他当然不敢让他的牢骚让任何人听见,"……原来我只是肠气不顺放了个响屁?"

西北,大沙锅外,行进着一支悲剧性的队伍,他们曾经英勇地战斗过,却中了敌军的奸计,他们艰难跋涉,在黄沙中找回自己生死与共的坐骑和伴侣,再相携相依奔向自己的故土——他们不是罗马的色雷斯军团,他们是高泊飞的黄沙会。

马只找回来一半,经常是两人共骑,真个是人乏马倦,粮水也差不多告竭了。自然,高泊飞风格的带队永远不会缺了骂骂咧咧。

"咱骑的是马是兔子啊？几枪就给惊得快跑到黄草甸了。""喂得是少了点。""不是天天都有两棵树的土著喂着吗？""这帮子猪头马脸的玩意儿把那些土著当主子了吧？"

高泊飞自然是不屑与手下同骑的，只管悲凉地望着夜色："等回了两棵树吧，看老子请出真正的撒手锏，看不灭了时光的九族。"右眼忽然狠跳了两下，他用手按住，听着远处的狼嚎，忽然觉得有些惊疑，"……什么人？"

他的手下还在那儿忙着打老马家官司，这份奇遇注定是要高泊飞独自经历了，一个高逾两米的家伙从黑暗里跳将出来，一身布带子缠得如同上古的巫师，最惊悚的是它的脑袋，完全是一颗硕大无朋的牛头骨，一边跌撞一边怪腔怪调地哼哼着。

牛头怪："……黔无驴……有好事者……船载以入……至则……无可用……放之山下……虎见之……庞然大物也……以为神……"

高泊飞的眼瞪得有嘴那么大："……牛……牛……"

牛头怪摇摇晃晃冲他而来："……驴一鸣……虎大骇……远遁……以为且噬己也……"

高泊飞惨叫："牛……牛魔王啊！"

他策马就跑，那匹不当他是主子的马吃这一惊，一侧身就把他甩了下来。高泊飞总算还是个武夫，鬼叫声中趴在地上便是一枪，其准无比地命中那怪物额头，牛头怪仰天便倒，再无动静。

手下们顿时开了锅，有什么使什么，总之是对着老高惨叫的方向猛扣扳机。那名炮手更是神勇无比，一个接近操作极限的装填动作，五〇炮弹在几百米外的沙地上炸开——这回高泊飞不会挑他准头了。

只听得狼群呜咽，奔踏四散。

手下们发呆："狼？""呸！土狼怎会把老大惊成这样？"

几个人把高泊飞扶起来，他的一双腿像面条，东摇西晃总想打结，舌头也还在哆嗦："我、我把牛魔王打死了。"

去摸他额头的手下挨了一记耳光，高泊飞神勇再复，双臂挥出一个分进包抄的手势。两翼的人极具战术素养地照着黑暗里莫名其妙地包抄过去，但直到高泊飞毛着胆拿枪管去捅地上那堆破布时，才发现目标并非远在天边。

芦焱无动静，在大沙锅被曝晒一个白昼，再举着个牛头跟狼群赛跑半个晚上，他从见着高泊飞这大救星的第一眼便魂飞魄散了。

一竿子高泊飞的手下七嘴八舌地钻研："是个人。""人拿个牛头干什么？""是叫花子。""叫花子拿个牛头干什么？""是野人。""野人拿个牛头干什么？"

高泊飞恼了，一记巴掌甩过去："你们就不会说句别的？"

抓耳挠腮中终于有人换了个句式："可不要是共党的种子吧？"

高泊飞举起巴掌:"共党的种子拿个牛头干什么?"但他迅速猛醒了,"这是时光的阴谋!"

手下:"时光的人拿个牛头干什么?"

高泊飞:"因为是个阴谋呀!时光那家伙什么缺德事干不出来?"说到这个他就苦大仇深,狠给了芦焱一脚,"搜他!"

高泊飞在一边冥思苦想,手下的发现不断报了过来:"什么也没有。""穷得连身上的虱子都饿死了。""这家伙是不是我们搜过了?身上能藏东西的地方全给割开了。""这家伙的水袋子倒是不错。我要啦。""袋子上咋有个天字?"

高泊飞顿悟,伸手抢了过来:"天外山!果然是时光这个缺德玩意儿!"

顿时群情激愤:"毙了他!""咱们今天死了两个弟兄,还跑丢两个!""这里天荒地远的,咱们宰了他时光也不会知道!"

高泊飞大怒:"他做初一,我做十五!我还怕他知道?"

他拔出手枪,蹲下,把芦焱揪起来,拿枪顶他的脑袋:"我不杀无名小辈——叫什么名字?"

芦焱与其说是晕厥,不如说是累得连睁眼的劲都没了:"……何思齐。"

高泊飞:"那你现在有名了。姓何的,要怨只怨你跟错了人。"

他扣动扳机,空膛击发。咬牙切齿又扣了一下,还是空膛。

手下体贴地递过自己的枪:"老大,你的枪坏啦。"

高泊飞得意地展示自己刚卸掉的弹匣:"蠢材!我没装弹夹子!"

手下讶然,算是让高老大的神鬼莫测搞糊涂了:"不是要宰他吗?""杀了他没人知道的。""……难道我们真不敢动时光的人?"

高泊飞顿时光火,敲上了弹匣就瞄那个敢胡说八道的。那位吓得直往同人身后躲,惊得一帮人把他抓住了往前推。

高泊飞:"我不敢动时光的人?这些年我没杀过时光的人?"

手下:"没有,老大。""这个真没有。"

高泊飞:"我就……所以时光干吗把人送来给我杀?肯定没安好心!我会上他的当?我上过他的当?"

一群花了一整天跑个半死的人便诺诺连声:"没有!""这个是真没有!"

高泊飞:"绑起来!扔到两棵树!我就不杀,倒看时光能奈我何!"

于是一群手下顿时忙活起来,把芦焱反绑了,并伴之以这样的评论:"绑个死结!多打几个死结!""真的是没安好心。这家伙居然自备了绑他的绳子。"

高泊飞不由又惊疑了一回,且不管他。反绑了双手的芦焱被抬起来,悠几下,架在了马背上。

芦焱再一次诅咒他的同志:"……诸葛骠子,送什么不好,你偏送绳子。"

西北大饭店顶上的值夜枪手从昏昏欲睡中醒来,瞧着归来的那只小小马队,先瞄了一会儿,发现不对才开始吆喝口令:"英雄远泊!"

高泊飞手下:"壮士高飞!"

楼顶上顿时热闹起来,唯恐显不出惊喜和热情:"老大回来啦!孔二狗你完啦,牌神回来啦!"

那个两人共骑的小马队递次而进,除了坐着的还有两个横担在马上的:前者是芦焱,后者是古轱辘。

枪手:"咋人数马数都不对呀?"

高泊飞头也不抬对了楼顶怒斥:"闭上鸟嘴!"

芦焱被横推下马,摔出了一团黄尘。他有气无力地瞧着高泊飞们下马,引马归槽,两个人把绑来的古轱辘抬走,几个留守的大开了门出来迎接。

高泊飞想了却芦焱这桩心事:"把这家伙扔这儿由他去,看他还能搞什么花样!钱串子请来的财神关好了,虱子再小也是肉!"

几个迎出来的货"老大辛苦""老大回来了"地说着废话。

高泊飞:"输赢咋样了?"

手下:"孔二狗正山中无老虎呢!"

高泊飞顿时技痒难耐:"看老子把你们通吃!"

一群人跟了猴急的老大,入了门,关上门,空地上除了一个芦焱啥也没了。

良久,芦焱把自己拱了起来,脚下如踩了棉花。这块三角地的尽头,军营那隅,一束强光射了过来,来自军营里的守备者。芦焱往那边晃了两步,便听见"别过来"的尖叫和拉栓声。那便是不该去的,西北大饭店他自是不会进去找打的,目标便只能是那门前一灯如豆的欠记。

十几米的距离,不知被芦焱踩出了多少个脚印,除了横着走的,还有倒着走的。

芦焱把脑袋磕在门上,权作敲门,声音哑得把自己都吓着了:"住店……"

然后他再也撑不住了,直挺挺扑了下去,脑袋在门上磕出砰然一记大响。

大沙锅。诸葛骡子醒来。他比昨天要舒服多了,他不再被当车横板一样挂在车框子中间了,虽然仍被绑在车框上,但车竖起来了,他也终于头上脚下了。

摧残了他一天的人们在休息,勤奋的门闩远远地在与操作电台的马匪交头接耳,诸葛骡子第一眼看见的是时光。他透过肿胀的眼缝看着时光,那家伙像芦焱一样在凝视着初升的朝阳。时光很快觉察,向他走了过来。

时光:"有话要说?"

诸葛骡子:"记得……记得喂骡子。"

时光:"放心,骡子跟着我们肯定比跟着你吃得好。"

诸葛骡子点点头,闭眼。

时光:"别闭眼啊,我知道一个人像你这样能活多久。这多半是你最后一次看见太阳了,多好看。"

诸葛骡子:"……我闭上眼,就能看见我最想看见的东西。"

时光耸耸肩,门闩有点急促地走过来,时光转过身。

门闩:"先生电文,我们跟若水开战了。"

时光笑得像是等到了收获的播种者:"叫所有人起来。"

门闩:"先生没有告诉我们具体该怎么做。"

时光:"因为先生得留出时间,跟那些不知道该怎么做的笨蛋废话——把若水老怪的势力清出西北,就像出门要穿鞋一样简单。"

他去把自己披挂成一个马匪:"高泊飞的日子到头了。"

门闩把这支也许是大沙锅最具杀伤力的暗流势力招呼起来。

两棵树,欠记旅店,芦焱醒了,他发现自己幸运地躺在一张大通铺上,更幸运的是店主小欠正端着一碗米汤在往他嘴里灌,芦焱清醒过来的第一个动作便是猛喝几口那甘霖玉露,而小欠发现他醒过来后做的第一件事情是把碗挪开,放在不远处的桌上。芦焱挣扎,很不幸地发现自己并未被松绑,于是又摔回铺上。

小欠审视他:此人是否有害?是否有钱?芦焱亦瞪着小欠,搞不清自己是否仍是一个囚徒。

小欠:"你说,你要住店?"

芦焱茫然,想着自己晕厥之前的事情:"……对,我要住店。"

小欠:"你有钱吗?"

芦焱:"我……你是不是先把我松开了再说这个?"

小欠摇头:"是黄沙会的老爷绑的你。"

芦焱:"是他们绑的,我也不认得他们。可你要我这样子住你的店吗?"

小欠:"我不打紧的。"

芦焱:"……可我很打紧啊!"

小欠:"黄沙会高老爷说由你去,由你去,这绳子你能解就自己解,别人不能管。我只管你住店,你有钱吗?"

芦焱:"这是啥道理啊?我们中间也没隔着一条河啊!"

小欠:"在两棵树讨生活,就只有这个道理。"

外头忽然响起"欠揍的,快来干活"的暴喝,小欠"来啦来啦"地应着,出门时慌得让门槛绊了一跤。

芦焱终于有空打量这房间,最平常的那种土坯垒的大车店,特点是一切都很笨重。芦焱所在的屋子有通铺和一些破烂家什,外间则是一间跟灶房不分的堂屋,放上几副破桌椅便充作吃饭的地儿。与诸葛骡子的马棚相比,这里不算赤贫,却让芦焱有一种废墟的错觉:两棵树远比一棵树要大,却无处不透露着精神上的荒芜。

芦焱此时最关心的是那颗半截钉在墙里的蚂蟥钉,在他的臆想里,那半截伸出来的尖头应该是能帮他挑开绳结的。说干就干,一张凳子被他反手一寸寸搬运过去,然后跳上去够那钉头。

从窗户里看出去,小欠正打了井水,挑到对面西北大饭店,倒在那边的饮马槽里——他和芦焱眼瞪眼地看了一回。

小欠:"不要上吊。"

芦焱气极:"要上吊我也先得解了这鬼绳子!"

小欠又挑着一担水往对过送:"别吊在我店里头。"

芦焱懒得理他,继续他反手钉子解绳结的杂技。

外堂的咆哮:"你这是黑店!"

芦焱摔在地上——那声音太熟悉了:多年的冤家巴东来。

小欠的父亲拉着原始而笨重的风箱,脸上的皱纹如荒原上密布的沟壑,他和小欠看上去有点父子相——都像是活死人。

风箱嘎嘎地响,火苗嘶嘶地冒。欠爹听着巴东来叫嚣,巴东来边叫边往火里吐唾沫。店里还有三个人,一样事不关己地在吃饭,只有巴东来在外堂龙行虎步大发雷霆,环行的中心是饭桌上盘子里冒着热气的两个鸡蛋。

巴东来:"你这是白日行劫!"

欠爹:"行劫用不着晚上嘛,趁着光亮好办事嘛。"

巴东来:"鸡蛋五角大洋一个?这是公鸡下的蛋吗?我从一棵树来,那是匪区,你知道五角大洋在一棵树可以买到什么?"他比画着,"这么大的生蛋母鸡,两只!这里是两棵树啊!国民政府的地方!是王道乐土!乐土!"

欠爹:"乐土东西就贵嘛。"

巴东来:"我只有边币了,我给你边币。"

芦焱打里屋偷看着。

欠爹:"边币在这就是纸嘛。"

巴东来:"好吧,君子过桥,各让一步,我给你国币。"

欠爹:"擦屁股纸嘛。"

巴东来又惊又喜又怒:"说这样大逆不道的话,我立刻拿片子送官法办!"

欠爹:"没有法的,这里枪就是法嘛。不会办的,自己人嘛。"

巴东来怒喝:"谁和你这样无耻刁民自己人!"

欠爹:"没和你自己人嘛,我跟官自己人嘛,每星期都交太平税嘛。"

巴东来愣了,愣一晌,很失气势地坐下。

欠爹："不给银圆就不是给钱嘛,不给钱就不要住店嘛,不住店就出去嘛。两棵树有黄沙会,有天外山,有官兵,碰见生人最喜欢先开枪再问名,出去就是个死嘛。"

巴东来犯了愣,嘀嘀咕咕地："给我点盐。盐不要钱吧？"

欠爹："盐比蛋贵嘛。"

巴东来："算了。"

他低着头剥他的连壳蛋。

芦焱回到屋里,先找着剩下那半碗米汤,一口吸了个精光。他现在对两棵树的生存法则已经有概念了。然后继续去与那绳子较劲,一边玩杂耍一边骂诸葛骡子："活见鬼的诸葛骡子,车子都快要散架了,一根绳子倒这么结实！"他终于把绳结戳进了钉子头里,正要使劲,踩脚的凳子却散了架。芦焱发现自己干了一件多蠢的事情：他把自己挂墙上了。

门响,在外头餐毕的三个人进来,看他们布皮混搭的穿着和什么都塞的褡裢,像走西口的行商,却阴鸷精悍,严肃板正,说话口音纯正。

"我们为什么要住这种虫子住的店？""住在高那里,除了牌九我们什么也看不见,而且他每天都想赢我们的钱。他说没放过任何可疑的人,可外边那讨厌的老人就是一棵树来的。高在敷衍我们。""他让我想起他们一战即溃的军队……"

他们瞧见芦焱,表情一时古怪至极,三人倒有两人去摸家伙。打头的络腮胡子伸手止住,当头的就是不一样,瞧得出人是被挂在墙上的。

芦焱苦笑,诱之以利："……有谁想要一条结实的绳子？"

胡子："两棵树真是个奇怪的地方。这样破的店里,住的人居然比虱子还多。"

一个手势,分出一个人去把着门,另一个把芦焱又搜了一个遍,但在四小时内被搜过三次,要能从他身上发现什么也算奇迹了。于是搜身的手下看着他的头儿,做出个割喉的动作。

芦焱："开什么玩笑？我只是在晾衣服！"

络腮胡子也觉得多一事不如少一事,可又不知自个儿是否漏了底,摇头,一时蹙着眉嘬着唇好生为难。

咳嗽清痰嘀咕牢骚。伴着这一切动静,巴东来在外边猛烈地推着门,门没闩,但是被看门的手下死死把着。

巴东来："喂,新来之人,我可是老住客了！后到的堵着先来的是何道理？"

胡子怕了他的大喊大叫,手一挥放他进来。

巴东来悻悻的,不看人,只顾唠叨："小人之地,君子远离。你没见过读书人？"胡子便将目光转开了,他们三个遮着芦焱。巴东来连头都不抬,径直奔了大通铺,把自个儿的大箱子打开翻着,嘴里"片子,名帖,关文,证件"地念念有词。

胡子实在没耐心瞧一个老头子摸摸索索,挥手:"我们去找高。"

三个人出去。芦焱挂着,很没奈何地瞧着巴东来拿出文具,舔开笔头,眉飞色舞写自个儿的名帖。

巴东来:"营房里的军爷们该起了吧?"他起身直趋窗前。

芦焱寻思这回总该被看见了,硬了头皮等待一阵暴风骤雨来袭。老家伙却仍是不抬头,到得窗边把了窗棂照外瞧,离芦焱也就一尺之遥,却是背着身的。

芦焱:"……哎……"

巴东来猛烈地咳嗽,芦焱直担心他咳死过去,那位却精神健旺地直奔铺边,把片子名帖关文证件一股脑儿都拿了,颠颠地瞧着自己脚尖往外走。

芦焱:"……我说!"

巴东来:"嘿嘿。"

芦焱瞧他背在身后乱抖的右手,顿时气得一口血都要倒冲出来了:他手指间夹着一片黄黄绿绿的东西——诸葛骡子受青山之命从他这儿拿走的毒药。

芦焱:"我说!"

巴东来:"……四面边声连角起,千嶂里,长烟落日孤城闭。浊酒一杯家万里,燕然未勒归无计……"

巴东来优哉游哉地走出去。芦焱气得快要炸了他四下寻找能让他自由的办法,好追出去把那位他见过最缺德的人碎尸万段。

好吧,那些文具还扔在桌上,其中有一把裁纸刀。芦焱使劲用屁股拱墙,他用尽招数把自己从墙上拔出来,一屁股摔在地上。他爬起来,奔着那把裁纸刀而去。割着绳子的时候,他心里充满了感激。

两棵树醒来了,虽然不知道过去它是什么样子,但在各方势力入驻把它变成一个治内的土匪镇之后,上午十点至十一点它仍在打着哈欠。

一棵树是散在参差山坎上一个荒村,两棵树则是由村落主体、驻军营地和黄沙会占据的教堂形成的一个歪斜的三角地,教堂与欠记平行,各踞一角。斜上方原本的镇子出口,有着鹿砦拒马铁刺卷儿和枪位,恹恹地飘着青天白日旗,那一片民居多年前就被驻军征用,现在这里是曾经化名巴东来的青山的目的地。

青山出了欠记,先把四下尽收眼底,包括那些恶形恶状的所谓镇民、三角地各自摊位上的天外山和黄沙会势力,也包括那些恶狠狠将他打量的眼神,而芦焱还在屋里拔河。

青山摇头晃脑,仍是一副巴东来的德行:"人心胜却山川险,好个恶地。"屋里大响,芦焱把自己拔摔在地上。青山微笑:"人不轻狂枉少年,好个傻瓜。"又顺便看了一眼十几米外不善地打量他的胡子,"没看过读书人?"

胡子没理他,三人向教堂行去。

青山哼哼地往军营走:"人为多愁少年老,花为无愁老少年。年老少年都不管,且将诗酒醉花前。"

驻军排长史橛子和几个兵颇不情愿地站在营口,旁的同僚搬开层层叠叠的鹿砦拒马,给他们清出一条出去的道。但史橛子们往外走了几步,又回头,扒住一个同僚们正要合上的拒马。

史橛子:"可是连长,我这眼皮子直跳啊。"

连长和颜悦色一个个指头给他扳开:"例行巡防,例行。自古匪怕兵,咱们堂堂驻军,总不能被两棵树当成假的。"

史橛子:"他们怕吗? 他们过来说一声上峰命令,咱们就地拆编了。"

连长一边挥手一边安慰:"所以忍是门大学问,所以他们不好意思动咱们。去吧去吧,你史橛子只要别走偏了就不会有事。拿出军威来。"他起了个调子,"风云起,山河动……"

史橛子和两位下属便原地踢踏着,唱着陆军军歌,只是总不好一直在原地踢踏,总得绕开外边又挡了一层的鹿砦拒马往镇上去。

史橛子:"风云起,山河动。黄埔建军声势雄,革命壮士矢精忠……"

所谓巡防便是取教堂与欠记为一点,军营门口为一点,来回走一趟中线。出了军营门口,便得直面那些极不友善还自备枪火的所谓镇民,来自黄沙会和天外山的冷眼一扫,再有枪栓一响,踏步成了小踏步,小踏步成了碎步,碎步成了蹑步。

史橛子:"金戈铁马,百战沙场,安内攘外作先锋……"他实在当不过那些恶意目光,"变纵队变纵队。"

下属反应比他快,立刻排到了他身后,史橛子赶紧退一步,把自己夹在两人中间。

下属:"史排长,打仗我们冲前头,排队你得站前头啊!"

史橛子气得竖起两个发抖的手指,终于无话。

"纵横扫荡,复兴中华,所向无敌,立大功……"踏踏地又往前走。

中间的下属较有安全感,评头论足:"今儿有点不对啊。"

后边的下属觉得自个儿跑起来最快,也有安全感:"咋个不对呀?"

中间的:"往常擦枪图省事,搬出来全是短家伙,今儿擦的全是长火呀。"

后边的:"打吧打吧,打死一方,少几个骑在咱们头上的。"

史橛子瞧瞧左右,尖声咆哮:"别说啦! 打起来咱们是在火线上的!"

下属立刻噤声。史橛子跟左边随时搂火的点点头,跟右边指在枪上的赔个笑,当对方哼一声把脑袋转开,他心里便松下一大块。

但有这么一个人跟他点了点头:"有礼有礼。"

史橛子:"嗯? 老乡,不是两棵树的?"

青山捋胡子:"然。"

史橛子:"去哪里贵干?"

青山愉快地点头画圈子:"我军营地。申关报文,告老还乡。"

史橛子:"哦。来来,我带你去。"

青山傻傻地过来,被史橛子亲热地拍打着肩,让在前边——现在史橛子也有肉盾了。

青山:"真是仁义之师啊——哎哎,不敢占先。"

史橛子:"我们西北人礼节重,客大走先。"

青山:"真是礼仪之邦哪——营房不是在那头吗?"

史橛子:"先带你看看两棵树的名胜,走吧走吧。"

这个超奇怪的组合继续他们的巡防。

巡防小队终于到达他们的直线终点,也是双方势力的对峙处。史橛子尽可能不去看那虎视眈眈的两方,因为任何多余的信号都可能导致擦枪走火。

史橛子:"老先生你看,这就是两棵树看得到的名胜,大沙锅。"

青山感慨:"真是荒凉……可我就是从大沙锅过来的呀。"

史橛子:"现在送你去军营。"

向后转,两个下属比泥鳅还滑,立刻溜到了他身后,有青山做肉盾,史橛子也不计较。但是他瞧见高泊飞的手下从教堂里搬出几口大箱子,极度缺觉的高泊飞哈欠连天跟在后边,再后边是阴郁的胡子三人——那三位,窝在教堂里头看着。

史橛子直觉不妙:"走,快走。"

高泊飞的手下动作很快,箱子里是拆开的几大块枪械原件,三两下他们便装出一挺水冷的马克沁重机枪,又灌了水又接了弹链,只等着高泊飞来剪彩。

史橛子们已经近乎小跑了。

高泊飞就座,也不打哈欠了:"钟排长慢走。我这撒手锏比你们营里的如何?"

史橛子:"通杀!无敌啦!"他踢踢绊绊地小声催促,"快走,快走!"

弹链接上,高泊飞拉开枪机,第一个就瞄穿军装的弟兄。几个兵已经撒开腿跑了,青山被他们扔在后边。高泊飞倒跟驻军架梁子,机枪瞄上对面的天外山帮徒。

枪口下的天外山人平淡而生硬地僵持着,对眼前的局面做没看见状。高泊飞有些气馁——虽然不至于来个尸横遍地,但也不至于像昨天连个拿着天字水袋的芦焱也不敢杀。于是顺手一指,偏了天外山们三十度,轰轰烈烈一个长连射。弹壳飞迸,荒漠上崩起一道近人高的沙墙。歇火,枪筒子袅袅地冒着蒸汽。高泊飞大笑:"天外山的孙子们,告诉时光,这样的撒手锏老子有的是!让他快带着你们龟子龟孙回大沙锅吃土去吧!"

天外山顿散。

高泊飞只觉得昨天一口恶气去尽："这个管用。架门口镇关,老子回头再弄门炮来跟它配对儿。"

黄沙会群情振奋。那教堂门里的胡子三人摇头入屋。驻军的巡防小队这工夫已经跑到营口了,险没撞在鹿砦上,青山跟他们裹着一起进去。

芦焱终于割断了绳索,揉着解放了的手腕。枪声让他直趋窗边,只是在一片呼喊喝彩的黄沙会人士中他看不出个究竟。

忙活完黄沙会马槽子的小欠进来。

芦焱:"什么声音?"

小欠:"黄沙会和天外山的老爷天天都要擦枪的,擦枪自然要试枪的。"他瞧了瞧窗外,"今儿是黄沙会老爷赢了。"

芦焱:"两棵树一直就这样?"

他看着高泊飞志得意满地进门,他的手下在教堂门口架上机枪。

小欠:"先来的黄沙会,后来的天外山,最先来的兵老爷都得靠边站。"穷人对于财产真是目光如炬,他第一眼便瞧见那个喝空了的汤碗,第二眼瞧见墙上被芦焱生拔出来的一个大土坑,"绳子不是我的,你割了就割了。你喝了米汤,你在铺上躺过,你还弄坏了墙。"

芦焱:"我喝了米汤,躺了铺,弄坏了墙。我没银圆,没国币,我都被人搜过三次身了,连边币也没有。你怎么办?"

能咋办?小欠发了半会子呆,颓然坐下。

小欠:"……就不该让你进来的,不该喂你喝米汤……我又财迷心窍了。"

芦焱也觉得理亏:"你记账,我回头加倍还。"他想起自己的前程来,"能还得上我一定还。"

小欠:"黄沙会老爷也这么说,他们来吃顿便饭,我们勒半月裤带子。两棵树就三样东西不要钱,吸气、吃沙子、吃枪子儿……他们高兴时说走的时候还,不高兴时说枪子儿上还。"

芦焱安慰:"我不可能枪子儿上还,因为我也是个吃枪子儿的。"

小欠一肚子怨气:"我以为方圆几百里没店,才开的这西北大饭店。可自打两边老爷擦上了枪,十之八九是开给耗子住。"

芦焱讶然:"不是欠记吗?对面才是西北大饭店。"

小欠顿时伤心:"哪个做生意的开店叫欠记啊?本来是西北大饭店,黄沙会高老爷说敢在他眼前称大?天天揍,打了一礼拜,把牌子摘到他那头去了。还让我的店不许叫别的名字,欠记,欠揍的欠……"

芦焱哑然,只想着鼓舞人心:"这个……能顶一个星期,你很……坚强。"

小欠:"我疯啦?"他展示着他身上的累累伤痕,"揍第一顿我就摘牌了。老爷们说债能欠,打不能欠,天天来,又打了六天……"

芦焱真是无语了,沉默了一会儿,径去脱鞋。

小欠:"你没钱,不能上铺睡。"

芦焱没理他,扯下破袜子,一个古旧的戒指套在脚趾上,他摘下来。

芦焱:"三次没搜到,第四次就保不住了。我妈留的纪念,本想充作回家的路费……不过我怕是走不了多远了。"

小欠立刻没了所有的悲戚,抢过去,毫不嫌弃地放嘴里咬了一口。

芦焱哭笑不得:"别光看金子,镶的东西最值钱。"他苦笑,"你就是在变着法子让我掏钱,我现在也穷得除了同情心啥也没有了。"

小欠:"这东西值钱。"

芦焱稍觉虚荣:"在西北够换一个店。"

小欠:"够你住到明天下午,饭钱另算。"

芦焱瞪着他:"……我连同情心也没有啦。"

小欠:"自打来了两帮老爷,能走的都走得差不多啦,没干活的人,有钱也买不到东西。两棵树的鸡顶别处羊的价钱,人顶枪子儿的价钱。"

芦焱:"……我帮你修墙。"

小欠:"这个我自己来。"

芦焱:"我只是想都走到这儿了,总该留个记号,不是喝风放屁到此一游的那种。"他笑了笑,"放心,这个我不要钱。"

两棵树军营里,青山恭顺地站在连长桌边,史橛子恭顺地在他身后站着。青山一件件掏着过两棵树的理论上必需之物:"在下的拜帖,在下的名片,在下的证件,在下的……"

连长吃着东西,不耐烦地冲史橛子挥着手:"你等在这里干什么?"

史橛子:"黄沙会开枪啦!"

连长:"高泊飞火性大,时常得泄泄。走吧走吧。"

史橛子:"这回枪很大。"

连长:"火大枪就大嘛,你把咱们的沙袋再垒厚点就好啦。"

他挥着手,史橛子只好出去。连长翻眼瞧着青山。

青山:"……在下的路条,在下的……"

连长挥着的手改成捏着的手指头:"在下就是你。别在下啦——我的呢?"

青山:"在下的手表。"

连座大人看也不看:"想走?除了黄沙会天外山的大侠,这里是个人都想走,我都想走。"

青山:"那军爷和在下何不结伴而行?沿途烹羊煮酒……"

连长把食物放了,猛拍了一下桌子:"装傻!这几天我放行的只有一个!说是家世显赫,到老子这里也是路条和银子并肩往上递!"

青山:"说到家世,我是国民政府教育部……"

连长又拍了一下桌子:"县教育部?"

青山:"隶属教育部。"

连长:"你就是南京教育部办公室里生出来的娃也不管用!——四百!"

青山惊喜,付钱,顺便拿回来自己的手表。

连长快把个桌子拍塌了,这回是连环掌:"国币四百?你老东西拿得出手,我收得了这种丧心病狂的钱吗?"

青山:"我有边币。"

连长:"纸做的东西都不收!四百什么你自己想去!"

青山:"搞教育的没钱。"

连长:"跟你的县教育部说去。"

青山:"在下是四十多年的寒士,两袖子的清风啊。"

连长:"跟你袖子说去。"

青山:"二百。天地在上,良心为大,不能被钱伤着。"

连长:"白痴都能数到三。不伤老子的良心难道要伤老子的钱?"

两个不要脸的互相瞪着。

青山忽然诡秘地一笑:"那我送你一桩功劳。"

芦焱蹲在欠记屋外和泥,他瞧着这个奇怪的镇子,从天外山闪人之后,一个巴掌拍不响的黄沙会也回去继续他们无尽的牌局,只有几个人在教堂门口摆弄高泊飞的新玩具。芦焱居然觉出一种古怪的恬静和惬意,只有他自己才懂的东西。

小欠出来,脸板得像块木头,上手就去夺他的工具。芦焱笑嘻嘻地不让他夺。

小欠无奈:"你不要干这个。"

芦焱:"我现在是能干点儿就干点儿,因为猛觉得,这半辈子真没干啥对别人有用的事情。你知道吗?我现在觉得我们把太多时间用在争吵和无所谓的事情上了。为了庆祝一个皇帝的生日,我们就烧掉了一百年的时间,再不干点儿真有用的,我们就要连我们孙子的时间也烧掉了……"

他忽然觉得不太对,在和谁说话呢?再看小欠,也确实茫然得很。

小欠:"烧……时间?"

芦焱:"……比喻,比喻。我教学生,一帮坏小鬼。"他怀念地叹口气。

小欠:"……那什么叫……干点儿真有用的?"

芦焱自我解嘲:"修你的房子,比如说。"

他打着干哈哈,抱着他的泥进屋,小欠追进,芦焱自然是去糊那被他拔出个大坑来的土墙,好在小欠这店没别的,就是土坯墙厚,半尺多深的土窟窿里那墙看来仍有厚度。但小欠这回坚决把工具给抢过去了。

芦焱抹着一身泥打哈哈:"我的房子比你的破,所以经常要补,我是熟手。"

小欠:"我不想欠情。"他开始自己干活。

芦焱:"这算什么欠情?"

小欠:"什么都不要欠人家的。欠了,明天我就不好意思赶你。"

芦焱终于笑不出来了,哑着:"我不用你赶的,总不能兔子口里夺食。"

小欠:"难道你不是个兔子?兔子当然只好兔子口里夺食。"

再度无话。而芦焱瞧着一辆马车从大沙锅驶来,不是他常坐的那种光板儿车,是有身份的人坐的那种带篷的客车。

芦焱:"你来生意啦。"

小欠头也不抬地抹着泥:"不是我的生意。"

芦焱还没搞懂他何出此言,一辆轿车从关卡里驶了出来,而那辆马车已在三角地上停下,然后芦焱有点儿错乱:卞融从马车上下来,一身欧版的女式骑装。轿车上下来的司机和老妈子早在一边恭顺接引,卞融上车,轿车驶向关卡。

芦焱心情复杂,怀念、不平、怀疑:"她……那个人就这样过关了?"

小欠:"能有那样一辆车来这荒地里接的人——当然不是个兔子。"

车里的卞融,衣衫光鲜,神采全无,那副破碎之后拼合出来的淡漠像是崔百岁和擦擦的尸体还就在旁边。

芦焱喃喃:"……走好啊,很有同情心的阿拉西安人。"

小欠和他的爹开始吃饭,桌上两个大碗,两人稀里呼噜。芦焱过来的时候欠爹仍在吃,而小欠把碗遮了。

小欠:"就做了两个人的,你要吃我另外做。"他补充,"另外交钱。"

芦焱忍不住看了眼那碗里,看得有点感伤:"洋芋擦擦,好东西啊。"他饥肠雷鸣,"可是我不饿。老板贵姓?"

小欠确定芦焱确无夺食之心,又开始稀里呼噜:"贱得没姓。小欠。"

芦焱愣了一忽儿:"小倩?两棵树的风俗是男用女名好养活吗?"

小欠:"欠揍的欠。"

芦焱恍然:"也是黄沙会赏的名?那本名……"

小欠:"你叫出来我就要挨揍的,不会告诉你。"

芦焱也就认了:"好吧,欠老板,被掏空了口袋的客人总是最不受欢迎的客人,所以你能告诉我怎么离开两棵树吗?"

小欠吃着,不假思索:"出不去的,你只有死在这儿。"

芦焱:"如果动动嘴就能救人,那我甘愿说到舌头断掉。"

小欠沉默,少顷:"高老爷说由你去,趁着他还没改口,你赶紧往回走。"

芦焱:"那不行。我要回家,我家又不在大沙锅。"

小欠:"宰了再一扔,你家不就在大沙锅了?"他三两口吃完,站起来,"大沙锅就两棵树一条官道,路条、关文、钱,一个不能少,不走官道就是杀人当切草的匪道,路条关文用不着了,更多的钱,认得马匪老爷——你当我不想走?人要知足才能活嘛。"

芦焱:"猫有猫道,狗有狗道,可您能不能指条兔子走的道?"

小欠刚要说话,发现碗里还有一口,赶紧先吃了,再要开口,门被猛然推开。

小欠:"我什么也没说!"

他第一时间钻到了桌子底下,欠爹吃得慢,抱了碗也钻到桌子底下。两个兵拿枪托子把芦焱叉在桌上,第三个兵冲上来,芦焱第四次被搜身。这回搜他的人真有收获,没费啥事就将那把裁纸刀擎过两个头高。

青山惊喜地大叫——芦焱这时才看到他是第四个进来的:"我就说过他身藏凶械,心存歹意的!"

芦焱气结,被叉着还强把个脑袋扭过来:"巴东来!"

青山:"在一棵树我就瞧你不对了!什么何思齐,果然是在缉日久的……"

芦焱愣了一下,他现在正有种被出卖的感觉了:"……巴东来!"

青山:"逃兵!"

芦焱再愣:"……有没有人跟你说祝你跑肚拉稀,鬼上身鬼掐脖子那会儿没药,见天儿头痛脑热?"

他说这话时旁边的兵一点没闲着,于是芦焱又被绑上了——连喉结一块绑的。

青山:"说了。我说谢谢,走好。"

芦焱被架将出去。

两棵树军营,芦焱被叉到连座大人的桌子上。

士兵踊跃地送上那把裁纸刀:"疑犯身怀利器,属下险遭不测!"

连长大人就拿那刀修指甲,凑到一个很近的距离,与其说看不如说嗅——顺便摸了摸肥瘦。

连长:"逃兵?"

青山:"逃兵!"

连长:"为什么逃?"

青山:"自然是畏罪潜逃!"

连长:"这些年都在干什么?"

青山:"自然是为非作歹,残害乡亲!"

连长:"放屁！叫什么名字？"

青山:"霍四古！"

芦焱讶然,那是他曾在西北军使过的假名。看着青山那一闪即逝的诡异神色,芦焱除了莫名其妙和愤怒之外,仿佛还看出了点别的。

连长忍无可忍地擂着桌子:"老子哪句在问你？你是霍四古？你是军部都派人来查过的霍四古？老子一索子把你捆到上峰那里去！"

青山忙往一边闪了:"老夫巴东来,真正君子人。"

连长:"你要是君子人老子只好是岳爷爷了！——霍四古,你也不是个好货,临战脱逃,流窜西北。我电话里跟上头核实过,确有此案。"他凑近了芦焱,"我倒纳闷儿了,每年都要逃掉万万千千,你惹的啥乱子？一个人渣渣能让军部派人来查？"

芦焱翻白眼。

连长:"装死是没用的。"

芦焱只好哑哑作声,给他看勒着喉结的绳子。

连长:"这哪个玄孙子绑的？这是要送上去的人！你当他是毙了就完的逃兵？"

士兵赶紧跑过来,绑虽然没松了,喉咙总算不勒着了。

芦焱:"我……我……"他盯上了桌上连座吃剩的半个饼:"我能吃吗？"

连长:"不能。"

芦焱:"那你先预备条绳子,结实点的。"

这里看来是不缺逃兵,屋里绳子现成,忙找一条:"快说快说。"

芦焱:"像绑我一样把你自个儿绑上,我说起来就方便了。"

连座愣完便大怒,从桌上捞起什物就打,芦焱惨叫。

芦焱:"我是要说啊！一个逃兵被追三年,自然是大事啊！知道这大秘密的都得像我一样被绑去军部啊！别打啦！再打我就说啦！"

连长连忙停手了:"闭嘴！别说！"

芦焱:"那你给我那个饼。"

连座气得直挥手,让当兵的把饼喂了给芦焱,昼夜以来芦焱终于得到第一份固体食物。

青山:"军爷,他竟然诈唬于你！"

连长:"你懂个屁,这是两棵树！拍死个蚊子搞不好都是托塔天王的亲戚！这就是两棵树！"他对着当兵的大叫,"车预备好没有？赶紧把这瘟神送了！"

士兵:"正预备着呢！"他跑出去。

芦焱:"给口水喝,要不我还是想说。"

连长:"给他给他!"他冲着门外嚷,"车再没好老子把你们的四爪换成轮子!"

士兵跑了回来:"好了好了!"

芦焱被架了出去。一辆卡车已轰轰隆隆地打着了火,芦焱被架上后厢。

连长大人还在对车里大声叮嘱:"到团里别忘了说,这货是我黄大伟亲手抓到的!"他想起又一桩要紧事来,"一定要说,老子打抓到他就给他嘴上贴了封条!我什么也没问,他什么也没说!"他想起又一桩要紧事来,"一定要说,功劳姓黄的不抢,可他们要记得说过老黄来这鬼两棵树,只待一年!"

随车押送的史橛子只好把头点作捣蒜一般。而芦焱坐在后厢里,有点茫然——青山只是在屋边站了,挂着手杖,全无上车的意思。无论芦焱如何讨厌青山,他知道那位比自己重要,重要太多。

青山仍是那副乖戾神情,却忽然浮出一丝又伤感又调皮的笑意。那让芦焱自己也有了些说不清的触动,而青山在他的注视下将头转了开去。

连长大人终于交代了最后一句:"一定要私下里说!"

他终于拍打着车门放行。但那辆车在驶动的瞬间就歪了,照着他碾了过去。

连长大惊,屁股后一堆汽油桶挡着,他急中生智,一头扎进油桶里。然后卡车撞翻了油桶,四个车轮死鱼一样瘪塌塌的。司机总算踩住了刹车,一帮兵忙着在一堆汽油桶中找连长。

连长从某个油桶里钻出来,大骂:"搞什么吊死鬼?你史橛子牌桌上的事要拿到这里来见红么?"

司机和史橛子顶着满脑门子骂,跳下来检查汽车,而芦焱在这一团糟中看见青山低头思忖,面无表情。

原因很简单,史橛子站起身诉冤:"真不怪我!四个胎全给戳透了!"

司机抱怨:"开过来还好着呢!四个胎呀,要换可得不少时间!"

连长气得只管大骂:"拖出去毙啦!拖出去毙啦!"

史橛子小声:"连长,咱们可不要是踩了外头那两帮爷的坟头?"

连座一愣,先看营外的三角地,再看破胎,再瞄一眼车厢,人最怕的就是自个儿的想象,顿时脸色大变。

当兵的又打屋里跑了出来:"连长,团里电话。"

连长忙不迭地进去。

青山已经平静,看着自个儿拿杖头在地上捣的坑,好似他跟这事没相干。

连长匆匆出来,先看芦焱一眼,然后目光游移,啥都在看,又啥都没在看。

连长:"搞错啦!放啦!营座说霍四古早两年就伏法啦!"

芦焱又被推下了车,松绑,在背上猛推一把。

而连长对青山却没啥畏惧:"你个老匹夫!谎报军情,害老子触霉头!又出去！"

青山一边挨叉一边喊冤："老夫报国心切呀！这人设馆传孽，败坏纲常……"

连长："你杀价心切才是真的！告诉你，老子现在数到四了，一个都不能少！叉了！"

推搡芦焱的就一个，来叉青山的倒有三个，青山被叉得连奔带蹦，被轰出营房。

两棵树街道上，时值正午，烈日炽人。高泊飞又在擦枪中大胜一局，两棵树的三角地上几乎无人。芦焱没精打采地走着，盯着前边垂头丧气的青山。那位似乎很有意用沉默来酝酿芦焱的怒火。

芦焱："我有个爹。"

青山："我也有……过。"

芦焱："……还有个哥——麻烦您别说您也有。"

青山摇头不迭："我没有。"

芦焱："谢谢……在家时，觉得他们自私腐朽，可逃命时，他们成了我在世上最想的人，直到遇见您——世上我想念的人您排第一，他们屈居二三。"

青山干笑："这个马屁拍得太受之有愧了。还有吗？"

芦焱："想，是因为您好像铁了心不让我搞懂哪怕一件事情。您准也知道，人要是攒了太多搞不懂的事，就会怄成火气怨气，而您好像铁了心把我怄成颗炸弹。托您的福，我知道了最让人牵肠挂肚的不是亲情，是疑惑。"

青山："老人家最怕肠胃不好，我让你说得直抽抽。"

芦焱："我都开始想巴东来了，他只让人觉着不可理喻，您可是能把活人气得烧成一个烟囱。是您让我留在一棵树？打哪儿知道我叫芦焱？连我在西北军使过霍四古的假名您都知道？您知道的事还有多少？您今儿这通折腾到底图啥？您知道您欠我多少个说法？"

青山只笑："多到咱们让逮兔子的打了去，我还在忙着给你说法。说法？世上没说法可还得做的事多了去啦，先做了再说。"

芦焱："四年就等来这么句人生至理？这样神头鬼脑的话，我爹骂人时能给出上百句，还都押韵的。"

青山："那他就是神汉啦！我可是为着找个说法跑了半个地球，一明白这个理我就先做了共党再说。"

芦焱忍着没上当："所以您打算给我扯上半个地球？"

青山："好吧，眼前的事我可以先给你个说法。统一战线不是空话。西北军要分成三茬，至少有一茬是向着我们的。我要不查清你的前史敢把你做种子？小屠最喜欢不过的那股子劲头……"

芦焱："小屠是谁？"

青山:"世上你第四牵肠挂肚的屠先生啊。"

芦焱噎了一下,决定沉默。

青山:"所以他的人上哪儿抓人都不解释,西北军也有了个霍四古的糊涂记录——正好废物利用,只要出了两棵树,西北军又有咱们的内应,那就是天高任鸟飞。"

芦焱:"那您怎么又不上车?"

青山:"上你那囚车?老夫乃买得起票的上人巴东来,不是你这样的私藏夹带。"

芦焱:"……那怎么又被赶了出来?"

青山轻描淡写:"问得我真是老脸无光。我寻思这两棵树天下三分,该有咱们钻的缝隙。没曾想驻军里不但有他们的人,还是个心快手快的狠货,先弄坏卡车让咱们进退不得,再靠他的渠道封掉西北军里咱们的渠道。这趟出来真是觉得天下英雄出后辈……哦哦,我不是说你呀。"

芦焱:"……不是说三茬就有一茬是咱们的人吗?"

青山毫不客气地:"傻呀!那就是说还有两茬是他们的人!"

芦焱再度无语。青山忽然手搭凉棚,照大沙锅眺望:"糟糕!"

芦焱:"我想知道的是……"

青山:"真正的杀星来啦!"

芦焱:"……您总这么东拉西扯干什么呀?"

青山:"你没看见大沙锅里的烟尘?赶紧走!回欠记!大风浪来啦!"

他匆匆进店。芦焱莫名其妙地看着空空荡荡的大沙锅,直到确定青山不是故弄玄虚——大沙锅里远远飘着渐近的烟尘。

时光神采奕奕地骑在队首,他一向精力充沛得过剩,何况昨天他还有很充足的休息。门闩自然是他身边的长随,他的98K步枪提在手上。

这队雁翅形的精骑以缓慢的速度接近两棵树,缓慢是为了有条不紊,也为了迁就他们身后那辆骡车的速度。挂在骡车上的是奄奄一息的诸葛骡子。

教堂顶上的黄沙会枪手猛拉着那口破钟。

枪手:"时光来啦!时光来啦!时光来啦!"看来他打算喊到破嗓子。

教堂门口的黄沙会帮徒狂乱地安装着他们的马克沁——这事怨他们自己,前头玩完了他们把枪给卸开了,而当威胁来临的时候他们装枪的速度慢了足足两倍。

高泊飞从教堂里冲出来,一边往自个儿身上绑扎着武装。一堆人跟在他后边,而窗户缝里有胡子三人在窥看。

高泊飞:"老子没跟你们说过人待的地方吗?——谁他妈的把枪卸啦?"

扎堆儿的手下终于散开,至少是各寻掩蔽处,参差高低从土岗子到教堂里外。

而那几个装枪的都脑袋冒烟了。

黄沙会手下:"……玩嘛,老大。"

高泊飞:"玩玩玩!老子怎么从来不玩?"

他裹在衣服里的一张骨牌掉在地上,而时光在这样一团混乱中一马当先驰入空场。

五

芦焱屏息静气,坐在通铺上的青山面无表情。

芦焱:"诸葛骡子……"他的嗓音有些艰滞,"我不知道他是死是活。"

青山:"你只能当他死了。"

让芦焱过不去的不光是这句话,也有青山的近乎无动于衷的态度。

芦焱:"您是我们得拿命护着的那个人……对吗?"

青山看看他,奚落:"拿什么护你自个儿看着办。"

芦焱:"我们只有这条命,但您不该那么理直气壮。"

青山绝无愧色:"命就是个没说法的说法,就是一啥都能装的箩筐。你得多懒才能让它空着啊?还说只有这条命。"

芦焱:"这几天本来是装满了,但您这一说……空了。"

愤怒比悲伤更吸引注意力,他现在看青山比看骡子更多。

在三角地,高泊飞像一个决斗之中力争先于对方拔枪射击的西部枪手。相比之下,时光简直像在逛街,先四下看了一圈,然后下了马。他的人跟他一起下了马,门闩不在,马交给专人牵着而不是系在拴马桩上。

时光:"老高,扮草头神呢?你倒动一下啊!"

高泊飞很听话地动了动指头:"时光,你、你有屁快放!"

时光皱眉:"我不就是来看看你吗?要拉屎放屁难道不是去茅坑?"

嘴也斗不过的高泊飞便只好诉屈:"你昨天干的好事!老子在前头浴血奋战,你后头都快把老子的马赶到黄草甸了!老子大半夜才摸回来的!"

时光:"是好事啊。跟一棵树的农民浴血奋战?红军骑兵打马匪可不问天外山还是黄沙会。得啦,你就是早回来也不过是多摸会儿牌九。瞧瞧,牌怎么掉这儿了?你这家伙是不是又偷牌了?"

他把地上那张牌捡起来交给高泊飞,高泊飞瞧瞧身后几个表情古怪的手下,"这不是我的。"他嘀咕着,却接了那张牌。

时光:"我特地来跟你赔不是的。怎么?两棵树最好的地方让你占了,就不能请我进去坐坐?"

高泊飞又一次看他身后,手下总算把那挺活见鬼的枪装好了,雄赳赳地冲他拍拍胸膛,而高泊飞也得到一个几十公斤重的保证。

高泊飞:"请!"

他想引路,时光却一个大步当先了。而跟随进去的几个拖着诸葛骡子的手下也步履如一,连高泊飞都抢不上道。他气得不知是就此爆发还是继续忍气吞声。

欠记,芦焱倚墙坐着,青山对着天花板闭着眼,似在养神,又似在盘算。

芦焱:"您到底是大智若愚呢,还是大愚若智?您不顾骡子,又干吗管我?您早该趁着还有我们吸眼球子赶紧上路,却非扮个过目难忘的巴东来到处张扬?您就算觉着我们该为您死,也不该挂在嘴上叫人心寒。"

青山:"骡子他们的计划就是把天外山牵在大沙锅,你就是要走前头蹚道。"

芦焱:"他们?还有谁?"

青山猛醒:"糟啦!这样根本牵不住时光!他们玩什么鬼的巧连环?!"

教堂里,那些曾经的家什被胡乱堆摞成了几堆,部分用来搭成了黄沙会睡觉的通铺。当然,少不了高泊飞们每日不可或缺的牌桌——那张巨大的牌桌是原来的圣桌——以及一堆单身汉扎堆生活时的垃圾。那些细长的窗户都被木板钉死,以便增强防御。

高泊飞的手下紧张兮兮抢占住每一个有利的射击位置,而时光也紧张了些,主要源于他实在不喜欢这屋里的气味。

时光:"我说了,我来跟你赔不是的,对吧老高?"

高泊飞仍然很紧张:"说啦,时光。"

时光兴致勃勃地:"赔不是总得带份礼吧,你咋不问我带的啥礼?"

高泊飞觉得不自在,这份不自在源于他对对方下意识的顺从:"你带的啥礼?"

时光:"上礼!"

诸葛骡子被扔在地上,这样重重的一摔也没让他动弹分毫。

时光有些不悦:"我说过没见着老高他不能断气!"

手下划着了火柴去烧炙诸葛骡子的皮肤,直到他微微抽搐。

手下:"一时半会儿死不了。"

时光满意:"第二份礼呢?"

天外山的人把一个铿然作响的包袱扔在地上,那包袱皮干脆就是诸葛骡子的衣服,蹦出来的几块银圆散在地上。

高泊飞:"这啥意思?"

时光:"你老高心眼儿都活成泥鳅了,一边宰着共党的种子,还没忘了在一棵树请个顺风财神。这不是给你送赎金的那主吗?让我撞上了。不敢有占,三百现洋一个不少,亲手奉上。"

高泊飞愣了一会儿,浮出个难看的笑容:"那当然是见者有份。"

时光:"我心领就好了。我这就三五个豆,你老高多少兄弟啊,都得养活。"

高泊飞也就顺水推舟:"也是。屠先生的爱将哪里会看得上这点小钱?谢啦。昨儿的事兄弟真当没有过啦!"

时光笑:"昨儿有啥事吗?"

高泊飞:"昨儿?昨儿老高就在这儿打了一天牌啊。说到这儿,时光老弟就手玩两把呗?老哥哥还是真想把这注顺风财全输给你呢!"

时光:"不啦。我在大沙锅玩玩沙子就好,哪敢惹咱两棵树的头号牌神?"漫不经心地,"那把人给我吧?"

高泊飞没反应过来:"人?啥人?"他瞧诸葛骒子,"这人?"

时光:"厚道啊,厚的可不是脸皮!老高,你我骨子里是什么,咱们心照不宣。可既然真真假假吃了这碗马匪饭,就得守江湖规矩吧?"

高泊飞还在云里雾里:"啥规矩?"

时光:"赎金叮当响着,白花花眼前亮着!你不给我人?"

高泊飞恍然大悟:"喔喔喔对对对对!把我时光老弟要的人带来!"忽又狐疑起来,"难不成猛张飞拆了关帝庙,我高泊飞劫了老弟的人?"

时光:"你缺觉缺大发了吧?我这就十号人,要活捉他们你老哥得先拢上千号人——玩笑啦,大沙锅上哪去拢千号人?"

高泊飞脸上阴一阵晴一阵地不大好看,但最后他决定陪着时光一起大笑。

古轱辘被一根绳子牵了上来,一昼夜的惊吓奔波,他已皱成了一团抹布,抖如筛糠,二话不说,先蜷了跪了。

时光不再理高泊飞了,过去:"古老板,你认得这人吗?"

古轱辘:"不、不、不认得。"

时光拿枪杵他:"我瞧人闭着眼说话就手指头痒痒。"

古轱辘睁眼,看一眼诸葛骒子:"不、不认得!"

时光把诸葛骒子的脑袋揪了起来:"你寒心不?搭上一条命就落个不认得?你叫什么?"

诸葛骒子:"诸葛……"

古轱辘大惊:"诸葛骒子?你咋变成这样了?"

时光:"跟我两个专事刑讯的手下赶了一天路,可不就成这样了?羊角,他咋变成这样了?"

羊角士从身上拔出一柄尖细的锥子:"这东西好用。"

古轱辘大叫,啜泣:"饶命!饶命啊!"

时光:"饶谁的命?"

古轱辘:"小人的命!小人的命!"

时光:"你们俩,我必得杀一个。杀谁?"

古轱辘:"杀他!杀他!"

时光笑着把他一脚踢翻:"你们这帮活见鬼的种子啊,升斗小民演上瘾了。是不是真忘了自个儿原来是什么了?"

一直摸不着头脑的高泊飞顿悟,眼色里示意手下立刻封门。

时光恍若未觉,拿着羊角的锥子玩耍,冲古轱辘比画着:"你扮得比这臭骡子好,只是你们自作聪明来跟天外山玩什么联杀呢?没见我这里每一个人的名字都是下棋的着数吗?你们以为交了赎金,就能三人一车,天地逍遥,那不是方便了我一路摸过来?"

他放开手,锥子扎在古轱辘腿上,古轱辘捶地号哭。

时光似乎失去了耐心:"两个都带走。"他转身,"老高你啥意思?"

高泊飞:"时光你当然是来去自由,可这人是我抓到的。"

时光:"你抓到的只是个肉票,到我手上才是颗种子。"

高泊飞:"可我不抓他你又上哪里找去?老弟你好好想想,做人要饮水思源,没蛋又哪来的鸡呢?"

时光似乎感动了,真的在想,却忽然冲他嘘了一声。高泊飞讶然,而时光侧耳谛听。教堂外蹄声远去,古轱辘也在安静地倾听。

时光:"第三个。"他向古轱辘微笑,"你们的蛋,有缝啊。"

古轱辘立刻意识到这个陷阱,大叫:"跑!快跑!"

三角地忽起的马蹄声让芦焱抬头张望。他看见高泊飞的手下钱串子纵骑离开两棵树。

青山使劲掐着自己的额头:"跑得了吗?聪明人最爱干的就是蠢事!小屠算他妈后继有人啦!这时光就生是个阎王!"

钱串子疾驶向一片空阔的大沙锅。

黄沙会的人没有任何反应,天外山的人也没有,钱串子眼看就能逃入荒漠,但是门闩和两名早伏在荒漠里的枪手瞄着他。枪响,门闩一枪把钱串子从马上打了下来。两名枪手扑向落马的钱串子,就像追随在猎人身边的猎狐犬。

青山沮丧得像个年轻人,拿手杖轻轻敲自己的头,似乎想敲出一个主意来。芦焱茫然看了眼外边,钱串子被天外山的人从三角地上拖过,门闩在后边跟着。三角地上的黄沙会们比芦焱更茫然,钱串子自家人,按说该开枪还击。可是没有来自高泊飞的命令,他们只能举枪对着门闩们,而门闩们视若无睹。

芦焱:"怎么回事?"

青山:"黄沙会打一棵树,这几个货抖机灵一合计,钱串子绑古老板,骡子送赎金,自以为是天衣无缝。出了两棵树这三位能绕晕对方几百个,可他们偏偏碰上了比他们更机灵的——时光一个干掉了他们三个。"

钱串子被扔在教堂的地上。

高泊飞大惊兼悲愤:"钱串子!"他掏枪,却没有指向时光的勇气,"你怎么敢动我的人?"

时光:"你的人?眼里只有牌的人还认得人吗?你老哥牌上称神就好,人一天就这么几个钟头,你还有啥能不放在牌桌上的?没听见我刚才说一车三人吗?送赎金的是种子,被绑的肉票也是种子,难道绑人的马匪倒成了你的人?"

高泊飞哑然。

时光:"把枪放下吧。抓到牌就得打出手,可你举着枪时,光在想若水惹不惹得起屠先生,我也累。"他低头去看钱串子,"你呢,就是牌出得太快,是不是想着进了大沙锅还能接茬周旋?真货好就此过关?你怎么不想想,你这一跑,可就把他两个彻底卖了。"他又看古轱辘,"你也是,够义气,义气到把他俩又彻底卖了。"

钱串子一声不发,古轱辘照旧啜泣,诸葛骡子了无生气。

时光:"学学骡子,你们要抵死不认,我还真有点儿拿不准。三个都带走。"他回头,似乎这才看见竖了一排的枪,"老高,啥意思?"

高泊飞:"这两个是我请的财神,钱串子干脆是我心腹。就这么带走,西北道上以后没黄沙会这字号了。"

时光:"你跟这儿支个牌桌子,输急了就出门找几个倒霉的扬刀立威——黄沙会的字号不就这回事?"

高泊飞:"青菜萝卜,各有所好。你乐意为你的屠先生效忠,也不用碍着我这边的兴头。"

时光:"是青菜萝卜各有所好,不是青菜萝卜老子都要啊。老高,看在你傻憨憨的分上,甭管青菜萝卜,我给你留条路。你尽管跟这屋里做你的牌神,屋外的事情不劳你费心,老子全包了,或者你带了你的伙人滚出西北道。"

高泊飞气得嘴唇发颤:"这是……这是……"

时光:"这是明挑。我要的不光这三个人,还有西北道。我数三个数,你赶紧决定。"他开口就数了个"三"。高泊飞哑然,而时光微笑,"数到三万你也不会答应,干脆省点力。走吧,这三个先留给你借鸡生蛋吧,反正眨眼工夫我们就连着两棵树一起拿回来。"

他抬了抬手,门闩和所有的手下一起跟了出去,四个方向的枪口对着他们,他们无动于衷。高泊飞也举枪对着他们几个消失于门口的背影,终于没敢开枪。

时光从教堂里出来,手下将九匹马牵了过来。九个人上了马,时光带着九骑向大沙锅驰去。

门闩却是骑向两棵树。显然是事先计划好的,他们互相之间连眼色都没递一个。

两棵树,欠记。芦焱透过窗户讶然瞧着那些瞄着时光们的枪口、时光,以及背道而驰的门闩。

芦焱:"他们内讧了!"

青山:"说不上内讧。小屠和若水搞派系倾轧那会儿,你还没开始逃命呢,只是挑在这个国难当头的时候搞明挑?"他叹得一声迭一声,"小屠从来是顺我者未必昌逆我者一定亡,可老妖精你怎么也活回去了?"

芦焱:"有一个往镇里去了。"

青山到窗边,看了看驰远的门闩:"时光时光,你还真是对得起小屠赠你的这个鬼名字。"

芦焱:"什么意思?"

青山:"没东西逃得过时光的算计,金刚钻都能被它一点点磨成沙子。"

芦焱:"你这种老年嗟叹只会让糊涂成了搅和!"

青山:"用你听得懂的话?今明两天就是那家伙的出头之日。天下三分完啦,因为司马懿来啦!咱们就要没缝钻啦!时光来两棵树不光为骡子他们,灭掉黄沙会怕还排在头前!时光那小子是计划的天才!"

芦焱:"计划什么?"

青山已经开始收拾自己的东西,嘀嘀咕咕:"我怎么知道?我就是零敲碎打凑合到今天的一个穷鬼,计划是小屠那种阔佬玩的东西。"

芦焱真是快气死了:"那您倒是会什么呀?"

青山:"一无所有,一无所长。"他想了想,"我会逃命,再不逃真永世不用逃了。"

芦焱:"怎么逃?"

青山警惕地看看他:"只是我自个儿逃,你留在这里拖住他们。"

芦焱气得要命:"拖得越久你就会离我越远?总算听到个好消息。"

高泊飞戳在教堂里,冥思状,想什么怕是他自己都不知道。

手下:"老大,时光回大沙锅了。"

高泊飞:"哦,他从来只会撂两句狠话。"

手下:"老大,他撂了话之后从来没有拖过三天的。"

高泊飞:"那咱们还有三天?"

手下哑然:"门闩没跟时光走,门闩往镇里去啦。"

高泊飞:"他是要去找屠先生告状吗?谁怕谁呀,一直是他理亏。"

手下:"他没过关,往镇里去啦。"

高泊飞:"去镇里干什么?"

手下:"不知道。"

高泊飞在犯晕,说真的这哥们儿已经两天没睡了,还真个是铁打的。

高泊飞:"干什么呢?"

手下:"老大,咱们咋办?"

高泊飞猛省:"哦,把这三个共党的种子关起来,加紧拷问,要是能问出啥来再把他们还给时光也行啊。哦,钱收起来,牌桌子也收起来。"他打着哈欠,"这几天……真不能打牌了。"

手下也头晕,普遍缺觉,晕着照了高泊飞说的做。

胡子三个从他们藏身的地方出来,胡子现在的表情是蔑视再加上不悦。

胡子:"为什么不杀他,高?"

高泊飞立刻强打精神:"老子已经吓得他不敢再来了。得饶人处且饶人的精妙你们哪里能懂,这是江湖的学问。"

胡子:"可我只看见了懦夫的学问。我跟你们的军队打过仗,当你们不敢打的时候就是这样的,似乎是在想,但想的不是打仗,是逃跑的借口。"

高泊飞:"我日你个本的东洋矬子!"

对胡子他倒比对时光干脆多了,手一翻便上枪,一帮子手下顿时精神一振,连忙举枪。胡子三个也不是吃素的,立马举手。

胡子:"我为和平而来……"

高泊飞大发雄威:"和你个平脑壳!这么容易挨揍就要好好学中国话,这里是两棵树!"

胡子小心翼翼地:"我们不是朋友吗?"

高泊飞:"贱得老子头疼,非得做拿枪顶着的朋友!回去等着,现在哪有空帮你收拾啥奇怪的老头子?两棵树还有比你们三个更奇怪的货吗?"

枪拿开,胡子三人如蒙大赦,整齐地鞠躬,出去,脸却绷得快掉下冰块来了。

高泊飞突发奇想:"要是时光也跟他们一个操性该多好啊?"

显然那不可能,手下已经冲进来,气喘加报信:"门闩在镇里……打信号枪!"

门闩勒着他的马,停在镇口看着那发他打出去,此时正在悠悠落下的信号弹。几乎是立竿见影,曾经在三角地被高泊飞的马克沁"吓走的"那些天外山帮徒出现在镇里荒凉的街道上,毫不掩饰地拿着自己的武器。门闩在与他们齐头时勒转马头,与他们等速走向三角地。那些人跟着,并不多,也就是十数人。

欠记,芦焱看着胡子三个狼狈而板正地走过空地,走向欠记,尽可能在比比画画的枪口下维持着已经掉了一地的尊严。

芦焱:"那三个家伙有鬼。"

青山:"两棵树怕只有你一个是没鬼的。看过罗刹国吗?所以也就你一个是心里有鬼的。"

芦焱已经学会了无视这老小子永远不缺的奇谈怪论:"你怎么走?"

青山:"走就来不及。"他在芦焱瞪他之前补充,"要跑自然是趁乱。"

芦焱瞧着那空空荡荡被一挺马克沁和由楼顶到教堂侧不知多少个枪口瞄住的三角地发愁。

芦焱:"连耗子都不敢乱跑……一点没看出要乱。"他转过头脸色就变了,"怕是立马要乱。"

转过头的不光是芦焱,也有教堂顶上的枪手,他及时地拉响了那口破钟。高泊飞和他的手下们拥了出来,如临大敌,各就各位,调整机枪。

门闩和跟在他马后闲闲散散的十来号天外山帮徒,没一个把武器拿在手上,倒背着,斜挎着,横担着,走着一个很方便挨子弹的排布。门闩甚至掏出根纸烟,马头的伙计打了个火,门闩俯身点上。

高泊飞手下七嘴八舌:"开、开枪不?""难不成他们敢就这么冲过来?""哪有个冲的样?那小子还撒野尿?他尿尿?""一梭子,老子只要一梭子……""开枪不,老大?""门闩可厉害。听说他几里地外能打兔子眼睛。"

高泊飞先给那长他人威风的一巴掌:"几里地?当他扛的是你这门山炮?"他倒是拿定了主意,"先别开枪,宰他们分分秒秒的事。说不定是时光那家伙诈唬咱们不成,只好带了天外山占山为王呢。"

而门闩在众目睽睽中下马,在马臀上一记重拍,让它跑入了荒漠,然后推开欠记的店门。

门闩:"欠老板,我们要吃饭!"

他进去,那十来个帮徒也跟着进去。

高泊飞:"……吃饭?"

手下:"我们也没吃饭。"

高泊飞:"还吃饭?"他忽然想明白了,也就轻松了,"原来时光真是在诈唬咱们!没诈唬住!现在只好厚着脸皮当啥也没发生过了!天外山的厌货!你们脸皮太厚还是两棵树的地皮太薄?人的脸皮非地皮啊!"

顿时活跃了。呼哨喝彩,黄沙会的兄弟从来不缺欢乐。

"咱们十一个人,你给炒十一个菜!""别告我你店里没酒!""把桌子拼上啊!欠老板,你家桌子姓板凳吗?""拖过来!把那张桌子拖过来!"

天外山的人在欠记喊得热闹,那纯是给外头听的。实际上他们一进来就亮枪逼住了所有人:小欠、欠爹和正围了张桌子低声计议的胡子三个,那冷冰冰的表情配着热情至极的招呼,真个是怪异至极。胡子的一个手下拔腿就跑,天外山的人捞张凳子就飞了过去,一声鬼叫,两个帮徒去将那位拖了回来。几个人去了隔壁,几个人去了楼上,干的全是屠先生一系最拿手的清场活儿,芦焱和青山也被两支枪逼着。几张桌椅已经拖到了门边,绝非乱堆,而是很有技巧地顶住别住,并且已经放翻家具搭起正对着门的第二道掩体。

迷惑人的咋呼仍没停歇:"欠老板,你咋不生火呀?到饭点啦!""饿死啦!再见不着火苗老子把你吃啦!""给我见点菜叶!天天羊肉肚里快闹鬼啦!"

呆若木鸡的小欠和欠爹在灶边站着,有人轻轻给小欠一下,近似警告,小声:"生火!"

芦焱站在青山身边,被枪逼着,看着火苗迅速冒起,而胡子三人被搜着身,三支驳壳枪,三把腿插子扔在桌上。

一个帮徒拿通火钎子重重地捅墙,向门闩报告结果:"结实。实心。"

门闩点点头。外堂瞬间已被改得面目全非了,只留了一张桌子,他在桌边坐下,芦焱和青山被押过去。

门闩:"熟人。那会儿没宰你们,现在也就没心送你们上路。"他随手打掉一张青山递上来的片子,"这话你们也都听过,天外山办事,嫌黄泉道远的就逆着,识相的赶紧顺了。去吧,帮忙烧火。"

二起被招过来的是胡子三人,一起的刀枪放在桌上。

门闩:"怎么讲?"

胡子:"求无头财的。"

门闩:"枪火搁桌上,人上后院柴窝里蹲着。骑河车你盯住了,顺便盯后院,我们会从上头帮你。"

天外山手下:"垫个枕头,三颗枪子儿得啦。"

门闩:"时光不喜欢我们滥杀。不是怕错杀,是怕误杀了真有货的人。"

那三个被领开,门闩招呼小欠过来。

门闩:"脑袋放桌上。"

小欠哆嗦着把脑袋放到桌上,仿佛砍了他头他也会先把脑袋放桌上似的。

门闩研究他后脑一个伤痕:"听说高泊飞打了你一星期?"

小欠:"高、高老爷好、好个玩闹。"

门闩:"我把高泊飞的脑袋拿过来给你当夜壶好不好?"

砰的一声,小欠就地跪了,其动作之迅速让门闩立刻把手摁在了枪上,随后发现这只是一次过于利落的下跪。

门闩:"你也不用高兴成这样吧?"

小欠:"不是高兴啊,老爷,可不敢!高老爷要听见,能把我们爷儿俩的脑袋都揪了去当夜壶。"

门闩:"你是把我当黄沙会的了?"

小欠："我知道您是天外山的老爷！可老爷们打架是神仙的事情,跟我这臭屎一样的凡人没相干啊！"

门闩还真拿他没脾气,也懒得废话："第一,到饭点儿了,老子们要吃饭。"

小欠："做做做做！"

门闩："那就起来吧。第二,你这地方好,好得像碉堡,老子们要借你这地方打个仗……"

扑通一声,小欠又迅雷不及掩耳地跪了："我求您换个地方。"

门闩："你店里现在连客人几个？"

小欠居然还扳了扳手指头："……七个。"

门闩随手从那几支缴来的驳壳枪里卸出七发子弹,又数出七块银圆,各放一边："就这么着了。天外山总还能留个什么给人选——你自个选。"

以他底层的机敏,小欠立刻便明白这事再无可挽回了。他选择了银圆。

门闩毫无笑意地大笑："聪明人。我就知道能在两棵树活下来的没一个好人。"他挥了挥手,驱开了小欠,也顺便指示了他的部下,"开干。"

欠记烟囱上的炊烟袅袅,高泊飞们的红兔子眼睛跟着飘,哈欠一个接一个。无度总是要付出代价,不止于打牌。

"真吃上啦？真吃啊？""撑死他们,噎死他们。""咱们干吗看着他们吃？咱们六个打他们一个呢。"

高泊飞深思熟虑地打着哈欠："时光还跑着呢,时光杀回马枪怎么办？"

"那也是三打一。"

高泊飞："时光可鬼得很。"

但他们又听见欠记屋里敲锤凿砸的动静。

"这是吃饭还是拆房子呢？""派人去盯时光吧？"

高泊飞："时光进了大沙锅就是个鬼,敢盯他的都没好下场。"

"那派人去看看门闩吧？"

高泊飞揉着眼睛拿主意："挑两个机灵的,也去吃饭。"他挑了刚才异议最踊跃的两个,"就你们俩。"

"啊？"异口同声。

高泊飞："机灵话就多嘛。就是瞧他们在干啥,不要打仗。"他往教堂走时都有些打晃。

那两位顿时六神无主："老大你干啥去？"

高泊飞使劲打着哈欠："我去眯……审犯人。"

扔下一帮无所适从的手下,他只管回去。

小欠在切菜,同时在发抖,每一下敲砸声传来,他就猛哆嗦一下,天外山正做的事实在比揍他更狠。芦焱就只好在忙活中拍拍他的肩,以示安慰。

天外山的人们正在对欠记进行近乎摧毁的改造,在墙上凿出错落的射击孔,摊下来一个人匀上好几个。他们总是快把墙凿穿时就换个地方,这样到要用时一捅就得,而目前那头的黄沙会们还不知就里。

门口的地已经被挖出一个坑来,挖出来的土被装袋,去加固他们的防御,挖出来的坑则被扔进尖利多刺的东西,显然那地方他们自个儿不打算待的。

芦焱看青山,青山只管往炉膛里填柴火。

没被放倒的桌凳被拖到了窗边,破布被钉在窗户上,这当然防不了子弹,但可以让外边人没法瞄准。枕头褥子被打平,作为射击依托的支架,装土的麻袋被架上桌做成防御工事。欠记正迅速照着一个奇形怪状的防御工事发展。

一个天外山帮徒一直监视着外边的动静:高泊飞回教堂,那两名被支了差的手下正向同伙做无望的推搪,但同伙事不关己地解下他们的枪。

天外山手下:"高泊飞回去了。他们好像要过来。"

门闩一直坐在桌边:"待会儿再把他弄出来,钓鱼嘛,鱼线得一松一紧的。"

一个手下拿着搜出来的一杆土造火绳枪给门闩看,而门闩则看着小欠。

小欠:"打……打野物的。"

门闩指指正对着门的掩体,让把那玩意儿架那儿。二楼改造得更加彻底,因为这里得防住从教堂高处射下的子弹。几个专事破坏的货抡圆了大锤猛砸。

对面教堂里,耶稣神像一早就被黄沙会的家伙们搬到储藏室与杂物并堆,而今诸葛骡子、古轱辘、钱串子,一排做十字挂着。看押着他们的人真没闲着,主打的人抡着根双节棍似的玩意儿——乡下人打谷使的棍子,古轱辘和钱串子这会儿也和诸葛骡子一样体无完肤了。

高泊飞看着钱串子:"你对不起我。"

钱串子给他一个伤痕累累的笑容:"咋对得起?半个中国都打成粉了,还陪你陪牌桌子?爷爷还是挂在这心安。"

高泊飞:"打断他的腿。"

手下又抡起了棍子,钱串子的惨叫和大笑中他去瞧古轱辘。

古轱辘埋着头抱怨钱串子:"绑成风干肉一样了还跟人比能耐,要葱炒还是油烹?你个莽货真要把人拖死。"

高泊飞乐了:"你识相。聪明就说出种子在哪儿,咋来的爷咋放你回去。"

古轱辘顿时两眼放光:"真的?"

高泊飞:"说出来话拉出来屎,哪有吃回去的?"

古轱辘冲他做了个惊喜的鬼脸,立马大哭:"不知道啊!"

高泊飞气坏了。手下给他介绍:"其实这家伙才是最气人的。"

高泊飞几枪柄子砸下去,古轳辘的假哭成了真哭。他又去瞧诸葛骡子,骡子头耷拉得像颈骨折了一样,吊着的手腕也耷拉着。说他死了吧,却在轻微地哼哼。

手下:"这家伙在时光手上就算是个死人了。骨头打碎了,锥子扎得内出血,神仙都救不了。"

高泊飞不寒而栗:"时光真不是个玩意儿,咱们干吗不拿这两个试试?"

手下:"扎了内脏还不让死?这活我干不来。"

高泊飞很扫兴:"厉害角色咋都在他那边?……哼什么?"他过去凑着听。

手下:"好像是女人家哼了给孩子睡觉的曲儿。"

高泊飞又打个哈欠,强打精神:"共党都是些怪物。说了种子在哪儿,还不放你们我就横死在两棵树。好好想想,我给你们一分钟。"

沉静。钱串子在笑,古轳辘在哭,诸葛骡子在哼曲儿。后来多了个更奇怪的声音,除了骡子所有的人都哑了。高泊飞的鼾声,那家伙脑袋一耷就睡着了。

古轳辘惊讶:"一分钟都能睡个觉?"

高泊飞手下揍他:"不许说话!"

钱串子吹嘘:"我家老大可两天没睡了,昨晚大杀三方呢。"

高泊飞手下掉头揍他:"你还搭他的讪!"

古轳辘:"也是个怪物。"他疼得眼泪鼻涕地惨叫。

钱串子:"不用跟着他混了,真好。"他被高泊飞手下踢了断腿,疼得大笑。

古轳辘:"骡子,你快睁眼瞧瞧眼前这乐儿吧,别哼啦!"

钱串子:"骡子?"

诸葛骡子哼着曲儿。

两个解了枪的黄沙会被枪杆子远远护着,胆战心惊,靠近欠记。

黄沙会:"欠老板?"

没动静,两位胆子大了些,敲门。

"欠揍的,开门哪!"

另一个抬脚踹门:"欠揍的,我们要吃饭!"

天外山的人在各自的位置上安静地候着,连灶台边的芦焱们都停止了干活。

门闩有条不紊拿着个空弹夹,把拿出来吓唬小欠的几发子弹一发发摁进去。

门闩:"鱼该紧紧钩子了。"

门后站的天外山拔出一把刺刀,猛刺,却只是插进了门缝,门侧的两个拿枪筒捅开了早被他们凿得剩薄薄一层的墙壁。门缝里突现的刀锋几乎刺到了黄沙会的人鼻尖,两人惊得眼都直了。门两边的土墙一下被捅开,出现了两个射孔。黄沙会的人滚在地上,自然是想爬起来往回跑。

射孔里传过来清晰的拉栓声,天外山的人在屋里:"爬回去。"于是只好又趴下。"慢慢爬。"于是只好慢慢爬。

教堂里,刑讯者还在左一棍右一棍不亦乐乎地发威。

一个人鬼叫着撞了进来:"时光!那小子捣鬼!"

酣睡的高泊飞一惊,不知怎么从椅子上掉了下来:"我就知道!我就知道!"

一支枪拔在手上乱瞄了一气,最后在众人的瞪视之下定住。几个手下呆看着他,古轱辘挤出个古怪的哭脸,钱串子微微一笑。

报信儿的:"门闩……欠记被他们当了炮楼子!天外山是真想跟咱们干!"

高泊飞疯子似的跑出去,恼火地瞧着他那两名手下从欠记往回爬。一帮子黄沙会瞧得垂头丧气,脸上无光至极。

高泊飞:"站起来跑啊!丢人现眼!"

手下叫苦:"被他们瞄着呢!"

高泊飞枪栓一拉把那两位爬行者打了满脸灰:"被我打死叫叛徒!被他打死是义士!自己选!"

手下扛不过,站起来跑。那边倒没开枪,只是从紧闭的大门里传来大笑。

高泊飞:"时光!你给我滚出来!"

手下提醒他:"时光早走啦。"

门闩话说得更缺德:"时光出不来,因为他不在。你要在手下面前扮种的可得趁早赶快。"

高泊飞又急又怒,这两天折腾下来,他的色厉内荏有目共睹:"当老子真怕了你们?我不过是担心时光那小子是屠先生的野种,做好做歹给屠先生留个面子!"

那边顿时没声了,有趣的是这边也没声了。高泊飞的手下面面相觑,瞧高泊飞也是一股"你惹祸了"的神情。

高泊飞愣了一下,硬着头皮强笑:"饶人不好汉,好汉不饶人。瞧他们傻了吧!"

天外山的人面面相觑,一时他们还真不知如何是好。

门闩冷笑:"好极了。记下来。"

被他指到的那名手下犯犹豫。

门闩:"你也觉得时光是谁的野种,还是觉得屠先生不辨是非?"

那名手下不再多说,本子随身带得有,掏出就记。

高泊飞还在骂阵:"门闩,你个孬货!多少年前就跟着屠先生混,现在倒跟上了个乳臭未干的毛孩子!我瞧你这辈子也别想回重庆啦!赶紧投了我们,我帮你跟若水先生讨个职位得了!"

手下是毫不犹豫地记录。

门闩大着声,似是对着手下其实是说给高泊飞听:"我念的这个是要上承重庆的:西北部高泊飞,不务正业,信口雌黄,于大庭广众之下妄评我方机密要员,极尽污蔑、泄密之事,证据确凿。为维护大局,不得已将其杀于两棵树——就这样。"

高泊飞听着那一字一句传来的声音,大太阳下忽然生了些寒意。他老哥终于意识到人家是真要干他,还是不留余地地干。

高泊飞:"那是什么?!那是什么?!"

门闩:"为你给上峰写的哨电啊。别着急,正在发。"

高泊飞气糊涂了,也不想门闩带没带电台,只管大叫:"这是莫须有的罪名!"

门闩:"莫须有的意思就是,也许有,必须有,难道没有,走着瞧,马上就有了。"他很轻松地笑了笑,"我也说不清。反正就好像你老哥杀人一样,杀完了他不是种子也是种子了。"

高泊飞暴怒,踢开马克沁的射手,操枪扫射。欠记的土坯墙炸开一团团黄尘。

门闩拿着自己的枪,站了起来,冷冰冰地笑着:"果然是走着瞧,已经有了。"他径直上楼,顺便交代手下,"这个也记下来:理辩不听,这家伙还先用重火器向我们射击……谁把饭烧煳啦?"

轰鸣的枪声中,一群人凝神戒备,一个人只管记他的小黑账,一个人督着呆若木鸡的小欠干活。

门闩:"听我枪声。尽量打伤,不要打死,往上说起来好听些。"

他上楼。弹壳飞迸,蒸汽袅袅,用马克沁扫射让高泊飞癫狂,他的手下也三三两两地在开枪。欠记的外墙淹没在一片黄尘里。如果有足够时间,高泊飞还是能一点点啃穿外墙的,只是他的子弹也许够,却没那个时间。

门闩走过持枪戒备着的几个手下。他用枪口捅开了事先凿好的射孔,手下统一行动。瞄准镜里的高泊飞还在忘我地扫射着欠记的门框,压根儿没注意到二楼的这个小变化。门闩玩笑地用镜环套了一会儿高泊飞的额头,瞧了瞧那张狰狞到有些滑稽的脸,然后移上他的肩头。开枪。

高泊飞一只手猛往后一扬,一脑袋磕在枪机上。而欠记的二楼出现了一个个射孔和枪口。

高泊飞终于意识到自己的愚蠢,捂着伤往回跑:"回教堂!回教堂!"

回教堂的路并不顺当,伴随着一串鬼叫惨呼和跌倒爬起。门闩开了最后一枪,打中了一只在教堂门外没来得及迈进去的脚后跟。来自斜上方的一枪打在他的射孔外沿,也够准,险些击中他的枪管。算好了射击位置的门闩走向一处窗口,撩开挂着的破布,立刻找到了他的目标:教堂顶上的枪手正专心致志瞄着他刚用过的射孔。这回门闩是要死不要伤了,那名枪手立时横担在楼顶的断墙上,他的枪从楼顶掉了下来。

门闩叫了一个手下过来:"盯住这里。"他吸了吸鼻子,"吃饭!"

教堂里痛声一片。高泊飞目瞪口呆地看着,由人给他裹着伤。总是刀头上过日子的人,不至于因疼痛而变色,但他脸上写满了"怎么会这样"的不解。

手下在给他汇报战况:"伤了七个,死了两个,油葫芦还躺在外边。"

高泊飞:"他们呢?"

手下:"没见着人。"

高泊飞猛然把手下推开,抄起一支枪。手下们惊阻,又一通地七嘴八舌:"去不得呀!""那帮子坏鬼现在有炮楼子啦!""不是咱们占着两棵树最好的地势吗?""时光还不在……他们只有门闩。"

高泊飞愣了半晌,把枪摔了,赤手空拳冲向欠记。

这里还真在吃饭,分成两拨轮换着吃。

门闩拿着极长的筷子极大的碗,笑语指点:"那两位别干活啦,也都是欠老板的客人,一起吃点如何?"

那就是说你不吃也不行,芦焱和青山手里被塞上了碗筷,坐下。

门闩还给两人夹菜:"居然蹲进了一个战壕,这可不是那些同车同船的缘分能比的。两位干吗不早走呢?"

芦焱只管闷头吃。

青山:"行李又大又沉,走不了啊。"

门闩:"留得命在要紧,还要什么行李?"

青山一副肉而臭的神情:"那怎么行?一箱子都是我要捎回家的东西。老人家爱财如命,命不要了也得护着行李。"

芦焱莫名其妙,好在青山莫名其妙的话绝非第一回,他只管闷头吃。

门闩横一眼青山,拿筷子敲他:"那你就去死吧!"

青山唠唠叨叨地开始吃饭:"那我就去死啦。"

门闩再不说话,农民似的蹲在凳子上,扒一口饭,瞧一会儿青山,瞧一会儿芦焱。芦焱正发毛,在射孔边监视的天外山手下回过头来。

手下:"高泊飞出来啦。"

门闩端着个碗去看,还没忘了夹点菜。外头的高泊飞就像不知道几支枪瞄着他似的,虽是狼狈,却也豪勇,盯着欠记大步流星地走向他那个伤在地上的手下,拖起来就走。一帮子连教堂都不敢出的手下跟着他遮遮掩掩。

门闩连吃带点评:"高老大舍身救弟兄,嗯,再不搞点光棍花样他那黄沙会就要炸营了。这不叫屎胀挖茅坑吗?早干吗去了?"

手下拉栓上弹:"现在来一枪,就没有黄沙会了。"

门闩:"不要不要。和若水开了战,可还得看怎么打。时光爱打心理战,高泊飞肯定得死,可还要他那些手下连伤带残地回去,叫他们西北道不战自溃。"

他再从射孔里看去,高泊飞已经把重伤的手下拖进了教堂,顿时一片欢呼。

门闩不屑:"倒好像他们赢了似的。"他回到饭桌,"换班兄弟来吃吧。老高虽说是玩物丧志,这一晚上总还能搞些花样。"

正如门闩预料的,暮色西沉下,从教堂里拥出来黄沙会的人,推着抬着从教堂里起出的厚重家什,向着欠记胡乱射击。暮色下这场战斗实在有些不知所云。他们明面的目的是为了抢马,抢到马的人骑上,从军营那头的豁子骑走,堂堂的一个营盘被他们当了大道一般,还没断了对忙不迭搬开路障的史橛子们叫骂:"搬开!瞎了眼吗?没见老子帮你们打天外山的马匪吗?"没抢到马的黄沙会成员又退回了教堂。

子弹从斜上方穿透了欠记的窗户。门闩捅开了一个从没用过的射击孔,教堂顶上又有人了,又一次被他一枪撂倒。透过另一个射击孔看去,退回到教堂门口的黄沙会把扛出来的家什扔在那儿当作掩体,又使劲拖拽着一条绳索,绳索那头绑着那挺马克沁。

门闩瞄准绳子开枪,但打断一条绳子并不那么容易,枪东倒西歪地被拽回去了。

芦焱伏在灶边的柴火堆里,青山正在尽可能往身边堆更多的屏障。小欠没趴,靠了灶坐着在那抹着抹不完的眼泪,他那呆爹在枪声中哼哼着西北调。

射孔和被打穿的门窗里透入暮光。芦焱看看恨不得扎进柴堆里的青山。

墙边鏖战的天外山闷哼了一声——有一个人中弹了。他被人替下来到一边包扎,芦焱被踢了一脚,过去帮忙。后院的天外山瞄着远处奔纵的几骑,那是抢了马从后面包抄的黄沙会帮徒。

胡子三个被一串儿反绑在木桩子上,一个家伙使劲咬着自己的衣领,叼出一把软刀片。芦焱坐在灶边,灶里的余烬是屋里唯一的光线,墙边人影幢幢。

教堂里,高泊飞瘫在椅子上,呻吟呼痛的声音在这里都听得见。他已经被疲劳和失败折腾得濒临崩溃,眨巴着眼只想睡觉,只好拿烟头烧一下自己驱赶睡意,可疼得直挥的手还没放下,睡意又袭了上来。诸葛骡子三个还被吊在那里,诸葛骡子已经没声音了。

手下把两个呻吟的伤员抬了进来,这两位已经超出轻伤不下火线的底线了。

高泊飞:"怎么……"他扇着自己耳光驱赶哈欠,"抬这儿来了?"

手下:"外边搁不下了。"

高泊飞知道这意味着什么,挥着手让人放下。他意识到屋里少了个什么声音,便去听了听诸葛骡子的动静。

高泊飞:"他咋不哼那娘们儿曲子了?"

古轱辘:"他死啦。瞧在咱们待会儿同路的分上,把他解下来吧,到那头我们三个不欺负你。"

高泊飞怒发冲冠:"同路?"他拔枪给了诸葛骡子一枪。

钱串子大笑:"真好样的!好样的老大啊,你有种给活人一枪吗?"

高泊飞:"没种?"他开了一枪。

钱串子瞧着胸口的弹孔,惊异了一下,然后微笑:"你有种给自个儿一枪吗?"

高泊飞喘着粗气,放下枪,一时有些后悔,他没空去想有种没种的问题。

钱串子:"回头少埋点土,我怕盖厚被子,压得慌。"

然后他死了。古轱辘开始哼曲,一首西北丧葬的曲子。

高泊飞:"别唱!别唱啦!"他瞄着古轱辘的头。

古轱辘:"我改主意啦,赶紧上路,拦着他们两个先别喝孟婆汤,然后我们哥儿仨一块儿在奈何桥这头等你过来。"

他古怪地笑了笑,然后继续哼他的曲儿。高泊飞瞄着,喘着气,打了个寒噤。手下惊恐地看着,想拦又不敢拦,轻轻叫了一声"老大"。

高泊飞叫喊着冲了出去:"攻!攻!攻!我要割了门闩的眼皮,让他瞪着日头晒干他的眼珠子!"

监视着教堂的天外山帮徒瞧着从教堂门里一点点拱出来的那尊庞然大物,那是一张圣桌,层层叠叠钉上了好几层棉被。那桌子实在太大,把黄沙会们推在后边的马克沁遮得严严实实。

天外山手下:"门闩?"

门闩看了一眼:"最宝贝的牌桌子都拿出来了?"他听见来自客栈后面的零星枪声,"也不知道他到阴间是不是真戒得了牌局。"

那几名绕了大远道的黄沙会披着土色的布,在土坎上爬行。守着后院的天外山帮徒频频射击,这边也屡屡还击,成了一场谁也没奈何的对射。

这边,胡子们已经割断了绑缚他们的绳索,看着正伏在土墙边射击的帮徒,打算有所动作。赶来支援的门闩让他们停止了动作,仍然坐在那里装出一副挨绑的德行。

门闩将枪支在墙头,拉栓射击了三次,那三名黄沙会就等着天明后被收尸了。他的手下刚发现他的到来,而胡子们吓得直摇头。

门闩:"等你打中他们,寿星公都上吊了。"

他离开。而胡子三人决定继续静坐等待。

欠记的楼上不断扔出火把,照亮空地上渐渐逼近的威胁。零星地有人开枪,但裹着厚厚棉被的桌子有一拃厚,收效甚微。门闩的枪声听起来都带着沉稳,一个不慎露出半个身子的黄沙会倒地。

黄沙会的人已经习惯这种声音了:"又是门闩。"

高泊飞窝在桌子后咆哮："老子有弟兄,怕他的炮头？再紧紧就成啦,拆了他的门,砸了他的闩！"

他那在一棵树嘚瑟过的掷弹筒总算用上了,这么近的距离,五〇炮弹准确地砸在欠记的土墙上。爆炸和弹片没法穿透几层实心土坯的墙体,可飞溅的烟雾和黄土在这夜色里足以让人什么都看不见了。

高泊飞："掀桌子！掀桌子！"

桌子被放正了,射手蜷缩在桌子下,掷弹筒还在一发发地制造着烟障,而机枪在一个很近的距离上对着门玩命扫射。

小欠店的门虽厚,也防不住重机枪子弹。一道道光线从被穿透的房门上透了过来,一个躲闪不及的天外山帮徒中弹倒下,这是第一个被黄沙会命中的门闩手下。他正好倒在芦焱身边,芦焱把他从子弹射界中拖开,摸了摸颈动脉,没气了。

抬起头,一个枪口对着他。门闩警惕地看着他："别乱来。"

芦焱捡起死者扔下的枪递给门闩："图什么？"

门闩："有个人会告诉你,未来就是梦与梦的战争。"

芦焱："什么梦要做到死人？"

门闩："别问我。这个人又说,我是个从来不做梦的人。"

又一发炮弹落在门外,那扇很抗折腾的门摇摇欲坠。

门闩："欠老板,老高腻上了你家房门,给是不给？"

小欠张口结舌："给……给不给？"

门闩交代手下："给时光发信号。高泊飞太壮,真耗他个半死咱们就死透啦。"

又一发炮弹在三角地炸开,桌子后早有预备的人们趁着硝烟站了起来,机枪是不能再扫啦,因为要冲锋。打头的一脚踢开散架的房门,两把盒子炮冲着门里的黑暗一通乱射,好不威风,一个纵身翻了进去。只听"啊呀"一声怪叫,顿时没影了。后边的人连三接四地冲进去,奇怪的声音也连三接四,直到最先冲进去的那位仁兄瓮声瓮气地在最下头怪叫："撞你们的鬼！这么大个窟窿你们还非来填坑！"

屋里挖的坑再大也有限,几个人就已经给填满了。

高泊飞玩了命地大叫："只管冲！拿了里头的活人填他们自个儿挖的坑！"火光一亮,门闩的脸在火光后一亮,好似点了根烟,然后伏在掩体后。"轰"的一响,从门里腾出一团烟雾,打得漫天的铁砂子,从门框为圆心的一个扇面里一个人也没跑掉。连在机枪后督战的高泊飞都挨了几颗铁砂,大骂："你们还是民国的人吗？不是明朝的土炮就是前清的砂子枪！"

门闩在掩体后坐了起来,又划着了一根火柴。

高泊飞心胆俱裂："退！退回去！"

这回退得比上次还狼狈,机枪又一次扔在当地,好容易从坑里挣扎出来的人又被追射,好在他们仍是重在击伤而非击毙。

门闩把空膛的火绳枪推在一边,点上一根烟。

监守在欠记后院的枪手百无聊赖听着前头的热火朝天,一名同僚探头嚷了一声"发信号",然后立刻回去加入前头正酣的战局了。

手下嘀咕:"在这儿守头七,还不如让老子去打小日本呢。"

牢骚归牢骚,误事可不敢,他从怀里摸出一支信号枪对空发射。看着信号弹发射升空,他未及低头,就被胡子的两个手下架住了。胡子拔出他腰上的刺刀,割断他的咽喉。这家伙下刀极狠,像要把那颗头从颈子上切下来似的。

大沙锅,时光走得并不远,他栖身的山冈上甚至能瞧得见两棵树的教堂远影。

手下在休息,而时光擦着枪在等待,精神抖擞,就像他刚擦过的枪。

时光:"以后提醒我,别让门闩干这种耗人的事情。"

手下不解:"怎么啦?"

时光抱怨:"他太能耗啦。"

手下指着自两棵树方向升起的信号弹,实际上时光已经看见了。他一跃上马,手下擎着在当时很稀罕的电筒,这让这帮所谓的马匪看起来不伦不类。

时光:"等我从马上下来的时候,两棵树就是我们的!"

他狂驰而下,蹄声轰鸣。

六

　　教堂里,高泊飞四仰八叉地靠坐在柱子边喘着气,也还勇悍,自个儿就把身上镶的铁砂给抠了出来。一个宗教之地被黄沙会们自己的血搞得血迹斑斑,早已经在撕着衣服当绷带了,因为已经没人不带伤了。而一部分人即使带着伤也已经睡着了,只是又被踹了起来,因为轻伤根本不算伤。

　　高泊飞:"我又有一个主意,能把门闩开了天窗……先去把机枪弄回来。"

　　手下们顿时大惊失色:"还要去拖机枪啊?""哪个死剁了头的又把枪给扔啦?""谁扔的谁去。"

　　高泊飞耐着性子:"这回咱们把枪扛到楼顶上去打。姓欠的家里屋顶总不能厚过他的死墙坯子,早要这么打咱们早坐在欠记数他们身上的枪眼儿啦!"

　　可是斗志再旺的家伙在这样见鬼的一个晚上也鼓不起劲来:"那干吗早不这么打?""可是老大,天亮了再说好不好?咱们已经第三个晚上没睡了。""老大你拖油葫芦的时候他们不是没敢开枪吗?你去拖枪就好,他们不敢打你。"

　　高泊飞坐在地上,累得动作也实在快不起来,拖拖拉拉掏出枪对着最后那位大放厥词的就是一枪,砰砰地又抠了几响。满屋哑然。

　　高泊飞:"今儿我明白了,你要指着下属陪你胡混,就别指望他们帮你拼命。熬过今晚,我带你们离开两棵树,不掺和这个大人物玩的无头局啦。"

　　他挣扎着站了起来,看着他的手下,总算相处日久,多少也有些触动,只是这触动连十秒钟都没维持得了,便听见自大沙锅里传来那异类的呐喊。

　　在窗口监视的手下惊惶地跑了过来:"好像、好像是时光!"

　　高泊飞恼火地:"什么好像?"

　　手下:"肯定是时光!时光来了!"

　　他们看着从荒野里射上天空的光柱,在夜空中晃得闹鬼似的。

　　终于有人开枪,然后就是一通漫无目标的乱射。

　　荒野,时光正在怪叫,似乎从开叫他就没停过,他终于住嘴时是在下命令。

　　时光:"熄了亮子!"

　　所有的电筒熄灭,只剩下怪叫。黄沙会的人还在对着黑暗开枪,怪叫声没有了。

在欠记外堂，门闩一直在注意着外边的动静，听着外边忽起忽落的呼声和忽起忽落的枪声。

门闩："时光来了，不用省着啦，高泊飞给咱们预备了子弹。"

他说话语气平淡，一帮手下却陡然振作。为了有更多的机动阵地，他们一直是把凿出来的射孔省着用的，现在也不管了，各人在最便利的位置上捅开墙，一时间的乱射颇有黄沙会的风范。

从欠记射向教堂的子弹虽说命中率不佳，却也是不得不应付的祸患，黄沙会的人们掉转了枪口大骂还击。一直在吃亏上当的高泊飞终于学会了把心眼儿多转上一圈，大叫："瞄着豁子！瞄着豁子！"

他还是转错了筋，时光们袭来的方向是军营那边的豁子，他们从那路障大开的营盘豁口卷了进来。

天外山手下："大半夜的怎么不关门？跑了一个黄沙会的我们拿你顶数！"

史橛子们忙不迭把被黄沙会闯过的路障合上。

时光们没有开枪，而是打开了电筒，骤射的强光晃花了黄沙会帮徒的眼睛，然后才是子弹袭来。他们绕着教堂盘旋，交替使用着电筒和马枪，强光下踞着教堂的高泊飞手下一个个翻倒。

高泊飞："杀了时光！谁杀了时光谁做黄沙会的二当家！"

时光砰的一枪把屋顶上一名高泊飞的手下打了下来，大笑："老高你真够疯的！活人怎么杀得了时光？"

欠记外堂。

门闩："落土留下，我们出去帮忙。"

一个手下作为看守留下，其他人跟着他冲出去占据了教堂侧的街道。虽然没有时光们那样张扬，但步行者的射击比那帮驭者更为精准，高泊飞们雪上加霜。

门闩和几个人绕向教堂一侧。

高泊飞的手下探在后窗射击数量远少于他们却无所不在的敌人，直到一支由下而上的枪管顶住他的下颏。门闩微笑着，登上窗台进入教堂。他收回长枪，用手枪击中了那倒霉蛋的大腿，然后和接踵而上的同僚隐入墙角。

高泊飞的手下大叫着向前堂爬行："门闩来了！门闩进来了！"

对正在前堂左支右绌的黄沙会来说，门闩已经和时光同样可怕。一多半的枪口倒掉了过来，子弹在教堂里并无目标地横飞。被门闩驱赶出来的伤员在弹道下爬行，"门闩！门闩进来了！"的声音响成一片。

高泊飞用比以往更快的速度做了决定："扔了这地方给他们孵龟蛋吧！洋鬼子的神仙不会给咱们带来好运！"

一片赞同。这是他今晚上得到最多赞同的一个提议。

高泊飞:"咱们走!找个不止有两棵树的地方另起山头!"

一群人鼓起余勇,簇拥着高泊飞往外冲。跟在后边的伤员比打冲锋的更多。

门闩进来,用他的枪驱走了最后一个黄沙会伤员。诸葛骡子三个仍然挂着,两个死了,一个活着,门闩和那个活着的对望。

古轱辘一脸嘲弄的神情:"敢请老爷割了绳子,小的立刻随他们爬走。"

经过整夜的折腾,小欠的店已经千疮百孔,射孔、弹孔、塌掉的门窗,即使在屋里,芦焱也瞧得见黄沙会那疲劳不堪、伤痕累累、各自为战、溃不成军的队伍。就算这样,时光的人还是不愿意和他们做正面冲突,而更愿意用一连串诡计把他们剥皮去骨,致命一击只是最后必需的一道手续。

小欠蹲在柴堆里木然地拼接他的破烂家什,他那呆爹一如往常。芦焱一直关注着青山,而青山大马猴一样在东张西望。门闩留下的那名看守迫于命令不能参与必胜的战斗,注意力全在自个儿瞄来瞄去的准星上。

几个黑影从漆黑的后院摸了进来。第一个用一把砍柴的斧子劈进了看守的后颈,第二个扑向青山,青山尽一个老人的所能反抗,手杖、能捞到的一切,都没有用,他被摁在地上。一把刺刀捅向他的心脏,居然没刺进去。

胡子出现在后院门口,用日语斥责他这两个手下:"太慢!杀了他们我们还要离开这个只有中国人的鬼地方!"

芦焱抄起一截劈柴抡翻了摁着青山的家伙,另一个家伙把他一个过顶摔险些扔进了炉膛。第一个家伙站起来打算先了结芦焱,但被青山一口咬住了腿筋。他正打算给青山一下时,芦焱又冲了过来,用一根捅火用的铁钎把他捅穿了。芦焱使劲拔出那根铁钎,另一个家伙正捡起看守的枪向他瞄准。芦焱眼前一黑,青山居然挡在了他身前!这舍己为人的行动却把芦焱气坏了,他猛地把青山推开。

芦焱大叫:"你疯了?跑啊!"

然后他赤手空拳扑向瞄准他的枪手,枪响了一声,和在店外横飞的枪声不一样,它是穿过窗户射进来的。瞄着芦焱的家伙一头栽倒,干净利落。

胡子很干脆地转身出屋,从后院逃之夭夭。

芦焱看了看窗外,外边仍一团混乱,黄沙会还在溃退,天外山占据着有利地形削减着对方的实力,看不出谁开的枪。芦焱回头看青山,青山也在逃往后院,仍是巴东来那副顾头不顾腚的德行,而小欠和他的父亲就未曾动弹过。

青山的身影一闪而没。

芦焱:"你要干什么?"

芦焱无奈地捡起那支枪,追往后院,他看得清楚,三个刺客中还有一个活着的。

他冲进后院,四下乱瞄:胡子已不知去向,青山正很不利落地在爬那道矮墙,还有一个让他多看了一眼的是时光那个就地惨死的手下。

芦焱:"你该干什么?追杀一个莫名其妙的程咬金不嫌老了点吗?"

青山:"追杀?神经病!藤雄不二素享祥瑞御免的盛名,说的就是他逃跑起来说一不二,现在鬼知道跑哪里去了!——你从来不扶老年人过马路吗?"

芦焱并不帮他,瞧着他磨磨蹭蹭和矮墙作斗争。

芦焱:"那你这是在干什么?"

青山:"我老人家老而不死是为妖,赫赫威名啊!我拔腿就跑的时候他还在他们那小岛上拿肚皮磨地呢!"

芦焱讶然:"隆庆?小岛?……日本人?!"

青山:"没告诉你吗,你在一棵树乐莫大焉的时候日本人来了,——不帮忙?"

芦焱只好帮着他爬墙:"可这算是什么?你这样冒失一走也太招苍蝇了吧?你是巴东来,你可以有关文有路条,不急不躁平安上路,留着我们招苍蝇。"

青山:"天真。这一晚上你还没开眼?时光那样的妖怪是苍蝇?你招得住那样的苍蝇?巴东来何思齐骗得过屠先生的几万双眼睛?他要得更多而已。"

芦焱:"我尽力而为。"

青山坐在围墙上:"我也尽力而为,我的尽力就是有多远跑多远,你的尽力就是能扛多久给我扛多久。"

他正要往下跳,听见枪栓轻响。芦焱并没瞄着他,但把枪上了膛。

青山苦笑:"乱开枪的坏处就是让你这样的好家伙也学会了使枪。"

芦焱:"我不喜欢您,可还知道感激。人是活的,我这前半辈子却被钉死在屠先生和他的破事上了,您让它活了,您和您的种子。可是您这样胡来,让我觉得这条小命最后还是得交代给另一件破事。"

青山:"种子不是破事,你杀小屠也不是破事。红先生,脑袋锈,性子臭,在墙上一挂十三年,一说敌人就冲着小屠嗅鼻子。好在你至今没做过一件破事。"

芦焱:"哈,我真觉得安慰。"

青山:"我唯一觉得对不住你的,是不会有人给你安慰。"

他打了个出溜滑,在那边落地,芦焱隔墙听着那头的摔倒、呼疼、巴东来式的絮叨和骂骂咧咧,远去。

这一切真都让人觉得信着全无是处。芦焱把枪扔在地上,望着两棵树的星空发呆。

时光又在三角地驰骋了一个来回,在军营的路障前勒住他的马,而营盘里的驻军以为他是要过去,忙不迭把路障挪开。时光冲着他们怪叫,让他们扔下路障退到一边。

时光:"关上!我是马匪呀!官兵怎么能给马匪让路?!"

左右不是人的史橛子们把路障合上。

时光给打空的枪装上子弹,瞧着那头溃如散沙的黄沙会们,却又不愿意用了。

黄沙会的掷弹手正在装弹,对这帮拼力想冲过营盘跑路的家伙来说,这是他们开路的唯一利器了。可是为了射界,他站得过于显眼了一点。时光骑驰而过,打马球一样倒挥枪托,掷弹筒被他打得飞上半空。众人慌忙躲避这个无轨迹可寻的爆炸。

门闩从教堂的窗台上跳下:"以身涉险,先生斥为无智之事。我会写进报文。"

时光横了他一眼:"你不在这会儿我觉得不错。"

门闩公事公办:"自接获先生电文,仅是昼夜之间,若水的势力被尽数驱除,现在看,整个西北他们都保不住。你的智勇,我也会写进报文。"

时光:"拿黄沙会解解闷儿而已,不值得打扰先生。"

门闩:"重要的是时间,效果,一对三还打出极低的伤亡比。你的谦虚会影响先生的判断——我们需要这些资料。"

时光换了话题:"你的报文里,高泊飞怎么死的?"

门闩:"我不知道他怎么死的。"

时光微笑。

高泊飞还在开枪,枪已经没子弹了,他的手下躺在地上的比站着的更多,弃枪下跪的比举枪射击的更多。他决定跑路,但这哥们儿实在不习惯面临威胁时没有一支枪,他能看到的枪是那挺扔在一边的马克沁,还没打完的小半条弹链黄澄澄挂着甚是诱人。

于是高泊飞跑路时看上去很是威风,端着从三脚架上卸下的枪身,身上挂着半条弹链——三十多公斤的分量对这两棵树的项羽来说几乎不算什么,当然只限这四十米。如果他能捧着这玩意儿穿越大沙锅,那会是个传奇。

有老大的黄沙会都一盘散沙,没老大的黄沙会更分崩离析,剩下十多个帮众,六七个扔了枪,三四个跟着跑,三角地上的争斗瞬间落幕。

时光蹄声嘚嘚地跟在高泊飞三丈之外。追随高泊飞的一位手下刚有举枪的意思,就被天外山帮徒一枪撂倒。

高泊飞跌跌撞撞地跑:"别过来!"

时光:"你要我脑袋,我连身子一块送来。"

高泊飞:"滚远点!你们这群疯子,让我去过人过的日子!"

时光:"是若水那个老怪送你来这儿喝血玩沙子。"

高泊飞总算跑到了营盘口,绕过层层叠叠排得九宫八卦一样的路障和鹿砦拒马,可刚绕过第一层,时光已经赶上。

高泊飞隔着鹿砦大骂:"他也是个疯子!"

时光耸耸肩:"疯到跟骑马的人赛跑?逃命的时候抱挺机枪?"

高泊飞倒得了提醒："你再跟着，我叫你做个连肠子都盛不住的漏壶！"

时光："我不是跟着，是要杀了你。"

高泊飞又惊又惧又怒："别当老子没了手下就不敢杀你！"

时光讶然："那玩意儿？你怎么开？"

高泊飞："老子当然能开！"

他确实能开，真个神力惊人。一手托着水冷管子，一手摁着扳机——问题是马克沁强大的连发后坐力撞得这老哥连仰带退，被扎在身后鹿砦的尖角上。

时光下马，看了看已经有出气没进气的高泊飞。

时光："……原来你是自杀的。"

高泊飞："……我不想跟你争了……给我一个痛快。"

时光："我啥时候跟你争过呀？不过我会给你痛快。"

他顶着高泊飞的心脏开了一枪，顺便看了看营盘里的驻军，那帮家伙瞪着他，并尽可能贴着边走，以致偌大个营盘看上去空空荡荡。

时光："麻烦你们把他埋了。"

他掉头走向三角地，他的人正在清理战场和俘虏，就这一片混乱而言，那还真是个细磨功夫。而时光所过之处，手头无事的人向他致意，即使有事的人，也在原有的敬意上再加多几分尊崇。

时光："我说过，我下马的时候两棵树就是我们的。"他挥手止住手下的欢呼，纯属交代结果地轻描淡写了一下："现在我下马了。干活吧，我希望这地方明天开始能有个叫作秩序的东西。"

高泊飞还没从鹿砦上被拔下来，连座大人已经在营房里出现了，督促着手下把一个个箱子往车上运。

连长："这鬼地方没法待了。一个阎王杀了另一个阎王，还让你帮着收尸。你给阎王收过尸吗？"

史橛子："没有。"

连长："我得去团里问问清楚盘盘道。我今上午就去啦，所以出这堆鸟事时我都不在。我不在，听到了吗？"

史橛子："听到了。"

连长："这回的胎不会再扎漏了吧？我可是派了几个人一直盯着……他妈的，什么玩意儿！"

在层层营盘的铁刺网和鹿砦拒马之外，青山又热情又卖力地挥着胳臂。

连长："今晚费的子弹够让两棵树每人死十次了，这老蟑螂咋还活着？"

青山一层层脱开他厚厚的衣服，现出他贴身穿的一件由银圆编成的衣服。

连长："请老先生进来。"

教堂里，时光踏过斑斑血迹，几个手下跟在后边，两棵树新的君王在视察他的宫殿。

时光："把这里清理干净，我说的不是血腥味，是这股子混日子的臭气。"他踢开一张骨牌，"别再让我看到害死了高泊飞的这玩意儿。"

门闩进来："那我们就得把自个儿也扔出去。"

时光："我求之不得呢。非得住在神仙住的地方吗？对面的欠记更像个人住的地方。"

门闩："人住的地方现在四面漏风。"往下就又公事公办了，"出错了。我们死的不是一个人，是三个。"

时光："这叫错得离谱。"

门闩："我的错。留在欠记的两个人都死了。我会查清。"

时光点点头，他也知道门闩说要查清的事就一定会查清，而一个手下匆匆进来，附耳。

时光："有人出关。"

门闩："谁？"

时光："县教育部官派督办巴东来阁下，他用贴身的现洋买了一条路。"

门闩："简直……不可理喻。"

时光："一个几年来一文钱水酒都没买过的吝啬鬼，这种时候花了几百大洋买关，这不明摆着往自个儿脸上贴一个'我是种子'的标签吗？"

大沙锅的荒野上，那辆卡车在荒原上跑得如一条土龙。两骑在后边跟上，并不追赶，只是远远跟着。连座大人和青山亲热地挤在驾驶室里，当然不是他忽然对青山生了好感，而是他得把青山那件塞满了银圆的贴身靠解下来。

连长："唉，你们死读书读死书，就是不懂什么叫痛快。幸好是我，要不就得让人说秀才遇上兵这种闲话。"

青山不情不愿地被他宽衣解带。

青山："这是三百二十块。"

连长："老子这顺风车是烧柴火的吗？柴火也有个劈柴钱吧！"

青山苦笑："我瞧是烧我这把老骨头的。"

青山转头，以他老而弥奸的眼力，看了看车后远远跟随的那两骑人马。

教堂，时光和门闩踱进了关押诸葛骡子们的房间。

时光："他根本是唯恐我们看不到他……现在我放心了。"

门闩："你担心什么？"

时光："担心他们有我们不知道的通道。现在他们还在玩这种送死玩命的把戏，好吧，种子没出两棵树。"

门闩:"有人跟着他吗？"

时光:"有的,还是连班接力。一直到确信他是假货时给他例行的一枪……唉,除了找到那颗真正的种子,杀掉这班假货根本就是吃喝拉撒一样的常例。"

门闩:"你心志颇高,也许能跳出这些常例。"

时光干笑两声,这哥们儿的好处是无理绝不再争,但可以顾左右而言他——他找上了被呈十字形挂着的三个人。

时光:"洋人没啥好给我们学吗？学大挂活人？"他仔细看了看,"两个死了,一个活着,还挂着。"

门闩:"我没空解他们下来。"

时光:"现在有空了。先生教我们尊重我们的红色对手,所谓尊重就是高效地杀了他们——尽量打头。打前和打后从他们那儿学点东西,挂着学不到什么。"

门闩示意手下按时光的要求去做,他和时光瞧着那几个人从他们眼前拖过。

时光:"死的送到一棵树去,死者归乡,对他们那些酷爱送死的同志也是个吓阻。活的……算了,等死了一起送吧,他也活不了多久了。"他盯着诸葛骡子,"他说他闭上眼睛就能看见最想看见的东西,不知道他最想看见什么。"

门闩:"不知道……反正他现在看见啦。"

时光闭上了眼睛:"我看见先生。你呢？"

门闩:"你闭上眼睛享福,我就得睁着眼睛受罪。"

他示意手下把诸葛骡子拖走。

时光:"不对,先生不是东西……不对,先生是东西……唉,先生就是先生。"

他兴致盎然地开着这种只有他能开的玩笑,而手下即使觉得好笑也只能绷着脸皮,唯恐有半丝笑意。门闩一定是绷得最成功的,他确实是在睁着眼睛受罪。

战争总算过去,芦焱帮着小欠收拾欠记破烂不堪的战场,一个心不在焉,一个麻木不仁,欠爹抱着几个破瓦罐,摇摇晃晃地好像是个摇篮。

芦焱:"欠老板……"

小欠:"你要说的那些都没用。这里的风水不对,我找了个总害病的房子。"

芦焱哑然:"房子也害病？"

小欠:"嗯,来了奇怪的人,就像吃了不该进肚的东西,就会病,但只要能喘过来气,它就又能好。贱命都这样。"

芦焱:"怎么好？"

小欠拼凑着他的家具:"这不正在好。"

芦焱叹口气:"其实不是每个地方……房子都害病,我是说,至少别人不会借你的家来打仗……"

小欠:"你去过？"

芦焱:"去过。"

小欠:"那你干吗来这儿?"

芦焱:"……有时候人会什么都不管不顾,就想从一个地方去另一个地方……比如说回家,比如说……离开家。"

小欠:"所以你也是奇怪的人。正经人都会不管不顾就想留在一个地方。"

他们闭嘴,因为一个天外山的人进来了。

天外山手下:"什么都别碰。我们在这儿死了弟兄,明天有人来看。"不等小欠应允便出去了。

于是形同贴了封条,小欠放下了手上的东西,再也不敢动了。

芦焱苦笑着躺在破烂堆里:"他们不让你的房子喘气。"

小欠:"那是奇怪的人还没有出屋。"

芦焱再也笑不出来了,因为小欠并没说错。于是他躺在一个四面漏风的房子里的破烂堆中,度过他在两棵树的第二个夜晚。

教堂里,时光起来了,他现在拥有了高泊飞的房间,他起床的第一个发现是头顶居然没有天穹。他不喜欢这屋里的气味,却又好奇心过剩地闻了下被单,然后忙活着打开所有的门窗。

他的手下三三两两地睡在教堂里,在昨天的恶战之后,仍然保留了各个方向的岗哨。门闩早已起来了,发报声已经响起,他忙得只有向时光点点头的空。

时光登上直通楼顶的楼梯。楼顶残破不堪,尸骸已清,血迹未除,但无论视野、空气和初升的朝阳,都让时光在第一时间喜欢上了这里。他拉响那口喑哑的破钟,让整个两棵树醒来。

欠记外堂,刚刚醒来的芦焱走到窗边,看着教堂顶上的太子爷时光,残破的窗棂让他像个囚徒。

那边,门闩从教堂里跑了出来,看到底发生了什么事情。

时光:"我要求,两棵树的人以后每天都要在六点钟起床。"

门闩:"为什么?"

时光:"因为阳光很好。"

门闩:"真的吗?"门闩对付时光这种间歇性胡闹的办法便是认真到底。

时光放弃:"算了。不过我会每天早上六点敲钟。"

门闩:"随你便。"

芦焱看着那家伙,如同看着自己的过去。

时光:"咱们今天要干的事预备好了吗?"

门闩:"不管做什么,你都先得下来。"

时光:"我不想下来。"

门闩摇着头进去。时光开始测试他从高处到底能把一块石头扔出多远。欠记又一次很不幸地成为目标,小欠看着来自头顶的震动,芦焱走开。

时光在楼顶上逆着朝阳活跃,他无所顾忌的年轻、再加上权力和智谋,让芦焱感觉到自己的苍老、无力和不赶趟。

两棵树镇的原住民被新来的统治者驱赶出屋,赶向三角地。其中包括芦焱、小欠和欠爹。门闩早带着手下在空地上恭候了,集合在空地上的镇民都要接受他那冷冰冰的目光的检阅。虽然并没有架上机枪什么的,天外山的人也漫不经心把枪背在肩上,但压抑的人们恐怕不少在臆想一场大屠杀——这恐怕也是天外山存心造就的气氛。

时光出现在楼顶,因为他老人家不想下来,所以这地方迅速被改造了,黄沙会的瞭望楼成了他的洗漱间。时光开始洗漱,他有与西北马匪截然不同的良好的卫生习惯,几乎不太把水当作一回事儿。大家沉默地等待他洗漱。大部分人以为门闩是生杀予夺的中心,其实门闩也在等待。

时光叼着牙刷开讲:"宁为太平鬼,莫作乱世人。你们心里都是这么想的吧?"

众人惊讶对视,好吧,至少焦点对了。

时光开始刷牙,若非所站的位置不同,他的训示真跟大杂院里邻里聊天一样:"我们这些混账玩意儿自打来了两棵树,活活地把个两棵树变成了乱世,杀得鸡飞,打得狗跳,叨扰之至,实在抱歉。不过这些今天就结束了,两棵树今后只剩下天外山,没有再乱的理由——我希望在我把自个儿收拾干净之前,还在两棵树藏猫猫的各路牛鬼蛇神都能站出来,我包你们好走。"

他专心刷牙,但直到他放下牙刷,没人有动静。

时光:"门闩,那你来吧。"

门闩:"首先是若水的人。"

他拍拍手,那些连伤带残的黄沙会帮徒被从教堂里押出来,押向驻军看守的豁口。他们比昨晚更惨,每个人的头上都裹着绷带,包着食指。史概子显然是被早早地打过招呼了,带了人出来,挪开那重重路障,毕恭毕敬一边站着。

门闩:"黄沙会是明桩,一直明挑着跟我们干,那就没啥好客气的。我们割了他们的耳朵,没了耳壳子的人总是好认,剁了他们的食指,省得再可劲冲我们开枪。还有若水先生布下的那些暗桩子,现在站出来算是识时务,我们跟黄沙会是一样的料理,只要耳朵和食指,"他停了一会儿,"不要命。"

人们只是静静瞧着昔日的黄沙会通过关卡。他们得步行通过大沙锅,然后以他们的伤残宣扬时光的胜利并散播恐慌。

门闩摇摇头:"你们真不该心存侥幸。"

时光从脸盆架子旁边抓起枪,手一抬,人群中的一个闷声倒地。

时光:"我知道列位中有很多自以为是的聪明人,聪明人嘛,自然不用跟着高泊飞这样的炮灰来吸人的眼球子,聪明人嘛,自然很会窝着,窝着才好整死我嘛。不过聪明人啊,你们以为神不知鬼不觉的时候,是不是老觉得有双眼睛看着你们?我有很多双眼睛。"他调整了一下标尺,"现在站出来只要耳朵和食指。希望你们不要聪明到像这位明矾先生一样蠢……"

倒地的那位立刻喊道:"我说!我叫伍百川,代号明矾,若水先生派我来……"

时光一枪把他毙了,笑骂:"当老子说话是放屁么?今儿又不缺杀给猴子看的鸡。"

有三个人站了出来。旁边早放了一个树桩,门闩挥手让手下带他们过去,切下了他们的食指和耳朵。三人倒还硬气,只有几声闷哼。

时光:"没有了?"

没动静。

门闩:"九宫!"

一向猥琐的史橛子闻声,立刻成了另一个人,和天外山帮徒同一气质的人。他跑了过来,向门闩敬礼。

门闩:"用不着这样了。叫了你名字,你就熬到头了,以后跟着我们吧,反正咱们还有的是暗桩子。"

九宫摘了帽子扔在地上,瞧不出任何喜悦或其他的情绪。

门闩:"去点出来。"

九宫从人前走过,全无表情的眼睛扫过,当他故意把目光盯住芦焱和簌簌发抖的小欠时,却用手指指住他们身边的一人,嘴角有些微的嘲弄之意。那人大叫着掏枪,九宫纹丝不动,门闩在那人将要开枪之际杀死了他。

门闩看了眼九宫,略带欣赏和琢磨之意:"代号金丹,真名卓可凡。加上高泊飞,若水先生的亲信光在两棵树就挂了三个。"

时光:"若水老怪的麻烦暂时就到此为止。若有错过,勿怪冷落。反正两棵树现在是有治之地,我们要找你很容易。往下,共党。"

公路上,路况极糟糕,基本上是一条土路,但与大沙锅相比,总算是有了路,并且有了树。一辆卡车停下,青山被推搡下来。

青山:"还没到哪!"

连长从驾驶室里探出头"这都看得见路啦!你都看得见树啦!嘿,人就是识不得好。"

伴着一声咳嗽、一口唾沫,卡车扬长而去。青山立于车后的扬尘中,身无长物。他看看身后,跟随他的两骑远远地停住。他走向一棵树,轻轻地抚摸着树干。

三角地的紧张空气在人群中传播。芦焱自从不小心抬起了头,就再也移不开目光了:古轱辘,不成人形,拖着诸葛骡子那挂破烂不堪的车子被天外山的人押了过来,车上是诸葛骡子和钱串子的尸体。

时光:"这里是三颗你们共党所谓的种子,尘归尘土归土,有来的便有去,我不打算扣留他们的尸体,有哪位愿意送他们三位的尸体回你们的红区?"

古轱辘踊跃举手,时光一枪让他一脸古怪的笑容僵住。

几个天外山的人将古轱辘的尸体搬上车。

时光:"没有人吗?还真是无情无义……你们还真是让我为难,种子来多少我能杀多少,谁让你们化身庶民。至于共党,总也是红白共治的地方,我做得太狠,你们也不会让我日子好过——这样吧,九宫。"

九宫一声不吭,指出来四个,都被天外山带出了人群。

时光:"食指。耳朵。"

又是一回闷声不吭的切割。从那几个人的坚忍平静来看,时光还真是一个也没搞错。

割下来的部件被天外山的人包了一个油纸包,塞在其中一人的手上。

天外山帮徒:"他说了尘归尘土归土。"

那名陌生的红色人士接了,揣进怀里。他们四个人和那辆载着三名死者的骡车远去时,芦焱觉得分外孤独。

而教堂顶上的时光又一次提起了他的枪。

公路上已经看得见稀稀拉拉的车,破旧不堪,劣质燃油烧出的浓烟比得上黄土地带的扬尘。青山截住一辆马车,上车。

远远的,一辆黑色汽车跟上了青山乘坐的马车,一直跟着青山的两名骑手向汽车挥手示意,离去。

时光在教堂顶玩着枪。一个已经杀了两个人的家伙玩枪,总让下边所有人都觉得被瞄着,尽管他只是在装填子弹。

时光:"何思齐,你是命硬还是命贱哪?一个个都死了,你还在这里喝着风吸着气。"

该来的总归要来,芦焱抬头:"跟石头一样贱。"

时光:"刚拉走的三个死人,可有两个是你的旧识。你们平时背地里怎么称呼?同志?种子?"

芦焱:"一个叫骡子,臭得人都说他是骡子生的。一个叫古老板,卖着大沙锅最贵的水,可要当成酒的话又是最便宜的。"

时光:"鼋鸣鳖应,兔死狐悲?"

芦焱点点头:"我们都是一棵树的。他们都是我的同类。"

时光:"知道我为什么杀了他们吗?"

芦焱:"因为你有这个能耐。"

时光:"因为我肯定他们都是假的。你的命不硬,你也不贱,你还没死,只因为我还没搞明白你到底是个什么货色。不过昨晚上我在想高泊飞的道理,他觉得只要死了,就不是种子也是种子,我觉得只要死了,就算是真的也就成了假的,宁可错杀一千不可放走一个,讲的就是这个道理。干咱们这行好奇心太强不是好事,是不是?"

芦焱叹了口气,等着这早晚会来的一枪:"……老家伙,放自重点,别让我们白死啊。"

时光抬起枪,瞄准开枪,打死了芦焱身外三米之地的一个人。

时光:"好奇心太强不是好事,所以老子不想看你那股子沾沾自喜自以为逃过一劫的德行了。庄麻子,你跟明矾一起进的西北,凭什么我知道他就不知道你?"他又瞄了瞄芦焱,才把枪放下,"算你走运,我还真没搞清你是什么货色。如果你是种子,就赶紧求老天保佑你是真的。假货们砍头只当风吹帽是吧?可换句话说,也就是风吹过都能掉脑袋。"他敲着自己的脑袋想了想,"好像没什么事了?同胞们可以散了,走吧走吧,回家好好过,咱们共建这块乐土。"

人们在他的挥手之下沉默散去,刚散开一点,时光便一声大叫:"藤雄不二!我说走是说我的同胞!说你这个小日本了吗?"

人们愕然站住,并且发现一直只是持枪甚至背着枪的天外山举枪瞄准了人群,顿时一片悚然。

时光:"不二先生,你老兄自卢沟桥之变便混迹中原,屡遭奇险,连根毛都没有伤过。三天前带着两名手下来了两棵树,和高泊飞不和又搬进了欠记。我那两名手下死在你手上的吧?你现在就剩下一条命了,又该怎么还?"

人群鸦雀无声。

时光:"你觉得有意思吗?我是认不出你,可你太好那些奇淫巧技,为了化装方便干脆连眉毛也剃掉了。老子一个一个揪,揪到谁最像王八蛋,不就是你了吗?"

人群中的某一个忽然暴起,将身前的人拉过来挡住可能射来的枪弹。他是站在人群最后方的,房与房之间有一条通往镇外的缝隙,他企图通过这条缝隙逃出两棵树,一边将杂物抛向身后以阻挡可能的追赶者。其实,没人追他,也没人瞄准。

时光唾了一口:"跑得赛兔子他爹,敢情就这么个祥瑞御兔。"

藤雄不二逃出镇子。这小子善于留后路,在人迹罕至的土围子外拴了一匹马。他上马便逃,似乎是大有活路。可刚一加速,就觉得马鞍松动,这才发现拴鞍的皮带都被割断了,不二连人带鞍摔了下来,然后他看见荒原上的两骑烟尘。一条套索很精准地将他连肩膀带胳膊套住,另一骑纵马过来,一枪托将他打翻。

天外山的人将不二拉回镇子,他的假发掉在地上,后边的监视者随手捞起。

芦焱看着被拖回来的不二破口大骂。那家伙的化装还真不是吹的,若不是时光说了,恐怕对着面他也认不出这是来刺杀青山的胡子。门闩迈步上前,对着他裆间就是一脚,又劈头盖脸的几拳,最后狠狠地卸断了他的胳膊。不二惨叫。

门闩伸手撕掉了不二一条眉毛:"果然是连眉毛都剃掉的。"

时光:"难怪这家伙出生入死却伤不着一根毫毛,人家出门时根本不带那玩意儿。拖他进去,瞧瞧他是不是真剃得那么干净。"

绝了念想的不二低头就去咬衣领。门闩一拳砸过去,随手把他的衣领撕了下来,从里边倒出一片氰化物,比芦焱的那片很可能过期的玩意儿卖相好得多。不二连呻吟的力气都没了,被横拖倒拽地进了教堂。

已经没人敢动了,看着时光百无聊赖地站着,谁也猜不出他还有什么花样。这回他的花样是洗脸,洗完了之后把脑袋在水里一通摆弄,然后把整盆水从楼顶上倒了下去。水逆着日光飞洒下来,很漂亮,但是每个人都沉默着。

时光:"最后一件事,你们是不是觉得我在造孽?这是水贵如油的大沙锅,方圆百里就这一口井,家里可以没锁,井盖子上却必须上锁,穷人家每月花在水上的钱跟花在吃上的钱一样多。但那是从前。"

他的手下拿着一把斧子向那口永远锁着的井走过去,几斧子下去,断链飞迸。

时光:"从今往后,只要两棵树还是我说了算,谁敢收水钱,我就在这儿就地把他做成干粮。收太平税,做成干粮。收风沙捐,做成干粮。太平是本来就该有的,至于风沙,好像你们收的捐越多,风沙就他妈的越大。"

他说这话时存心看着营盘里的驻军,那头苦着脸,噤若寒蝉。

时光:"都回去吧。下午这个破钟还会再响一次,用不着害怕,我让人运了车粮食过来,你们按人头均分了。可别总指着我发善心,我只帮你们接上这回青黄不接的茬,你们得好好地干活,再这样百业俱废可就怨不着乱世了——有我在的两棵树已经不是乱世了。"

人们愣着,祸福难知,心情复杂。

时光皱皱眉:"滚吧。"

人们散去。芦焱、小欠几个怔忡着想回欠记。

门闩:"你们留在这儿。"

他们几个便木然地戳着。芦焱听着来自教堂里的藤雄不二的惨叫,更多的时候是看着自己脚下移动的影子。时光终于下楼,在门闩的陪同下走进欠记。

青山从马车上下来,站在黄廊县街道上。从离开两棵树之后,巴东来的恶形恶状就一点点消失,到现在,巴东来其人已被他扔在两棵树了。青山活动着腰腿,摘了帽子,当扇子给自己扇着风,尽管阳光强烈,仍然没戴墨镜——他现在像足了一个归心似箭的老人,或者说他本来就是。不做巴东来的青山甚至去帮着同车的老人卸下糖人担子,反正除了一根手杖,他的行李全扔在两棵树了。

做糖人的以问候为谢意:"老爷不是本地人吗?"

青山便说本地话:"咋个不是?屁的老爷嘛。你老哥早出晚返,还趁副糖人挑子,我这出门在外的,混得就剩下这身行头了。灯芯草大老爷嘛。"

做糖人的:"走眼了走眼了,老哥哥原来是少小离家老大回呢。"

青山嗯嗯地应着,见缝插针的眼珠子却盯上了人家糖人担子:"哎呀,你这糖人是得过真传哪,是猴拉稀的手艺吧?"

做糖人的惊一下,喜一下:"对啦。我这不是吹的,不是塑的。这猴拉稀三个字可多少年没听人说出来啦。"

青山得意吹嘘:"那可不是,我是光绪五年就游弋中原的彩门哪。"

做糖人的:"那可是前辈加真人了。"

青山立刻鸡贼起来:"前辈加真人想买你个糖人,便宜些吧?"

那头也鸡贼起来:"这话说的,卖的是真手艺,每个价钱都不一样嘞——真想要当然便宜啦。"

青山掏钱。青山最后的钱放在鞋子里,不光是鞋子里,是鞋子里的鞋垫下,并且还不想掏出来。

青山:"拿旧东西换也行吧?"做糖人的点头,青山便拿出他的墨镜,"这个行吗?"

做糖人的:"这是老爷戴的。我这没家没业走南闯北的,戴这招打呢?"

青山:"这个,遮个风沙,挡个太阳,加个镜子,换你的老猴吃桃和和合二仙。"

这回他拿出来的是自己的帽子,老头摇头不迭。

做糖人的:"那哪行呢?你这帽子也旧了——你不晓得现在糖卖什么价吗?你也吃不完嘛。"

青山就是那么热切而温和地看着,教老头子坐立不安也说不下去。

青山:"这么好的东西哪舍得吃嘞?我拿回家的。"

做糖人的:"吃不了就化了。浪费的。"

青山:"给孙子的,不浪费的——我也不要了。坐一会吧?"

那老头也舍不得弃了这笔生意:"坐一会儿,坐一会儿,天太热了。"

俩老头各自心怀鬼胎,互相偷眼打量。

青山直哼哼:"给孙子的呀,给孙子的。"

这样的哼哼让他的每一个毛孔里都洋溢着幸福,让偷眼瞧他的老头不吭声,却又妒忌到眼红。

从天外山禁动现场之后,欠记屋里就再没人敢碰过,五具尸体仍然留在那一片狼藉的昨日战场。时光、门闩和几个手下里里外外地检查着那些尸体,他们现在与其说是马匪不如说是法医。

门闩指点:"老兵死在高泊飞的机枪下,子弹无眼,只能多加抚恤。骑河车留守后院,窝心马留守外堂。藤雄不二已经供认是他那俩手下杀的,我这下令留守的就难辞其咎了。"

时光:"昨晚黄沙会的俘虏才供出藤雄的消息,你又不能未卜先知。就带了十个人对阵高泊飞六十多人,还要分出两个看守这里,咎你妈的个头啊?"

门闩苦笑:"谢谢。"

时光:"过度无私,也许就是无处不私。存点小心。"

门闩:"是。"

时光不再研究自己人的尸骸,他走向被芦焱扎死的藤雄手下:"就藤雄那凡事撒腿再说的德行,杀了后院的就可以跑了,干吗还来前边杀人?"

门闩:"据欠老板说是要杀那位巴东来阁下。至于为什么要杀,藤雄熬刑的本事跟撒腿有一拼,平均割两斤肉才能挤出一句话。"

时光笑:"好在他总有一百三四十斤。"他拔了拔那家伙身上插的铁钎,"这位还真是死不瞑目。"

门闩:"恐怕到阎罗王那里有得官司打。万里迢迢跑到这里,杀了个六十多岁的老头,却被个瘦到能被老婆打的教书匠穿成了葫芦。"

时光看了看窗外的芦焱,他在骄阳下蔫得像根豆芽。

时光:"教书匠怎么说?"

门闩:"他表示害怕,而藤雄好像是要杀了所有人。欠老板表示教书匠说的也不全是无中生有。"

时光:"害怕?你看这位,手上拿着刺刀,旁边还有两个同伙照应。这位害怕的人还能不管不顾一钎子把人捅个对穿,他怕的不是丢了自个的小命吧?什么了不起的事能让这家伙有如此的胆量和决心?"

他又看了看芦焱,那位有胆量和决心的家伙正在帮一位大妈从井里打免费的水,他费了牛劲提上来的水被大妈一手一桶闲逛也似的提走。

门闩:"巴东来遇险,他要救巴东来?"

时光:"假货要保护真货,就好像我们要保护屠先生,不惜一切。"这是个答案,可他的眉毛蹙得更紧了。

门闩:"他是个假货,这是明摆着的事了……你纳闷儿什么?"

时光:"太明摆了。九宫说巴东来曾指认,何思齐是西北军多年前的通缉逃兵,叫霍四古。现在想来是想把那家伙弄出两棵树,九宫跟我们联络不便,只好破坏了汽车才把他拦住。"

门闩:"霍四古其人我正在查,可西北军这几年动荡得很,要查一个逃兵还真不是易事。"

时光:"真货干吗要帮假货谋求出路?那老头子做那样出格抢眼的事,冒了多大风险?"

门闩:"故布疑阵?"

时光:"疑阵这玩意儿就讨厌在你不知道哪一个才是疑阵。"

他又一次看窗外的芦焱,芦焱也正在看这边,时光笑着挥了挥手。

门闩:"我们已经跟着巴东来跟到了黄廓县,他那巴东来的身份确是真的。"

时光:"连年战乱,到处流民,又有什么能是真的?"

门闩:"他在黄廓有儿子儿媳,孙子孙女,两代人从没出过黄廓。他儿子在卫生科做一个小小的参事。他常年在外,不理家事,在儿子嘴里是一个极糟糕的父亲——这些总不是假的。"

黄廓县街道上,跟踪青山的人焦躁地闷在车里——那年头可没啥空调。那俩老货的心理战终于告一段落,还是做糖人的输了。

做糖人的:"做爷爷啦?"

青山:"嗯。两个呢,孙子孙女……你要有心做生意,就给我两个。"

做糖人的:"你有福啊,我家里的十年前就饿死光了,我孤寡一个。"

青山听着人麻木地说着自己的痛苦,他很小人,小人的意思就是他没有太多的心思去同情,而是因别人的痛苦而觉得自己加倍的幸福。

青山:"嗯,我有福。我还有儿子儿媳,孙子孙女。"

做糖人的:"人年纪大了,就怕儿女不孝顺。"

青山:"我儿子孝顺,特别孝顺。我出门在外,儿子儿媳天天想我回去。"

做糖人的:"你有福嘞,你这么有福你还不多出点钱?"

青山:"给不了给不了,算了算了。"

做糖人的:"算了就算了。"

说似闹翻,俩老家伙一个转头东向,一个磨蹭着收拾担子,这笔买卖还未谈崩。

做糖人的:"算了算了,碰上你这么个老东西我就当亏了亏了。"

青山赶紧回来:"碰上你个老东西我才是亏了亏了。"

老头去拿他的糖人,很想拿另外一个——因为青山要的那俩是最大个的。青山又作势欲走,老头只好拿了那两个恋恋不舍地比量。

青山唯恐对方后悔,把帽子给老头戴上,把墨镜给老头戴上。

做糖人的恨恨地摘了:"你就把我变成睁眼瞎子我也还是亏了。"

青山眼角扫着远处的那辆车,忽然有了些促狭的表情。

青山:"老东西,教你个发财法子,待会儿你挑了担子就往人多的地方走,准有人跟你要这俩东西。他要抢你就大喊抢钱,他要好好跟你说话,你就要四十元。"

做糖人的不由翻看他那眼镜:"你这是金子做的?"

青山:"不,四十元。小家伙们有钱,出来办事,身上至少要带个四五十元的预备金。"

做糖人的干脆不看了:"你这是猫儿眼的镜子?"

青山:"试试看,买卖不成仁义在嘛。"

他缺了这一德,占了多大便宜似的从老头手上抢了糖人,走开。做成一笔生意的老头也挑着担子离开,他戴着青山的帽子。青山走向另一个方向。车上的屠先生一系犹豫了一下,车跟着青山,车上分出一个人跟着老头。

时光在欠记屋里踱着步,许久没能想出一个让自己满意的结果。可这家伙很知道"放下"的至理。

时光:"只要挨上这一对搞教育的就让人犯糊涂,大概因为我从没上过学堂。"他开着玩笑走向最后一具没看的尸体,那是被一枪击杀的藤雄手下,"好在日久见真假,他们也一直在我们的眼皮底下。"

他研究着那死尸后脑的枪伤。

门闩:"手枪打的。"他看看窗外,"当时乱得很,黄沙会的人正想打营盘豁口冲出去,这边根本没人。"

时光:"不管这枪手是天外山还是黄沙会的人,他少说是在三十米上开的枪。你能在多远上拿手枪第一枪就打中人的大颈椎?"

门闩:"超不过十五米,用手枪我就是个烂渣。"

时光:"我也超不过门闩五米。这位不在你之下的神枪手要救的是谁?死鬼当时要杀谁?"

门闩:"欠老板和教书匠都说不知道,当时这死鬼的枪口下除了藤雄,还有四个活人。"

时光起身,在手下端过来的水盆里洗手:"盯死何思齐,也盯死巴东来。"

时光一行从欠记出来,走向教堂。时光扫了一眼还在三角地干晾的芦焱小欠,低声吩咐手下。

他手下过来,向着小欠:"我们马上过来搬走死人,欠老板可以重新开张了。"

小欠连声称谢,只是那张脸上实在是看不出喜色,而说话的人也根本懒得听就走开了。芦焱跟在小欠和欠爹的身后回去,走到欠记门口被小欠挡住了。

小欠:"昨天说过了,你的钱只能住到今天这时候。"

芦焱愣住,当明白跟小欠这种人是不可能讲清楚道理时,只好服输:"我总得去拿我的行李。"

小欠:"我去给你拿。你进了我的店,又要给店子带来晦气。"

将近教堂门口的时光瞧见,再度附耳。这回过来的是门闩,把一块银圆拍在点头哈腰的小欠手上。

门闩:"多退少补。这个人的吃住全记在我们天外山老魁的账上。"

小欠没完没了地哈着腰:"够了够了够了。"

门闩:"他要是瘦了我们找你麻烦,他要是没了我们跟你要人。"

小欠:"不会不会。"

以两棵树的物价……够个屁。芦焱只好被也向着他点头哈腰的小欠让进屋。

黄廓县城,做糖人的老头坐在自己的担子上,在人群中歇脚,也不排除对青山将信将疑,抱着一个试试看的心思。等得无聊,也不管是否招打,老头戴上了墨镜,在黑暗中摸索着世界。他发现那并不好玩,摘下墨镜的时候,跟着他的屠先生手下站在眼前,直接伸手过来抢他的帽子。

做糖人的:"……抢、抢钱啊!"

那位一只手摁住了腰间,在行人的侧目中又放下。

做糖人的:"二、二十块!"

那位低着头,只有一个嘀咕的口型,瞧得出来是"你疯了吗"这种句式,但是钱放在糖人担上,老头把钱收起来的时候是一种做梦的表情。帽子被摘走,然后一只手来取老头的墨镜。

做糖人的:"二、二十块!"

那位的头再一次低了,这回是真说出来了:"你疯了吗?"

但是他在口袋里摸索出二十块钱,然后拿着青山的帽子和墨镜离开人群。老头挑着担子离开,仍像在做梦。

青山拿着两个糖人哼哼着走在路上,神情像一个去赶庙会的老小孩。远远的身后,车里的屠先生手下阴郁地看着他。

芦焱坐在欠记的通铺上,青山丢弃的行李还扔在屋角,那是青山留下的唯一痕迹。这让芦焱茫然。

喧哗声引他走到窗边,时光允诺的粮食已经运来了,正在分发。

芦焱向着青山的箱子说话:"老家伙你知道吗?我根本用不着去为了时光操心,因为……"他笑了笑,"我根本不是他的对手。"

一个天外山帮徒进来,警惕地看着他,把青山的行李拿走了。

于是芦焱连可以注目的东西也没有了。

七

时光和门闩站在教堂楼顶上看着三角地上分发粮食。

门闩叹了口气:"一车粮食真是不值几何。"

时光:"不值几何,比起咱们用子弹让两棵树服气,实在便宜得太多。"

门闩:"可我还是得写报文:因为你急着要,只好动了我们在西北地区的储备物资。"

时光:"先生说恩挟之以威,威伴之以恩,宽猛相济,剿抚兼施。人身上长的有开关,动这个成了反叛,调那个便成了奴才。你真以为咱们穿着天外山的马匪外衣就能跟红区扛,真要扛咱们至少先让两棵树的人像红区一样,不饿肚子。"

门闩:"先生说的话是没错的。"

时光听得出那弦外之音:"那我做的事就是有错的?"

他没等门闩回答,下楼。门闩跟着。时光巡视着他的小小王国,很短的时间,黄沙会的酒肉窟已经被改造成天外山在大沙锅的情报中枢,电台在收发,信息在整理,窗口放了对荒原的监视哨,森冷的杀气大概是驻军的十倍。

时光站住,看着正在忙碌的手下。一切井然有序,但时光说不出自己为什么不满意。他看着窗外,远远的,芦焱在帮着小欠修理欠记的房子,那是个大工程。

时光:"赶紧把你的话说完。"

门闩:"年轻人明明有最多的时间,为什么倒有最少的耐心?"

时光:"我没有时间,我的时间都是先生的。"

门闩便也陪他看着那些像工蚁一样没一刻停顿的手下:"恩威并重,先生来也会给他们分发粮食,因为那只是手段,没有同情。你有同情,于我们的行当这简直是不可饶恕的错误。"

时光:"你不如说我长了两个鼻子六个眼睛什么的来得更靠谱。"

门闩:"我是打你初次公干时就跟随着的记录者,我每天都得把你言行向先生报告,已经足足三年。你当我看不出来每回你让那些啼饥号寒的人捞上一口饱饭,你都打心眼儿里愉悦。"

时光笑:"原来这就是同情?我还当是哭天抢地大叫不公平什么的。"

门闩:"那才是一股子酸腐味的纯粹宣泄。你只要有一丝那样做的可能,在青年营就被处理掉了。我们相信的都是行动之力,所以你一夜之间让两棵树百多号人堪可温饱,并且因此觉得快乐。可哪怕换成区区的一个县,你拿什么给他们温饱?掏空我们在西北的库藏怕都不够。先生以后要交到你手上的又何止一县一省?这样的小节以后必然干扰你的判断。"

时光好像没在听,他怔忡着:"……先生说什么?关于你所谓的同情?"

门闩:"这是泄密。这是我手上情报你唯一不该介入的一块。"

时光:"对。你照章办事。"

他打算下楼。

门闩:"什么也没说。从你违背他的命令擅自来这里做马匪,直到今天,关于你的事情,三年来一个字没说。他只在天外山重新截断三秦要道时说过一句我心甚慰,但大概慰的是你的自主之力,不是你的情绪。"

时光默然:"你泄密了。"

门闩苦笑:"对。我有把柄落在你手上了。"

时光掏出了手枪:"要从代号铁门闩的家伙身上找把柄很不容易啊。对你这个级别的人我可以就地处决,泄密是个好理由。"

他一枪柄子狠敲在门闩裆间,门闩躲闪:"……真他妈的见鬼!"

但这让时光心情大好,拿着枪踱来踱去:"废话少说,正事快办。值得咱们小心谨慎的人,我画出了三个。一号是何思齐,最像假货的砧上肉,但我总是除疑不过;二号是巴东来,这老头子放烟幕的本事真是了得,现在几乎把除了两棵树之外咱们在西北的干将全给牵扯了过去;三号是那个三十米外一枪中的的神射手,从他对时机的把握来看,他是知道一号二号孰真孰假的人。"

门闩瘸着站了起来:"而且还可能是我们的人。"

时光:"我现在只能确定我不是他,所以三号我来处理。你,今天想办法把一号给我从头到脚彻底查查。"

门闩:"是。"

他出去安排了。时光在大厅里走动,听着被拷问的藤雄发出的惨叫。

惨叫中断,九宫跑出来叫医生——这一切时光置若罔闻,他只是发现他所站的窗口同样能瞄准欠记。他用手枪瞄准正帮小欠和泥的芦焱,对一支手枪而言,距离似乎遥不可及。时光尝试立姿、跪姿、卧姿的各种方式模拟射击。

一直被他当作靶子的芦焱放下工具,和小欠一起进屋。天擦黑,到吃饭点了。

黑乎乎的欠记一灯如豆。芦焱看着小欠那张模糊不定的脸给他打气。

芦焱:"赶早天,抢晚天,不早不晚干活天。欠老板,吃完饭咱们接茬修你的欠记。"

小欠摇头:"修不好了。"

芦焱:"那怎么会?你不是说你的房子只要还在喘气,就会自己好过来吗?走啦走啦。"

小欠:"修不好啦,老爷们下手太狠,架子墙都给挖坏了。修好了老爷们也还会来拆,因为你这个丧门星还在。"他悲从中来,"命不好啊,我的店叫欠记啊,欠揍的欠。"

芦焱只管拽他:"走啦走啦,说着不如做着。"

小欠挣开他:"你干吗管我?老爷要你住在这儿,那你也是个老爷,是老爷就不要管我这种贱人……"伤心事要提真是一桩接一桩,"一块钱住我的店!两棵树的鸡蛋都要两毛五一个啊!我修店子干什么?被你们吃死就好了!"

又一次被宣布为厌物的芦焱脸色真是好看得很:"我可以走……或者,我住在这儿,可不吃你东西。"

小欠:"你瘦了也是我的不是。死了算了,这店子还有什么好修的?"

芦焱:"我不会住几天的。用那位天外山老魁的话说,风都能吹掉我的脑袋。"

小欠没听见一样,无道理要讲,芦焱只好自个儿出去:"我去干活了。你可以不来,保不准我心血来潮就跑了。"

小欠愣一下,赶紧跟上。

黄廓县的巷子里,青山走过,他手上仍拿着那对糖做的玩意儿。

跟踪他的屠先生手下在街角里里外外地换着衣服,他们不再是开始的三四个人,已经达到了两位数。他们忙得要死,因为往下的跟踪是接力式的。

青山匆匆走过本该空寂无人的巷道,自各个拐口出来的跟踪者让这空巷有了几分人气。青山神情复杂地打量着周围的一切,这些都会被跟踪者写入报告,而其实这只是一个老浪子的近乡情怯。他在小院外站住,退后一步,鼓了鼓勇气才开始打门。

他尽可能用欢快的语气:"我回来啦!"

等待,漫长的等待,等得他的跟踪者都有些不耐烦。青山又打了一次门,而门里的动静响得让人着急,拖拖拉拉地门总算开了。一个一脸倦惰的三十几岁男人站在门内,青山的儿子,一个早被生活磨去了所有性情的市民,将将就就叫了一声"爹",然后就开始牢骚:"以为你上午就能回,怎么才到?"

青山兴高采烈,把了儿子的肩看着:"真是罪过。你去接我了吗?"

青山子:"怎么接?你来的那破地方有火车?这年头火车也没个点,你赶的那汽车马车能有点?"

青山:"对对。幸亏你没去接,你爹我一路什么车都蹭过了才蹭到城外,这一路急得差点没给你认回几个干爷爷来!"

青山的儿子转身,就便也把青山的手摆脱了。

青山子:"你小声点。都睡了。"

青山连忙蹑手蹑脚,却又难抑失望:"怎么睡这么早?"

青山子:"小孩子呀,小孩子都睡得早。"

青山:"对对。我走的时候还没有他们呢……我能看看他们吗?"

青山子:"睡着了怎么看?"

青山:"就是想看他们睡着啊。小人儿,睡着了是最好看的。就看一眼,要吵醒他们我是你孙……我就不是你爹。"

青山子:"明天再看吧,谁让你回来这么晚。"

青山:"好,好。"

儿子将门关了,上闩。屠先生的手下在远远的巷角观望,一句句全落入耳底,他冲自己的同僚做个怪脸。

在两棵树欠记二楼,芦焱端着油灯,以便小欠用泥去堵墙上那些破洞。就如时光总是看欠记一样,他也总是下意识地去看教堂——那边灯影幢幢。

小欠:"举高点,老爷。"

芦焱把灯举高,小欠去搬来一张凳子,那凳子却也受过伤,小欠刚踩上去就散架了。

小欠摔在那里,低声啜泣:"不修了,死了算了。"

芦焱已经放弃安慰这位祥林嫂了,他把凳子敲拢,自个儿踩上去。

小欠不哭了,坐地上看着芦焱。芦焱冲他点点头:"不哭就好,能笑更好。"

小欠:"你总说你很快就死,两棵树这阵子死的人比哪天都多,高老爷那么硬的人都死了,可你还能吃能喝能干活。你到底啥时候死?"

芦焱挠挠头:"对不起……你这么想也许高兴点,谁都是活一天少一天的。"

小欠:"昨天你本来就要死了,可那个坏脾气的老爷子倒来救你。你又没枪,要杀你的人倒吃了枪子儿。枪子儿哪来的?你是妖怪吗?"

芦焱:"别问我。我比你还糊涂。你要想那枪子儿救的可不光是我,杀我的人接着就会杀你们。"

小欠:"杀了你以后兴许就不杀我们了。"

芦焱瞟他一眼:"两棵树的人都会这么想。"

他也有点怨忿了,但手里仍忙叨着:"好了,知道你恨不得我早死了,别说了。"

小欠:"我哪有种恨人?要不是你吃一口我跟爹就少一口,我巴不得你长命百岁。"

芦焱:"你倒是爱恨分明。"

小欠:"新来的老爷不让你走,你早点死,就算给我的店积点德。"

芦焱忍着气:"我会努力的。"

他专心干活,没注意小欠一直盯着他,仔细观察他的每一丝表情变化。

黄廊县的青山家里,一个开始发福的妇人在正房门前看着,和青山的儿子一样穿着睡觉的衣服,她和青山的儿子一样厌倦松散,全无希望,那是青山的儿媳。就是在门槛里看着,连出来多迎一步都不做。青山的儿子领着青山进院,直到走了一截才想起来。

青山子:"哎呀,你的行李是不是忘在外边啦?"他那是对行李本身的兴趣,而非觉得该帮父亲拿点重物。

青山:"没有,落在路上了。"

青山子:"一去三四年,怎么会没行李? 你还回……那个什么地方?"

青山小有怨言:"三四年你也没记住你爹待的地方——一棵树,不回了。"他给自己找着茬,"哦,有行李的,这个!"献宝似的让儿子看手上的糖活。

青山子:"几十年不变。六十好几的人了,还净搞这些没正经的花头。"

青山连忙憨笑,对他来说家人比天外山加黄沙会更难应付,因为所有的智谋在真爱的家人面前全部报废。

青山仍没放弃看孙子辈一眼的企图:"能不能把这个放在他们床头?"

青山的儿媳往门前多走了一步,说了自青山进门来的第一句话:"睡了。"

青山在儿媳面前就加倍地不自然了:"……我不去,你们放。"

青山儿媳:"小孩子拿什么都往嘴里塞的。"

青山赶紧炫耀:"是糖活呀,又能玩又能吃的!"

青山儿媳:"就是说啊。这是城里,不是你待的那什么地方……这一路上飞土扬尘的,到处都是病。"

青山:"……也对,我明天给他们。"他一时有些不知所措,他的家立刻就成功地让他意识到这里没有他待的地方。

青山子:"爹先睡吧,有事明天再说。"

青山:"睡,睡。这几天骨架子都快散了。"

他愣了一下,走向厢房,那里有他的房间。

青山子:"爹我跟你说,家里没地方,你那屋我放东西了。你知道,小人最占地方,没理讲。"

青山:"……好啊,好,小人当然得有动得开的地方。"

沮丧时做出兴奋样是很累的,他走向自己的房间,一下子就老了十几岁。

推开门,青山有些茫然地看着自己的房间,这里也许曾有过些书香气,但现在已经完全被各种陈旧粗笨的破旧家什占满了。他把那俩糖活放在一个擦碰不到的地方,看了会儿同样被排挤在角落里的老伴遗像,用衣袖擦掉上面的积尘。

青山:"我回来了,一总地对不住你。"

然后他想清出一条上床的通道,又放弃了,因为他搬不动那些破旧的家什。他爬到了床上,但是没有被褥。往窗外看去,儿子和儿媳的影子映在他们那屋的窗户纸上,嘀咕地说着什么——去要床被褥?青山没有这个勇气。他躺在冷硬的床板上,这老家伙睡搓衣石都不会当回事,但自家的硬床板却让他心酸。

门轻响,儿子没有敲门的习惯,拿着并不厚实的一被一褥站在门边,一脸惊讶。

青山子:"你怎么过去的?"

青山忙坐起来,擦着眼睛支吾:"我……噢,我先上床了。"

青山子放下被褥,他并非没看见青山的泪痕,但不想惹那个麻烦。

青山:"坐下?"

儿子没坐下的意思,站着,看着他,不好说有感情,也不好说没感情,只是麻木和倦惰,随嘴的一句:"爹吃了没?"

青山犹豫地看了儿子一眼,回答这样一个简单问题他都需要凝聚一下勇气:"没呢。"

青山子倒也淡然:"火都熄了,炉膛都填了。等明早行吗?"

青山:"明早明早,其实我也不饿。"

青山子:"爹,妈留下的那笔钱在哪儿?"

青山忍不住看了儿子一眼,儿子大人多少有点畏缩。

青山:"什么钱?"

青山子:"妈死前留给我的那三百大洋。"

青山恍然:"……是我和你妈攒的养老钱吗?"

儿子目光闪烁了一下:"只是借用一下……我想在县里买个缺,小职员没指望的。你知道,世道不好,肥缺都贵。"

青山看上去有些抱歉:"这个事……你知道你爹我从来不乱花钱……这事回头再跟你说好不好?"

儿子有些忿忿:"只要跟你商量个正经事,就总是回头说。你这一辈子就净在忙些不知所谓的事情,图个什么?"

青山:"图的就是一个知所谓啊。你我知所谓,国家民族也知所谓。"

青山子:"算了算了。我听不懂,也不想听。你这几年也没挣什么钱?"

青山:"挣了挣了。县里欠我的薪,我明天就讨去。"

青山子:"那能有多少?又都是法币,正掉得厉害呢。"

青山:"有点是点,闹饥荒时蚱蜢还是大荤呢。儿子啊,这些年你过得……"

青山子:"我先去睡了。那笔钱你好好想想,不会白拿你的。"

青山:"怎么能说白拿……"

但儿子已经走了。青山呆呆地坐在凌乱拥挤的曾经的书房,现在的杂间里。

在两棵树,门闩背着手站在教堂门前。

远远的欠记,芦焱——他已经把自己糊得跟欠记的破墙差不多了,挑着水桶担子出来,先斩后奏地问:"欠老板,水桶能使吧?"

小欠在屋里:"都在你手上了,死活都是一块钱。"

芦焱:"我还得用你家盆。"他倒会找乐,"反正水不要钱啦,嘿嘿。"

小欠:"用用用,死活一块钱。"

门闩瞧着芦焱到井边打水。芦焱又挑来一担水,倒进一个大木盆。洗个澡看来是够了,只是那水温——芦焱用手试了试那源自地下的井水,冰得打了个哆嗦。

芦焱:"冰死还是被人打死,这可真是个问题。"他瞧了瞧自个儿,压根儿是从泥坑里刚捞出来的一个叫花子,毅然下了决定,"宁死不做诸葛骡子——冰死!"

他一边脱衣服一边鬼叫:"秋风——秋雨——愁煞人!江山——欲醉——我——招魂!"

然后猛地跳进了盆里,紧接着杀猪也似的惨叫起来。小欠和欠爹呆呆隔一盏油灯对坐着,两人听着那惨叫声,只小欠的眼珠子有那么一动。

欠爹:"吹了灯吧,费油。"

芦焱的惨叫如一头屡杀不死屡屡挨刀的猪:"辛苦遭逢——起一经!干戈寥落——四周星!山河破碎——风飘絮!"

小欠:"点着吧,瘆得慌。"

芦焱:"身世浮沉——雨打萍——"

门闩挥手,七八个手下冲出来,径直冲向欠记。"砰"的一脚,勉强对上榫子的门又成了风飘絮。

芦焱:"惶恐滩头——说惶恐!"

一帮天外山的家伙冲进来,荷枪实弹各占其位。小欠和欠爹立刻跪了——下跪的速度绝对快过门闩的枪。

小欠:"老、老、老爷!"

门闩轻嘘一声:"乡里乡亲的,把你店里搞得一团糟,实在过意不去,我特意带了人来给你修修。"

小欠扁了扁嘴,欲哭无泪:"老、老爷我求您了……"

门闩:"我算哪门子老爷?马匪家的狗头师爷罢了——坐下。"

芦焱蜷在水盆里抖得波涛汹涌:"零丁洋里——叹零丁!人生——自古——!"

谁无死……"

门闩似笑非笑地站在门边:"早死晚死都得死。"

芦焱愣了一下,当眼角的余光扫到门闩身后的人又站了一排时,索性笑了。

芦焱:"麻烦加点热水。"

门闩走过来试了试水温:"比冰窟窿好多了嘛,不至于叫得这么惨——怎么这会儿不抖了?心里有鬼,忘了冷热。"

芦焱:"是诸位老爷的功劳,诸位老爷让人见了就发寒,心里发寒,嘴上倒不必嚷嚷出来了。"

门闩:"大沙锅昼夜两重天——看来我们该晌午来的,也给阁下送点清凉。"

芦焱:"可不是吗,雪中送炭真君子,锦上添花是小人。"

门闩很开心地大笑,忽然面若寒冰:"真高兴阁下现在有了斗志。怎么,是真货走了就可以放手一搏了吗?太好啦。你不知道整治你们这些假货跟拿刀戳鼻涕虫似的,难受死啦。出了阁下这么个又臭又硬的异类,真让我神清气爽。"

芦焱:"假货真货?假作真时真亦假,无为有处有还无。"

门闩:"还装就不够意思了,怎么说你现在的吃住都是我们给销的账。"

芦焱:"一块大洋,连死了都得包埋?你多给欠老板点,我讲点你们爱听的事情。"

门闩:"钱财乃身外之物。只是我们不想被你们牵着鼻子走。"

芦焱:"那敢情好。你们以后别跟在我们后边。"

门闩终于放弃斗嘴:"出来吧。猪就是个被猪操的命,都干了这行,还装什么嫩,羞于裸身见人?"

芦焱坐死了不动:"是个人便知羞耻。不愿裸身见人那是人之常情。"

门闩:"也对。不过我们好做逆悖人情的事,所以特意挑了这个时候来。还不出来?"他等了两秒钟,向手下伸手,"拿来。"

手下茫然了一下,递过来一根火钎,粗钝的尖头还凝着血迹,芦焱曾经用它捅死了藤雄的手下。门闩拿着它朝儿芦焱的眼睛耳朵太阳穴比画,随时要捅了出去。

门闩:"除非对了要害,否则我拿这东西也只能把人弄个重伤。肚皮不算要害,可你一下给人捅成对穿。什么事情让假货如此着急?真货要玩完了?"

芦焱:"我怕死。"

门闩:"怕死?!"

他提起火钎对着木盆猛捅过去,盆被穿透,两人互相瞪着。

欠记整座店子被门闩带来的人一个厘米一个厘米地搜查,任何地方,尤其是小欠和芦焱刚用泥糊上的墙洞,还没干透的泥被掏了出来,沙里淘金一样过滤和筛选。所有被搜出来的纸张上都喷洒了显影药水,放在火盆上烘烤。

芦焱那堆很难再叫衣服的破布被浸入整盆的药水。

这边，门闩将火钎拔了出来，水喷涌而出。

门闩："既然嘴上怕死，你至少也装一下怕死。不过也是，你光着屁股，人脸上好装，身上的肌肉反应可真没法装。——搜他。"

坐在空盆里的芦焱澡也洗不下去了，他站起来企图去拿衣服。几个天外山的人过来把他摁住搜查，连耳朵眼儿都拿细针探过，并且一个个检查有无假牙。

这种技术活儿门闩并不太感兴趣，只是把芦焱的衣服踢给手下："还笑？"

芦焱："没办法……怕痒。"

门闩："你这样开心，我的手下会不高兴的。"

果不其然，那头很冷静地下了狠手，芦焱开始鬼叫。

门闩在院里踱着步，想着任何可能遗漏的环节："做你我这行，总有一天得在人前现眼，不过那也就是说死期到了。你死期快到了——水盆，他刚待过。"

于是手下搜索的不光是水盆，包括芦焱碰触过的任何地方。

门闩在芦焱周围走动着，打量着芦焱身上每寸肌肤："身上的疤倒不少嘛，被打了这么多戳还出来混，你们那边的人是不是快死光了？——记录。"

手下用尺子量，记录每一分每一毫的伤疤。

门闩："你老真行。我干了快二十年，没见过比你曝得更彻底的啦。明白了吗？做这行当到这时最好就是打道回府，哪儿来的死回哪里去，因为曝了，已经一文不值。"

手下拿针扎芦焱的伤痕，芦焱忍痛，门闩："你们要凌迟，也先等我开口。"

手下："我听说过有人把情报藏在伤疤里。"

门闩："那你继续。"

芦焱忍耐着，漠然、无奈混杂着愤怒。

门闩忽然笑了："你这样一路硬下去还能活到地头？或者你根本就没想要活到地头？"

刚收拾得不那么像废墟的欠记又恢复了大战后的光景，甚至更加糟糕——有目的的破坏总是强过流弹。小欠和欠爹傻站着，还给天外山的人递上破坏自家的工具。门闩负手从后院出来。光着身子的芦焱被两个军统架着跟在他身后。

门闩："这里怎么样了？"

手下："可能我们真该把这房子拆了。"

小欠扑通跪下。

门闩："算了。有个欠记，再有这种一时不想杀的玩意儿也有个地方扔。"

小欠磕头，门闩不理会，看一眼芦焱："放了吧。咱们在两棵树还得待会儿，留给时光逗着玩。"

芦焱被推开,药水泡过的衣服扔到他头上。
门闩:"穿上吧。不收太平税和风沙捐,可没说不收光屁股税。"他拿脚顶住了磕头如捣蒜的小欠,"欠老板,好好照顾这位贵客,养肥了养壮了,我们时不常会来看看他。"
小欠:"……好好好好好。"
门闩立刻转身走了,他的手下跟着离开。芦焱开始穿衣服,和小欠交换着逆来顺受的目光。他看着再度四面透风的欠记苦笑。
芦焱:"可能我真该早点死的。我在这儿,你的欠记就还是战场。"
小欠呆呆地看着他,一声不吭地给他也磕了一个头。
芦焱:"我知道你想说什么。我死了他们还会找你麻烦,我得自个儿送上门去让他们杀了。"
小欠点点头,已经无心也无力说话了。
芦焱:"这个澡白洗了。明天我还得和泥,修你的欠记。"
他回到通铺,看着自己又被搜查了一次的行李,确切说是又被搜查了一遍的房间。东西没有扬得到处都是,屠先生体系的人并不粗鲁,他们更像把生物解剖了,再按器官分门别类放置。芦焱在屋里仅有的一张破桌上开始整理他的书页,洒上药水再烘烤之后,那东西都发脆了。他终于放弃,把那些曾伴他度过这些年的残书搜罗成一堆,然后在小欠和欠爹的目光下把那些书填进了火膛。火一下升得很高,将半个大堂都照亮了。几个鬼知道藏在哪里的天外山帮众立刻冲了进来,一边将芦焱摁倒,一边从火中抢出所有的书页。
芦焱大唱:"飞得高,飞得低,学习再学习,多少小秘密!"

教堂那边,曾经用来审问诸葛骡子们的房间,成了审讯藤雄不二的刑房。一盆冒着热气的辣椒水被端了过来,上面漂着油花呈着红色。被死死绑在椅子上的藤雄恐惧地挣扎着,被拖到了桌边,曾经刑讯诸葛骡子的羊角士给辣椒水又加进了大包的食盐。
羊角士:"这是西北拿来做油泼辣子的地道货。我一直想试试它灌到人的肺里是什么滋味——藤雄先生要记得告诉我。"
藤雄已不再惨叫求饶,只是大口吞咽着空气,喉咙里奇怪地鸣咽着。天外山帮众踹倒椅子,让藤雄除了辣椒水还要体验在一个水盆里淹死的滋味。时光掉头走开,扔下身后难以形容的挣扎和鸣咽声。他在门口遇上刚自欠记归来的门闩。
门闩:"我刚去……"
时光一脸强忍恶心的神情:"出去说。"
来到大堂的时光并没有要听门闩说话的意思,而是向手下吩咐:"酒。"

门闩讶然,但看时光示意把酒倒在手上时,终于会意地划了根火柴,点上。时光用一块布擦掉了手上跳动的蓝色火焰,仍自一脸嫌恶之色。

门闩:"做咱们这行怎么能讨厌刑讯?"

时光:"喜欢?"他指了指屋里,"比如咱们的刑房师傅羊角士?在青年营练熬刑时,他那鬼叫扎得我现在耳朵还疼。因为害怕喜欢上了他害怕的东西,出营后倒专门苛刑虐人。你要犯了事,他一定能让你乐个三天三夜——有毛病。"

门闩沉默,听了一会儿藤雄日语的呜咽和求饶,以及羊角士快乐的笑声。

门闩:"脏活总得有人干。"

时光决定再走远些:"没啥用。共党的种子只要知道自个儿是种子就乐于送死了。假货知道的事恐怕还没咱们多,除非你找到他们中那个真货。藤雄不二也只供出他是受命来杀一个形貌特征与巴东来接近的人,为什么要杀还是不招。我让羊角士下狠手了,死也得让他把缘由招出来。"

门闩:"一个日本间谍跑到西北,想杀我们的监视对象。他知道多少我们该知道却不知道的事情?就这样弄死太浪费了吧?"

时光亦觉可惜,叹了口气:"没办法,现在先生要求我们全力对付的是共党的种子,无暇他顾。"他看了眼门闩不豫的神情,"先清除共党和若水,再集中力量对付日本人,攘外安内是国策,也是先生的战略。"

门闩也不是废话之人:"我们也是干脏活的手,做手的不用想太多。"他转到了回来时要跟时光说的内容,"我去搜过何思齐了,自民国十七年至今,十三年来他是我搜得最彻底的一个人。"

时光瞧着门闩的神情:"没结果?"

门闩摇头:"如果东西真在他手上,我还真想他是不是给吞了,可那是整本密码,拉头牛来也吞不下去。我又想会不会是微缩胶卷。"

时光:"共党没那技术,他们大部分人恐怕都不知道什么叫微缩胶卷。"

门闩:"我口口声声称他假货、送死的,可什么也看不出来。我能肯定他是个共党,那家伙有成为共党的一切素质。可他真不像干咱们这行的。"

时光也因为门闩的这个说法纳了闷儿:"你胡扯吧?以你的眼力?"

门闩:"我跟弟兄们聊过,他们也觉得那家伙根本是个外行。我们特意挑了他洗澡的时候去,特意地侮辱他。你知道,真干这行的人在同行面前藏不住。在外人眼里我们是在人群中,在同行眼里我们就是人群中的一个。因为我们就是,他也是,所以一切都不对——我们就是这样把那几颗种子挑出来的。可这家伙,一丝不挂的时候我也没瞧出他的门道。"

时光想着他杀死古轱辘时,芦焱那张无奈而悲愤的脸:"是啊,他很好斗,很多愤怒。可我也很好斗。"

门闩:"你是棋手,不是棋子。我们这些棋子不会好斗,不会愤怒,我们必须把挑衅和侮辱当家常便饭。意气用事?心存奢望?这些毛病黄沙会也许有,天外山可没有,比咱们更狠更绝的共党更不会有——可他都有,他愤怒,觉得被侮辱,居然还能替欠老板觉得不公平……你见过这样的同行?"

时光思忖:"明天我要去见他。"他发现羊角站在身后,"什么事?"

羊角:"藤雄死了。"他并不惭愧,"辣椒水进了肺,呛死了。这里的家伙事还是太简陋。"

门闩叹了口气。

时光:"如果你没从他嘴里掏出东西来,那你也可以去死了。"

羊角:"他说,他们要杀的人,是青山。"

他很得意,因为他知道凭这两个字,再死三五个藤雄他也不会有事了——并且他看见时光眯起了眼睛,那是个凝重的神情。

门闩:"青山,共党中我们的老辈同行,早在二次北伐中就是一方豪杰,据说与先生与若水还有些牵连。"

时光很不满意:"就这么些?"

门闩:"咱们的资料中对早年间那些事一向讳莫如深,我还加上了一个据说才凑出来三句。只知道是条大鱼。"

时光:"大鱼就是真正的种子吗?"

门闩:"如果其他人是能舍的车,他就是不能舍的帅。"

时光:"调更多的人过去,了了这边的事我也会过去。给我盯死了他,哪怕是把他围上。"

时光走到窗口边,卧姿、跪姿、蹲射、立射,他又在揣摩着那名被他列为三号的神秘枪手——这种揣摩是伴随着手枪实弹射击的。

欠记仍在被祸害,时光失了准头的子弹大部分在墙壁上开花,没能命中窗棂。

门闩拿着电文过来:"来电。巴东来进了家门,再未出现过。恐怕还在睡。"

时光瞄准:"他妈的,他们的站点被拔掉,他们的人被杀,他们现在成了瞎子聋子。怎么他们倒好像都不着急,急的成了我们?"

他开枪,又脱了靶。把枪递给门闩:"你来试试,打中窗棂就行。"

门闩:"这是胡闹。谁也不能在这距离上拿手枪打中窗棂。"

但是时光很认真地看着,门闩小心翼翼地瞄了一会儿,开枪,子弹几乎命中窗棂,他摇着头把枪还给时光:"运气不错。可你的三号恐怕没时间瞄这么久,也没运气可碰。"

时光没接那支手枪,他干脆拿起了自己的步枪:"今天我不想陪他们耗这僵局了。"他嚷嚷着开枪,"都起床开工啦!"

这一枪命中了窗棂。
欠记外堂,芦焱在扫地,但扫帚迅速被小欠抢走。
芦焱:"帮个忙。这都不让干,那就是真正的混吃等死。"
小欠只管自个儿扫地,只摇头。
芦焱:"那我去补你的墙?"
小欠扔了扫帚,推金山倒玉柱跪将下来。没等他磕头,芦焱走开。
芦焱眼角瞄着昨天扔在一边的水桶担子。
时光坐在教堂门外的台阶上,像是在监视过路的人,又更像在消闲。他一脸好笑地瞧着芦焱无所事事地出来转转,又回去。门闩从教堂里出来。
时光指着欠记评头论足:"这个好。让他像我一样闲死。"
门闩:"巴东来组来电,目标起床。你要不要实时监控?"
有事干了的时光随门闩进门。

黄廊县,青山家。青山醒来,床太硬,被子太薄,他在睡眠中蜷成了一团。
当儿子的房间里传出孩子的声音,他便睁开眼睛谛听着。
他赶紧穿鞋穿衣,兴高采烈地看着他那两个糖活。
一个制高点的望远镜视野,来自青山的监视者们:青山自屋里出来,捏着两个糖活。他笑眯眯地在门前的台阶上坐下,等待,好像他天天都坐在这台阶上等待孙子孙女一样。孙子先跑了出来,孙女被儿媳妇拦在屋门内穿鞋。青山全心全意地打量着那两个孩子,脸上如同开了花。孙子已经能跑能跳能流利地说话,孙女还有些蹒跚,无一例外地被儿媳打扮得像小地主崽子。青山在孙子还没看见他的时候开始舞蹈,难看得像一只老狗在转着圈找它的秃尾巴。
青山在唱歌:"我有一双小小手,小手像个小蝌蚪。我和爷爷握握手,只能握他手指头……"
孙子惊讶地看着多出来的这个陌生人:"你是谁?"
青山:"我是爷爷。"
孙子:"爷爷是什么?"
青山多少有些沮丧,看了看正赶过来的儿子。
儿子并不愧疚:"没办法。他从来没见过你,就算我说了小孩子也不会记得。"
青山:"爷爷就是除了爸爸妈妈世界上最疼你的人。叫爷爷,还得握个手。"
他炫耀着手上的糖活,以示握手就能得到这个。于是阴谋得逞。
青山惊喜:"好大的一只手啊,都能握爷爷的四个手指头了!"他把糖活塞到了孙子手里,宣布,"这是从你从没去过的地方带回来的,可你以后要去的地方一定是爷爷都没去过的!"

青山子:"别啊。他要像你那样跑得满天飞,那就不用像人一样过日子了。"

青山讪笑:"既然买了这张叫作人生的车票,那就还是多去些地方的好。"

青山子:"行行好吧,别再教他这个乖。一家有这么一个已经够受了。"

青山只好装聋作哑,而孙女瞧着哥哥已经得到一个糖活,可劲儿咏叹:"要啊要啊。"

孙子很可教:"要就要叫爷爷。还要握手。"

孙女:"耶耶!"

青山幸福得像要爆炸:"这个更了不起,都能握住爷爷两个手指头了!"

他小心地帮孙女握住糖活,扫了一眼儿媳,儿媳的脸色比时光加上门闩还要可怕。

青山阿谀:"孙女好漂亮。孙女就像她妈妈一样水灵。"他看了眼儿媳绝不水灵反而浮肿的脸庞,"孙女小名叫什么?"

儿媳僵死的表情动了一下:"啾啾。"

青山乐了:"小鸡叫?真好的名字,好死了!"

儿子正扣着上班服装的扣子从屋里出来:"小曼取的。"

青山可劲奉承:"难怪难怪!也只有小曼起得出这样天造地设的好名字!"

儿媳脸上终于出现一种勉强可称为笑容的肌肉行为:"爹,洗洗该吃早饭了。"但她立刻咆哮起来,"活人你都能往嘴里塞!"

青山忙从孙女嘴里抢下那个惹祸的糖龙,一边提防跟着妹妹学坏的大号。

青山:"救命救命,这个是小小人,小人不能吃它……啾啾啾啾,不要往嘴里放……这个不能吃,万一生病……"

儿媳:"肯定会生病的!"

但孙子已经在尝试后发现了真相:"能吃!是糖!"

青山:"不是糖,是甜的泥巴!"

儿媳质问:"从那么穷的地方带回来的,我倒宁可它是泥巴……你知道乡下人怎么熬麦芽糖的吗?"

青山坦白:"就是在城外买的……哎呀,不要吃呀,妈妈不让。"他急切地想着自己还有什么可以吸引注意力的东西,"等着!爷爷去拿书,给你们讲这一路上看到的奇怪东西。"

他忙跑回屋里,屋里立刻响起翻箱倒柜的声音。儿媳立刻把两个糖活抢了下来,递给丈夫。青山拿着一本陈旧的《山海经》出来,他寄希望上边的图画和故事。可是他刚好看见儿子把糖活扔进了装垃圾的簸箕,并且用垃圾盖住,以防小孩子再翻出来。

儿子回头看见他,一时有些赧然:"……爹,我去上班了,你跟啾啾他们吃饭。"

青山:"我也要去县里……我去要欠薪。"

青山子:"用不着那么急。"

青山:"用得着那么急,我没多少时间了。"他茫然地往外走,又茫然地想起衣裳不整,得回屋穿衣服,老年人的嘀咕,"去要欠薪。"

青山最后瞧了眼孙子孙女,进屋,他在几秒钟之间就显得苍老了。

儿子:"我先走了,会迟到的。"

两棵树的教堂里,电台、译码机之类的设备摆了半屋子,一群马匪装扮的家伙要大干一场的架势。时光在卸长枪擦长枪,这至少可以稍解等待中的无聊。

门闩拿着不断产出的电文记录在通报:"二号已经出门……二号六时四十九分出屋,和家人搭话不到五分钟,回屋。二组特注:二号长年漂泊在外,距上次探家四年之久,长孙都未曾见过,却只有几分钟的家常,此一大疑点。"

时光挥手,示意就此过。

门闩:"七时零五分二组电:二号七时整出门,一分钟前其子巴瀚清出门。父子路径如一,都是去的黄廓县县政府,但蹊跷至极,两人仅差一分钟时距却不同行。二组特注:此又一大疑点。"

时光终于有点受不了啦:"我们是拿眼珠子想事情的吗?"

门闩也没搞懂他啥意思:"我们拿脑子想事情……你什么意思?"

时光:"二组监视就是监视,要他想什么疑点?在我们眼里,耗子撒泡尿都能找出十个八个疑点,只要它是被监视对象!"

门闩:"他们多是知道你亲自监控,特意积极了一些。要不我让他们闭嘴?"

时光想想,摇头:"算了,卖力点总是好事。巴瀚清,他儿子,有共党嫌疑吗?"

门闩:"该县卫生部门小科员而已,而且一力向我们靠拢。"

时光吓了一跳:"这难道不是疑点吗?共党老妖怪的儿子想拱进先生一系做暗流行当?"

门闩:"我们,是说我党,中华民国国民党,Chinese Nationalist Party,KMT。"

时光:"哦,一说我们就光想着先生了。"他自我解嘲,"若水老怪说我们有派性无党性,倒也不是无中生有。那就是说我们说他通共通日,也不是无中生有。"

关于派性党性的玩笑不是门闩能开的,只好避重就轻:"高泊飞是若水手下,跟藤雄有勾结,那自然说若水是通日的——只是这隔着几层还扳不倒他。"

时光点点头,擦着枪,他很不喜欢这样不知前途的等待。

黄廓县,青山的儿子和青山先后走过一条街道,前者完全没意识到后者的存在,后者看着远远的那个背影,茫然而依恋。

而他们身前身后跟踪的人像一条随断随续的链子,为了执行时光的命令,几乎牵动了大沙锅之外的所有人力。

门闩和时光的对话。

门闩:"七时二十一分二组电……"

时光:"把这个题头去掉,要么你把标点也念出来。"

门闩:"父子俩一路上没和任何人说话,路程十三分钟,二号七时十三分到达县政府办公处,其子已入其就职科室。二组特注:目标一直看着他儿子,露出很担心的样子。担心什么?他儿子要去做什么大不韪之事?待查。"

青山站在县政府办公楼外的空地上,看着儿子上楼梯。来上班的人零星从他身前走过。他的小科员儿子拿着几个水瓶出来打水,青山热切地看着。瘦弱的儿子足足拿了六个热水瓶,看上去像一辆超载的拖拉机。青山很想上去帮忙,但儿子从两米之外走过却根本没看见他,他终于还是站住。

门闩:"……县政府上班时间八点整,但普遍晚到二十至三十分钟。二号自七时十三分至八时三十二分一直在楼外等待。其子巴瀚清则活动频繁,其间打开水一次,拿报纸一次,扫科室一次,给科长泡茶一次,上厕所一次。"

时光:"二组是用密码发来的这玩意儿吗?"

门闩:"是的,SE级加密。"

时光把他的长枪放在一边:"……咱们译码员还没累死吗?"

门闩:"踩河卒,你还好吗?"

译码的哥们儿头也不抬地挥挥手,继续跟译码机和纸张过不去。

门闩:"他还好。"

时光:"真希望二组像他一样少些废话。"

门闩:"不放过任何一个疑点。而且目标现在比不得在家里,是公开场合,可能性多了去。"

时光挥手:"知道。"他开始擦自己的手枪。

青山穿行于政府办公处,进这个门,出那个门,上这个楼梯,下那个楼梯,点头哈腰地推开一扇门,哈腰点头地关上一扇门。他坐在楼梯口上,擦着浸到颈根的汗水。

门闩:"八点三十一分,教育科有了人,目标开始与人频繁接触。其间与六十七人次有过交谈,十七人次有过肢体接触,其中十二人与其有过多次交谈,我们已经决定把教育科陈科长、鲍专员,财务科黄文书,民政科曹科长,司法科管科长,农业科林视察,建设科李科长,民教科刘专员,办公室郭科员,交通科张技士……"

时光:"等等。怎么牵扯进这么多部门?"

门闩:"还有税务科马科长和水利科徐科员……列为怀疑对象并予以监视。"

青山在就着水龙头猛灌冷水——他已经多久没吃过一顿饭了？

时光开始卸他的另一支手枪。

时光："要监视这么多人，不如干脆在县政府装个炸弹。这都是种子吗？如果都是，他们可以暴动了。"

门闩："其间，目标活动于一楼至三楼的空间，上下一楼至二楼十五次，二楼至三楼十一次，一楼至三楼七次。往公用水龙头喝水三次，坐地休息九次。二组特注：如此频繁活动，似有乱人耳目之嫌。"

时光咆哮："明知他在乱人耳目，还搅得我这里快要调军队了！他们会不会想的？！"

门闩："你不是希望眼珠子只做眼珠子的事，不要想。"

时光犹豫一下，不好反驳："我现在只是要知道，二号到底要干什么？"

青山在上楼，劫后余生的监视者换了班跟在身后，说实在，他们也是累得鞠躬尽瘁。青山已经是扶着墙在支撑筋疲力尽的身体，这次他到了科室门外，站在那愣了一会儿，然后直接推门进去，对着那张办公桌扑通跪下。在监视者的视野里，门关上。

时光拿着擦了一半的枪零件发愣："下跪？"

门闩："对，下跪。"他叹了口气，"二号在索要欠薪，县政府已经有两年没给他派过薪水了。"

时光："一个死硬死硬的老共党向国民政府索要欠薪？你别看这老家伙死样活气的，他比对面那个死字写在脸上的何思齐还要硬！"

门闩："共党是我们揣测的身份，他在县政府的档案里还是官派督教。而且除了脾气讨厌，并无劣迹，在各地督教中堪为楷模。而且第八路军和新编第四军的薪水也是该从我们这出的，只是一直拖着。"

时光："别跟我说这个——巴东来是怎么个楷模法？"

门闩："……派往共治区的督教最大的任务就是反红反共，他一个人在一棵树刷的反红标语比十个督教加起来还多。"

时光哑然："荒唐，一棵树那屁大的地方，他刷那么多可不就是玩个物极必反？……我们起个大早，陪着他绕了一百多个圈子，就是为了看他如何要到欠薪？"

门闩："还没要到，下跪也没用。该县教育界有讨欠薪讨了三年的，自己都备得有专用的跪垫了……"

时光抢过门闩手上的电文纸，摔回门闩脸上，门闩逆来顺受地看着。

门闩："先生从不这样。"

时光："抱歉。"他焦躁地想着，"他们的情报网交通线全被掘了，他还在这要欠薪？我们至今连真货假货都没法确定,然后陪他在这耗上三年？"

门闩："只要确定了真假,一切都简单了。"

时光毅然决定："让二组的人知会该县政府,别说两年,哪怕欠他的薪是从民国元年开算的,也给立刻补上！"

门闩小惊一下："干涉监视目标可是咱们行里的大忌。"

时光："我犯的忌讳还少吗？立刻！"

门闩："我会写进记录。"

他示意通讯员发报。

青山又一回坐在楼梯口,靠着墙,收拾着快要散架的老骨头。他的监视者之一板着脸从他身边走过,上楼。

青山苦笑："真是太能拖啦,可怜我这把老骨头。"

监视者表情怪异,走进青山下跪的那间屋子,反手把门推上。

门闩："目标终于要到了钱。"

时光舒了口气："谢天谢地。"

枪都擦完了,他又把弹匣拿出来擦。

门闩："你也有了一个不良记录。"

时光："我应该派你去监视那老家伙,调二组过来磨板凳,他们不合适盯梢。"

门闩："先生的命令是我得跟你跟到死。"

时光："也不知道是你死还是我死。"他叹口气,"目标现在在干什么？"

门闩："出来了。在露天地里数钱。"

时光呸了一口："这个老财迷。"

青山对着奔波了半日的办公楼,他确实在数钱,数完了,拿出两张单放了。然后他坐下,看着那栋楼。

门闩："……坐在树下边发呆。二组注,好像老白痴的样子。"

时光叹气："更白痴的是盯着白痴看的白痴,还有听着白痴说白痴的白痴。"

青山毅然起身,再度进楼。

门闩："……起来了。又进楼了。"

时光发怒："还有谁欠他的钱？"

门闩："这回是卫生科。"

一间办公室里坐着几个无所事事的人,桌上的茶冒着热气,倒有一多半的人被报纸完全遮住。青山的儿子坐在最近门,也最近扫帚和水瓶的桌边,他也许是全科室唯一在工作的一个,正自玩命地抄写着不知内容的表格,不时还要看那几位的神情。青山进来,出生入死者在儿子面前鼓了鼓勇气,但往下要说的话噎在嘴里。

青山的儿子抬头,麻木的眼神变得惊讶,尽量压低了声音:"你怎么来了?"

轻声仍让几张报纸放下了半个角,从报纸后探出几个好奇但并不关心的脑袋。

青山的儿子忙向着那几张脸微笑:"我爹……他是督教,教育学者。"

教育学者青山像个入城农民那样向着整个科室点了点头。报纸的长城又重新屹立了。

青山的儿子又恢复到责怪的语气:"爹,你来干什么?"

青山:"我早上说过要来的,要欠薪……"

青山子:"对了对了!"他大声给自个儿找着面子,"教育科陈科长请你来谈教育问题对吧?"

青山苦笑:"对,谈得你爹我都快进不来气了,教育问题真是个大问题。"他也看看那几张报纸,声音也加大了,"这些钱啊,你拿着。"

青山的儿子讶然地看着父亲递过来的整卷钱,在大庭广众之下这让他觉得丢人,要是要的,但是接过来又觉得不对。

青山子:"这是什么?这种东西……你扔在小曼那儿就行了嘛。"

青山:"就得在这里给啊。你看,没别的,就是钱。县里欠我两年的薪水,全在这儿,你看。"现在是众目睽睽,青山甚至把钱展开了让人们看见,"就是欠我两年的薪水。一共是一千零八十元,我拿了二十元零花,这是一千零六十元。"

青山的儿子有点急了:"你说这个干什么?谁要你的?"他开始拉青山,"出去说出去说!"

青山:"就在这儿说,不能出去说,出去就麻烦了,就这里说。这是县里打的收支条子,该签字的都签了字,你千万拿好了。"

青山子怒了:"你到底要干什么?昨晚上事你不乐意也不用这样……"

科长:"巴瀚清啊,你爹真了不起呢。我有个熟人,十个月欠薪要了两年,后来干脆咬牙瞪眼上吊了,你爹连两年的欠薪都能要得来——老爷子要了多久?"

青山子倒也有些骄傲:"我爹昨天刚从外地回来。"

科长吓了一大跳:"那是绝没可能的事情!巴瀚清我一向觉得你老实巴交,却说出这种万里之遥一蹴而就的胡话来!"

青山便淡淡地帮儿子解围:"我上边有人。"

青山子连忙就坡下驴:"对,我爹人缘广,他跟县里的人……"他很没自信地看看青山,"跟谁很熟来着?"

青山:"我打十五岁入中原,之后在老家待的时间码一块儿不到两年,在县里又哪能认得人。"

科长登时占理:"就是!巴瀚清你倒说说认识谁来着?"

青山:"县里是县太爷参事什么的一个不认得,本来在南京倒有不少一起扛枪一起坐牢的交情,可现在也物是人非了,那帮子当年一起打生打死的货也有了顾忌,没了出息,全跑重庆玩陪都去了,我这老东西就只好重庆有人了。"

科长顿时噎住:"你、你……"

青山却深鞠了一躬:"瀚清在这里,还望科长多加照顾。"

科长:"互相照顾。互相照顾。"

这水深得能把他吓着,科长决定看报,只是半张脸露在报纸外想要除疑。

重庆有人的青山全心全意地看着儿子,他看不见别的,一只手摸了摸儿子的衣袖:"以后上班要多穿点,你们这里冷。"

青山子终于正视了一下自己的父亲,也许是因为父亲刚才暴露的那一下桀骜不驯让他吃惊,然后他发现了真正让人吃惊的是父亲眼里一直隐藏着的酸楚。

青山子:"爹……你还好吧?"

青山:"好啊,好极啦。哦,拿了钱,该给小曼他们买点什么买什么,怪不着她,谁能瞧得上这样一个公公?我是普天下最糟糕的爹,我口口声声'你爹我'的时候,你都该揍我,可我就是忍不住想说,从小都是你妈把你拉扯大,我什么都没管。每隔几年看见你都好像看见另外一个人,但怎么另外都是我的好儿子……我儿子没靠爹没靠谁,现在家也有了,孙子孙女都有了,出息。"

青山子讶然地看着父亲,老头子想哭,忽然间他也很想哭。

青山子:"爹……我们出去说话。"

青山:"不出去,不能出去。我就是想看看你,看完了,我走啦。"

青山子:"爹,咱们回头一块儿吃饭。不用小曼做,在外边吃,就咱爷儿俩。"

青山无比熨帖地点点头:"那我在家等你。"

青山子:"别给孩子买那些奇怪的东西了。要跟家好好过,你就得家常一些。"

青山点头不迭:"知道知道,老东西尤其要自觉。"他跟自个儿嘀咕着出去以掩饰心情,"你个老没正形儿的,可算捞着个家了。"

青山子茫然坐下,第一次,所有人在偷看他,而不是他在对所有人察言观色。

青山悠悠地从空地上走过,他的神态已恢复了平静。后边缀着三条尾巴,并且又惊动了在路口等候的另一轮三个。他拐过街口,两条尾巴跟上。另外三条在路口商量着,还有一条径直跑向停在一边的车。车后座上放着电台。

两棵树的教堂里。

门闩:"目标离开了县政府,好像是打算到处逛逛。"

时光舒了口气,恨恨地:"可不是。他身上有钱了嘛。"

门闩:"绝大部分给了他儿子,他身上只有二十块钱。"他想起个事来,"我们怎么对付他儿子?"

时光毫不犹豫:"监视,但不可惊动。"他舒展着筋骨出去,"这老家伙总算是要歇会儿了吧。你跟我出去透透气。"

门闩随着时光出了教堂,看见芦焱终于给自己找着了一件事干:他在打水,一桶桶灌满欠记的水缸。时光跟他挥了挥手,没得到回应,于是回头瞧了眼门闩,忽然有了一个很有趣的想法。

时光:"在跟二号折腾的时候,我终于想明白一号是什么了。"

门闩:"是什么?"

时光:"是个假中做假,假到让我们信以为真的假货。"

门闩:"为什么?"

时光:"你过去杀了他,我再告诉你为什么。他还顶不上你给欠老板的一块钱有价值。"

门闩错愕了一下,然后走过街道,他一边走一边拔出他的枪,单手打开了保险,一脚踢在芦焱的膝弯。芦焱摔倒,水泼了一地,因为正对着门,他扶住了门框,跪倒在那里。门闩揪住芦焱的头发,想用枪口顶住他的后脑。芦焱挣扎着想要回头,门闩却不想跟他正脸对着,一枪柄砸在他的后脑上。芦焱脑袋里轰的一下,就像是被人顶着脑门开了一枪,视野里一片血红:

青山坐在墙头上,那是他最后看见青山的一眼。

青山:"我唯一觉得对不住你的,是不会有人给你安慰。"

八

芦焱血红的视野里：

阿卯点燃裤腰里的炸药："好好看我怎么死。我死了，你就不怕了。"

被挂在自己车上了无生气的诸葛骠子。

嬉皮笑脸举着手的古辘轳被迎头一枪。

熊熊火光中的中年人："小子，人本就是万事的燃料，最好的和最坏的。"

满头是血的芦焱开始挣扎，于不可能挣扎时开始挣扎，他抓到了门闩揪着他头发的手，两只手对一只手的较劲。门闩有些狼狈，居然被他挣脱了，而手上抓着一把头发。门闩忽然忙不迭地退后，芦焱晕头转向中在咬人，咬他那只手。门闩一脚踢上芦焱的后背，然后用那只脚踏住了他的腰，芦焱的挣扎越来越无力。门闩将身子往后让了一点，以免血溅到自己身上，他用枪对准芦焱的头。两棵树，欠记门前那场近距离的杀戮已近尾声，芦焱活似被铁人踩住的一只蚂蚱。门闩的手指已经毫不犹豫地扣下扳机，扳机有一个击发阻力，现在已经是在击发阻力的临界点。

时光："停！"

已经没法停，门闩只来得及将枪口稍偏一下，子弹贴着芦焱的耳朵打进土里。门闩一脚将芦焱踢开，退一步，枪仍指着，以防对方反扑。时光笑嘻嘻地过来，早上的无名火无影无踪。他并不对门闩说话，对的是门闩脚下踏的芦焱。

时光："我这二当家说你很会发脾气，这年头这地方，还会发脾气的人不大多见，所以我想看个稀奇。你没事吧？"

芦焱爬起来，惨不忍睹，头破了，淌着血，一脸黄土，太近的枪击让他耳鸣。

芦焱："有事，你会赔我一条命吗？"

时光："如果是真货，赔上十条八条也可以的。假货的话，对不起啦，你欠我们二当家一份子弹钱。"

芦焱看了看他，挑起水桶走了。时光很有兴趣地看着他的背影，门闩没好气地看着时光。

时光："我刚发现这家伙这么有意思，是能拿脑袋撞破墙的那种怪物嘛。你刚才都快把他脑花子打出来了，可他居然还没忘了去把他的水桶再装满。"

门闩阴着脸察看被芦焱咬伤的手："他脑袋也许被打抽筋了，也许进了沙子。"

时光回头看看:"怎么啦?"

门闩:"打你认为三号是一个神枪手,就一直在疑心我是三号。"

时光:"怀疑一下又不会少块肉。再说了,你不是没杀他吗,干吗还跟他玩拳脚,直接一扣扳机不就得了?"

时光有些无赖,门闩怒了:"是你说过去杀了他!我要杀个人还用得着过去?"

时光:"得了得了,咱们总还是朋友。"

门闩愣了一下:"……轮不到我们说这话的,狼的尾巴就不是拿来摇的。"

时光也就不再提了:"好吧,我疑心所有人是三号。不过跟其他人比起来,暂时你比较可信一点。"

门闩沉默一会儿,将枪插回腰间。

时光:"你很高兴?"

门闩:"我不高兴。"

时光存心调侃:"你高兴和不高兴都看不出两样来。"

门闩:"高兴和不高兴本来就没什么两样——对我们来说。"

九宫从教堂里出来:"二号去了火车站。"

顿时,悠闲的神情烟消云散了,二人如临大敌。

他们回到教堂,几个在电台上当值的手下看见他们便有些讪讪。

终于有个胆大的禀报:"二组搞错了,老魁。"

时光恼火地发笑:"只说他们搞对的事吧,能省出大把时间。"

手下:"二号去的不是火车站,是车站旁边的食摊。"

时光已经不打算生气了,倒看了看表:"到饭点了吗?这老家伙是不是想靠琐碎干掉我们所有人?"

从教堂顶枪手的位置看去,正对着水井发呆的芦焱像是站在枪口上。

芦焱怔怔地看着自己在水井里的倒影,一个沮丧而茫然的影像。

一个水桶扔下去,把他的影子击碎了。

芦焱跪在刚打上来的那桶水边,在水桶里打量着自己灰败的脸色,苦笑,一个等死的人是不会神采飞扬的。

四下无人,但一定会有人在远处监视他,

芦焱对着自己喃喃自语:"你真是一脸死相。"

他开始清洗自己的伤处,脑后的伤口看不到,但是凉水沾上去杀得生疼。

芦焱皱着眉:"你到上海了吗?该死的青山。"

他把整捧的水掬上自己的伤口。

黄廓县街道上,青山挤在路边跟几个斗蟋蟀的闲汉一起叫嚣,又恢复了老没正形的模样。如果他儿子见了,一定觉得又被戏弄了。

青山:"给我顶住啊!废柴!"

青山侉里侉气自那蟋蟀盆边离开,"它死定啦!"

跟踪他的人也不由挤过去看看那个盆,青山走了。

青山走在黄廊县车站外的穷街陋巷之间,确切地说他是在游荡。他看着街上杂乱的摊档,战争期间,市井并不繁华,满目疮痍。他的尾巴们在人群中掩映着,因为此地的杂乱无章,越发地紧张。青山找了一张油腻腻的桌子坐了下来,这是一家羊肉泡馍的档位,档名董回回。

时光皱着眉,看着刚传来的电文。

时光:"羊肉泡馍?"

门闩:"西北特色食物,羊肉汤,肉腌二十小时,煮八到十二小时,面馍,略发酵,揉四百下为宜……"

时光:"我吃过。味道好过你的背书。"

门闩:"跟一号对,你得压住开枪的冲动。跟二号对,你务必得有耐心。"

时光没耐心,并且因为想不出结果来更没耐心。

时光:"每回去西安,西安的同僚就会上他妈的泡馍、灌汤包子、拉面、全羊席,工作上是一无建树,先生评他们幸亏好吃懒做,才没成为张学良的同谋……干吗去吃泡馍?干吗非去车站吃泡馍?"

门闩:"人回家乡第一件事总是吃口家乡才有的东西。他去的这家食摊也是那里的老字号,虽在车站人流之处,却多的是回头客。馍讲究隔夜,汤讲究新鲜,一锅汤卖光就关门,不少老食客赞不绝口。"

时光:"是吗?我怎么不知道我该吃什么。"

门闩:"好好想想,谁都会有的。"

时光看着天花板,在茫然中最接近了自己的答案:"……烘山芋。"

门闩愣了,他一瞬间居然看见时光眼中水光闪烁,这让他以为自己看错了:"那可不算什么特色。"

时光立刻又成了个不再茫然并且极有目的的人:"是没什么特色——二号要欠薪还算情有可原,可这种生死关口,还去满足吃这种最不要紧的事情,肯定有鬼。让二组盯死了。"

门闩:"吃其实是很要紧的事情啊。"

时光再一次瞪着他,门闩没表情。

车站前食摊上,几个监视青山的家伙围桌坐了,一人面前一个盆大的碗。每人都在掰馍,每个人的心思都是一半在馍上,一半在青山身上,并且难以掩饰惊讶的表情——青山在他们斜对街的摊上,面前三个盆大的碗,那几位一人掰一个馍,青山一个人掰六个馍。青山掰得很细,一碗撕,二碗掰,三碗搓,每一碗掰出来的还都不一样。连店伙也因这老头子面前的内容和内行的手法而侧目。

二组甲:"那老小子疯了?苦大力掰两个馍就顶一整天,他一个人就掰六个?"

二组乙:"你懂个什么?那是个老饕,他每碗都掰得不一样,味道也就不一样。有道是吃一,闻二,看三。"

二组丙:"我这儿都掰完了。他那儿刚开个头。"

二组乙:"牵条狗来撕,都比你掰出来的强。看看人家掰的,你得赶紧抽自己俩嘴巴子。"

二组丙:"我又不是苦大力,不好这口。"

二组甲:"重掰。别惹人疑心。"

于是重掰。

青山在那里自得其乐地掰着,他一点也不急,他的神情像一个少小离家老大回的人看见家乡的土地,闻见第一口家乡的空气。

教堂里,时光已经不看刚发来的电文了,他把电文卷了筒在手上轻轻敲着,蹙着眉头。

时光:"……目标掰了六个馍。二组特注:我们三人只掰了三个馍,这辈子没见过能吃六个馍的人……门闩,你能吃几个馍?"

门闩:"曾经在早上掰过两个,直到第二天中午还不想吃饭。"

时光:"我掰了一个,一直顶到当天下午。"

门闩:"羊肉泡本来就是苦哈哈的食物登堂入室。便宜,量大,有肉有油,连汤带馍,顶饿。"

时光:"你觉得他能吃六个?"

门闩:"不可能。六十多岁的人,就是廉颇都得被撑死。"

时光思忖:"这老头子又在故做惊人之举,他一直变着法子转移我们的注意力,看来他要做个大怪了。"

门闩:"二号是没一步不出人意表。"

时光把电文扔了:"让他掰去吧,恐怕二组会把他掰了多少块也报上来。我也饿了,待会儿咱们吃什么?"

九宫:"洋芋擦擦。"

时光有些沮丧:"怎么又是洋芋擦擦?打到了两棵树,没一顿不是那个洋芋和面粉的破玩意儿!"

门闩:"没办法。这地方穷,就那玩意儿现成。咱们这点人看着两棵树,连厨子都用上了,没人做饭。"

九宫:"老魁,我去找村民杀头羊,手把肉?"

147

时光:"算了算了,继续擦擦吧。如果二号真能吃下六个馍,明天我亲手给你们杀头牛。"

当三碗氽好汤的泡馍放在青山面前时,青山的眼睛也有些发直,董回回家的碗比别家的都大,可以用来洗脸。他再也没有那种还乡者的闲适神情,而更像面对一场考验。周围很静,来这里的人都是吃泡馍,他这样吃泡馍对周围的任何人都是个惊世骇俗之举。

青山苦笑了一下:"糖蒜。"

立刻就拿来了,还带着辣酱,店伙带一种敬畏而怀疑的神情看着。青山慢慢地剥蒜。监视者在他们的桌上毫无顾忌地看着,不用避讳,因为周围每一个人都在觑着那个剥蒜的老头。

二组丙:"我瞧那家伙真是一副要全吃下去的架势。"

二组甲:"我瞧不像。"

二组乙:"他是老饕,老饕的吃是食味,甚至闻味看味,不是你们这帮粗人全吃到肚子里。你瞧他吃得地道,蒜剥完了不吃,放一边。为什么?蒜味太冲,怕破了原味,那是吃到一半时解腻的。你们猜他先吃哪碗?掰得最粗的还是掰得最细的?"

二组甲:"最细的,味也细腻。"

二组乙:"你们来吃这个就是王八吃大麦,最粗的,最粗的才是原味。"

二组丙:"你看你看,他吃最细的。"

碗太重,青山把搓的那碗拖过来,看了看,叹了口气。

二组乙有点下不来台:"装相装到了天上,原来是个银样镴枪头的外行。"

二组甲:"我瞧人是个内行。你看他吐口气干什么?这里空气油大,他清出来好尝味呀。"他冲乙笑着,"天下内行都是胡说八道的内行。"

他们说什么尽管说,青山只是埋头吃着,从他的表情根本看不出香甜。

教堂里,洋芋擦擦端了上来——所谓洋芋擦擦是延安地区特有的一种食物,洋芋混合了面粉蒸熟,蘸上点酱油醋便吃。它也许是穷人家的美食,但对天外山帮众来说,最多是一种可以充饥的将就物。时光对它毫无胃口。

门闫:"二号已经开始吃他的羊肉泡馍……我们是不是也顺便吃点擦擦?"

时光心不在焉:"你们吃。"

留了两个手下在电台上执勤,这边锅碗瓢盆交响。

青山终于直起腰来,打了个饱嗝,周围的食客难以掩饰失望的表情——三碗居然还剩下两碗半。青山吃了一瓣糖蒜。

二组丙:"闹半天是个连自己能吃多少都不知道的傻瓜。"

二组甲:"慢来慢来,你慢慢看来。"

青山吃完蒜,定定神,双手把碗捧了起来。那又是个惊人之举,因为碗太大,这里的人从来是以头就碗的。然后他开始往嘴里倒。店伙停了手上的活计,看着这长鲸吸水似的吃法,直到旁边的客人捅他。足足过了几分钟,青山终于把那个空碗放回桌上。他又叹了口气。

二组们面面相觑:"我觉得老家伙是真要吃完。""怎么讲?""掰得细的先吃,因为好下肚。我猜他往下吃不粗不细的那碗。""你这回真说对了。"

青山拖过不粗不细的那碗,把所有辣酱全倒了进去,然后拌着,一碗泡馍成了红色。

二组乙叹气:"暴殄天物。放那么多辣椒,再一通胡搅,味道全完了。"

青山刚吃了两口就开始擦汗,那是辣出来的,他边擦汗边吃。

二组甲:"我觉得……"

二组丙眼都不眨地盯着青山那厢:"什么?"

二组甲:"老家伙真的不是在吃泡馍,他压根儿是在跟泡馍打仗。"

确实,青山更像在跟泡馍做决死之战。他在强忍之下又打了个声震四座的嗝,他歉疚地点头笑了笑,一只手伸到腰间松开腰带。

教堂里,门闩把一碗洋芋擦擦放到时光面前,时光的表情近乎仇视。他忽然站了起来,把扔在一边的枪插进腰间。

时光:"早吃完快干活。我出去吃。"

门闩:"出去?这镇上哪还有店子?"

时光:"你真把欠记当碉堡了?那是饭店,只要有钱,欠记是能点菜的。"

门闩哑然,他立刻明白了时光绝不是去吃顿饭那么简单,以时光的做事方式,这多半是他计划之中的。

门闩:"你不盯二号了?"

时光:"盯二号的人还少吗?与其在这儿摸不着头脑,不如去瞧瞧一号,反正一二三号彼此息息相关。"

门闩推开碗,站了起来。又有几个手下站了起来。

时光:"你不用去,你们谁都不用去。我巴不得一号发难,那就用不着杀牛了,我今天就杀个人来给你们下洋芋擦擦。"

食摊上,青山在流汗,汗水滴进了碗里。旁边放着两个空碗,他现在在吃第三碗,刚起了个头。汗水流进眼里,青山眼里的世界已经有些模糊,似乎有个人在看着自己,青山定了定神,发现是店伙。

店伙:"老爷子您没事吧?"

青山："几年没回来了,在外边想的就是这口。"
店伙："再想这口,也不是这么个吃法。"
青山叹气："这么吃好吃。"
店伙："求您别吃啦。刚开始我觉得您吃糟践了,这会儿我怕吃出人命。"
青山："没糟践,原汤化原食,全在肚里,哪能糟践呢?"
店伙："你是要多了怕浪费对不?难得您这么捧场,这第三碗不要钱。"
青山："我是还想吃。只要控控就好。"

他想站起来,可没成功,店伙帮他把凳子搬开,青山扶着桌沿才把自己撑了起来。他转身,二组的人闪电般把目光挪开。他看了看天空,天空很模糊。他知道,自己在别人眼里看起来,已经是目光都没有焦点了。

所谓控食只是个心理疗法。青山吸了口气,转身,看着那碗泡馍,再次坐下,腰已经弯不下来了,他费劲地把碗端起来。身后的窃窃之声成了惊诧的啧啧之声。

青山苦笑。人们很长时间看不见他的脸,只看见一个人低头在盆大的碗里,传来咀嚼声。他终于把碗里的馍和着肉都咽下肚,因此宽慰地吸了口长气。周围哑然。

店伙把一大碗醋给端了过来："老爷子喝点醋,醋化积食……"
青山："原汤化原食。"

他喝光了碗里的汤,往后仰了仰,给人的感觉是他立刻就要仰天倒地死掉,但是他及时扶住桌子,然后站了起来。

青山："好吃。好吃。好吃。"接连三个好吃,摇摇晃晃想要走,然后又想起来,"没给钱呢。"

青山把钱放在桌上,一向佝偻的身子已经完全撑直了,人们可以看见衣服下他肚子的轮廓,而他一向是个精瘦的人。他摇摇晃晃,喝醉了一样,店伙只好把找的钱塞在他手上。

这样一个食客让人们不得不目送。二组木然地看着,乙忽然想起来,捅了甲一下,他们追上去。

青山蹒跚地在家乡的街巷走着。

两棵树,欠记,桌上摆着刚炒得的菜:葱炒鸡蛋、切片的风干羊肉、一点青菜。时光满意地看着自己的晚餐,小欠在一边诚惶诚恐地看着他。

时光："欠老板?"
小欠一向就弯的腰弯得更低了。
时光："去对面给我们天外山做饭吧?"
小欠一脸哭相："不敢不敢。"

时光:"得了得了,我瞧你那一脸死相。"

他撩开衣服掏什么,小欠扑通跪地。

时光莫名其妙看看他又看看自己,发现掏东西的时候露出了他的佩枪。

时光:"怎么就能这么孙子?……拿去拿去,省得你担心我不给钱。"

他把两块银圆抛到桌上,一直等着银圆滚到地上小欠才敢去捡。

小欠:"哪里会哪里会。"

时光看了看四周,小欠的父亲正把他们的晚饭摆上桌:咸菜、稀粥和几个窝头。

时光:"就你们两个吃饭吗?"

小欠也知道他是明知故问,看看往通铺的门帘:"还有姓何的客人。"

时光乐了:"对了。那个半死不活却总死不了的,连水都没得喝的叫花子。"他大喊了一声,"何思齐,出来吃饭了!"

过了会儿,芦焱撩开帘子出来,先看时光一眼,然后去帮欠爹拿餐具。时光转了身开始吃饭,那边终于也安生地吃饭。时光往那桌看看,小欠立刻停了吃饭卑微地点头。时光离开了自己的桌子,他对那桌上的咸菜发生了兴趣,夹了一条放进自己嘴里。小欠和欠爹立刻站了起来。芦焱坐着,慢慢地去夹另一条咸菜。

时光:"这个不错。"

小欠:"老爷你端走。"

时光真把咸菜端走了,但把他的羊肉拿了过来:"跟你换,我不欺负人。"

芦焱因此瞧了他一眼——芦焱脑袋上还裹着破布。

时光:"只欺负我的敌人。"

芦焱有一个看似微笑的表情。

时光:"笑得一副缺铁的德行,我拿枪子儿帮你补补?"

芦焱:"我缺的是铁,你缺的是德。你是不欺负人,连欺负都省了,直接杀掉。而你们要对付谁,比如说欠老板吧,只要宣布他是你的敌人就好了,方便极了。"

小欠立刻申辩:"我不是!"

但是那两个人都没理他,时光也在微笑。

时光:"好极了。早烦了你那副何思齐的熊样,死共党。"

芦焱:"你又弄错了,我还真不是共产党。乱世风雨一蚍蜉,命不是自个儿的,可心肺总算还是自个儿的,如此而已。"

时光击掌叫好:"说得好!字字珠玑!瞧你老兄也是一个还能做得出梦的人,真该浮一大白!"

然后轰然一声枪响,却是这老兄叫好声中在桌子下开了一枪。小欠和欠爹跳将起来,时光大笑。

时光:"坐下!"

小欠父子便保持着他们的造型僵住了。

时光:"我不喝酒,只好开枪当干杯了。"他笑着,"蚍蜉被吓醒了吗?你的梦咋样了?"

芦焱没理他:"欠老板,欠叔,吃饭。"

时光把枪拍在桌上,那两位顿时坐下开吃。

一时很沉闷。那三人默默地吃,而时光把自己的饭菜戳着玩。

时光:"民国二十五年三月十一日,一棵树东面躺了堆据说刚被马匪劫过的死肉,贱得很,被诨名豆爹的村民杨有牛拿浊水和洋芋擦擦就给救活了——第二天就出来个逃避战祸的何思齐,无党派无政治倾向,跟人不亲近也不疏远。共党觉得你没上进心,老派觉得你太新派,只是你那普世济人的心态还在作怪。两月后你开始在农活之余教小孩子们识字,跟督教巴东来成了死敌。"他一脸不屑的表情,"是一个身在共治区却从没去过延安的共党装过头了,还是你根本就是从那里来的?"

芦焱:"可怜,人生多少事啊,可你们不给人贴个共党标签就连上下左右都找不着。"

时光:"如果你不是共党,那我坐在这儿干什么?"

芦焱建议:"比如说,乖乖吃你那顿两块大洋钱的饭,吃完走人。"

可时光没那打算:"要点是在爬到一棵树之前你是什么。从来不去延安——连那位扮演前清僵尸的巴督教都去过延安。搞清这个,我大概就知道你现在是什么,是真货还是假货。"

芦焱沉默。

时光:"给句话成吗?就这么对付统一战线上的同志?"

芦焱摸摸脑袋上的伤口:"统一战线?同志?"

时光:"抱歉,我向你道歉,先生则让我向贵党表示歉意。上海的事情纯属误会,是若水和几个贪功心切的家伙搞的。我们会严惩这些破坏联合抗战的人。"

芦焱沉默着继续吃饭,他用这种方式来表示他不至于如此天真。

时光:"我的歉意早已表达过了,如果我不给你水,你会渴死,而你现在甚至都有水洗澡了。如果我不给欠老板递话,你会饿死。还有,现在,你是不是很想出关?"

芦焱的筷子停了。

时光:"我决定放你出关,你爱去哪儿去哪儿。"

芦焱看着时光:"想去哪儿去哪儿?"

时光根本没打算做出友好的表情,他又在斗机心:"对呀,活人能想到哪儿,你就能滚到哪儿,我甚至可以派人送你。"

芦焱:"那太好了。人说不到长城非好汉,我也算不得好汉啦,可很想去长城。"

时光没好气儿地看着他,这回是他沉默了。

芦焱:"对了,那是日占区……你也能派人送吗?要不你先别跟我这废物较劲了,转身东向,把那里拿回来?"

时光忍耐着。

芦焱:"算啦。好在中国大,哪儿都可以去。我想去泰山,听说那里的石阶都已经被挑夫们踩出坑来了,我想看看人怎么能用脚在石头上磨出坑。"

时光:"你适可而止吧。"

芦焱:"难道也在日本人那里?真见鬼啦……好吧,我想回家,可我的家也在日本人那里,这事难办。"

时光总算逮着个错处:"临潼可没被日本人占着。"

芦焱:"既然你不认为我叫何思齐,那我的家又为什么要在临潼?"

时光:"那你的家在哪儿?"

芦焱:"我有两个家,一个被日本人占着,一个是民国二十五年三月我本来想去的地方。谢谢你提醒,我这几年都忘了时光。"

时光瞧了瞧芦焱,看他触自己的名讳是无心还是有意:"你好像有些很劳心的往事啊。放心吧,时光是个好医生,不过被它治过的病人都死啦。"

芦焱:"时光也是个好老师,不过它的学生还没毕业就都死啦。"

时光哈哈大笑:"好吧,希望你没死之前能想出来去哪儿。"

芦焱:"谢谢,我努力在想出来之后再死。"

时光:"那千万要好好想,别把脑袋上想出一个窟窿。"

你一句我一句,谁都不肯让。这时门闩进来,在时光身边耳语,没人听见他们说什么,但时光的脸色变了一下,然后起身。

时光:"现在你就可以走了,我会通知当兵的放行,天高任鸟飞,只要你没折了翅膀。"

芦焱:"家里出什么事了?"

时光的表情一瞬间变得极其凶狠,刚才唇枪舌剑时都没有这样凶狠。于是芦焱更清楚了:某种他等待的胜利已经来临。时光和门闩出去。

苍黄的土地被落日染成了金黄。而青山老家的铁路上,除了极有限的旧车皮和机车,更多的是空着的铁轨和漫漫黄土,一片萧瑟。这里是个调度站,没有人流和物流,远远的有鸣笛,四下横陈着车皮,寥寥几列货运车停在青山的身边或前方。

坎坷不平的路面让青山更加蹒跚,肚里太多的食物让他迈两三步才迈过两根枕木间的距离。二组远远地跟着,开阔地让监视者为难,也让被监视者为难。

青山慢慢地迈着步子,像是在丈量家乡的铁路。他终于停下,在太阳将落的那一瞬间,铁轨、机车和他所在的世界都被染成了红色。一辆机车拖着它的煤斗车厢吞云吐雾而来,青山回身,站在铁轨边看着,神情中像是有些不大满意。然后他被机车的黑烟淹没了。

二组的人匆匆过来,他们并不是太惶急,下命令的二组甲更是有条不紊。

二组甲:"你去调车室,截停那火车。你开车盯住,防他跳车。"他交叉着两条胳臂,又画了一个圆,"你们以这里为中心,交叉搜索。所有的人,把这里包围。"

二组乙:"这老货腿脚还真不像六十多的,我看见他一晃就跳上火车头了。"

二组丙:"怎么能想出这样笨的跑法?"

二组甲:"调来跟他的人又何止几十,他偏在咱们弟兄几个眼皮下逃跑,这就是老天爷送给咱们的一桩大功劳。去吧,别乐晕头了。"

一辆车追着机车飞驰,机车开得并不快。荷枪实弹的二组们进入车站开始搜索,打开每一节车皮,探看车下方,甚至打开每一个水井盖子。二组甲站在青山消失的地方,从他这里看去,每一个视野良好的地方都有他的人。停车的信息已经传至机车,那辆机车在视野之内就停下,追赶的汽车驰入机车喷吐的黑烟。

铁路上,火光、电筒、车灯在铁道边交映,屠先生一系的人还在搜索。又来了更多的车,从车上跳下整队的人,他们用枪口、用刀、用棍子、用电筒,每一处树丛都被戳过,甚至连石头都被翻起。二组的那几个监视者站在铁路边,如临大祸的表情,有一个已经快哭出来了。

二组甲:"你不是看见他跳上火车头的吗?怎么没人?"

二组乙就是快哭的那个:"我是以为我看见……"

二组甲:"你以为我不能毙了你?"

二组乙:"是不是他跳上车头虚晃一枪又跳下来了?"

这意味着错出在追车头的丙身上,那位立刻反驳:"我追的是个人不是蚂蚱!六十多里的时速你倒跳上跳下试试?那是个六十多岁的老头!"

二组甲:"先别慌!"他心慌意乱地推敲着,"我们一发现人没了,就把车站全给封了。火车头跑出不到三里地,还一直被我们盯着。周围路也全给封了,我们现在的搜查半径已经是十里地,就是放他走,这点时间也走不出十里去,而车站这一圈恨不得拉人网……"

二组丙:"你做得无懈可击……"

二组甲一巴掌扇了过去:"上边要的是人,不是你那狗屁的懈!"

时光还等不及进入教堂就向门闩发作:"怎么会跟丢?!"

门闩把电文纸递过去:"二组的回报自然是唯恐不详,你自己看。"他瞧着时光翻看电文,"一个能长年甘作巴东来那种厌物的人有多决绝呢?二组那帮家常货在他面前根本就是盘菜,我想过去援手。"

时光看他一眼,没回话却继续翻看电文:"通篇推诿之词!二号这么擅长玩失踪,干吗非在几十号人的眼皮子底下玩?大沙锅这儿无边无际,他玩起来不是更加海阔天空?"

门闩:"你还是认死了他是虚晃一枪。"

时光:"我分不清他们的虚实。只是二号应该知道,现在没有比失踪更能引起我们的注意了。身上有那东西的人不该玩失踪,人消失了总得再出现,再现时就是众矢之的——他总得去上海不是?"

门闩:"那你干吗放一号出关?"

时光:"因为我分不清他们的虚实,这两个人都似是而非,一个老奸巨猾,一个幼稚无知,可你真说得清哪个愚哪个智?"他转身走上教堂的阶梯,"预备好盯他的人,种子嘛,总得种到地里才知道它能不能发出芽。顺便告诉二组的人,如果五天内还没有巴东来的踪迹,那他们以后的日子里,想起大沙锅就觉得是个天堂。"

他进去。门闩站在台阶上,回望了一眼,欠记已经亮起了荧荧的灯光。

芦焱正从通铺的门里出来,小欠正在收拾碗筷。

芦焱:"欠老板,灯能给我用用吗?"

小欠从灯边退开,芦焱拿了灯,但发现小欠站在黑暗里,不舍得去点上备用的。

芦焱:"不好意思,我马上就还回来……"他欲止还言,"还更不好意思的,你有没有绳子?我绑行李用。"

小欠:"没有。"

芦焱:"我要走了,欠老板,你再也不会见到我了。如果你觉得还不解气的话,我实在点说,我就要死了。"

小欠:"有。"

这样的直白真让芦焱哑然,他接过小欠递过来的那条绳子,叹口气,拍拍小欠的肩,离开。小欠在黑暗里看着他的背影。

芦焱又一次开始捆绑他那堆破烂的行李,行李越来越破,这项工作越来越艰难。

他忽然猛敲额头,大悟:"谁见阎王的时候还带着人间的行李?"

于是他扔了那堆破烂,向着屋外嚷嚷:"欠老板,我能不能用我所有的身外之物换一个能盛水的东西?"

小欠没有回答,而芦焱躺在通铺上发呆。他想着时光临去那一瞬间凶狠的表情,那是他此刻唯一的安慰。

芦焱:"青山,气人是你的拿手好戏吧?如果你气他不能像气我一样,等你死到了阴间我就会抢掉你的拐杖。"

黄廓县，铁路。那个破破烂烂的调度站戒备森严，搜寻青山的人把这里当作了临时指挥所。二组甲从铁路上走过，心烦意乱地翻看着地图。朔风把地图吹得盖在他的脸上，他狂躁地撕扯着，他的手下帮他揭下来。

二组甲："我们现在布置到哪里了？"

二组丙："一直到黄河西岸，所有的铁路和公路，还盯死了我方控制区里所有的共党机构，暂时没发现他们有任何异动。这条线上的火车已经全部停驶，我们正在搜索包括军车在内的所有……"

二组甲叹气："有事诿过，无事表功……可现在是无事吗？"

二组乙跑过来："时光有话，五天内找不到目标，他会让我们以后想起大沙锅来都觉得是个天堂。"

二组甲冷静地点点头："五天。"然后他慢慢坐在地上，"那位小爷，先生从没给过谁像他那么大的权力，他拿把菜刀砍死你，那菜刀就是尚方宝剑……"

三个人痛苦地蹲在车皮旁边，在风中打着哆嗦。一名手下拎着食盒过来："组长，吃饭啦。车站外买的泡馍，祛寒……"话音未落，食盒已经被二组乙抢过来，抡一圈扔了出去。

二组乙："我把你掰了泡了！泡馍！"

两棵树，天外山的手下收拾着马匹，马上干粮枪支弹药齐备，像要去打家劫舍。门闩带着几骑驶向军营，时光亦是荷枪实弹，卸下没两天的马匪行头又穿齐了，坐在教堂的台阶上。被他看着的欠记一片漆黑，仅有的一点灯光从通铺移动到外堂。那预示着芦焱将要出来了。

欠记，芦焱把油灯放在原来的地方，黑暗里的小欠再度出现——他像是一直站在那没有动过。

芦焱："我走了。"

小欠如同蜡像。

芦焱苦笑："是个人就有惦记。可真想不到最后一个值得我道别的人是你。"

他也没指望回应，就打算走，但小欠把一个装满水的瓶子放在桌上。

芦焱犹豫一下，拿了起来，他因这几天的事满怀歉意："对不起。"

小欠："是命吧。"

芦焱出门。

当时光等得有些不耐烦的时候，芦焱从欠记出来了。时光一看见他便露出好笑的神气，芦焱第一次与他相遇时便像个叫花子，现在则像个加倍的叫花子，他仅有的行李是一瓶水。

两棵树的这个晚上与往日的一片凄清截然不同,火把从军营豁口摆到教堂,到那些天外山骑手的手上,让这个晚上燃烧了起来。

门闩骑行到芦焱跟前——他正在打量四下的熊熊火光。

门闩:"走吧。"

芦焱顺着他示意的方向看去,军营的门大开着,军营里的驻军排成了两行,全副武装,枪口朝向一个路过他们的人必经的方向。

门闩:"两棵树的最后一个共党也要没了,他们想送一送。"

芦焱:"客气大了。"

门闩:"走之前跟老魁打个招呼,是他放给你的路。"

他也不等回答,骑回时光身边。芦焱走向时光,他坐在台阶上,逆着火光。

芦焱:"再见。"

时光:"肯定会再见。"

芦焱看了看那些天外山骑手特意留出的一骑空马:"嗯,我看你已经做好再见的准备了。再见。"

时光:"好走。"

芦焱:"留步吧,或者我该说,上马吧。"

然后他回头,当他错过那严阵以待的军营豁口走向直通大沙锅的豁口,一步步接近回去的路而非出关的路时,人们愕然。时光也掩饰不住惊讶下意识地看着门闩。门闩没有表情。时光转头看着芦焱,芦焱不疾不徐,已经走到三角地边沿,接近了豁口。

时光:"门闩。"

门闩举枪上肩,拉栓上膛。时光瞪着眼睛,火气在心里慢慢滋长。

门闩瞄着豁口上的背影,芦焱如同走在他的准星上。

门闩:"他在干什么?"

时光瞪着眼睛,他隐约地明白芦焱在干什么,因为他们谈过这方面内容。

时光:"看来他真想好去哪儿了……想好了之后再死。"

门闩开枪。枪声在空旷的荒野中被无限放大,芦焱右脚边的土地炸开。

时光看起来很冷静——冷静地生着气。芦焱停在准星上,倒掉被子弹溅进鞋里的土,继续开步。

退壳,弹壳落在地上,门闩再次开枪。这回门闩击中了芦焱的鞋帮,芦焱摔倒,把那只冒着烟的鞋脱了,扔了,光着一只脚继续走。

门闩不由轻轻骂了一声——他没法再近了。时光没有任何表示,门闩再次开枪。

一发子弹掠着头皮飞过,气浪和煳味让芦焱摸了下头皮,摸下一把炙断的头发——那位爷干脆在他的发间犁出一道沟来。

门闩咒骂:"我从来没这样浪费过子弹!"

他再开枪,芦焱痛苦地捂住耳朵,然后边掏着耳朵边走,仍旧没回过头。

门闩大叫:"最后一枪了! 你把耳朵竖起来,听听弹头钻进头骨里的声音!"

没反应,那家伙只管不疾不徐地走。

门闩开火。又一次的玻璃飞溅,芦焱苦恼地看了看被割伤的手,他又一次要在面对大沙锅时没水喝了。

芦焱:"妈的,天外山的人就是要和瓶子过不去吗?"

时光的忍耐终于到达极限,他飞身上马。这个人呼啸而去的时候根本不跟手下打招呼,幸好还有个善解人意的门闩。门闩一声呼哨,准备好的三骑和他一起上马,追随在时光身后。

芦焱走着,听着身后的马蹄如雷。时光一直冲到他身边,勒得马几乎人立。

芦焱看了他一眼,一副天高任鸟飞的散淡表情,换个方向开步。

时光吆喝了一声,他和他的五名手下开始围着芦焱跑圈驰骋。圈子里的芦焱绝不好受,黄尘飞扬中连时光都看不见他了。当时光们终于停下时,芦焱已经像一块风化的黄岩了。这让时光好过了一些,他凑近了看着。

芦焱拍打自己,造成了一场小型沙尘暴,逐渐露出人形的土偶。

时光哈哈大笑:"我说什么来着? 又见面啦!"

芦焱:"我都说留步了,何必呢? 损人不利己的,你的屠先生没告诉你,要在别人头上拉屎时,先别让自己惹臊吗?"

他说的也确是实情,时光几个在那通折腾中虽不像芦焱这么狼狈,也都是灰头土脸。时光有些发窘,因为是被芦焱说出来的,他也不好意思拍打,就这么顶着一头灰土瞪着。一个天外山骑手想要拍干净自己,拍第一下便被门闩瞪了回去。

时光:"走错方向啦,共党。"

芦焱:"没错啊。我爱去哪儿去哪儿,是不是? 你说的,能想多远,我就可以滚多远。"

时光深吸了一口气,他再没有怒容,倒更像一块会瞪人的寒冰,熟悉他的人都知道这是个危险的信号。

时光:"那你想的是哪儿呢?"

芦焱带着一种灿烂的笑容,这种笑容他这年龄的人通常早已失去了:"承你提醒,民国二十五年三月十一日我用爬没爬到的地方。"

时光:"一棵树吗? 那你又何苦出来这趟呢?"

芦焱:"谁说是一棵树? 那时候我想去的是保安,现在换成了延安。我真的没去过延安,而且那次我真的弄错了方向。不过这次绝不会啦。"

芦焱知道自己在玩火,因为时光危险地沉默下来。而芦焱好像还觉得不够危险,他看了看自己手上,像初遇时光一样,他手上又只剩下个瓶颈。

芦焱把那个瓶颈拿给时光看:"哦,我的水又被你们搞掉啦,你赶上来,又是给我送水的吗?"

如果是要激怒时光的话,他已经彻底地成功了,他听到了时光的吸气声。

时光:"对。"他解下他的皮水袋,"都像我这样。"他把水倒掉了一半,并在他的手下照做时解释,"装得太满就容易破,而且挥不起来。"

至于为什么要挥和为什么会破,往下就明白了:时光策马跑开,再跑回来,手上像挥舞棍棒一样飞旋着半空的水袋,第一下便把芦焱抽得陀螺一样转了几个圈,摔在地上。芦焱从尘埃里爬起来,吐出一口带血的唾沫,那绝对是能玩出内伤和人命来的游戏。

芦焱:"这是什么坏小孩的把戏啊?"

时光:"这叫肉陀螺。"

门闩自后面冲了上来,同样地一挥,将芦焱抽得离地飞起:"跟肉票讨赎金使的小孩子把戏。"

时光:"你怎么能把陀螺打飞?"

门闩:"你们抽陀螺,我在打马球。"

芦焱再一次站了起来:"屠先生一定让你们过得很不愉快——你们就像沤疯了的太监。"

时光打了个呼哨,他们五个人,五个方向的纵横驰骋,伴随着各个角度的打击。芦焱每一次都爬起来迎接下一次打击,但终于,爬起来对他也成了一件力所难及的事情。时光最后一次的击打狠狠命中了芦焱的颅侧,芦焱腾空飞起时伴随着口鼻里溅出的鲜血。这回时光没有勒转马头,而是在呼哨声中策马跑出了一个很远的直线距离。门闩们跟上,在他勒住马头时便排成了一个五人的横列。

时光回头看着,黄尘中的芦焱更像一堆破布,但那块破布在蠕动,当他爬起来时便又是一个羸弱却不屈的人形。

时光夹紧马腹,却勒住了缰绳,他让他的马暴躁地刨着地面,蓄力,这一下他打算把芦焱撞死。时光放马,全速向着正前方的那个人形撞去。芦焱尽力地让自己站直,好迎接这一下必死无疑的撞击。时光在堪堪撞上时与他擦身而过,芦焱完全淹没在马蹄带出的烟尘里。整条烟尘向着黑夜驰去,烟尘里发出时光鞑靼一样的怪叫。那是个信号,门闩和另外三名手下从芦焱身边包抄而过,四条烟尘和那一条烟尘会合,远去。

芦焱歪歪扭扭地挣扎了两步,摔倒,再也爬不起来了。

当晨光照上了两棵树,欠记升起了炊烟。小欠挑着水桶出来,他远远看了一眼镇外的旷野,那堆破布还一动不动地萎在晨光下。他能做的全部事情是悄悄叹了口气,而那堆破布终于微微地动弹了一下。

望远镜里的芦焱爬了起来,如同一具没有魂魄的躯壳——除了眼神。

时光勒马于山冈之上,阴郁地放下望远镜,脚下的断壑如同大地的裂口。

那个小若蚍蜉的人影摇摇晃晃走向大沙锅——确实是回去,而非虚晃一枪。

时光:"所有种子都一直提着脑袋想要出关。可这一个为什么要回延安?"

门闩:"他没有去过延安,所以是去延安,不是回延安。"

时光:"你信?"

门闩:"我信所有的可能,但可能永远也只是可能。"

时光:"告诉我他为什么去延安?每一个他们的人都注定要死在去上海的路上——你们每一个人都要回答。"

众人沉默,时光从不是这样的人——也就是说,他真的没主意了。

"他希望死得和别人不一样。""他是个假货,真货已经失踪了,他的活干完了。""老魁你误判了。"

时光不吭声,看看门闩。

门闩:"你在感情用事。"

时光:"我问的是他为什么要去延安。"

门闩:"他们都说了。四个人说一样的废话,除了让你更加拧着来,没啥别的用处。你喜欢走险棋,一向如此,很多时候让对头应接不暇。比如来这里做马匪,比如灭掉高泊飞——可这回你错了。"

时光:"你拿什么说服我,他是个假货?"

门闩:"所有事情都在说他是个假货,只是你不愿意信。二号是个委琐老头子,你没兴趣跟他放对。一号表现强硬,合你的脾胃。可是我们怎么能为自己选择对手?"

时光怒极反笑:"你当我那么蠢?"

门闩:"先生说你天资聪慧,可人都会固守原本就有的东西。尤其我们做的这种亡命勾当,命都看轻了,除了那点自以为是,没什么可失去的,这就叫蠢。"

时光掉转了马头,与门闩交错了,在两马相距最近的距离上看着他。一瞬间那几个人感觉时光会把门闩杀了。

时光:"赶快犯点错吧,好让我耳根子清净点。"

门闩:"你大可制造点错让我去犯,然后让我死得屁都放不出半个。可你当然不会这样做,我是说你的个性也太过磊落了些,这是我们这行的大忌。"

时光:"现在别扯你的老人经。他不是假货,你有没有跟他对视过,他的眼睛。"

时光的眼里闪现着芦焱那双阴郁而炽热的眼睛,当五匹马像火车头一样撞过来时,瞪着,那是芦焱能做的唯一抵抗。

门闩:"那又怎么样?对,他也是个很能做梦的人,可那又怎么样?"

时光:"他有死都不要吐露的秘密。"

门闩:"除了副臭骨架子他屁都没有,只是想激怒你。好极了,以下驷对上驷,好极了,我们家常菜一样的二组正被那个老奸巨猾的青山拿来下饭,而你我耗在大沙锅陪着那假货量他没头没尾的旅程!"

时光:"你会怎么做?"

门闩:"很简单,别管他。不要意气用事,我们径直去青山失踪的地方。"

时光:"不是意气用事,是直觉。"

门闩:"那就不要相信直觉。"

时光:"你叫我不要相信自己?"

他瞪了门闩一会儿,勒得马团团转,然后狂奔。门闩和三个人跟上。

一个人摇摇晃晃地走在大沙锅黄土之上,两棵树已经成为远远地平线上的一个模糊小点。一头狼,也许是一条野狗,正在掘着黄土里一具畜生的白骨,但那上边绝对没有它可以用来充饥的东西了。狼或者狗,回了头,用一种看见食物,或者说看见生机的眼光看着芦焱。芦焱嘴上绽开了笑容,此情此景,那个笑容像是用印戳打上去的。

芦焱:"是你吗?追过我的兄弟?对不起,那天晚上没喂你,因为我还有没忙完的事。两条腿的总比四条腿的要忙。"

芦焱被烈日暴晒着,半张脸被血迹纵横了,血早已结痂,苍蝇就在上边飞舞。芦焱像个爬出汽车残骸后离开车祸现场的当事者,早已被撞去了魂魄,只剩下一个回家的欲望。他眼睛里进了血,一半是红色,一半是全无人烟的荒凉。

青山的声音:"魑魅魍魉!天生一个杀才!"

芦焱四下张望,发现这回真是幻听了,叹气:"老家伙,你到上海了吗?……你很讨厌,所以我得死得尽量离你远点……还有,假货就该离真货远点。"

黄土在摇晃,世界在摇晃。芦焱眼中的世界似乎要在烈日和热气中蒸发。那条鬼知道是狼是狗的家伙已经跟上来,开始轻嗅芦焱的裤管,露出一嘴森森的牙齿。芦焱无知无觉地走着,黄土在摇晃,世界在摇晃。

烈日的热焰中芦焱听见:"飞得高,飞得低。学习再学习,多少好东西。"

芦焱:"对不起……还有未了事,还是不能喂你……人多出两只手来,就是为了忙不完的忙啊。"

他加快了步子,接近于跌冲,已经完全是一个追随幻境的人。

时光喜怒交集的声音:"他逃了!他妈的终于知道逃了!"

那条畜生在惊吓中逃开。芦焱跌撞而快速地走着,用尽了最后一丁点体力。

黄土在摇晃,世界在摇晃。黄土和烈日之间滚动着那个瘪塌塌的皮球,画外是孩子们的喧嚣笑骂:"来了来了!何老师来了!球踢它!""老师,你是球门,球门怎么能踢球?""酒鬼!有你这样的老师吗?"

芦焱微笑,他的步子像在追着一个皮球:"老师回来啦,老师教你们怎么写魑魅魍魉。"

门闩吞下火焰也能吐出冰块的声音:"他不是在逃,怕是看见了只有鬼和他才能看见的东西吧。"

马蹄声,一骑瞬间遮住了芦焱跌冲的身影,时光把马枪柄当棒子挥在芦焱背上。芦焱摔倒,这回是再也爬不起来了。五匹马在他身边簇集,二十只马蹄不安地践踏。时光阴郁地看着,他并没把枪收回。那头狼狗样的畜生也在远处看着这里,和他同样阴郁。时光开枪,畜生一头翻倒。

门闩:"你又救了他,本来把他交给畜生就完事了。"

时光收枪套。

门闩:"我们还要跟他耗吗?"

时光:"有一回,我们要找共党的电台,把一个共党放了一半血之后扔在现场,凭着他醒来后的举动,我们找到了——人就剩本能时瞒不住人。"

一个手下跳下马,拔出小刀。

时光:"现在放一半血,他直接抱着鬼亲嘴了。给他点水,一口就好。"

手下收起刀,拿起了水袋。

门闩皱着眉看那名手下给芦焱灌水,又看了看时光:"你真的不是三号?"

时光毫无笑意地:"真好笑。"

门闩:"我笑不出来。二号,托你的福,恐怕都到了黄河啦。"

时光也有些动摇了:"再给他四个小时。"

门闩:"二号已经失踪二十个小时啦。"

时光没理门闩,夹马离开,手下怏怏地跟在后边。这样悬殊的对峙让他们没精打采。

……暮色渐临,望远镜里的芦焱仍纹丝不动。时光放下望远镜,难耐的焦躁。

马匹拴在半山腰上,几个人隐藏在峰顶的土丘之后,他们在观望芦焱的动静。

门闩:"四小时过去了三个半。我们已经被那堆该死不死的肉耗了整整一天。"

时光在隐忍。

门闩:"再差半小时,二号就失踪整整一个昼夜了。如果快的话甚至都到了黄河西岸,等他进了日本人的地盘,就算咱们是火焰熊熊吧,可日占区对咱们就是永远的下雨天。"

时光忍无可忍："你要死不死地叨唠什么劲儿？"

门闩："先生让我跟你跟到死，提醒你就是我的职责。"

时光："你死还是我死？"他把刀递给一名手下，"如果他再多说一句，杀了他。"

手下："……是。"

门闩："这违背了先生派我跟随你的初衷。"

那柄刀凑近了门闩的喉咙，拿刀的人有些犹豫地看着时光。时光毫不犹豫地看着门闩，门闩不再说话。

手下："目标动了。"

时光拿起了望远镜，望远镜里的芦焱在蠕动。爬起来对芦焱来说是一件艰难的事情，当他终于站起来时，荒野的天空已经黑了。他开始向来的方向走。

时光有些沮丧地放下望远镜，但他的手下仍在看着。

手下："目标开始行动……还是往前走。如果在他脚下画一条直线，那头大概是延安……没有转向的意思，连看周围也没有……他停下了……哦，看了看天上……应该是在辨认方向。"

时光："谁要你报告的，我看得见。"

手下："是。"

门闩："他要说什么你也明白。"

时光："刀来。"

门闩："我会闭嘴，在向先生汇报你的劣行时再张开。"

手下看着荒野上的另一个方向，一骑飞驰，来自两棵树的天外山骑手。

手下："蟹眼来了。"

他举手示意，那名骑手向这里疾驰，驰近正在马匹边等待的时光等人。

蟹眼："总部急电。"

蟹眼打开腰上的弹盒，从弹盒里拿出一夹子弹，卸出一发子弹拧开递过来。

时光醒悟："是先生的亲电？"

蟹眼："先生重庆议事，刚回总部，立刻发来急电。"

时光打开那个金属管，拿出里边的小纸条，看了一眼后，表情有点扭曲，不是愤怒，而是内疚。

他强作平静地把纸条交给门闩："我错了——目标变更。念出来。"

门闩："万事搁置，全力追踪青山。此人危险至极。"

他放下了纸条。一片死寂，即使门闩也知道这时候不该去触怒时光。

门闩："先生从来没给人加过危险至极的评语。"

时光："就是说我们必须全力以赴。"

门闩:"二号已经失踪了整整二十四小时。"

时光没发作。门闩烧掉纸条,等着时光决定。时光的决定立刻就做出来了。

时光:"别管他了,我们去找青山。"

门闩举枪,山峰上的守望者迅速撤过来。人们紧鞍上马,但在将驰未驰之际,一直蹙着眉头的时光把路线稍微变更了一下。

时光:"绕个弯子,我们去把一号干了。"

沉寂。

门闩:"全力的意思就是立刻,像子弹一样心无旁骛。"

时光:"我不想带着一个老大的疑团去追捕青山,那就是心有旁骛。干掉他,不管什么疑团也都没了,然后立刻。"

他还是一马当先。

九

芦焱在荒原上一寸一寸地挪着,马蹄声渐近,几个人在离他不远的地方勒住马,观察着。

时光在思忖,他目光的焦点是芦焱一寸一寸拖过黄土的脚。门闩没有表情,他与时光的关系已经到了一触即爆的程度,手下也对时光的任性有些不以为然。

时光:"等在这儿。"

他策马围着芦焱绕了两个圈子,然后停下。他一直在看芦焱的眼睛,那里是涣散但是坚定的眼神,但他的步态像被打断了腿又拖着断腿在走。时光看着芦焱,一直到确定面前只是个一心回家的游魂。

时光:"为什么?"

芦焱:"如果弄出那么多为什么来耗时间,那你我什么都不要做了。"

时光:"巴东来就是青山?而你只是个死字写在脸上的炮灰?"

芦焱笑,那种笑容让时光多少有点敬佩。

芦焱:"巴东来?祝他在上海天天跑肚拉稀头疼脑热,想吃药的时候药都被卫生队的娘们儿派完了,哦,是店里医院里都卖光了。"

时光:"还是什么也不说?你到底要去哪儿?"

芦焱:"延安啊。"他叹口气,"我现在可以去了。"

时光叹了口气,拔出马枪:"如果你真那么喜欢那个地方,最好就不要出来。"

芦焱:"说几次你才信?我根本就没有去过,我想去啊。"

时光默然,子弹上膛。芦焱听着这一切声音,并尽可能地往前多走一寸。

时光:"对不起。你到不了延安,你是这条路上的白骨,以后最多有细心人看见你骨头上的枪眼儿,说,看,这家伙被枪打死的。"

芦焱:"做你的事吧。我觉得我是一个好人,你又有一把好枪,快用你那好枪里的好子弹做你的好事,送我去个好地方。"

时光:"好走。"

芦焱:"我说心领,你会省下那发子弹吗?"

时光笑了笑,摸摸扳机。

远处五骑矗立,看着时光和芦焱。门闩焦躁地看表。

门闩:"他们要说个没完了!没时间了!"他大叫,"杀了他!"

他并不是特对某个人说的,所以那四个人有两个人举枪,一个人拔枪,一个反应稍慢的看见同伴已经举枪也就没有去掏枪。

门闩掏枪,左手拔出了手枪,右手抬起步枪。他用步枪顶着一个天外山帮徒的后心开了火,左手的手枪速射了两次。反应稍慢的那个家伙因反应慢而被放在最后,却得到了一搏的机会,他掏枪。门闩从马上和身扑了过去,枪打在他的肩上,他把对方扑下了马。挣扎,撕咬,对方死死抠住门闩的枪伤,门闩一拳拳打在对方脸上,对方捞起一块石头砸门闩的头,而门闩用头撞对方的额头。

时光在马上回身。他暂时不知道发生过什么,只是抬枪观望。

门闩:"开枪啊!他是三号!"

时光于是立刻瞄住了他:"你不是第一个死在多嘴上的聪明人,不过眼下在我面前蹦的好像都是大鱼。"

门闩有些气馁,对手趁机反扑,却被门闩制得死死的。可就在对手濒亡之际,他清楚地知道时光的枪正瞄着自己。

时光调整了一下姿势,将枪口从门闩的头偏向肩,活鱼总好过死鱼。

芦焱扑了上来,用身体把时光撞歪了,那一发子弹从门闩头上飞过。

芦焱咆哮:"说那么多话干什么?"

时光难以置信地看着抱住了他腰的芦焱,他用枪托殴击,感觉像打上了一堆无知无觉的肉。他被芦焱从马上扯摔了下来。马在惊踏,两人在马蹄下厮拼,其实也谈不上厮拼,即使健康的芦焱也没法和时光在体力上较高下。时光很快就把芦焱制住了,他一只胳膊勒住了芦焱的脖子,收紧,另一只手掏出手枪去瞄准仍未摆脱对手的门闩。

门闩那垂死的对手仍死死拖着他。时光的准星套准了门闩的头,他已经不打算留活口了,只是芦焱的挣扎让他晃动得太厉害。芦焱的手在撕扯,腿在蹬踏,越来越无力。他狂乱地摸索着时光的腰间。

枪响了一声。门闩的身子震动了一下,但是他抓到了他想要够的枪。时光忽然不再瞄准,狂暴地几乎打光了他那柯尔特手枪里的子弹,只是门闩抓着自己的对手做了替死鬼。然后时光掐着芦焱的胳膊一点点松开,他的眼神有点发散。而芦焱使劲掰着时光掐着自己的那只手,另一只手抓着刚从时光腰间拔出来的盒子炮——时光身上有太多的零碎,光手枪就至少带了两支。

门闩掩在死人身后,拔出了自己的手枪。时光的手已渐渐低垂,砰的一响,最后一发子弹也打飞了。然后时光瘫倒。芦焱从他的胳膊间挣扎出来,也是瘫的。

现在荒原上躺着六个或死或奄奄一息的人。

门闩头破血流,剧烈地喘着气,还被死人死死地揪着衣服。刚才的搏杀短暂但是激烈,耗尽了他所有的体力。他终于扳开那个死人的手,站起来。他仍然瞄着时光。

芦焱微微地动弹了一下。门闩拿枪瞄着过来,踏过芦焱身边,对准了时光的头。

芦焱:"死了……他干吗带这么多枪?"

门闩:"他没错。你这样半点后手也不预备,才是冲天怒放的奇葩。"

芦焱还真没法相信这个杀起自己来眼也不眨的主儿,也许时光就会活过来跟他一起嘲笑自己。

芦焱:"就说你是谁吧?"

门闩一脚把时光的手枪踢开:"我是后手,保护你们的后手。"

芦焱建议:"如果你对着他的脑袋开一枪我就相信你。"

门闩没好气:"你当我不想啊?可这家伙死了,屠先生再全面开战亲手报复,会让你觉得这位死仁兄善得就像招财童子。"他蹙着眉为难,"怎么能弄出一个马匪打劫了马匪的现场呢?你们真要难为死我。"

芦焱:"原来屠先生还没有开战。"

门闩心不在焉地想辙:"没有啊,一直和平得很,联合抗战什么的。"

他大概想出了什么办法,打算去拖时光。时光忽然动了,一柄掌心雷从衣袖里滑出,他一枪轰在门闩的腹部,然后暴起上马。

门闩:"开枪!"

芦焱开枪,枪法真不是一般的鸟,一支盒子炮愣被他玩得天女散花一样,没有一发打中的。时光受了惊,一刀插在自个儿马屁股上。马痛嘶,在加速中又再度加速,瞬间便跑得只剩一个远影。芦焱玩命地扣出一连串空膛声。门闩挣扎起来,扑倒,他没时间去捡他用习惯的步枪,就用手枪在一个遥远的距离上击发。马上的时光猛震了一下,膝弯上冒出一团血花。

时光:"他妈的门闩,四十米外你打不中?"

然后他就驰出了手枪的有效射程,迅速消失。

门闩:"去追他,最好活捉。"

他挣扎了起来,芦焱去扶他,他们勉力支撑着紧鞍束马。

两人四骑在夜色下的荒原里寻索着时光的踪迹——门闩拴上了多余的另外两匹马以为接力。在马上摇摇欲坠的芦焱担心地看着同样摇摇欲坠的门闩,他的眼神可能比担心更加复杂。

芦焱:"如果你现在死了,那我就真相信你了。可你最好别那么逼真。"

门闩:"死不了。掌心雷不是杀人的枪,玩了半辈子枪要叫这么个小虮子咬死,只怕我会再笑醒过来。"他苦笑,"他上我当,我也上他当,暗流行就是互相骗啊。他觉得没把握,索性打掉最后一枪再装死,就骗我过去来个一发中的,比我狠。"

芦焱并不太关心这类尔虞我诈:"后手贵姓?"

门闩:"代号铁门闩,叫门闩就好,可不是真姓铁。"

芦焱:"铁门闩是象棋杀法?好像只有屠先生的手下才拿象棋术语当代号。"

门闩:"屠先生的亲信全是棋盘上找代号,因为都甘为棋子。我在他那棋盘上待得太久啦,那就一直做他妈的铁门闩吧。"

芦焱:"有多久?"

门闩斜睨着他,因为芦焱的表情有点挑衅有点欠揍:"久到我搞不清该保护你们还是杀了你们。"

芦焱决定闭嘴,但这其实不是门闩的回答,他真正的回答有点感伤。

门闩:"久到那时候我最想去的地方叫井冈山。"

芦焱:"现在呢?"

门闩:"和你一样。相信我,红先生。"他瞧着芦焱惊恐交集的神色,"民国二十五年的逃兵霍四古凭什么查到刚够被押送出关的程度就查不下去了?半空掉下来的何思齐又凭什么在总部有一个暧昧不清的身份记录?青山就只管说,你去把档案改了——他以为喝蛋汤么?"

芦焱顿生同感:"他最拿手的就是上嘴皮一碰下嘴皮,比如你能不能揪着雨丝爬到天上去什么的。"

对青山不满的门闩却好像不喜欢芦焱对青山不满:"他对你好成这样,你还这么烦他?我都疑心过你是那老家伙的私生子。"

芦焱吓了一跳:"万幸,我板上钉钉知道我爹是谁!对,他那个好法和我爹的好法倒是很有一拼。"

门闩闷闷地:"我是后手。我是谁的后手?我是青山的后手!忍了十几年,眨巴眼被他赶来做你的后手!护这么一个不识四六的东西?"

骂得性起,他哼了一声,在马上蜷成一团,然后跳下马,盘腿坐下。

芦焱大异:"怎么不追啦?"

门闩:"我没法拿肋巴条夹着颗子弹追。过来,帮我抠出来。"

芦焱下马,看着门闩解开衣服。露出肋间的血肉模糊。

芦焱:"抠出来?"他苦笑,"咱们还有别的后手吗?"

门闩闷声嘶吼:"别他妈废话啦!料理完这点琐碎,我们得赶紧去捉住一个活的时光!"他看着芦焱还拿着水袋试图消毒,"没空消毒了,赶紧吧。"

芦焱只好在衣服上使劲擦着手:"活的时光?那可不易。"

门闩:"何止不易!屠先生一系,最擅长追踪和逃逸的可不是我,是他。可还得活捉。"

芦焱跪下打量着门闩的伤口:"为什么?"

门闩:"因为如果没有一个活的时光拿去跟屠先生交换,青山就死定啦。"

门闩盘腿坐地,脱下衣服,芦焱在他血肉模糊的腹部摸索着伤口。他终于挨到了,门闩皱了皱眉,但是点了点头。

芦焱:"为什么?"

门闩:"你不是说,如果光问为什么,那就什么也没空做了。"

芦焱:"一个藏得这么深的人,为个假货现身。别跟我说啥同志情谊,这件事上我们既然拿命当了唯一的武器,那人命就不是平等的。拿一门能改变战局的大炮换一把破土枪?为什么救我?"

芦焱把那个小小的弹头抠了出来。

门闩在长久的忍痛后终于吐出口气:"没有救你。只是选了个可能扳活全局的时机。其实在两棵树我真会杀你,因为那儿我陪你死了也会是一切照旧。"

芦焱:"这个是不必多说的。我只问为什么救我?我有哪一条值得你救?"

门闩:"我也不知道,所以瞧你不顺眼。可青山当着你面托孤啦,那就是知不知道都得干。"他又一次牢骚,"真是上嘴皮一碰下嘴皮,我做来容易吗我?"

芦焱纳闷儿:"我怎么没听见?"

门闩:"饭桌上啊。他说一箱子都是我要捎回家的东西。老人家爱财如命,命不要了也得护着行李。我说那你就死去吧!他说那我就死去啦——对,你还真听不见,因为你就是那件呆行李。"

他说着话已经绑扎了伤口,整鞍上马。至于肩上的伤,没碍着骨头就不管了。

时光在大沙锅的断壑中奔驰,昏沉中他勒紧自己绑在腿上的带子,以免血流在地上。他摔下马来,马停住,低头嗅着重伤的主人。时光挣扎起来,他意识到这匹马是让他被人发现的重要线索。

时光:"走啊!快走,小天山!别跟我一块儿待着!走!越远越好!"

他咬咬牙,把马臀上插着的刀猛力拔了出来。马痛嘶,跑开又跑回,围着主人跑圈。

时光瞪着,嚷嚷:"你想死吗?你想陪我一起死吗?"

芦焱和门闩在荒原上继续他们的搜索和追踪。门闩的脸色越来越难看。

门闩:"麻烦大了。这家伙已经不怕伤马蹄了,净挑着碎石子路走,这得生个狗鼻子才能找出他的踪迹。"

芦焱:"跟我说说时光。"

门闩:"他很爱马,现在他根本不怕马跑残了。因为屠先生说了要全力以赴,而跟马和他自己比起来,他更爱屠先生。其实他的信仰就叫屠先生。"

芦焱:"不是说这个。"

门闩:"你让我说什么?说他其实是我能说些日常话的唯一朋友?说我其实是他能发些对屠先生都不能发的牢骚的唯一对象?说这几年其实我们生死与共?说他其实为人磊落,是个让人看着开心的好小伙子?只是我只能看着他照着屠先生的意思,变成一条见风就长的毒蛇?说我其实一直在告诉青山怎么对付我的朋友,智谋上无懈可击,只好拿他很不讨厌的年轻和性情开刀?"

芦焱让他这通连珠炮给吓着了,愣了一会儿:"对不起。"

门闩:"对不起,我得在这么一小会儿扔掉过去的十几年,因为如果万幸能找着他的话,我还得跟他比狠。"

芦焱:"理解的。如果我也只有这么一个朋友,管他是什么……"

门闩:"你没有吗?"

芦焱愣了一会儿,想着诸葛骡子、他的学生,甚至古老板,"我有的。"

门闩点点头,沉浸在自己的回忆里:"他一直恨铁不成钢,觉得我是个不会做梦的人。他那样活跃的家伙总会觉得这个世界太僵死。"他苦笑,"其实,他的梦是屠先生,而我的梦和你一样。时光没说错,未来,就是梦与梦的战争。"

荒原上,两个重伤的人在月色下追踪一个伤更重的人。门闩跳下马,查看一撮带血的黄土。

门闩:"他果然没回两棵树,因为那样多半会被我们在路上截住。"

芦焱没说话,马鞍上的枪套里有一支马枪,他生涩地摸着马枪的柄。

门闩品尝着那撮血和土:"真他妈的滴水不漏。这是马血,不是人血,他在马上止过血了。我本来指望当人血变成马血时,就知道他在哪儿下的马。可现在他多半不在马上了。"他上马,"你是不是压根儿不会使枪?"

芦焱:"可以跟你一拼,你有多好,我就有多烂。并且这是我第一回追杀别人,以往一直是我被别人追杀。"

门闩:"翻身的感觉怎样?"

芦焱做了个苦脸:"一直在告诫自己别干傻事,不要掉头就跑。现在终于翻身啦,很不习惯。"

门闩哈哈大笑,震着了伤口,变成咳嗽和痛叫。

芦焱:"还好。"

门闩:"什么还好?"

芦焱:"你长了一张让人看着就不放心的脸。我满脑子都是你拿杆枪死活要在我脑袋上钻个眼儿的样子。所以能看你笑得不是那么皮里阳秋,很好。"

门闩皮里阳秋地冷笑:"皮里阳秋?"

芦焱："再问个问题。"

门闩："你是不是打算问到时光都忍不住跳出来给你解惑？然后我们趁机来个白进红出？"

芦焱："说到种子，没人觉得你才是传递真正种子的最佳人选吗？"

门闩愣一下，愕然看着芦焱。他正拿着枪，有意无意地对着他。

芦焱："对呀。只要到达你的手上，就能平安通过大沙锅、国统区，到上海，那何必我们这帮假货做这种前仆后继的牺牲？"

门闩沉默了到达芦焱耐心极限的时间，表情变得让芦焱感觉意外的苦涩。

门闩："……看来青山交给我的差使不光荒唐、费力，还不讨好。"

芦焱："没办法。被人追了几万里地的人，看见活的都会怀疑。"

门闩："外行到你这种地步，居然被人追了几万里还活着？"

芦焱："因为我一直在学着内行。"

门闩："我跟我党只有过几面之缘，跟青山只混过几个月，为屠先生效力倒有十几年——青山凭什么把要紧东西交给一个仅仅在名册上存在的人？他从哪里断定我心里仍然是红的，从未被漂白？我都不知道我现在是个什么。"

芦焱："那他还把我交给你？"

门闩："因为你无关紧要，不是东西，可以拿来做个试验。"他并不是刻意打击芦焱，"我和你都梦的同一个地方，可不是每一个人都会为他的梦做什么。而且我的梦跟实情离了多远？要到那里，我得先搞清楚自个儿，我还是北伐时那个梦着少年中国的革命军中马前卒，不是屠先生手下得力的参谋和屠夫。要搞清楚这个，我多半就已经……"

他不想再说了，策马在前，完全无视芦焱的枪口，而芦焱放下了枪。

芦焱："送死的人来了。"

门闩淡淡地笑了，淡淡地表示同意："种子嘛，都是要死的。"

断壑中，时光对着他的马嚷嚷："我现在不能死！那你就去死吧！"

他做了件很狠的事情，把刚拔出来的刀又插回了马臀上。马痛嘶，终于跑远。

时光唏嘘，呆望，然后钻进断壑下那种风化出来的土穴。他敞开了自己的衣服，从衣服里的某个暗袋取出整套的小工具，那也许是用来撬锁或暗杀之类的，现在用它来料理自己的伤口。他用一把小刀剖开了腹上的肌肉。用一把钳子加上刀柄的敲击，终于夹到了腹腔里的弹头。这家伙显然做过忍痛的训练，这个过程远比门闩痛苦，但时光的表情就像那块肉不属于自己的，仅仅在夹出弹头时抽搐了一下。他用工具包里的针线缝合自己的伤口，像缝一件衣服。然后他看着自己的膝盖，那是真正打击了他的伤口。门闩那一枪正中他的膝盖骨，膝上的软骨可能都已打碎。时光一筹莫展地看了一会儿，他手头的东西不足以治疗那样严重的伤。他把一根橡胶带束在伤口上方,然后再不管它。他用拳头击打洞穴上方的风化土,洞穴里像是爆发了一场小型的山崩。很快,时光和这洞穴一体了,即使把头探进洞穴也未必能发现这个被土半掩埋的人形。时光开始休息。

荒原上,黄土坎下蠕动着一团小小的影子。门闩和芦焱疾驰过去,在一夜的搜索后,他们也已经筋疲力尽。那是时光的马,时光给它造成的伤口已经让它再也不可能驰骋了,在这胡狼和盗匪横行的荒原上,它只能蜷在土坎下等死。

门闩的到来让它嘶鸣,它认识门闩。门闩铁青着脸,不让芦焱看出自己的心软。

门闩:"时光的爱马。时光做了天外山的老魁,给自己的马起名叫小天山。"

芦焱:"爱马?"

他阴郁地看着,世界上可能没有比一匹伤马更容易让人伤感的动物了。

门闩:"我们再也找不到时光了,他刺伤了他的马,让我们走错路。随便哪个断壑、地沟、土穴,他往里边一躺,来一整营人也找不到。"他茫然看着这漫漫的荒原,"据说他是屠先生在上海棚户区捡的,可我觉得他倒像是在西北生的。"

芦焱:"没马,重伤,很可能就死在你说的那些地方。"

门闩不屑:"知道你骨里狠。可这小爷时不常三九天里洗冰水澡,三伏天里一天只许喝三口水。他是里外狠,屠先生要培养的也一直是一个完人。"

他心情很不好,从干粮袋里翻出干粮向那匹马走去。

门闩:"天山,小天山。"

他喂那匹马,这是他唯一能为那匹马做的事情。

他离开那匹马的时候,芦焱从枪套里拔出了枪,瞄准。可又发现自个儿在这距离上开枪也不大有把握。

芦焱:"你能给它一枪吗?"

门闩:"不行。"

芦焱:"你知道它要熬多久才会死?说不定会被狼活吃。"

门闩:"你杀了它,就送了时光一个最好的路标。"他转身上马,"走吧,既然我们追不上时光,最好从现在就当时光已经在追杀我们了。"

芦焱下马,瞄,还不灵,又靠近,最后在五米的距离上开了一枪。门闩一直看着,没拦。芦焱回头,发现门闩的神情并非完全是责备。

芦焱:"人自己做的事,干吗让畜生陪我们受罪。"

门闩:"走了。"

他策马,芦焱最后看了一眼小天山的尸体,跟上。

时光藏身的地方已经没人了,土穴里有人躺过的痕迹,一条稀疏的血迹伸向远处。

时光在荒原上跋涉,芦焱曾经这样走到两棵树,时光走得比芦焱更加艰难。他的左脚已经完全废了,血也不再流了,死命的捆绑大概已经让他的脚坏死,苍蝇叮在上边。他用清醒至极的眼神辨认着方向。

犬牙一样的风化山壑,干得像炭,利得像刀。门闩策马在前边,筋疲力尽昏昏沉沉,芦焱在后边看着这险恶的地形,强打精神,目瞪口呆。

门闩回头,有气无力看他一眼:"我说,下来吧,再不换马就又要有两头牲口给咱们陪葬了。"

芦焱:"我、我扶你。"

芦焱下马,并且他是自认没负重伤的一个,摇摇晃晃还抢过去扶门闩,结果是和门闩一起栽在地上。

门闩干笑:"死鸭子……不不,风干的鸭子还要嘴硬。"他先没管芦焱,而是给那两匹已脱力的马解掉了缰绳,"走吧,自生自灭去吧。"

他扶着芦焱换乘,芦焱的状况实在比门闩还要不堪,两人推推搡搡上马的动作实在像是一对醉汉。

芦焱:"我没、没事……我们要去哪儿?"

门闩:"黄草甸,看得见草的地方。"他干脆拿绳子把芦焱绑在马上,"真想让你和那几头牲口一起去自生自灭。"

芦焱:"去……吃草?"

门闩:"有草的地方,有青山。"

芦焱清醒了一些:"青山在黄草甸?"

门闩给了他一下,只管把绳子打了一个死结:"他怎么会在黄草甸?这不过是我的修辞……你这个一路上嚷着要照顾我的白痴,别再掉下来了。"

他牵着芦焱坐骑的辔绳上马,动作已经分外艰难。

芦焱晕头转向地嘀咕:"原来青山在黄草甸。"

门闩:"他不在黄草甸……你学过国语吗?"

黄廓县的铁路上,车头和车皮仍然了无生气地停在原地,已经没有那么些人了。青山失踪了整整两天,搜索圈已经远远超过黄廓县的范围。远远的屋上和地平线上,仍然留有人看守。

一个让人昏昏欲睡的下午。车皮边头目那天早上摔掉的羊肉泡馍还在,蝇蚊阵阵,已经干硬。车底下掉下一滴水滴,是汗水或别的什么,迅速蒸发了……

门闩和芦焱在山壑间行走,就像在野兽的齿缝中行走。门闩也已经很难支撑,在马背上两人并骑,互相依靠。

芦焱："你挑的什么鬼路？"

门闩："还真就是鬼路。"

芦焱："……去鬼门关的路？"

门闩："对走惯了官道的人，这路去鬼门关。这是匪道，真正的亡命之徒才敢走。"

他望着山壑之上人影闪动，晃动着向他们瞄准的枪口，苦笑。

门闩："哪怕你有一丁点本事，我们也能把他们杀光，可我一个人对付不来那么多。"

芦焱："哪里？哪里？"

门闩叹气："你连人都找不着。"他举起枪大喊，"天外山过路，逆着来只管放枪，顺着的弟兄赶紧现身！"

还真现身了。几个破衣烂衫的土匪出现在山壑上，拿着枪，喊山一样嘶吼。

土匪："听说黄沙会被老魁点啦？"

门闩喊回去："好说！你们以后再见不着高泊飞啦！"

那头迟疑中面面相觑，然后一个个把枪放在地上："三枪会的人，从今往后，只服天外山一个字号！"

门闩松懈："真正的狐假虎威……"他回头，愣了一下，破口大骂，"你个孬屄！"

芦焱在摇摇晃晃中又一次掉下马来，这回是昏过去了。

当看见两棵树的远影时，时光的忍耐力也就到达了极限，那支掌心雷里还有几发子弹，他打光子弹，倒下。枪声立刻被塔楼上的枪手听到，鸣枪示警，迅速就有两骑飞速驰来。他们持枪警戒着，直到认出地上这个不成人形的东西是他们的首领。

找到他的人一边向空鸣枪："是老魁！老魁回来啦！"一边扶起地上的时光。

他们试图给时光喂水，光是干渴就足以要了一个壮汉的性命。时光在水袋刚沾唇时推开了，他清醒得不像刚自死亡线挣回来。他看了看手下身后更多向这里驰来的骑手。

时光："去抓门闩。死活不论。"

一副应急赶制的担架担着时光向镇里去，四周簇拥的手下几乎把他遮没。五骑一队的天外山散向荒原深处，那是去抓芦焱和门闩的人。

芦焱在荒原上做着噩梦。他被横担在时光的那匹小天山上，仰躺着，腰在鞍上，头脚两端，要多难受有多难受的姿势。

小欠正兢兢业业地在他手上拴绳子，绳子一头拴着沉重的石头。

芦焱："欠老板，你搞什么？"

小欠："老爷还要点什么？"

芦焱拼命地抬头看脚那边,门闩在拴另一块石头,神秘地看他一眼。

芦焱:"……门闩?"

门闩:"白痴别吵,我在用刑。"

有人在身后敲他的头,芦焱拼命把头拧转,看见了时光,他正拿棒子敲他。

时光:"连共党都不是的红先生,刺杀未遂的芦焱,和一颗假种子——你的人生真是一片空白。"

芦焱挣扎,但忽然从徒劳的挣扎中清醒过来。

芦焱冷静地:"不可能,你好得没那么快。我在做梦。"

……当芦焱醒来时,他仍旧是以那种极难受的姿势横担在马上。首先是草,芦焱第一眼看到多少年没见过的草,几乎惊呆。草叶在夕阳下的光芒,让芦焱第一眼就明白了这里为什么叫黄草甸。

芦焱:"草?"

门闩:"草你个屄,嚷着要照顾我的人自个先烧成了活鬼。"

门闩的脸遮住了夕阳的光晕,他抓了一大把不知道是什么草的糊糊糊在芦焱脸上:"脱水都脱成风鸡啦……为这么个半死鬼活死人惹上时光,一辈子的亏本生意放在一天做啦。"

芦焱有气无力地看着一个倒过来的门闩:"门闩,你这是在给我上刑?"

门闩:"对呀,大刑伺候,你招是不招?"

芦焱苦笑:"果然还是看错了你。"

门闩纳闷:"……搞什么?"他转身向着芦焱看不到的画外,"努桑哈!这真能治好他?我觉得也像用刑啊?"

一个家伙跳进芦焱的视线,他在嚼什么,又把嚼的东西吐到手上,那就是糊在芦焱脸上的东西。他又丑又怪,用极快的语速向门闩抱怨。

努桑哈:"他是死的嘞!你拉他过来就是死的嘞!咱老子也不想管,帮你挖个坑埋了他埋了他!"

他在很重的口音里夹着莫名其妙的用词,听起来简直不像汉语。

门闩:"放你老子的老狗屁!"

努桑哈:"你个老狗屁里崩出来的!"

芦焱昏昏沉沉地看着俩家伙动手推搡,幸好门闩还记得回头照应他。

门闩:"他说这样行你就再委屈会儿。努桑哈他爸是汉人,了不起的是他妈,自己都搞不清楚自己是哪族人。对,他叫努桑哈,蒙古语是肮脏的意思,不过他更喜欢别人叫他杂种。"

努桑哈一脚踢上了门闩的屁股,不为杂种的称谓,只为延续方才的斗殴。

芦焱还搞不清楚是非:"他是……天外山的人?"

门闩:"他呀？天外山要是他这样屌,老子一个人就给灭啦！有货时为商,无货时为匪——狗屁一个而已。"

芦焱在那两个人的撕巴中,以那个极不舒服的姿势睡去。

时光被簇拥着抬进教堂,他的负伤倒让这镇子一扫平日的死气沉沉。似乎整个镇子都在关心着他,或真或假,至少脸上有动容的神色。时光漠然,在所有人面前保持着清醒。

一个天外山手下从抬时光进饭店的人群中分流出来,飞奔过整条街道,他这趟冲刺的终点是军营的大门。重重一脚踢在军营的大门上:"给我们最好的医生！"

时光瞪着房间的穹顶,汗水腌到了眼睛里,手下帮他擦去汗水。被强召来的那名军医正在拆掉他伤口的缝线,时光很平静,但肢体的痛苦让他无法静下心来。

时光:"急电先生,如下——"

门闩已不在了,记录者换成了九宫。

时光:"门闩反水,伤我,杀四人。我死难辞咎,但请先留一命,办完几件大事后再杀。又,门闩潜藏十数载,却因疑犯何思齐而反,他与青山孰真孰假,盼先生定夺。"

九宫径直拿了电文去发。时光靠在床上发怔,军医很不利落的手法带累得他抽搐了一下。

手下:"你长的是蹄子吗？"

军医:"是是……不是不是。"

时光:"伤口怎么样？"

军医擦着汗:"先生您自己缝的？大热天都化脓了。"

手下:"那就治好,否则你就准备分成五瓣回你们驻地吧。"

那名军医吓得手又一抖,时光也皱了皱眉。

时光:"治不好跟你有屁关系？治不好也是冤有头债有主。腿呢？"

军医:"……先生您这腿在两棵树是铁定没法治了,骨头都打碎了,您先生又绑得太狠,血倒是止住了,可腿坏死了……"

时光:"没治？"

军医:"赶紧去西安,那里有大医院和好医生,总还有五分希望吧？"

时光:"要治多久？"

军医:"连治带养,少说三五个月。"

沉默。时光看着自己的腿。

时光:"我说你怎么瞄腿不瞄脑袋呢？"他一脑袋撞得连床带地都在震动,"门闩你好算计啊！"

芦焱在晕沉中被人推醒,他先看见门闩,然后看见帐篷外边的星空。这是努桑哈的家,或者说努桑哈从来就没有家,他的家就是跟着整队畜生迁徙的帐篷。

门闩:"好点了?"

芦焱发现他不再被以匪夷所思的姿势绑着了:"你……到底是白是红?"

门闩又好气又好笑,顺手给了他一下:"我就白你个屁!"

芦焱疼得鬼叫。

门闩于是找到了答案:"看来是快好了,人大病将愈时痛感特别敏锐。"

芦焱:"原来你真在给我治病? 正常人只能想到用刑。"

门闩:"因为你每天都在想着被屠先生大刑伺候吧,又碰上努桑哈这么个真真正正不正常的大夫。"

芦焱:"努桑哈呢?"

门闩:"搞破鞋去了。"芦焱的古怪表情让他补了一句,"他自个儿的原话啊。"

芦焱:"这鬼来了都要哭死的地方,还有……破鞋?"

门闩:"有啊。"他挤挤眼,"轮子上,马车店。"

两个男人总会为了这样完全不好笑的事情诡异无比也豪放无比地大笑。

芦焱:"你……光顾过?"

门闩:"去过,可我分不清人跟马。"

他们又一次怪笑。尽管这样笑要牵动他们浑身每一根快散掉的筋骨。

芦焱:"努桑哈搞到的破鞋一定长得像他的鞋子一样。"

他们又一次怪笑,但这次因为疼痛而不敢笑得那么浪了。

平静下来的芦焱用一种神往的语气:"努桑哈,是同志,还是朋友?"

门闩:"十几年来我身边没有同志,从昨天开始我身边有了你一个同志。我跟努桑哈打交道是因为连马匪都不屑和他交往,他也不屑搭理任何不搭理他的人。努桑哈肮脏,丑陋,粗俗,但是骄傲。"

芦焱因此而想起了诸葛骡子:"明白了。"

门闩:"跟你说这么多努桑哈,因为往下你要跟他打交道。他带你走走私贩子的秘道。你还是要去上海,那是你该去的地方,然后你会知道该做什么。"

芦焱:"青山……不是已经到上海了吗?"

门闩又给了他一下:"谁告诉你青山已经到上海了? 是你想着青山到了地方你就好自在逍遥吧? 他绝对不会在我们能想得到的地方——那家伙在十几年前就被人叫作妖狐,臭名远扬。"他下面这句话证明他对青山绝非像面上那样充满厌恶,"那家伙老了,可还老当自个儿年少轻狂。照顾好他。"

芦焱:"你呢?"

门闩:"还不知道。"

芦焱:"不知道?"

门闩:"我要好好想想我这半辈子。"

芦焱犹豫了一下:"……就是说我再睁开眼,你说不定又成了时光的骁将。"

门闩绷着脸:"很可能。"然后他笑了,"其实我更想扔了你自顾逍遥去,青山要打的这场仗我压根儿没看出赢的可能。你不知道这些年我多想要一个自在。"

芦焱:"我也想——但是我该闭嘴了是不是?"

门闩:"对,把你的命暂时交给我来决定。"

于是芦焱在困乏中沉沉睡去,他睡前看见的是门闩在火光熊熊中怔忡的侧影。

教堂,九宫在门外窥探沉睡的时光,他拿着电文纸犹豫不定。

时光自动醒了:"如果是门闩,就会把我叫醒。念。"

九宫:"先生回电:门闩之事,其罪在我,因此请死,不如往我脸上扔泡狗屎。青山的危险,因为他是青山,是不是种子已经不再重要。又,安心静养,诸事我自会料理。"他放下电文纸,自个儿也因这些用词有些讶异,"先生命令完全按他口语,所以……就是这样。"

时光:"知道了。"

他沉吟着,慢慢体会着那几句话的深意以及情谊:"自会料理是什么意思?先生要上与元老角逐于朝,下与若水会战于野?先生从民国十六年被红先生行刺未遂后就再不公开露面,现在倒要因为我辈的无能出入日占上海?"

时光很淡漠地做了一个决定,尽管这淡漠压根儿是出自狂热:"医生呢?"

九宫:"在外边。"

时光:"叫过来。"

九宫打了个响指,那名睡眼惺忪的半吊子军医立刻被一名手下押了进来。

时光:"截肢是不是比养好这条腿更快?"

军医愣了一下:"那看怎么说啦……"

时光:"实说!"

军医:"咱们西北军跟红军打时,有头天截了腿二天就跟着行军猛进的……"

时光:"西北军这么勇?"

军医:"真是没什么瞒得过您老,其实是撤退逃命啦。"

时光:"你截过肢吗?"

军医:"行伍的人,这肯定是干过的。可是……"

时光:"东西齐吗?"

军医:"营房里这些东西倒是都有。可是……"

时光又打断他,看着自己的伤腿,很想决绝,终于还是轻轻抚摸了一下:"锯了。"

军医:"可是……"

时光把一支枪重重拍在床头,不光是冲军医的,他同时用危险的眼神扫了一遍他的手下,让起自九宫的每一个人都欲言又止了。

时光:"带他去营房拿家伙。"那名军医立刻被带走,时光揉了揉眉头,继续下他的命令,"去给我弄条假腿。给先生去电,我睡醒后立刻追捕青山……哦,不,我醒后再发这个电文,否则我会先斩后奏。还有,抓门闩和何思齐的人去了几队?"

九宫:"七队。"

时光:"调五队跟我协助搜捕,剩下两队找不到也不用强求了。我醒来前你们要做好离开两棵树的准备。"

九宫:"是。"

时光:"我要睡了。"他怔忡一下,再次看看自己的腿,"这个手术会很费精力。"

然后他真睡了,至少是一副睡了的样子。九宫怔怔地看了他一会儿,出去。

报务员瞪着一双血红的眼睛,拿着电文纸上来找人。当他们在时光卧室门外看到九宫时,怔了一下,因为多年来他习惯了门闩。九宫和几名天外山的得力干将站在门外,眼里更多的是对那虚掩房门里事情的关心。

报务:"九宫?"

九宫嘘了一声,声音轻到几不可闻:"刚做完麻醉。正在手术。"

报务:"他们在大沙锅西北角找到被枪杀的小天山,第四队已经追去黄草甸。"

九宫点头,然后他们继续等待。

房间内,军医拿起消过毒的锯子。看着已经被麻醉的时光,他自己倒先抖了起来。枪机轻响,时光派了监督手术的天外山帮徒抬起了枪。军医拿着锯子走向时光。

黄草甸,门闩抱着他的枪坐在帐篷外,他已经这样枯坐了一整夜。

黎明前最黑暗的那一瞬时,门闩的神情阴沉可怖,透露着一个长年从事杀戮的人必有的算计和心机。旭日初临时,他的表情渐渐柔和、怀念、感伤、微笑,这些人类正面的东西浮现他的脸上,最后他终于变得开朗。

门闩起身,举起他的枪迎着旭日,发出狂野的呼号。搞破鞋归来的努桑哈遥相呼应,那是真正狂野的声音。

芦焱惊醒,即使以一个门外汉的眼力,也看出进来的门闩已经不是昨天那个忧郁而缺乏行动力的人,现在他更像一个热爱征伐并且渴望死亡的远古战士。

门闩:"你什么也不是。"

然后他往他的枪里压进一个弹夹。

芦焱闭上眼,苦笑:"你还不如昨天就费了这颗子弹。"

门闩:"我也什么都不是,因为你我的事情都还没有做完。我一直在想我这半辈子做过的善与恶,可我怎么也想不明白。后来我明白了,我当年应承了要做的事都没做完,人怎么可能对一件半途而废的事有个明白?"他郑重地向芦焱宣告,"我要去做那些被我扔了十几年的事。没做它之前,我不知道自个儿是什么,做完之后,我就能知道自个儿是什么。"

芦焱瞪着他:"你要去做什么,门闩?你像个疯子。"

门闩因这个评价乐了:"疯子好啊,我很多年没疯过了。不必多说,这个世界上会算账的人太多了,于是烂事也太多了,现在,在这一堆烂事中我要让你看一件有趣的事,我要让你看一个人如何为他最初的理想而死。"

芦焱:"你到底要干什么?"

门闩兴高采烈地推了他一把,还没恢复过来的芦焱躺在铺上爬不起来。那家伙立刻就出去了。芦焱也冲出帐篷,正好看着门闩在呼哨中远去,而门边的努桑哈以呼哨应和。这位爷不在乎懂不懂,只是绝不放过任何一个热闹。

芦焱大叫:"如果你真打算让我感动,能不能至少说清你要去干什么?"

门闩早成了一溜扬尘,只剩下一个努桑哈不怀好意地围着他转,嘿嘿地笑,那眼神绝对是在掂量肥瘦,而芦焱也没法不发毛。

芦焱:"你好,努桑哈。"

而努桑哈的回应是一搭芦焱的肩膀,把他摔了个跟斗。

芦焱:"这是干什么?"

努桑哈:"打招呼,我们蒙古人的你好。"

芦焱爬起来之后他还是绕着芦焱转,来搭芦焱的肩膀。

芦焱:"你好只需要说一遍!"

他又摔地上了。

努桑哈:"塞努!我们蒙古人说你好,"他把芦焱又摔了一遍,"就这么说,塞努!"

芦焱被他摔惨了:"你到底图什么呀?"

努桑哈:"你的朋友把你卖给我啦。他说,我可以把你随便怎么着。从这里到你们汉人的地方,我想怎么样就怎么样。"

芦焱:"卖?"

努桑哈:"对啦!没看见他骑走的马是我的吗?你们的马都累垮了,他拿你换了一匹马。"

芦焱愣了一下,抢到高处对着就要消失于地平线上的门闩大叫:"明明可以拿我去邀功请赏,你倒拿我换一匹拿来逃命的马!你有病啊?"

努桑哈又一次把他摔倒了,让芦焱的吼声成了惨叫。

门冈疾驰，奔向大沙锅的山壑，这是门冈和芦焱遇上三枪会土匪的地方，只是那些土匪已经走了，一片杳无人烟。门冈在这里勒住马匹，下马，从鞍袋上卸下自己的那整堆零碎：枪是必定的，大块与黄土同色的布，土色的斗篷，长着斧刃的镐，德式的工兵铲，自造的两脚射击架，整串的捕兽夹子……总之几十公斤谁也搞不清他要干什么的玩意儿。然后他开始艰难地攀登眼前的枯山。

努桑哈的帐篷边，一支小小的马队正在上驮子，整辔，他们在准备出发。但那几位爷实在很难看出干活的意思来，他们用了十分之九的时间来摔跤、打闹、弹马头琴、喝马奶酒和忽然躺在地上大哭大笑。别问这些事之间有什么联系，他们不需要所谓的联系。身为老板的努桑哈居然是滞工最严重的一位，他连别人偶尔去整一下鞍子的动作都没有。

芦焱正为自己换上新衣服，那差不多是整张原装的老羊皮，该用扣子的地方基本上用的绳子，连诸葛骡子的衣服跟这相比也像是礼服。他有一个很开心的发现：把他摔得苦不堪言的努桑哈在这群人中属于有人一伸手他就得倒的主儿。

努桑哈终于吃不住摔，"干活干活"地叫嚣着走向芦焱，作为必须要有的招呼他又一次把芦焱摔倒。

然后努桑哈开始评论："你们汉人最懒了，我们的马队都收拾好了你还没有穿好衣服。"

芦焱："第一，你们的马队根本就没收拾好；第二，你们根本没有干活；第三，你给我的衣服至少要系三十根绳子，而扣襻已经发明几百年了。"

努桑哈："我不知道你说的什么，不过摔你肯定是没错啦。"

为此他又打算把芦焱摔一把，但芦焱这回躲开了，一边忙着系上最后一个绳结，一边跑过去干努桑哈要求他干的活。

努老板跟在他身后嚷嚷："别干啦别干啦。有傻子来干啦。"

于是连偶尔有之的对付都没了，几个人在一边爱干吗干吗，除了任何正事。芦焱没心去计较这个，只管把麻包往驮子上装。努桑哈真心实意地帮着倒忙，"干活干活"地嚷着，在芦焱本来就不堪负荷的麻包上加上更多的麻包。麻包里的东西滚在地上，那种拳头大的油纸包芦焱在数年前就在一棵树熟悉过了。

芦焱："这是什么？"

努桑哈毫无障碍地："药啊，包治百病的药。"他向他那帮皮酒袋子永不离手的伙计笑着，"不过治不了咱的喝酒病。"

芦焱："这是鸦片！"

努桑哈："是啊，红脑壳禁烟禁得这东西在大沙锅都卖不出钱来了，我们就把它弄到别处去卖了。等卖完了就连你也是有钱搞破鞋的人了。"

芦焱："去哪儿？"

努桑哈:"先过了黄河再说,当然是没有红脑壳的地方,那烟土才卖得出钱。"

想起种子们费多大劲到底图个什么,芦焱忍了下来,甚至强忍着厌恶把那些鸦片装回麻包里,只是他把麻包装上驮子时又发现个问题——马屁股上打得有印。

芦焱:"这是军马!抓住了就得砍头!"

努桑哈很无所谓:"怎么会呢?贩烟土抓住也得砍头,我又只有一颗脑袋。"

芦焱:"又是鸦片贩子,又是盗马贼,生了多少颗脑袋也不够砍呀!"

努桑哈不高兴了,倒不是因为被芦焱说,而是不耐烦了。他拿马鞭抽芦焱的屁股:"喜欢你干活,还有摔跤,不喜欢你说话。"

芦焱忍无可忍地把正往驮子上摞的整摞麻包推到了努桑哈头上。努桑哈很惨,不光摔了,还被麻包压着。努桑哈的伙计们大笑起来,笑得最响的是努桑哈。

伙计树海:"努桑哈还说他找到一个他能摔倒的人!哈哈,除非是个女人!"

努桑哈:"他不是个女人,可我真的摔倒过他。"他在麻包下边挤眉弄眼,"树海你不试试吗?"

芦焱发现大事不好,因为这回过来的是树海,一个膀子比他大腿还粗的家伙。他东张西望地想找个去处:"除了摔跤和喝酒还有很多有意思的东西……比如说,树海,你为什么叫树海?你的家乡有很多树吗?"

树海不上当,并且芦焱的忽悠对他也太复杂了点,他只管向芦焱逼近。

努桑哈:"就因为没有树才叫树海。你很笨,你爸妈就会给你起名笨蛋么?"

树海已经把芦焱揪住,与其说摔,不如说是把芦焱拍在地上。

努桑哈:"给他见面礼!树海,给他见面礼!"

几个混蛋全来劲了,把芦焱压得动弹不得。

树海一掀皮袍子就往芦焱头上坐:"放个屁给你吃!"

芦焱惨叫:"你怎么不穿裤子?!"

树海:"马鞍磨烂树海的裤子,树海的腿磨烂了马鞍。树海为什么要穿裤子?"

他们开始折腾芦焱,芦焱的惨叫声在草地里传得极远。

芦焱:"你到底是个人还是个鼬啊?哪有说放屁就放得出来的!"

努桑哈的马队终于开拔,他们从刚开步就为玩忽职守付出代价——绑得松松垮垮的马驮子一路往下掉。走出很远后才有人在努桑哈的喝骂下回去捡拾——并且还没忘了拿着酒袋来上两口。

芦焱心急如焚地回望着大沙锅,再一次觉得所托非人。树海把芦焱拴在马屁股后边,把个麻包挂在他身上——他们是戏谑而非虐待。

树海拿酒袋在芦焱跟前摇晃:"喝一口,放了你。"

芦焱不理他,对着努桑哈嚷嚷:"你们是逃犯啊!能不能拿出个逃跑的样子来!这都走多久啦?我回头还看得见我们出发的地方!"

努桑哈："谁让你不喝酒？不喝酒就不准骑马，不骑马就走得慢，走得慢就掉了脑袋。我们这么多人，不是卖烟土死的，不是偷马死的，是被不喝酒害死的。"

芦焱豁出去大吼："酒来！"

他嘴还没合上就被树海的酒袋子给堵上了，芦焱被灌得翻着白眼，树海胜利地大笑，爽利地拔出弯刀，一刀砍断了绑着芦焱的绳子。

芦焱心疼得大叫："你们脑袋是不是朝下长的呢？有绳子绑我，没绳子绑货物！马身上的绳子连个酒袋都绑不牢，一件衣服上倒有二三十根绳子……"

树海很喜欢他叫，拿根烤羊腿把他的嘴封上了。那羊腿居然是从衣服里拿出来的，树海舔了舔，顺手把羊油抹在油光光的皮袍上。

树海："还要吃肉。"

芦焱恶心得想吐，但真嚼下去却惊着了。一边嚼羊腿一边打量着树海。

努桑哈得意极了："树海最拿手的不是摔跤，是烤肉！"

芦焱是真心认命了，啃着羊腿，望着身后遥远的地平线。

门闩在大沙锅的枯山之上忙碌：在必经的山径上放下捕兽夹，用碎石埋好；同时挂上连着绳子的空罐头盒；在山脊上用石块到处堆出用于射击和观察的垒堆，在这硬土碎石的地头这总算是个省事的办法；然后他开始为自己挖散兵坑，这事的艰难他早已想到，就算用上了有斧刃的镐，尘土飞扬中仍然只得一条浅坑。

门闩终于能趴在垒堆后使用他的望远镜。他没等多久，目标就出现了：远远的几道尘烟——天外山的追兵。他的望远镜倍率高过瞄准镜，他又看了一会儿那些杀气腾腾的旧相识，才换上他的步枪。

门闩从瞄准镜里看着旧相识们的脸和武器，他们早已进入了射程。门闩把瞄准镜里的同僚放近到已经能听到马蹄声，开枪。一名天外山腿上崩出一朵血花，栽下马来。

天外山的应变能力绝非黄沙会可比，一共五个人，剩下四个擎枪在手，由集中的竖队变成了分散的横队，乱枪已经开始呼啸。

"点子在山上！""是三枪会的孙子！早存着反心的！"

门闩再开枪，又一条腿被他废了。天外山明白他们也许搞错了对象。

"三枪会没这样枪法！也没这样的好枪！""是门闩！"

他们喊出这个名字的同时就开始溃散，三个冲锋的人不再开枪，而是在勒转了马头迅速撤离："山上的是门闩！"

门闩说手软也手软，说狠心也够狠心。他一夹子子弹一发没浪费，他要废掉剩下的三条腿，却一条人命不取，一匹马不伤，人喊马嘶中剩下的三个人连半个回环的圈子都没画出来就纷纷坠马。也都是些硬汉子，没一个哼哼的，追着惊马去了。

其中一个索性把自己袒露在门闩的枪口下，抱拳大揖："谢门闩兄不杀之恩！

兄弟来年一定为你多烧些纸钱！"

那是狠话也不仅仅是狠话,甚至还有点念旧情。

门闩叹着气换弹夹,因为他知道旧相识说的确是实情:"纸钱就不用啦。咱们杀的人太多,在底下有钱也没好日子过。"然后他大声喊,"鸳鸯炮,这点小事你用不着谢我,去谢那帮子日本哥们儿！"

鸳鸯炮顿时便深觉受辱:"难不成你威名赫赫的铁门闩竟然是条东洋狗？"

门闩:"这是哪里的话？我留你们五条命,是让你们去杀日本人。你倒说说,不谢他们你谢谁？"

鸳鸯炮哑然,脸色铁青地退后。连天外山的马都比黄沙会像样,五匹只跑了三匹,鸳鸯炮走向马和他的手下,一边从怀里掏出信号枪。一发信号弹升上天空。

门闩从望远镜里瞧着极目处升起的马匹扬尘,苦笑。

门闩:"见过大沙锅一样大的马蜂窝吗？我捅的这个就是啦。"

在门闩的望远镜里,第二组天外山来袭者被迎上去的第一组提示着,远在射程之外就下了马,然后爬行着向门闩迫近,伴以零星的射击。当子弹飞过头顶时,门闩开始转移阵地,在一个新的位置他开了第一枪,一个正在伏地射击的天外山手中了枪。

鸳鸯炮瘸着腿站在一边得意地大叫:"门闩,傻了吧？有本事你接着打腿呀！"

门闩一枪打瘸了他另一条腿,小声嘀咕:"是你的腿吗？还是你当我是神仙？"

第一批便被打瘸了腿的天外山被同伴扶进教堂,那自然是门闩的杰作,正被差来兼作罪证和信使。伤者自然会动静大点,他立刻就被九宫盯上了。九宫立在那里,与其说像雕像不如说像支着枪架的冷枪,他冷冷地瞧对方一眼。

九宫:"不准进去,时光还没醒。"

伤者:"我们在鬼路找到了门闩。我们这一队五个人已经全伤了,第二队正在跟他接战。"

九宫:"连接大沙锅跟黄草甸的那条咽喉道？那是一夫当关的地方,两头都是一马平川,退了就是个死——也是条找死的道。就他一个人？"

伤者:"就他一个。"

九宫迅速抓住要害:"不是你们找到了他,是他找上你们开打对不对？他这是舍了命护着那个何思齐过黄草甸呢！姓何的到底是个多重要的人啊？"

伤者便坦白了,说实话他也不觉得折在门闩手里是多丢人的事:"是的。他就守在山口,见谁打谁,只伤人不杀人,还嚷什么留我们条命去打鬼子。"

九宫的脸色很不好看:"狂人一个嘛。这样的狂人,多调几队人去收拾他！"

一名天外山反对:"时光不让动留驻的弟兄,剩下五队人都要跟他去追捕青山。"

九宫:"老手不让动,那就动新手吧。把两棵树站我们这头那些用得上用不上的全调过去,反正那样的地形,以他的枪法,老手和新手也没啥区别。"他看了看仍在犹豫的手下,"或者时光醒来,你去告诉他门闩骑在我们头上拉屎。"

那边再无话了,迅速出去。

时光醒来,屋里没有人。窗帘低垂,他几乎看不到外边的天色。

当一个人的时候,时光就露出茫然。他清醒得很,记得麻醉前发生的一切。

他仰天看了一会儿天花板。外边有人喊马嘶——那是被九宫调去围剿门闩的人马。他猛地掀开盖在身上的被子,左腿自膝以下空无一物。他不愿意多看一眼,盖上了被子。

他再度瞪着天花板,深深地吸气:"来人!"

候在门外从未离开过的九宫对所有人叫喊:"时光醒啦!"

所有人都在候命,虽然围剿门闩的人喊马嘶,但天外山所有的骨干一直在等待这四个字。他们拥上来时手里拿着时光在手术前所要求的一应什物。九宫等到所有人聚齐才一起进去,他不打算独自承受时光的怒火。天外山的骨干们站在屋里,目光很难不去瞄时光被子下空出的那一截,但立刻又将目光转开。

时光安静地坐着,靠在床上看着他们:"外边的动静是怎么回事?"那声音好像不是他发出来的。

九宫:"门闩在鬼路一人一枪把着道,不让我们进黄草甸。一队全伤,一队正与他接战。我调人去对付他。"

时光:"不是说五队人全跟我去追截青山吗?"

九宫:"五队人都在候命,调的是要驻守在两棵树的人。门闩枪一响就有人伤,却一个也不打死,还喊着留条命给我们打日本人。我怕就这样走了,于军心无益。"

时光沉默:"你做得没错。还有什么消息?"

九宫:"我们找到了你的马小天山,尸体——应该是门闩他们打死的。"

时光:"我打死的。把所有烂账归在敌人头上只会让我们误判。还有什么?"

九宫:"没有了。还是没有青山的消息。"

时光低沉地:"我睡了多久?"

九宫心知肚明,仍毫无必要地看了看表:"十七个小时。医生打了大量的麻药,他估计你得睡上三十个小时……"

时光的脸色顿时变得难看至极:"杀了他!"

九宫:"是。"他向一边候命的人示意,那家伙立刻要出去。

时光:"……算了,杀了他也追不回时间。先生有消息吗?"

九宫:"先生电文:闻之甚憾,好好休息。你舍得自己的腿,我可舍不得你这条胳臂。"

如果时光很少流露出他的温和,那么现在就流露了。他低下了头,不让手下看见自己混合了感动与感激的神色。然后他开始起床,竭力寻找一条腿的平衡。手下抢上去扶。

时光："如果这都要扶,我如何跟青山去玩那千里追踪的游戏？"

于是只能给他递上助力。他的手下唯恐办事不力,各型的手杖、拐棍准备了一大堆。时光看了看,挑了一根适合在城市里使用的文明棍。他能站稳,他一向有极好的协调性。可他觉得自己一条腿的样子实在是太丑陋了。

时光："出去！全都滚出去！一个也不要留,在门外头候着！"

所有人蜂拥出去。不知哪个蠢货忘了关门,于是大家站在门墙后,等着时光随时提出的问题。时光适应着一条腿和一根拐杖的自己,看自己的腿像看一个地狱。他试图扔开拐杖,但很快就摔倒,手下听着那倒地的声音却绝不敢来扶。

时光在重重地摔倒和爬起后终于决定接受拐杖："……我要的腿呢？"

九宫："已经送到了。时间太紧,是差劲的货色。医生说,最少等伤口长拢再用……我们可以抬着你……"

时光："如果可以抬着,那我何不留着两条腿让你们抬。拿来。"

拐杖就在外边的某个手下手里。九宫示意,那家伙拿进来,放在那儿,看都不敢看时光便退出来。

时光打开箱子,用毫不掩饰的憎恶看着那玩意儿："……这也算是腿的话……那我的车呢？"

九宫："都已经在镇上候命了。我们现在的装备够我们在上海这样的城市做我们的老本行,时光。"

时光瞧着手术前被挂在墙上的那些曾属于天外山老魁的行头："……那我们从现在起就再也不是马匪了。"

九宫："是的。你以后可以用的身份是涂陌,富商巨贾,黑白道通吃,和日本人和洋商都有来往。"

时光："我记得涂陌,这是我自己挑的名字……准备吧,我们离开两棵树。"

一套衣服放在桌上,从里到外,从内衣到大衣礼帽,细微到领带夹、戒指一类的饰物。这套衣服让穿它的人在全世界任何一个时髦角落也不显得过时。

时光坐在桌边,在手下面前脱得一丝不挂,开始穿戴他在另一个世界里的行头。

他的穿衣极为复杂,至少得有两个帮手,他全身的穿戴根本是无声杀人的行头：肘上的滑套里装着那支救了他一命的掌心雷,另一只手上的手表里可以抽出勒杀绳,手下帮他套上一支消音手枪的腋下枪套,一套用来自救的工具被放进枪套的附袋,皮带扣里藏着小巧的格斗刀,西装的衣领下藏着锋利的刀片。

时光张开双臂,让人帮他穿上大衣。一名手下小心地叠好他的围巾,因为里边织入的钢丝也可以让他杀人。时光戴上围巾,让手下帮他梳头。

快意恩仇的老魁彻底消失了,现在只有一个浑身都淬了毒的时光,一个阴郁的猎杀者。从外表看,他是一个富有但落拓的浊世公子,由于他已经装上了假腿,在旁人看来,他又成了个正常人——除了瘸得厉害,那条假腿让他痛得如坠地狱,只是他强自忍受。并且,他已学会了一件事:不去琢磨别人打量自己的眼神。

时光拿过手杖,在屋里适应他的腿。

剧痛,任何一个人都看得出来。但时光正在迅速让自己像个正常人——尽管每一步都疼得他像眼前绽开了一次爆炸。

时光:"走吧,扶我的以违令论处。"他苦中作乐地笑了笑,"早知道该留高泊飞一条性命的,现在两棵树要成个无聊的地方了。"

即使是一条腿他也是要走在众人前头,在这一点上没有任何人误会。

十

  一个小小的车队候在教堂外,它像现在的时光一样与这片黄土地格格不入,而它们将是时光追踪青山那双老腿的千里代步。
  九宫无时无刻不在为时光传递信息:"为免响动太大,我只挑了最精锐的人与车队随行,其他人在外围呼应。"
  时光:"这已经不小啦。"
  他的目光注视着两棵树的豁口,一队人马正从那里驰出,驰向荒原。而镇子深处亮着火把,还有更多的人正在集结。
  九宫:"是去征剿门闩的人。"
  时光:"不够。他有多少发子弹?你得派比他的子弹多一倍的人。"
  九宫并不是很同意,并且他听不出这是否挖苦,于是聪明地沉默。
  时光:"盖了戳的公文纸多的是。拿一份去军营,他们那些重机枪迫击炮什么的,对一个放冷枪的比我们好使。"
  九宫因为时光嘴角那丝坏笑不寒而栗,但他喜欢这个主意,低声交代,一名手下立刻去办。时光看了一下这镇子,虽然留恋,但再也找不着逗留的理由。
  时光:"走吧。"
  他的手下习惯沉默地接受命令,并不会有人山呼海啸地答应是什么的。
  他生硬地走下台阶,九宫为他开门,时光上车,九宫上车。
  一个手下从后边追出来:"老魁!"
  时光转过头,老魁这个名字已经让他脸色不好看了:"什么事?"
  手下:"你的腿。"
  时光看看自己的假腿:"怎么了?"
  手下:"切下来的腿,我们留着。要不要带上……总也是爹给娘生……"
  时光瞬间有些伤感,然后手枪响了,马屁拍错地方的手下抱着腿摔倒在地上。
  时光:"好好给他治。治不好就截肢,截下来的爹给娘生好好留给他。"
  他最后一眼看了看这个风沙茫茫的镇子,是否依恋就只有他自知了。
  他转回头时看见对面的小欠,小欠呆呆地站在店门口,被他看到时立刻如摁了某个开关似的鞠下一个大躬。

时光:"走吧。"

上车,汽车开动。时光淡漠地看着车窗外逝去的一切,他知道他再也不会回来了。

地平线上腾起的烟尘惊得门闩直翻白眼。子弹打在他跟前的石块上,崩起的碎片划伤了他的脸——第二队还剩下两个人在跟他耗。门闩翻身一枪,击中了那个来自侧面山峦的枪手,然后门闩滚在乱石后摸着脸颊喘气。

门闩:"你们搬来了整个阵地哎……至于吗?老子只是一个人。"

他没说错,新来的属于被九宫动员起来的第一批生力军,虽被九宫说成庸人,可庸人自有庸人的作为。他们立刻分散在任何足以掩身的地方开始射击,没地方藏的人便开始玩命地刨着散兵坑。现在,门闩稍一露头便要被十几杆枪招呼了。

门闩调整着呼吸,倒像在念咒:"这本该是打日本人的子弹,所以它打不中我。打日本人的子弹打不死我。"

他猛然蹲踞射击,感受着扑面而来的子弹,击中了第二队正面摸来那位的肩膀。门闩躺倒,看着追射而来的子弹在身后的山崖上刨坑。

门闩苦笑:"好啦门闩,现在你要对付的只有两棵树的人啦。"

黄草甸,马队终于歇止,荒原上跃动的火堆抚慰着劳作了一整天的人们——如果努桑哈和他的伙计们也算劳作的语。芦焱一手酒袋,一手羊腿,已经醉态可掬,于是指点江山。他每每间不容发地避开他那几位同伴的伸手抢夺。

芦焱:"喝酒吃肉摔跤。努桑哈说要扎营,我问努桑哈扎营做什么,他说扎营就是扎营。而我现在知道了,扎营就是喝酒吃肉摔跤,而我们一天都在喝酒吃肉摔跤……我很奇怪要我们脑袋的人怎么还没来?他们不喜欢喝酒吃肉摔跤?"

树海摔倒他,努桑哈合伙摁住他,抢走了他的酒。但他还有肉,他嚼着肉。

芦焱:"我顿悟了人生。好意是喝酒吃肉摔跤,恶意是喝酒吃肉摔跤,奖赏是喝酒吃肉摔跤,惩罚是喝酒吃肉摔跤,活着喝酒吃肉摔跤,死也要喝酒吃肉摔跤……我们汉人也说难得糊涂,用一团含混来对付人这辈子,这中间自有玄机……"

没人理他,都在喝酒吃肉摔跤。鉴于芦焱已经喝醉了,所以没人给他酒喝。

努桑哈大叫:"快没酒啦!"

顿时大乱。

芦焱:"怎么会没酒了呢?你这个老板怎么当的!"

树海:"他是坏蒙古人!驮子上装的是臭麻袋,不是蒙古汉子喝的酒!"

立刻,"奸商努桑哈""偷马贼""他从马背上摔下来""他赶过汉人才用的骡子"之类的指责响成了一片。

芦焱振臂高呼,如大泽乡的陈胜吴广:"我们扔了他的臭鸦片,回去装上喝不完的酒啊!"

民心所向,暴动的人们顿时快把努桑哈给淹了。

努桑哈死死护着他的驮子,向每一个人告饶:"回去你们也装不上酒!老子没有买酒的钱啦!努桑哈要是还有给你们买酒的钱,怎么会来学汉人做生意?老子还在黄草甸做努桑哈!"

那可真是大实话,众人哑然无声了。

努桑哈抓紧时机说服:"我们把那些臭麻袋换成钱,回来就有喝不完的酒。"

人们咽着唾沫,因他的画饼充饥而忘了……合理要求。

树海愤怒地大吼:"他把男人拿来喝酒的钱都给了女破鞋!"

人们立刻爆炸了,努桑哈被一道坍塌的人墙压在下边。显然,揍老板比揍芦焱来得有趣,这事上蒙古人和汉人没啥区别。芦焱从人堆里爬出来,瞧着这场至少有一半由自己引发的乱子,听着努桑哈的惨叫,揉着因酒劲快要炸了的脑袋。

后来他干脆转了向,看着自己已经走过的浩瀚土地。

芦焱:"……门闩,你笑话我吗?我羡慕得太早,这不是我能走的路。他们是野马,你是战马,我是什么?毛驴还是驮畜?"

努桑哈的惨叫和伙计们的怒吼中已经夹上了怪叫和大笑,这场讨伐已经像以往一样变成了逮着谁是谁的摔跤和胡闹。

大沙锅的山壑中,地平线上早早地燃起了火堆,人影幢幢,倒霉的门闩是被当作整支军队来对付的。

门闩抱着没敢离过手的枪,窝在自己挖的浅坑里打盹儿。长时间备战造成的疲劳,是他在死前必有的感觉。

他听见了罐头盒的响声。从瞌睡到猿起猱伏根本没有转换过程,他几乎与正从山石后摸上来的那几个人撞上。门闩开枪,用手枪把近在咫尺的那个倒霉蛋杀死,然后追射另外几个,让他们带着伤连滚带爬地从山坡上滚下去。

门闩冲着那些火堆大叫:"别再过来啦!你们害死我了,你们害得我杀死了你们的人!都是老相识,我不想杀!他不该这么稀里糊涂死的!我是门闩,我能在晚上打中一里地外的沙鼠!"

他缩回了山石后,他知道暂时不会有人敢来冒险了。

门闩苦笑:"吹吧门闩,明天这个时候,他们已经割掉你的舌头来泡酒了。"他看着已经渐临的星光,"时光你快来杀我吧,死在他们手上,我可真是觉得不值。"

车边终于不再腾起黄尘,时光的车已经接近了荒原的边缘。

车下辗出的声音终于平整了些,驾车的手下也看见了第一棵树。

手下:"总算是快有路了。"

时光坐在后座上,手里在玩着什么。

时光:"总算?换个人开。你心躁了,容易出事。"

车停下,副驾座上的九宫和司机换位。时光没下车,推开车门透气。

另一辆尾随的车也停下,那辆车上的电台一直和各处保持着联络。一名报务员赶上这辆车。

报务员:"时光,黄廓县回报,我们的封锁让当地运输完全瘫痪。搜索线已经延伸到华北和华东区,黄廓的车是否可以放行?"

时光:"放吧。"

他无聊地用手上的东西敲打车门,那是他的假腿。九宫偷偷地看了一眼。

时光:"你可以光明正大地看。先生说怕鬼就要瞪着鬼看,大不了你和它成了同类。我怕看它,因为厌恶它,所以我不光要看它,还要拿它当玩具。这样,我赢了它。"

九宫没发表任何意见,只是把准备好的药瓶递过去:"止痛药。"

时光吃药,他一直很平静,我们从他服药的剂量看出他一直在忍受的痛苦。

黄廓县铁路,追踪青山的队长从调度站的灯光下走过,折腾这么多天,他已经是胡子拉碴不像人样了。他劫后余生地看着这个调度站。

队长:"救苦救难大慈大悲观世音菩萨!幸亏时光接手了,我现在真心觉得他是普天下最好的人。"

手下:"队长,捡回来的命,今儿喝个半死不为过吧?"

队长:"不要吃羊肉。"

手下:"这地儿不吃羊肉就只好吃素了。"

队长:"至少不要羊肉泡!"

手下:"这倒成。"

调度站长从后边赶上来:"这几节车皮也放行吧?头几天它们就该出站了!"

队长看看站长说的车皮,他摔掉的羊肉泡馍仍在车皮边。

队长:"放,放!完事大吉!"

他和他的手下干脆跪在铁路边磕开了。调度站长看着他们,擦着汗走开。调度站口,红灯熄灭,绿灯闪亮。车头在对轨,和车皮撞接。车轮转动。

一个人从一条缝隙里的主观视觉:他看着那个破碗离开他的视野。

荒原上,被臭扁过的努桑哈几乎看不出鼻青脸肿,因为他老兄本来就里倒外斜。这位马队的领袖一点看不出气馁的样子,嚎着他蒙汉混杂的歌子,吆这个喝那个。他的伙计们传递着他们最后的那点酒,一个不落,只是到了他的时候就存心错过,递给芦焱——这时努桑哈真露出了掩饰不住的气馁。

芦焱现在清醒得很,不但清醒,还承受着宿醉,他一滴没沾就让给了树海。

但是芦焱转过头时,露出了迷醉的神情:地平线上,一棵树,仅有的一棵树。

纵马狂奔对芦焱来说太难了,他下马,跌跌撞撞跑了过去,后面的一帮人莫名其妙地看着他抱着树大哭大闹。

芦焱:"树啊!树啊!有树了!你们看见了没有?我们走出大沙锅了,走出黄草甸了!怎么连看都不看呢?你们别走啊!树海,你不是叫树海吗?"

一个个懒得搭理他的人从他身边过去。

树海:"疯子。树海是心里的树,草原上都长的树,你要我的马饿死吗?"

芦焱以他们无法理解的情绪抚摸着树干。

两棵树,军营,空旷一片。一辆卡车停下,就是当时载走青山的那辆车。

跑路的连长大人归来:"回来了回来了。弟兄们吃糖!哈,喜糖!搓了好几天麻将,你说老子命硬不硬?带的本钱来个对翻!"

他这时才发现他的军营几乎是空的镇子也几乎是空的。在天外山的调遣之后,偌大的营房只剩下几个老弱残兵。

连长:"人呢?老子的兵呢?就算炸了营也不止这么几个呀!"

士兵:"都被天外山的人调去剿匪了。"

连长:"被土匪调去剿匪?"

话音未落便劈头着了一下,被九宫留驻的天外山友好地向他点了点头:"你接着说。"

连长不说了。天外山向连长的手下示意,几个老弱残兵开始给连长披挂武装。

天外山:"前沿吃紧哪,需要连座大人前去督战。"

小欠在店里看着连长被生生架上马,被天外山押着往荒原而去。偌大的镇子只剩下几个无所事事的老弱残兵和连长坐回来的卡车。那几位正跃跃欲试地想去教堂捞点便宜。

小欠:"一个时光就带走了这里所有的厉害角色,连丘八都被调去打门闩了,这个鬼镇子已经没什么留人的东西了。"

他的父亲在那里烧火,恍若未闻。

小欠:"这里的事情以后就交给你了。"

欠父没回应。

小欠苦笑:"是啊,一片被时光打得什么也不剩的地方,又有什么好操心的?你只管这样傻着,能保住条老命就是了。"

小欠出去,走过三角地,恰巧与那几个毛着胆子不敢进教堂的兵打了照面。

　　小欠:"军爷,只要那几拨人没回来,这几天你们就是两棵树的王了。"

　　士兵探头探脑,有口无心:"好说好说。"

　　但他们还犹豫着,实际上他们不敢进去,跟小孩子不敢放炮仗差不多。

　　小欠:"里边没人了,好东西倒不少——怎么不进去?"

　　士兵:"进啊,除非在里边待过的人都死绝了。"忽然醒过神来,"见谁跪谁的欠老板啊,你怎么不进?"

　　小欠:"进啊。我有东西放在里边,正要拿回来。"

　　士兵哂笑:"你进你进。"

　　他们目瞪口呆地看着小欠一反平日衰样,踏上教堂的台阶,看着他们笑了一笑,进去。教堂里空无一人,天外山没收拾他们留下的一切痕迹。实际上驻守者还会回来,带着门闩的尸体。

　　小欠走进先后属于高泊飞和时光的房间,屋里的一切让他浮现出淡淡的恶意的笑容。他走向屋角,打开一块暗板,露出一个天外山从未发现的暗格:属于城市的着装、枪支、钱币、证件,一应的暗流道具,足够让他出没于文明世界的一切。小欠脱去了他膻臭的羊皮袄子,开始换装。

　　那些西北军还在教堂外探着脑袋,不敢进。小欠出现于教堂门口——一个提着皮包,出没职场的中层员工,如果不是正在收好他的枪,几乎看不出他的杀气。西北军后退,毕竟在这个镇上他们什么怪事都见过了,而小欠倒驻足,向他们招手。

　　小欠:"当然,我是若水先生的手下,高泊飞不过是我的挡箭牌。"那边不过来,他就走过去,"托你们转告时光的话,一定要听清,否则他生起气来,你们吃不消。谢谢他一直不遗余力,为我查清谁是真正该追的人。但他还是太嫩了。"

　　然后他走了,走向连长乘回来的那辆卡车。司机一直坐在车上,倒像个假人。

　　小欠:"走吧,三棱。"

　　三棱,若水安插在西北军的内线,平淡地说:"你这样现身,就再也不能回来了。"

　　小欠:"再也不用回来了。"

　　他上车。车子驶出几乎无人把守的关卡,被他们轻轻撞开的拦木在路边滚动,几个受惊的西北军忙赶向军营去报信。

　　卡车行驶在荒原上。小欠把属于暗流的零碎一件件归位。三棱面无表情地开着车。

　　三棱:"你扳回了一城,可我们在大沙锅还算是惨败。"

　　小欠:"败,但不惨。我们没能力在每一个地方跟屠先生的人拉锯,高泊飞在效忠先生的心思上又有些松动,大沙锅水贵,可该洗的澡还得洗。"

三棱并不想去细谈一个同阵营者的死亡:"我们这是要回上海?"

小欠:"上海才是值得我们豁出去身家性命的战场。不过你我要先绕个道,去找那位何思齐。他才是真正的种子,拿到那东西能让先生在决战中占些先机。"

三棱:"为什么不是那位老奸巨猾的青山?"

小欠:"不会是他。青山也是要赶去上海决战的人,一个要去打仗的人怎么会把易碎的瓷器放在自己身上。"

他望着车外远离的两棵树:"很多年没回去了,日本人占着的老家上海变什么样子了,真想知道。"

三棱终于不再是那张公事公办的脸:"好在嫂夫人和公子还好。"

小欠:"好在还好。"

某城郊,看似一个中等人家的住处,周围没有别的住家,时光的两辆车停在门外。这里已经不是西北那片黄土了,有了树和很多植物,周围看起来青翠很多。

天外山的人们出出入入,两名手下站在门口警戒。

一只手杖戳着自己皮鞋的鞋面,很用力,百无聊赖甚至带着仇恨,如果那鞋下边真有只脚,一定会很疼。然后那只手杖开始敲自己的小腿,仍然很用力,发出金属与木头的撞击声。正在译码的手下回头看了看,神情古怪。

他们的头儿时光正不耐烦地戳在那儿等待着,拿自己的一条假腿出着气,他本来就憎恶等待,现在他憎恶的东西更多了。手下给时光搬过去一把椅子。

手下:"请坐。"

时光:"快译。"

时光把那条假腿搁在椅子上,更加方便他不耐烦地敲击。译码员总算在那噪音中完成了自己的工作。

译码员:"时光,上海、华东、华北都已回报,他们在三天前已经开始全线警戒,没有发现任何疑似青山的人。"

时光:"没有发现说明他们不够努力或者不够聪明,先生视为威胁的人不会那么容易就被他们发现。"

手下:"就这么发吗?"

时光:"就这么发。"

在等待的间隙中,九宫进来,匆匆地与时光耳语。

时光的脸色比原来更不好看了:"太嫩?"

送来消息的九宫并不答话。

时光:"那位原来是若水死党的欠老板走的哪条路线?"

九宫:"他先往西,然后忽然折而向东,走的根本不是主干道,是多年前就已废弃的马道,现在也就是走私贩子才走。以这种速度下去,他很快会抵达黄河,西河渡,然后是沦陷区。"

时光:"我们在那里有人吗？"

九宫:"人自然是有的,可用来截杀有点太弱,得从别的区调人。"

时光:"不要截杀,谁要截杀？"

他和九宫耳语,九宫露出奇怪的神色:"不大合适吧？"

时光:"有什么不合适？你们把握分寸,让日本人把他当走私贩子抓了。他要供出对我方不利的情报,就是若水一系的卖国;日本人要是杀了他,就是替我们当了枪使。"

九宫:"走私的落在日本人手上从来没有好下场,他们觉得走私是抢了他们的钱。"

时光:"我并不希望欠老板有一个好下场。"

九宫点头,出去。出了个狠狠坏人一下的主意后,时光心情好了很多,好到不再拿手杖打自己的腿,开始研究在失去一条腿后如何掌握出枪平衡。

华北陈亭,铁路。进站的汽笛鸣响,火车在减速,主观视角里的枕木终于能看清。枕木下不再是黄土,路基石之间也冒出了绿意。

火车停下,它整个淹没在经久不散的煤烟里。煤烟笼罩的车皮下,一个人,或者说一个漆黑的人形在挣动。他正试图从他藏身的空间里挣扎出来,那是机械之间的一个接口,那点空隙大概够塞进一个小孩。那个人是把自己硬塞进去的,鬼知道他在里边待了多长时间。现在,出来成了一件极其艰难的事。卡住的骨头发出脆响,那个人停下,稍作喘息,仿佛一个女人在生出她的孩子。

再一次的努力。他终于把半个身子钻了出来,然后使劲扭动着自己的腰,像从拧坏的螺帽里拼命拧出一个螺丝钉。终于他结结实实摔在车皮下的基石上,像一堆烧残的煤渣。凝滞了几天的血液忽然畅流开来,针刺一样的麻木感立刻流遍了全身,那个人痛苦到张开了嘴无力地呻吟。

一个检道员拿着铁钎一路敲打着铁轨的接缝走过来。车皮里钻出来的人挣扎了一下,但他根本没法动弹,即使来了一只老虎他也只能等着被咬。金属的撞击声一直响到了跟前,检道员例行公事地低头看了看车下。一双漆黑皮肤下的白色眸子对着一双讶异的眼睛。

检道员:"你是蹭车蹭成精了吧？连这条缝你都找得到！这条缝撑死也就塞个十岁孩子啊！"

地上那位苦笑:"可是它便宜啊。"

检道员走开。

暮色西沉。青山摇摇晃晃地站了起来，走向十几米开外的公用水管，他大口大口地喝水，顺便清洗着自己。他用哆嗦的手脱去身上的衣服，这身衣服下还有一层外套。他的每一根手指都是僵直的。

终于像个人样的青山一步一步挪过站台，他现在又是巴督导的那身行头，看起来像是一个衰老的小中产者。一双手从后边抓住了他的肘弯——一个检票员。

检票员："老先生，你的票？"

青山："正要买啊。在哪儿买票啊？"

检票员："买票在外边呀，您怎么就进来了？"

青山："这是里边吗？我在外边啊。我跟我儿子儿媳在外边，怎么稀里糊涂就里边了？你得让我去外边，你得帮我找儿子儿媳啊，我找不着他们了。"

检票员把他往外拉："这就外边了，出门就外边了。"

出了检票门的青山还跟人磨叨："我儿子特孝顺，我还有孙儿孙女。"

检票员："哦。好，好。"

青山东张西望地走开。而门外几个人第一时间就看见了他，那是屠先生一系的人。

青山在街上走着，他的步子渐渐流畅。他面临新的考验，路边的那些食物没有一样不让他产生强烈的胃痉挛，即使是九个泡馍也撑不了这么长时间。青山终于在一家路边摊上坐下，他已经没有力气多说话了。

青山："泡馍。"

伙计："这儿没有泡馍，只有拉面。"

青山："拉面，两碗。"

伙计："很大份的。"

青山有气无力地："两碗。"

远远的那几个屠系在街边出没，看着这个饥肠辘辘等待着食物的人。

大沙锅山壑里，远处冒着炊烟，与门闩对峙的人们正在埋锅造饭。

被分外照顾挨了两枪的那位鸳鸯炮坐在那里喊："门闩！都说天上龙肉，地上驴肉，我的人弄了头驴过来，就地宰了炖了。你说声对不起我这腿，分你一块！"

门闩窝在山石后跟他斗嘴："人得做点人事才对得起身上的物件！我这儿也不错，风干的羊肉，大五香上过的，嚼着特香！掉头打鬼子去我就给你个五六斤！"

那真是吹得没边了，门闩手上就一块巴掌大的干饼，还给掰成了三块留两块吊命，更要命的是他为嚼这饼喝了剩下的最后一点水。

门闩苦笑着对饼嘀咕："早知道你们这么废物，老子赶群羊上来了……这哪儿是要把老子打死，生生要熬死呀！"

他看着远处人喊马嘶,起了不一样的动静。

门闩使用了他的望远镜:连座大人黄大伟和他的西北军,姗姗来迟但终于到来。他们大部分是步兵,在天外山的监督下掘挖战壕,而门闩在望远镜里看清了更有趣的部分,他们携带了重机枪和迫击炮,在那个时代可以打一场正规战争的玩意儿。

门闩躺回去,脸上露出完全认命的笑容:"你们是真心要让老子成个吓唬儿孙辈的故事吗?谢谢成全啦,我会通力合作的——现在我不用担心活活饿死啦。"

他开始加固和挖深他的工事,希望它能抵挡将临的炮弹,至少抵挡几发。

西河渡。芦焱忽然向着夕阳回头,他想起了他扔在身后的那些东西。但是努桑哈拍打着他的脑袋,让他向前看,并且颇有气势地用马鞭向前方指了一指。

努桑哈:"你们的,黄河。"

芦焱呆呆地看着暮色之下那条并不宽广的河流,顺便毫不客气地打开了努桑哈的马鞭子。

芦焱:"什么意思呢?搞得好像你要去征服它似的。"

努桑哈:"我们征服过它的。"

芦焱:"幻觉。它还在那里流。"

他在河边跪下,像一个朝圣者那样,啜饮河水,把水掬在自己的头上。那些古往今来的游牧者们从他身边过去,寻找一处能够渡河的地方。

努桑哈:"你从来没见过黄河?"

芦焱:"见过很多次了。只是每次见它的时候,都没想过还能活着看见它。"

城郊民屋里,时光倚在那张椅子上小憩,电台和译码机都在噼里啪啦地响着。

九宫:"两棵树的驻军已经与门闩接战,双方相持不下。"

时光有点小惊讶:"还在打?我们的人还没到?"

九宫:"我们的人早到了。死了一个,伤者甚众。西北军是刚刚赶到的,已经打好了阵地,准备天亮接战。"

时光愣了一会儿,叹口气:"我不应该惊讶,对吗?一个必死的人撑一天和撑一星期没有区别的,再说他是门闩嘛。"

九宫从时光的脸上看出一丁点的怀念:"是的。你有什么交代吗?"

时光想了一下:"没有。在搞定青山之前,不要再拿他的消息来烦我了。他必须死,不是因为我的腿,因为他背叛了先生。"

九宫:"是。无论死活,不再拿他来干扰你了。"

译码员站了起来,仅看他的表情时光就知道发生了什么,但他等待着。

译码员:"在陈亭发现了青山。"

时光:"那是哪儿?"

译码员:"是我们的地盘,再往前多走一站就是鬼子占的沦陷区。"

时光:"走。"

他立刻就离开了,根本不等那些忙碌着收拾家什的手下。

车队星夜兼程。时光的假腿挂在椅背上晃荡,他在打盹儿,手下的对话都极轻声。

司机:"你来开。我没去过陈亭。"

九宫:"你去过的。陈亭的组长打得一手好牌九,不记得啦?"

司机:"想起来了。"

九宫嘘了一声,以免打扰他们首领的睡眠。

时光:"不用小声。闲话也是情报。"

他睁开眼,看着夜色,这个时代有条路就不错了,一切都淹没在黑暗中。

时光:"目标有什么消息?"

手下:"吃了两碗最便宜的光头拉面,然后就找个最便宜的旅馆睡了。"

时光:"两碗拉面……那个吃货不要吃完以后又失踪个三五天。"

手下:"陈亭组已经出动了全部人马在监控,有三个人和他睡在一屋。"

青山在旅社房间的床上放下自己快散架的身子。这里比欠记那种大通铺好不了多少,一屋四张床,再没别的。三个同屋的住客,一个解着永远解不完的鞋带,一个补着永远补不完的裤子,一个刷着永远刷不完的牙。他们很快就听到了青山的鼾声。

山野小路上,茂密的枝叶掩映着努桑哈的马队。芦焱呼吸着山野里带着草叶香气的湿重空气,看着阴云密布的天空,这一切南方特有的东西让他有一种久违了的神情。

努桑哈低嘎着嗓子:"歇一歇。"

下马,几个家伙聚成了团。也不敢生火,拿着酒袋子也只是小小地抿一口,他们安静得出奇,连吃肉也是破天荒地用手撕下一条放进嘴里,而非往常那样像野兽一样豪爽地大撕大嚼。

芦焱奇怪地看着转了性子的同伴们,酒袋子递过来,他摇头不要,于是树海把酒袋子递给努桑哈。芦焱很诧异,因为努桑哈一直是被剥夺了喝酒资格的。

芦焱:"怎么给他酒喝啦?"

努桑哈苦着脸:"是水。"

芦焱更加诧异:"树海的酒袋里装着水? 酒喝完啦?"

树海:"喝完啦,就是没喝完也只好喝水啦。"

努桑哈神秘兮兮地:"你不知道这是谁的地方吗?"

芦焱:"过了黄河,还是中国的地方啊。"

努桑哈揭晓:"是日本人的地方。"

芦焱气极倒笑了:"那可还隔着海呢。努桑哈呀,谁的地方不是以枪子打不打得到来算的,就像几百年前它也不是以马蹄能不能飙得到来算的。"

树海噤若寒蝉:"他们很矮,很壮,很凶。"

芦焱:"那你去摔倒他们呀。"

树海:"他们也摔跤,摔不过就开枪。"

话音未落,就听见远远的一声枪响,然后是机枪的扫射和爆炸。努桑哈的马队这时终于像地道的走私贩子,迅速地泼灭火堆,收拾辎重,然后躲藏起来。

努桑哈:"又是你们汉人的游击队。打不过还要打,羊怎么能挑战狼群?"

芦焱:"我只能告诉你,黄河它还在那里流着呢。"

他们闭上了嘴,因为听见马蹄声和人的奔跑,一个破衣烂衫的人跑进了他们的视野,他那只老燧发枪的装填让他必须停下,以便在后边的骑兵追上来时能开上一枪。他没能成功,刚刚把火药填实,后边那名日本骑兵就追上来,一刀砍掉了他的脑袋。然后举刀,怪啸,离开。马队的人们战战兢兢地出来。

树海:"他们人很矮,可马很高,刀用得很好。"

努桑哈已经捡起死人的枪和自己的比较:"他的枪比我的还破。"

芦焱:"你别动他的枪!他只有这支枪!"

努桑哈把那支枪扔回了死者身边:"努桑哈不要这么破的枪。走吧,让汉人和日本人打。"

芦焱:"努桑哈,你爸爸是汉人,妈妈是蒙古人,你是一个中国人。"

努桑哈对他的回应是摔了他一跤,让他躺在那具尸骸旁边。

芦焱便看着那具尸骸:"对不起,我一直窝在西北来着,可你现在让我知道,我们正在打的是一场什么战争了。"

努桑哈:"走啦。"

芦焱拍拍死人的手:"我还被旧事缠身,可我很快就会离开他们,加入你们。"

努桑哈的伙计给马勒了嚼子,用布包上了蹄子,他们一直是堂而皇之的,从现在起他们像贼了。

时光的车队停在陈亭县城墙根下。时光站在车边,半个身子倚在车上,剩下的重量借助手杖支撑。他烦躁地看着阴霾的天空——他的腿很疼。

时光:"这鬼天。"

九宫:"还好。说是晚上才会下雨。"

时光:"我觉得身上发霉。看惯了西北的太阳。"

九宫:"你这些年是一直鞠躬尽瘁地在那穷山恶水里为党国效力……"

时光:"鞠你妈个头啊!怎么没太阳晒着你们说话都阴湿起来了?"

九宫:"是。"

一个人带着几个人,诚惶诚恐向这边过来,那副油滑相也许像个乡长镇长,但他是屠系在陈亭的小组长。

陈亭组长:"时光兄!时光兄!久仰大名了!怎么不去兄弟那里?您一说光临,兄弟的接风酒就预备好了!"

时光:"他是……"

九宫:"陈亭组组长。"

时光:"牌九打得很好那位?怎么倒生得就像一手烂牌?"

陈亭组长:"……时光兄说笑了,兄弟……"

时光:"闭嘴。"

陈亭组长:"兄弟……"

时光没说话,但九宫立刻一记耳光把那位组长余下的话打回了嘴里,那位立刻换上了一副哭脸。

时光:"无须说话时说话,就是干扰,视同与敌同谋。目标在哪儿?"

陈亭组长直到被九宫捅了一下才敢再次说话:"一大早就起床了,我的手下三班倒盯着……"

又是一记耳光:"在哪儿?说话简洁!要点!"

陈亭组长:"要点……他在逛街景,又逛了趟车站,但没做什么……"

时光:"不是又想跑?"

陈亭组长:"不是。要跑也不能从车站……陈亭是铁路终点,再往前走是鬼子占的地方,要走也不能从铁路。"

时光:"即是说这里是与敌针锋对峙之处,本该枕戈待旦,却对出你个油头粉面不得要领的废物,效率可想而知。撤职!"

陈亭组长苦了脸,他恐怕是一生也掌握不了与时光说话的要点了。

时光:"上车。"

他和九宫上车,陈亭组长被拥上车,还需要他引路。汽车扬长而去。

青山站在一个烤地瓜的摊子边,一夜的休息让他恢复了许多。

青山:"我要这个。"

贩子:"先过秤哪!——一块二。"

青山看了看手上的几张零碎法币,那已经是他仅剩的钱了。

青山:"这么贵?"

贩子:"什么都涨啦,过阵子该拿大米当钱了。"

青山只好委屈地挑了一个小得多的:"这个吧。"

他啃着地瓜往前走,他很想看报纸又没有买报纸的钱,便拿了包地瓜的报纸津津有味地看着。跟踪的陈亭组员抢掉了青山付给小贩的钱,扔给他另外几张法币。

西河渡河岸边晾着成排的整张羊皮,小欠和三棱走过,小欠颇觉新奇。

三棱:"靠水吃水,说的就是这个。这些整张羊皮吹足了气一绑,就是黄河人家自古以来的渡河器具,当然是穷人使的。"

小欠明白过来:"咱们也要靠这玩意儿过黄河吗?"

三棱赧然:"实在是鬼子打,屠先生也打,咱们在这地界已经没什么人力了。委屈你老了。"

小欠苦笑:"要说委屈,还有什么委屈得过开一家叫作欠记的孙子店?我是说我们在西北打生打死,怎么黄河边这样的宝地却放给日本人?"

这根本不是三棱能回答的问题,所以三棱也只是摊摊手,然后走向羊皮堆里一个正在把羊皮做成筏子的本地人。

三棱:"林德,欠老板来了。"

林德点点头,很木然的一个人,收拾了器具便去河边造他的羊皮筏子。

三棱向小欠介绍:"林德在这地方耗掉了跟咱们在西北一样久的时间。"

小欠不由起敬,即使对方看不见,他还是向林德的背影点了点头:"都是不易,可为先生办事,是应该的。"

林德继续忙碌:"还能这么想的人,那才真是不易。"

话里的怨气让小欠为之一愣。三棱连忙岔话:"这西河渡就没剩什么人了。好在盛货郎会带人来接应咱们。"

小欠再没说什么,只是看着河水东去。

小欠:"大沙锅怎么也是天上一天,人间十年的,好多东西都变啦。"

他们三个用粗陋的羊皮筏子渡河,驶向东岸。

小欠:"这地方我来过,那时候它还不叫沦陷区。"他其实是想问林德话,却又不大愿意和他说话,"日本人占着的地界,有什么要注意的吗?"

林德:"没有啦。盛货郎会接应您老进上海。你们来时,这里被日本人占着,你们走时也还是——什么都不会变的。"

三棱又一次掺和:"林德的忠心是不用提啦,他带我们走的这条河道是最隐僻的,鬼子绝不知道,直到跟盛货接上头,跟鬼子都打不上照面。"

然后他的眼睛瞪大了,就在将近的河岸边,几个人影站了起来:几个伪装良好,早就埋伏在他们的登岸点的日本兵,一直在瞄着他们。小欠和三棱都看向林德,林德喃喃骂了一声,伸手去摸杂物下的枪,那意思是拼个鱼死网破。

小欠:"他们打我们就像打气球一样。把枪扔了。"

他在举手之前,让自己的枪顺势滑入了水中,然后他举起了手。

小欠:"记住,我们是走私贩子——他们好像不知道我们是干什么的。"

确实如他所说,岸上的日军对他们并不像如临大敌,两个人瞄着,剩下三个倒在望闲,一个招手让他们靠岸。林德和三棱也悄悄让枪落入水里,举手。两个日军还瞄着,两个研究他们的筏子,两个跳过来用枪托殴击。

小欠们忍受着枪托的殴击。

时光的车停在陈亭街上,时光坐在车里等待着跟踪者传来的消息。

九宫的装载电台的那辆车过来。

九宫:"时光,你的计划成了,欠老板已经在西河渡被鬼子抓了,三个都是活口。"

时光难得地见了些满意:"要你们转告他的话说了没有?"

九宫:"还没有,会有人说的。照你吩咐,我们的眼线只告诉鬼子他们是走私银圆的,鬼子也只拿他们当普通犯人处理。"

时光:"怎么个处理呢?"

九宫:"那就不知道了,那帮人什么招都想得出来的。"

时光:"把话递给欠老板,再不用操心了。这是闲棋。"

九宫:"是。"

时光打醒了精神看着前陈亭组长气喘吁吁跑过来——他现在被当成小跑腿的在用——那可不是闲棋。

前陈亭组长:"目标在街边买了个烤地瓜,四两七钱重,花国币五毛三,现在在看报纸,看得很仔细。"

时光向他的手下:"去买张报纸。"

陈亭组长:"报告,是用来包地瓜的报纸,是八天前的旧报纸。"

时光:"你终于学会了巨细无遗。——八天前有什么新闻?"

九宫:"时光,八天前我们还是天外山,好像除了战事也没什么大新闻。"

时光:"去找八天前的报纸。"

青山在街头走着,终于把那张包地瓜的报纸看完。

他的地瓜也吃得一点不剩。路边卖香烟的盯着他,当然是屠系手下。

前陈亭组长正向时光汇报:"目标连地瓜皮都啃掉了。"

时光:"妈的个老吃货,去告诉他吃多了那玩意儿要放地瓜屁的!"

前陈亭组长:"是!"

时光:"回来!真敢不长脑子?待这儿!"

聪明人因为他人的愚钝叹了口气。

一个手下汗水淋淋地过来:"这是八天前的报纸。"

时光:"很好。"

他开始看报纸,一边奇怪地看看报纸上的油渍,闻了一下。

九宫:"包过烧鸡的。"

时光忿忿地看一眼九宫手上拎着的烧鸡。

时光:"吃了吧,早饭。"

他看报纸。九宫无奈了几秒钟,和手下分食烧鸡。

青山站在小城的十字路口,向着天边的阴云展开双臂。他呼吸进一口阴湿的空气,似乎也拿定了一个主意。他走向一个路口,不是先前那样游山逛水的闲情了,像是要赶去某个地方。

时光的手下正在分食那只鸡。

时光在看报纸,油渍太多的地方他只好对着逆光看。

前陈亭组长再次奔命样地跑过来。

陈亭组长:"目标有动静了。"

时光放下了报纸,他实在不能在上边找到任何可能的疑迹。

时光:"什么动静?"

前陈亭组长:"正往这边过来。最多……一分钟。"

时光愣了一下:"……快撤!"

顿时乱套,两辆车附带了陈亭站的协助人员一团糟地开始收拾家当,九宫蹿上车时嘴上还叼着半只鸡腿。他看一眼时光,时光瞪着他。他把鸡腿扔了。

时光:"捡回来。"

九宫立刻明白这会暴露目标,忙又捡了回来,没处放,只好又叼在嘴上。

时光再不看他,在忙乱中冲前陈亭站长嚷嚷:"要点!"

两辆车在疯狂的倒车中几乎撞在一起,他们确实效率惊人,一分钟不到便全部倒入了街角,让这条街上空空落落。可怜的前陈亭组长显眼至极地站在街上,所有的人都落下了他。一个时光的手下从街角跑出来,向他挥着拳。前陈亭组长终于有了一个方向,他抓狂地跑向那只挥舞的拳头。

青山在另一侧的街头现身。老年人的优游,老年人的从容,老年人看透世情的不疾不徐。他兴致盎然地打量着街上的每一个门脸,滴水檐、门楣他都有兴趣。他更像是老残重游,在寻觅少年时吃过便难以忘怀的某家老店。

时光坐在车里阴郁地看着。那个人让他一看便生气,不光是因为这样糟糕的开局,更因为那个人的状态那样的悠闲和享受,与时光绷得弓弦一样的人生是个死敌。九宫叼着鸡腿一言不发地坐着。一只手杖在敲他的头,时光在敲他的头。九宫看了一眼时光那双眼睛,幸亏他很快为他的食物找到了一个匿藏处,他把鸡腿塞进了大衣口袋。

时光继续看着那个方向。前陈亭组长蹲在街角,靠着墙喘着气。一片死寂。

青山似乎终于找到了自己要去的地方。他在一个像是士绅人家的门外站住,退后,又张了两望。确定,然后慢条斯理地敲门。门开,青山和开门的人说着什么。

时光都能看见开门人满脸的错愕。青山进去了,门再没关上。

九宫:"目标进去了。"

时光转头寻找着什么,他找到了他要找的家伙,前陈亭组长正靠在墙根擦汗。时光用手指示意,那愚钝的家伙居然根本没看见。时光团了那张八天前的报纸砸过去,那家伙才诚惶诚恐地过来。

时光:"你阁下身在敌我对峙之处,跟鬼子关系搞得不错,跟共党也够铁啊!"

前陈亭组长:"在下……不大明白。"

时光:"这里的共党基地设在如此明显的地方?"

前陈亭组长看着时光所指的那家,露出下巴都快掉了的惊讶表情。

时光:"说话。"

前陈亭组长:"那里……这个……在下……您一早就该进那里去了,在下在那里给您摆的接风酒……那里是咱们陈亭站的所在……"

时光回头又看了看,他脸上露出罕有的困惑表情。

平原上,努桑哈那支战战兢兢的马队在路边的地沟里前行,任何一个人踩翻一块石头都要被他们的老大死瞪。因恐惧就生了怒气,怒气就发泄在芦焱这唯一的汉人身上。

努桑哈:"你们汉人的地方就是不好,到处都是人!咱老子的地方就没这么些的鬼人,咱老子的地方就不用人躲人!"

芦焱:"你躲的是日本人好不好?不是汉人。"

努桑哈:"就是不好!不好就是不好!"

他们所在的路端树丛已经告尽,对胆战心惊的马队来说,要走上那光秃秃的路面是勇气上的考验。幸好路对面有些树丛。

努桑哈:"上对过。"

芦焱:"这话你说第四遍了,在路上蹲来蹲去更容易被发现。"

努桑哈:"咱老子走过一趟的……"

他在路中央站住,他的马队也站住。路对面的树丛站了起来,那是身上披挂着树枝的日本兵。枪响了一声,努桑哈队尾正要逃跑的一个伙计栽倒。死寂。

杀了努桑哈伙计的日军的枪卡了膛,他的同伴把枪拿过来,使劲拉了拉,在地上蹾了蹾。把枪还回去的时候,他指了指被押着的在蹒跚前行的芦焱。日军瞄着芦焱开枪,芦焱身边的一名伙计摔倒。日军大笑。树海瘫软了下来,这个全无争斗之心的彪形大汉实在无法忍受这样的旅程。他的皮袍被刺刀挑开了,一柄刺刀在他结实的胸膛上刺出一个血点,那只是找个瞄准点。日军在蓄力待刺。树海恸哭,这个五大三粗的汉子本性上跟羊差不多。芦焱抓住了那柄正要刺出的刺刀,看了看掌心里流出的鲜血。

日军在笑,对着芦焱伸出一根大拇指。然后掉转了枪托,一托砸在芦焱的头上。芦焱晃了一下,扶起树海回归在押的队列。一句话没有,但努桑哈的马队已经死了两个,还有两个从鬼门关打了个转回来。

陈亭县街角,时光阴沉地坐在车里困惑着。

给青山开门的那名小特务跑出来,他的迟钝比前陈亭组长有过之而无不及,在门边东张西望地看了一回,才在九宫的瞪眼下跑向时光们藏身的街角。

小特务:"他要见……他要见……"

前陈亭组长:"快说!要点!"

小特务:"见您老人家。"

"您老人家"指的不是时光,而是他前组长阁下,前组长顿时萎了半截。

时光:"还不快去?您老人家。"

前陈亭组长:"您老人家………这个……"

时光:"一个半截进土的老共党吃不了你……也许我会让你作为组长继续在此地混吃等死。"

后边一句很要紧,前陈亭组长强打了十二分钟精神向自己的据点走去。

时光不耐烦地坐在车里打着哈欠。

前陈亭组长从陈亭组的据点里跑出来,一副惊吓到了的样子。

前陈亭组长:"他要见……他要见……"

时光:"给他。"

九宫给了前陈亭组长一个耳光,那着实是很有疗效。

九宫:"他收到了。"

前陈亭组长哭丧着脸:"他要见屠先生。"

时光:"胡扯。"

九宫打算再给前陈亭组长一记,但这回那家伙警觉地抱住了头。

前陈亭组长:"他真的要见屠先生!"

时光:"先生想见谁就见谁,可先生不是谁想见就能见。"
前陈亭组长:"他说他代表中共高层。他说延安应该已经给总部去电。"
时光:"查。"
第二辆车上的电台开始忙碌。
陈亭据点有庭有院,有宽敞的天井。前陈亭组长摆的接风酒在桌上原封未动,时光从未赏光也就盖着,偌大的一桌盖碗席。
青山正在看庭堂里的字画,也许他看的不是那几幅字画,而是另外某个时空的某人某事。前陈亭组长跑出大门,毫无必要地东张西望。时光已经无聊到敲打着自己的假腿。
时光:"这家伙,我真想挖了他那双不管用的招子。"
前陈亭组长跑过来,先避开了总抽他耳光的九宫。
前陈亭组长:"我照您吩咐的跟他说了。在下身份太低,联络不上屠先生。他说真是他大大的不对,他老糊涂了。"
时光冷笑:"他老糊涂了?"
前陈亭组长:"他又说,哎,大大的对了。"
时光:"什么不对对了的?"
前陈亭组长:"他说向时光……您老问好,让我们一起为了联合抗战而努力。"
时光:"……我知道我是时光。"
前陈亭组长:"我说那是一定的。"
时光:"客套话你倒会说。"
前陈亭组长:"最后他又说对了,那您看这么合适不合适,屠先生不在,我就见时光也是一样的。"
时光:"然后你就跑出来了?"
前陈亭组长:"是的,我急着问您老的意思……"
时光暴起,以至于把头都撞到了,不过他绝不是个怕疼的人。
时光:"猪!"
九宫:"狗!"
但是前陈亭组长闪念间躲开了九宫挥过来的巴掌,无他,熟能生巧而已:"啊?"
时光:"他又把你绕进去了!你这不是告诉他我也在陈亭吗?"
前陈亭组长:"啊?"
他看了一眼九宫,抱住了头。
九宫阴恻恻地:"我不会为你浪费力气了,等着一颗枪子儿吧。"
时光从颓然的前陈亭组长身边走开,在车边焦躁地踱着。报务员过来。

报务员:"已经向总部核实过了。延安确实发过一封中共特使求见屠先生的电文……那简直形同骚扰。总部没当回事,也没告诉我们。"

时光将手杖在车身上挥了几下,以让自己平静下来。他做到了。

时光:"还在大沙锅就已玩到白进红出图穷匕见,现在都快过黄河了他还来玩这套皮里阳秋的政客把戏?"

九宫:"时光,我们好像在被他拉着转圈。"

时光将手杖空挥了一下,他也拿定了主意。

时光:"见。为搞清他想干什么,我们已经花了太多时间。"

十一

据点内,青山闻声回头,首先进来的是时光那一班精干的手下,他们站在仆从的位置,脸上绝不是仆从的神情。青山向他们微笑,并不指望得到一丝表情的回报。他关注的是最后进来的人。时光进来,前陈亭组长带着所有的不幸跟在他的身后。

青山看着时光那条跛行的腿,看着他的手杖,时光回报以刀一样的眼神。他点了点头,连抱个拳作个揖的客套都省了。

时光:"来得好。我已久候,接风酒昨天就开始预备了,只不知先生昨天为何不光临蓬荜。"

青山像孩子一样欢喜:"那太好了。我今天只吃了一个烤地瓜,连皮都吃了。"

时光愣了一下,本来只是想占个先声,却绝没想到此老头如此打蛇随棍上。

时光:"你先生真好肠胃……那就入席吧?"

青山:"也别你先生我先生了,小姓巴,巴东来。"

时光:"巴先生,久仰。"

青山:"代号青山。和你们屠先生是旧识,老朋友啦!"

时光:"更久仰了。"

青山:"怎么称呼您这位小友呢?"

时光:"时光。"

时光在生气,那种生气不会发作,但青山的一言一行在他看来都像在挑衅。

青山:"那就……入席吧?"

他喧宾夺主地向那桌酒伸着手。

时光:"请入吧。"

这基本是个从不懂客套的家伙,他生硬地坐下,也不会谦让,青山在另一端坐了,能入席的只有他们两个。旁边的天外山用一种同仇敌忾的态度把菜上的盖碗掀开,菜像他们的脸一样冰冷。

青山:"菜凉了啊!唉,我让它们久候了!"

时光目光如冰地瞪着青山在那嗅菜,他更想抄起一个碗扔过去。

青山:"不热一下吗,时光兄弟?"

时光:"我不喜欢跟人称兄道弟。"

青山:"时光同志?"

时光:"你开玩笑。"

青山不说话,只是从菜上抬起了头,用一种促狭的表情看着时光。

你可以拿枪对着时光,但别用这种恶作剧的表情看他,他不习惯。

时光:"……好了好了,热了。"

手下们不大清楚他最后两个字的意思。

时光:"我说他妈的把这些菜拿下去热了!没看见有客人吗?还有什么准备好的一股脑儿都拿上来,假客气讲完了好办正事!"

菜立刻风卷残云地就被撤空了,但青山护着几个凉菜不让动。

青山:"这个不要动,这个本来就是吃凉的。"

他偷看着面沉如水的时光,他知道他的偷看谁都看得到。画外响起了吹拉弹唱。时光转头,瞧着戏台子上刚开始闹哄的一帮子皮影。

前陈亭组长相当无辜地站在一边:"早准备好的……为了您老……"

九宫已经去摸自己的枪。

青山一声欢呼:"皮影啊!我爱看!"

前陈亭组长得逢知己:"小地方,没什么好招待的……"

青山:"好说好说!"

桌子猛响了一声,是时光拍的,让手摸着枪不知所措的九宫都震了一下。

时光:"算了算了……早准备好的,我说的。"

他是非分明地忍着,而青山也就伤天害理地看着,哼着,打着拍子。

时光:"……青山先生?"

青山:"时光……小哥们?"

时光坐得不丁不八如绷弓弦,他压抑着自己的怒火。

时光:"……请你……"

青山:"什么?"

时光:"既然面对了面,就请开诚布公。"

青山:"好主意。"

时光:"……请。"

青山:"老家伙到了你们年轻人的世界,沾了活气,自然也就神清气爽,心情难免好点。不介意吧?"

时光:"……不介意……只要你说正事……"

青山:"对,开诚布公,哦,这个正事……哎呀,不好意思说啊!"

时光:"……请吧,您还会不好意思吗?"

青山又小媳妇也似拧了两下腰肢,直到他也确定时光即将发作。

青山:"实在是一路苦旅,到了宝地,囊中羞涩,特来秋风一二。"

时光讶然到头也抬起来:"秋风一二?"

青山:"没带够差旅费,饭都吃不饱了。知道这里有国军同志,来借点小钱。"他居然把手指伸到桌上搓了两下。

时光:"……就是要钱?"

青山:"借钱。有借有还。怎么说也是联合战线上的同志。不开玩笑,孙子开玩笑。"

靠时光近的人都听到时光呼气和吸气的声音。

时光:"要多少?"

青山:"我要去沦陷区,国币在沦陷区买不到东西的,是吧?"

时光:"……给你银圆好了。"

青山:"又太沉了。你是不知道三百银圆就能累人个半死。"

时光:"国币不行,银圆不要,到底想要什么? 金条?"

青山:"惭愧。"

时光:"我不觉得你会惭愧。"

青山:"我就打开天窗说亮话吧。我党不幸,在上海的地下抗战组织为日寇破坏,幸亏我们为重建组织早有备案,这个备案叫作种子。"他特意拍了拍身上的某个地方,发出一种书本才有的声音,他自鸣得意地,"你们不知道吧?"

时光瞪着他,摇头时倒像颈骨里卡了个螺栓。

青山:"沦陷区是危险重重,而天下人都知道,屠先生在沦陷区打下了良好的基础,像时光……你小朋友这样精明干练的好手就是数万之众……"

时光:"也没那么多。"

青山:"会有的会有的,近日不是又在地盘和人手上大大地扩张了吗? 都是抗战的先锋,得力人手啊!"

时光:"请回到原来话题。"

青山:"其实简单得很,是被我这老家伙想复杂了,思前想后的总怕麻烦到人,尤其是麻烦到统一战线上一起出生入死的弟兄,其实像我老兄弟小屠这样的人一向都大度得很……"

一个杯子在时光手上碎掉了,生捏的。

青山:"现在的瓷器都越做越不瓷实了……好吧,简单说来一句话,希望贵党能为我和我身上的种子提供护送。"

时光抬起了头瞪着他,眼里是寒冰和怒火。青山向他凑近了一点。

青山:"看在山河破碎的分上,看在出了国统区的平安乐土,成千上万我们的族人正横遭屠戮的分上。"

如果他在这说过一句诚恳的话,也就是这一句了。

时光瞪着他。他的手上在流血。

黄亭的日军监狱,荒凉而依山独立的院子,也许曾为矿井,也许曾为马厩,甚至曾为住家,但它现在是日军用来关押努桑哈这类非主要犯人的监狱。芦焱和努桑哈一行被押进来。狗吠,一条狼狗向芦焱扑来,张着滴血的嘴。它被颈环那头的日军士兵牵住了。

日军士兵:"不不!太郎!他们还没有用过。"

芦焱护住了树海,他们面对的院门像是地狱之门,半个门被褪色的血迹涂抹满了,土墙上是大片的褐色或新鲜的红色。苍蝇飞舞的声音让人窒息,正对着他们的机枪工事上插了一根棍子,棍子顶上戳着一个白生生的头骨,这让那个用着现代武器的日本军人看起来更像是食人生番。几具尸体被院里的囚犯从门里拖出来,那都是病毙的。日军:"先别进来!放不下了!让他们先把死人埋了!"

几把还带着血迹的铲子扔到了芦焱几个人的身前。

日军士兵:"埋!埋!快快!"

努桑哈捡起一把铲子,芦焱捡起两把,有一把是帮树海捡的。努桑哈被日军押走时,最后看了一眼被带走的马队,啐了口唾沫。

努桑哈:"咱老子真该就在家搞搞破鞋的。"

芦焱全力支撑着树海那庞大而摇摇欲坠的身体。

芦焱:"树海,你壮得像牛,熬得过去的。熬过去就可以回你草原上的家了。"

监狱外的一片空地早已挖了一个坑,这个坑原来也许很大,但现在已经填得不到一人深了。坑里散落着黑土和白石灰,还有半埋半露的人的肢体。芦焱们的工作是把新的尸体扔在这一层上,掩埋,再撒上一层白石灰。树海跪倒坑边,连胆汁都呕了出来。芦焱踢着他,打着他,把铲子塞到他手里。树海终于像具行尸一样,跌跌撞撞地开始掘土。芦焱去搬运尸体,他第一个搬起的是一个孩子,那只失去生命的手无力地打在他的脸上。芦焱怆然地看着远处晦暗的暮色。

军统据点里,时光仍然那么坐着,看着。他手上的血滴在地上。青山在吃饭,正如时光说的,他胃口很好。

青山:"你也吃啊,热好的又凉了。你吃过了?"

时光:"没有。"

青山:"做人要爱惜粮食,颗颗粒粒来得不易,你要是做过农活就晓得利害了。做人更要爱惜身体,我们共产党就老说身体是革命的本钱,你年纪轻轻……嗯,不管革谁的命吧,那也是个本钱。"

时光:"……你吃你的好吗?"

青山:"我是吃饱了。太丰盛,丰盛过度就觉得浪费,人节俭爱惜叫作自重,爱惜自己叫作自爱……"

时光:"住嘴!"

他又拍了桌子,盆碗跳起来,他手上的血飞到青山脸上,青山擦了一下。

青山:"你的手破了。"

时光沉默,也许对青山沉默是最好的办法。

青山开始骚扰时光的手下:"你们吃了吗?他没吃你们准也没吃,为了对付敌人如此敬业,……可敌人在哪呢?"

那几个也是如石像般沉默。

青山:"那么你们至少把他的手包一下吧?真是的,很多人不爱惜自己,也不爱惜别人。——你说呢?包一下吧?"

时光因为一种烦不过的无奈终于把手放到了桌上,那算是默许。九宫走过来给时光包扎。青山看着,他眼里的促狭少多了,但更让时光心烦,他不喜欢别人看他时居然带着同情。

青山:"你不爱惜自己。真是的,小屠培养出来的人像他一样,整治别人前先作践自己,是谓事业。"

时光:"那你们何不乖乖地都死了,我就可以休息了。"

青山:"我的话好说,我们的话,怕是没有那一天了。"

沉默。有点图穷匕首见,而时光知道,还没到爆发的时候。

于是青山叹了口气:"我知道怎么叫你最合适了,不是兄弟、同志、小哥们儿什么的,不是老爷或者阁下,就是作践自己的孩子。"

时光:"我作践你妈!"

青山绝无愤怒,倒是有点遗憾:"辱人者人恒辱之。每个人都是把刀,你用力打他,越用力就伤自己越重……你在身上放满了杀人的家伙也没用,那种伤是岁月一样的软刀子,孩子。"

时光:"我打折了无数你所谓的刀子。"

青山:"小屠已经把自己伤得够狠了,你不该再像他一样。他叫你时光,因为他很怀念与人无害的那个时候,你叫时光,我看得出你也明白这个道理。"

时光终于忍无可忍地站了起来,看一眼他的手下。

时光:"他交给你们了——给我个住的地方。"

是前陈亭组长,那个一直缩在一边的家伙连忙给他引路。青山看着时光走开。那个年轻人适应着自己的假腿,每一步都会在伤口上造成摩擦,走得艰难又痛苦。

前陈亭组长打开门,看了一眼时光,他怕时光不喜欢这间装潢过度的房间。

前陈亭组长:"我住的狗窝……不,我住才是狗窝。"

时光:"出去。"

一天下来足以让前陈亭组长学得乖觉,他立刻带上门出去。时光立刻坐下了,那条假腿实在已经折磨得他够呛。但他又站了起来,手上拿着刚解下的假腿。时光沉默地用他的假腿捣毁这个房间。一个人影到了门外,在碎裂声中停止不前。

时光:"说话。"

九宫:"屠先生电文。"

时光犹豫了一下,看看这间已经被摧毁得差不多的房间。

时光:"到后院等着。"

九宫在后院戳着,一直到时光到来。时光已经系上了假腿,并且整理过自己,又是那副喜怒不形于色的样子。

时光:"说。"

九宫:"先生电文:青山很会气人。"

时光:"……这个我知道了。"

九宫:"送他。你送。"

时光:"我送?"

九宫:"是的。"

时光焦躁地看着惨淡的暮色。

时光:"你们怎么看?"

九宫:"先生一向言简意赅,他说的送,又出动到你亲自上阵,自然是无所不包,无所不用其极。那老头奸诈至极,洋洋洒洒无非是找了人的软肋下嘴,要人生气,他好得利……"

时光:"他咬的是我。你也觉得我是软肋吗?"

九宫已经看出了时光不善的面色。

九宫:"不是。我辈精诚赤忠,出生入死,死而后已,那老赤匪的妖言必将不攻自破。"

时光:"真是到了个是非之地,你们说话都阴得发潮了。"

九宫沉默。

时光:"我喜欢大沙锅,这里跑不开。"

九宫:"小天山已经死了。"

时光:"……我杀的……谢谢你的提醒。"

时光:"明晨上路。送他上路。我送他上路。"

九宫:"是。"

时光阴郁地走开,没有人会像对人一样和他交流。

黄亭日军监狱,那扇被血液涂抹的大门,芦焱们被枪托甚至是刺刀推搡了进去。那是一个半地下的土洞。门刚关上,树海就轰然砸到了地上。这个土洞仅有一扇小小的窗,窗外晃动着日本兵的脚和狼狗的爪子。洞里闪动着黑黝黝的影子,人满为患。

芦焱使劲拖动着树海庞大的身躯:"努桑哈,帮忙!"

努桑哈帮忙,又忽然放了手,树海又摔到地上,他开始抽搐。

芦焱:"帮忙啊!"

努桑哈:"没用的!他活不长!被关起来的蒙古人都活不长!"

芦焱:"你呢?你也在等死吗?"

努桑哈:"我爸爸是汉人。吃土我都活得下去的,他不行。"

芦焱:"你自己要来的!暴利!暴利是要拿命换的!有本事拿自己的命,别拿树海的!帮忙!"

努桑哈帮芦焱把树海拉到屋角。

芦焱:"水袋。"

努桑哈:"太浪费了。这地方不给水的,你没看出来?"

芦焱看一眼那些饥渴难耐的人们:"水袋。"

努桑哈终于去拿他半瘪的水袋,然后看着芦焱愣住。背后的一只手盘住了芦焱的颈子,一把刀顶上了他的喉咙。那其实不能算刀,只是一块锈铁片磨制的利器,但一样能置人死地。

身后一个阴恻恻的声音:"离他远点。他得伤寒了,你以为刚拖出去的死人怎么死的?"

芦焱听着那个让他熟悉又让他陌生的声音。

芦焱:"您哪位?"

小欠:"何思齐先生,不管你骨子里是个什么东西都可以省省了,现在你我都一样了——放开他。"

颈上的铁片松开了,三棱和林德松开了芦焱。芦焱转身,看着那个黑漆漆的人影。

小欠:"伤寒、刺刀、狼狗、机枪,都分不清红的白的。何思齐先生,你在两棵树撑过来了,你在这里也能撑过去吗?"

芦焱:"你是谁?"

小欠:"贵人多忘事了。"

芦焱看着,看着那个人一点点向他凑近,出现在亮光之下。不过那张脸现在绝对不是小欠的老实巴交。

芦焱:"欠老板?"

小欠:"屠先生的死敌,若水先生的死士,小欠。"

芦焱几乎没怎么发愣,这个世界……什么乱子都得习惯:"狐狸追兔子,把自己一股脑儿追进狼窝里?我开始相信这世上真有姓欠的了。"

小欠:"是狐狸掉进了狼窝里,然后兔子也掉了进来——别说欠不欠了,反正咱们现在都一样了。"

芦焱扫了一眼身后,人事不省的树海是指望不上了,而努桑哈躲得更远,他一生都信奉躲开而不是冲上去的生存哲学。于是芦焱孤立地去面对那三个人。雨水在那三个人身上浇淋出发亮的轮廓,在又一次的闪电中,芦焱看见小欠阴沉的表情,另外两个人的表情芦焱已经见过太多次了。

三棱:"欠老板。"

小欠暗哑地应了一声。

三棱:"我这顶着他的肋骨间,我能一直捅进去,连骨头都碰不到。到心脏我会停一下,等他叫我再捅破他的心脏。"

林德:"他叫之前我会割断他的声带。"

小欠:"他不会叫的。"

他阴沉而暧昧,他很清楚他的手下是什么意思,那不是威胁,是恨之入骨。

林德:"杀了他吧。为了他我们才搞成这样。"

三棱:"杀了吧。"

小欠:"不行。"

回答很明确,但顶在芦焱身上的利器并没收回。

小欠:"他不像个要死的样子,我们也不像,离完事还早得很。"

林德:"我在这里待了几年,从没见人活着从这里出去。"

小欠:"我们是若水先生最好的手下,多年训练,多年忍耐,不会死掉。"

林德:"告诉你吧,日本人看见老鼠会尖叫一声,可是看见我们连声音都不会出。他们觉得杀我们理所当然,连老鼠都不如。"

小欠看着他的这位同人,他意识到林德正陷入一种危险的狂躁之中。

林德:"我宁可被他们当作探子枪毙,也不想被这样无声无息地捏死。"

小欠:"这是战场,如果你向他们坦白你的身份,就是汉奸。在战场上,如果我的同袍一枪没放就被撂倒,我会说,这就是命。"

林德:"去你妈的命!"

芦焱哂笑。小欠示意三棱拿过林德手上的锈铁,林德没反抗,而是失魂落魄。

小欠:"不要笑。"

芦焱:"可我就是想笑。不知道笑什么,就是觉得荒唐,好笑。一个人处心积虑要害另一个人,藏头露尾很多年,结果他过马路要去捅人一刀子的时候,被车撞了。你说这是不是命?"

小欠看了他一会儿,他心情不好,但居然没有愤怒:"我是来追你的,我肯定你就是真正的种子,现在,至少部分达成目的。"

芦焱又在笑,小欠没理会。

小欠:"所以暂时我们是一起的,因为我们都有必须瞒着日本人的秘密。我会保护你,我要做的第一件事是让你离那个伤寒病远点。如果让我花费这么大代价的人死于病菌而不是子弹,我也会觉得荒唐——找找他身上有没有那份搞得天下大乱的种子。"

三棱和林德又一次抓住了芦焱,他们开始搜查。

芦焱挣扎:"你们干什么?他叫树海,他与我们无关,只是一个会摔跤却不会打架的蒙古人。他真是吃草的。他叫树海可他的家乡没有树,他心里有海,也许不是树海是草海,管他呢,他心里有海……"

他这通语无伦次的结果是三棱撕下他的一块衣服,堵进他的嘴里。

林德回报:"没有。"

小欠:"我只是侥幸一下,毕竟他被那么多人搜过了。"

然后他看着瞪着眼的芦焱:"我知道你的朋友与我们无关,所以,他心里有什么,也与我们无关。"

芦焱被那两位扔到屋角,三棱和林德真是恨透了芦焱,重重地坐在芦焱身上。而小欠冷冷地看了一眼离得远远的努桑哈,努桑哈低着头在翻土砖。

芦焱还在嚷嚷,只是模糊难辩:"我认输了!放开我!别让我看着他死!"

小欠:"没有输赢,只有生死。"

芦焱:"努桑哈!努桑哈!"

努桑哈抬头,他抓着一只蝎子,若无其事地把它给嚼巴了。这真是叫小欠都觉得恶心,但也让他肃然起敬。

小欠:"看见了吗?那家伙说他吃土都活得下去,看来是真的。想出去,跟他学。"

芦焱已经不再嚷了,三棱和林德的分量压得他眼球都快出血了。他瞪着树海。这更像一屋子人在观察一个人的死亡。

树海的抽搐渐渐平息。

陈亭据点,时光站在屋檐下听着水声。他的眼神和小欠一样,阴郁而茫然。他身后的九宫和他一样,不眨眼地看着一扇窗户。窗户里人影幢幢,热气和水声。

青山正在两个天外山的炯炯目光下脱去衣服,露出衰老的筋骨。

旁边是偌大的澡盆、屏风、热水、毛巾、香皂,一个人洗澡所需的一切。

青山:"你们日子好过呢。水这么热,肥皂是香的,我都不想回大沙锅了。"

那两个人不可能给他任何答复。他脱一半就停了,一个很放松的老人和两个紧绷绷的年轻人大眼瞪着小眼。

青山:"你们时光洗澡的时候也是这么被你们看着吗?"

天外山:"时光从来不洗热水澡,从来不需人伺候。"

青山:"在西北?最冷的时候?也是凉水?"

天外山:"是的。"

青山:"真是的。小孩屁股上三把火。"

天外山:"……"

他们只盯着一个地方,青山曾经拍打过的腰间,声称种子所在的地方。青山又在脱衣服,堪堪地就脱到了那个部位。他又停了。再一次大眼瞪着小眼。

青山:"两位,这个……其实我就是想说,不是谁洗澡时都愿意被人看着的,尤其是我这副老皮包骨。年轻人最怕沾上老气,啥叫老气?腐朽之气。何谓腐朽?比如说一个弊端百出的政体,不思进取,却一味依靠特务政治来恐怖打压……"

天外山:"我们出去。"

青山:"唉,年轻人是都不愿意听老人说话……哎,等等!"

那两个天外山气不打一处来地站住。

青山:"这么要紧的东西,差点给泡湿了。"

他从腰间掏出一本显然是精心保管的书本,交给那两人中的一个。

青山:"帮我保管。切记小心。"

那两位错愕地看着他。

青山:"泡完澡就还我。切记切记。"

即使没有他那副慎重的神情,那两位也已经够沉重的了。两个天外山神情复杂地走向时光。时光看着他们的表情,沉默地等待着回报。

天外山:"……他自己交给我们了,说让保管到洗完澡的时间。"

尽管一脸不屑,时光仍自小心翼翼地翻着那本线装书。古老到连断句都没有的繁体,有图有画,看得时光直皱眉。

如果我们记性好一点,会记起这是青山在家里用来哄孙子孙女的那本书。

时光:"九宫,你看书多,这是什么?"

他身后的九宫:"晋郭璞注的《山海经》之《海内十洲记》。"

时光眉皱得更紧:"什么东西?"

九宫:"神仙鬼怪,虚妄之说。——他这个是孤本,咸丰年间的辑本了,如果不是战乱的话很值得几个钱。"

时光:"别跟我扯这些,只告诉我这里头能不能藏下那所谓的种子。"

九宫:"长洲一名青丘在南海辰巳之地地方各五千里去岸门闩五万里上饶山川及多大树树乃有二千围者一洲之上专是林木故一名青丘又有仙草……"

时光:"你能够不断气地念几百个字?"

九宫:"种子,多半是以密码形式存在的某种信息。时光你看,《海内十洲记》遍藏数字,又没有断句,共党要真有心在里边暗藏密码也不是没有可能。而且他要有心惑敌,《山海经》旧书铺里论斤卖,又何必费力巴巴地去找来一个孤本?"

时光:"真东西他会交给咱们?"

九宫:"也许他就是有恃无恐,奥妙不在字中全在断句,如何断句全在他心里,我们拿着也是没辙。"

时光:"在他洗完澡之前找来一个同样的辑本,替换下来我们细细研究。"就他来说这就是下完了命令,时光看了看窗纸上青山正洗得稀里哗啦的身影,转回头来九宫还站在原地。

时光:"怎么啦?"

九宫:"时光,如果你知道什么叫作孤本,就知道这是不可能的事情。"

时光眼里在冒火,他看着那老家伙洗澡的地方。

青山坐在盆里,将水泼在头上,冒着腾腾的热气。他在唱秦腔,难听得像拉锯。

黄亭的日军监狱,小欠冷冷地观察着,一直到树海彻底断气。

小欠:"那个人已经死了,我可以放开你——只要你别跑过去痛哭流涕。"

三棱掏出芦焱嘴里的破布,等待他的应许。

芦焱:"我不会痛哭流涕,可我一定会跑过去。"

小欠不由苦笑:"就算是个冒牌种子,也用不着这么急着寻死吧?"

他摇了摇头,芦焱的嘴又被破布堵上了。

而小欠心平气和地开导三棱和林德:"我知道你们很想闷死他,可真的不行,还没到时候。"

于是那两位只好从芦焱身上下来,之前他们是存心坐在芦焱的胸腹部位的。

小欠静静看着芦焱愤怒的眼睛:"别恨我。你没时间恨我。好好想想明天该怎么活吧。"

他靠着墙壁睡去。

树海躺在泥泞里——一具等待着拖出去的尸体。芦焱仍被绑着,他现在是三棱和林德的枕头。而人们都在沉睡,饥饿、干渴、恐惧、疲劳都是让人入睡的苦药。

一只脚踢了芦焱一下,也让三棱和林德醒转。小欠看着他。

小欠:"待会儿日本人会来拉人,你要识相一点,躲远一点。因为拉出去的人就再没有回来过的。"

芦焱:"拉去做什么?"

小欠:"不知道。虽然这地方是从来不给食不给水的,大家到最后都是个死,可为了那份种子,我还是希望你死在最后一个。"

芦焱:"也死在你的后面吗?"

小欠叹了口气:"顷刻便死,徒逞口舌。"

门响了一声,几个日本兵进来,随便指了两个人,拖走树海的尸体。

小欠:"来了。拖完死人,就该拉活人了。躲远一点。"

他示意三棱和林德松开芦焱。芦焱揉着肿痛的胳臂,看着被拖走的树海。

陈亭据点,时光似乎未曾动过,但他身后的人都消失了。屋里的青山在洗澡和哼曲。

九宫用一种抓狂的速度在忙碌。那本该死的《山海经》是焦点,几架型号各异的照相机在周围闪烁,天外山们必须在极短的时间内把这本书的每一页拍摄下来。整盆的显影药水在配制,几个天外山在准备用毛笔把它刷上书的可疑处。青山:"小伙子! 小伙子呀!"

他已经洗浴完毕,而小伙子是他对那两名监视者的称谓。九宫从雨里跑过来,下半身是泥水,脸上也不知是汗水还是雨水,泡个澡的工夫要搞定那本书绝非轻易的事情。他从怀里掏出那本《山海经》交给时光。

九宫:"都拍照了。也查过了,没有化学药剂的成分。"

时光:"如果这上边真有鬼,也不会是这么拙劣的手段。"

青山:"小伙子们跑哪儿去了? 做你们这行要有耐心嘛!"

时光看着那边:"鬼在他的心里。"

青山洗得一身清爽,换了衣服,身上还带着浴盆里的热气,老头子看起来精神了许多。

青山:"哎哟,孩子,你派给我那俩听差呢?"

时光:"他们不是听差,他们也没必要听你的差。"

青山涎着脸笑笑,时光尽力让自己看起来静如死水。

时光:"有事,我差他们出去了。"

青山:"这可糟啦! 我把顶要紧的东西交他们保管了!"

时光把书塞到了他的怀里,看着他脸上由做作的着急变成做作的微笑。

青山:"这孩子,你对人真是太好了。这么点事,就戳这儿等着? 夜寒多重啊。"又指着九宫,"他年轻不懂事,你们要管他呀!"

九宫诚惶诚恐看一眼他杀人不眨眼的上司,时光面无表情,青山则全心全意扮演着一个爱心过剩的老废物。

时光:"你已经荒谬绝伦了。"对九宫:"你走吧。"

九宫如蒙大赦地正要走开,青山又开始吵吵起来。

青山:"这书不对啊!"

九宫站住,这事要出了错他能掉脑袋。他担心地看时光,时光的忍耐已是极限。

时光:"哪里不对?"

青山:"好大一股药味。"

时光:"放我身上了,我身上裹了药。"

青山居然闻了闻时光,时光看起来很想让身上的杀人工具在老头身上尝个鲜。

青山:"不一个味。"

时光:"别胡搅蛮缠了。这是屁的种子?不过你随手抓来的破烂。"

青山:"你这么想吗?"

时光很想从老头子脸上看出个端倪,但他无法从那张脸上看出分毫能把握得住的东西,青山的脸永远是公开了一切又隐瞒了一切。

时光:"我一直尽量尊重你,因为先生称你为他的对手。现在你让我失望。"

青山:"哈,小屠没让你失望是因为他很会摆谱吧?我常想他跟你们摆完鬼脸子是不是背过身就偷笑。你身上那药味?很重的伤?"

时光:"不重。本来是被那位叛徒门闩和何思齐合伙摆了一道,伤在腿上。可现在没伤了,为了追你,我已经把腿锯了。"

青山飞快地看了时光一眼。时光终于捕捉到一个确切的信息,这个老头震惊,并有点痛惜,可这信息对他的事业没什么用。

青山:"我现在知道你为什么这么恨我了。"

时光:"我不恨你,我恨你们。不,恨干扰判断,我只不过要杀了你们。"

青山:"这出戏文就边走边唱吧。你一直是用一条腿站着?"

时光:"两条。"

他用手杖敲了敲自己的腿,发出一种清脆的声音给青山听,同时他用沉默向青山展示自己的仇恨。青山似乎永远不会接收到时光永远在发送的仇恨,他叹了口气,比惋惜更加惋惜。

青山:"这次死伤太众,如果换个阵地,都是对付日本人的好手。连你也……"

时光:"我没关系。门闩已经死定了,你和何思齐也长不了。我会看着你们的尸体,不为仇恨,只因为先生在这事上需要一个句号。"

青山:"你真的那么喜欢把什么活物都打个句号?时光,大沙锅蹦得最高也最欢的年轻人,跑瘫了一匹马,只为到红区边沿撒泡尿,说声老子到此一游。我那时候就在一棵树看着你乐,我想,小屠也不甘寂寞了,在他死气沉沉的心里,也需要你这么个好动爱玩的家伙。"

时光:"不要用这么亲热的口吻。你们必须成为句号,因为先生说效率即使命。"

青山看了看这个在孤独、疲惫、愤怒和痛楚中仍骄傲得公鸡一般的家伙,叹了口气:"你太轻易做决定了。你觉得随时能为小屠搭上命,何况是一条腿。可腿没了,改变的是你的人生。你以前跑起来像风一样吧?现在得拄着条拐杖。你恨拐杖,你越恨拐杖就越恨我们。"

时光:"你回屋去吧,别在这妄图解读我的心思。"

青山:"我睡不着的。想着我们的人死在你的愤怒之下,你再把没了的腿算在我们头上,睡不着的。想着小屠终于找到一个你这样的继承人,比他年轻时更甚,铁面无私,铁血无情,又狂热又冷静,这样的人居然是拿来对付我们,睡不着的。"

时光倒笑了:"那我倒是该对付谁呢?"

青山:"你从西安事变后就进了大沙锅,一直没去过日占的沦陷区吧?"

时光:"明天就要去了。因为我有事去上海,正好与你同行。有何见教?"

青山:"那我们就走着瞧吧。门闩跟我说,时光其实天性淳良,是个无心去分辨善恶的孩子。如果他说得没错,这一路走着,一路瞧着,你就该知道你该对付谁了。"

时光恨恨地笑笑:"这个时候,门闩的尸体大概正被拴上绳子倒拖回两棵树,而同时我明白了,共党的赤化洗脑,就是云山雾罩的满口胡柴。"

青山:"你这样的金刚石脑袋,我洗你个头啊?云山雾罩是不是?那我给你来段真正云山雾罩的。"

时光冷冷瞧着青山,不好做任何反应,因为青山正不折不扣做出一副跳大神老江湖骗子的德行。

青山:"天灵灵地灵灵,日本妖精快显形。天兵天将我来请,王母娘娘急如令。"

他蹦跳着,然后他入定了一般。

时光:"……能否放尊重一点?"

青山:"放尊重一点我就只好哭了,可咱们哭的时候还远远未到——啊咄!天眼既开,我来告诉你后事如何!我这趟出来,是死定了。你会陪我走到最后,看尽你不想看的事。你会杀了我,可你不想杀我。等我死了,小屠会告诉你有阴谋,可不是共党的阴谋。他揣着明白装糊涂,是想借机收拾掉我和若水这样的眼中钉。"

时光称赞:"若是真的就好了。先生做事,总是这样圆满。"

青山:"还有然后。然后你会看见笑到最后的不是小屠,不是若水,不是你我,是日本人。我们都是中国人,是哭的那拨。那时候,连小屠也会问你一句话。"

时光:"什么话?"

青山:"时光,你能否倒流?"

时光呸了一口。

青山:"对。你就会这样回答,因为时光只会飞逝,不能倒流。"

然后他整个人都从那副跳大神的架子里塌了下来:"见鬼,泄漏天机,闪了我的老腰。我回去睡了,睡不着,也得睡,因为看着你,我都累。"

时光看着那老家伙窝着腰走开。

时光:"你说的话,没一句真的。你身上所谓的种子,也是假的。"

青山边走边唠叨:"对,真的是假的,假的还是假的。那种子是我随手从家里抄出来的,小时候我拿它给儿子讲故事。现在他不愿意听了。"

时光:"……还是假的!"

青山站住,苦笑着,那种苦笑最后成了一声叹息:"真也好假也好,最后你会发现我们是对你们最没有恶意的人。我心痛皖南死的几千人,是中国人都会心痛,他们本该去打鬼子的,我甚至心痛那些在我方抵抗时伤亡的你方士兵。所以,屠先生一系被日本人搞死时,我也会很心痛的。"

时光冷笑:"对啦,山河破碎是你们最喜欢拿来给国人洗脑的四个字啦。"

青山:"原来你心里还有山河破碎这四个字啊?"

时光的表情僵滞了一下,想做还击,但青山已经回屋了。

时光:"听够了没有?"

一直窝在旁边不敢出声的九宫被他吓得浑身一抖:"是!"

时光:"去给先生发报。"

九宫:"怎么说?"

时光一字一顿地:"目标声称,他没有敌意。但日本人有阴谋。"

他的表情和腔调都认定了青山有不可调和的敌意。

大沙锅山壑中,炮弹的尖啸。

正在打盹儿的门闩猛然睁开了眼睛:"你大爷!"

骂不耽误跑路,门闩从躲藏的地方跑开,60毫米的迫击炮弹在他左近炸开。重机枪的弹线追着他扫,顷刻间他便如置身于前沿战场。他把自己藏进山石夹缝里,回望着山下阵地上正在装弹的迫击炮、正在瞄准他的重机枪,以及向山上漫上来的那条土黄的散兵线。

门闩终于被逼离了预伏阵地,在一场小型战斗的火力逼迫下逃向山顶。一个踩中了捕兽夹的士兵惨叫,门闩回身,击中了想救护他的士兵的腿。这让追击者仍得跟他保持着安全距离。门闩在迫击炮的爆炸和重机枪的弹线中笑和跳。

门闩:"今天是赴死的好日子啊!相好的,不是说我,我说的是你们!"

山下的阵地上,追击者们阴沉地看着他。为照顾士气,伤者都在低洼里消停了,腿脚挨了枪的人已经占了三分之一。当然他们还是有足够的人布置他们的散兵线。

门闩还在大叫着打击他们的士气:"我带了够多的子弹!可你们还是掉头干日本鬼子去吧!哪发中国子弹都来之不易啊!"

鸳鸯炮,双腿重伤的苦主阴郁地坐在低洼里:"他真是带了够多的子弹。"

门闩清理自己的装备,减轻重量,因为他往下注定要在奔跑中求生了。子弹已经就剩三个夹子,更要命的是食物和水。门闩仰头仰了半天,等着水袋里的最后一滴水掉进嘴里,然后倒进嘴里最后一点饼渣子。

门闩:"……可我没带足够多的干粮和水啊,孙子们。"

他把唯一一枚德式长柄手榴弹揣进腰间,他不擅近战,那是给自己预备的。

黄亭日军监狱,门再度开启。囚犯们畏惧地挤成一团——又将有人被带走。小欠低声嘀咕了句什么,和三棱、林德一起把芦焱挤在身后,尽管他们很不情愿。一个中国男人进来,看情况是保长甲长一类的,后边是一群猥琐的日本兵。日军拿着一根很长的绳子,那名中国男人指到谁就在谁腰上打个死结,很快就串了四五个人。

小欠:"别被他指到,最好别被他看见。你我都不该死在一条狗的手里。"

但是那保长已经转身看着他们,并且径直向这边走了过来。

保长:"欠老板你好,大驾光临,有失远迎。"

小欠并不打算让对方看出自己的震惊,木然地看着。

保长:"你一定纳闷儿,缩在这么个角落里,也能被我挑出来,可我找的就是你啊。想不明白?告诉你一句话就够了,时光向你问好。现在你觉得谁更嫩?"

小欠的眼睛一下就要冒出火来,但忍着。

保长:"这只是派系之争,不是卖国,我给日本人的情报也只是说,你是一个走私犯。你要是不想这么委屈地死,可以向日本人出卖情报,我们也很高兴向上峰呈报:若水先生的人卖国求存。"

他声音又轻又低,而那些日本兵嫌恶地离着很远,在后边亮着刺刀与枪口,一无所知地耍弄着"我能杀人"的威风。然后保长点了小欠、芦焱和林德三个人,他们被串进了绳套里。

保长:"忍着就对啦。其实就算被我指到,也不一定会死的。不过很够劲,你一辈子忘不了的够劲。"

他们被带出去,装上卡车,马队随行,驶向茫茫的荒野。

陈亭的据点门外停着一个小小的车队。时光的车正在准备出发,形同富家公子的出行,也形同中户人家的搬家,大大小小的箱笼往车里堆放着。时光并不在场,他的手下已经忙了个臭死。

时光已经醒了,还没有全副披挂,但已经是衣冠楚楚。他笔挺地坐着,精神抖擞,但是心里充满挥之不去的沮丧。他下意识地摸着自己的断腿,眼里满是血丝。昨晚他没有睡好,正像青山说的,他是靠一种莫名其妙的愤怒撑到现在的。九宫进来。

时光:"准备好了?"

九宫:"好了。先生回电。"

时光有点茫然:"回电?回什么电?"

九宫:"昨晚给先生发送的电文:目标声称,他没有敌意。但日本人有阴谋。"

时光:"……哦。念吧。"

九宫:"愚蠢。共党的存在就是敌意。"

时光诧异地看了看他的手下:什么意思?

九宫:"就是先生说你愚蠢,共党只要还活着就是对我们的威胁,不管他有没有敌意。就这样。"

时光:"你把我的话发成什么意思了?我说了共党没有敌意吗?我是说目标声称!我会天真到相信共党的友善?而且后一句呢?目标声称日本人有阴谋,先生为什么没有回答?"

九宫:"就照你的原话发的。如果你说,可笑,目标声称,他没有敌意。我们就会加上'可笑',可你没说。先生也许是想说,共党连声称没有敌意的权利都没有,他们从生下来就是我们的敌人。先生一向的态度你是知道的,如果他能看出一个刚出生的婴儿以后会成共党,他会抢在他满月前杀了他,先生说这就是他对共党的态度。至于不回应日本人的阴谋,先生的思虑岂是我们能够企及的?"

时光愣了一会儿:"滚吧。准备出发。"

九宫:"回电吗?"

时光又愣了一会儿,落寞和疲倦在他脸上已经无法掩饰了。

时光:"不回。……敌人找上门来,说他是朋友,你们就说,让我们来假装他是朋友,可得随时随地牢记,他是一生一世的死敌……我讨厌这种游戏,我在大沙锅待太久了,这里人多,太挤。"

九宫:"这是回电吗?"

时光:"说了不回!……给先生回电,我会和死敌同进同出,同食同寝,除了不同浴,甚至同上茅坑。我会当他……不,我知道他是要把我们抽筋扒皮的死敌。"

九宫:"茅坑二字是否商榷一下?先生讨厌粗口。"

时光:"吃喝拉撒不是粗口。叫人来帮我穿衣。"

九宫看了一眼时光还没披挂上的那些杀人家什,那些东西实在太细致了,以致要把它全副披挂了就像中世纪骑士穿戴铠甲一样麻烦。

九宫:"全带上吗?"

时光:"全带上。和我同车的糟老头子可是杀人不眨眼的死敌。"

装车完毕的天外山正在等待,他们是杀手也是用人。青山满面春风地嚼着汤包出来,手上还抓着几个。

青山:"要吗?没吃呢吧?还烫呢!"

被问到的天外山表情全无地摇头。青山咬他的包子,汤汁直喷到了天外山的脸上。

青山:"对不起对不起!你们的厨子太好了!你知道,现在的汤包一般都没得汁了。烫吧?"

他忙着在天外山的脸上擦拭,天外山忍受着他的触碰。

监狱的车在黄亭罄口停下,马队圈住了两侧,那些被绳子串联的中国人被赶了下来,先解下来两个,然后一人手上塞了一条长竹竿。他们被日军驱赶着并排前行。小欠和芦焱莫名其妙地看着这一切,他们只是从那些日本人又期待又害怕的表情上知道这绝不是什么好事。

小欠:"这是干什么?林德,你在沦陷区待这么久,应该听得懂几句日语。"

林德:"太乱了。他们还亢奋得比鸡鸭还要聒噪。"

但他凝神在听,直到面若死灰,惨笑:"……真是太有意思了……我他娘的知道我不得好死,可没想过能摊上这么个死法……"

小欠:"好好说话。"

林德指了一下芦焱:"这是交通干道。他们的人,游击队在这里布了地雷,日本人每天把我们这帮子无关轻重的犯人,押过来,踩地雷。晚上那帮搞游击的又会把雷布上,可是……日本人会抓来更多的人。"

他们看着那两个仍在茫然往前走的同胞,他们的每一步都可能是一次爆炸。

而那些日军的呐喊、助威,逐渐变成了赛场上才能听到的有节奏的呼喝声。

林德:"他们在打赌。知道多大的赌注吗?一条人命,两根纸烟。"

轰然的爆炸,这是一个装药量很大的土雷,踩雷的死,旁边的人重伤,因为这等于没有输赢,日本人发出失望的嘘声。一个日本兵站在一个安全的距离,对重伤者补了一枪。

林德:"不对。是一条人命,一根纸烟。"

又有两个中国人被解下来,被枪和刺刀逼迫着,去那两具尸骸边捡起竹竿。

林德在诉说中已经陷入一种木然,而那种木然必须带来之后难以抑制的恐惧:"……他们说,竹竿必须捡起来……因为预备了很多人,可只有两根竹竿……他们不舍得浪费他们的竹竿……"

小欠已经觉出林德的不对,拍着让他停止下来:"别说啦,别说啦。"

林德:"苍天在上,我不想我的命还不抵一条竹竿。"

芦焱听着这一切,看着这一切,看着他的两个同胞走上死亡之路。

陈亭据点,时光在披挂着他的衣服和杀人工具。天外山寂静无声地忙碌。时光的表情简直是在忍受这一切,离开两棵树之后,他的心情就再也没有好过,他在忍受这些绑缚一样的衣服。

青山和落魄的前陈亭组长蜷在街边候着那支等待出发的森严车队,后者全无觉悟地和青山一起嚼着包子。

青山:"老弟啊,这么说你别生气。你还真不是干这行的人,被撤了也是个好事,这行就是个老虎洞刀剑林,伤人伤己。不用我啰嗦了吧?"

前陈亭组长:"你这是肺腑之言呢!小弟我也将心换心。小弟一手好牌九,贱内也聪明,赢的钱全攒下了。这里警察署长也刚换了我小舅子,回头就做个小本经营,我想的是开饭馆,就不知道是川菜还是鲁菜。小弟鲁人,贱内蜀人。"

青山:"川菜好啊!走南闯北,辣椒开胃。"

前陈亭组长:"你老哥这八个字点醒梦中人呢!回来时一定要来看看小弟啊!我家饭馆子就这八个字的招牌了……"

他忽然矮了半截,因为从门里出来一帮杀气腾腾的黑衣众,让这慵懒的阴晨一下成了寒冬。时光走在第一个,扫视着他的车队。

青山:"一定一定!"

前陈亭组长已经连点头称是的勇气也没了。

青山迎向时光,一脸神清气爽的笑容。

时光抢先指住了他:"别开口,上车。我现在不想多话。"

青山笑着摊摊手,他倒真没开口,上车。

时光:"出发。"

他们打扮得像是富家公子出行,但上车的架势像救火队,齐刷刷上车,各就其位。时光坐在车后座,青山的旁边。前陈亭组长和他的手下在这支看似要去横扫千军的车队前哈着腰。时光看他们一眼,将头转开,尽可能不去看身边的青山。

前陈亭组长:"站长走好。"

时光:"复职。"

前陈亭组长讶然地看着他。

时光:"我也想过了,组织之庞大以数十万人计,像你这类的饭桶必然占到百分之九十九。"

青山:"你又明白些东西啦。不过,是百分之九十九点九。"

时光没理他,拿手杖敲打了一下椅背,开车的不是饭桶,立刻开车。时光嘴角泛起一丝淡淡的笑意。

车队驶走。陈亭组长站在原地吃着烟气和扬尘,一脸忧喜参半的神情。青山兴高采烈地在车后窗里对着官复原职的陈亭组长招手。

黄亭壑口,又是一声爆炸。这回只倒下一个,日本人欢呼,因为这回有了赢家。林德被从绳串上解下来——日本人走向他时已经剧烈地颤抖。

林德:"不不……我不想死……不想这么死……我宁可被他们当作奸细枪毙,在我方记录上至少还是殉职……"

小欠死死抓着他的手,安慰着他:"不要,绝对不要。说出来,你在记录上是殉职,在你我心里,是汉奸。"

林德被人解着,连挣扎的力气都没有了:"……我不想去做本该一个石磙子做的事情……"

小欠:"你不是石头磙子。我们不是老百姓,知道地雷怎么回事——小心你的脚下,用好你的竹竿……"

林德:"为什么不是先生来踩这个鬼雷!这是他的权力之争!"

小欠:"你我都是先生最好的手下!"

而芦焱的一根大拇指伸了过来:"你是最有出息的中国人!"

林德被从小欠和芦焱的手上分开,他看着小欠也看着芦焱,倒退着走,受着枪托和拉动枪栓的恐吓。后来他认了命了,掉过头来,去捡起那根竹竿。

小欠紧张地看着林德迈出步伐:"林德,你苍天佑护,历渡百厄……"

轰然爆炸。被炸飞的不光是林德,还有三分之一长度的竹竿。日本人笑疯了,他们也没见过运气这么差的中国人。

小欠呆呆站着,后来看了芦焱一眼:"……最有出息的中国人?"

芦焱:"最有出息的中国人。要出息,就别谈运气。"

日本人开始准备下一拨的人肉扫雷器。

陈亭公路上,时光的车队在行驶,战争时期的公路一片荒凉。时光冰冷地看着外边的荒凉,偶尔会扫一眼旁边的青山。青山安静得出奇,他的沉默对时光来说也成了奇怪的事情。

时光:"怎么不说话了?"

青山:"你的下床气发完了?"

他笑嘻嘻地转过头来,那一脸诡笑立刻让时光后悔惹他说话。

时光:"你还是闭嘴吧。"

青山:"孩子,天下的嘴不会因为你说了这俩字就闭上,与其任性不如理解。"

时光悻悻地:"天下人的嘴又干你什么屁事了。共党就爱扯虎皮做大旗。"

青山:"是啊,天下人的嘴又干你什么屁事呢?何必抛头颅洒热血地耗这一生,帮着屠先生做让天下人闭嘴的无尽事业。"

时光用手杖在椅背上重重敲了一下,结果是惊得前座的司机震了一下,车头一歪,车轮在路面上磨出尖厉的声音。

青山笑着做出停战的手势:"我们去哪里?"

时光宁可回答这实际的问题:"我们都过了前沿了。前边就是沦陷区,我不打算在路上耽误时间,星夜兼程,直入上海。"

青山:"好吧,我们现在可在一条船上……好吧,一辆车上。时光同志,前边快是鬼子关卡了,日伪军把关。咱们怎么过呢?"

时光:"谁和你是同志呢?"

青山:"反正我的命已经交给你了,都同命了,同志一下又有何妨?"

时光:"同命也无须同志。这么过。"

他冷冷地看青山一眼,让他看车座下盖着的汤姆逊冲锋枪。青山眼里露出的惊诧之色让他多少有些满意。

黄亭墅口,又一次爆炸后,倒下两个。芦焱和小欠被解下来,他们是所有人中最少挣扎和犹豫的两个,并着排径直走向竹竿。短的那根就剩下一米多长了。

芦焱嘀咕:"黄泉路,就走一趟,也没个好点的伴儿。"

小欠:"彼此彼此。可要不想死,就听我说。"

芦焱:"说吧……能让他们多输几支烟也是好的。"

小欠:"脚下踩到松动的土,你千万不要动。每走一步,都瞧好你要落脚的下一个点,别的别管它……算了,几句话哪教得会——把你的竹竿给我。"

芦焱二话不说和小欠交换了竹竿,这让小欠有些讶异。

小欠:"你给我的竿子至少长出半米,不知道这表示什么?"

芦焱:"知道。可你既还知道汉奸两字不好,那你活我死又有何妨?"

小欠笑了笑:"那便同赴黄泉吧。"

他走两步,芦焱跟上,小欠把竹竿捅向他很有把握的一个点。爆炸,日本人欢呼。然后没了欢呼,因为尘烟过后,小欠还站在那儿冷冷看着他们。然后他们继续前进。

芦焱:"好可惜。本该炸鬼子的地雷。"

小欠:"看来你我死了毫不可惜。"

芦焱:"都可惜。"

小欠:"趴下。"

他们趴下,小欠又制造了一次爆炸。日本人开始窃窃私语。但是小欠那根竹竿已经炸得就剩一米出头了,芦焱又一次把竹竿换给了他。

小欠苦笑:"早晚的事。"

芦焱:"早和晚,它们两位不是一回事。"

黄亭,日伪军关卡,已经有一小队巡路的日伪军从车窗外掠过。

青山看着时光。时光欠起了半截身子,一只脚踏着那支汤姆逊冲锋枪。他嘴角浮出一丝冷笑,看了看青山,完全是一副要大杀一气的架势。

远远处已经看见路卡的影子。

一小队日军,配上更多的伪军,相持阶段,日军主力已经用于和国共双方的较量。

时光的车队停在关卡外边。几乎没有什么像样的检查,首车的军统下车和搜查的伪军官长耳语,对方的神情立刻变得毕恭毕敬。那名长官向时光的车走过来时简直是卑躬屈膝。时光伸手到衣服里,似乎掏枪,但掏出来的只是证件。

长官:"辛苦。"

时光:"你也辛苦。"

他把证件递给对方,对方根本没看,而是去交给在这关卡上监督的日军。车队驶过关卡,居然连关卡上的日军也在向车队敬礼。青山惊讶且佩服地看着时光。得意是一定有的,但时光只是面无表情地将那支从没打算用的汤姆逊踢回了原处。

他们听见远远的爆炸声。

时光很不屑地:"你们的人。他们特别喜欢打游击。"

青山:"向你们的手段和我们的勇敢致敬。"

时光:"别套近乎。"

黄亭壑口,又一次爆炸后,小欠和芦焱瘫在地上。他们摇摇晃晃站起来,而日本人远远地在欢呼。对这样屡炸不死的奇迹,谁都愿意看到的。

小欠："听说连续的气浪冲击会让人心脏爆裂,不过咱们不用担心那个了。"

他看了看手上那根还剩一肘长的竹竿——芦焱那根也一样："你也不用跟我换了,我快要用手指头去捅地雷了,不过用脑袋还快一点。"

芦焱："你说得我跃跃欲试。"

小欠向芦焱挤出了一个不折不扣的惨笑："说句实话吧,你到底把种子藏在哪儿了? 别让我死不瞑目。"

芦焱："我真的是个假货,而你真的就是看不出来?"

小欠："也许生在这个年头的人就是注定要瞪着眼睛死的吧?"

他再不多说,转身赴死。芦焱也不甘落后。日军远远地拉着枪栓,嚷嚷。

芦焱："啥意思? 舍不得我们这俩地雷碴子?"

小欠回望了一阵,日军的卡车发动,马队启程,近前——然后他瘫坐在地上。

小欠："苍天有眼……过了雷区,今天死不了啦!"

芦焱也躺在地上,只不过小欠在哭,而他在怪笑。

黄亭公路上,青山从车窗里探头,看了看路边一个日军挥舞的牌子。

青山："我老眼昏花看不清楚。"

一直沉默的九宫只好回答："前方有地雷,但已经排除。"

时光："你们净搞这些隔靴搔痒的玩意儿。"

青山："隔靴搔痒也牵制了沦陷区的百万日军,并且这条路上运送的物资,可是支援着与贵方对峙的日军。我也知道贵方一击,力发万钧,这不正求合作吗?"

时光正在把证件揣回内袋,嘴角带了点微笑,从他来说对抗的不是日伪军而是青山,这是他与青山相见以来少有的一次赢局。

青山："能看看那个威力巨大,让日伪军口服心服的玩意儿吗?"

时光："不能。"

青山："总得知道你现在开始叫什么。总不能在沦陷区还叫你时光。"

时光："你不是一直叫我孩子吗?"

青山："你同意啦?"

时光脸上又见了恼火,跟这老家伙说话几乎是步步圈套。

时光："涂陌。"

青山："你的新名字真怪。"

时光："是新身份。刚拿出来的也不是了不得的东西,鬼子派的良民证罢了。不过良民也分三六九等,涂陌是顶级良民,和鬼子通力合作的汉奸商人,资本雄厚,手眼通天,爱国人士的眼中钉。光我们这一系人就刺杀他两次了,只是每次都是功败垂成。"

青山："每次也都让涂陌在日本人眼里身价倍增。其实涂陌就是屠先生扶出来的,你的分身。现在你出现在沦陷区,那位在生意场上挨骂挨杀的涂陌自然就要找个地方猫起来了。"

时光并不喜欢被青山说得太明白："其实他是昨晚就到了我们出发的地方,什么时候叫他现身再现身。这套花哨你自然也是明白不过。"

青山："以小屠为父所以姓涂,可是涂陌何解？道路的意思？难道小屠还没给你选择好道路？"

时光又开始粗暴起来："关你屁事！"

青山："只是觉得对咱们这些见不得光的人也太明目张胆了吧？"

时光："你根本不了解我们的实力。我要出行,根本不需要你们偷鸡摸狗的把戏。知道又怎么样？看不出所谓皇协军里有多少我们的人？鬼子敢拿我开刀？后果他们早就知道,我在这里流一滴血,十个他们的人要准备好横尸街头。"

他看了看青山,青山是一副听神话的表情。

时光："你可以不信。"

青山："我信。屠先生在扩张实力的时候是个奇才,他的地下王国还在一九二七年就让我们全无还手之力。"

时光："地下就地下。地面上鬼子占先,地面下我们为王。"

青山在沉默,那种沉默对他来说是难得的严肃和忧郁。

时光用一种胜者的口吻："我来告诉你小鬼子是什么,就是小鬼子,胆小鬼他孙子,就这个说法。刚占了上海时他们还以为坐大,我们给他来了几个黑色星期五,一周血祭什么的,立刻老实了。从此他们要有什么大动作先得汇报我们恩准。就这点本事。"

青山仍然是那种表情："那只是暗流,在暗流没人玩得过屠先生十几年打下的根基。可日本人真甘心这么老实？"

时光："他们害怕强横。怪只怪这个国家掌在一帮窝囊废手里,如果换作屠先生,早就让他们知道什么是真正的强横。"

车队正从壑道里驶过,时光愤怒地指点着外边收拾雷场的日军："如果所有人都像我这样做事,就他们……女的只好来这边卖肉,男的只好来这边卖鱼。"

青山："不是所有人都像你这样,如果要求所有人像你这样,你就成了小屠。"

时光又一次恼火。他想说成为屠先生那是毕生所愿,青山伸手让他打住。

青山："好好。我知道,做小屠,你之所愿也。"他指着外边一串被日本人押解的中国人,"可你知道他们是干什么的吗？"

时光扫了一眼："苦力罢了。"

青山："以我有限的情报,游击队在这里布了雷,日本人每天押中国人来踩雷。

你是个知道反抗的人,就不要再说游击队为什么要布雷这种话了。"

时光也说不出口,只是看着那些侥幸没死的人,正和日本人搬路边的尸骸——今天合理的损耗。他没看见,芦焱和小欠就在离他们不远的地方。

几个一脸得意之色的日本人走近芦焱和小欠,大喊大叫着,有点慰问的意思,而那辆卡车正在缓缓驱动。爆炸,卡车淹没在硝烟里。而几发冷枪让近前的日军倒下两个。这里瞬间成了一个战场,日军喊叫着,胡乱开着枪。

芦焱趴下,对拉他趴下的小欠大叫:"不是被咱们踩过一遍了吗?"

小欠:"你们的人太鬼!除了压发雷还装了拉线雷,见他们踩上了才拉!"

他的表情说不清是忧是喜,而芦焱大笑。

时光的车队在枪声和爆炸中猛然加速,贴着芦焱和小欠驶过。

九宫:"快走!会被这帮打游击的害死!"

青山则笑着大喊大叫:"这条道这两天又要不好用啦!你不觉得解气吗?觉得解气你就笑一下!"

时光冷着脸:"我不觉得解气。要我来干,会准备一百次比这猛十倍的爆炸。"

青山大笑:"你做此想,我心甚慰!"

他们的车队贴着日军的卡车驶过,芦焱和小欠从地上爬起来,被绑在一起。

黄亭监狱里,一个日军啃着一根羊腿过来,他在半地下的窗户前蹲下,看着里边的中国人。三棱和他正好对上了眼,两人互相瞪着。日军心血来潮,把骨头扔到三棱脚下,然后如观察蚂蚁吃食一样看着。三棱面临一个巨大的考验,终于,他那职业给他带来的自尊心占了上风,转身走开。枪栓响了一声。三棱回头,那名觉着没了面子的日军拿枪对着他,向那根羊骨示意。

三棱喃喃:"老子杀人的时候,你还包着一泡屎满地爬呢,小子。"

他走开。那名日军开了一枪,三棱捂着大腿根倒地挣扎。

外边人声喧哗,出去排雷的日军归来了。

十二

芦焱、小欠和今天托他们的福还活着的几名囚犯进来。

小欠第一眼就看见滚在地上掐着大腿的三棱,他扑过去。三棱拒绝他的帮助,自己爬到屋角。

芦焱和小欠看着拖在他身后那条让人心悸的血迹,三棱靠在墙上艰难地呼吸。

小欠:"怎么回事?"

三棱:"林德呢?"

小欠:"死了。"

三棱:"怎么死的?"

小欠平淡地陈述:"日本人留着我们,去踩本该他们踩的地雷。"

三棱:"我会是活活流血流死的,股动脉打穿了。不看我都知道。"

小欠沉默,只是给三棱擦去因虚脱而出的汗水。

三棱:"或者说,我是因为一根羊骨头死的……不,我是因为不去碰鬼子啃剩下的骨头死的!为了你一直在念叨的狗屁自尊!不做汉奸!去你妈的!我不要这么死!你哪怕拉几个鬼子给我陪绑呢!我现在就要去说,说我是什么人!他们会救我,然后死活由我自己说了算!自己说了算,你觉得这要求很高吗?!"

他的狂躁越来越不可收拾,小欠死死捂住他的嘴,压着他:"不行!绝对不行!你跟他们坦白,你就垮了,等他们再救了你,你就什么都不剩了!我知道人是怎么垮的!冷静,冷静,不要发火!把火闷在心里,你才不会虚弱!"

三棱狠狠的一拳,打翻了小欠,并向着窗口挣扎:"我去你妈的虚弱!我是国军的情报员!知道很多你们想知道的……"

他话音骤止,因为小欠也给了他狠狠的一拳。三棱狂怒,用那块锈铁狠狠划了过去,在小欠身上开了条口子。然后两个人在地上拼命厮打——两个都是擅长置人死地的家伙,厮打起来毫不容情。

日军的脚从天窗外踱过,在窗外徘徊。

三棱比小欠更狠,他又扎了小欠一下,挣出了被捂着的嘴:"我……"

芦焱猛扑上来,死死掩住三棱的嘴。小欠夺过那块锈铁片,猛力上挑,扎进三棱的心房。

小欠一边使劲一边啜泣:"三棱,三棱,我们是先生的死士,你是我最好的同僚。我知道你不是怕死,只是不想这样死……我也不想你这样死……"

三棱停止了挣扎。小欠还在使劲。芦焱呆呆地看着他。窗外的日本军靴踱开。小欠放手,抱着三棱的头啜泣,他瘫在三棱的身上。同囚们把自己挤在墙根,看着这场不知所以的自相残杀。芦焱轻轻地碰触小欠。

小欠茫然地:"他不是汉奸。"

芦焱:"不是的。"

小欠:"日本人把我们当作猪,每天来割下一条肉。他这样做,因为他想做个人,不想做被割下来的一条肉。"

芦焱:"我都知道。你也不要垮掉。"

小欠全无反应,你可以认为他已经垮了。

芦焱:"我们都不能垮掉,对不对?你还没搞清我到底是个什么货色呢。你一直在告诉林德和三棱,不要垮掉,我们不要垮掉。"

小欠全无反应。芦焱从小欠的手上扳下那块锈铁,小欠全无反应。芦焱四顾,找到了他要找的人——努桑哈,正低着头在那翻土,周围事跟他没相干一样。芦焱过去,拍他。努桑哈抬头,正把一个鬼知道是什么的东西咽进嘴里——芦焱也不去想那是什么了。

芦焱:"努桑哈,我们不是还有半袋子水吗?把它给我。"

努桑哈:"那是我要自己喝的。"

芦焱让他看那块带着血的锈铁:"你看,我刚杀了个人。"

他立刻得到了努桑哈从里衣里掏出来的水袋。

芦焱回到小欠身边:"看。我们有水了。"

小欠木然:"早晚的事。"

芦焱:"不是拿来喝的,欠老板。今天被押着进进出出时,我一直在看,我看到有一道墙,它特别薄。"

小欠:"……你到底想说什么?"

芦焱指着一处墙根:"那里,就是那里。来,开始干活啦,欠老板。"

小欠像要虚脱:"干什么活?"

芦焱:"挖呀。欠老板,咱们逃出去!"

小欠看着他往洞壁上润上了一点水,然后开始用锈铁片掏挖。

小欠:"我怎么没看见有什么特别薄的墙?"

芦焱:"你伤心过度啦。来吧,挖。"

小欠:"……你好像在挖石头。"

芦焱:"稍微错了几个公分。"

他往旁边挪了挪:"好啦。挖。"

沦陷区的公路上,稀疏的星光照着夜色下的时光车队。青山在假寐,时光也是。时光的腿疼得根本睡不着,青山则偷眼觑着他。时光望着窗外浸了墨一样的夜色,青山希望这能让他不那么疼痛。

青山:"孩子?"

时光不回应,他希望这样能让青山以为自己睡着了。

青山:"腿疼,就把假腿拿下来吧,我想那东西不该戴着睡觉的。"

时光:"不用。"

青山:"现在也不要用腿啊,你现在需要的是休息。"

时光:"不用。"

青山:"别在一个老头子面前不好意思。别当我共党,只当我老头子。你要知道这个老头已经老到什么地步,他尿尿经常会尿在自己鞋上的,你要在这么个人面前不好意思吗?"

时光:"……闭上你他妈的臭嘴!"

前座的九宫被惊得从瞌睡中一惊而醒,迅速拔出了枪。

幸亏司机早已被后座老少的一惊一乍练就了心理素质,仍平稳驾车。

九宫讪讪地看时光一眼,把枪收回了怀里。

青山:"粗暴孩子,幸亏你还不暴虐。"

时光:"我会虐给你看的。"

青山:"那是以后的事了,现在还是睡吧。你实在该把我安排到另一辆车上,这样你就可以在后座上躺下。"

时光:"用不着。兴许你就是想被我安排到另一辆车上呢。"

青山:"没有没有,我还就是爱和你说话。"

时光瞪着他,眼神很明显地表示出青山的爱好即是他的苦难。

青山拍了拍自己的大腿,时光讶然,不是因为不明白,而是因为明白。

青山:"头搁这儿,可以睡得舒展一点了。"

时光:"我看你……真是快疯了。"

青山:"这个言重了,只是人情之常。比如说吧,你和你最敬爱的屠先生,你们一块儿出行,山高水远,人困马乏,难道就不能这样……歇息一下?"

时光用一种让人目眩的速度打开了青山那边的车门,另一只手上的消音手枪顶着青山的头。他真的是被激怒了。风灌了进来,车外呼啸的夜色如同鬼影。

前座的九宫这才反应过来,手忙脚乱地掏枪,毫无必要地又添上了一支从前方指着青山的枪。时光瞪着青山,青山无辜地看着他。

时光一字一顿地:"不要再说对先生不敬的话,不要再提我的腿。"

青山:"同甘共苦,相濡以沫,又有什么不敬?你敬爱的先生也是个人吧,七情六欲,血肉之躯。"

时光瞪着他。

青山:"不是妖,不是神。"

时光的眼里冒着火。

青山叹了口气:"是人哪。"

时光的眼里快要喷出子弹。

青山做个和解的手势:"年轻人总是不爱惜自己,那可是你自己。好吧,你不睡,我可以睡吗?"

时光:"……可以。"

然后那老小子头往后一靠,眼睛一闭,真睡了。时光有点无措地瞪着,枪还顶着青山脑门儿,车门也开着,他甚至什么都不用只要肩膀一挤……可那家伙就是这么睡了。时光终于决定关上车门,将风声与夜色都关在外边。他看前座的九宫一眼,九宫连忙收枪,转过头。看见时光的难堪对他们来说会是隐患。然后时光继续正襟危坐,带着他的断腿、伤痛和一肚皮需要慢慢消解的无名火。

青山:"我睡相不大好看。"

时光警惕地看青山一眼,后者是闭着眼的,但是在和他说话。

时光:"闭嘴。"

他们一个坐守长途,一个呼呼大睡。青山开始打呼,时光开始忍受这鼾声,从他的表情来看,他大概一辈子也没听过别人的鼾声。

黄亭监狱,小欠坐在芦焱旁边,一脸的落寞和孤独。芦焱仍在掘洞,那个洞现在扩大到能塞进一个篮球了。

小欠:"人这辈子最要紧的是什么?"

芦焱没停手,只是看了看他:"不知道。"

小欠:"是家。你来过沦陷区吗?"

芦焱:"没有。长见识啦,这辈子都不该长的见识。"

小欠:"我也没有,从鬼子打进来我就在两棵树做欠老板。我的家在上海,老婆孩子都在。"

芦焱看了看这位同乡,然后继续他的忙碌。

小欠:"我有个四岁大的儿子,我没见过他,做这行还是少见家人的好。听说鬼子狠,这回我才知道有多狠,我很为他们担心。"

芦焱:"上海会好一点吧?鬼子在各国租界还是得冒充一下文明人。"

小欠:"谢谢,你真会宽人心。我的代号真叫小欠,因为我最拿手的是忍,忍各种人所不堪之事。"

芦焱:"我保证我遇见过的任何一个半死不活的饥民都比你能忍。"

他顺手指了指一直撅着屁股掏土的努桑哈:"还有,譬如那位。"

小欠哑然:"说得对。谢谢提醒。"

但是那把锈刀断了,芦焱苦恼地看着。

芦焱:"贵方的宝刃在哪儿磨制的?"

小欠愣了一下,然后没精打采地指了下某个角落。

小欠:"那边有块够硬的石头。"

芦焱去打磨他的锈铁片,而小欠看着他。

小欠:"我想跟你谈笔交易,何先生——或者管他什么先生。"

芦焱:"那你先得等我攒足了本钱,现在我是一文不名——好像你也是?"

小欠:"别挖苦,你听我说。其实种子在我们眼里不重要,屠先生要它是想摧毁你们。若水先生光对付屠先生就喘不过气来了,哪还有力气去惹你们共党?"

芦焱:"不重要你怎么会坐到这里来的?"

小欠:"我们想要那东西,因为屠先生想要,凡是屠先生想要的东西我们都不能让他拿到。屠先生这些年把我们逼到什么地步?不比你们共党好多少,这回更搞到横尸街头,剩下的人也活不了几天。屠先生不要和解,只要绝对的权力。"

芦焱在挖着墙,比刚才更加用力:"……我知道。"

小欠:"你怎么会知道?"

芦焱:"我就是知道。"

小欠:"总之,我们若水一系很想和你们和平相处,可屠先生步步紧逼,我们早就举步维艰,再不扳回一局,先生要有性命之忧了。总部对你们的种子一直很有兴趣,所以……我们动手了。"

小欠:"可事情立刻就失控了。"

芦焱:"你们打算内斗时就已经失控了。"

小欠:"是啊,当活在日军的枪杆子下,我觉得……真是内斗。"

小欠在发呆,这些天,对他,对芦焱,对船帮和共产党,甚至对屠系都是噩梦。

小欠:"见过斗狗吗?要把狗的眼蒙上,它们的嗅觉和听觉很好,会跟对方撕咬到死。可它看不见,不知道为什么要撕要咬——我的世界一向如此。"

芦焱:"你不喜欢这样,又干吗认可它是你的世界?"

小欠:"又能怎样?"

芦焱:"反正我一直到今天还在找我的世界。"

小欠实在受不了他那重复的动作:"能不能别挖了?"

芦焱接着挖："顺便挖挖洞什么的。"

小欠："好吧,随便你了。我只是告诉你,我们对贵党没有敌意,至少若水先生个人没有敌意,要种子是为了保身。我代表先生向贵方保证,扳倒屠先生,然后我们将会通力与贵方合作……你明白我的意思吗?"

芦焱沉默,因为这个古怪的提议。

芦焱："把我们搞死之后,你们通力和这个死人合作?"

小欠："不是!你们一定还会有备份。你们现在不是要把种子送达上海吗?把种子给我,你可以立刻通报延安让它报废,而我们会全力帮你们送达真正的备份!我们还可以帮你们对付屠先生,因为他是我们共同的敌人!"

芦焱哑然,呆了好一会儿。

芦焱："……很荒唐,我觉得。"

小欠："说荒唐,因为你不了解官场。拿到了就是奇功,至于有用没用,可以推诿给别的倒霉蛋。"

芦焱："如果你们拿到了密码,我们却用密码发送假消息,那岂不害死你们?"

小欠："对总部也许有害吧,可对若水先生有益。先生因此可得到晋见总部的机会,不至于再这样被屠先生拿钝刀子割着却无还手之力。"

芦焱脸上是不信任的表情。小欠看看他,舒了口气,同时也下了个决心。

小欠："好吧,我告诉你的是秘密,因为我想取信于你。若水先生因为一九二七年的亲共态度早已失势,退隐在野,还得变着身份躲屠先生的暗杀。现在是屠先生唯我独尊。上海事发,屠先生把乱子变成了机会,时光之辈把我们赶的赶杀的杀,屠先生则自官场彻底清我们出局,他这回是必杀若水先生。"

芦焱："你们的内斗跟我们又有什么相干?"

小欠："还不明白?先生连去重庆的机会也没有,只能在上海做个隐士!种子在手,先生必须亲自送往重庆!凭先生之力,还能扳回局势的,他赢了,你们共党的日子也就好过得多!我们对你们一向还算温和的,以后会更加温和——去问你们的青山先生。"

芦焱："那你就要等我们一起活着出去,再见到青山了。"

小欠叹口气："是啊……我们做了那么多背信的事情,还来奢望你们的信任。"

芦焱起身,去拿水来润泽他一直在掏挖的墙洞。

小欠在良久的犹豫后终于伸手去摸了摸芦焱掏出的那个洞。

他愤怒地大叫起来："你还在挖石头!你这个混蛋一直在挖石头!"

沦陷区公路上。时光在生闷气,因为身边的青山不光在打鼾,在汽车的颠动中老头子的脑袋都歪了过来,靠在他的肩上。时光一次次推开,他一次次歪过来,两人仿佛在打一场全无意义的车轮之战。

行驶的车轮下发出一声枪声样的巨响，那是什么东西从车轮下崩飞的声音。

首车停下，整个车队停下。天外山们持枪下车检查，只见车下一块偌大的石头。

天外山："他妈的，底盘都崩坏了！"

首车的灯光束照射出去，路面上大大小小的石块一直延伸到光束尽头。

天外山："这谁干的？""游击队吧，他们就爱搞这套！""他们会把整段路给挖掉的。""被鬼子搞到饥荒连连，他们也饿到偷工减料了。"

嬉笑。然后开始搬开那些石块，那倒并不是太耗力的工作。

时光纹丝不动地在车里坐着，但已经把那支汤姆逊从座位下踢了出来。

时光："一组搬石头。二组戒备。"

九宫："是。"

他奇怪地看着倚在时光肩上的青山脑袋。时光嫌恶地再次把脑袋推开，同时对九宫狠狠瞪了一眼。九宫立刻跑向了队首，说笑声立刻没了，工作变得有序，二组视线向外，监视着四方。

青山醒来，揉着眼睛，他是真睡着了。

青山："对不起对不起。没把你累着吧？"

时光："别耍嘴皮子。外边有鬼。"

青山立刻安静了，他不再做任何干扰时光的举动。时光毫不放松地盯着前方。但手下平安无事地清出了可容一车通过的间隙，并无异动。

九宫再度回到时光的车边。

九宫："可以过了。"

时光再度看了看四周，黑沉沉的，看不到什么。

时光："走吧。"

九宫向前车挥手，前边的人上车，他们仍在戒备，只是放松了许多。他们没工夫清出整条路来，所以前车以极慢的速度从那条间隙中挤进。

依旧安然。

时光："上车。"

九宫上车，时光的车缓缓发动。同时，尖厉的枪声。

时光座车的后胎被击碎，轮轴在自动武器的打击下飞了出去。司机将车猛然刹住，然后被一枪击中了脑门。

枪声是从青山所坐的那侧传来，时光将青山摁倒。他抄起冲锋枪，脸上有一种嗜杀的亢奋。

时光："待着。"

他推开车门滚了出去,前座的九宫只比他慢了一秒钟。前车的天外山向这边火力支援,几个奔过来增援的人被公路边的袭击者用火力拦截。时光和九宫蹲在车后等待,他俩一枪不发。

时光分辨着黑暗里传来的枪声,直到冷笑。

时光:"王八盒子破左轮,加上几支一百式,就来搞我?阿部堪治嫌他手下人太多了吧?"

九宫:"日本人?"

时光没理他,倒是青山推开车门想从里边出来。

时光:"待里边,这车能挡点子弹。"

他撞上门,把青山关在里边。确实,那些小装药的手枪子弹无法穿透时光的车身,只能打碎窗玻璃。青山在车里躲避着飞溅的碎玻璃。车身边响起一声爆炸,火光和烟云。

时光看起来很高兴:"还带了手榴弹,有点意思了。"

一个人从公路那侧冲了出来,那是个敢死队性质的家伙,他直冲向这车。时光起身,汤姆逊的连射将那人身上携带的炸药都打得炸开。他的手下在底盘下就着爆炸的火光射击公路那边闪动的人影。

时光:"一个都别放走,尸体就是咱们给小鬼子的回话。"

对方的袭击迅速演变成溃逃,几辆车上的天外山追射旷野中的日本同行。他们已经离开了车队,甚至离开了公路。

青山在车里看着,直到听见身后的一声轻响。从路的另一侧站起一个人来,他一直隐忍着,即使唾手可得时他也没有对时光开枪。现在他大步走向他唯一的目标,车里的青山。青山在车里搜寻,时光没给他留下任何抵抗的武器,连能挡挡子弹的东西也没有。那个人径直走向已经被打得粉碎的车后窗,他的手枪已经举起。青山将一块碎玻璃向他砸去,这没能阻止刺客的动作,只让他的脸完全隐没在黑暗和鲜血里。他开枪。

然后汤姆逊的连射声轰响。时光站在公路那边,将枪里剩下的子弹倾泻在这名刺客身上。刺客抽搐着摔回他藏身的地方。时光将打光膛的枪扔给九宫,走向他的座车,他不关心他的目标是否还在喘气。他看了眼车里,青山安静地坐着,一手扶着前座,侧头看着他。

时光笑:"叫你老不死的,这条命还真不是一般的大。"

青山:"幸亏你来得及时。"

时光:"有点后悔,其实你挨上两枪兴许就安静了。"他转向待命的九宫:"上车!走人!别挨到鬼子军队来!"

车队再次启动。九宫拖开司机的尸体,继续开车。时光重重地坐回青山身边,厮杀让他心情爽利。

时光:"老家伙,以后别信口雌黄地说我们不杀鬼子!"

青山:"哪有说。我是说凭你们的实力可以干掉更多鬼子,我们真正地齐心协力,借你的话,那现在的侵略军只好来这边卖鱼,或者……"他艰难地笑笑,"随便你说卖什么东西。"

时光:"卖肉啦!你这个老家伙总算有趣了一下!"

他重重拍打着青山,像没有隔阂的老朋友,直到他发现青山猛地抽搐了一下。时光看着这个老人痛苦的神情。

时光:"你……挨到了?"

青山:"还好啦。"

时光动作粗鲁地将青山佝偻的身子扳直。他看见了青山腹部深红的血渍,血渍在迅速扩大。时光咧了咧嘴,脸上的肌肉抽搐了一下,你说不清那表示悲哀还是在微笑。

黄亭监狱,日军进门,随便指了个人,要他拖走昨天的尸体,当然包括三棱的尸体。

芦焱停止了掏挖,小欠被他捅了一下,帮他遮住了墙洞,其实那个洞小到无须遮掩。按惯例下边便要进来拉人了。

芦焱:"希望今天不要被拉出去。"

小欠苦笑:"没用的,有特别关照,怎么都会有我们的。"

但是他愣了,因为进来的不是昨天那位,而是另一个面善的翻译,那哥们儿几乎没勇气看被他指到的人。小欠很顺利地被指到,但那翻译和他对了一下眼,手偏了一下,指上了芦焱。芦焱被拉起来往绳套里拴。

芦焱:"昨天那位呢?"

翻译很小心地看了看身后的日军:"听说是国军的探子,被活剐啦。"

芦焱哑然,因这个世界而哑然。

而小欠却发作了:"你指的不是他!你要指的不是他!"

日军立刻过来强行把他和芦焱分开。

翻译小声抱着歉:"没办法,这里的人都是要死的。"

小欠:"那你又为什么要活?"

翻译:"没办法。"

日军开始用枪托揍小欠,而芦焱抓住小欠。

芦焱小声地:"接着挖。"

小欠因这三个字而愣住。

芦焱推开了小欠,大声地:"你昨天一点儿也没做错!控制自己和不能控制自己,我们做人就是这点尊严。"

芦焱和新的人肉扫雷器们被带出去,小欠呆呆看着,努桑哈呆呆地看着。门关上。

小欠摸摸自己的口袋,芦焱临走时在那里塞进了东西。

那块锈铁片,曾经的锈迹已经在漫长的磨砺中去尽,持握的一端带着斑斑的血迹。他挪开身子,看着芦焱用一晚上掏出的洞,能进去个兔子,真是个奇迹,但不是足以逃生的奇迹。

沦陷区公路上,青山倚在座位上,茫然但是清醒地看着车窗外掠过的黎明。茫然是因为痛苦,清醒则是他的气质。

时光将手从他的伤口上挪开,闻了闻手指上沾的血液。他的神情有点复杂,幸灾乐祸却又带着怜悯,终于轻松了却又感到沉重。

青山:"怎么样?"

时光:"死定了。"他尽量用一种与他无关的语气,"安心吧,我会替你报仇的。"

青山:"你已经帮我报仇了,刺客在开枪的同时就死了。"

时光"哈"了一声,高兴与悲哀两种神情在他脸上同时出现,几乎不大由他控制,于是他决定理性地说话。理性在这时是种掩饰。

时光:"这个伤口是可以要人命的,不过还不是没得救。可是子弹切了口,灌了水银,又封上铅,现在你血里边流的净是这些东西,这就死定了。"

青山有气无力地笑了笑。

时光:"你仇人还真不少。这种子弹贵得很,我们轻易不用。"

青山:"我没有仇人。"

时光看着另一侧的窗外,他比青山更加茫然。他怜悯,但他什么都不愿意做,甚至不愿意显现分毫的关心。

时光:"那你身份不小。这种子弹我们杀大人物才用,你是大人物。"

青山:"狗屁。"

时光愣了一下,这是他听到青山的第一句粗口。他看着青山,青山的神情有些惨淡。

青山:"孩子,我还能活多久?马上就死,还是……"

时光:"我见过一个人就剩半截,还喘了一整夜,让你以为他还能活下去。你问了我一个没谱的问题,还能活多久看你自己。"

青山:"是的,看我自己。"

时光:"不过会活得很难受,肠子烂掉,毒血腐蚀骨头。这么难受,我会说,死了真的比较好。"

青山："不能死。"他像在说梦话，"老人家，比较惜命。"

时光："想让我救你吗？最近的医院离这儿只有六十里，鬼子的医院。"他没有表情，却看起来像在笑，"值得用这种子弹杀死的人，他们一定更想要活的。"

青山："别逗我了，如果他们想要活的，你宁可再掉一条腿也会把我变成尸体……不，不能停下来，孩子你不知道，我们都是射出去的箭，停不下来。"

时光："你这支断箭是要去射谁呢？"

青山："保证不是射你，也不是射你敬爱的屠先生。"

时光绝不信任地哼了一声，青山的痛苦应该让他愉悦，但他无法愉悦，他看着窗外。

青山："很多人觉得我是个多余的老头，我死了，很多人会觉得高兴。还有的人就会想，哈，你也有今天。"

时光看着窗外："说谁呢？"

青山："不一定是说你。"他苦笑，苦笑让他疼得颤抖，"孩子，有药吗？"

时光："什么药治得好你？"

青山："不是治病的药，止疼的药。你的腿那样，止疼药应该是带了的吧？你打算让我一直疼到上海吗？"

时光掉头看着他，看了很长一会儿："你现在看起来倒不是那么讨厌了。"

青山苦笑："是啊，现在我们都一样痛苦了。"

时光在犹豫。

时光："啊呀，忘带止疼药了。"他踢了一脚司机座，"我们带止疼药了吗？"

九宫："没带，什么药都没带。"

时光冲青山摊了摊手："真是不小心。"

青山："我不知道你这么恨我。"

时光咧了咧嘴，决定装聋子。他看着窗外，他不给青山药，但也让青山那边成了他目光的禁地。

青山："你的围脖可以借我吗？"

时光："你的事还真多。好吧，这个可以。"

他解下围脖交给青山。青山企图用那东西束紧伤口，多少起点止血的作用，可他用不上力。时光面无表情地看着。

青山："能否……帮把手？"

时光："可以。"

他帮青山束紧，这家伙力气很大，青山疼得几欲晕去，但时光没有丝毫手软。

时光："血倒流得不多，可是里边在烂。"

青山整理着那围脖,直到发现围巾里编织的钢丝。

青山苦笑:"年轻人杀人用的东西,居然拿来救老头子的性命。"

时光:"苟延残喘而已。"

青山:"希望能挨到我要去的地方。"

时光:"我要睡了。"

他闭上眼睛,看起来真的睡了。青山轻轻地吸了口长气,看着窗外。他的痛苦在炙烧。

黄亭墅口。爆炸。被炸飞的人和竹竿。日军的欢呼和呐喊。

又一个人从芦焱前边解了下来,芦焱望着天空,安然地等待。当又一次爆炸、日军又一次走向他们时,芦焱笑了。他被解下来,自觉地走向雷区。前面那对一死一伤,伤的那个正窝在那里发抖,而日本人在呐喊。

芦焱捡起竹竿,把他扶了起来:"走啦,我们留在身后的就是一个屁,不要让屁们得意。"

手上的竹竿还剩下一支毛笔的长度,芦焱索性把它扔了,然后挽着那个人一起步向雷区。

日军沉默,因为这样去踩地雷的人他们前所未见。

芦焱挽着他的同难兄弟,走过了他自己都不敢相信的一段长距离。脚下轻响一声——来了,小欠提醒过他的东西。

芦焱不再挪动他的脚跟,他把同难兄弟推开:"走开。走远点,我中招了。"

同伴瞪着他,芦焱微笑,做了一个请走的手势。那边擦了擦眼睛,鞠躬走开。

芦焱向着他身后的日军张开双臂大叫:"你们这帮一千年都学不会做人的孙子!老子踩着地雷啦,怎么着吧?"

日军在讶然后向他呼喝,居然一大半是用的汉语,因为只是说一个"走"字。有人拉着枪栓向芦焱威胁,反正只要把他打死了,地雷也会爆炸。

芦焱抱着双臂,看着自己脚下的地雷嘀咕:"至少我也费你们一发子弹。"

日军气急败坏地吆喝,芦焱听见有人用汉语在喊胆小鬼。

芦焱:"你们才是胆子最小的人类!有种过来肩并肩来个合影!"

还真就有个傻×气昂昂地要过来,然后被军曹拿刀鞘揍了回去。而那名军曹举起了步枪,他真的在瞄准,他们不打算再浪费时间。芦焱望着天空微笑,但是枪并没有响,任芦焱摆着等死的姿势。他看着那帮日军,几个新来的家伙正在向他指指点点。

军官:"是他吗?"

日军:"应该就是他,和那些蒙古人一起被虏获的。"

于是那个军曹也被刀鞘殴击了。

军官:"快把他给我弄出来!吉川队长在等着!"

几个工兵向芦焱跑过来,挖掘他脚下的地雷。这是芦焱第一次看见有点技术含量的排雷。

沦陷区公路上,时光的车猛地停下,他下车,去青山所坐的那边。

时光:"要方便吗?"

青山昏昏沉沉地看着他,痛苦已经让他以汗洗面。他摇了摇头。时光耸了耸肩,然后自己到路边方便。

九宫跟过来:"时光。"

时光九宫转头,看见青山正费力地推开车门,从车里出来。他手扶过的地方是一个个殷红的手印。

时光:"没什么,他只是透口气……只是透口气。"

确实,青山挪到路边,扶着路边的树气喘吁吁,所有的人都觉得他会一头摔倒在那里再不起来。青山看着路那边的旷野、山峦和田地,炽热的目光中夹杂着哀伤。时光回到车边,打开了后备厢。他看着车厢里的内容在犹豫。

武器、衣服、药品他的手下不可能不为他们断腿的首领准备好这些。时光看了看青山,然后关上了后备厢。

九宫如影随形地跟在后边。

时光:"给先生发报,青山遭日本人袭击,重伤无治。我不打算给他治疗,因为这样至少可以防止他要诡计。我会在今晚到达上海,希望他能撑到那个时候。"

九宫:"是。"

时光:"去吧。"

九宫:"时光,你该吃药了。"

他的手从口袋里伸出来,拿着一瓶强效止疼药。

时光犹豫了一下:"不吃……胜之不武。"

青山扶着树在路边站着,一动不动。时光看了一会儿。

时光:"走啦!你打算死在那里吗?"

青山缓慢地回身,苍凉地苦笑。

青山:"不不。得赶快动身……得赶快赶到上海。"

车队再度疾驰。沦陷区,公路上,前方阴晦的天空下终于出现了那片庞大的建筑群,什么都看不清,在南方的雾气中它只是乌蒙蒙的一个轮廓。时光的表情也显得复杂,我们能同时从他脸上感到感伤和憎恶。

时光:"上海。"

九宫:"我们看见的只是郊区。"

时光:"上海的郊区。"

他的心神从目的地挪开了看了看身边的青山。青山闭了眼,垂头坐着,腹部的围巾上没有多少血渍,但他看起来像是停止了呼吸。

时光:"老家伙,你还活着吗?"

没有动静。时光伸手去探青山的鼻息。

青山:"上海,它是你的家乡吧?"

时光愤怒地拿开了他的手:"……不要装神扮鬼!"

青山:"只是养神,养好神。谁知道上海还有什么出乎意料的事情。"

时光:"不会有了,我们在上海的实力足以掌控任何事情。"

青山:"这阵子诸多的血洗,火并,似乎不好说掌控。"

时光:"是对不自量力者的惩罚。洗牌。"

青山:"是野心膨胀,孩子。掌控不光是控制别人,也包括自控。"

时光又想发作,但看一眼青山的惨状,火气反倒没了。

时光:"我何必跟一个说话就要进棺材的人斗嘴。"

青山苦笑:"你是又长大了些,我就不知道我会不会有棺材。"

时光沉吟了一会儿:"棺材倒会有的。"

青山高兴了:"谢谢,赚了。"

时光纳闷儿地看着他。

青山:"有棺材就好,这行当有棺材就很不错了。"

时光:"不知道你在想什么。"

一路的争吵有助于拉近二人的距离,青山受伤之后,见死不救让时光有些许内疚,他对青山少了许多粗暴与生硬。

时光:"你这趟出行就是准死,你早就知道吧?命都不要,又何苦毫厘必争占这些小便宜。"

青山悠悠然地看着窗外:"不欺人,不害人,能帮人时不使坏,偶尔占点送上门的小便宜,不亏心。"

时光:"好好的在说话,又何苦刺人!"

青山看看忽然变得愠怒的时光,有些不解了。

青山:"刺人?没有啊。"

时光:"什么叫不欺人,不害人?"他学乖了,"你住嘴吧,不用解释。"

青山微笑,笑容里甚至有欣慰的意思。

青山:"有人说你跟小屠不是一类人,我现在才相信。欺人害人的日子不能让你满足吧?就算小屠告诉你这就是人上人。你想要什么,孩子?"

时光愣了,他选择了一种更有效的伤害青山的方式。

时光:"告诉你这话的人是门闩吧?他已经死了,估计我们到上海时他都已经臭了。"他细细地欣赏着青山悲悯的眼神,"没有棺材。"

悲哀袭击着青山,他不掩饰。但时光也明白了,这打不倒这一个见过太多生死沧桑的老人。

青山:"他是个好人。"

时光:"还不错。他发难之前,我正跟先生建议给他升职。跟密码有关的共党我亲手杀了多少个?我都没空数。但你可能是最后一个还活着的吧。"

青山:"可能。"

他看着自己的伤口,原来的苍老瞬间又添了十岁。

时光:"所以别再说我不欺人不害人。"

他看着窗外掠过的景色,那是个不再谈话的信号。

黄亭蛰口。芦焱从他的死地回来,被几名日军推搡着走向卡车。几名工兵用木板抬着挖出的地雷,在欢呼声中归队。新来的那名军官不屑地看他一眼:"带他上车。"

于是芦焱被带上车。他回望着那道必定令他永志难忘的蛰口,就在这时,那里发生了一次不大不小的爆炸,一个乌七麻黑的日军从蛰口处挣出来,摔在地上。

军官大骂:"笨蛋!为什么挖出来的地雷还会爆炸!"

士兵:"因为该死的赤匪用了劣质的炸药!"

军官:"他们为什么不能用好一点的炸药?"

士兵:"那样我们会死更多的人,大人!"

芦焱难以掩饰脸上的笑意,也无心掩饰。

日军基地的房间里,芦焱低头坐着,日军的皮鞋和裤腿在他的视野里出出入入。一只皮鞋踹过来,芦焱勉力坐直,然后被两名日军架了起来,他得去见要见他的人。

一幅郑板桥字画映入芦焱的眼帘,飘逸兼之清凉。芦焱呆滞地站着,急促的日语之后是死样活气全无半点感情的翻译:"你是大大的良民。你支持大东亚共荣圈的繁荣,我们希望每一个中国人都像你这样。"

芦焱听着,尽可能不要让自己显得惊讶。

翻译:"我们应该奖赏你这样为帝国效命的人,大大的奖赏。你是那支被我们误会俘获的马队头领吧?"

芦焱:"马队的头领是那位叫努桑哈的蒙古人,你找长得最丑的就是了。"

翻译小声:"我知道。可吉川队长就是嫌他长得太丑了,吉川队长出身高贵,绝不和长得像劣等人种的人对话。"

芦焱在眩晕,瞪着那位翻译。

翻译:"请不要看着我。吉川队长和你说话时必须看着吉川队长,因为他出身贵族世家。"

芦焱只好又看着墙上的字画。

翻译:"马队运送的全是我们紧缺的物品,包括马匹,都是我们紧缺的物品。"

一只手拍打着芦焱的肩,我们终于看到一直在聒噪的吉川大人的一只手。

翻译:"要奖赏你。"

但那只手的主人发出了表示不满意的像是哮喘的声音。

翻译:"吉川大人说话的时候请看着吉川大人。"

芦焱:"……我在看着他。"

翻译:"请低下你的头。"

芦焱只好低下了头,我们也终于可以看见吉川大人。

一个多毛的矮子,努桑哈跟他相比绝对能迷死半个世界的女人了——如果世上就剩这两位雄性。吉川大人很高兴,捶打着芦焱的胸膛,像是撒娇,如果换掉军装和体毛,只看背影,我们会以为是一个发育不正常的小孩正向大人索要什么。他说话的声音时而像是嘀咕,时而成了咆哮。

翻译:"你是好人,不是汉族人。"

芦焱:"我当然是汉族人。"

翻译向吉川:"他是……毫无疑问的蒙古族人。"

吉川挥着复杂的手势说话,让芦焱以为他在为舞蹈热身。

翻译像在给他伴奏:"东亚共荣万岁。欢迎你来到我的驻地。打倒汉人,他们破坏共荣。我们会对你们很好,只要你们一直送来我们紧缺的物品。回去告诉你的族人,把马匹和鸦片都送来这里,我们给钱,很多的钱。"

芦焱终于听明白一件事情:"就是会放了我们?"

翻译:"就是这个意思。"

芦焱忽然间失去了思考能力,因为吉川的卫兵端进来一盘食物。

翻译叹了口气:"吃吧。"

在不经咀嚼的吞咽中芦焱什么都忘了。

沦陷区公路上,车队在这里停留,时光的手下在做进入上海前的最后准备。时光在车外走动,远处有几座新坟,时光看着那要灭不灭的长明火。

九宫送过来一根手杖,时光接过。那是把杖剑,森寒的锋刃。

九宫:"糙了点,你先委屈一下。就要进上海了,双车说到上海给换成纯金的,是他的心意。"

时光挥了两下,摇头:"要什么金?就这个。白进红出的实在。"

九宫瞟了一眼车里,青山在沉睡。

九宫再次拿出了药瓶:"时光。"

时光也看了看车里的青山:"……不要。"

九宫:"这又何苦?"

时光:"我不能在心里输给一个老朽的共党。"

他看了看在车边等候的手下,基本都已是刀入鞘枪入套,一片肃杀。

一股旋风卷着落叶掠过,中间夹杂着几片纸钱,一种不祥之感。

时光:"走吧。"

他掉头走向自己的座车,眼角有影子一闪,他迅速拔出杖剑,把那东西戳在地上。青山惊醒了。时光把扎住的东西挑起来——一片纸钱。

时光:"上海,该死些人了。"

青山:"我们是去救人的,孩子。"

时光看了青山一眼,那老头像是神志不清,又像是梦呓,他扔掉那片纸钱,上车。车队在飞舞的落叶与冥纸中驶向他们未卜的前程。

黄亭日军基地,芦焱仍在大嚼,翻译暗自叹息。屋里的几个日本人在鄙薄的同时骄傲,骄傲的同时唠叨。

吉川:"他长得像优种人,吃起来却像是猪。"

军官:"如果不是沾共荣的光,他只配成为消耗地雷的材料。队长,您相信这样的废物会为我们带来商队?"

吉川:"当然不信。只是为了上面再提起共荣时,好说我们做过这件事情。"

军官:"我终于明白了队长的良苦用心。"

吉川被捧得笑声都有些变调:"身为队长是一定要考虑这些大事的。"

芦焱抬头看了看笑声的来处,这让那两位的一脸鄙夷换成了生硬的笑容。

芦焱转向翻译。

芦焱:"他真的会放了我们?"

翻译:"你们是几个人?"

芦焱:"整支马队,很多人。"

翻译:"几个?"

芦焱很想说一百个:"……十个。"

翻译苦笑:"知道你在想什么,可这不可能。"

芦焱:"十个。"
翻译:"兴许会为这个数字杀了你。"
芦焱:"十个。"
翻译:"你知道这是什么世道,没死就该去谢神拜佛。想想自己。"
芦焱:"十个。"
翻译舒了口气,去了日本人那厢。听不见他们的嘀咕,芦焱只看见那两个日本人的脸色变得不大好看。芦焱目不转睛地一直瞪到翻译回来。
翻译:"片山军曹说就你一个。"
芦焱都被这份荒唐吓了一跳:"十匹马的驮子!我长三头六臂?"
翻译看着他摇摇头,神情已经像在看一具死尸。
翻译向日军:"他说不止。他们有十匹马的货物。"
军官伸出两只手指头,像是数数又像是威胁:"只有两个!"
芦焱让他们看自己所有的手指头:"十个!"
这样的争吵已经根本不用翻译,军官抬手把军刀拔出来一半:"混蛋!"
若不是他的队长在旁边,芦焱已被他劈了。
芦焱:"十个。"
吉川再次发出哮喘的声音,不知道是对芦焱还是对他的手下而发。芦焱不在乎他的心情,而军曹在乎。
军官:"最多四个!"
这次他没有伸手指头,芦焱只好等待翻译。
翻译:"跟你说吧,就算放二十个他也不在乎,他只是不喜欢被你说他不对。"
芦焱:"几个?"
翻译再没看他,转身向那军曹:"他说您说得对。"
军官舒了口气,又狠瞪了芦焱一眼,然后向他的上司鞠了个表示道歉的躬。
翻译:"走吧。"
芦焱:"几个?"
翻译强拉他出去,一边与他耳语。
翻译:"别再扔掉捡回来的命了。我这辈子都会记得碰到过一个你这样命大的人。"
芦焱随在翻译身后,两名日军在后边押着,他们走过基地。
芦焱在低声咆哮。
芦焱:"再挺一下,可能是六个!再挺一下,八个,十个!……你怎么不帮我?"
翻译:"还从来没人从那里边活着出来!不要太贪心,你几句话救了三个人!"
芦焱:"这不叫贪心!"

翻译："你是个什么人哪？嗯？我不知道走运还是背运,会说两句日语,不帮你们说话是因为你们死定了,帮你们说话是为了今晚上能睡得着——你呢？哪种人？"

芦焱沉默,摇摇晃晃往前走着："很想让自己像人的人。"

监狱门前,新的尸体正被拖出去掩埋。翻译轻轻地推了芦焱一下,他吸了口气,进门。

一只手从墙洞里拿出来,那是小欠的手,血肉模糊。

一只手在后边拍他,小欠麻木地回过头来。麻木立刻成了诧异,他看着芦焱。

日军和翻译都远远地避在门外,他们尽可能远离这个疫病和死亡横行的地方。

芦焱："你挖不出去的,这里全是石头。"

小欠愣了一会儿,饥饿、疲劳和这里的环境已经让他有种置身噩梦的错觉。

小欠："……那你还让我挖？"

芦焱拿起小欠的那只手看了看,手似乎无知无觉,抓着的那半截铁片已经磨去了所有的锈痕,刀片般锋利,滚烫。

芦焱："让你拿它挖石头,你就不会去想,拿它割开自己的血管也蛮省事的。"

小欠："共党,你死不瞑目吧？你来看我？什么交易我也不会谈了,死人不谈交易。"

芦焱笑了笑："是啊,因为他不想做汉奸。"

小欠："你等我会儿吧。到明天我也就差不多了,黄泉路上有个伴还是不错的。"

芦焱拉他起来,小欠有些茫然,因为按说鬼不能这样有血有肉地拉人。

小欠："哎,我说,你做了鬼力气还挺大的。"

芦焱："是你没力气了。我带你出去,然后各走各路。"

小欠傻笑："麻烦到阎罗王那儿帮忙美言两句,我这辈子好事做得有限,坏事干得太多。"

芦焱一只手拉着小欠,另一只手拉起努桑哈,他有点茫然地看着四周,他还能带走一个人,只能一个。

翻译掩着鼻子过来："快点,他们已经不高兴了,只准再带一个。"

芦焱放开努桑哈,反正努桑哈能一步不落地跟着,他拉起了一个孩子。

翻译："你已经救了三个。走吧。"

芦焱看着剩下的："我害死了他们。"

翻译："别开玩笑了,你救了三个人。"

芦焱看着那些呆滞的眼睛,像是要把每一个人记进心里。外边的两个日本兵不耐烦地拉动枪栓,鬼叫了一句日语。

芦焱:"我对不起他们。"

他颓然地出去,拉着一个听天由命的小欠,一个木木愣愣的孩子。努桑哈跟在芦焱的身后,他敏锐地意识到这是一线生机。

四个人茫然地站在基地门外,像是末日后剩下的四个人。四下一片荒凉。

芦焱回头看一眼他待了两天的地方,两个押送他们的日本兵和翻译也看着他们。翻译忽然想起什么,追上来把一个布袋塞给芦焱。

翻译:"吉川队长让我转交的。他说欢迎你们再来,会给你们更多这样的东西。"他不愿意说那个"钱"字。

芦焱腾不出手,努桑哈接住。渐行渐远,小欠一头栽倒,他的体力早已超了极限。芦焱背起小欠,把孩子交给努桑哈。

芦焱:"快走。我喜欢活命,可不喜欢荒唐。"

他们离开这个镇子,惶惶如丧家之犬。

十三

上海，一名船帮的头目从店铺里出来，拿着一纸包老蚕豆，一边往嘴里扔一边冲着人力车招手。人力车立刻殷勤地过去，头目上车坐稳。三进兵从车后一闪而过，从袖筒里拔出一柄套在手指上的长锥，对着车背猛扎进去。锥子穿透了车背，准确地扎进头目的心房。三进兵拧断锥子，以免流血。蚕豆从车上滚落。双车在不远处的街廊下冷眼看着，顺便买了一竹屉食物交钱。

三进兵向乔装的车夫："拉回去。"

人力车落下篷子，离开。三进兵、双车和他们的耳目们也悄无声息地离开。

天目山据点，天井里停放着刚拉回来的尸体，敌人的和自己人的，三比一，屠先生一系在与若水派系的暗战中，一直保持着说得过去的战损比。双车拎着竹屉从旁边经过，心情很不明朗。

芦淼的牢房换了，以前像是加了铁栅的卧室，现在则是真正的牢房加上刑房，随时方便把一个人吊起来折腾。

芦淼被一副脚镣拴着，链子的一端拴在墙上。他在看书，手上却压根儿没有书，但他的表情动作俨然手上有一本颇为有趣的书，有时还要往回翻一两页，找到某个关联的章节，一脸津津有味的笑意。

双车进来，有些犹豫，想假装咳嗽一下，想了一下又决定不要。

双车："我说老陈，坐牢要有个坐牢的样子，重犯要有个重犯的德行，就是给你换了间比较像牢房的牢房而已，不必撒气愣充没看见我吧？"

芦淼放下并不存在的书："说得对，我倒做作了。"他惊喜地发现双车手上的竹屉，"拿的什么？别说，我猜——蟹肉的生煎馒头，对不对？老天，双车兄，换个家具多点的房间，还能有好吃喝，我划算啊！"

双车苦笑着把竹屉递过去："鬼脑子，七窍心，贼眼珠子，狗鼻子，铁嘴子——你身上怎么净生些拿来占便宜的物件？"

芦淼早已开吃："物极必反啊双车兄，这些东西都长一人身上那就剩劳心费力了。"他看看双车，"你不知道，书这个东西可以心看，吃的却没法心吃，那只会让日子越发难过。"

双车明显地不信："那你在看什么书？"

芦淼很高兴他问这个问题:"绣像西游,会评本的。"

双车:"……好看吗?"

芦淼:"正看第七回呢。八卦炉中逃大圣,五行山下定心猿。"他兴致勃勃,"圆坨坨,光灼灼,亘古常存人怎学?入火不能焚,入水何曾溺。光明一颗摩尼珠,剑戟刀枪伤不着。好看。"

双车:"你要说我拿你没奈何,你就是那只猴子?"

芦淼:"不是你啊,老兄。我要没死,咱们还是一个战壕里的战友。我说的是要来的人。"

双车一下子变得很不自在:"什么人要来?没有人要来。"

芦淼:"不是屠先生。一个区区在下还不值得他以身犯险,而且他来怕是要整副刑具才说得过去。只换了个很牢房的牢房,又只有半副镣铐加身,还让久经风雨的双车兄一脸压力——屠先生之下的难缠人物?是那位天纵奇才的时光吗?"

双车尴尬:"麻烦你见了他装一点惊讶。他不会信你是猜出来的——我跟你陈兄已经很扯不清了。"

芦淼:"知道,近朱不许赤,近墨不准黑,双车兄一直累得很。"他正色,"以后别来看我啦,好意心领。我也希望以后跟我们打交道的不要是个逢红必弑的疯子。"

双车:"谢谢。"他沉默了一下,"不过我在上海已经看不着共党啦。"

芦淼因此而沉默,双车出去:"我关灯啦,你看书吧。"

芦淼:"关了灯还怎么看,会把眼睛看坏的。"

双车瞪他一眼,关灯。一片漆黑。

芦淼:"双车兄,今天你杀了几个?"

双车:"我们折了一个,杀了他们三个——有一个是船帮的香主马斧头。"

芦淼:"认得。去年一块儿给日本人添过乱子的人物。"他在漆黑中叹了口气,"胜亦无喜败堪忧啊。"

双车沉默了一会儿,出去。他走过天井,三进兵正带人清理尸体,斧头和手枪从那名被锥杀的人身上清理出来,扔在一边的油布上。

八角马坐在一边擦枪,他很开心:"是马斧头没错。"

双车看着他:"你在干吗?"

八角马:"擦枪啊。"

双车:"枪让手下来擦就可以了。"

八角马:"那哪儿行?这是咱们保命的玩意儿。枪可以让手下擦,保命家伙是一定要自己伺候。"

双车:"对呀。以前咱们出门是可以不带枪的,现在我一睁眼,枕头边就是这家伙。"他厌恶地吐了口气,"你觉得好过了还是难过了?"

八角马:"……把连若水在内的船帮王八蛋斩尽杀绝,就好过了。"

双车沉闷地想了一会儿:"把马斧头的斧头给船帮送去。"

八角马:"是。"

双车:"告诉他们,停战一周。想来他们也元气大伤,得收拾残局。"

八角马诧异地:"双车?"

双车:"时光就要到了,随行的共党听说是个极重要的人物,我们得全力保证时光做好他的事情——是先生的意思,不值得为几个虾米放跑时光带来的大鱼。"

那还有什么话说。

八角马:"是。"

他把玩着要去送交船帮的斧头。

双车看着天空:"要快,时光已经进上海了。"

时光的车队缓缓驶过街头,雨水淋漓下黑色的车体锃亮。灯红酒绿,与芦焱所在的活狱相比这里像天堂一样,虽然病恹恹的。上海此时是西方诸国的东方都会,路边站立的几个日本兵是这座城市被占领的痕迹,中国人、外国人各有各忙。

时光的手下紧张起来,手伸在衣襟里,脚下是上足弹药的自动武器。他们看看窗外的日本兵时并不掩饰自己的傲慢。

时光:"看见没有?就算再占十个上海,那帮萝卜头也只是臆想着发战争财的穷光蛋。"

在倨傲的车队面前几个显得寒碜的日本兵将脸转开。时光看了看青山那边的窗外,他实际上是在看青山。

青山闭着眼,似在昏睡,一声像是呻吟的叹息声:"我们更穷。我们没有十个上海给他们占。"

然后他睁开眼,一种隔世为人的目光看着窗外流光溢彩的夜晚。

西河渡,荒野里漆黑的一片荒凉。芦焱正在检查着昏迷的小欠,直到确定他没什么大碍。

芦焱:"是饿的。"

他在怀里掏着,很难想象一个饿得半死的人在吃东西时还会想到别人,但芦焱在吃吉川给他的食物时确实没少往怀里揣。

芦焱:"你喂他,我去找水。"

他把食物给了努桑哈,走两步,在一种狂热的咀嚼声中转回头。

让努桑哈喂小欠是绝没有的事,努桑哈正自忘怀地大嚼。

芦焱:"努桑哈!"

努桑哈冲他翻着白眼:"是喂他!"

芦焱叹口气索性回来："算了,反正他也不缺水。"

努桑哈并不恶,在芦焱拿走他的一半食物后,他把剩下的那份又分给那孩子一小半——他只是无法跟小欠这样的人分享食物。现在芦焱身边有了一老一小两支吞咽大军。芦焱把食物凑到小欠的嘴边,食物沾唇时小欠也就醒了,他就在芦焱的手上狼吞虎咽着。直到意识到自己一直在芦焱面前保持的尊严与身份,才不自然地看了芦焱一眼。

小欠:"奇了怪了,死人肚子也会饿。"

芦焱:"你看我像死的吗?"

小欠怔怔地看着他,一直恍惚的眼神终于开始清醒。

芦焱:"出来了。虽然不是逃出来的,可是出来了。"

小欠愣了许久,把芦焱的手和食物一齐捂在自己脸上开始抽咽,重生后他终于失控。

芦焱拍打着他:"好了好了。你说得对,你我这样的人不是那么容易就死的。"

小欠:"操他妈的,死共党!"

芦焱:"嗯?我不是共党。"

小欠:"我再也不会跟你们共党作对,我他妈的要去杀光小日本鬼子。"

芦焱:"好了好了。"

他宽慰地拍打着小欠,一切终于有了结果。

时光的车队停在街头,整个车队在等一个人,时光也在看着这个人——青山。

青山艰难地在车外走动,看着一个霓虹灯,霓虹灯上穿梭着一个女人的线条,青山看那玩意儿的表情好像是个老色鬼,又好像他这辈子就没见过霓虹灯。

时光站在车边敲着篷顶:"去哪儿?"

青山:"啥?"

时光压着气:"你不是有东西要转交给你们在上海的同志吗?"

青山:"啊?"

时光:"陪你跑这趟该死的路,不就因为你要把那该死的种子送到上海吗?"

青山恍惚:"是吗?……是啊……可不是嘛!"

时光:"是啊!!!"

青山:"我得想想。"

时光:"这还要想吗?谁来和你接头?你把东西送到哪儿?不放心我们?好说得很,你可以就在这里下车,只管去忙你的。"

青山:"别催老头子嘛,我活不了几天了。想想,想想,想想。"

他用一只手指轻轻敲打着自己的头,这样捣乱是需要付些代价,即使每一下轻轻的动作都要让他的伤口疼痛更甚。

时光冷冷地看着他搞怪："我看你是又活过来了。"

青山恍然地转过头来："……啊？我本来就没死啊。"

西河渡，填实了肚子的努桑哈打开那个布袋，里边是可以论斤算的钱，这个量词是说它多，也是说它贱——是日本人发来搞乱中国经济的伪币。

努桑哈往袋里啐了一口："这什么？擦屁股都嫌硬啊！"

小欠："日本人发行的伪币，拿来搞乱中国经济的。"

努桑哈："在西北能用吗？"

小欠："西北？用的人会被抓起来毙了，再把这玩意儿烧给他到阴间擦屁股。"

努桑哈愣了会儿，把那所谓的钱连撕带咬。芦焱和将近恢复的小欠看着他。

芦焱："是日本人买你的马队，连同你的货，连同树海他们几条人命的钱。他们说，欢迎你再来。"

努桑哈："还不值老子一个屁啊！这一堆还值不得两个铜板！就算值得两个铜板，在这除了死尸什么都没得卖的地方能买什么去？"

芦焱耸了耸肩："可他们就给你这个。"

努桑哈又啐了两口，还不解气，对着袋子开尿。

小欠："你又犯杀头的罪了，污损鬼子的钱要被鬼子杀头的。"

努桑哈："鬼还来！再也不来了！老子攒了几年这一趟就玩光了！"

他倒也洒脱，系上裤子就开步，走两步停下看着芦焱："我走了，你走不走？"

芦焱摇了摇头，对努桑哈要去的那个方向他伤感而且依恋。

努桑哈："知道你就不会去。你是野羊，我是家羊，我们过不到一个群里的。"

芦焱："你才是野羊……真想跟你一块儿去野，努桑哈。"

努桑哈："干啥子？别跟老子哭，我讨厌汉人的那个哭。"

芦焱："带他走。"

努桑哈愕然看着芦焱从监狱里带出来的孩子，茫然地站着。他摇头，摇得很坚决："我不要。他是汉人。"

芦焱："你是什么人？你爸爸是汉人，你妈妈不知道是什么人，你是什么人？"

努桑哈："没什么用呢，我还是搞破鞋去。"

芦焱："破鞋会帮你生这么一个吗？"

努桑哈挠着头，挠得满头花。

芦焱："他能帮你放羊呢，你要是愿意，他就会叫你做爸爸。天冷了你们一块儿钻在羊皮下边，在火堆边睡觉。别人嫌你看不起你，他永生永世也不会。你这趟出来蚀了老本，可你赚到了他，是老天爷给你的。一个儿子，努桑哈，又脏又穷，又

257

野又傲,可他有了个家。"

努桑哈抹着眼泪呵呵地傻笑:"他妈的汉人这张嘴真是会说呢,把我努桑哈都说出那个来了。"

芦焱:"你不要,欠老板就带走了。"

小欠很配合地去抱那孩子:"是的是的,我馋儿子,我想儿子想疯了,我就缺这么一个。"

努桑哈用一种比谁都更快的速度拉住了那孩子的手:"走啦。你以后叫……"他已经在想名字,"……叫俄日敦德勒格日!"

芦焱有点头疼:"忒长了,你别喊断气了。"

小欠:"珠宝满仓的意思。他这趟出来是亏大了,可他把那个……俄日敦德勒格日当财宝。"

努桑哈拉起了俄日敦德勒格日:"走啦。你旁边那个人你要小心他,他听得懂我们的话,可他不是好人。"

他走得洒脱,芦焱惘然地看着,努桑哈连他的招手都没有看见。走不到几十米,努桑哈将手放在俄日敦德勒格日头上胡噜着,那无疑是一种怜爱。小欠看了看芦焱,微笑,也许他忘了自己还会这么亲和地微笑。

小欠:"你居然能说服他?他简直是羊肚子里的结石。"

芦焱:"说服人而不是和人吵架,只有一个办法,平心而论,以己推之。"

小欠:"你想要个孩子?"

芦焱叹口气:"我想要个家。"

小欠笑了笑:"在下对阁下颇有好感。"

芦焱:"走吧。"他看看被努桑哈抛弃的伪币,"别再弄一污损伪币的罪名。"

他拉起小欠,两个人相携相扶在黑夜里走着,黑夜吞没他们的身影,留下话语。

小欠:"从没和共党走得这么近过。"

芦焱:"我不是共党。"

时光的车队仍滞留在街边,他们面对着的是一个酒店,店名圣巴特里斯。青山和时光都已上车,他们那辆车正从队尾驶到队首。

青山看着窗外:"我喜欢这店的名字。你知道圣巴特里斯是什么吗?"

时光狐疑地打量着他:"我不知道。"

青山:"传说中通往炼狱的地洞,而在炼狱里要分出每一个灵魂该去地狱还是天堂,其实这说的不就是咱们人间?"

时光毫无兴趣:"真有学问。"

青山:"办完事我想住这家店子。"

时光瞧他一眼:"……你等办完事吧。"

青山:"左首。"

时光:"你别再搞错了。"

青山:"慢慢想慢慢想慢慢想,就想起来了。"

时光快被这个语法气死了,用生活上的小琐碎对付他远比三十六计什么的有效:"你能不能就说一遍慢慢想?"

青山:"可以啊,慢慢慢慢慢慢想。"

时光不再理他。

青山嘀咕着,敲着脑门儿,碎碎念着自己也不知道是什么的话。

时光:"你们共党就是这样办事的?你带着那么重要的东西,也没个喘气的接应,倒像个穷乡下人走城里的阔亲戚,挨门挨户地认。"

青山:"鬼子是残忍的,我们要谨慎啊。"

时光:"不要指着和尚骂秃子了,你明知道怎么回事。"

青山:"怎么回事?"

时光沉默。

青山:"我出门前就跟同志们说了,你们不用接应我了,统一战线上的同志会照顾我的。"他细心地向时光讲解,"你猜我说的是谁?就是你这样的好同志,年轻有为体贴入微什么的……右首右首右首右首!"

车队停了下来,早驶过了,尾车顶在青山说要拐的路口。

时光暴跳:"你只说一遍右首就不用倒车了!"

青山:"我刚才在夸你呀!夸到分心!"

时光气结无语,车队挨挨擦擦地倒回青山说的那个路口。

芦焱和小欠走在空旷的路上。

小欠:"你要去哪儿呢?"

芦焱看他一眼,没说话。

小欠:"我要去上海。"

芦焱又看了他一眼,如果刚才的一眼只是谨慎,现在已经带着警惕。

小欠:"我要去见若水先生,告诉他我的所得所见。他也许早就知道,可我还是要告诉他,这样的时候,同胞被这样残杀,如果我们还仅顾着和屠先生做后院之争,那真是……"他摇摇头,叹口气。

芦焱:"真是什么呢?"

小欠:"亲者痛,仇者快。"他愣了会儿,"我是第一回进日占区,之前的几年全在大沙锅耗给你们和屠先生了。真的是……是生死存亡之战,而非若水先生和屠先生那样的权力之争。"

芦焱："我也是,同感。希望若水先生明白事理。"

小欠："若水先生当然明白事理。"他是在用热切掩盖不自信,"恩师很明白事理！你试想,我们从未像屠先生那样对你们不留后路地残杀,其实在民国十六年的惨变之后他还对贵党持同情态度,因此很遭排挤。恩师说,贵党其实甚多好人,只是贵党的宗旨开罪了太多人,而且都是跺跺脚就能让中国发颤的人……"

芦焱："能让中国发颤的人就该先让中国人过好日子,因为他是中国人……"

小欠："什么人？"

他看见前路上的一个人影：一个小贩,坐在自己的货郎担上歇息。路上有个走村串镇的货郎并不奇怪,但这样的晚上实在有些诡异。小欠看看芦焱。

芦焱："我不认识。"

但是小欠认识。小欠过去。

小欠："我想买回龙镇的剪纸窗花。"

货郎："只有五福临门,你要送子登科就得改日了。"

小欠："来多久了？"

货郎："两天前就到了。这里风声太紧,我们也没法搭救。"

小欠："你们没错。"

他转身看着芦焱,芦焱与他保持着一个无法一下扑到的距离,甚至比刚才驻足的地方还要退了几步。小欠苦笑,他们之间短暂的理解与信任已经灰飞烟灭了。从芦焱戒备的神态来看,他也是这么想。

小欠："是我的人。"

芦焱："真好。那么我们可以……各走各路了？"

货郎："那东西？"

小欠："你别说话。"他看着芦焱,"把我们刚说的话说完,若水先生对贵党一向友善,只希望贵党也能理解我们的苦衷,我们是能够精诚合作的,把东西给我们,让我们过了眼下这难关,再一起对付要把你们杀之后快的屠先生……"

芦焱："拿枪对着的那种理解吗？"

小欠："我哪有……"他回头,货郎拿盒子炮对着芦焱。小欠发怒："放下！"

芦焱在瞬间转身飞跑,让从路基下扑上来的几个人扑了空。他狂奔,身后的黑暗里闪现出现身追逐的人,来接应小欠的绝不是一个人而是一整组。货郎又从货郎担里掏出了枪托,转眼就接驳上了,瞄准着黑夜里狂奔的身影。

小欠："不要！"

货郎讶然地看着他。

小欠："追他！要活的！"

小欠加入追逐的人群,货郎抛弃了担子跟在他身边。一支枪塞到小欠手上。他心情复杂地看了一眼手上的枪。上膛。

青山已经成功地把车队带进了一条极狭窄的弄堂里。司机没有熄火,时光未发作,他也不敢发作,只能看着前边的死路狠狠地捏着方向盘。青山看着死路,表情跟做梦差不多。

青山:"怎么就没有路了呢?"

时光已经不再生气了,审度地看着他。

青山:"我记得以前是有路的。"

时光扫了一遍外边糟乱的弄堂,再度盯死了青山。

时光:"你还真是早打好了算盘啊?"

青山笑逐颜开:"想起来了!鬼子是残忍的,我们要谨慎!是统一战线的同志把这里变成了此路不通!前边是酒店的门脸,也确实是个酒店,可后边就是同志们的藏身之地!往前开!"

司机瞧一眼时光,时光点头,当发现青山真有预谋时他倒不那么急了。往前开,在弄堂与弄堂的一线天之间终于现出了天空的缝隙,弄堂左侧堆着住家住户们那些破旧的门板、包装箱、破床铺甚至生柩,但那堆废物后并不是墙,而是天空。

司机已经不再生气了,而是看一眼青山又看一眼时光,脸上写着疑惑。

青山:"搬开就是了。"

司机看时光。

时光:"照他说的做就是了。"

司机下车,对着后边的车挥手:"搬开!"

他们开始干体力活。

西河渡树林里,芦苇狂奔,枝丛从身边飞掠而过,有时狠狠抽打在身上,他身后飞掠着追赶他的人影。枪响了一声,一根断枝掉在他的身前,他跑得更快了。

小欠愤怒地:"谁开枪?"

手下:"他是共党啊!"

小欠:"……会把鬼子招来!"

手下:"这大晚上的,鬼子怕共党的游击队。"

小欠:"……会把共党的游击队招来!"

手下:"我们联合抗战来的,他们不打我们!"

小欠因这份荒唐而气恼,又跑了两步。

小欠:"少开枪!"

手下:"是。"

然后一个家伙以树丫为支点,又砰了一枪。小欠瞪着他。

手下很无辜:"少开枪啊,就开了两枪。"

小欠无语,源远流长的仇恨不可能轻而易举地改变,他只有无奈。

货郎闻闻地上的血。

货郎:"打伤他了。"

小欠:"鬼知道,他的伤就没好过。"

他看着树林尽头的那个人影。芦焱奔跑,用着最后的体能。

他跑出了树林,这也意味着他丧失了屏障。货郎扑倒在地上,接驳着枪托的盒子炮响了一响。芦焱趔趄,然后跑开,这回他是真被打中了。

小欠阴沉地从货郎身边走过。

芦焱蹒跚,瘸行,身周是呈半月形围过来的追捕者。

再没人奔跑了,也没人开枪,追捕者看着猎物无望地挣扎。

周围很静,有一种奇怪的声音从远处沉沉地传来——大河奔流的声音。

芦焱站住,脚下就是断崖。这样的夜晚,看不见下边有多深,只能听见水声。小欠试图靠近芦焱一些,芦焱退一步,再退就掉下去了。

小欠:"下边是黄河。"

芦焱笑了笑:"君不见黄河之水天上来,奔流到海不复回。君不见高堂明镜悲白发,朝如青丝暮成雪。"

小欠:"我不懂诗,只知道跳到黄河里也洗不清。你不要跳,咱们谈谈条件。"

芦焱笑:"果然是欠老板。"

小欠扔了枪,张了两只手,想接近,又不敢接近。

小欠:"要去上海有很多种办法,不用做一具浮尸漂着去——我送你去。"

芦焱:"只是先把东西给你。"

小欠:"你已经没资格谈条件了,可我还是在跟你谈。东西给我,我和我的人凭你调遣,这是我替若水先生表达的诚意。"

芦焱:"在鬼子的枪口下谈这些时,我觉得你比较可爱,现在觉得你鬼缠身。"

小欠焦躁地:"是的是的,我也觉得我很讨厌,欠揍的欠嘛,可是把东西给我。"

芦焱:"没有,有也不给你。"

小欠:"得了,若水先生和青山再熟不过,几十年的交情。他知道,青山既要搅出个天翻地覆的局,就绝不会带着真东西。青山狠得超出常理,别人舍车保帅,他是下棋的人可以为棋子舍命,若水先生说这就叫作信仰。"

芦焱沉默了一会儿,苦笑:"如果我有那东西,哪怕被我吞进了肚子里,也早被你们搜出来了。"

小欠:"是的。你被搜过多少次了,我也相信你把它藏在谁也找不到的地方了。我不做没用的事情,只希望你自己把它交给我。"

芦焱:"因为我们是几天的患难之交和几分钟的朋友,对吗?欠老板。"

小欠:"我很抱歉,或说到头我还是只干脏活的手。"

芦焱:"我很抱歉,我让你们搞错了,我很高兴,我以为我最多能到两棵树,没曾想还能看到黄河。"

小欠已经意识到他要干什么:"别干蠢事!"他索性一骨碌跪下。

芦焱倒讶然了:"干什么?我又不是黄沙会的老爷。"

小欠:"那是逗他们玩儿。我跪你是跪的一个歉疚,给我一个面子,别跳下去。你说或者不说,我保你好好地活。不光是这个,我保你去任何你想去的地方!"

芦焱:"先经历你们跻身世界先进之列的刑讯?"

小欠咆哮:"我要刑讯你雷劈死我全家!"

芦焱:"你用不着歉疚,你不错啦。"他瞧瞧那位一直拿枪指着他的货郎,"换成他老兄肯定不会让我看到黄河。"

小欠:"别跳!我们一起想个办法!"

芦焱笑了笑:"有人说我干这个压根儿就是个外行……"

小欠:"什么?"

芦焱:"因为我从来不留后手。"

他身子往后仰,直挺挺地消失于小欠的视野。断崖下的黑暗迅速地把他吞没了。

小欠看着,整个人都变得空虚。他身边的手下在等待。

小欠:"去搜他。"

货郎愕然地看着他。

小欠:"去找尸体。如果有尸体,就找那东西,如果没东西,带回来他的尸体。"

货郎:"下面是黄河。"

小欠:"他到了黄河都不死心,你们呢?"

货郎:"是。"

手下像鬼影一样散去。小欠独自面对着黑暗,也面对着自己的良心。他双手合十,指尖顶在鼻梁上,像一个僧人在给亡灵做法事。

货郎回来,他已经很疲劳了,从这里绕道下到崖底不是个短路程。

货郎:"没法找,滚滚黄流。"

小欠:"接着挖。"

货郎:"啥?"

小欠:"……别找了,走吧,能挖下去的人已经不在了。"

小欠将合在一起的手摊开,掌心放着芦焱给他的那块铁片。

弄堂里的路已经清开,车队驶进。驶不多远,汽车在青山的示意下停下。厚重高大的门,狭小的窗户,住在里边的人一定是心理闭塞,没有安全感。
青山:"这里了,可找到了!"
他表功似的向时光一笑。时光阴郁地坐着,他自然不会表示赞扬。
青山:"这是我要来的地方。"
时光:"玩笑开够了吗?你觉得好玩吗?"
青山:"孩子,不是玩笑。就算共党真是把脑袋系在裤腰带上过日子,也不会拿人命铺路,铺到这里来开这么个玩笑。"
他偶尔的认真和沉重总是毫无先兆地突发,但都是真正的认真和沉重。
时光:"那你何不去敲开门,我们和里边住的人聊聊。"
青山:"我不敢。"
时光的微笑像是狞笑。
青山:"我不知道该怎么去敲那门……有暗号的。我怕里边给我砰上一枪。"
时光失去了所有的耐心,他重重地打开车门,走向那扇门。他拿手杖重重地砸门,还踢了一脚。
时光:"操你妈!开门!我不知道暗号,还要个屁的暗号,天目山自以为最隐秘的点就被人当菜市场!我是时光!"
沉寂。时光转身看着车里的青山,青山微笑着向他点头以示赞扬。
门缓缓地开了。三进兵阴郁地站在门里,身后是一字排开的几支枪口。屋里,天井,窗口,到处闪动着人影和枪口,那是足够对付一场强袭的火力。都对着车里微笑的青山。
死寂,沉默,冷场,除了青山的微笑和时光的愤怒,所有人都颇为难堪。
时光看一眼三进兵和他身后的枪口。
时光:"你是觉得我没枪还是不会使枪?那玩意儿有用,还用你吗?"
三进兵还没见识过时光,犹豫了一下,旁边的九宫一拳把他打成了折刀。
九宫:"收起来。"
立刻,所有的枪口,三进兵身后的、屋里的、天井的、窗口的,都消失了。
时光叹了口气,向青山伸手:"请进——我还是不相信这是你的终点。"
上海,天目山据点,时光阴沉着脸,甩下慢慢挪动的青山,径直走进了这处双车经营的据点。双车从天井里跑过来,看见时光,大祸临头地站住。
时光和他不是同类,也并不亲近,他知道。
双车:"时光……我不知道他怎么会知道。"

时光:"算了,你就别当他是人,是个鬼——生前缺德死的。"

双车瞪着刚进门的青山,老家伙重伤在身,就算不磨蹭也是磨磨蹭蹭。

他很想送青山一匣子弹,时光也很想这样。

时光:"小心轻放,贵重物品,还有伤在身,快要呜呼了吧——我们走运的话。"

九宫:"……是。"

时光:"找机会查验一下老家伙的伤势,我怀疑他伤得并不那么严重。"

九宫:"是。"

时光等着青山,那实在耗他的耐心,青山每走一步都像害怕自己会断成两截。

时光:"扶他。"

他转身进入天目山的指挥中枢。两个天目山上去搀扶一步一顿的青山。

因为最近的事变,天目山的据点看起来就像个军火库。时光看着那些显然刚才还在拭擦维护的枪械,双车和三进兵八角马几员干将跟在他的身后。

双车:"自先生下令以来,天目山一直和船帮、共匪鏖战,颇有斩获,击毙……"

时光:"我没空管螃蟹跟虾米的对掐。"

双车:"已经停火。肯定不能让这些琐事耽误你的公干,只是船帮的家伙怕是要感谢时光兄给了他们活命的机会吧。"

时光:"兄字免提,我带来的老家伙是先生极在意的人……"

他停下,看着正被扶进来的青山。青山几乎是被人架着在桌边放下,双车对这贵重物品不敢怠慢,茶水和糕点立刻端了上来。青山对糕点已经是心有余力不足了,但他啜一口茶,仍高兴了起来。

青山:"是雨前的毛尖啊!在大沙锅要是能喝到雨前茶,那醒来后第一句话稳是大梦谁先觉,平生我自知——发梦呢!"

时光:"得了得了,你就权当是做梦,梦话就免了吧。"

青山:"你也喝呀!车一直飙着也不关窗,透心凉了吧?"

时光:"少管闲事。"

他知道青山一定会没完,所以还是喝茶,他一口下去大半杯,然后把茶叶在嘴里嚼了嚼,呸的一口吐了。

青山照样地没完:"坐呀,腿不疼啊?"

时光:"闭嘴!"

他坐下。双车几个神情古怪地看着这位小阎王:时光从来不会遵从除屠先生之外任何人的指点。

时光:"别理他,这是个老神经。"他扫一眼青山,"放尊重一点,别鸡零狗碎多嘴多舌,我也许会给你找个医生。"

青山:"那怎么行?我千里迢迢就带来这一张嘴,不让我说话,难道让一六十好几的人用拳脚办我的正事？"

时光："……对，您还有所谓的正事呢。请请请！"

青山真的也就请了，周围都是天目山在此地区的魁首，他在其中寻找着自己的目标。在一片疑惑的目光中，他终于确切无疑地找到了自己的目标——双车。

青山："你好啊，同志！我终于找到你了！"

双车："啥……什、什什么？！"他惶急地看着时光，"这是共党反间的阴谋！我不认得他！我跟共党的交往都是从权！那都是有先生命令的！"

时光似笑非笑。

双车冷静下来："这个……他什么意思？"

时光把剩茶倒进嘴里，如饮美酒，终于有一个人感受到和自己一样的痛苦了。

时光："你和他联合抗战，他就老没羞老没臊地叫你一声同志，就这个意思。"

双车舒口气："这个可……也太那个了吧。"

时光："我提醒列位一句，千万别当他神经病。此人奸诈至极，又置生死于度外，你们跟他打交道，若是抱着一己得失之心，就会输得连保本的机会也没有。"

双车不敢对时光的非词做任何反应，只好瞪着青山，而青山看上去颇为尴尬。

青山："说得好像我是来搅浑水的。"

时光："你不是搅浑水的，你直接就是一个会走路的泥沼。"

青山："我能搅什么？你们已经在搅血水了，都是中国人的血。"

时光："对手是鬼子，对不对？这话都隔夜了，馊啦。"

青山："我想说到你觉得它不馊为止呢，孩子。"

时光："那你就当我聋子好了。"

青山叹了口长气，几乎像要叹尽长久以来所有的痛苦和委屈。

时光："要叹断肠子呀？"

青山："早就断了。"

他转向这一屋的军统魁首，再无戏谑，目光坦诚得让人不愿直视。

青山："我付了很惨痛的代价终于来到这里，只是想，诸位别笑话，和诸位开个会，都说国民党的税，共产党的会，可我希望，诸位至少有几个不是聋子。"

没人笑话，只有沉默和死寂、猜忌与琢磨。

青山摊了摊手："那么，可以开这个会吗？……实话说，我快要撑不住了。"

他只摊了一只手，另一只手紧压着自己的腹部。

时光："没听见吗？他要开会。"他猛一拍桌子，"那就开会！"

檐雨滴在天井里的麻石板上，天目山的人警戒着这里的每一个角落。正屋的门紧闭，两名枪手警戒。屋子里烟雾缭绕，空气混浊。

沉默，除了青山没人要说话，而青山闭着眼睛在想什么。

时光忽然轻轻地咳嗽了一声,他不吸烟。双车一个眼色,所有的烟都掐掉了。

青山抬头,开始说话:"这些年,我好像又回到了民国十六年的四一二。"

他的每一句话都让听者诧异,众皆惊,时光一声冷笑。

时光:"说联合抗战说得我耳朵都要起茧子,却原来你是来掀起仇恨的。"

青山:"何来的仇恨,孩子?只是一个老家伙心里的感触。那时候我每天睡觉前都要写好遗书。"

时光:"每天写?改错别字?"

青山:"差不多吧。想托付的人被杀了,要交代的人又忽然死了,总得改。"

时光不再说话了,其实就他的性格来说也并不觉得四一二是啥光彩事。

青山:"这些天我每天睡觉前也想写好遗书。短短几天两次遇刺,刺客全是日本人。第一次在西北共治区,第二次在日占区。时光厉害,刺客全军尽没,日本人要有好一阵心痛。是啊,时光,一赔十的买卖,你们说日本人没多大本钱,凭天目山的实力就能叫他们在上海缩头。他们也一直就怕你们,怎么忽然就甘冒其险了?"

时光:"因为你啊,从你出山的第一天,就比若水还要危险。"

青山:"那是小屠……哦,屠先生觉得我危险,只能说承他还记得我们过去的交情。对日本人来说,我又算个什么?"

时光简单地:"种子。"

青山:"种子就是那个能让我党被铲的地下网络重生的东西吧?"

时光没好气:"你把它交给我,我就知道啦。"

青山:"上海四方势力,我党最弱,若水和日本人差不多,最强的是你们屠先生一系,恐怕这三方加一块还顶不得你们一半。被你们掘得半死不活的共党势力又值得日本人下这么大血本?"

时光:"……谁知道那些打鱼的在想些什么。"

青山:"何不想想我这趟费劲巴力……不止,舍生忘死地想做些什么?"

时光:"我还真没看出来你到底想做什么。"

青山:"你一直看着,我一直在做,可你就是不信,因为小屠一直告诉你,只要是共党,他的出生就是罪过,他还在呼吸,就是危险和阴谋。"

时光:"……想起来了,你一直在骗吃骗喝。"

青山友好地对他笑了笑:"谢谢你给一个老人家的照顾。"又迅速正经起来,"我一直在向你们表示,没关系,就算你们不说对不起,我们也可以先不管四一二,不管马日,不管沈鸿烈对鲁纵第三游击支队的屠杀,不管张荫梧对八路军后方机关的屠杀,不管湖北杀害的五百多新四军,不管河南杀害的二百多我军伤病员,不管刚刚的皖南事变杀害正开赴抗战前沿的七千余人。我们先携手合作,别再引刀相向,我们把日本人赶出去再说。"

沉默。他说的这些时光都不大好插嘴。

青山:"说和,联合统一战线,我做这些事情,所以招来日本人最多的炮火。"

他开始解去伤口上的重重包裹,最后解开他的衣服,好向面前的人袒露他的伤口。时光没有阻止,他也想看看青山到底伤得怎样。

一瞬间在场的人表情都变得很怪,尽管他们都是刀头舔血的主儿。

青山:"水银弹打的。干你们这行的应该用过的,我的旧识中有人吃过。时光行家里手,说这种子弹贵得很也费事得很,连用的人都可能中毒,只对必杀的紧要人物才用……来杀我的人全部用的这种子弹,这样不惜代价说明什么?"

连双车都把视线转开了,只有时光还直视着,直视一个不忍直视的东西,他把这当作对自我的一种挑战。但他眼里也流露出恻隐的神情。

时光:"盖上吧。"

青山:"再看一会儿。我请求你们,用你们觉得一切都是阴谋的脑子想一想,这样杀一个老头子,只为不让他在你们面前说出这些在你们心里一文不值——统一战线?口号是吧?"他苦笑,"现在再用你们觉得一切都是算计的脑子想一想,敌方这么不想让你们听到这些废话,是否说明这些废话真有某种价值?"

青山盖上了他的伤口,如果没有一直束死的话,他的肠子恐怕早已涂地。青山看着所有人,依靠自己的痛苦,他的目的的一小部分终于达到。

青山:"现在你们不觉得我在玩笑了吧?"

是的,没人会把这样重伤者的说话当成玩笑,这是拿命开的玩笑。

青山的脸色已经是彻底的灰败,他所面对的人是彻底的沉默。

时光见识过青山的伤势后,多少温和了一点:"老头子,回头我给先生报告你的死因,就写企图以半死之躯耗死天目山全体,不遂身亡。先生会破例一笑的。"

青山:"希望他能笑吧,他笑得多些,大家日子都好过些。"然后他盯上了双车,"双车老大,事发当天你是带着人去和陈植谈判吧?"

双车对这老家伙的胡言乱语心有余悸。

双车:"什么叫事发呢?最近没少出事,你说的哪次事发?"

青山好脾气地:"就是谈判变成了清洗,通力合作变成了自相残杀的那次。所有乱子的第一枪。"

双车:"第一枪是你们的人开的,好在打的是船帮的人。"

时光都有些不耐烦了:"所有事实话实说。跟一个说不定转眼就死的老头子玩什么不认账?弄清事情对我们也没有坏处。"

双车改变态度:"是他们开的第一枪,那之前笑面暴已经砍死他们两个人了。"

时光:"这叫他妈第一枪?敢情只要不开枪,砍死一百个都不算开枪?"

青山:"谈判怎么就谈到血流成河呢?听说船帮一个没活?"

这事上双车倒磊落:"混江湖的混到大打出手,那还不是一个利欲熏心?笑面暴找我,说拉和老陈手上有正牌的种子,何不两相配合,捞他一票?他说他不也想下狠手,反正老陈为着统一战线,就算吃个大哑巴亏也会自认倒霉,一向如此。"

青山苦笑:"……言之有理。"

双车:"笑面暴精的就是一张脸皮,根本不知道他那内线是我们的人。我并不想跟老陈扯破脸,算计的也不是你们。我要向你们的人开过一枪我就是孙子。我只是静观其变,等笑面暴得手了再从他手上拿过来,问心无愧,天地良心。"

青山叹气:"……果然是天地良心。"

青山在忍,时光却不满意:"光算自己眼前这点小功小过,怎么就不想这事牵动全局?怎么没事先报告先生?"

双车:"报了,可不是谁都能像你那样跟先生即刻联系的。笑面暴下了手,我这真要坐视反而是过。而我们历来的规矩你也不是不知道,打日本人都可能打错了,可打共党,那是绝对没错。"

时光喃喃骂了句,也再没说什么。

双车:"而且是船帮打共党,错也错在他们——要是种子真让若水得了去,借这功劳就有了翻身坐大的机会。平心而论,为着先生,时光你会怎么做?"

时光:"我会斩尽杀绝,绝不犹豫。我会做得干净,不会带着一裤子屎苟存。我会真为着先生去做这事,不是为了自个儿那点小功小过。"

双车闭嘴。青山叹气。

青山:"我一个老头子没能力向各位兴师问罪,只想和各位一起搞清是非。我要是日本人,我占着上海,这样一块好地,帮会势力却动辄以万人计,还被你们水泼不进地经营着,有枪有人,有最严密的组织,我眼里瞧不见共产党,我要给你们的四个字和时光一样,斩尽杀绝。"

时光冷笑:"怎么斩尽杀绝?"

青山:"我说每一句话都要吊一口气,说每一句话都像说遗言,为着什么?就想弄清日本人怎么把你们斩尽杀绝——阴谋,对,有阴谋没错,可不在我这里,回头看,日本人给你们预备了一个什么样的阴谋?"

他看着这一屋子人。很多人参与过那天的行动,但每个人都一脸困顿、麻木不仁。他们长于计算时光说的那些小功小过,不会有人出来回答一个共党的问题。

青山:"列位……"回应他的是大大的哈欠,"时光老弟,可不可以让他们抽烟醒醒神?"

时光正在出神,他倒是真在想青山的问题:"……抽吧抽吧。"

除了青山和时光都是烟枪,屋子里顿时响起打火声,空中抛扔着烟卷。

青山忽觉悲凉:"各位,我是一个死共党,在你们有些人还是孩子时我就是死硬的共党。为什么我成了你们最讨厌的人？因为每当我想坏事变好一点,它都会从坏走向更坏,而每一个人心里想的都跟你们现在一样与我无关。"

双车一口气吸掉了小半支香烟,每个人都用烟塞住了嘴,用力地吸着。除了时光,没人去看摇摇欲坠的青山,尽管他说话和吐血差不多。

沉默。这是有意识的冷场。

主屋外的岗哨在换班。下岗的揉着眼睛离开,他终于可以休息了。但青山不可以,他无奈地看着眼前的烟幕,双车们仍在制造烟幕,他们也许很高兴有这道雾障让他们藏起他们不想说的东西。困是不困了,但麻木和私心绝不是几支烟就能去掉的。时光嫌恶地把烟幕扇开。

青山:"双车老大?"

双车:"嗯?"

青山:"久仰大名,都说双车老大为人极讲道义,手头极有分寸,才能坐镇上海这样一个诸方会集的多事之地,还把个天目山执掌得风生水起。"

好话人人爱听,双车笑了一下:"好说好说。"

青山:"我想双车老大想的也是最好不伤一人,弱共党得奇功,还能排挤若水,再见船帮和我党的旧相识也说得过去。上海文明地方,动辄灭门的不是输家也成了输家,是不是?"

双车:"当然,我又不是傻子。"

青山:"可现在你们和船帮还是不共戴天。曾经的三方合作现在一团混乱,我们你们他们,个个自保不暇。那天什么变故让一步好棋走成了死局?"

双车沉默。

时光:"没有就告他没有。有就说。"

双车:"一只老鼠……邱宗陵。"

时光皱了皱眉:"那是什么玩意儿?"

青山:"我们的人。"他叹口气,"但现在看来不是。"

双车:"我们的人,也是笑面暴的内线,他说的老陈手上有正牌种子。"

时光惊叹:"三张脸的家伙?"

青山:"他凭什么就长不出第四张脸呢?"

时光:"我想见上一见。"

双车愣了一下,看一眼青山:"现在吗?"

时光:"现在。你们听这老家伙唠叨他共产版的道德经不烦吗?换个口味。"

双车向八角马递了个眼色。八角马带的两个人出去。

青山将疲倦和剧痛着的身躯靠在椅背上,他的身体已经死了一半。人们无声地等待,时光目不转睛地看着青山。

青山对他笑笑："阵前接敌,你是一流里的那个一,可这审讯的功夫怎么样?"

时光："不爱用刑。刑讯不是唯一的办法。"

青山伸了一只手要与他相握："那老狐狸和小豹子合作一回?"

时光没有去握他的手："你真觉得日本人胆敢犯到先生的禁地?"

青山便又在椅子上靠了："你说的是吾国吾民这块明面上的禁地,还是小屠的权利这块禁地?"

时光色变。

青山："别跟高兴过头的老头子认真。他只是想,老命搭出去总得有个交代。"

邱宗陵被几个帮众带过来,八角马正在开门。

九宫抓着一张电文纸抢到门前："先生电文。"

八角马顿时萎了。九宫站在门边,时光立刻出来。

两人去了一个幽僻的角落,九宫念手上的电文。

九宫："先灭若水,再查你眼前分心之事。"

时光愣了一下："什么意思?"

九宫："我照例向总部呈报你每天的事务,先生要你先别管青山说的事情。"

时光多少有些茫然,他向押着邱宗陵的八角马挥了挥手："先带回去。"然后走到门边,敲敲门框让那帮死气沉沉的人注意,"先散了吧,回头再议。"

真是皇恩大赦,困顿不堪的帮众们立刻拥向显得过于狭窄的房门。时光看着屋里的青山,疲惫、苦涩、通达世情又显出不可理喻的悲悯。

青山："小屠,你的聪明就是把每一次生死存亡,都变成飞黄腾达的机会么?"

时光压住愤怒："闭嘴!"他挥手让九宫过来。

青山絮叨："有些事情要在黑屋子里才能做,做这些事的人不喜欢我点上灯。"

时光："把他看起来。"

九宫们走向青山,如果之前还有些客气,现在他们已经把他当作了真正的阶下囚。青山无力地瘫倒在椅子上,他腹部的血渍迅速扩大。

青山连同一张躺椅被九宫们抬出来,时光冷着脸跟在后边。青山在昏沉中勉力看着被八角马们押走的邱宗陵,而时光目不转睛地看着青山。

十四

青山和那张躺椅被扔在屋子里,九宫几个退了出去,时光进来。他看青山的第一眼有些恻隐之心,但随后暴怒地冲他低声嘶吼。

时光:"老骗子,你这趟来如果就是要干这个,我半道上就该把你活切了!"

青山有气无力:"如果我揣着个阴谋来,你要把我好酒相待;没有任何恶意,反倒要变成白斩鸡……孩子,你是不是也觉得荒唐?"

时光:"种子根本就不在你这儿?你是假货们的头儿,假货中最引人注目的一个?那真正的种子在哪里?天杀的门闩?还是那个永远欠揍的何思齐?"

青山疲倦地瞧着他:"小屠把你教成了什么样子?宁可砍了自己的腿,也不能放过一个想来警告你们的老头,哪怕屋里着了火,也要先杀了同屋的共党?"

时光冷笑:"我没蠢到相信共党的好意。"

青山:"但以后你会聪明到相信这个死老头的好意,你可能会有一点想念他。"

时光:"你还是安安静静体会你那正在烂穿的肠子吧。"

他还想说更狠一些的话,但看着青山,他感觉到这个老人的生命正在迅速地枯竭,他将头转开。

青山:"我对双车这些人没抱希望。苟且太久,皮了油了,也累了,他们比我这个老头子还老一百岁。今天我更明白了,对小屠来说,你是他唯一的希望。"

时光看着外边:"不要再说奇怪的话了。"

青山:"小屠大概也很想不通吧。他把半辈子都献给了梦想,可他造出来的世界里却净是水泡过的朽木,你是他这世界里唯一点得着的一个。"他很觉有趣地想着,"我大概明白小屠干吗这么恨共党了,因为在他身上烧过的东西全跑我们这儿来了,他的脾气还能有个好吗?"

时光宣言:"肃清你们之后,先生将清除这些滥竽充数之辈,重拾热情。"

青山:"那是没可能的。你的同僚不缺才干,是对小屠的恐惧让他们滥竽充数。你的屠先生就是恐惧之源——你平心而论。"

时光:"非常时期,只能非常手段。"

时光沉默。他聪明到忠诚时仍能独立思考,这也是屠先生器重他的原因之一。

青山:"小屠最拿手的就是制造非常时期,然后使出他所谓的非常手段,也就是巩固他着迷的权力……"

时光一个耳光扇了过去。然后是他很惊讶而青山并不惊讶——时光惊讶的是自己居然揍一个老头,而青山觉得他早该动手了。

青山:"你在看,你在想。我知道,孩子,我今天败得很惨,不是败在智谋手段,是败给了狭隘、偏执、仇恨、野心、贪婪、怯懦,几乎没人不败在它们面前,可你我还得去拿脑袋撞开这道城墙……"

时光觉得简直不可思议:"……谁他妈跟你一起去撞城墙?"

青山:"反正你在看,你在想,你还在纳闷儿和生气。你是不是在想,也许日本人真有阴谋,你的先生为什么不让你去戳穿?"

时光:"因为先生自有深意。"

青山:"想知道?"

时光沉默,他当然想知道。

青山:"小屠大智大勇,是把危险当机会用的人。生灵涂炭,他能当机会。自相残杀,本是惨事,成了他清除异己的机会。你们正对若水摧枯拉朽,这段时间抢来的地盘要几倍于以前的数年争夺。小屠喜欢日本人的阴谋,并且还要把它越搞越大,在杀光我和若水这样的异己之前,他绝不会停手。"

时光发着怔,思忖。

青山:"所以,怎么能让你去戳穿?"

时光:"如果是这样,先生做得对。"

门关上,时光出去。

青山独对着空落无人的简陋小屋,疲惫地笑了笑。

青山:"如果真觉得对,你又干吗走出去?"

天井里空空落落的,时光在踱步,四下的岗哨尽量隐藏了自己。时光用手杖敲打自己的假腿,显得很焦躁。九宫候在旁边,替代了门闩位置的人。

时光:"何思齐有什么消息?"

九宫难于启齿:"……我们的人,还没能进黄草甸。"

时光讶然:"什么意思?"

九宫:"因为……门闩还有子弹。"

时光:"他还堵在那里?"

九宫:"嗯。最早顶上去的两队人都差不多了,现在把驻军都调上去了。"

时光:"死了几个?"

九宫:"一个没死。他只伤人,不杀人。每伤一个就喊,你们的命还给你们,养好伤去打日本人吧。"

时光回身在院里走了两步,关于门闩的消息给他带来的不仅是理智上的震撼,他回身时差点没拿手杖把九宫的鼻子捅穿。

时光:"怎么不早告诉我?"

九宫:"先生交代不用告诉你,你得专心对付青山。"

时光:"……给先生去电。"

九宫拿出纸笔准备记录,但是时光挥在半空的手却一直停顿着。

时光:"……先算了。"

时光仍在天井里踱步,九宫只好在一边戳着。

时光:"哦,我是不是说过让你们验老家伙的伤?"

九宫:"是,已经安排……"

时光:"不用验了。"

九宫:"是。"

他看出时光的犹豫难决。时光再一次把手挥了起来,又停顿,又放下。

时光:"给老家伙找个医生。"

九宫:"是。"

时光:"他活着对我们还有用处。"

他像在说服自己,九宫直愣愣地看着他。

时光:"你要问什么吗?"

九宫:"没有。"

时光:"那……快去吧。"

九宫:"是。"

时光:"我要去睡会儿。我很困,不要扰我。"

九宫回身:"是。"他看着时光,"时光,你的腿很疼吗?"

时光:"还好。"

九宫:"你不该跟那个老共党摽劲。你应该吃药。"

时光:"对,我去睡觉。睡觉前吃药。"

假腿被摔到了屋子一角,时光将自己摔在床上。他看着桌上的某件东西,水和药瓶,强效止痛药。他像在面对一个严重的挑衅。然后用被子将自己蒙上……

时光猛然掀开了被子,脸上大汗淋漓。他听着据点里依稀传来的人声,做的显然不是好梦。被子的形状让他的脚看上去仍有两只,他掀开被子,空荡荡的裤管十分丑陋。屋角扔着他的假腿……

即使隔着鞋底,假腿落在地上,还是发出古怪的声音。九宫赶紧跟上来候命——他已经成为另一个门闩,似乎永远不用休息。时光心事重重地走过,正像青山说的,他和他的同僚不大一样,这让他像个异类。他径直走向青山所在的房间。

时光看着躺椅上那个老人,那张灰败的脸,他几乎以为那老头子在漫长的旅途后终于断气。他伸手去触摸青山,却被烫了一下。

青山醒来,看着他笑了笑,说话时已经有点接不上气。

青山:"能不能……给颗药？这样……睡不着。"

时光愣了半响,转身出去。

时光出门,九宫候在门外,他愤怒得不想看他。

时光:"九宫,过来。"

九宫刚近身,就挨了重重的一记耳光,被打得摔在地上。他立刻站起来立正,带着淌血的嘴。

时光:"我说过让你给老家伙找个医生。"

九宫:"说过。"

时光:"你做了吗？"

九宫:"先生来电,不可以给他医治。"

时光愣了一下:"给我看电文。"

九宫:"不是电文,是电话。"

时光:"胡扯,先生从来不用电话。"

九宫:"你睡后先生来过电话。你说不要扰你,先生也说不用叫你。先生还说不准给他医治。"

时光:"……会死的,我们拿一具尸体没什么用。"

九宫:"先生说,青山在死前一定会做好所有该做的事情,那就是他的破绽。"

时光沉默。

九宫:"先生有道理。他没几天好活了,就会急着做事,急就容易出错。"

时光:"先生有道理。"

门吱呀响了一声,两个人住嘴。青山蹒跚地从屋里出来,他眯着眼睛看了半响阴霾的天空,然后转身看着这两个。

青山:"这里湿东西很难得干的,你们怎么也不换换身上的衣服？"

时光和九宫确实还穿着陪他们从西北到上海奔波了一路的衣服,潮湿湿的。

青山:"孩子,我们晚上就住这里么？那是不是……多少给我一床被子？"

时光想了想那四壁空空的房间:"便宜你吧,我不想太扰天目山的弟兄,你跟我去前边的酒店吧。"

青山说:"那好极啦。我就是个吃好住好的没出息,你要给我个满汉全席,说不定种子我早招出来了。"

时光早已见怪不怪:"别又来骗吃的——你去哪里？"

青山:"去给主人道个别啊。"

瞧一个半死的老头愣充活跃是件很难受的事,时光很想去扶他一下,但他绝不会去扶,他只是跟着。

双车坐在角落,烧开了一个烟泡,他打算为了最近的辛苦好好犒劳一下自己。门轻响,双车起身,当看见青山进来时,他的第一个反应是摸枪。

然后他觉得多此一举了,那老头一口气就能吹死,何况青山后面是时光。双车忽然想起,立刻用身子挡住他的烟具。

青山:"双车同志,我要走了。"

双车只管看着时光:"走?去哪儿?这老东西又在作什么怪?"

时光:"你我各自一摊事,我干脆搬去前边酒店,以免互扰。至于他……"他多少有点幸灾乐祸,"我不知道他要作什么怪,好像是冲你来的。"

青山:"就是一个为人的礼数,又作什么怪了?双车同志,还有一位同志呢?总得也让我见一下吧?"

双车真是不敢乱搭腔了:"谁是你的同志?天目山哪里还有你的同志?"

青山:"陈植啊,拉和老陈。你们这些年桌上桌下多少交易?怎么不是同志?"

双车哑了,看时光,但时光显然无意为他解围。他踱来踱去,一直踱到烟具跟前,拿手指蘸了一点,嫌恶地闻闻。

时光:"鸦片,先生严禁部下吸食。"

双车:"……时光老弟,给点面子,你知道在上海这地方活着不易。"

时光:"让他见。"

双车愣住,然后笑笑。

芦淼正在那转身都不易的空间里做健身运动,正像他自己说的,他要尽一切可能活得像个人。门开了,然后灯开了,双车和时光几个进来。芦淼没有停下,直到听到另一个声音,他转身,看着最后进来的青山。

青山微笑:"听闻惊蛰,如约而至。"

芦淼笑不出来:"这个约……根本是您自个儿跟自个儿订的,又何苦要来?"

青山:"你们都是整票子,我老头子剩下的日子就是一把零钱。你们都大手大脚地花,我也不好意思吝啬呀。"

时光一脚踢过去一把椅子,那是青山能接近芦淼的最近距离。

时光:"坐下吧。他是要犯,你搞任何花样我的反应都会很过激。"

青山坐下,而芦淼也就此看出了他的伤势。

芦淼:"你受伤了?"

青山笑:"要不说是零钱呢,就剩几个铜板了。"

芦淼立刻对时光和双车嘶吼:"脸!摸摸你们的脸!伤害一个老人!还有脸皮吗?能摸到脸皮下的肉吗?你们拿斧头砍我们!好!我们曾经互相伤害,就算我们是敌人!可他呢?问问你的屠先生,他是否伤害过你们任何一个人!你们的屠先生还是你们这样的小毛孩子的时候,这个老头子帮过他多少!"

时光眯着眼,感兴趣地听着。双车目瞪口呆。

双车:"……斧头把子是船帮才使的破烂好不好?"

芦淼:"都一样的!"

青山:"好啦好啦,是日本人打的我。"

芦淼:"都一样的!"

他在铁栅后激动地踱着,时而用镣铐砸着铁栅,从未有过的狂暴。时光掏出了枪,而双车也在犹豫着是否要掏枪。

青山:"我可以……碰碰他吗?"

时光犹豫一下,检查青山伸出来的手,确认没有任何夹带。

青山向芦淼伸出手:"来来,稍安勿躁——握个手。"

芦淼竭力平静着自己,伸出一根叮当作响的手,可青山并没有跟他语重心长,倒像揍小孩一样在他手心上不轻不重给了几下。

青山:"没出息,千山万水都过来啦,"他碰碰那铁栅,"几根小铁丝就失了方寸?"

双车嘀咕:"丝?……至少是棍。"

时光踢了他一脚。芦淼头抵着铁栅,呆呆地看着被青山打过的手,笑,啜泣。

芦淼:"对不起出丑啦。你放心,我再也不会这样,我会把该走的路走到尽头。"

青山:"我也会把我该走的路走到尽头,并且做好一路上该做的所有事情。"

芦淼:"我也会做好该做的事情。"他看着青山,"他呢?他会不会让我们失望?"

青山笑了:"担心作乱了是不是?你是不是特别怕他让我们失望?"

芦淼也苦笑:"对。他不是从来就只走自己挑的道吗?那小子还是那么拧巴?"

青山:"拧巴呗,不拧巴拧巴,他那么一条湿毛巾能干吗?"

芦淼哑然失笑。

时光:"他是谁?又一颗种子?"

青山没理他,起身走人:"走啦走啦,我得上路啦,那条路还长着呢。"

芦淼:"慢着点吧,我这头也不短。"

时光指着芦淼,并不指望得到答案,只是想测试一下反应:"这位拉和老陈,他的真实身份是谁?"

青山头也不回:"永别啦,红先生。"

双车忽然碰倒了一件刑具,扶起来的时候又碰倒了一串,他笨手笨脚地扶着。

时光:"你瞎激动什么?他嘴里能有真话?"

青山拥抱双车:"好久不见啦,若水老友。"

双车长记性了,面无表情,受此一抱。芦淼带着复杂的笑容看青山离开。

时光跟上:"当着我们谈他们的计划,堂而皇之,滴水不漏——这个老鬼。"

双车跟在最后,偷看芦淼一眼,芦淼向他点点头,他连半个反应也不敢有。

一群手下把时光的行李搬运上车。双车赔着小心:"还没来得及尽地主之谊,全被这老头给搅了。兄弟明天……"

时光:"幸亏他给搅了。你觉得我愿意花时间接受你的地主之谊吗?"

双车只管点头称是,又忍不住:"那个烟土的事……"

时光:"你们扶他上车!"

双车愣了一下才明白时光在说青山。几个时光的手下粗手粗脚将青山架上车。

时光:"烟土是最小的麻烦,你最近惹的事,就算陈植真是红先生也救不了你。"

双车一揖到地:"求时光兄弟指条活路。"

时光:"想想当年跟随先生的梦想吧?若是甘为行尸走肉,还需要什么活路?"他瞧了眼青山,发现青山也在瞧他。时光上车:"随时预备好人手供我调用吧。"

双车:"连我在内,天目山全体听候兄弟调遣!"

时光点点头,司机立马开车,扔下一个满脸惶然的双车。远离天目山,时光竟有轻松之感。

青山:"又成了咱爷儿俩一块数时间啦。"

时光:"数不了多久啦,反正你很快就会死掉。"

青山没回答,难得安静。时光回头,预备好看见一个死青山,却见青山靠在椅子上以苍凉的目光看着窗外的上海。时光扭回头,也看着窗外的上海,他看到的是日军占领之地那些濒于饿死的穷人,那让时光不安地把玩着可以戳死人的手杖,仿佛正在穿越险恶的战场。他有时也会看着合目的青山愣一会儿神,那眼光像在看一个死人。他不会承认他的神情里有某种依恋。

车队停下,门童迎上,时光将入住的地方并非富丽,但是幽静。迎上来的经理虽然是中国人,却一口流利的英语:"涂公子,在这个浪漫的晚上,在下荣幸之至地得知您将入住我店……"

时光:"你是要跟我睡一张床吗?"

经理:"啊?……我不知道……"

时光:"那你罗曼蒂克地幸运什么?一边去。"

经理鞠一个英式的躬,闪到一边:"您选择了您的喜欢,也会喜欢您的选择。"

时光:"有得选我宁可去住棚户区。带路啊!哪间停尸房?"

青山一边下车一边摇着头苦笑。

经理仍然坚持说英语:"我们已经荣幸地中止了经营……"

时光的表情立刻变得危险:"不做我的生意?"

经理终于说出了中文:"为您订房的人让我们不用再做生意,您可以选择任何房间,我们现在只服务您一个人。"

时光略感尴尬:"我们要整层二楼。"他摇着头,"双车这个家伙……"

他很绅士地请青山下车,他的手下把青山打扮成了一个老迈不堪的富商以配得上他涂公子,所以立刻有两个门童抢上去开车门。

时光的手下将门童拦开:"自己来。"

时光走进自己的房间,手下在放置他那些特工用具,而他开始查看这房间的视野、射界、可能需要的退路、是否会被别人监视,诸如此类。他觉得还算满意。

时光:"这家饭店有多少我们的人?"

九宫:"这里明面上与天目山无关,其实百分之六十以上是我们自己人,还有不少股东是日本人都得顾忌的商界和租界名人。双车的资料上写着他善守不善攻,用词准确。"

时光:"哦。那先就把那个满嘴鸟话的大堂经理换成我们的人。"

九宫:"他就是此地的组长。"

时光哑然:"是个人才,有前途。老家伙在哪儿?"

九宫:"隔壁。他无论从哪边下楼都要经过我们四道岗哨的监视。还有……"他摘下墙上挂着的画,现出一个窥孔,"这样的单向窥孔在这房间里有七个,这两套房就是为了监视设计的,就算他如厕你也可以看见他。我们也有窃听装置,这落地灯的开关可以控制隔壁房间的七个拾音器。"

时光凑到窥孔边观察。窥孔那边的青山正看着墙,像是出神,又像是休息。

时光:"老家伙又在想什么坏主意?"

青山转过身,几乎和时光直视。时光有些发毛,感觉青山已经看见了自己。

时光:"从那边能看见窥孔吗?"

九宫:"绝对看不到。就算您亲自去搜,找出全部窥孔也得花上一整天工夫。"

时光不再言语了,他看着青山的脸,他从来没有看见过一个人独处时候的表情。时光一直看着,完全沉浸其中。孤寂,沉默,悲悯。

时光的黑衣随从站在这间铺满白色雪花石和大理石的餐厅里显得怪异而又和谐,这家饭店因为他们的入住而变得死气沉沉。

青山抬起头,被顶上的吊灯刺得目眩,他低下头,又被面前一桌子的餐具和西式菜肴亮得刺眼。

青山："是个人就把白色当成至高至洁的颜色，岂不知一股脑儿的白色只会刺瞎老子的狗眼。"

几乎没人对面前的欧洲珍肴有什么兴趣，手下们恪尽职守，时光小口啜着的是一杯白水，而青山，以他的伤势不可能吃得下牛排牡蛎。

时光警惕地扫他一眼："我没兴趣跟你谈政治。"

青山："没跟你谈政治。"他笑笑，"不过也不是在谈颜色，我是说你，时光，小屠给了你一个寓意无穷的名字，你怎么能让它只有一个颜色？小屠将来要给你的世界也只有一个颜色？"

时光："你又何尝不是只一个红色？"

青山："我只有红色？凭良心说话。"

时光很想说就是，但又不愿睁眼瞎说："多几种吧，方便你整天拿来捣糨糊。"他将话题转移到食物上，"请用吧，记得你有很强的口腹之欲。"

青山苦笑："这根本是恶作剧。我现在吃这些，可不是找死？"

时光："难道你觉得你还能活着回去？"

青山："活着就能看些有趣的人和事，能多看一天就多看一天，总是好的。"

时光："一堆糟人烂事，有什么好看？"

青山："你想法子让它不糟不烂嘛。想法子让它变好，而不是剁了毙了，烧了埋了，你就觉得好看了。比如说我这趟出来，几千个北上抗战的小伙子没啦，统一战线倒成了个方便下黑刀子的地方。我就想啊，我想再加把劲，再多说点多做点，它就好点，不会像一九二七年那样，绝不会像二七年那样……"

老头子动作大了点，扯动了伤口，顿时伏在桌子上。时光看着，喝水。

时光："你的死谏连千分之一成功的可能都没有——不，我绝不相信以你的身份和智慧，会来做这么一次荒唐透顶的死谏。它是假的，你别有企图。"

青山指指时光的水杯："你说那杯水空了一半，我说那个空杯子满了一半。小屠当然会说我现在做的事愚不可及，就像我会说他是一叶障目，那有什么奇怪？倒是你啊，这杯子到底是半空还是半满，你年轻人还有时间，何不看看再说？"

时光揪住青山的头发，把他那颗不太有力气的头放正了，瞪着。他做这些事时很无礼，但并不粗暴。

时光："看着我。我最后问你一次，你这次到底来干什么？"

青山："求和。告诉你们这些聪明绝顶的人一句话。"

时光："什么话？"

青山："我们别再自相残杀，日本人在杀我们呢。"时光咧了咧嘴，"对，就这么句洗马桶的婆娘都说得出的蠢话，你热爱的屠先生，你痛恨的若水先生，他们却聪明到听不到，所以我只好搭上我很舍不得的老命跑来说这句蠢话。"

时光："就算我疯了,信你这几秒钟——你何不让若水老妖先放弃对先生的敌意？"

青山："保护小屠的是你们,固若金汤可总还在明面,保护若水的是伪装和躲藏,你们找不到我也找不到。而且若水一定会说:小屠应该先放弃对我的敌意。"

时光放手,把他推坐在椅子上："我说信你几秒钟,这几秒钟已经过去了。"

青山："不管怎么样,它总进过你的脑子。"

时光："看好他。"他交代了手下,打算走开。

青山："孩子,能不能给我一片晚上能睡觉的药？别的没关系,这伤让我睡不着觉,还得跟你这样的小伙子打交道,很难熬。"

时光想着屠先生的那个电话："不行。"

青山也就不再坚持,低声嘀咕了句什么。

时光："想骂就大声吧,我不会怎么样的。"

青山："小屠总是这么狠。这不是你的错。"

时光愣了一下,明白了那是青山嘀咕的内容,他也有些不忍,掉头打算离开。

青山："能给我一支烟吗？"

时光再度愣了："你还抽烟？止疼？"

青山没说话,时光向他的手下伸出一只手。手下犹豫着掏出一包烟,时光抢过来,扔到青山跟前的桌上。他在将出餐厅时看了一眼,青山正捞救命稻草一样拿起那包烟。

时光来到发报间。报务员正在发报,九宫照例站在旁边。

九宫："先生回电了。"

时光："念。"

九宫："他有。"

这两个字让时光挠头,踱步。屠先生的回电总是过于简洁,所以门闩和九宫这种人才经常要担负解读的义务。

九宫："你去电的内容是:目标声称此趟必死之旅,只为媾和,望三方停战合力对日,我不信他有这么天真。先生回电的意思应该是说,他有这么天真。"

时光："那我们就是倾尽全力在和一个白痴作战。"

他继续踱步,敲打自己的腿,空挥手杖,这已经是他的习惯动作。

时光："给先生去电,我请求与他通电话。"

九宫讶然："时光？"

时光："发。他都跟你们通过电话——与目标无关,一些我自己的疑惑。"

电报发了出去,也迅速得到了回应。

九宫："先生回电,不行。"

时光:"我想和他通话!我需要和他通话!我有很多的疑惑!只有先生才能给我个答案!是先生的声音!直接通话!不是这种拐了九曲十八弯的SE-Ⅲ级绝密电码!"

九宫瞠目结舌:"这是回文吗?"

时光一副破釜沉舟的神情:"是!"

青山离开了餐桌。桌子上的东西根本未曾动过。

时光的人,两个走在前边,两个走在后边,青山看似被严密保护的富豪,实则是金丝铐子铐就的死囚。

青山和他的四个保镖走过大堂。一个站街汉挑着他的广告牌冒冒失失地进来,牌上贴的那幅祖胸露乳的广告画引得大堂里的所有男人——包括青山——涎着脸笑,恪尽职守的大堂经理迅速带人将他赶了出去。

青山和他的四个保镖上楼。

时光仍在等待着屠先生的通话许可。

九宫:"啰嗦。"

时光莫名其妙,瞪着他。

九宫:"是先生回电。先生回电说,啰嗦。"

时光茫然:"跟先生说,是啰嗦了,我收回我说的话。"

那并不会让他变得六神有主,时光撩开窗帘看了出去,他所在的地方是金玉一条街,它的后面是贫民窟鳞次栉比的破烂屋顶。

九宫:"先生回电。"

时光:"为什么不念?"

九宫:"……先生回电,无法收回的除了拉出去的屎,还有说出去的话。放你征服世界,你却一味沉沦。别再回了。"他唯恐时光发作,"是先生说的。"

时光并未像九宫担心的那样发火,只是顿了顿手杖,出去。房门在他眼前打开,押解青山的一名手下站在门外:"时光,目标说想见你。"

青山坐在光线昏暗的屋里抽烟,进了这屋就不怕他跑掉,所以也没人监视。他又点上一支烟,不知道这是第几支了。他想着事,疲惫而忧虑。

监视者通过时光房间里的窥孔看着他。窥孔里时光进来。

时光进门便忙着扇那缭绕不去的烟雾,同时观察着昏暗灯光下的那个人。

时光:"看来你决定在疼死之前,先把自个儿熏死?不错的办法。"

他顺便看了一眼青山面对的那道墙壁,上边有画框镶着的一段铭文,花体拉丁文,显然只是作为装饰之用。

青山:"我是中国第一批洋纸烟热爱者,可早就戒掉了。知道我为什么戒烟?"

时光:"没兴趣知道。"

青山:"是小屠让我戒的,他说烟就是有面子的鸦片,国难当头,岂能沉沦。"

时光不由走了神:"……放你征服世界,你却一味沉沦。"

青山:"对,就是这个意思。后来小屠实在受不了我的奇思异想东走西顾,他自个儿征服世界去了,于是就有了你们。"

时光:"没兴趣听你评价先生或我。找我干吗?"

青山:"哦,有事有事,明天我想出去。"

时光:"哪里?"

青山:"十几年没来上海,我这老流浪汉最喜欢的城市,自然是想旧地重游。"

时光:"照你那忧国忧民的说法,日本人占着的上海有什么好游?"

青山:"游了才更有打日本的劲头嘛。我不是不食周粟的伯夷叔齐。"

时光:"……我会安排。"

青山:"我是说,一个人走走。"

时光:"一个人?那么重的伤,要小心啊。"

青山笑了笑:"嗯,或者说,管他几个人呢,我假装一个人,难得糊涂嘛。"

时光自然知道他说的是什么:"可以。只要你不怕脑袋再被轰上这么一下。"

青山:"你当然会保护一个老头子的。"

时光避开那道戏谑的亲热目光,尽管他其实早已适应。

时光:"你的命已经不是你的,怎么使用在我。"

青山:"那我希望你把它用好。"

这是一句很奇怪的话,以致时光又回头看了一眼,才将门关上。

时光回到自己房间,时而踱过去在窥孔里窥探。窥孔里青山端坐,摁灭一个又一个烟头。时光打开所有的灯,又全部关上。青山在烟雾中合上了眼睛,这就算他的休息。

时光打开所有的窗,呆望着窗外像是由补丁和宝石拼缀而成的上海。

时光在走廊上踱步,走廊两端各戳着两名手下,这层楼自成一个封闭世界。大部分的房间门都开着,主子没睡手下也不敢就寝,时光毫无感觉地看着他走过时从自己位置上站起来恭立的手下们。九宫跟在他身后候命,他比门闩更加尽责。而在时光眼中,他比门闩少了许多东西,只是一台跟随、汇报和监督的机器。

时光:"这是他的最后一趟旅行,送死之旅。带着第一个愿望出生,完成了最后一个愿望死去,他跟那些一辈子就出门一趟,却永不回家的畜生没什么两样。"

九宫:"是。"

时光:"就算咱们不杀他,就凭那伤,他也没几天了。"

九宫:"是。"

时光:"先生没错,人没时间会发急,人发急容易出错。先生没错。"

九宫:"是。"

时光急了:"你的前任,门闩从不仅仅说是!我难道要用耳朵来听我脑子里想什么吗?说出来是要听你不一样的声音。回声先生,你比门闩差远了!"

九宫:"是。"

时光:"你死前最后的愿望会是旧地重游?他最后的愿望是什么?种子?不,他拿命来当敲打我们的开门砖,不会再搭上种子这份大礼。老家伙抠门儿得很。"

九宫:"我不知道。"

时光示意两个堵走廊的手下过来:"把九宫拖出去毙了。"

九宫被那两位夹在中间,要杀的和要被杀的都一脸惊讶,却没有挣扎和抗拒。

时光:"你在想什么?"

九宫:"……为什么杀我?"

时光有点泄气:"这没用。他要是个只计较个人小命的人,早被我们收拾了。"

两名手下等不来新命令,架着九宫出去执行。

九宫低声哀求:"这可不对呀,时光。"

时光:"……放了放了。总这样不用脑子,我就真借你的小命用用。"看着九宫死白的脸他倒醒了,"这不对?他这种人一辈子在跟他觉得不对的事较劲。他觉得什么不对?杀他们的种子不对?"

九宫打起全副精神动着脑子:"杀种子是天经地义的,没不对。"

时光:"杀他更是天经地义的。什么不对?你觉得什么不对?"

九宫:"我们根本不用去想什么不对。"

时光瞪着他发呆:"……我们这样自相残杀不对。"

九宫哑然,没敢搭腔。

九宫:"这个话,我会写入记录。"

时光:"……我们别再自相残杀,日本人在杀我们呢。"

九宫咳嗽:"时光?"

时光:"这是他说的话!就算我发了疯,再相信他几秒钟,他真是来媾和的,三方混战,两方媾和根本就不可能。跟我们早谈到吐血了,他还得跟若水谈!"他冲向发报间,"给先生发报,目标此行的目的,至少是目的之一,他要见若水!"

报文发出,时光仍在因自己的发现而激动,他像头要出笼咬人的豹子。针对大敌若水实在比针对将死的青山更让他激动。

时光:"若水老怪,咱们同行里最会自保的前辈,多年来靠着高泊飞、欠老板之流的铁杆亲信和在朝的保守派跟咱们作对,永远是背后谋划,从不以真面目示人,连重庆方面都没几个见过他。咱们跟若水放对,只知道他身在上海,却永远只能伤其皮毛,没法动其筋骨,他还真是上善若水,无迹可寻,大炮都打不着他。"

九宫："但先生和青山肯定都是见过他的。"

时光："总不能让先生来上海指认他。按图索骥也不可能,十几年没见,鬼知道那老家伙会不会把自己扮成个娘们儿?"他干笑,"可要藏成这样,身边就绝不能有多少人,青山要和他谈事,也只能是面对面。"他一迭声地下着命令,"通知双车,要他所有的人手待命。我们的人尽早休息,检查武备,明天是个大局。青山必见若水,我们自然就必杀若水。"

青山在烟缸里摁灭最后一个烟头。他看着墙上时光曾经扫视过的那幅铭文。

监视者从窥孔边退开："我怎么就总觉得老家伙在看着我们?"

窥孔里的青山似乎就是在直视着他们。

时光盯着报务员飞快弹跳的手指。手下正在整理明天必将用到的枪械。

九宫："先生回电,先生说,若水生死居次,时光本就该勘破人生迷局。"

时光点点头,感到安慰却有些茫然,不知道为什么茫然的茫然。

时光："还有什么事吗?"

九宫："门闩的事,先生虽然说不用告诉你,但并没说不准告诉你。"

时光恨恨地笑笑："那家伙老谋深算,当然会预备足够的子弹,当然还是在大漠风沙里死死地阻着路,喊什么快治好伤去打日本人。"

九宫："可他没带足够的粮和水,他已经死了。"

时光试图快意地冷笑,但看着自己那条假腿,不笑了。

九宫："两棵树下午传来的消息。拿手榴弹自杀了,连他的藏身之处也坍塌了,多半是粉身碎骨。"

时光冷笑："很好嘛,总算不是死无葬身之地。真遗憾我没在大沙锅。"

九宫："有什么事两棵树留守的弟兄可以代劳。"

时光："找到他尸体的时候,替我尿上……算了,这是闲气,我得把全部精力用在若水和青山这两条大鱼身上。"

他出去,一瘸一拐地走过长廊。在他脑子里晃着两个门闩,一个是在大沙锅与他生死与共的唯一的朋友,一个是毫不留情向他开枪的人。

时光："你没打脑袋,打了我的腿……你是不是也想说,你不要我的命,养好伤赶紧去打日本人?"

天目山据点里,双车从芦森的牢房外走过,这回他完全没有去看望一下的心思。三进兵和八角马跟了上来,拿着武器,更多武装的天目山帮众跟上。

双车："明天是咱们将功补过的机会。"

天井里漆黑,寂静,但是站满了预备好杀人的天目山的人。

圣巴特里斯饭店时光的房间,他焦躁,忧郁,烦闷,在屋里走来走去。他从窥孔窥视那屋的动静,与其说在监视不如说在寻求心理安慰。

窥孔那头的青山,床就没动过,平直地躺下必然牵扯他的伤处。他在躺椅上辗转,偶尔轻声呻吟。时光转身,靠在墙上,看着自己的房间发呆。

早上,整层楼的死寂,每间屋的房门都紧锁着,楼梯口没有岗哨。青山的房门开启,青山出来,敲打时光的房门。

青山:"孩子,还没起呢?吃早饭啊!"

无人回应,青山没完没了地敲着门,用各种频率和口音叫着:"吃早饭,孩子。孩子,吃早饭。吃早饭。吃早饭了,吃早饭。呷早饭嘞,吃早饭。"

时光坐在房间里,外面各种腔调语气方言的聒噪叫他脸色铁青,他知道青山压根儿是存心的。他不在自己的房间,他在报务间。跟他在一起的不仅有九宫和报务员,还有一屋子待命的手下,他们神情怪异地看着时光。当时光忍无可忍地从怀里掏出消音手枪,所有人都掏出了枪,但时光只是检查一下消音器是否装得牢靠。外边的声音终于停了,九宫从门缝里看着那个佝偻的背影远去。

九宫:"走了,总算。"

时光阴着脸,向来没有表情的九宫也吐了口气。

当青山在饭店大堂现身时,油光水滑的大堂经理迅速迎了上去,两个人的对话居然用英语。

经理:"有什么可以为先生您……"

青山:"没有。"

经理:"您肯定需要一辆服务周到的车……"

青山:"没钱。"

经理:"您太幽默了,您的朋友甚至包下了整座酒店……"

青山:"听不懂!"

经理真有些生气了:"可您的发音比我地道多了。"

青山学了声猫叫,学了声狗叫,学了声驴叫,然后用他地道的英语说:"你看,我并不知道我在说什么,我只是发音地道。"

经理干笑。

青山:"反正要我花钱的时候我就听不懂。"

他扬长而去。

监视者焦急地走到经理身边:"这怎么办?老家伙油盐不进啊。"

经理:"我们在他的手杖里装了发射器。让九组追踪信号。"

饭店外的街道上,三进兵坐在车里。

他示意后座的手下打开追踪仪的开关,刺耳的高频音立刻响起,车里的几位全体掩住了耳朵。

三进兵:"有捂耳朵的手就不会去调小声音吗?"

手下手忙脚乱调整音量,青山撑着雨伞从旁边过去,他什么也没听见。车里的家伙大气不敢出地瞧着青山拐进巷子。

三进兵:"目标刚经过我的车边!进了恩久路!"

房间里,时光站了起来:"行动。"

时光的命令一发,整条街上的人都开始动作起来——为了这次行动,天目山集中了能腾出来的所有人手。几辆汽车从各自泊车的角落里竭力挣扎出来,化装成车童的双车蹿进一辆车的后座,一个行李员一边撕扯掉身上的制服,一边追赶饭店外正在发动的汽车。正在卖报的八角马忽然把整摞的报纸都塞给了买报的人,跑开。有限的几个不属于这一事件的人们都愣了。

饭店内整层楼的房门在时光的一声命令中同时打开,刚才还寂然无声的楼道瞬间便被天山和天外山的人占满,又分两头奔向楼梯。他们有的是人力,不介意做坦克碾蚂蚁或者高射炮打蚊子的事情。

三进兵的车驶向恩久路。车后座的高频音又开始尖厉起来。

三进兵:"小声啊!满街都当咱们气缸爆啦!"

手下手忙脚乱地捣鼓着,无效:"调小了呀!""是目标回来啦!目标太近!"

三进兵目瞪口呆地看着青山又在巷口出现,而且摆明了是要回饭店。

三进兵:"他妈的!这老畜生吃的啥回头草?回去!回去!全体回去!"

司机一脚刹车,尖厉地停住。青山照旧聋子一般从车边走过。三进兵、双车、八角马和那名倒霉的行李员忙不迭地回到各自扮演的角色。

大堂经理依然满脸笑容地站在大堂,青山无知无觉地走过大堂,上楼。

楼上,满楼道的人刚刚前拥后挤地全部塞进房间里,

走廊上只有时光还戳在那儿,他听到了青山缓慢拖沓的脚步声。

青山看见时光,很高兴的样子:"叫半天你都没起,我刚走你就起来啦?给你。"

时光看着塞到自己手上的那个玩意儿,米饭团子夹了根油条,上海早餐之一种,名字也很老实地叫饭团夹油条。

时光:"什么鬼玩意儿?"

青山:"早饭啊,特地给你买的。"

他掉头,好像没有回屋的打算。

时光:"……又要干什么去?"

青山:"我还没吃呢,再去买。"

时光气疯了:"……你就不会一次买两个吗?"

青山:"要趁热吃的。"

时光:"你就不怕肠子跑穿吗?"

青山耸耸肩:"反正都这样了。赶紧吃,等我会儿,有很要紧的事跟你说。"

时光气得嚷嚷:"除了你那个联合抗战的美梦,还有屁的要紧事?从我知道你是个假货你就分文不值了!你们的假种子都怎么样了?不用你楼上楼下地跑死,我一枪就叫你死!"

青山:"联合抗战的美梦,总好过小屠的权势梦吧?你也知道,那对绝大多数人来说就是个噩梦。"

时光现在只想打击这个老头子:"那好吧。告诉你一件事,你在我身边设的大暗桩门闩昨天死啦,尸骨无存。"

青山沉默了一下:"他不是我设的暗桩。十几年前你还真是个孩子,我怎么会为一个孩子去设个暗桩?门闩只是在我和小屠的梦中间选了一个而已,我只是他诸多的旧相识之一,你倒是他唯一的朋友。"

时光有些后悔提起这事:"你……快去死吧。"

青山:"放心,孩子,我不会扰你太久。很多人已经对我失去耐心,这一两天,连你的先生都会失去耐心。"

时光并不激烈,甚至有些疲惫:"去死吧。"

青山在楼梯口消失,时光手里还抓着那个饭团。

房间轻轻地打开,手下用询问的眼神看着他。

时光:"等着!他还要回来!"

门关上。倒霉的饭团被时光捏得奇形怪状。

青山再次出现在大堂,经理绷了脸不理。

青山依然搭讪:"你还好吗?很不错的天气。"

经理:"还不错。谢谢。"

青山:"为什么这样冷淡?仅仅因为我不愿花钱?"

经理鞠躬:"再见。祝你一路平安。"

青山掉头而去:"无事献殷勤,非奸即盗。"

经理气得半死,接起柜台里那个隐秘的电话:"是的,明白。等着,他还会回来。"

十五

走出饭店的青山走过街道,再次经过三进兵的座车。三进兵在老家伙经过车边时下意识地塞住了一边耳朵眼儿,他不想再听那刺耳的噪音。可是并没有声音。

三进兵看看操作仪器的手下,手下阿谀地:"我把它关小了。嘿嘿,关小了。"

三进兵吝啬地表示了一下赞许。卖报的看着青山走过。车童双车看着青山走过,泊车的手下和他低语。

手下:"时光说等着。"

双车:"沉住气,等着。"

青山拐进巷口,监视者不敢尾随。一览无余的长巷,除了早点铺子什么都没有,汽车开不进来,跟踪者也没法隐蔽。

青山一进巷子便加快了步子,在他体力许可的最大限度内。他快速地摸索着他的手杖,将把手拧了下来,从里边倒出了电波发射器。然后他去买第二个饭团子夹油条。

三进兵车里仪器的声音响得很让人安心,平稳的脉冲,一下一下。

手下:"目标停下来了。"

三进兵:"又在买他妈的早饭。"

双车在向车里的手下低语:"沉住气。买了早饭就回头。"

八角马趁这当口安心地卖出了两份报纸。

经理在打电话:"都在掌控之中。"

时光在漫长的等待中终于打算尝试一下那个饭团夹油条。

九宫:"小心。"

时光看一眼身后又打开条缝的房门,时光对九宫的提醒有些不屑。

他咬了一口:"难吃得要命。"但他一口口在吃,并且看了看他的手下们,"你们都没吃早饭?"

手下立刻表现:"枕戈待旦,废寝忘食,何在乎一顿早饭?"

时光把那咬了一半的饭团塞了过去:"给你,别浪费了,吃掉它。在棚户区这是做梦都不敢想的珍肴。"他为自己小小得意了一下,"总不能让死老头子见天儿就要我一个。"

手下一丝不苟地吃。九宫给时光递上一条手绢。

时光一边擦着手一边看表:"该往回走了。"

但青山没有出现在巷口。

车里的三进兵听着平稳的脉冲声:"目标还在原地……移动了,目标移动。"三进兵用手语向双车示意。

双车向八角马示意。八角马只好去巷口卖报。

空空的长巷一览无余。一条叼着饭团的狗跑开。八角马回头示意,然后加速跑过巷子,臆想着在巷口停住,而青山刚拐过巷弯。

车里的信号声变得微弱了些,也不太稳定。

手下:"目标还在移动。目标没有回来,目标去了王家弄。"

三进兵:"跟上去。"

车驶动,到了恩久路口,车上的三进兵和巷子尽头的八角马隔得很远,面面相觑。他们开始有了不祥的预感,恩久路的路口成了一块磁石,吸着许多的人车拥向那里。

那条狗想找个地方吃它的饭团,还没停稳当就被一个叫花子来狗口夺食。狗儿撒腿就跑。

手下还在跟机器较劲:"目标去了春秀里……哦,转向居尔斯通路……哦,好快,目标在逃跑,目标速度很快。"

一个加强班的人和车急急跑向恩久路尽头。

狗在跑着,叫花子在追着。双车一车当先在前边追,一众手下跑步在后边追,载着电台的车在最后。

叫花子祭出打狗棒,玩得还是个飞棍,受了惊的狗掉头逃窜。

车里的手下紧张地报号:"目标没上居尔斯通路……回了春秀里……怎么可以这么快?……啊,目标在向我们靠近。目标没说假话,他回来了!"

车陡然停下,双车跳下来,向那些差点儿没跑死的手下打着手势。又一次躲藏,多数人都及时藏入巷弄。八角马抱着报纸瘫在墙边,双车一个箭步扑进车里躺着。

一条叼着饭团的狗从他们中间跑过,一个气喘吁吁的叫花子从他们中间跑过。

九宫:"目标……丢失。"

时光一巴掌把他打到一边,然后冲向楼梯,身后乌压压一群人跟着。

路边,一个老色鬼,摸着下巴哼着西北小曲,看着墙上那张近裸的广告招贴。这个色鬼当然是青山。青山顺着招贴上的一个箭头走开。

双车们已经明知上当,但还在追着那条狗。

双车:"……我们为什么要追一条狗?"

三进兵:"……因为这条狗能让我们将功补过？也许？"

青山又在另一条路边看一张近裸的招贴,并按上面的指示转过又一个街弯。

这个早晨对那名叫花子是一个奇遇：十几个人和他一起追着一条狗,他们一个个超越了他。

叫花子大恼:"一个饭团子啊！这么多人哪够分的？"

三进兵掏枪,叫花子立马扎入墙角。双车踹了三进兵一脚。八角马聪明得多,他把枪当板砖飞了过去,狗哀鸣,扔了饭团飞跑。双车扑过去拎起了饭团,他没费多大劲,就在里面找到了那个跟打火机差不多大小的发射器。而叫花子捡起他扔掉的饭团。

青山在又一张裸女招贴下看见了燕飞熊,就是那个挑半裸体广告牌的站街汉。这哥们儿今天一身车夫扮扮,旁边停着他的黄包车。

时光站在他的车边。

九宫:"他们找到了……发射器。"

脸还肿着。九宫尽量站得离时光远点。

时光:"好极了。让他们拿着发射器去死吧。"

燕飞熊拉着青山在雨中行驶。

青山:"飞熊,带我去见若水。"

燕飞熊:"从您到了上海,先生就一直想见您。"

青山:"他实在该离开上海,何必跟正如日中天的小屠一较高低？"

燕飞熊:"不是一较高低,是一拼死活。"

青山因这话里的剑拔弩张而沉默。

燕飞熊:"我本想调动船帮的人来对付时光和双车。可先生说用不着,姜老而弥辣,这话尤其适用于青山。"

这种明显的吹捧令青山苦笑了一下。他按紧了自己的腹部,看着天空的阴霾。

黄包车在里弄的一家门前停下。燕飞熊放下车,门在他们将近时已经开启,几个船帮的人已经在等待着。他们警戒着四周,没人去管青山下车是如何艰难。燕飞熊倒是诧异地看着。

青山苦笑:"受了点伤。"

燕飞熊:"不是惑敌之计？先生说青山先生出入千军万马不伤一根毛发,怎么会中这样浅显的圈套？"

青山:"那也得看是谁设的局,若水和小屠的局我也不伤一根毛发。"

燕飞熊:"先生又怎会给多年的至交设局。"

他明显是不信任,所以故意地不帮,以便观察那个人的痛苦是否真实。

进了门便进入了此地老式宅院特有的阴湿黑暗,住家的杂院过道。燕飞熊脱去衣服,换上一身很上得台面的衣服。

青山:"若水呢?"

没人回话,一条黑色的蒙眼布蒙上了他的眼睛。

青山苦笑:"何苦?多少次抵足夜谈,一壶劣酒喝出无数损招的故交,弄这个?"

燕飞熊:"先生让我致歉。先生说,阔别十载有余,去的又是两个世界,思情日炽,可提防也绝不敢忘。"

他们搀扶起青山走过夹七缠八的里弄,一边效率极高地搜身。

青山:"若水不在这里吗?这样要误事的!"

燕飞熊:"有我在绝不会误你的事。"

青山:"我十分钟就能说完要说的话!赶在时光反应前完事!你们动了这么多人,一个一个地串你们的狡兔三窟,他们就来得及调集人力,你们会被发现的!"

燕飞熊:"先生不能洞悉你此来的意图,我们也不知道你和屠先生达成了什么协议,而且,我们要是把人往好处想,我们恐怕早就不在这个世界了。"

青山明白他又撞上了一堵无法逾越的高墙,对此他只能叹气。

青山:"是不是我说有发子弹正向你飞来,你也要拿枪顶着我脑门儿?"

燕飞熊:"出什么事了?你说话从来不是如此激烈的。"

青山:"没啥大事,不过是我们正在亡国。"

燕飞熊沉默:"我也盼着早料理了屠先生和他的走狗,好全力去对付日本人。"

但他没有一点放松警惕的意思。

时光的车队停在路边。时光恼火地在人行道上走来走去,他这样的时候无人敢惹,双车也只好在车里呆望。

其实这也是时光思考的一种方式,他拿定主意后,大步走回车边。

时光:"船帮在全上海有多少个点?"

双车:"明的暗的有三十七个,有十一个不大好确定……"

时光:"你的天目山现在能调动多少人?"

双车:"从你老弟昨天说了话,我是万事俱废,全体待命……"时光的手在车顶上重重拍击了一下,拍掉了双车的废话,"一百六十二组。盯一个人总不好大张旗鼓,在这周围待命的不过九组。"

时光:"全部出动。盯死每一个点,不管确不确定,发现青山者加薪三级。"

九宫:"先生有过命令,为响应总部清廉律令,一次加薪不可超过两级。"

时光:"五级。"

青山坐在车里,他仍被蒙着眼布,全身上下的衣服都已经换过。汽车从街道上驶过。燕飞熊和一个手下把青山夹在后座中间,手下提着枪,说不清他是警戒车外还是警戒青山。一辆明显是属于天目山的车和他们交错而过,燕飞熊将青山压低,像按住一件行李。青山叹气:"这根本没用的。我不是破绽,破绽是你们——他只要盯死船帮每一个人。以若水的性子,他身边怕超不过五个人,而你现在动了多少人?你们打得太久了,彼此都太了解。"

燕飞熊:"别说话。"

青山叹着气:"这事要败于互不信任。你都不告诉把着方向盘的到底去哪儿,我们如何对付时光的追踪?"

车停下,燕飞熊和手下把青山带下车,三个穿着打扮和他们一样的人上车,车驶走。青山三个人挤进又一辆带篷的黄包车,自原路返回。蒙着眼睛的青山似乎知道车外正在发生什么。

青山:"这真会有用吗?你调一辆车,时光能调出十辆。猫不和狮子比轻灵,非要比体重?"

燕飞熊不理青山,他顺手给青山戴上一顶帽子。

青山:"今天我不去见若水了,今天不合适厮杀。"

燕飞熊:"不行。先生为见你冒了多少年没有过的奇险,他已经出来了。"

青山:"你把我的眼睛绑得太紧了,现在我看见的是一片血光。"

燕飞熊的车终于在一处窄得可怜的门边停下,周围凌乱而嘈杂,那穿越屋宇的评弹声对外地人的耳朵是个考验。在这地方出没的人三教九流,也不乏有身份的高龄者,在一个颇为西化的城市里,他们是竭力维持着旧式生活的老顽固。燕飞熊下车时没有观察四周,这是他们船帮掌控的地盘。一个燕飞熊的手下拿一件大号风雨衣把青山罩上,燕飞熊和手下在左右和身后夹着,把青山拥进门里。青山像是被绑架了。

他们在狭小空间里七拐八弯,没有人给青山取下眼布,那些护卫着这里的船帮看青山时带着明显的敌意。

拐角转弯堆满了杂物,一夫当关,万夫莫过。隔着那些并不隔音的板壁,听客们的叫好声、小二传堂的呼唤、女伶咿咿呀呀的唱腔,衬着青山这边,在静得像棺材一样的通道里上楼,转弯抹角。

燕飞熊无声地领路,警戒的船帮无声地让开。又拐了一个弯,似乎永无尽头。

青山被架进一间小屋,放在屋中间的一张凳子上,一张没有靠背扶手的凳子,跟他说话的人可以随时看清他的每一个动作。

青山:"可不可以轻一点?我真的有伤。"

仍然没人信他,燕飞熊关上了门,评弹和茶客的喧哗远离了,他和一个手下站在门里警戒。青山坐着,什么也看不见,更看不见这屋还有一个里间,隔着一道直垂至地的厚重布帘。

青山:"飞熊,我正在试着一点点看清你们要做什么,别拿一块破布就让我做了瞎子。你们到底是在跟小屠打还是在跟小屠学?老朋友来看你们,想帮你们,你们却搞得像要枪决我。"

"你歇歇嘴好吧?小屠这样做是要把你碎剐,我这样做只是自保。"

燕飞熊并没有说话,声音是从里屋的布帘后传来的,一个很怪很不自然的声音。青山仍然将头转向那个方向,他努力辨认着,当认出来时,隔着眼布我们都能看见他眼里的喜悦。

青山:"若水,你这个老怪物!你老到见我都要预备块尿布了吗?"

若水同样尽量压抑着欢喜:"老狐狸,就算在你脑袋上套个木桶我都怕你捣鬼!"

青山:"老尿货,你就是个鬼,我捣死你这个鬼!"

若水:"老东西,你要能把我捣死倒也省心。"

青山:"咱们可以老王八老尿壳郎地骂到明天早上,可在小屠的高足找到这里之前,快让我看看你吧。"

若水叹了口气:"彼此彼此,我也很想看看你。"

青山:"那就看啊!王八看绿豆,你个老猪腰子!"

若水:"听你骂我真是高兴。可我说彼此彼此的意思,就是你也看不见我,我也看不清你。"

青山啐骂:"一个老破盅子,装得比海深。歇了吧,老破蹄子。"

若水:"装什么?命的事我拿来装?一九二七年你笑得出来吗?就好像我现在也装不出来。老哥们儿,只是自保。"

青山:"有这么惨烈,老家伙?"

若水:"也说不上有多惨烈,不过是小屠那头起个意思,我这里就得听到谁谁谁也没了的消息。记得北伐军中的十只眼睛吗?"

青山:"当然记得。你亲手调教出来的十个好手,个个都能独当一面,飞熊是最小的一个。"

若水:"只剩飞熊一个了,我的十只眼睛被挖掉了九只。当年咱们那些弓马娴熟的武举,遇上洋人的枪炮,大概就是我现在对上小屠的感觉吧?他一个电报,我这头就得白发送黑发,想杀谁就杀谁,杀完了他重庆那头的人再给扣上一个通共或者通日的罪名。我是藏得好,否则早成共匪或者汉奸了。"

青山听着燕飞熊粗重的呼吸,往那边转了转头。

燕飞熊:"所以我说不是一较高下,是一决生死。"

若水:"我跟以前不一样了。老哥们儿,不是你认识的那个若水了。先国后家出生入死,比你还疯,比小屠还狂的若水,我不记得了。路漫漫其修远兮,不再有求索,吾将上下而保命。我换了身份,换了长相,你现在看见我也不会认得……"

青山:"拿开吧。我头上套的尿布,你嘴上捂的尿壶。你苦衷很多,需要朋友,可不是连你的人都看不见的朋友。"

若水:"你还是那样,如果连小屠也需要朋友,他一定会拿一万个若水来换一个青山。"他的语气立刻强硬起来,"可一九二七年我为你们说了几句良心话就被排挤至今,小屠先杀了再说的黑刀子却在朝在野都砍出一个他的王国。连人间都分不清是非,你还信什么善恶分明?"

窝在车里的九宫正在一张地图上打格子,同车的三进兵通过电台接收着新到的信息。双车不大能插得上手,只管在一边擦汗。有人一直敲打着车顶,完全不顾及车里人感受,那自然是焦急而又无聊的时光。

九宫给双车解释:"……不是什么三十六计,最简单的排除法。只要各组给我足够的信息……"

三进兵:"船帮在天云寺只有不到五个人。"

时光:"划掉。"

九宫划掉了那个格:"最后剩下的就是若水可能在的地方。"

时光:"怕死如若水老妖,当然会调最多的人保护自己。"

九宫在三进兵新传来的消息中又划掉一格:地图上剩的格子已经不多了。

时光从车窗外探进头来:"好了没有?"

九宫:"蓬莱仙,这里集结的船帮最多。"

时光抢过笔,重重一戳,戳在那格地图的中心。地图下边垫的是九宫的腿。

时光向着双车招呼:"你我两头抄,别让若水等啦。走吧!"

九宫被他从车里揪了出来,双车也上了另一辆车。时光跳进车里,情不自禁发出了一声在大沙锅才合适的马匪吆喝。

车轮驶动。

叙旧已毕,青山听着帘子里那个越发强硬的声音。

若水:"说吧,你来上海要做什么?有求于我?不利于我?还是你们共党忍无可忍要报复小屠?如果是最后一种,我非常理解,毕竟最近皖南杀掉你们的人比四一二还要多。最后一种最好,那样我们大可以谈谈,再做一回革命军中的同志。"

青山:"如果哪种都不是呢?"

若水:"不可能的。我犹豫了几天,才决定来见你。因为想通了,大利或者大害,白进之后不外是红出,总好过现在这样躲躲藏藏,最后终于有一天还是要被他的狼群给耗死。所以破破局吧,我死他活,或者我活他死。"

他咬牙切齿,让燕飞熊激愤,而让青山战栗。

青山:"如果我让你不满意……也可能是你死我活,你活我死?"

若水:"不。你现在是自缚了双手,只有你死我活。"

青山沉默了一会儿:"……哎,老妖精?"

若水:"……干吗,老狐狸?"

青山:"我不会害你的,我害过你吗?你这样,还是你喜欢的上善若水?你真的快跟小屠一样啦,你快成硫酸啦。"

若水站了起来,他挥舞着手臂。隔着帘子也能看见他的狂躁。

若水:"若水和青山最需要什么?小屠一定会说,最需要两颗子弹,最好同时打进他们俩的脑袋里!为什么对置你于死地的人态度暧昧?你可以笑,可以不动声色,可以虚怀若谷,但你要笑着不动声色虚怀若谷地杀了他!你做得到的!我们三个,你才是最狠最绝的那个!……你到底在想什么?"

青山:"……我在想小屠真是越来越有实力。"

若水:"足够吞噬我们的实力。所以我来见你。你我是同类,血管里流的东西是冰块,我们是情报、暗杀和出卖的天才,我们在这个没疆土没界限的地下王国是无冕之王。我们的另一个同类小屠,他要杀了我们加冕为王。"

青山苦笑:"我血管里流的那玩意儿是 B 型血。你说的出卖,我叫作舍身。"

若水:"我想见你,从知道你终于舍得离开一棵树我就想见你。至于你们共党的种子,扯淡。我的手下有的想靠它发达,有的想靠它帮我翻身。天真。种子跟你比什么也不是,你复出就能让这个死局翻天覆地。小屠也这么看,所以他绝不会让你活着回去。跟我联手,老朋友,想让我们死的人,我们给他个死不亏心。"

青山沉默下来,帘子里的若水是毫无保留的,在激动地踱步。以他对若水的了解来说,那位不打算给他任何选择。

若水:"我许诺你地下王国的半壁江山。我知道你对权力没兴趣,我会和你的党和平共处,全面合作。我对信仰没兴趣,你的红色事业尽可以在我的王国发展。"

青山:"我知道你一向对我们心存善意,不光因为你我的交情,不光是处世之道,也有你的良心……"

若水:"哈,良心。一九二七年我用了一下那玩意儿,至今还在冷宫里待着。往下说不定就该进阎王殿了。"

青山:"我们的民族……"

若水冷笑:"哈,民族。民族民权民生,四十年一梦的三民主义。"

青山:"我从没想过若水会用这种口气说起他的主义,连我这个死共党都不会这样说他的主义。"他用郑重的语气说出那三个词,"民族,民权,民生。"

若水焦躁地:"我当然记得!当然记得这些!等小屠死了,我们联合起来对抗谁?当然是日本人!我根本不用跟你做这种许诺,因为这理所当然!"

青山:"我能不能给你提另外一个建议?"

若水:"这就是你来见我的目的吧?说吧说吧,就算要翻脸,也先说出来。"

青山:"咱们俩无论怎样也组不出小屠用了半生心血组出的实力。"

若水:"那当然,他他妈的权力欲简直是气吞河山。可你是什么意思?"

青山:"我的建议,退一步吧,老哥们儿,让出你经营了一辈子的暗流世界,我们不再是小屠的强敌,他就会明白真正威胁到他的是日本人。他会把他的狠一股脑儿全发到日本人头上——那是幸事。你我联合,小屠也许会死,可他那支能抵抗日本人的力量也会支离破碎。我们的一己私欲已经帮过日本人多少忙?"

若水:"你真是疯了。"

青山:"你们疯了,你们不像人一样交谈了,像疯狗一样撕咬。"

若水:"因为小屠强大了,所以我就该死?你这是要我去死。"

青山:"哥们儿,老哥们儿,你听我说。"

他很温和,他的温和让帘子里的若水受到感染。虽然看不见,青山还是向着帘子里的若水。

青山:"你许诺我半壁江山,那还不如一棵树。共产党很穷,我能许诺你的东西也很少。我许诺你西北土地上的一个小院子、几间小破房子,还有几只鸡、几只羊。这是行贿,鸡羊都由我自个儿给你掏腰包。我许诺每天都来陪你聊天扯淡,气你个一佛出世二佛升天。还有……"

若水:"还有什么?"

青山:"你拜托我的人,我一直照顾着。我许诺你颠沛半生没有得到的天伦之乐,许诺你家庭和朋友,我许诺你孤单安静的老年,不用再天天操心保命和杀人。我许诺,弄一堆小孩子来扰你没完没了的算计,他们是小魔鬼,你身上会多很多口水和鼻涕,肚里却没了心计。"

青山:"怎么样?"

燕飞熊也在想,他怦然心动。帘子里沉默之后,是一声长长的抽泣和叹气。

若水:"你真会气人,也真会勾搭人。你把我都说哭了,你也把我说动了。"

燕飞熊脸上现出快乐的神情,他认为自己是那院中的一个。可青山立刻明白若水话外的意思。

青山:"……若水说话永远是带钩子的,他要直着说就没好事。"

若水:"是吗?"

青山:"别说那句话。"

若水:"哪句话?"

青山:"飞熊,杀了他。"

若水:"飞熊,杀了他。"

燕飞熊对若水的忠诚跟时光对屠先生的忠诚有一拼,他略犹豫,向青山走过来。他从背后拔出一把造型奇特的弯刀,刀刃闪着寒光,架在青山的颈上。

青山:"让我看看你!等一下,让我看看你!"

他猛然扯开了眼布,那是个冒险的动作,燕飞熊仅仅是因为真心不想杀他才没有下刀。

若水:"等一下,飞熊,他想看看我。"

青山失望地瞪着那层门帘,没有眼布他仍然看不见若水。

青山:"现在我明白了,你这样把自个儿包裹起来,不是怕我看见你现在的样子,是怕我看出你做了亏心事。"

若水:"每个人活在世上,都得做亏心事。有的人天天做,有的人偶尔做。"

青山:"得啦,我说的是你这老坏蛋都会觉得亏心的亏心事。我许诺的是不是你最想要的东西?……一个院子,几间屋子,一片菜地,几头畜生,家,天伦之乐,看着太阳升起,太阳落山,你什么都不用想。"

若水:"是我最想要的东西。"

青山:"我的老哥们儿若水并不爱权力。让他放弃最想要的东西,只有用现在的错事掩盖先前的错事,用不断的错事来堆出一个自欺欺人的正确。"

若水:"世事皆虚妄,对错痴人逐。"

青山:"急着杀我的是因为我对他有威胁,而你比小屠还急着杀我。路上杀我的两起人是你派过去的?"

若水:"不是。若是我派人去你早死了。我不是留情,只是留着你到这儿,说这些话让我死心。"

青山转头看看燕飞熊,因此颈上被割出一条血痕。燕飞熊毫无表情。

青山:"飞熊不知道?"

若水:"当然不知道。所以你再说下去,我会让他马上开枪。"

青山:"我想哭,为你哭,老哥们儿。勒住吧,老哥们儿。我知道你的苦衷,可你走得太远了。我以为到上海只隔着西北,现在才知道隔的这条沟根本没底……你还要往下掉吗?"

那边摔碎了什么东西,若水再度狂躁起来。

若水:"你让我怎么办?我向你求助,我可以给你跪下!你说以民族的名义,你去死吧!好让小屠安安心心地对付日本人!就因为小屠有更多的人?"

青山:"我没要你去死!我许诺你的是安宁!像平常人一样的晚年!"

若水又摔了什么:"晚了!你让他们怎么办?飞熊怎么办?被小屠碎剐?"

青山:"借口!没了你他们有更多的路可以走!现在他们都被绑在你和小屠的私怨上了!飞熊可以去西北也可以去前线,他要累了还可以和你一起过日子!

他厌了杀人,谁都看得出来!"

若水叹口气:"你到了黄泉不要太生气,我也没几年啦。下手吧飞熊。"

燕飞熊抓住青山的头发,偏转了刀刃。

青山:"再给我一天!让我做完该做的事!"

若水:"放你去毁掉我几年的心血?"

青山:"我毁得了吗?你们都打疯了,我说不要打,日本人在打我们!你们倒掉过头来先把我撕碎!"他冲着那块门帘嚷嚷,"再给我一天!如果真有阴曹地府,我保证我们两个老头子在那里再见的时候,你不会后悔!"

若水沉默了一会儿:"飞熊动手。"看身影他打算离开。

青山推开刀刃,跳了起来:"不要走!"

他那只被割破的手即将触及门帘的时候,燕飞熊的手掌准确地切上他的颈动脉,把他打晕了。

时光的手下在窄巷陌路里遭遇了船帮搭就的障碍,虽然那只是些破烂什物,但足以让车停下了。手下散入巷道各自隐蔽,与船帮接火。天外山的骨干对付船帮,有点像虎入羊群,每响一枪都有船帮的人倒下。相比之下,船帮的枪火散乱无力,招架而已。

时光下车,一发子弹从他头上飞过,他用消音枪噗噗地打光了一个弹匣。一个幸存者向他扑来,手上挥舞的是一把斧头。他用手杖里的剑刺死了对方,看了看那做工粗糙的斧头和地上倒着的衣着褴褛的尸体。

时光:"这是叫花子搞暴动么?"

九宫:"船帮本就是乌篷舢板上的破落户出身,生出来时连立锥之地都没有,跟咱们比确实是叫花子。"他听着远处的冲锋枪扫射的枪声,"双车在那头动手了。"

时光却对那爆豆般的枪声不以为然:"就这么明着来?上海不是日占的吗?"

九宫:"没多少占领军,控制要地还顾不过来,哪还盯得过来咱们都没兴趣的贫民区,而且咱们跟日本人心照不宣,这叫帮会之争,跟他们井水不犯河水。"

时光拧掉了枪管上的消音器,那玩意儿着实有点碍事。

时光:"记住我们是来干什么的。这些只是皮屑,盯住所有老家伙。"

他提着手枪,挂着手杖走在前面,九宫和手下从车里端起长武器跟着。时光随手刺中了一个藏在杂物后想给他一刀的船帮,他看着那张脏污的脸,年轻得像一个小弟弟。濒死者咽喉咯咯作响,时光回身补了一枪,他不知道这算是残忍还是仁慈。

青山醒来,隔着几层板壁的评弹声让他的晕厥像是个梦幻,而遥远的枪声和惨叫又让他回到现实。他挣扎着起来,不抱希望地撩开那道帘子,除了砸碎的瓷器,空无一人。他又去推燕飞熊带他进来的那道门,发现门已经锁死。他推开窗找寻出路,看见了屋檐遮掩之下的时光。

青山:"时光!孩子!小哥们儿!小混蛋!瘸着腿跑得比孙子还快的死聋子!"

枪声中时光哪听得见?不愿跟正面的船帮浪费子弹,他带着手下拐进歧路。

青山苦笑着去搬凳子,就他的伤势那真是件要老命的事情:"是啊……若水你个老妖精……你根本不怕时光发现你的踪迹……因为今天你想砍掉小屠的臂膀……我没利用你,是你把我当饵给用啦。"

他用凳子砸门。

时光并不跟那些在街面上抵抗的船帮耗时间,把他们留给了杀得眼红的天目山,他和他的几个亲信曲里拐弯向着蓬莱仙靠近。身侧几杆长枪保护着他,他不时用手枪补射幸存的敌人,另一只手自如地使用着手杖,若不是瘸得厉害,着实是闲庭信步。

时光:"找像我们一样会使枪的人。"话音刚落,砰的一枪,身边的手下跌倒。一个人影从民居的窗后跃到门后。时光抢过九宫的枪扫射,直到那扇门后露出一只躺着的脚。

转过拐角,时光们遭遇了最猛烈的抵抗。漆黑的拐角里枪火连连,冲在头里的一名天外山在攒射中抽搐。时光几个一声不吭地退后,一个枪手将他的霰弹枪转过拐角。根本没有瞄准的几发盲射之后,端着枪跳出去扫射,几个被打成蜂窝的船帮倒下,剩下的几个掩护着一个用围巾裹头的人退向二楼。

手下在换弹盘,时光开始扫射。这时候他看见了青山。

青山:"别杀了,日本人在杀我们呢。"

时光摇摇头排除了这个干扰,像剥洋葱一样剥去那个人的层层护卫,通往二楼的阶梯被人体和鲜血覆盖。他停顿了一下,奔上二楼楼梯口的只剩下那个疑似若水的人了。时光抵肩瞄准,打出最后几发子弹,那个人摔倒在楼梯口。枪口下的寂静。

九宫:"时光!你亲手杀了若水!"

那是祝贺,时光在祝贺声中把空枪扔给九宫。

时光:"咱们都快让假货包围啦,这样一指头就断气的主儿,早在跟先生作对的第一个月就死绝了,轮得到我们?"他指指一楼的通道,"去搜那个方向,别跟我玩割袍弃须这套。"

九宫带人追过去。时光和他仅留的一名护卫走向那具尸体,即使是假货也有必要看一眼吧。尸体被翻转,扯掉脸上蒙着的围巾,一个连年龄都不对的陌生人。时光厌倦地放开他,他注意到另一个声音,一下接着一下,用硬物砸门的声音。

一地尸骸的一楼过道上，一块暗板轻轻开启。燕飞熊和两名像他一样的死士现身，与刚才那场厮杀相比，他们像是来自另一个时空。燕飞熊穿得很少的裸露的肌肤上抹着油脂，格斗中对手无法抓住他。他反手拿着两柄弯刀，穿着一种古老的分出大脚趾的鞋，那鞋软得像厚袜子。这一切都是为了隐蔽无声而设计的，他和他手下摸向二楼的姿势像蛇在滑动。

时光仍在看着传来异响的地方，他的护卫仅仅是因为动物似的直觉而回身。燕飞熊的手挥了一下，刀光在阴暗的楼道中画了个弧线。鲜血喷溅，护卫倒下，燕飞熊的两个手下扑向时光。时光转身，用手杖架开了刺过来的一刀，那手杖只是个鞘，他把拔出的剑刺进袭击者的腹腔。而那家伙跟没痛觉一般，用腹腔和双手把时光的杖剑折断。第二个袭击者刺向时光的胸腔，仍是用刀。时光把只剩个柄的杖剑砸在对方脸上，他躲闪着对方狂挥的刀刃，捞起一切就手的东西砸过去，燕飞熊只是持刀在旁边看着。

时光在袭击者头上砸碎了整个木箱，而他顶着一个血葫芦脑袋仍旧直劈了过来。时光用手臂迎接刀刃，另一只手从腰带里掏出他的格斗刃，刺进对方的咽喉。对方的喉咙咯咯作响，但不妨碍他死死抓住时光的手。燕飞熊等的就是这一下，立刻出刀。

时光怪叫，拖着手上濒死的家伙，向燕飞熊的刀锋撞了过去。燕飞熊挥出的那条要命的弧线被他截断了，怪叫变成了惨叫。时光一脚将燕飞熊的手下踢下了楼，也带走了他那柄对燕飞熊实在不堪大用的短刃。他甩手，掌心雷从袖子里滑了出来。燕飞熊也甩手，失去了一柄弯刀。但时光没了他的枪，多了一只血淋淋的右手。

两个人终于有机会正视，燕飞熊微笑，那柄弯刀在他手里画着一个一个的圆弧。又一次的短兵相接狂挥乱砸，燕飞熊没有什么好看的架势，就是要刀刀见肉。时光终于抓住他的一条胳臂，却油浸泥鳅一样抓不住。燕飞熊顺便刀换了手，差点没一刀把时光开膛。时光身上一多半染着血，一身的武器几乎没有一件留存。燕飞熊拿手指抹抹刀刃上的血迹，甩在地上。

燕飞熊："叫人吧，我陪你一起死。"

时光知道这是燕飞熊分人心的招，他贴地猛蹬，翻滚中假腿彻底断掉。时光在丧失所有机会前让自己倒在燕飞熊身上，他死死把燕飞熊拧住，两人劈头盖脸地向对方挥舞着拳头，用头撞击，用肘撞击。在扭打中两条腿的人实在比较一条腿的人强势很多，燕飞熊生生把自己扭转到了时光的上方。一个中年人和一个年轻人面对面地瞪着，都要置对方于死地，莫名其妙的仇恨炽烈地燃烧。

当刀尖插进胸前的肌肉，时光已经看见自己零落的一生。

时光："不！！！"

声嘶力竭，完全绝望。另一个同样喊着"不"的声音与他应和，门倒了，青山拿着半个凳子从屋里冲出来，砸在燕飞熊的后颈上。时光暴怒地吼叫，抢过忽然失力的燕飞熊手上的刀，在他恢复过来之前刺进了他的胸口。青山第二次喊不，这回他做不了任何事了，他已经虚脱在地上。时光根本没理会青山，一直把刀捅到了就剩个柄。他一拳把燕飞熊砸倒，转过头冲着青山时完全像个疯子。

时光："为什么不?!"

青山也没搭理他，哆哆嗦嗦爬向燕飞熊："飞熊！飞熊！"

燕飞熊使劲吸气，说出一句完整的话："先生真做过你说的那种亏心事吗？"

青山："没有，我想多了。我们是一群愚人，把每一个朋友都往坏处想。"

燕飞熊安慰地微笑。时光猛然推开青山，把旁边堆积的重物拖倒，砸在燕飞熊的头上。这让他自己也失衡倒地，他滚爬着站起来，捡起地上的枪又给了燕飞熊的尸体两枪，然后他把枪口对着青山。

时光："你和他是一伙的！！！"

青山："我和他十几年前就是一伙的！他为你效力的政权立下汗马功劳，他在北伐战场上打击派系军阀时，你还穿开裆裤呢。他和你一样，看见了却装作没看见，就像你为了所谓的忠诚，一直告诉自己要恨我和他这样的人。"

时光："我对先生，不是忠诚，是本该如此。"

青山试图搬开压在燕飞熊头上的重物："所以你对你的同胞和他这样的你的同类，就不本该如此。"

他发现他已经没力气挪动那玩意儿，于是叹气，无奈，沮丧，愤怒——并不仅仅是因为搬不动压着他昔日之友的物体，他摇着头。

青山："时光，你是一条疯狗。我心里一直叫你孩子，因为我觉得你就是个孩子。可现在你长大了，你长成了一条疯狗，你是一条疯狗。"

时光跳起来，刚才的厮杀太近距离，他连掏枪的空也没有，现在他掏出枪来戳青山的头。

时光："连你现在的命都是我借给你的！知道吗？你一天比一天更没有价值，等你真的一文不值的时候，你就去死！"

青山在狂怒中推搡时光，一条半腿的时光被他推得仰天摔倒。

青山："是啊！送死的人来了！我不是死在第一个！可我是走在第一个！我不把自己当人，因为我希望你们像人，人不会互相咬，人不该互相残杀！我告诉你们这个，所以我成了最该死的一个人！"

体力随愤怒而来也随愤怒消退，青山蹒跚着走下尸体和血泊点缀的楼梯。他老了，无可挽回的衰老，若水和时光给他的打击超过那发穿透他肠肚的枪弹。

子弹上膛，时光瞄着他，扑空回来的九宫等人惊讶中一起瞄着他。他们惊讶不只因为青山袭击了时光,还有他们从没见过青山暴烈的一面。

青山站在楼梯上,众多的枪口之间:"我们本来可以让日寇的血染红大地,可我们却在用中国人的血涂抹天空!"

一块血渍在青山的腹部迅速扩大,厮杀、疲劳、哀恸,无论哪一项都让他本来就没救的伤无可救药。

九宫扶起时光,他们看着青山出去,他们不再担心青山跑丢了,一条血迹标示着他所去的方向。

时光:"跟着他。"

几个手下应声而去,更多的人等着他下一步的指令。

时光:"再帮我找条腿来。"

一只裤管空着,鲜血和死亡就在身边,时光觉得恶心。疲劳和自卑又一次袭击了他,他再次觉得自己什么也不是。

面色惨白的青山从尸体间迈过时几乎摔倒,跟随他的天外山手下架住了他,他被塞进了车里,架他的人坐在左右。青山很清醒,也很绝望。车发动,远去。

时光坐在死人中间等他的腿,盯着青山的三进兵回来向他禀报。

三进兵:"时光,目标被我们押回酒店了。"

时光点了点头,他试图不再想青山,但许多事不是说不想就不想的。

时光:"不用管他。若水根本就不在这儿,这老家伙看来不光会躲和逃。"他看了一眼仍被压着半截的燕飞熊,"也会咬人,咬得还挺狠。"

九宫:"这个局看来就是为你设的。"

他的腿终于到了,几个手下帮他装腿。

时光:"是的。回去吧,以后再对上若水,提醒我记得今天的惨败。"

九宫:"是,那我去让双车把扣的人放了。"

时光讶异:"扣的什么人?"

九宫:"你让我们盯住所有的老家伙。"

时光:"有这工夫若水都能跑到松江了……有多少老家伙?"

九宫的表情怪异:"很多,一大屋子。"

时光咧了咧嘴没出声。

九宫:"沪宁会的老头子们包了蓬莱仙在唱堂会。"

时光皱眉:"又是帮会?"

九宫摇头:"比帮会麻烦。"

蓬莱仙的每一个出入口都被天目山封锁着,坐了半屋子老头,干啥的都有,但都气鼓鼓的,一个半老徐娘的评弹艺人被他们众星捧月似的拱卫着。一脸刚直不阿的卞子粹正戟指打头的八角马,说出来的话像一颗颗铅弹。

卞子粹："……列位那里是岛子太小还是人口太多？老夫都跑这旧城区里来求个耳根清净了。别开口，千万别开口，替日本人办事的人若开口便是中国话，老夫只怕要当场气绝。"

双车躲在一根柱子后，拉低了帽子，前头八角马拦着，又难堪又难受。

时光："双车遭罪了。"

九宫："卞子粹，沪宁商会会长，该会结构松散，却拢着不少商界耆宿。帮会可以打，商会却真得罪不起。天目山在上海也不光是打打杀杀的，光咱们现在住的酒店就需要大量商界通融。"

时光想起来了："卞子粹？他的女儿卞融从两棵树借过道。"

卞子粹："老夫只是想听听《桃花扇》的南明遗恨，舒一口心中郁气，你们就非得追上来接茬演你们的城隍小鬼？"他指挥着已经暂停了的艺人，"唱！接着唱！接着唱咱们的《桃花扇》！这些含冤的孝子忠臣，少不得还他个扬眉吐气，那些得意的奸雄邪党，免不得加他些人祸天诛！接着唱！"

板子一打，又接着咿咿呀呀。一帮老头合十赞叹，把一帮天目山晾在一边。

时光倒乐了："先生说得真没错，这卞子粹就一伪君子，还是如真包换浑然天成的那种。我刚才打杀时耳朵里香艳得很，听到的是《牡丹亭》，几句话就被他转成国仇家恨的《桃花扇》，如此拿着爱国当牌打的人，一定知道双车来头吧？"

九宫："知道。知道了倒非把咱们说成汉奸，赖着不让走了，唯恐人不知道他在跟日本人较劲。既向商界同行显摆了自个儿的威势和爱国之心，咱们真现了身份时又可卖个人情。双车已经去请解围的人来，跟这帮老滑头的生意真是不大好做。你觉得若水会在这里边吗？"

时光瞧着那帮老儿吹拉弹唱，嗑着时令干果。那卞子粹竟指着茶杯让三进兵续水。

时光："若水行事不做常人之想，万事皆有可能。"他低头看了看自己正被包扎的伤，"真是人比人得死，货比货得扔。"

九宫："谁该死？跟谁比？"

时光："自然是咱们眼皮子底下这帮杀不得的该死。"

他想着青山，却没说要和谁比。然后他听见来自门厅的古怪笑声，先是哼哼，然后嘿嘿，最后哈哈大笑，仿佛生怕没人注意，那种怪声怪气却让人联想到……

时光："好极啦，一个天造地设的伪君子在唱独角戏，现在又来一个唯恐人不知的真小人。"

十六

卞子粹冷脸瞪着门外,因为笑声来自门外,笑的人隐身在影壁后。

芦之苇:"卞老鬼,商会公摊的香片喝了几泡?你是不是都喝到尿频啦?频到大水冲了龙王庙吧?"

卞子粹:"芦之苇你个老瘪三,快滚进来!我这里被十条替日本人办事的彪形大汉拿枪顶着,你认得的妖狐野鬼多,快进来认个亲戚!"

芦之苇:"不进来!我跟你一样忧国思民,哪认得什么日本人?"

然后一个其形如其声的油滑老头儿,左顾右盼,点头作揖,哼哈招呼,摇头摆尾地进来,他与卞子粹正好是两个极端,瞧上去与任何人都好得要命,他甚至跟三进兵八角马也点了点头。

时光看了看九宫。

九宫:"芦之苇,沪宁商会副会长,没曾想双车把他请来了。这老头和卞子粹在商界并称卞哼芦哈,卞子粹爱扮冷脸,他却是一张抹了猪油的热脸到处贴人冷屁股——那自然是关系通天,跟日本人、洋人、我们,包括船帮关系都颇不错,也自然,兼具奸商、变色龙、吝啬鬼和汉奸之名。"

时光冷笑:"会长是爱国者,副会长却是汉奸,真是翻手为乾覆手坤。乾坤之大,他还有什么生意做不得?难怪沪宁会的生意好得连天目山都得忌惮。"

九宫:"日本人也忌惮。因为卞子粹又与租界交好,算得个国际人士,整治他要损了所谓东亚共荣的名声。"

时光看见,那芦之苇一来,双车也从柱子后转了出来,两个人一见,抱拳作揖好不亲热,在一阵假笑声中芦之苇把双车带给卞子粹。

芦之苇:"这里有位名满江湖的豪杰要引见给你老卞认识!哈哈,就是你口口声声说的扣了你们不放的人!"

卞子粹变色:"天下的汉奸都留给你消受吧!我与他们最好是见面不相识!"

芦之苇与之耳语,卞子粹色变,作惊喜状:"在杀汉奸?你不要骗我!"顿时与双车一揖到地,亲热起来。

楼上的时光终于是忍不住一脸嫌恶,掉头走人。

时光:"走吧,我对台上和台下的戏都没兴趣。"

九宫:"不下去认识一下吗?"

时光:"我的身份是什么?跟日本人穿一条裤子的富商涂陌,又何必去听伪君子和真小人讲相声?——涂陌,还是好好走他的汉奸之路吧。"

时光的车驶出这一街区。对若水的搜捕失败,但天目山的人仍在街角守望。

车拐过街口,司机忽然将车速放慢了下来。前边站着几个人,确切说是一个人领着一排人,虽然是便装,但浑身上下散发出一股日本味。

九宫:"是上海方面咱们的日本同行,和他们的头儿阿部堪治。"

司机停车。时光踏住了脚下的冲锋枪。等待,这种等待让人刚觉出了对峙的意思,那边跑过一个人来,日本式地点头哈腰,一个接一个地鞠着躬。

时光:"听听吧。"

九宫摇下车窗。

那哥们儿又一个过九十度的大躬:"时光先生,您在我们的传闻中拥有武士般的直接和铁腕,我们是否可对像对武士一样,冒昧请您品一品我们日本的茶道?"

时光稍想了一下:"我就是个杀人越货的,不要把我说成咬人的恶狗。我确实很直接,几句就能说完的话,不用隔着杯子。"

那头愣一下,又日本式地跑回去。时光瞧着那家伙跟阿部堪治说什么,阿部堪治蹙眉,嗫唇,摇头,一副被得罪的样子。时光打开手枪的枪机,车里一片打开枪机的声音。

阿部堪治把那名手下扔在原地,自个儿走了过来,鞠一躬,等着。时光的车窗没有多摇下来一点的意思。

阿部:"时光先生,我是来道歉的。道歉是很重要的事,不可以在车上说。"

时光:"可我是来讨债的。两清了就走,断没有跟欠债的喝茶叙旧的道理。"

阿部:"袭击您车队的债吗?我正要为此道歉。"

时光:"为你们杀掉的中国人道歉?那你们的腰恐怕得永远躬着了。不用麻烦了。早说过我这儿流一滴血,你们躺十个人,我忙完就办。"

阿部:"我们误伤了您的司机,而我们手上拘押了您的同行恶手,我知道屠先生为他花了很大的心血。"

时光愣了一下:"什么意思?"

阿部:"来见您之前我已经释放了恶手,你会很高兴看到他活着回到你们中间。"

时光沉吟:"不止死了个司机。"

阿部:"是的,我们还几乎杀死青山,但您总不能为一个共产党向我们复仇。"

时光:"……如果我愿意,为什么我不能?"

阿部:"尊敬的屠先生会不高兴,他一命换一命的原则是为了维持这个世界的平衡,并不是为了狭隘的复仇。现在,我想跟您谈青山剩下的半条命。"

时光沉默,那种沉默中有愤怒、同情、哀伤、难以理解,但他尽力掩饰:"看来最想要青山命的人还真是日本人。为什么?"

阿部:"我们这行当会告诉对手为什么吗?——他值五个恶手。"

这真让时光惊了一下,但表面上仍然平静:"至今为止,我们落在你们手上的人,好像也就是五个。"

阿部:"是的,再加一条路。贵方向江浙一带运送器材人员的水路被我军切断了,我会运作军方,撤回这条路上的军力,把它还给你们。"

时光对司机:"开车吧,反正他也不会说为什么。"

阿部:"我们坚信他正在将贵方、若水和共产党联合一体。而仅仅是屠先生就能压制我们,你们再联合,上海就显得太小了,我们就再无容身之地!"

他似乎是情急而发,气急败坏。时光看着他,思忖,并且是带有某种感情色彩的思忖——青山带给他的那种感情。

时光:"开车。"

阿部:"我希望尽快确知青山的死讯!"

时光:"我听到了。可我还没有答应!"

驶动的车里,时光不再是趾高气扬,脸上没有任何得意之色,有的是些许悲伤和沮丧。阿部堪治看着远去的汽车,脸上的焦急不翼而飞,只剩下冰冷的算计。

青山被天外山的人架进房间,要放在床上。

青山哀求,指椅子:"别……别床上……到了床上就起不来了。"

于是放在椅子上,青山神志模糊地靠在椅子上,看起来像到了弥留之际。血已经止住了,或者应该说流干了。天外山的人看了几眼,关上房门,一边一个守在门边。

隔壁的监视者通过窥视孔观察着:除了粗重的喘气,差不多可以把椅子上的青山当作一个死人。

监视者回头,向搭档做了一个翻白眼的表情。

搭档:"这老赤匪总是要死的样子,第二天又活蹦乱跳周游列国。"

监视者:"他怎么就不肯死呢?如果我是他,宁可死。"

青山眼神涣散地看着天花板,他眼中的世界早是模糊一片。眼前在闪掠……

帘子里的若水:"杀了小屠!——杀了他,飞熊!"

时光和燕飞熊不知在为了什么而亡命厮杀。

芦淼在哭泣:"我不知道这是为了什么!"

时光:"你就要死了!就要死了!"

邱宗陵阴沉地远去,在那无形的阻力前青山只能望尘莫及……

现实中的青山呻吟:"小屠,若水,放过他们。你们怎么能给最亲近的人这样的未来?"

但他又看见芦焱带着一堆小屁孩踢他们的篮球,看见自己在孙子孙女面前跳着难看的舞蹈,唱着幼稚拙劣的歌。

青山微笑:"老天,谢谢你想带我走。可我的事还没有办完。"

时光和九宫回到饭店。一路上时光换掉了他的假腿、手杖、衣服,除了挥之不去的郁郁心情。他看了眼青山的房间,留守的几个人阴郁地监视着走廊两头。

手下知道他要问的是什么:"睡了。"

时光去推青山的门,他尽量轻手轻脚,又似乎是犹豫和谨慎,但闻声从报务间寻来的报务员打断了他。

报务员:"先生来电。"

时光看着来自屠先生的电文。他不吃惊,但沮丧,虽然那是屠先生一向的态度。

九宫:"了却青山。先生说得很明确了。应该尽快动手,什么方式?"

时光:"告诉先生阿部堪治今天提出的条件。告诉先生,如果日本人付出这样的代价却仅仅是想要走半条注定要死的命,那我们是不是该留住这条命?"

九宫:"这近似青山的论调。"

时光:"你只管发。"

他确实想留住青山这条性命,并且什么也不为。他走过走廊,今天早上就在这里,青山给他一个难吃的饭团。他推开门,轻轻地走进青山的房间。青山在椅子上沉睡。

时光在门口站了一会儿,下意识地看了看那块青山盯过的拉丁文铭牌。他走向青山,静静地看着。平静的鼻息,青山确是睡着了。

时光将手伸进上衣内袋,掏出一片药,正是那片曾经属于芦焱,又被转给青山,最后被时光以假药换掉的毒药,放在茶几上,转身去倒一杯水。

青山:"谢谢,孩子。我知道你用假货换掉了我的药,因为你不想给我一个痛快的死法。"

时光惊了一下,开水倒在了自己手上,他只是背着身站着。

时光:"我现在把它还给你了。可我不能帮你医治。"

青山:"真心地谢谢你。"

时光忍不住看了眼那老头子,青山还真是容光焕发,那个几小时前时光觉得死定了的家伙又没了。

时光:"得啦,反正你是死定啦……"他噎了一下,"该怎么着就怎么着吧,我……什么都不知道,我几乎不认识你。"

青山:"不,我觉得好多啦,我觉得我能活下去了。"他真心快乐地,"我谢谢你让我看见希望就是希望,就算小屠那样使圆成方的天才,也没能抹掉你的性情和善良,你让我想起我的年少轻狂。"

时光:"……别说啦,就这样吧。"

青山:"你可不是一个'就这样吧'的人,我也不是。"

时光:"就这样吧。"

他拉开紧闭的窗帘,看着窗外。

青山:"谢谢。一直想打开,可就是没有力气。"

时光:"我讨厌上海,什么都阴森森的,什么都在发霉。"

他已经不是第一次这样抱怨了,可他是第一次得到了一个可以称得上回应的回应。

青山:"我喜欢上海。西北太旱了,我喜欢闻到带着水味的空气,甜丝丝的。"

时光:"屁甜丝丝的。"

青山:"因为你拉开帘却关着窗啊,门也关着。这屋里都是我的味道,是我身上的霉味。拜托,你把窗打开,这时候外边的空气是甜丝丝的。"

时光开了窗,他打了个寒噤,并不是因为寒冷。他看着窗外破烂的贫民窟。

时光:"屁甜丝丝的。"

青山:"你的半空,我的半满,而且我是西北佬,你才是那个回到家的上海人。"

时光瞟了他一眼:"门闩告诉你的?"

青山:"离上海越近,你心情越糟。蹬着一条假腿,倒要把自己用成报废的机器。我的路是不怎么长了,只好干瞪眼看着你挥霍生命。"

时光以无所谓来掩饰:"都是你搅的吧。"

青山:"不是。我倒一直是个开心宝,其实我说的话有时候很好笑,只要你别总去想,这是不是又他妈的是一个阴谋。我肯定是有谋而来,但不是阴谋,是阳谋。"

时光看着他,很认真地:"如果你真为嫦和而来……是的,是个阳谋,可你知道我们一定会把它想成阴谋……我现在终于肯定你是假货,假货中最成功的一个,牵制了我们最多的注意和人力,用你的老命和你的阳谋……真货在哪里?何思齐?"

青山微笑:"骗不过小屠的,只不过小屠绝不肯放过杀青山的机会……青山死定了,所以真货在哪里还重要吗?"

时光摇摇头,决定走人:"我居然指望你告诉我实话。"

青山:"其实我从来没跟你说过假话。"

时光走向房门。

青山:"再说句实话,离家越近你就越烦,其实就是说,你比哪个背井离乡的浪子都更想回家看看……那干吗不回去看看？"

时光："什么……"他忽然涩住了，立刻把噎在喉咙里的悲伤咽回去："你说什么？"他忽然暴怒，"又是门闩这个王八蛋跟你说的！活该锉骨扬灰的白眼狼，他当然看过我的档案！"

青山："你出生在最穷最破的棚户区，那地方连里弄巷都挨不上，它居然叫坑，流泥坑。小屠在那里收养了你。你经常从这个包金的铁笼子里看着它，今天你刚在那里杀了个进出。你很想不带枪，不杀人，只是回去看看，可小屠不允许，一个像你这样有势力的人怎么能被那些破板房和泥泞的草席辱没……"

时光呆呆地："不是怕辱没。我烂命一条，没啥身份，是怕影响判断。"

青山："管它是什么，孩子，回去看看。"

时光仍然在瞪着他，像是入定，像是疑问。

青山："对不起，门闩告诉我所有关于你的事情，我没法不当情报记下来。那时候我当你是小屠穷尽心力制造的效率机器，可后来……我没法不当你是个孩子。"

时光开始动作，像机器一样，这是他清醒之后对青山的答复。他关上窗，拉上窗帘，让房间恢复到他进来时的阴暗。

青山看着，苦笑，因为他替这个人难过："聊天时间过了。"

时光："对，过了。"

他出去，显得比青山还要疲倦。

九宫抓着电文纸，在走廊上等着他。时光看他一眼，不想说话。

九宫："先生电文，那就答应阿部的交易。"

时光一点也不意外，最后的努力通常都归于失败，所以它叫最后的努力。

时光："那就派人去见阿部。"

九宫："是。"他等着更具体的指示。

时光："交易。"

九宫无声地去了。时光看着他的背影，一直到消失。

窗关着，门关着，窗帘拉着，灯也关着。时光在窥孔里看着青山。

青山直挺挺地坐在椅子上，看着时光的方向。他是在看着那块铭牌，这让时光有被看的错觉。青山的表情像是看见了无形的上苍。时光在黑漆漆的屋里走动，芒刺在背。

次日早晨。白色的餐厅里站着天外山的人。黑色的时光看着青山狼吞虎咽，他几乎恢复了独吞三碗泡馍时的英雄本色。

时光："为什么这个老头子又开始这样吃？"

青山："因为从挨了那一记鬼枪，这个老头子就什么也没吃过。"

时光:"听说这世上一个人能吃多少是有数的,吃够了该他的份就会死掉。"

青山:"我今天又想出去看看。你知道的,重游旧地。"

时光:"去吧去吧,真想知道你要去的哪个地方不是旧地。"

青山挤了挤眼睛:"那就是说我今天还不会死掉。"

时光:"你的命在我的手上,怎么用它,看我的意思。"

青山:"你把它用得还可以。"

时光微微怔忡,青山拿着红酒向他举杯。

青山:"为了咱们一块儿待过的这个地洞。"

时光:"什么地洞?"

青山:"这酒店。圣巴特里斯,灵魂通过它走向炼狱,再走向地狱或者天堂。"

时光拿白水跟他碰了一下,他连白水都不想喝,有点茫然,又觉得该做点什么,于是他挥手让所有的手下都走远点。时光拿起他原不打算碰的红酒。

青山:"为了什么?"

时光压低了声音:"什么也不为。但我可以帮你做件事——你不是有个儿子吗?我知道你很疼他,我可以让他过得好一点。"

青山:"老天爷,老头子这儿给你跪了!"

时光被这老头的激动弄得反应不过来:"……用不着这么感谢。"

青山:"我谢你个驴脑子啊?千万别管他!我不是怕你们害他什么的,小屠还没这么下作。我是想让他踏实过自己的日子,让他去明白他该明白的事情!你绝不要像小屠对你那样,帮他定制出一种生活!"但他拿起酒杯,笑吟吟地向默然中的时光举了一下,"为了你终于想到人世常情,我心甚慰。"

时光听着这他曾费数年之功才从屠先生嘴里得来的四字,将酒倒进嘴里,靠在椅子上,看着惨白的天花板。

……时光房间的门被九宫敲打。时光开门,他全副武装,带着他的全部杀人凶器。

九宫:"目标下楼。"

时光点头。像昨天一样,几乎每个门边都走出为青山而预备的人。

九宫:"你确定今天要杀他吗?"

时光:"我确定。"

青山下楼,大堂里的每个人又立刻各司其职,现在他们知道,再加强十倍警戒都不过分。

大堂经理把他的手杖还给他。

大堂:"昨天您把手杖落在大堂了。"

青山:"真好。这太用得上了。"

他摇着手杖,把耳朵贴在柄上听着动静。

大堂不想再掩饰自己的敌意了:"炮弹不会落进同一个坑里。"

青山:"但我总是把屎拉进同一个坑里。"他拍拍经理,"对不起,开个玩笑。"

经理瞧着老头子出去,老态龙钟地爬上一辆黄包车。

双车等人仍然是昨天那个架势,只是互相换了岗位。遇到不按常理出牌的主,他们身心疲惫。

时光和他的手下走过大堂。

时光:"除了我带的人,所有人原地待命……真受够昨天的杂耍了。"

他们比昨天更为干练和杀气,因为时光今天决定杀死青山。

黄包车在雨中小跑。青山用对什么都有兴趣的眼神打量着在身边流逝的上海租界。

跟梢的车不再敢掉以轻心,他们知道这是个能烫死人的山芋。

时光在他的车里听着跟梢的车发来电报。

九宫:"目标去法租界。"

时光挥挥手让车跟着,他的心情阴郁。

黄包车在街边停下,青山走近的那栋小楼封闭而安静,一栋殖民地色彩的建筑,紧闭着门。

青山拉响了门铃,来应门的是叶尔孤白,一个犹太人。

跟梢的车在对街停下,看着青山春风满面地和叶尔孤白打招呼,两人握手,进去,门关上。跟梢者过去,看着门边的小牌:"叶尔孤白金行"。

跟梢者愣住,回头看着来时的方向。

时光的车驶来,他从车里探出头来,恼火地看着等待着他的手下,其他的人已经分布到这栋楼周围的每一个街角。

时光:"怎么回事?"

跟梢者:"目标进这楼里了。"

时光:"什么地方?"

跟梢者:"叶尔孤白金行,犹太人开的投资行。"

时光有点发蒙:"快死的人去做投资?"

跟梢者:"……他是不是想给自己买个保险?这可稳赚……"

时光狠狠瞪了他一眼。

九宫:"欧洲有大批犹太逃来上海,多数是做现金黑市——就是高利贷。这样的地方我们不该进去。"

时光:"为什么?"

九宫:"上海滩最大的就是金融行,日军入侵时都许诺保护租界的金融。犹太人更是金融之宝,在他们的同胞把他们榨光之前,先生不会同意你动他们。"

时光开始冷冷地:"犹太共产党?你信吗?犹太人共产党?"

九宫:"几乎没可能。这家叶尔孤白是出了名的手眼通天,也出了名的唯利是图,只有一个办法能让他对共党有兴趣——共党屙出黄金来。"

手下:"我们已经封锁了每一个出口。"

时光拿定了主意:"等着。"

九宫:"你什么时候杀他?先生让我完事立即告之。"

时光:"他还能多活十几分钟。"

时光浏览商店的橱窗,手下在监视每一个街口。他焦躁地看表,九宫迎上,跟着他走过步行道。

九宫:"时光,先生电文。杀否?"

时光茫然,看看青山所在的楼,在人行道上走着。

九宫:"我记忆中,先生让我们做的事,从没需要催促的。"

时光焦躁:"你们去把那幢楼给炸了?"

九宫:"这个……"

时光:"他还没有出来!告诉先生我们正在跟踪!"

他瞪着九宫身后:远远的门开了,青山出来,叶尔孤白没送出门就关上了大门。青山走向那些外滩时代的上海调建筑。

九宫:"现在可以动手了。"

时光:"继续跟踪。"

他一脚将自己映在积水里的影子跺碎。

车远远地跟着那个独行的老头,而那老头真的是在望景,或者说得更确切一点,旧地重游,他甚至停下来去观赏一片梧桐叶子。时光看表。

九宫:"浪费了两个小时。"

时光:"找安静地方下手。"

九宫:"这里很安静。"

时光:"需要更安静的地方。"

九宫:"要不要尸首?"

时光:"要。要带回去。"

手下:"目标转弯。"

青山转过街弯,他找的是个安静地方,但不是没人的地方,一间小而幽静的咖啡馆,能看得到黄浦江,听得见远远传来的江轮汽笛。

时光的车停下,他透过大玻璃窗看着,青山彬彬有礼地和服务生说话,然后对方给他拿来一份报纸。青山看了一会儿窗外汽笛传来的方向,开始看报。

时光:"我要他看的那份报纸。"

九宫放下望远镜:"好像是英文报纸。"

时光:"去弄来!"

于是立刻有人去弄。

时光:"……他今天决定扮假洋鬼子吗?"

青山的咖啡端来了,时光看着店主人把一小杯什么倾进青山的杯子。

时光:"他倒的什么?"

九宫:"威士忌。目标要的显然是爱尔兰咖啡,在咖啡里搅拌少量威士忌。"

时光要的报纸送来,他翻了翻,甩给了九宫:"你来看。"九宫看报。那边玻璃后的闲情逸致让时光有点恼火:"这老东西打哪儿学会的这套?"

九宫:"目标与先生同辈,记录上他民国三年去欧洲参加了一战,直至国共合作才回来。说起这些洋人调调,他实在比先生和你我要熟得多。"

时光:"先生再没有来电吗?"

九宫全无意义地:"没有。先生的上一封电文是三个小时以前,他没有再问就是表示他还在等着。不过,从来没人让先生等三个小时。"

烦躁,时光简直无法在车里坐着,他伸手去开车门。

时光:"我也要去喝杯……他妈的爱尔兰咖啡。"

九宫:"目标……"

时光:"我们在跟梢他根本是心照不宣的事情,为什么他装老板装假洋鬼子,我们就得扮土耗子?你们可以跟来。"

手下盯着九宫:"可以跟来是什么意思?从来都是说你跟来或者不要跟来。"

九宫挠头:"如果他不想我们跟着就不会理我们,他说可以就是跟着。"

时光找了个靠墙的位置,把椅子斜放了一下才肯坐下,这样他可以第一时间看到来人和对付任何可能的袭击。青山在报纸后向他颔首,就像一个常客看见另一个常客,然后又抬起了报纸。时光的手下在同一张桌上你推我搡地坐下。

店主:"先生们要点什么?"

没有热情,因为他用鼻子都闻得出这几位绝不是喝咖啡的。

时光:"跟那个人一样。"

那个人是这店里唯一的另一个客人青山,店主看了这几位一眼,连回话都没有就迅速走开了,因为时光的说话声在这里显然过于响亮兼之粗鲁。

时光瞪着人离开,因为对方竟然敢向他表示轻视。

青山的报纸动也没动,他看得如此投入,该说他是在各个专栏里游泳。

时光看着窗外的雨雾,他的手下已经完全监视了这个路段。他又看看青山,青山在看着报纸,似乎一时也不会飞上天。

咖啡端了上来,时光伸手拦住了威士忌。

时光:"我们有事,都不喝酒。"

店主:"可是您要的爱尔兰咖啡……"

时光粗鲁地将对方拨拉开,因为他挡住了他看青山的视线。九宫把钱扔在桌上。

九宫精确地报告:"他刚才在看时事栏,现在换了商讯栏。我还以为我们要杀的是一个洋买办。"

时光瞪着青山,但青山对报纸似乎有无穷大的兴趣。

时光拿起他的咖啡,一口倒下去半杯,然后被施了定身咒一样地僵在那里。青山忽然从报纸上抬头,看他一眼,点点自己桌上的一杯水,那是每一个客人进店都会奉上一杯的,意思是您喝口水。然后继续看报。

九宫警惕地看着时光古怪的表情:"怎么啦?"

时光:"……太苦了。"

他拿起青山指点他的水,咕咚咕咚喝下去。

时光喊店主:"换一杯! ……要最贵的!"

店主:"咖啡没有贵贱,只有喜好。"

时光瞪着,那目光对除青山之外的人还是很有杀伤力的。

店主:"……很费时间。"

时光:"那就最费时间的。"

店主低下头,拿出他复杂的咖啡家什,那些蒸馏器一类的东西他很少动用。

时光改瞪九宫,九宫也低下头,轻声地嘀咕:"这个咖啡吧……最苦。"

时光的手指在桌上敲出让人烦躁的声音,九宫几个的咖啡杯早就空了,而时光那半杯咖啡就再也没曾动过。店主忙碌着,工艺似满汉全席一般复杂。

时光看着手下空空如也的杯子:"你们再要。"

九宫:"……时光,咖啡没有这么个喝法的。"

他看着窗外的街道。

九宫:"整个半天这样耗过去了。"

时光从玻璃水杯里看着被杯棱分解得支离破碎的上海。

九宫:"你杀人的最快纪录是八点四秒,从动手到彻底断气。"

时光:"……先生来电没有?"

九宫:"先生如果来电,他们怎么敢不告诉你?"

时光终于转回头看着他:"你们饿没饿?"又转向店主,"有吃的没有?"

店主摇头:"……有蛋糕。"

时光:"给他们上。"他很不满地嘀咕,"什么破店? 不如找个拉面摊子。"

315

青山:"我也很想吃拉面,可蛋糕也不错。"说着话头也没抬,还在翻动报纸。

九宫低声地:"他现在改看赛马消息了。"

店主在忙活他的功夫咖啡的鬼知道第几道工序。时光手下的蛋糕碟子已经空了,时光看着窗外。

时光:"先生来电没有?"

九宫:"时光,你知道……"

时光:"……什么?"

九宫:"你问先生已经铁板钉钉的事情,他如果想回话会马上回话。他如果不回话,一辈子不会回话。"时光看着窗外,"不回话,就是说,先生已经恼火,非常愤怒。你知道的。"

九宫迟疑了一下,因为在说一个非常敏感的问题。

时光:"有话直说。"

九宫:"我们不怕在这里坐到明天,可是,你绝对改变不了这件事。"

时光:"所以?"

九宫:"他必须死,马上就死,在先生发来拘捕你的电文之前。"

身后轻响了一声,九宫和手下警惕地回头,那是店主。时光要的咖啡终于做好,小小的一杯。店主正小心翼翼地把咖啡放在时光面前,立刻走开。

九宫看看表,叹了口气:"这杯咖啡花费了……三个小时。"

时光看着窗外。

青山:"孩子。"

时光回过头来,慢慢的。青山正在慢慢叠好那份报纸,放在桌上,好像他等一会儿还要看。他喝了口水,清清喉咙,好像要说很多话。

青山:"我在早上已经说过谢谢你了,别让我再说一遍。"

这让时光明白了很多,越明白青山要他做什么,他在自己的世界里也就越糊涂。他拿起那杯耗费三个小时做成的咖啡,一口全倒进了嘴里。他站起来,苦得皱起了眉。

时光:"真是最苦。"

他大步地走向青山身边,掏出枪来,指着青山的头。九宫如释重负。

一个手下用枪指住了店主,他惊惶了一下,蹲入柜台下。

时光看着他必须杀死的老人。

青山微笑:"傻孩子。"

时光:"你在等什么?"

青山:"我在等你啊,孩子。我的事已经办完了,我一直在等你,一直在等你。我走过的每一个地方都是我觉得适合我死的地方,还有更多更好的地方,可我要去那里会连累死你的。拉面很好,可是蛋糕也不错,我都已经跟你说啦,可你就是不过来就是不过来。"他很气人并且是气死人的那种笑容,"你要遛死我呀?"

时光的眼睛里有晶莹的闪动:"……你要遛死我呀?"

时光的眼前闪掠:

青山在陈亭军统据点的客厅里:"我知道怎么叫你最合适了,不是兄弟、同志、小哥们儿什么的,不是老爷或者阁下,就是作践自己的孩子。"

陈亭军统据点的院子里,时光和报务员。报务员:"屠先生电文。青山很会气人。"

青山在他的房间里:"孩子,有什么不开心的事吗?"

青山在他的房间里:"孩子,想回去看看就回去看看。"

他的报务员在饭店的走廊上:"先生电文。杀了青山。"

…………

现时的时光保持着他完美的射击姿势,他可以保证对方脑浆迸裂而自己身上不溅一滴。九宫看着那个杀人的和将被杀的。青山在微笑,那微笑让时光快要发狂。

时光:"别说话。"

青山:"好的,不说话。"

时光像是凝固的,听着脑子里的那些回旋。九宫下意识地又看了看表。

时光:"别说话。"

青山:"我没有说话。"

时光晃了晃自己的头,没有人说话,鬼知道他听到的是什么声音。

九宫:"……时光。"他向时光抬起自己的表,"你的枪已经举了五分钟了。"

柜台下窝着的店主探了探头。

指着店主的天外山枪口已经下垂,他又把枪口抬起,换了只手,他实在拿得累了。

时光的目光转向窗外的上海。时光向青山转回了头,事情其实在转头间就可以决定,屠先生喜欢杀无赦,因为扣动扳机如此简单。

时光:"你去死吧。"

青山:"我去死了。"

时光开枪。

就像发生过很多次的事情一样,青山的头颅往后震动了一下,太近的距离让子弹穿透了颅骨,斜射入他身下的地板。因此青山没有倒地,只是在一下震动中将头仰在椅背上,就像睡着了一样。

就像以前做过很多次的事情一样,时光转身走开,在转身的时候已经将枪藏好。九宫追上时光。

青山在椅子上安息。

店主蜷在柜台下,他已经恐怖到麻木。

天外山拿枪指着柜台。

时光径直上车,坐下,司机已经将车发动热。看起来时光已经平静了,像他没遇见青山之前一样。

九宫钻进来坐在他身边,等候时光的下一步命令。

时光:"尸体带走,解剖。他是很重要的人物,先生会需要他从里到外的一切。"

小小的车队,活的时光,死的青山从上海街头驶过。

驶过江边,驶进小巷。时光呆望着江边,呆望着小巷。

驶过穷人,驶过富人。时光呆望着穷人,呆望着富人。

驶过乞丐,驶过乞丐的孩子。时光呆望着乞丐,呆望着乞丐的孩子。

而越过时光的脸,我们看见路那边的另一个乞丐,那乞丐呆望着这个小小的车队,累和饿已经让他全无意识了,他木然地目送这个车队远去,转头用茫然而熟悉的眼光打量着贫瘠而富有的上海。

久违了,那是芦焱。

从他的落魄潦倒我们能看出他是用什么方式到达了上海。他疲劳、伤痛、饥饿,让他有一种半死的眼神。路人皆避。

一个看门的用啃了一半的馒头将他砸得离门口远了点。芦焱无法不让自己看那半个沾泥带水的馒头,他想了一会儿,然后去把它捡在手里。

芦焱:"盛宴啊,芦焱,这是为你回家的庆祝。"

十七

时光回到饭店,生冷的表情拒人千里。手下要紧跟这个独腿人的步子。

他径自进屋,关门。他站在屋里发呆,然后从窥视孔里看隔壁的房间。空的。

他走进青山的房间。那个人似乎仍在这个屋里,这让他不想往里走。椅子仍斜放着,昨天的水杯放在茶几上,药放在桌上。他看着墙上的铭牌。

九宫从他身后进来,站着:"尸体已经交给天目山的人处理了。"

时光:"这写的什么?"

九宫:"拉丁文。"

时光用自嘲掩饰情绪:"再多的学问都要被双车那帮粗人切了。"

九宫仔细地辨识了一下:"……那美好的仗我已经打过了,当跑的路我已经跑尽了,所信的道我已经守住了。"

时光:"什么屁话?"

九宫:"基督的徒弟保罗说的,他后来被钉死在他自己背到刑场的十字架上。"

没有人听到这句话,时光已经消失了。

叫花子芦焱在餐厅外看着餐厅里锦衣玉食的人们,然后蹒跚走开。他想着坐在围墙之上的青山:"我尽力而为,我的尽力就是有多远跑多远。你的尽力就是能扛多久,给我扛多久。"在帐篷之中的门闩:"你还是要去上海,那是你该去的地方,然后你会知道该做什么。"伤痕累累、饥肠辘辘的芦焱苦笑:"两位,咱们得谈谈这个问题。你们有多远跑多远地跑到哪里去啦?我这能扛多久扛多久到底是多久?"

黑色的时光坐在白色的餐厅吃饭,他似乎恢复了在西北时的好胃口,大概要三人份才够他的量。他伸手去拿红酒,九宫有点诧异——时光是个滴酒不沾的人。

九宫:"需要喝酒吗?"

青山坐在对面的椅子上举着酒杯:"为了你终于想了那么一想人世常情,我心甚慰。"时光醒过神来:"我从不喝酒。"

吃过饭的时光呆呆站在屋里。

空空落落,失去了东西干什么好?失去腿干什么好?失去一个讨厌的老头干什么好?

他打开窗,从高倍望远镜里看下面的贫民窟,那千疮百孔的叫花子的衣服。他寻找他常看的那个方向,他依稀看见一对破衣烂衫的夫妇徒劳地想弄燃他们汽油桶做的炉灶,但炉灶只是冒着焦臭的浓烟。一个大孩子站在旁边大哭,四五岁的小孩子全身赤裸坐在泥坑里,浑然无忧地抛洒着泥巴。一个乞丐蹒跚走过泥泞的街道,也许是回家吧?

时光将一只拳头抵进嘴里,他在哽咽。他关上窗户,窝在豪华如天堂的房间里,无声地嚎啕。

那个乞丐蹒跚走过窝棚之间的空地——芦焱蹒跚走过时光出生和长大的地方,他已经完全被那对夫妇的炉灶里冒出的气味吸引了。他所能做的是尽快走开,窥视一个只有半口食的家庭是罪过。他脱下自己的衣服盖在那个赤身裸体的孩子身上,然后快步走开。他实在撑不住了,在空地的尽头坐倒,看着夜色将临。

芦焱:"您两位这东南一指,是叫我上阎王爷那里问该做什么吗?……玩得太过了吧,您两位?"

九宫惶急地敲着时光的门,里边是一串莫名其妙的响动,门过了很久才开。时光衣冠整齐,但是透湿,眼睛倒并不怎么红肿。

时光:"什么事?"他回答九宫奇怪的眼神,"我洗了个澡。"

洗澡不该穿着衣服洗的,但时光也许能干得出来。

九宫:"先生电话。"

时光条件反射地:"念。"

九宫:"时光,是先生电话。"他看着惊呆的时光,"先生在等着,说,他要和你通话。"

一股黑色的旋风从九宫身边卷过,冲向报务间。

时光抓起话筒,发出压抑着渴望与痛苦的声音。

时光:"先生?"

电话里的屠先生:"时光,很久没跟你说话了。"

时光吸了口气,让自己的声音平稳下来:"是,四年,先生。"

屠先生坐在黑暗空荡的屋子里,手上抚摸着一支六个管子的枪,这支枪曾经对芦焱使过。

屠先生:"四年而已。你要记得,你叫时光。"

时光:"是,先生说过的,时光飞逝,时光也永驻。"

屠先生:"时光飞逝,时光也永驻。时光会超越星辰,让所有人为之战栗。"

时光:"我没能达到先生的期许。"

屠先生:"你今天做错了很多事,可我要跟你说,做得好。"

时光:"不好,很多事情都错了。"

屠先生:"这几年,一个人的时候,我经常在想我一手创造的机构越来越怠惰。人人不知所始,不知所终。如果你从不犯错,那怎么对付我们会越来越多的毛病?"

时光:"先生?"

屠先生:"是的。我容许你犯错,你是唯一一个。"

时光:"……我想去见您,先生。"

屠先生:"不必了。"

时光:"很多事情,我不明白,很多事情。"

屠先生:"很多事情无须明白,很多事情只能在行动中明白。"

时光:"很多事情让我无力行动。"

他知道他在惹恼一只可以随时捏死他的手,旁边的人也知道,九宫的眼神像在看一个将被判决的人。电话那头在沉默。时光对着那头的沉默倒出自己的忧郁,那东西快让他在沉默中爆炸了,尽管只是淡淡的几个字。

时光:"我觉得……我在沉沦。"

屠先生:"你不必来见我。"

实际上时光在说出来的时候就知道那是奢望:"明白。"

屠先生:"因为,我要去上海。"

时光大惊:"……杀若水?"

屠先生:"若水算什么?看你。"

然后电话被挂掉了,时光仍拿着电话,九宫们怪异的表情让他意识到自己在微笑。

他揉揉脸,尽量平淡着:"先生说,要来上海。"那几个人的惊讶又让他意识到问题的严重性:"自民国十六年以来,上海从未像今天这样乱过,先生怎么能在这个危险的时候来上海?"

即使在夜里,也能看出这是富人区。一个叫花子被两根棍子追打着逃了过来。棍子是警察,挨揍的是芦焱。

芦焱:"我家住这儿!"

棍子甲猛抢:"还说!"

芦焱痛叫:"真在这儿!耗子总不能跑来跟猫认亲戚!"

棍子乙猛抽:"十三点的耗子就能跟猫认亲戚!"

芦焱大骂:"侬两个脑子瓦特了?"

棍子甲乙一起抢,芦焱抱脑袋蜷了,墙角一蹲,他做叫花子都做出经验来了:

"打！打死好了！死在这你给交拖尸费！"

那倒也是。棍子甲乙便下得稀疏多了："你还住不住这儿了？"

芦焱："不住这儿！孙子住这儿！"

棍子甲乙再给一棍子，你拉我我拽你地走了。等两个警察玩着棍子远去，芦焱笨手笨脚地翻墙进院。他从地上爬起来，这明显是他记忆中的家：宽广的草地，与之般配的屋宇。

芦焱："你家住这儿？"

他迷瞪了一会儿，朝着楼房摸过去，费劲巴力找到一扇没关的门，推门进去。他进入的是一个富贵人家的宽大厨房，再推开厨房通里面的门，他呆了：更加宽大的客厅，中西混搭家具、自鸣钟，芦焱深恶痛绝的东西：墙上的日本国旗、墙边支放着日本刀的雕木饰架、日本风格的张牙怒目的神像……芦焱立刻回身打算跑路，他不是要跟猫认亲戚的耗子。但是他刚进来的门关上了，一个说不清是用人还是主人的女孩应小家举扎枪般举着一柄拖把，摇摇晃晃地瞄着他的头。芦焱抄起一个日本花瓶，高举，表情狰狞。应小家扔了拖把，放弃抵抗。

应小家："我……我家里很穷。"

芦焱："啊？"

应小家："要什么没什么的。"

芦焱："那就看要什么啦。"

应小家只管念叨贼真经："你要什么就拿了快走吧，我不会喊的。"

芦焱："我什么也不要，我是在找我家，找错门了。"

应小家："找错门了就赶紧走。"

芦焱颓然放下花瓶："说了对不起，然后赶紧走。对不起。"他还抱着一线希望，"原来住在这里的人呢？我是说……十四年前。"

应小家："不知道，我才搬进来四年。"

芦焱："是啊，物不是人亦非，连房子都长成这副德行啦。"

丧失希望的芦焱想出去，却又被拖把顶住了鼻子。

应小家："别过来。"

芦焱："你要我赶紧走啊。"

应小家："那你赶紧走啊！"

芦焱："可是你堵着门啊。"

应小家终于看清了这个人的落魄潦倒，他的目光中的确无恶意。

应小家："……晚饭剩了好多饭菜……你要不要？"

芦焱愣了一会儿，那是个多大的诱惑呀："饭……要啊。"

应小家先找把菜刀放在跟前，再找了个最大号的海碗，满满一大碗冷饭塞实了,再把剩菜堆到冒尖,然后右手菜刀左手海碗。芦焱站在餐桌边,也不敢坐,眼中有饭无刀,喷得出火来。

应小家的架势像要在芦焱接那碗饭时一刀把他的狗头给剁下来:"吃吧。"

看芦焱伸手抓饭,应小家找了双筷子给他,同时看看寂静的客厅,关上了通往客厅的门。

芦焱忘我地吃:"你四年前搬来的?原来的人呢?"

应小家:"不知道。我南京来的,这里只有我和我先生。"她提示,"还有很多用人。我家的管家很不好惹,我先生也很厉害——你快点吃。"

芦焱噎得翻白眼,应小家紧握菜刀:"你慢点吃,不够还有。"

芦焱感激地冲她点点头:"原来你不是用人。"

应小家:"我是太太。"

芦焱:"你先生不是日本人吧?"

应小家:"那怎么会?他是中国人!"

芦焱:"你是好人。你先生一定也是好人。祝你们百年好合,早生贵子……"

芦焱说着,把饭菜倒进自己的破衣服里包着。

应小家:"这个……怎么吃啊?"

芦焱:"能吃的,好吃。我走了。"他托着他的饭包子深深鞠躬,"你别提心吊胆了,我走了。其实我应该帮你把碗筷洗了,可我脏,也腾不出手。谢谢,对不起。"

应小家握着刀,瞪着他走了出去。又不放心地瞧了眼虚掩的门。

门猛然被推开,棍子甲乙丙丁冲了进来,又自芦焱刚出去的门追出。管家芦天伦在后面追着指挥,嘴里含混地蹦着上海的骂人音节。

芦天伦:"他妈的穷光蛋!你们给我往死里追!出了人命也不要跑掉!"

应小家大叫:"天伦!他快饿死啦!就是来讨口饭的!"

芦天伦:"太太你天真了!我们这样的富贵人地方能有要饭的吗?要饭有这样大半夜翻墙跟女眷要的吗?不是劫财就是劫色!"

芦焱托着一包子饭跑过草地,还有翻墙跑路的妄想,这回那几根棍子比上回凌厉得多,伴着芦天伦"打死他!这回我家出拖尸费!"的嚷嚷,更是毫不容情。一棍子敲在头上,芦焱倒地,然后劈头盖脸棍棒交加。

芦天伦:"拖出去打啊!我家今天刚洗的草坪!"

应小家不敢出来,站在后门口喊:"别再打了!你们把他赶出门就算了!"

芦天伦把应小家赶回屋里关上门:"太太你快回去!大户人家的女眷哪能这样抛头露面?这种脏事交给我们下人!"

死狗一般的芦焱被人从后院拖到前院,正门大开,他被拖出芦公馆。

芦之苇在二楼的房里看着前院的热闹,摸出一根雪茄点上,颇有隔岸观火的兴致。门被推开,应小家十万火急地站在门外。

芦之苇眼疾手快,把雪茄扔进了一个插着孔雀翎的花瓶:"你进来怎么不敲门哪?"他手舞足蹈地挥着烟雾,"我正练太极呢!"

应小家:"咱们家快出人命了!"

芦之苇只管打哈哈:"你我都好好地在这儿,咱们家怎么会出人命呢?我呸呸呸呸!小家你也赶快呸两下!"

他和应小家的关系很怪,两人年龄差了三倍,应小家妻不妻女不女,似是受宠,其实无处不被管着,几乎没有男女之情。

应小家真呸了两下:"那个人快饿死啦,就算野狗来讨食,你会打死它吗?"

芦之苇斜睨着门外没了挣扎之力的芦焱:"狗自然就不会。可人这种东西,哈哈,说讨口食,说不定就把你我都当食啦。"

应小家:"放了他吧,我爸妈要没你照顾不也和他一样?"

芦之苇:"东郭先生还是留给别人做吧,哈哈。"

应小家闻着一股异味:"什么煳啦?"

芦之苇立刻找着了原因,扔进雪茄的那尊花瓶正冒着烟。

芦之苇:"什么也没煳,是我身上的老头子味。放啦放啦,给你爸妈积点德。"

应小家冲出去,芦之苇端起茶壶扑灭瓶子里的火灾。

芦之苇:"我的麦克纽杜啊!我的君山银针!"

芦焱一堆破布似的挨着棍棒,揍他的人已经没了打活人的感觉。

芦天伦很快乐,直嚷嚷:"给我!给我!"

他从用人手上抢过一根方头大杠子,扛在肩上就往人堆里扎,仿佛铁了心要搞出人命来。一个用人嚷嚷着跑过来,跟芦天伦耳语。芦天伦瞧了眼门后露半面的应小家,扔了杠子。

芦天伦:"别打啦别打啦!我家太太说,遇见猫狗还给口食呢,算啦!"

棍子甲:"半途而废嘛,都打成这样了。"

芦天伦:"我家老爷说他不出拖尸费的。"

棍子乙:"芦老爷不能这么抠吧?"

芦天伦:"我们家会过日子。"

棍子甲:"棍子都快打断了,那么几块钱都不给?那我们就把人扔这儿了!"

芦天伦:"有本事就扔这儿!"

棍子乙:"会不会算账啊?死在你家门口,卫生费可比拖尸费贵!"

芦天伦:"我们家愿意,我们家有钱。"

棍子们悻悻散去,把芦焱扔在芦公馆门前。

芦天伦对用人们吆喝:"散啦散啦!死人哪里看不到?明天都要起早的!"

众人散去,院里的灯熄了,楼里的灯也熄了。芦焱无声地躺在芦公馆门外。

圣巴特里斯饭店,时光坐在他的床上,拼装自己的假腿和一切杀人的道具。永远单调的九宫拿着本在记录时光的决定。

时光:"……兹命,上海各部——务必,主动出击——敌方,若有异动——遑论,为何——下手须狠辣——以收,杀一儆百,之效——违者,以怯战论处。"

九宫小吃一惊:"先生不日就来,我们怎么还要把战事搞大?"

时光:"如果门闩在,就会明白,战与和,都不可能是对头的赏赐。打到他们无力支撑,全面收缩,才有一个安静的上海。"

九宫出去把笔录交送报务。时光整理衣冠,又不由去看那个窥视孔。

时光:"如果你在,就会问,这狠辣是不是也对日本人。是的,从西北到东南,这一路,半壁河山,我也痛心,所以,我的狠辣,也对日本人。"

芦焱还趴在芦公馆的铁门外,宛若一具路倒尸。月租的黄包车等在邻院门口,邻居叶尔孤白出门上班。他的眼光从芦焱的身体上扫过,这样的死者不过是一片落叶,而他看芦公馆的眼神里有种好奇。一楼的窗户里闪动着芦天伦阴鸷的目光,看芦焱也看叶尔孤白。

芦天伦守在楼梯口,芦之苇下楼第一眼就看见了他,而芦之苇却把脸扭向另一边。

芦之苇嘀咕:"……跟个吊客无常似的。"

芦天伦:"老爷,大事不好了。"

芦之苇:"大清早的你给我发的什么吉兆?"他只管往沙发上去,摆出主人的架势,"天伦,还要说多少次呢?芦家现在有身份了,有身份的人都叫先生。"

芦天伦:"外边那个死人头还趴那儿,怕是真的死了。我就说不该听二奶奶的,妇人之仁害死人……"

芦之苇:"叫夫人!一大早又是大事不好又是死人头,还编派夫人的不是!"

芦天伦:"那我就不管了。那个死人头昨晚要让警察拖走给个块八毛就可以了,现在等卫生队来清,要收五块钱的。"

芦之苇:"隔壁起了没有?拖他家门口去。"

芦天伦:"早起了,人家都去上班了。"

芦之苇:"那就得拖远点了。"

芦天伦:"谁拖?那东西有传染病的。"

芦之苇瞪着他:"我拖?"

芦天伦吐一口气:"哦。"

芦之苇往几上砰了一巴掌:"我拖!"

芦天伦:"哦哦。"

他一溜烟跑了。芦之苇站在那儿等应小家下楼。

应小家:"之苇,我就去给你泡茶。"

芦之苇发牢骚:"昨天一壶好茶没喝好。"换个表情,"等一下,转个圈。——好了,去吧,今儿别去窗户边,不太平。"

应小家:"好的。"

她去泡茶。

芦天伦码集了府上劳力,一堆子用人园丁、司机杂役,开始他的战前动员。

芦天伦:"上等人的门口能停个路倒吗?我们做起事来脸上有光吗?"

用人:"没光啊!""大管家,你要找个人弄一下子嘛!"

芦天伦发令:"你你你你!拖走!"

被他点到的立刻掉头就走,没点到的也跟着闪。

芦天伦:"扣工钱的啦!"

用人:"扣啦扣啦!你家一份钱做两份工,好意思扣就扣啦!""雇我是做饭,现在连衣服也要洗啦!""你家的园丁还要扫院子!现在还要拖路倒,连个压惊钱也不提!""不是我说,上海老爷多得很,我们这样服侍过真正上等人的好找事!"

芦天伦瞪眼:"你意思说芦家不是真正上等人?"

用人:"那就要摸着心口讲啦。"

聪明的就打圆场:"那人没死啦,刚才还动了一下,说不定爬起来就走啦。"

芦天伦没辙,跟他斗嘴的都是且战且退,嘴没斗完,人都没影儿了。

芦天伦瞪着尸体发呆:"没死? 不会吧?"

用人扔掉的扫帚在旁边,他拿起来捅了捅尸体。然后他瞪着那张脸,惊呆了。

芦天伦:"活见鬼啦! 二少爷啊!"

他跳着蹿着回屋。二少爷芦焱死着。

芦之苇呷了一口热茶,他是对下目高于顶,对上阿谀奉承,独处时沾沾自喜。

芦天伦蹦着高儿进来:"撞活鬼啦!死人头啊!"

芦之苇被烫得惨叫:"……我呸呸呸呸呸!大吉利!大顺遂!"

芦天伦:"那个路倒……好像二少爷啊!"

芦之苇一个耳光扇了过去:"你发什么癫啊?咱们家哪有老二?"

芦天伦清醒了,幸好客厅并无别人,只一个应小家,被他两位眼神一扫,立刻去了厨房。

芦天伦小声:"……就这十几来年认识的人,咱家是只有做生意的老大,可我跟您都快三十年了,屁股都快被那两位踢肿了——真是老二啊。"

芦之苇冷眼:"我看你真是疯了。"

但这一刻,他不再是一个小丑,而是让人看着就觉胆寒。他怀疑地看芦天伦一眼,这一眼让芦天伦萎缩,而他自个儿走到窗前瞭望:公馆门外,了无生气的一团破布。

但他关注的重心是周围,四下,任何一个可能藏着监视者的角落。

芦之苇:"我知道你是最惜命的,你不敢撒谎。可老二从来就生得一副叫花子相,这世上的叫花子又实在太多。"

芦天伦也不坚持:"那准是我认错了。"

芦之苇:"我是上去睡个回笼觉呢,还是等着卫生队把他拖走呢?"他笑了笑,"这老鼠夹子都放到我家门口来了呀。"

说归说,芦之苇和芦天伦还是隔了铁门研究着芦焱的尸体。用人们一旁观望。

芦天伦:"我现在瞧着又不像了。"

芦之苇表情僵硬,已经不再去关注周围了,只是瞪着芦焱。

芦之苇:"你出去,把他调个个儿让我看看。"

芦天伦出去,抄了把扫帚,挪动着芦焱的脑袋:"我看不是,十四年前二少爷也没长得这么猥琐,这黄瓜条身子豆角子脸,芦家人就没长成这德行的。"

芦之苇:"不是,要是了就是个笑话。"

他绷着脸回去,芦天伦把扫帚狠狠摔在芦焱脸上:"废了我一柄好扫帚。"

但芦之苇开腔了,又咬牙切齿又不想让人看见他在说话:"去抬回来,就说……是你的远房亲戚。"

芦天伦:"啊?"

芦之苇:"我丢不起这人,也不想让这事成了新闻。"

他进去。

芦天伦对下人嚷嚷:"天开眼啦!那是我远房堂弟啊!五块钱,快来帮我抬啊!每个人啊!"

芦焱躺着,没死,但只剩下手指还能动动。他被抬了起来,他抬头看着抬他的——青山和门闩。

芦焱:"我说,你两位?"

门闩笑:"你也来啦。"

青山:"我们早到啦。"

芦焱:"……不要脸的,王八蛋。"

抬着他的用人们诧异:"他怎么骂人?""骂你就骂你啦,以后他打你也是应该。""这哪旮旯哪旮?"

聪明人便跟笨人耳语,然后一起看着前头心怀鬼胎指挥的芦天伦。

芦淼被七手八脚地扔在沙发上。

芦之苇退到了一个与己无关的距离。

芦天伦下命令："你去找医生！你去先找点救急的药！你烧水去！把衣服给他换了！有传染病的！……怎么都不动？"

他忽然住嘴了，警惕地看着用人，他们什么都没有做，在沉默，有一个预谋似乎在方才已经商定了。

芦天伦："为什么不去做事？"

所有人走到芦之苇跟前，齐刷刷大鞠躬："恭喜老爷！贺喜老爷！"

芦之苇："同喜同喜。不过这喜从何来？"

用人："二公子回来了！大喜事！"

芦之苇："芦某只得一个生意做到三过家门而不入的小犬，何来二公子？"

一通七嘴八舌："就是二公子呀！刚才大管家都喊出来了。""老爷，照您的性子，大管家的爹妈要这样上门，恐怕您也不会让他们进来吧？""是啊，老爷，知主莫若仆的。"

芦之苇倒笑了："再说就是知子莫若父了。别管抬进来的是什么东西，总之他不是我芦家的喜事，散了吧。"

用人很不忿，但只能忍着："……老爷，喜钱。"

芦之苇："没有喜事何来喜钱，散散。"

用人："那大管家答应的五块钱总得给吧？"

芦之苇看芦天伦，芦天伦掏银子："五块五块，拿好了。"

芦淼在恍惚中看着那些人在讨价还价，一切都模糊，什么都看不清。

用人们出离愤怒："一共五块？""你说的是每个人五块，大管家！"

芦天伦："我说的是五块钱，快来帮我抬啊！每个人啊！听明白啦？每个人都来帮我抬，不是每个人五块钱！当我们芦家是暴发户呀？"

用人："……我辞工，老爷。""我也不干了，老爷。"

芦之苇嘿嘿冷笑。

用人："我们早商量过了，你家的活没法干，我们早想辞了。""你家也不是上等人，棚户区的野狗都比你体面，上等人的管家不会到处拿话坑人，上等人家的老爷品雪茄不像抽旱烟，喝茶不嚼茶叶。""这样没体面又没钱挣的工我们不干了。"

芦之苇看着用人们出去："乘我之危？天伦你盯好了他们！别偷走东西！"

芦天伦："老爷放心，这个我拿手！"

芦之苇："这样窥探主人家事的下人就不要再找进门！再来我叫警察啦！"

芦淼有气无力地微笑："爸，中气十足啊……为富不仁，果然养人。"

芦之苇在咆哮中暴跳："这是什么话？啊？天伦回来！小畜生醒了！……天

伦找医生！……天伦拿药！……天伦？拿什么药？……天伦？做事呀！"

芦天伦："老爷，天伦就一个。"

芦焱："爸，你是还那样，可咱们家房子会长的，长得我认不出来了……"

芦之苇："去你妈的！"

芦焱："您就别劳动九泉下的妈妈了……"

芦之苇："她被你气死的！"

芦焱："瞎说。二十年前她就被您气死了，我最多能气死您。"

然后他昏了过去。芦之苇试图扳动儿子的躯体，然后忽然……开始哭泣。

芦之苇："这到底是生了个什么玩意儿啊？回光返照的那口气还要拿来和我斗嘴？怎么办哪？天伦？他快死了，真的快死了……"

流泥坑贫民窟，小欠和货郎几个穿得像是挑菜进城的菜农，远望着从贫民窟到上海城区的重重屋宇。他和芦焱一样有种恍若隔世的神情。

货郎："若水先生会在流泥坑见你，马骝他们弄了骨头锅等着给你接风。"

小欠点点头："几年的羊肉吃下来，我都忘了猪长什么样啦。"他抓一把土在鼻子上捂着闻了闻，"家乡的土还真是有甜味的。虽说我一事无成。"

货郎："你几年没回来了？"

小欠："四年。"

货郎叹了口气："先回家去看看吧，先生总得下午才见人。"

小欠："先生交代的事没办好，没脸去顾自己的私事。"

货郎看看他，表情有些复杂："这几年，上海变得很多。"

小欠："不变的上海还能叫上海？只要先生不变就可以了。"

而货郎要说的恰恰是若水的改变："……当然，先生没变。"

小欠拍了拍他："谢啦，我知道你想说什么——可谁知道变了的是不是我们自己？然后像醉鬼看每个人都喝高了。"他略带威胁地，"对先生不许怀疑。"

货郎点头，小欠走开之后他擦了把冷汗。

圣巴特里斯饭店，时光拉上了厚重的窗帘，也是拉上一道心理防线。但他并没忍住不去看窥孔。他看见青山坐过的那把椅子，然后一黑，窥孔被挡上了。时光吓了一跳，他后退一步，快速掏枪。

站在门边，时光哑然。手下们正在忙着搬空青山房间的什物，包括任何东西。九宫候在他的门口，一脸抱歉。

时光："在清理老家伙待过的地方？"

九宫："对。声音还会更大，会吵到你的。"

时光："无所谓,我可以在马背上睡觉。"但他看到几个手下往屋里拿的工具时也惊讶了,"这是要拆房子吗?"

九宫点头："对。照你的命令,已经剖开了,可除了生理数据什么也没发现。目标是个太重要的人物,牵动我们这么多人力物力,报文太薄拿上去不好看。"

时光："什么剖开了?"

九宫："青山呀。天目山的活儿从昨天下午四点干到今晨七点,干得很细,现在青山最重的部分只有……"他看了下书面资料,"四百七十一公克。"

时光沉默。就在他站的这个地方,青山把一个饭团夹油条塞到他的手上。

青山："给你。"

时光："什么?"

九宫："你要不要去看看?这里反正也没法待人了。"

时光："看什么?"

噪音声响了起来,手下开始拆房子,完全淹掉了他的声音。

九宫大声："看青山的残骸呀,你也许能发现什么!"

不知是噪音还是九宫的提议让时光更加心烦意乱,他逃向大堂。

九宫紧跟。

大堂经理对时光鞠躬,时光站住,看着身后追来的九宫。

时光："不去,因为没有必要。"

九宫："可是咱们这行一向是不放过任何可能……"

时光："别再说了。"

九宫闭嘴,倒是时光自个儿在说:"先生将到,其他的事都是次要的。你说得没错,现在的搜查只是为了让总部那帮统计狂多些他们爱看的数字。"

九宫递上一摞纸："这是青山的解剖资料,还有照片。"

时光推开："我们现在要全力保证先生平安到达上海滩,别的事都不重要。"他走,九宫仍在跟着。

"你就没有别的事情好做了吗?"

九宫："还有一件事,两棵树的欠老板今晨现身上海。"

时光很高兴转移了话题："他居然没死在日本人手上?讨厌的东西还真是命长,那家伙素来深藏不露,怎么这么容易被你们盯上?"

九宫："我们没盯,是他们自己人卖的。他们那边好像出了乱子,连一些对若水死忠的人也动摇了。"

对与青山无干的事,时光的脑子飞快："这是先生在重庆的布局见了功效。先生早说过,对若水这样的深水鱼,别等树倒猢狲散,要在树倒前就撼跑猢狲。"这消息让他高兴起来,"欠老板的店这回开在哪里?乡里乡亲,少不得要去叨扰。"

九宫："我就去确认。"他又想起一问,"尸体怎么办?"

时光："一个被自己人卖了的暗流连野狗都不如,咱们就当死狗处理吧……你是说青山的尸体?"

九宫忍受着时光的失常:"欠老板还活着呢。"他倒是想好了尸体的用途,"有些墙头草总是摇摆不定,我们会定期地送些红包让他们明白风向,以往的尸体都是这么处理。你知道的。"

时光:"我知道。"

他再度茫然。青山重伤后,在车上,在上海郊外,在必死之旅的中途。

青山:"……我就不知道我会不会有口棺材。"

时光沉吟了一会儿:"棺材倒会有的。"

青山看起来很高兴的样子:"谢谢,赚了。"

时光纳闷儿地看着他。

青山:"有棺材就好了,这行当有棺材就很不错了。"

时光:"……棺材。"

九宫纳闷儿:"要棺材做什么?"

时光:"……去买块墓地。"

九宫诧异:"买块墓地?"

时光不想让九宫看见他的表情:"埋了。"他走开,"别跟着我。"

九宫失声:"是不是还要办个丧事?我们杀了多少共党?哪个用得着棺材?"

时光:"他的丧事在活着时已经办过了,这一路上他都在办自个儿的丧事。"与其说他在说服九宫不如说是在说服自己,"他是先生的旧识,和别人不一样。给他副棺材也是对先生的敬意。"

九宫嘀咕:"三枪能打死的人一定要给他五枪,这才是先生在表达敬意。"

时光孤单地踱步于饭店四通八达的走廊,那些或堂皇或阴暗的角落,而他没法不看见青山一次次向他伸出的手。

青山:"给你。"

时光:"别烦啦,我已经把你埋啦。比起你该得到的,我做得太多了。"

青山:"给你。"

时光:"我不要。谁要共党给的东西?"

青山:"这不是你的错。"

时光疲倦地嘀咕:"……走开吧。"

青山:"我这条老命,你把它用得还不错。"

时光靠在墙上,又伤感又无奈地看着老家伙在他心中栩栩如生地闹腾。

时光:"讨厌的老头子,死了还这么讨厌……什么?你要给我什么?"

芦公馆。在爆炸中芦焱发现他的棍子又短了一截,而他还得用它去捅前路没完没了的地雷。日本兵在他身后呼喊,嘲笑。芦焱捅出了他的棍子,爆炸,天旋地转。芦焱睁开了眼,模糊的视野里,天花板起伏旋转,那不仅仅是因为眩晕,芦公馆仅存的三个人正试图把他搬上二楼。应小家是主力,并且竭尽全力,承担了芦焱上半部分的全部重量;芦之苇有心无力,他搬运芦焱的两条腿;芦天伦的出力主要在嘴上。

芦天伦:"我昨晚就觉得不对,可太太非说他是个叫花子。"

应小家只使劲,不解释。

芦之苇:"天伦,我待会儿会有点要紧的事跟你说。"

而芦焱用他仅有的力气对着过身处的日本旗竖起中指。

应小家轻叫,她早就没劲了。芦焱滚落在楼梯上,带累着芦之苇瘫坐在地。

芦天伦:"是太太先撒手的。"

应小家:"他刚才睁着眼。"

芦之苇:"还没死,不是死不瞑目。天伦你过来。"他一个耳光对着芦天伦抽了过去,"这是我儿子!你害的!想不想去姓阎的那里卖弄你的嘴皮子?"

芦天伦嗫嚅,沉默。混乱中芦焱晕过去,他被扔在床上。

芦天伦:"大夫来了,大夫来了。"

神志不清的芦焱听着那些变了调的声音,不时勉力看一眼大得不像话的房间,视野里似乎飘着纱布和雾气。又一轮白手套和白大褂的检查。被医生扒开眼皮拿电筒晃着,被撕掉身上的破布,被消毒药水一次次地拭擦后现出了本色的肌肤。

医生:"感染性休克,多处外伤,一处枪伤,贫血,疟疾,器官衰竭。还有一种我不认识的寄生虫……"

芦之苇黑着脸:"那可是真正名士才养得起的东西,西人谓之神的明珠。负暄扪之,侃侃而嚼,又风雅又古朴。"

芦焱迷糊中被人扎针灌药,微笑和嘀咕——他现在得到了在一个家庭环境里能得到的最好的医疗照顾:"学名叫虱子,老爷。"

医生跟芦之苇低语:"无论他是什么人,都应该住院。"

芦之苇:"你知道他是什么人?正好是无论如何都不能住院的那种人。"

芦焱轻声为父亲注释:"是无论如何也会丢脸的那种人。"

他在药效中睡去。

时光从酒店里出来时精神抖擞。得力干将们在外边候着,九宫在身后紧跟着。

九宫:"确认了欠老板行踪。来自船帮内线的消息,他们下午见。"

时光一边上车一边表达着他的失望:"没有若水?"

九宫:"就若水几十年的深藏功夫,上回是我们最接近他的一次了。"

时光:"等他的走狗都变成了死狗,他就会露头了。"

青山站在楼梯上,诸多的枪口之间:"我们本来可以让日寇的血染红大地,我们倒在用中国人的血涂抹天空!"

时光有些怔忡。

九宫:"欠老板先不要杀——这是先生的意思。"

时光点头,但又有些不忿:"怎么越来越多的事,要你来告诉我先生的意思?"

九宫立刻撇清自己:"我只是个传话的。跟咱们的电台一样,只传达最简单最要紧的意思。至于为什么,先生来上海后会告诉你。这也是先生的意思。"

时光很有趣地斜睨着九宫,直到九宫把一张纸递了过来。

九宫:"欠老板留着,但这些人必须尽快拔除,这也是……"

时光:"先生的意思。"他看着那张纸上的人名,"都是若水派系的人嘛。那我们现在去哪儿?你是不是也要说,先生的意思?"

九宫:"流泥坑。这上头有名字的三个人在那儿等着给欠老板接风,阔别多年,又是死党。"

时光:"很好,又是流泥坑。"

他阖目养神。

青山:"你出生在最穷最破的棚户区,连里弄巷都不是,它叫坑,流泥坑。管它是什么,孩子,回去看看。"

时光:"我回去看看。"

九宫瞟了他一眼,决定不搭他的话。

小欠和货郎走过流泥坑的泥泞,一辆脚踏车把泥溅在小欠身上。货郎瞪眼。

小欠:"走吧,别让先生久等。"

穿行于流泥坑的穷街陋巷,离开多年,现在小欠需要货郎引路。

小欠:"盛货郎,老谋深算了吗?"

货郎苦笑:"耗子干吗要挖洞?那是叫猫咬惨了。咱们也被屠先生打惨了。"

他带着小欠钻一条鸡窝似的通道。

时光的车停在贫民窟的外围,车上空无一人。九宫在空地上逗一个孩子,一发子弹在手心手背出出入入地好不神奇,引得那孩子瞪眼睛咽唾沫。时光从巷子里出来,身后跟着的两名手下正把刚用过的勒绳收进腕里。他对九宫的玩乐很不满意,手一伸把九宫抛离手心的子弹抢来扔了,然后从九宫口袋里掏出几张纸币给那孩子。

时光:"别拿小孩子做掩护,真打起来他也帮你挡不了几发子弹。"他对那孩子,"快走吧。"

孩子被这个杀气腾腾的人吓得掉头就跑,手上钱倒是捏得生紧。

时光:"钱收起来!碰见他这样不要脸的又给你抢了!"瞧着孩子把钱收好了,不由感叹:"就算害怕,也知道钱是好东西,能买吃的。因为从小就怕大人说没钱,一听这两字心里就紧绷绷的。"

时光和手下回到刚才的巷子。

九宫:"问到了吗?"

时光:"问到了。"

九宫:"这点小事根本不必脏你的手。"

时光:"该来的总是要来。而且先生也说过,吃东西不妨先吃好的,做事情却要把最难做的放在前边做。"

十八

流泥坑一间光线阴暗的屋里,阴影里错错落落地站着船帮,纵深里坐着一个人,看不清他的脸。

小欠和货郎进来时被搜身。小欠愣了一下,货郎却急了。

货郎:"就算你们是不懂事的新人,也不至于认为欠老板会加害先生吧?"

小欠:"先生不在这儿,在就不会搞这出。"他把武器交给了搜查者,并顺便找到了真正的管事者,"冯河虎,怎么是你在这儿?"

冯河虎,就是芦天伦:"笑面暴死了,我做了船帮主事。怎么就不能在这儿?"

小欠:"先生呢?燕飞熊呢?"

冯河虎:"笑面暴死了,高泊飞死了,明矾死了,庄麻子死了,卓可凡死了,你带出去的人都死了,马斧头死了,燕飞熊前些天也被时光杀了。当年跟着先生的旧人都死得七七八八了。先生危矣。"

小欠震惊,他看货郎,货郎的惊讶说明他对此也一无所知。

小欠:"你先让我见先生。"

冯河虎:"糊涂。这样的危局你还闹着要见先生,是想先生死而后快吗?"

几个帮徒围了上来。小欠扫一眼那头给的下马威,没有动手的意思。

小欠:"马骝他们还等着我去吃饭呢,他们也差得动半个船帮了吧?"

不知冯河虎做了个什么示意,剑拔弩张的人们退开。

冯河虎:"一群土包子瞎紧张而已,都被时光杀怕了。"

小欠不再计较:"既然先生不便,你就不该传话说先生要见我。告辞。"

冯河虎:"虽然不见,可是先生有话。"

小欠伸手。

冯河虎:"没有手谕。跟屠先生下棋,只有死没有输。从西北到重庆,在朝在野,除了上海这一小块,所有的眼都叫他填死了。这还用手谕?"

小欠想着数年来的无奈:"咱们是拿一匹瘦马在跟屠先生的蒸汽机拔河。"

冯河虎:"开动这台机器的人最近要来上海,而上海鱼龙混杂,谁也不敢说就是自己的地盘。"

小欠沉默,他已经明白对方的话,他只是不敢相信那意思。

冯河虎:"先生说,杀了他,这是我们唯一的机会,也是我们和屠先生的最后一战。"

小欠:"这是先生的话?"

冯河虎:"这是先生的话。"

小欠:"我们没有人力,就算还有人力的时候,一个时光就把我们收拾得一败涂地。我不相信先生会如此不智,对着荷枪实弹,抢着花瓶就冲上去……而且说到底,我们吃的薪俸不是给我们搞内斗的。我这几年在西北跟共党耗,可我记得甭管对我们还是对屠先生,背后还有一帮日本人。"

他拍拍货郎,叹口气,打算出去。

冯河虎:"你违背先生的意愿?"

小欠:"不是违背。打这样必死的战,还全无胜数,你总不能再让我莫名其妙,我会见过先生之后再说。"

冯河虎:"好吧,给你,先生手谕。"

小欠看一眼冯河虎让人递过来的东西,那不是手谕,是一个妇人带着一个孩子玩耍的相片。

小欠的表情顿时僵硬,像一头犹在死撑的困兽。

孩子把叠好的纸船放进臭烘烘的阳沟里,看它顺水漂走。他顺着水看见枪口,顺着枪口看见倒提着汤姆逊的时光。

时光看着他,那表情很难说是怜悯还是厌恶:"又是小孩又是小孩。这里的人图什么?自己都保不住还要生一窝……"

知道他性情的手下立刻把那孩子抱出射界,时光随手把自己的帽子扣在小孩头上,帽子大得能遮住孩子的全部视野。

时光端起枪走向那栋薄壁的房子,房右房左都布着火力,这是一个滴水不漏的四面包抄。

那孩子大叫:"爸爸!"

立刻有一个很流泥坑也很船帮的中年人迎出来:"欠老板你可算来了……"

时光开火,四支冲锋枪交叉开火,洞穿着薄薄的板壁、那屋里的人和他们摆设的筵席。

摧毁一个家庭,这点火力绰绰有余。

门在小欠和货郎的身后关上,留在小欠印象里的是门后船帮同僚极不友好的眼神。小欠看了一眼捏在手上的相片,又看一眼货郎。他什么也没问,但货郎受不了了。

货郎："这地方人死起来又方便，你就痛快点给我一枪。我是没照顾好嫂子和侄儿，你这么看着我，还不好让我死。"

小欠摇头："不怪你。我是想让他们娘儿俩远离是非，可干咱们这行的要想把他们拖进来，阴招可多了去了。"

货郎："马骡那头我不去啦，今天我豁出脑袋也得把你家里人送出上海。"

小欠："冯河虎说要把我们连家带口赶出上海吗？不，他说的是，咱们得跟屠先生鱼死网破，否则咱们的家小一起陪葬。"

货郎："天南海北打死打活的是我们！他算什么？就一打算盘的管事！"

小欠："他不算什么。不过他管着船帮，还有咱们见不得人的底细，咱们的容身之处和咱们的家小，还拿绳子牵着咱们的手脚和命根子。"

那是事实，货郎哑然："……先生这事做得叫人寒心。"

小欠："这事跟先生无关。这帮人明摆着是叛了，至少是在自作主张。我都疑心先生被他们禁了。屠先生死了，他们大有好处，我们死了，忠于先生的人又少几个。"他叹口气，"飞熊也死了。"

货郎："只怕先生睡着了也能耍得冯河虎死去活来吧？怎么就由得他在这儿做跳梁小丑，先生的奇诡，就不是我这笨人想得清的啦。"

小欠一拳砸在他下巴上。

货郎拭掉嘴角的血迹："好。你老婆孩子恨不得让枪顶着了，你不怪我。就这么一句，你……"他摇头，"我不说啦。"

他不说了，小欠也就再也不提，径直在前边走着。

小欠："哪儿也别去，先跟我去马骡那儿商量对策。不管胜败，我不想死了之后再互相埋怨，说什么我们死了，因为我们连师长和兄弟都不信任。"

时光的车离开。

前座的九宫涂掉那张纸上的三个名字。

九宫："圣巴特里斯恐怕是不能再住了，船帮必然反击。"

时光："杀三个是我们躲，杀三十个就轮到他们躲了。一鼓作气。"他叹了口气，"先生一直希望见到一个真正干净的上海。"

他转头看见青山像刚中枪时一样蜷在后座上，悲伤而哀怜地看着他。现在他明白了，青山不是为自己悲哀，而是为他时光和像时光一样的别人。

时光："把那个镜子调一下。"

九宫调整了后视镜，时光怔怔地看着镜子里的自己。

小欠和货郎木然看着他们赶赴的筵席：男男女女，尸横一地。他们曾经围坐的桌子已经成了碎片。三枪能打死的人打五枪是屠先生的信条,而时光把五变成了五十。

小欠回身,看着屋外地上坐着的那个孩子:那小家伙仍戴着时光的帽子,小欠有那么一会儿以为他已经死了,直到他拿下那顶帽子,看着那张惊骇过度的脸。

小欠抱起那孩子:"走吧。"

货郎还梦里一般:"去哪儿?"

小欠:"接着去找信得过的人。还有,告诉我老婆,我又给她带回来一个儿子。"

天目山据点里,八角马猛砸双车紧闭的房门,直到双车将门打开。从他故作轻松的表情来看,显然又在吸鸦片。

八角马:"开战啦!"

双车骂骂咧咧去拿他的家伙:"船帮敢打过来,咱们就平推过去,让时光瞧瞧天目山……"

八角马:"时光推过去啦!船帮老辈的三个香主全被他一锅端啦!九宫知会我们全面开战!务必在先生来之前,把船帮压死在流泥坑!"

双车呆了一会儿:"……这位爷总这么雷公闪婆的,可不要忽闪死自己人吗?"

八角马:"还有,以后我们听谁的呀?九宫说时光在圣巴特里斯酒店住腻了,还说为了先生的安全,以后天目山和天外山最好统一指挥。"

双车想的不是听谁的,而是太子爷住哪儿:"你们想听谁的就听谁的,反正我听时光的。赶快把这儿收拾出来!他只能住这里最好的房间!"

圣巴特里斯酒店,时光对着窗帘愣了一会儿,然后猛地拉开了窗帘。流泥坑那疮痕一样的屋顶。

青山站在他的身后:"回去看看,孩子。"

时光对着自己的心灵挑衅:"不光看过了,还杀进杀出两回了。不过如此。"

青山叹了口气。九宫进来,时光观察状地看着流泥坑。

时光:"船帮好像没什么异动?"

九宫:"有要报仇的,也有出逃自保的,我们已经全都收拾好了。"

时光:"走吧。"

九宫随在他身后出去,时光永别这房间时看了看那个他曾经彻夜观察的窥孔。

大件已经装车,手下在走廊上恭候。时光毫不意外地看见了青山。

青山:"给你。"

时光不为所动:"我不要。我已经用开枪告诉你了,我不要。"

瞬间就只剩一个空旷的走廊。

时光一行下楼,大堂经理们尊敬而又肃静地目送。他用一眼到底的目光扫视了整个大厅。他知道自己永远不会回来了。他在大堂中央站住:"我走了。不管你怎么失望,好好地在这里休息吧。你不是喜欢它吗?通往炼狱的山洞。"他沉默了一会儿,在人们的惊讶中深鞠一躬,"谢谢。"

他抬起头来,再度毫不意外地看见青山站在楼梯上,微笑,并不像一个输家。他在打开的门前再度站住,因为那个微笑,赢了的他无法抑制地觉得自己在某处输了。他指着打开的门,对着空无一人的楼梯吼叫:"出去就是地狱,对吗?我就是在那里最下一层生出来的!我在做我命中注定的事情!洗洗睡吧,你这个老掉牙的,没翅膀的,烂穿了肚肠,一股霉味的天使!"

他出去。手下愕然地跟着。

芦焱在半昏迷状态中看着自己的房间,房间很大,家具却不多。近在床边是一张桌子,桌上是算盘、文具。他躺的大床跟这屋子比起来实在太小。窗边坐着一个正在煎药的女人,那是应小家,而芦焱以为是护士。

他生存于现实与虚幻之间。

……还是这张桌子,这些账房用品,一间小得多的房间,芦焱如梦如纱的视野。一个人正在低头面对如海的表格和价目单,书写,计算,打算盘。

十几岁的芦焱被芦之苇握着肩膀:"看看你哥哥多有出息!别家小子刚在想姑娘旗袍下边有什么的时候,他已经是独当一面的买办。要看到心里去,他是你的将来。"

芦之苇走了,留下芦焱在那里看着。

芦焱:"哥?"

没搭理。

芦焱那时候还叫芦淼:"芦淼。"

芦淼终于开腔,那不像哥哥在说话,倒像他手上算盘发出的回声:"你害我算错一个数,这一个数是五块钱——你知道五块钱能干什么吗?"

芦焱:"不知道。"

芦淼:"能让住棚户的一家人再多活一个月,能让一个混混做件缺德事,能让一个公子哥儿买张顶级舞厅的门票。"

芦焱对这个不感兴趣:"你从来不问我有什么事。你能问我一句吗?"

芦淼在算盘珠子声中发问:"有什么事?"

芦焱:"你觉得有意思吗?"

算盘珠子暂停了一下。

芦淼:"等你想明白你要拿五块钱做什么的时候,它就有意思了。"

芦焱在算盘声中离开。

仍是那间房,那张桌子,那个人在做同样的事。外边回响着北伐的口号,进来看着芦淼发呆的芦焱长大了些。

芦焱:"哥?"

没搭理。

芦焱:"芦淼。"

芦淼终于开腔,那不像哥哥在说话,倒像他手上算盘发出的回声:"你害我算错一个数,这一个数是五十块钱……"

芦焱:"我不知道五十块钱能干什么,也不想知道。"

芦淼打着算盘:"那你有什么事?"

芦焱:"把你的名字给我。"

算盘声停顿了一下,又继续响动。

芦焱:"我说的,我们俩换个名字。"

芦淼:"爸爸说,你命中缺通融,少周转,故名芦淼,一苇在水,浩淼无垠。要换了我这三个火字去,你想把自个儿烧成灰?"

芦焱:"你信爸爸说的?"

芦淼:"……我没时间想信不信他。"

芦焱:"三个水,浩淼也罢,飘淼也成,模棱两可,说有又没有。我喜欢你的名字,三个火,没别的,燃烧,就是燃烧。"他挑衅地,"还有,反正你也用不上你的名字——你浪费了你的名字。"

芦淼停顿,开始工作:"拿去吧。"

芦焱拿起他放在房门外的标语:"我走了,芦淼。"

芦淼:"小心点,芦焱。"

……四一二,外边回荡着枪声。屋内,芦淼的算盘声迅速而狂躁地响着。芦焱冲进来的时候衣衫褴褛,气急败坏。他刚被绑过一夜,因双车一时的好心逃生,他口袋里还揣着一片能致死的毒药。

芦焱:"芦淼,他们在杀人!"

芦淼同样暴躁地回了过来:"我知道他们在杀人!可你害我算错了一个数,这个数就是一百块钱!不是赚了一百块,是亏了一百块!我不知道怎么在这场大乱子里抢回损失!你知道一百块钱能干什么?!"

芦焱:"……能不能问我有什么事?"

芦淼:"除了莫名其妙的燃烧你还能有什么事?"

芦焱不再燃烧了,灭了,在经历过生死之后看着他的兄长:"还给你你的名字,我要走了。"

芦森:"你还不回来,我一直疑心爸爸给咱们起错了名字。"

芦焱:"我知道一百块钱能干什么了——能让一个人堕落成像你这样。"

芦森:"我没时间告诉你这句话有多蠢。"

芦焱捏着指间的那片毒药:"我走了。我去的地方,你永远也去不到。"

他走了。从未中止的算盘声继续。而芦森用衣袖使劲拭擦自己的眼睛。

……中年人对着芦焱:"把自个儿先点着,就不怕他们把你塞那里边烧掉了。小子,人本就是万事的燃料,最好和最坏的。"

芦焱对着双车喊叫:"我拿了他的命!"

芦焱以死人的僵硬姿势蜷曲在垃圾上,以死人的茫然眼睛瞪着天空。

爆炸,和那场全无计划却几近成功的对屠先生的刺杀。

阿卯点燃裤腰间的炸药:"好好看我怎么死。我死了,你就不怕了。"

芦焱用断刀猛扎着屠先生厚厚的中山装与风衣,一边哭泣和哀求:"死啊!死了那么多人,你怎么还不死!"

芦焱对着蒙面的青山和诸葛骡子:"我只是想去红色苏维埃,管他什么安。朝达,夕死,足矣。"

诸葛骡子大笑:"送死的人来了。"

古轳辘嬉皮笑脸地举起一只手,嬉皮笑脸地在时光的枪下栽倒。

他在门闩的枪口下做血肉飞溅的挣扎。

半死的芦焱在大沙锅哼着歌:"飞得高,飞得低,学习再学习,多少好东西。"

和时光做玩命的搏杀。和努桑哈一起踩雷。被小欠逼得从悬崖上跳进黄河。

青山:"我唯一觉得对不住你的,是不会有人给你安慰。"

芦焱苦笑:"没一句真话。只有这句,您算是说着了。"

……芦焱从昏迷中他醒来,用另一种眼光打量这属于芦森的房间,什么都没变,只是大了几倍。

芦焱:"哥?"他已经习惯了没有回音,"芦森?"

轻响了一声,芦焱艰难地转头,瞧见应小家,拿着照料他的家什,惊恐地看着他。

芦焱歉然:"不好意思,要饭居然要到卧室来了。你一定是我的嫂子。芦森真不要脸,也真有福气……搞不好我都能大你一倍吧?"

应小家对芦焱深鞠了一躬,完全像个无所适从的下人那样,然后大叫:"之苇!"她冲了出去,"之苇!之苇!二少爷醒啦!"

芦焱在惊讶和错乱中整个儿摔下床来:"之、之苇?搞什么?芦森!我砸你的算盘啦！爸,你怎么还这样？舍得盖房子舍不得换家具也就罢了,既要为富不仁,总该舍得请用人。"

他东摇西晃盘过这个大出了号的家,发现多少房间干脆是空的,以致他找个能持扶的玩意儿都求之不得。下楼梯时,他那两条空心粉似的腿实在支持不住,一直滚到了墙角,爬都爬不起来。

芦焱:"有人吗？有人吗？……这里是大沙锅吗？救命！你们的败家二少爷在家里迷路啦！……丢人啊！叫花子二少爷死在他的家里啦！"

芦之苇冲冲地经过一个个房间,步子快得应小家都跟不上。久别重逢的悲伤劲已过,老头子精神得很。

芦之苇:"这畜生害的！我点着一根雪茄都没好好抽,心里一直觉得有件大事……"

应小家:"你不是说不抽了吗？"

芦之苇:"我说的是雪茄？那准是戒烟戒疯啦——我想的是老卞送的信阳毛尖！真真的就被这小子弄得吸之……茗之无味啦！我就老觉得忘了件大事。医生？吃药？吃饭？"最后他猛拍了一下脑门儿,"想起来了！我忘了打畜生了！天伦呢？让他拿家法过来。"

应小家:"天伦不是被你差出去抓上海最好的药了吗？我觉得昨天把十几年的家法都补上了,再补也就是补药钱了。"

芦之苇笑嘻嘻地:"是吗？"他进了门,然后对着空荡荡的床大叫,"人呢？人呢？人呢？"

他一脸凶狠地在一个个房间里逡巡,一边大骂:"你脑袋被人打过桩子？眼珠子是画在脸上的么？知道这蠢货连心里都长了八条腿吗？又跑啦！我就该打断他的腿再锁上狗链子！老子从昨天到今天就在做一个噩梦！"

应小家立马跪地。

芦之苇:"有跪的工夫就给我找！老子就是请侦探所的人来也要把他抓回来！"

楼梯角传出芦焱的声音:"爸,收了您喜怒无常的神通,来救命吧！您家老二摔死在您家的不知道哪个楼梯口啦！"他干脆不再做爬起来的努力,咏叹调似的哼哼,"救命啊,救命哪,救命吧……"

楼梯上出现了芦之苇那张阴沉的脸,应小家一声不吭地来扶他,而那老鬼脸里夹着的东西让芦焱眼睛一热,他不再哼了。

芦焱:"爸爸你好,我……回来了。"

芦之苇张望屋里每一个角落:"谁？回来了？回哪儿来了？小家啊,你也在,我也在,全家一个没少,谁回来了？"

芦焱不说话了,对着这么个爸能说什么?应小家偷偷捅芦之苇。

芦之苇咆哮:"说话!"

应小家只好装瞎扮痴:"之苇你在,我也在,全家一个没少,没谁回来了。"

芦之苇:"那我怎么听见有什么叽叽歪歪的?"

芦焱不说话,而应小家偷偷掐他,她已经急得不行了。

芦焱:"爸,芦家老二回来了。"

芦之苇终于找到了他偌大的儿子:"哎呀,在这里……什么东西?狗矢还是马溺?小家,咱家怎么会有这么大一坨东西?"

应小家:"我……这就打扫。"她低头给芦焱使尽眼色,那是唯恐见怪。

芦焱却实在忍不住了:"您从小到大就要把我说成各种物件,不是畜生拉的就是畜生生的,您得了什么乐儿吗?"

芦之苇:"乐啊。"他怪笑,然后立刻停住,"认错。"

芦焱:"不认错,没错。"

芦焱:"去死。"

芦焱:"想我死的人很多,但绝对不会有你。"他看着父亲的表情渐渐柔化,那是因为芦焱的表情也在柔化,"不认错,可是我后悔。"

芦之苇仰着他的脸:"悔什么?"

芦焱:"我没能让我的爸爸看着我成人,也没能看着我的爸爸变老。"

芦之苇笑,笑得像哭,掉头就上楼梯:"老?老子没老时一人能收拾你二十个,老了能收拾你二百个!"

芦焱:"你就这么走吗?"

芦之苇:"难道我跟你还有什么生意好谈吗?"

芦焱:"你还好吗?我哥呢?咱们家怎么变成了这个样子?你不觉得它像要闹鬼吗?还有……"他看了一眼应小家,总算没说下去。

芦之苇转过身来,自鸣得意地:"对了。还有这事……"他很高兴把应小家介绍给芦焱,"按老规矩她该叫芦应氏,可咱们新家庭不搞妇随夫姓那套。她是你妈——快叫妈。"

这是芦焱料到了却绝不敢信的部分,他张了张嘴,显然应小家比他更难受。

芦焱的喉音:"你杀了我吧……咱家还要脸吗?"他声大了点,"要不是昨天她说过她先生,我能当这是我侄女呢。"

芦之苇:"你问问她叫什么名字。"

芦焱显然不打算问,而应小家也没打算瞧这对父子的杠头:"……我叫小家。"

芦之苇:"应小家,我给她改的名。我的夫人叫小家,管家叫天伦……而我老孤清一个守着栋我儿子说闹鬼的房子……我儿子还说,你还要脸吗?"

343

芦焱:"我哥呢?"

芦之苇:"出息去啦,大出息。"

芦焱默然。

芦之苇:"不叫妈?"他背了手上楼,"总有一天得叫。"

芦焱心情复杂地瞪着那老头的背影,轻轻把被应小家搀着的手挣脱了。

应小家:"对不起。"

芦焱:"该我抱歉。我们家家风如此,吵个嘴恨不得扔炸弹,不怕伤及无辜。"

应小家:"我扶你上去。"

但芦焱想找一张能坐下的椅子:"没事。我歇会儿自己能上去,他也知道我会上去——家教如此。"

应小家:"别生之苇……你爸爸的气。"

芦焱:"没生气,我爸对我很好。他只是总觉得出了这房子我就得和一百万个人搏命,而有十万个人要害我。"他终于找到了椅子,坐下,"也许他没错。"

应小家局促地站了一会儿,上楼去了。

芦焱对着这巨大的房间嘀咕:"家呀家,你还要怎么不像个家?"

小旅馆的房间外,一个人在敲门,开门的人极其机警,把自己的身体掩在门后,猛地拉开,另一只手上端着一支满当当装了二十发子弹的驳壳枪。

门外的人店伙打扮:"有一位欠老板留了口信……"

这让开门者心里放松,但他的枪仍对准着对方。九宫和八角马几个在楼下,站在桌子上。九宫用一个单耳听诊器似的玩意儿捕捉住楼上的脚步,其他人用包着毛巾的步枪顶着木质天花板打空各自的弹夹。前几发子弹打在脚上,而后边的就是在摔倒的身躯上穿孔了。

冒充店伙的三进兵:"你就是我们留给欠老板的口信。"

九宫们踩灭着火的毛巾,悄无声息地离开。

小欠和货郎在另一侧的街角看着九宫们离开。

货郎:"又来晚了,老毕也死了。"

小欠叹了口气:"去找还没死的人。"

货郎:"还没死的,信得过的,没几个了。"

小欠在绝望中给自己打气:"接着挖。"

他手上玩着芦焱留给他的那块小铁片,茫然看着黎明前漆黑的夜色。

芦公馆灯光昏暗,而芦焱坐的地方根本没开灯,他喜欢让自己在黑暗里待着。于是应小家费了点劲才找着他。

应小家:"那个……"她不知道如何称呼这个比自己还大的儿子。

芦焱:"叫我芦焱,火上的芦苇。很久没人叫过的名字了。"

应小家:"芦焱,你爸爸说他饿了。"

芦焱:"那就做给他吃呀,我们家的用人呢?"

应小家:"好像……应该说是集体辞工了。"

芦焱干笑:"我们家的用人经常被辞工。知道问题在哪儿吗?因为正薪高过试用期的薪水,所以我和我哥从小就习惯了刚熟脸的叔叔阿姨卷铺盖。"他吸口气,"家的感觉……请原谅我没有说真好。"

应小家:"好像也不全是那样……我觉得你爸爸说他饿了,其实是想你是不是饿了。"

芦焱猛醒:"你说得对……我家的饭桌子搁哪儿了?"

应小家:"你昨天吃饭的地方。"

昨天的事芦焱想起来就骨头疼:"我这就去。"他走了两步,站住,"怎么走?"

应小家:"你直走第二个门左拐再右拐两次第三个门就到啦。"

芦焱一只探出去的脚悬在空中,好像没有要落下的意思。

应小家:"你……好像记不住?"

芦焱:"我……是正常人。"

应小家也很无奈:"我带你去吧。"

这意味着一次通往饭桌的漫长旅途。

应小家似乎铁了心沉默,芦焱只好打破僵局。

芦焱:"坐在屋里的时候,我觉得,我好像只离开了这个家几分钟,不是十几年。后来我使劲告诉我自己,不是的,芦焱,过去了的是十几年,不是几分钟,你还没来得及年轻就老了,你真的不是孩子了。"

应小家沉默。

芦焱苦笑:"你对芦家二少爷比对偷闯民宅的叫花子要小心得多——我只是想告诉你,我想过你和我爸的事情。"他在应小家的沉默中宣布,"我不会接受这种事,因为它只是我爸这种人才能搞得出来的恶作剧。可我不会跟你过不去,因为我知道穷是个什么玩意儿。对不起,和一个寿星公公耗日子……当然是因为穷。"

应小家看不出生气或者感激:"饿几天就死啦,穷是一辈子的事。生容易,活也容易,生活就很难。你什么也不懂。"

芦焱:"我爸从来不爱在身边放聪明人,可也受不了笨人。果不其然。"

应小家淡然得很:"是你爸爸说的。"

芦焱提出他的建议:"除了和我爸较劲这事上,其他事我们可能是同盟。"

应小家:"不是。"她领着芦焱又拐过两道弯后才说出为什么不是,"你只是同情,就好像昨天我给你吃饭,今天你也给我这口饭吃。"

芦之苇像一家之主那样坐在餐桌尽头,应小家把芦焱领过来坐下。

应小家:"之苇,我去做饭。"

芦之苇岸然地点头:"辛苦。"

就留下了这父子两位,芦之苇不再岸然。

芦之苇:"你叫妈了没有?"然后他笑得像看见人踩进了茅坑。

芦焱:"……你好自为之吧。"

芦之苇:"从把这女人领进门的第一天,我就在想你回来时会是张什么鬼脸。"他超满意地看着芦焱的表情,"很好看。"

芦焱:"是女孩好不好?而且我真纳闷儿你还有那份体力?"

芦之苇正色:"呸呸!芦某人素不好色,只是乐意在家里养那么一个,以养这双老眼。"他确定应小家一时不会回来,便摸出根雪茄点上,"你以为你那张鬼脸很好看么——不看啦。"

芦焱:"别说这事啦。我又被你那些荒唐道理说服一次,因为你叫她小家——虽然咱家大得让我觉得心里恶寒。"他犹豫了一会儿,"反正……这么多年……对不起,爸爸。"

芦之苇咬掉了雪茄头,跟火柴较劲:"男人可以给人跪,可不要说对不起。做出来的事,费三个字的唾沫就能解决掉吗?"

芦焱:"已经做啦。"他看着老爸抽鸦片似的喷云吐雾,"我的长得阿拉伯数字一样的老哥呢?他现在一个算盘珠子得有上千块了吧?"

芦之苇:"东南亚啦,做大生意去啦。十年前他说打仗了,中国人日子难过啦,生意不好做啦,就去啦,还让人给我捎过两回两块钱一摞的糕点。不过我一瞧,要是东南亚也有老城隍庙的话,他就是在东南亚买的。"

芦焱惊怒得透不过气来:"十年?他怎么能这样?!"

芦之苇:"你怎么能这样?!十四年!"

芦焱无话可说,看着父亲摇头晃脑,他只是觉得这桌子大了点,他犹豫一会儿,坐到了芦之苇侧边。他那活宝老爸对他喷过来一口烟。

芦焱揉着挨了熏的眼睛:"……也好,看咱们家大得能住下委员长,就是说你还过得不错,至少是生意做得不错。"

芦之苇:"不是我盖的。你当老子是暴发户冤大头?商会想盖个会所,老子又正好是大权在握的副会长,那就吃点亏贡献块地皮,盖出来房子公私两用大家方便。"他悠然吟哦,"路漫漫其修远兮,吾将上下而求利。"

芦焱瞧着他老爹自鸣得意,只好苦笑:"你还是那样,白天没占到便宜晚上就得吃安眠药。我还有一问……"

芦之苇:"我还有一问,我还有一问,我还有一万问! 我到现在还没问过你一句,你倒来挑老子毛病! 该我问啦!"

芦焱举手告饶:"最后一问,咱们家那些日本旗日本花哨算是怎么回事?"

芦之苇:"这还要问? 你睁眼瞎啊? 你老子我是汉奸嘛。"他对着芦焱瞪得莫可名状的眼睛,"招子放亮一点! 你老子我是在日本鬼子占着的上海做生意! 不是在四平仓库做壮士! 要讨生活的,不能像你那样成天忙着跟姓死的认亲戚! 你是大义灭亲的抗日志士吗?"

芦焱郁闷着:"我真希望我是。"

芦之苇:"让你好受点。商会里老卞好名声,他就打理又要面子又要钱的伪君子。我老人家好实惠,我就打理跟钱没仇的所有真小人——自然包括日本人。你这样的志士除了耗掉小鬼子一颗子弹还能干啥? 知道你老子把那些洋破烂倒给小鬼子时让他们亏了多少吗? 说出来吓死你。他们的古董老子都拿过来先玩着,不高兴了往阴沟里一摔——老子就不做志士。"忽然毫无转折地,"该我问啦。"

芦焱:"问什么?"

芦之苇:"你为什么要回来?"

他很严肃,目光炯炯地瞪着芦焱,他认真起来总是有些可怕。

芦焱:"怎么不问为什么走,不问这些年怎么过的,只问为什么要回来?"

芦之苇:"你都知道不在过去了的事上费心,难道老子反倒不如儿子?"

芦焱:"回来,自然是在外头过不下去了。"

芦之苇:"别在我面前玩这套,我芦之苇的种我自己知道,他们不会因为饿了肚子挨了揍回头,不会因为想家回头,他们回来,必定有事。"

芦焱想了想:"是的,芦家的种,不会为了歉疚回头,不会为了自觉罪孽深重回头,不会因为觉得老天不公回头,不会因为好逸恶劳贪生怕死回头。实际上芦家的种没有回头这回事。"

芦之苇一直看着儿子,芦焱的话让他多少有了满意的表情:"我说的话你倒还记得。"

芦焱:"记得。所以我根本没有回头,我不是回家而是来到这里,我来这里是因为再没有任何地方可去了。"

芦之苇沉默,两人瞪视良久。

芦焱:"我相信我的家是我人生的最后一站。"

芦之苇还是沉默,沉默而阴郁,直到芦焱终于忍不住做了个痛苦的表情:"对不起,厕所在哪儿?"

芦之苇全无表情地指指一扇门。芦焱急急走向那扇门,打开了:应小家正在那里炒菜。芦之苇笑得像偷着了第二只鸡一样,芦焱无奈地看他一眼。

芦焱:"你得着什么了到底?"

芦之苇一脸严正:"最要紧的事情还没说——这个家到底还要不要你。"

芦焱内急加上气恼:"……不要我我就上别处找厕所。"

芦之苇:"约法三章。"

芦焱:"你倒是快点。"

芦之苇:"细细讲慢慢谈。其一,先给我待家,等我想好拿你怎么办。我说的是以咱家的院墙为界,足不出户。"

芦焱稍一踌躇:"你要多久才能想好?"

芦之苇似看穿了儿子在打什么主意:"别以为你想跑时还能跑,你老子在上海也有自个儿的人场,要发动起来,说让你足不出户都不用拴链子。其二,往后你老子说什么就是什么……"

芦焱抗议:"有天理吗?有了这条还用约法三章?"

芦之苇:"你拿啥来跟老子谈条件?还是你觉得这个被你扔了十四年的老子会挖个坑活埋了你?"这爷儿俩斗牛似的互相瞪着,芦之苇终于松动,"好吧,在说了放你出院子之前,你老子说什么是什么——这是为了你好。别当我真信你一直奉公守法要了十四年饭。"

芦焱让步:"你不会为了说什么是什么关我个无期吧?"

芦之苇没理他,却用极快的速度把雪茄塞到了芦焱嘴上。应小家拿了一个托盘进来上菜,纳闷儿地看看被雪茄呛着的芦焱。

芦之苇扇着烟:"熏死我了,这小子烟瘾真大。"

应小家只好装聋扮傻地出去拿下一道菜,而芦焱的雪茄立刻被抢走,芦之苇得意扬扬猛吸一大口。

芦焱:"反正你说什么是什么,这又何必?"

芦之苇不屑:"这做人的乐子有多少是要靠演的,演到假戏真做就是乐子。你又懂个什么?其三我还没想好,想到了再说。"

芦焱大是不甘:"光你的其二就让我觉得丧权辱国……"

他没说下去是因为雪茄又堵住了他的嘴——应小家又进来上菜了。

她低眉顺眼地盛好两碗饭:"之苇,还有事吗?"

芦之苇:"没啦,有事我会叫你。"他向芦焱,"现在试验一下其二,叫妈。"

芦焱站起来就往外走,熟门熟路,上回被棍子打出去也是这里。

芦之苇:"干什么去?"

芦焱:"我是你儿子,你不能让我这样装孙子。这戏我演不来,哪儿来的哪儿去,我去翻墙。"

芦之苇大乐:"坐下吃饭吧,你妈走啦。"

芦焱替应小家觉得不公平:"为什么你的……不跟我们一起吃?"

芦之苇:"坐下吧。你和你哥都不在时,这家就我一个人。你回来了,这家就你我两个人——哪还有别人?"他给芦焱盛了碗汤,"从你妈进了门我就再看不上别的厨子。喝碗鸡汤吧,儿子。"

芦焱沉默,没办法,他就拥有这样一个光怪陆离的父亲。他也给父亲盛了碗汤,在恶言相向之后,爷儿俩沉默地喝着汤,把来自对方的一点熨帖喝到肚子里。

天目山和天外山的干将们参差地在据点里坐着,好些人刚自杀场归来,到处弥散着血腥气。九宫正在那张名单上划去死人,名单已经只剩下一小半了。时光在说话,他精神抖擞,一边说一边观察听他说话的人们,在心里做出可靠与不可靠的判断。

时光:"拿消毒水洗胃,是能让腹腔干净,可这人也活不成啦。我们现在想杀出一个干净的上海,就跟这个类似——明知蠢事还要去做,是因为诸位这也从权,那也苟且,多年如一日的不知所谓,理想荒废。"

倒不是问罪,但他是有些不痛快。一干人唯唯诺诺,尤以双车为甚。

双车:"但现在好啦,时光兄弟来了,我们就有了方向。光说这几天的斩获,要有这么个把月上海就承平啦。"

他鼓掌,一帮子人也猛醒地鼓掌,不包括天外山的人。

就时光一向的逻辑来说,这类的恭维近似捣乱。他瞧着双车:"你老哥怎么也搞上这套啦?承平?在一个日本人占领的上海说承平?"他忽然看见青山坐在那里,看着他,惋惜地摇着头,"你已经死了!做什么都不像样子!你能不能有个死人的样子?"

人们哑然。

双车挠了挠头:"我这个犯的错……自然是万死莫赎,自当以死报效……"

时光:"天太阴了……"他起身走人,"我腿疼。"

人们面面相觑,九宫和几个亲随跟上去。

时光的房间门窗紧闭。一个手下把时光的止痛药和水端了过来。

九宫:"送进去。"

少顷,他从屋里摔出来,托盘连着药和水一起从窗户飞出来。

时光在咆哮:"别再把这种东西拿给我!我不吃!我跟你干上了!你打完了你要打的仗,是吗?我正在打我要打的仗!这就是我要守的道!这就是!从我的地方滚出去,待在你该待的地方呀!死老家伙!你死啦!"

九宫苦恼地捶打自己的额头。

芦公馆。弟弟住在兄长的房间会做什么呢？一定是把所有的抽屉柜子翻个底朝天。芦焱正在干这件事情，这让他有时光倒流的快感。始自书桌，然后书架，床头柜，一切，打开衣柜时里头的内容让他吓了一跳。

芦焱学着芦森的口气："你知道一百块钱可以做什么？——得啦，我知道，可以买一件我哥永远不会穿的大衣，反正他打算盘时总戴着袖套。"

他对衣服并没啥兴趣，倒是把几条皮带连接起来，打开窗口试了试长短——皮带末梢够到的高度也够他把腿摔断。

芦焱："你想在回家的第一个晚上就逃跑吗？"他对自己做了个鬼脸，"算啦。我没想跑，只是想知道永远有一条自己可以走的路。"

他忙不迭地把皮带串子往回收，因为墙外有几个巡街棍子走过来，还对着窗口的芦焱敬礼。

芦焱："谢谢，谢谢你们的棍子，谢谢你们让我更想一棵树。"

他放弃了走这条后路的打算，溜到门口窥看。熄掉了大部分夜灯的芦公馆，芦之苇的房里亮着灯，应小家的房里亮着灯，芦森的房间里亮着灯，这点灯光让这大所房子里更显黑暗。三个人的住处分布在公馆二楼的三个方向。芦之苇和他的夫人咫尺天涯，这让芦焱心里稍微好受。

一条人影从芦公馆里翻出来，不是芦焱，而是许久不见的岳胜。他立刻被发现了，手电光照过来，人影躲藏。一个巡街跑过来，人影无声地从他身后落下，巡街动物一样机警，转身。岳胜一把刀挥过，巡街软倒。手电明灭，然后只有黑暗中向这里靠近的脚步声。手电再亮的时候，岳胜已经不见了。一个巡街拖走死了的同行，两个往边路里搜索。

街道上，门闩，裹紧了衣服，在漆黑的街巷中瞧着芦家的屋顶。岳胜从他身后的墙上跳下来。

门闩没回头："你杀了人？"

岳胜："没办法。他看见我从芦公馆出来。"

门闩讶然："他刚回来就被盯上了？哪路的人？"

岳胜："不知道。今天早上周围的巡街全换了，明里四个，暗里没数，都是好手。芦老爷怕被闲话，顺水推舟辞了所有用人，就剩了我这开车的木头骡子——我就更没掩护了。"

门闩："他这老爹是个什么样的人？"

岳胜："贪婪，吝啬，无耻，油滑，精似鬼，喜怒无常，整天没一分钟不在演戏，根本搞不清他有什么是真的。"

门闩苦笑："怎么听来像青山？幸好我们知道青山有哪些是真的。"

岳胜告别："以后要少见了，进出太难。"

门闩犯愁:"从西北到上海,多少人给他引开火力?照说屁股该擦干净了,怎么刚回家就被盯成这样?他也太招苍蝇了吧?"

岳胜:"听说这位二少爷是个大外行?"

门闩:"何止是外行。青山蠢吗?他要这样去认准了一个人,就有他的道理。"

岳胜:"可青山死了。"

门闩:"可我还活着,而他也到了这里。西北到上海,真远。回去吧,照青山安排的,接应他,看住他,保护他,暂时还让他傻着,那确实是最好的保护。不惜一切。"

岳胜陈述事实,不是牢骚:"我们的一切没多少了。"

门闩:"本来就没有多少。青山会告诉你,失去之前就没有多少,他才只好把自己的命都拿来做釜底抽薪……一切跟还有多少不相干。"

两人向两个方向离开。

芦之苇的书房有一种暴发户的气息,连那幅"上善若水"也会让人想那到底是什么水。

芦之苇在房门边,窥看着芦焱:儿子的身影在逆着光的门口蹑手蹑脚,小丑一般,最后关上了他的房门。芦之苇哑然一笑,坐回桌边,开始发呆——他会发呆一整夜。

时光的车在离湖很远处停下,他和九宫在车里看着一个在湖边习武的人。那个人虎虎生风地使着泼风刀,旁边几个徒弟给他提着备份的器械。双车在远处随时候命。

九宫:"张横虎,燕飞熊的把兄,本来还洁身自好,从燕飞熊被杀后就彻底倒向船帮,还大放厥词,说我们是东厂的妖孽。他颇有人脉,是船帮一大助力,在先生发来的名单上也名列前茅。"

时光:"东厂在什么地方?"

九宫:"他说我们是魏忠贤的太监。"

时光:"那个东厂呀!快去宰了他。"

九宫:"问题就在这儿,这家伙是个场面上人,早就通知了报社,说他只要死于枪下,就是天目山干的。然后每天来这里习武,号称等死,实则示威。"见时光一脸怪表情,"你肯定觉得荒唐,可这些江湖道就是这样的。"

时光:"……天目山的名声很好吗?"

九宫:"敢跟日本人顶着来的帮会,名声自然不会差,而这位张大爷跟那下会长一样,素有爱国之名。所以这个局咱们两难,杀了他我们难做,要让他活着回去了,以后他声势压我们一头,就是明着往我们眼里钉钉子。"

时光:"五个人,你那枪五十发子弹,还不够送报社的?他怕是广告栏都上不了。至于江湖,喊着血性,摆明的事大之地,先生当年怎么做的?白痴。"

九宫顿悟:"你说得对。"他提起枪。

时光也顿悟:"不用枪杀他,是不是反倒对咱们名声大好?"

时光下车,走向那群武者,完全被人当成一个散步看稀奇的富公子,无人阻挡也无人关注,实际上张横虎造出的这个局,欢迎更多的观众。时光站在旁边看了一会儿,直到张横虎把刀换成了扎枪。

时光:"燕飞熊是我杀的。"

那头讶然,杀燕飞熊的人是个什么样子早有传闻,在交头接耳中他们确认这个事实。张横虎江湖人的骨气还是有的,他把衣襟一撕:"开枪吧,不要脸的东西!"

时光:"没捧你的臭脚就是不要脸?燕飞熊比你厉害得多,可我杀他用的也不是枪。"他把他的枪一一扔在地上,一共三支,然后点点手杖,"来吧,我会会你的枪。"

张横虎讶然,一时没有动静。

时光:"我讨厌做婊子立牌坊。有人说你是爱国志士,我就想难怪前线老吃败仗,原来爱国志士全在这儿博爱国之名呢。"

张横虎一枪扎了过来,时光扔出了他的杖剑,被搪开,扔出他的剑鞘,被搪开,他把他的钱包、围巾、备用弹夹,一切能扯下来的零碎扔过去,周围人哄堂大笑。

"老天爷,原来真有打架拿钱砸人的!""这公子哥儿怎么不跟我打?我穷得很啊!"

张横虎大骂:"铜臭之徒!"

他也确实功法了得,小至钱包也被他搪开了,只是脸上挨了一弹夹。

张横虎大骂:"你是个娘们儿吗?东西扔完了是不是要吐口水?"

时光还真就一口唾沫吐了过去,张横虎躲开。时光在腰间一拔,拔出了他的格斗刀,整个人照着枪尖撞过来。一声异响,时光抽出了自己的皮带,卷住了张横虎的枪杆,把枪拖歪了,然后他皮带也不要了,冲上去一把抱住张横虎。张横虎扔了枪,砰砰两拳打得时光快要吐血。时光一低头,叼住衣领里藏着的刀片,猛劲一挥。

一片寂静。时光脸对脸地瞪着被自己割开了喉管的张横虎,对方仍在挣扎,他又来了一下。时光像刚喝过血的恶鬼,他回头看见正玩命跑过来的九宫双车和一帮手下,放开张横虎,吐掉了嘴里的刀片。

然后他走向远处的车:"他的跟班不用杀了,留着命给咱们扬名立万。"

九宫掉头跟上他,同时向双车交代:"交给你办!"

时光上车,九宫上车,驶走。时光漠然坐在后座,等待着回据点清理他那一身鲜血。

九宫拉上了帷帘,惊魂未定地喘着气,倒像刚才搏死的是他自己。有屠先生跟到死的说话,他的性命跟时光是连带的。

九宫:"如果他刚才拿的是刀,哪怕是空手,你就死定了。"

时光用手指挑开帷帘,瞧着车外出神——街头站着一个无所事事的日本兵。

时光:"杀这样的爱国志士,我一点都不后悔。"

九宫:"先生会大怒。先生会说做得好,然后大怒,因为你以身犯险。"

时光:"你的枪给我。"

九宫递给他装着消音器的佩枪。时光对窗外开了一枪,那个日本兵一头栽倒。

九宫震惊:"你在干什么?"他向着司机咆哮,"快走!抄巷子!"

时光把枪扔还给九宫,靠在后座上。他看了眼旁边的青山,一脸讥讽地笑笑。但是青山悲伤地摇着头。

十九

芦焱躺在床上瞪着天花板,跟西北的穷乡僻壤相比,这里是天堂一般的舒适。他听见楼下的吵闹,蹿起来,打开窗户。岳胜在整理院子。几名巡街正在赶走一辆垃圾车,棍子不光敲打在垃圾车上,也敲在那名清道夫身上。

芦焱嘀咕:"你们能不能离我家远点?"大声又来了一次,"你们能不能离我家远点?"

一名巡街向他鞠了一躬,岳胜漠不关心地看了他一眼,这真让芦焱觉得无趣极了。那就起床吧。他打开柜子为自己找件衣服,一阵单身汉式的乱折腾,他被塌下来的衣物掩埋。

芦焱一边走一边扣着扣子,他搞不太清老哥的衣服是怎么个穿法,还扣错了扣子。应小家在楼梯口扫地,在这么大的家里能碰到人,芦焱有点惊喜。

芦焱:"没想到还能找到你们。我爸呢?"

应小家还是那样不热情不冷淡,她指了一下芦焱背后,芦焱回头:芦之苇在窗外阳台上,正在一堆花盆中忙得不可开交,至少看上去是在莳花。

芦焱:"我只记得他一星期种死一盆死不了,因为他为了警告自己吸烟有害每天几小时地往上喷他的水烟袋,结果他抽得更多了。"

应小家没回应他,继续扫地。

芦焱看了一会儿她的劳动:"我年轻时还想扫干净地球来着,可发现不过是把垃圾从这里扫到那里,因为你自己就身在其中。"他解释,"我是说,一个人要扫干净这么大房子,是壮举,也是徒劳……像我做的很多事一样。"

应小家:"什么是地球?"

芦焱确定了对方不是嘲笑后,指了指脚下。

应小家:"这里是上海。"

芦焱又一次想是不是正被嘲笑,但忽然间悟了:"你没上过学?"

应小家:"我不认得字。"她有些难为情,"之苇说,再好不过,不认字的人从她长成的那天起就不会再变啦。"

芦焱:"那他怎么不想想办法,把他装了八斗五车却不往好处用的学问忘掉?"一棵树的何思齐老师瞬间复活——芦焱严肃指出,"不识字也许少学坏,可那是说什么都不用学了,就好像没眼睛的人就不用担心近视眼。"

应小家多少有些受伤:"……我会做饭。"

芦焱:"当然,很好吃,我是说冷的那顿。别说识字的事啦,这个是我拿手。"他鞠了一躬,"没别的意思。生我养我的家差点没把我打死,一个陌生人却给我回家的第一顿饭。谢谢。"

应小家拿这位没辙,继续扫地。芦焱去找自己的父亲。

芦之苇哼着曲,说在莳花不如说是在搬花盆。如果不是巧合的话,他的花盆整好跟英文字母表一样是二十六个,连花带草带菜形态各异的一堆,唯一的共性是半死不活或者干脆死了个屁的。芦之苇哼哼叽叽地把一堆植物界的重病号或木乃伊搬上搬下,怡然得很,见芦焱过来了又装模作样拿了喷壶洒水。芦焱看着他面前这位老爷,十几年来也就有那么几分钟没在表演,所以很难说他现在是不是在表演。

芦之苇:"结庐在人间,而无车马喧。问君何能尔?心远地自偏。采菊东篱下,悠然见南山……"

芦焱:"你又擅自把境字改成了间字。还有,你叫作菊的那玩意儿已经死啦。"

芦之苇:"粉身碎骨浑不怕,要留清白在人间。"

芦焱:"《石灰吟》吟得好,你的花都像石灰水浇过的。"

芦之苇哼一声:"你生下来时我还以为在酸菜坛子里泡过呢。"

这个芦焱没发言权,咬牙认了,径去帮他搬花盆。

芦之苇毫不客气地拿喷壶浇他:"家规是什么?"

芦焱放弃花盆:"小孩不要动大人的东西——可大人帮老头子一把也算?"

芦之苇懒得理他,仍搬动着花盆,暗中遵守着只有他自己才清楚的顺序:"我昨天想了一夜,拿你怎么办。"

芦焱:"你最好别想出办法来。"

芦之苇:"有你老子想一夜还想不出怎么办的事吗?"

芦焱:"比如说让日本人还我河山这件事情?"

芦之苇:"那是拆自个儿的台,商会做的可是山河破碎的生意。"他给了芦焱一脚,"少废话。我想好了,你去上班,否则会把家里坐吃山空的。"

芦焱:"你……原来是一把钻石一把翡翠把我拉扯大的……去哪儿上班?可不要是……"

芦之苇:"会长是爱国者副会长是汉奸的商会,是什么商会?"

芦焱:"……挂羊头卖狗肉的沪宁商会。"

芦之苇:"羊肉狗肉都卖,生意就是这样做的。不要傻啦,活在沦陷区,你能不为日本人服务?你吃饭就是为日本人服务!那花销可一多半要到日本人手里!要做伯夷叔齐?搞懂现代经济!"

芦焱被这个消息打击了："……好吧，我调养过来就……"

芦之苇："你已经调得养得七七八八啦。"

芦焱："什么意思？我昨天才……"

芦之苇扫了萎靡不振的儿子一眼，将目光转向远处的城市，一向滑头的目光里竟然带着偏执和焦虑。

芦之苇："饿到了肚子，然后吃饱了，如此而已。这也要调养，人一天岂不要调养三两次？活人不可怠惰……我的朋友，他在战场上装死装得太像，别人拔掉他两颗金牙，却没发现他其实活着——人为了活啥都得忍都得做。"

芦焱不信："很好的故事。不过这位长辈被人掰开嘴时都不用喘气？"

芦之苇不以为意："也许吧。"他又暴躁起来，"你睡得像猪一样时我就在打电话求人，求这个求那个，求他们给你一个职位。路漫漫其修远兮，吾将上下而求人。"

芦焱还是不信："你不是副会长吗？还用求人？照我的经验，你要是副的，那正的就一定是个空位。"

芦之苇："我求他们给你一个最低的职位！求他们对你狠一点！要他们把你当太子爷供起来我还用求？我还绝不能让他们知道我有这么个不屑之子！马上！去吃饭！就是现在！然后，去上你命里该上的班！"

芦焱信了："……现在？"

芦之苇："现在！没有时间了。"

芦焱："昨天，晚饭的时候……我以为你原谅我了。本来我以为回到家，会有一顿棍子……当然，是有一顿棍子，不过不是你打的。"

芦之苇："你要哭给我看吗？从你很小的时候，我就知道你敬佩纯洁的心和真正的英雄，热爱勤劳善良，憎恨好逸恶劳。"

芦焱："你一向觉得那很傻。"

芦之苇："不对。我觉得你很聪明，我认为傻的是你只是敬佩和热爱，自己却从没去做。"他讥讽地笑了笑，"现在有机会了。我儿子要是真有自尊，就不会告饶和推搪，他会去干好他讨厌的事，就像征服他的敌人。"

芦焱看着父亲，虽然莫名其妙，但有一点他是明白的——这一瞬间的父亲比昨天晚上真实，他的父亲是有本事把父子之情当戏演的，除了那点期望之心。

芦焱离开阳台："我去吃饭……希望我能找到你们那个汉奸商会。"

芦之苇看着儿子的背影："别找借口，我们家唯一没走的下人就是司机，我让他送你一次。"

芦焱耸耸肩，走人。

芦之苇叹口气："儿子，我原谅你了。我这么做，是因为生活本就是一场考验。"

芦焱小声嘀咕着走了:"你们好像都觉得我最缺的就是考验。"

芦之苇苦笑,他看了看这座城市,扳折了某株植物插在花盆里,那无意义的举动更像是一个暗号。

天目山据点里,时光把脱下来的衣服扔了一地,都已经被血糊满了。天外山的人知道这家伙爱露天洗澡,已经大桶大桶水搬了过来。了却了张横虎后事的双车回来,第一眼就对天目山手下呵斥:"怎么是凉水?快去烧热的!哪有这样怠慢的!"

九宫:"他在西北的三九天也是凉水。"这不是他的重点,他与双车耳语。

双车讶然:"杀日本人?干吗要杀日本人?"

时光漱着口,头几口吐出来的恨不得是张横虎的血,他忍不住干呕:"九宫,以后记得提醒我不要用嘴杀人,你会觉得自个儿就是头畜生。"他扫一眼那两位,"干吗不杀日本人?我们和若水最近才开仗,和日本人战争状态多久了?几年?"

九宫:"阿部堪治和我们一直和平相处,最近还放了我们的人,通过他的暗地活动调开了我们交通线上的驻军,这才能让我们与若水争斗时在物资上占到绝对优势。并且我必须提醒你,我国政府实际上至今未向日本宣战。"

时光一桶水对自己倒了下来:"从西北到上海,我走过的国土一半被日本人占着——却原来咱们还没跟人宣战。双车,你觉得该杀吗?"

双车:"杀日本人?"他很没有原则地,"……干吗不杀日本人?"

时光擦着身上的血迹:"我是说我们该杀吗——我们。"

众人默然。

九宫:"幸好只是个小萝卜头,又全无肇因,我们还可以推到双车头上。"

双车:"……干吗要推到我头上?"

九宫:"你的手下。喝多了、走火,随便什么原因,总之误会。反正阿部不会为个驻军的喽啰跟咱们闹翻,大家面子上过得去就好。"

时光:"对。其实我那天一枪把阿部崩翻,日本人还会跟咱们维持一个面子。因为跟打我国不一样,他们还没做好打我们这帮暗流的准备。"

双车:"对。"时光和九宫都看他,"我觉得你们俩都说得对。"

八角马:"先生!先生……"

他从报务室里冲了出来,要多慌有多慌,一脚绊倒在地上。

双车:"慌什么?"

八角马:"先生已经快到上海了!"

双车立刻哑了,掉头就往院里跑,冲进主堂又掉头往院外跑,也不知他要干吗。

时光没去理会那哥们儿的跑来跑去:"已经是什么时候？快到是多远？"

八角马:"南郊野外。总部就给了这么个话,是否接怎么接何时接都没有。"

时光:"衣服。"别是说水,连血都没擦干净他就往身上套衣服,一边往外走一边自责:"是我们的错。我们行动太迟缓,先生只好用这种办法来维护周全——这样的上海先生实在不该来。"看着双车跑进来,他问,"你老哥到底在干什么？"

双车:"总觉得忘了点事……跑到外头又觉得里头忘了事。"

时光:"没底气？我也没底气,差劲的事我们都没少做。"他居然对双车笑了笑,"可不用瞒,也瞒不过。先生不是阎王,如果先生是阎王,那我最想见的就是阎王。你别动,镇住这里,顺便好好想想该帮什么。我的人比你们快,随时联络。"

双车点头:"拜托！我让所有人腾出手上事,只为先生……"

时光:"你让所有人各司其职！谁敢放下手上的事就大卸八块！你们要当脑门儿上正顶着枪！"他向手下伸手,"给我摩托车,你们太慢。"

他出去,天外山瞬间跟他走得一个不剩。三进兵八角马还在等着双车的命令。

双车:"去通知所有人,稍有懈怠,我让他死得比共党还惨……"他终于想起重要事了,"对啦,共党——跟我来几个人。"

时光戴上风镜,向身后的九宫们做了个手势,疾驶而出。他把油门一脚到底。

手下目瞪口呆:"他来开路？这合适吗？"

九宫冷眼看着:"他发梦一样把上海想成大沙锅,又有什么不合适。"

时光飞驰。他闭着眼,飞驰在上海街头如飞驰在大沙锅的浩瀚之中。他想着自己一生中一次又一次的杀戮。一个又一个的尸体,在他的一生中也许要有数百个,好垫成屠先生要他走的路。燕飞熊、青山、古轱辘……最近的一次发生在几个小时之前,他嘴里现在还尝得到张横虎的血腥味。

双车走进关押芦淼的牢房,芦淼又在看他并不存在的书,双车进来,犹豫,但是决绝……这让他先找了个刑具稍坐,而芦淼微笑着向他点头招呼。

双车:"看什么书,老陈？"

芦淼:"考考你,看他楼起,看他楼塌。"

双车:"别闹啦,我这点学问都是从打打杀杀里学来的……还有你这样的人。"

芦淼只笑笑,涎着脸伸出一只手。

双车:"没吃的。"

芦淼:"太糟糕了。比起看书我更喜欢吃的,其实我最喜欢一边吃一边看书,从肚皮到脑子都一路叫好。"

双车:"我还以为你最喜欢一边拉和一边打算盘珠子。"

芦淼:"真是没一块儿白混这些年,双车你一句话说出我最讨厌的两桩事情。"

他的笑容中忽然有些感伤,"我讨厌打算盘,一个天天打算盘的人就是让别人心寒。我讨厌拉和,因为我都不知道我们为什么要打。"

双车:"大概人从断奶那天就跟自个儿讨厌的事绑在一起了吧?"

芦焱倒笑了:"这居然是叱咤风云的天目山老大说的话?"

双车:"老子喝多了上茅房时倒是叱咤得很,上吐下泻的。"他站起来,"对不住了,老陈,好日子结束了。"

芦焱:"没关系,该来的总是要来。"

双车敲了敲门,三进兵带着人进来,先去松开把芦焱拴在墙上的铁链。

芦焱笑:"终于是要带我去见见阳光了吗?"

其实他自己也不信,向双车挤挤眼。而三进兵们正忙着给他戴上手铐脚镣。

芦焱:"最好不要蒙上眼睛。"几乎同时,三进兵们又蒙上了他的眼睛。芦焱苦笑:"隆重成这样当然是屠先生来了,在见他之前能不能让我见见阳光?"

双车:"一直阴天,没太阳。"

芦焱:"别蒙眼睛,我指给你看。"

不但蒙着眼睛,三进兵们还塞上了芦焱的嘴,用布袋套上了他的头,又用绳子重重绑缚。芦焱并无挣扎,如一具人偶,倒是双车有点不忍了。

双车:"会捂死人的。"

三进兵:"不会,我们试过。被这么绑过几个钟头的人会把心窝子都掏出来,好换张老虎凳坐坐。"

双车不再说话,出去。麻木者最残忍,这与他有无恻隐之心其实不相干。

双车嘀咕:"老天保佑你真是红先生——那这就只算早饭喝的豆浆。"

沪宁商会门前,岳胜敲打着方向盘。

芦焱看着他以为是商会的那道大门,很萎靡不振。这个被父亲逼来挨刀的家伙还未恢复,前天还是半死,昨天还在躺床,尽管那主要是饿的。他响应他父亲荒唐的号召主要是出于自尊和义愤,实际上做他的人生大事大多是因为这两桩东西。而他的西装革履当然是取自芦焱。

岳胜:"不是那边,是这边。"

芦焱看见另一边一道破烂的门,不禁因那破烂寒酸而吃惊。

岳胜全无表情地:"先生说不知道你是什么人,那我也只好不知道你是什么人。先生让我告诉你,别看排场,上海最大的香烟公司就像个养鸡场,只有那些以为自己在做生意的人才把钱花在装潢上,而中国人目前的经济,只买能吃能用的东西,不会去买橱窗。"

芦焱听得发愣:"谢谢你的告诉。"

岳胜:"你该下车了。"

芦焱茫然:"……我几点上班?"

岳胜:"你六点半下班,不过经常八点半。你这活儿晚走没关系,可一定得早来早候,就是这样。"

芦焱下车,站在车边如个弃儿。

岳胜:"最后一句话,先生要我等你下了车再跟你说。先生原话:这是他挣钱买的车,你是第一次坐也是最后一次坐——小孩不要碰大人的东西。"

芦焱愣住,而车走了。芦焱看着那破烂的沪宁商会。

现在芦焱站在一个跳一下就能撞着头的低矮阴湿的地方,旁边是大大小小的包装箱,进进出出的手推车,吆五喝六的粗人们。这不是他办公的地方,他压根儿没有办公的地方。

芦焱的顶头上司跳着脚发怒,因为芦焱的迟到也因为他的行头过于光鲜。

上司:"迟到了这么久还不知道自己干什么来的?你是会长的干儿子还是倒插门女婿?你是提大包的!"

一个半旧的大皮包塞到了芦焱的手上,缝隙里露着鬼知道哪儿来又要到哪儿去的信件。

上司:"提大包的就是跑腿的!送信的!打杂的!打杂的小厮穿成陪舞的一样干什么?你以为副会长能看得上你吗?"

芦焱纳闷为何此人要编派他爹"副会长?……我没有衣服穿。"

上司揪着芦焱的衣领,芦焱的衣服配备了从领带到领带夹的全套零件。

上司:"这叫没有衣服穿吗?是不是你们家开的裁缝铺昨天倒闭啦?"

还能说什么?芦焱只能沉默。沉默也不行,他被一把推开。

上司:"一副丧事脸干什么?会长正叫人去呢!笑啊!"

芦焱站在那些办公室与办公室之间,这里环境好多了。他站了一会儿,主要是为了让自己脸上泛出下人对上人的笑容。他走向最近的一间办公室。

芦焱:"请问……"

他噎住了,被他请问的人正倚在办公桌边化妆。有一件事情是可以肯定的,那位不打算回头也不打算回答任何问题的,那位全心全意在镜子上却似乎又对镜子心不在焉的是……卞融。当然,还在西北时我们就知道她是卞子粹的女儿,而芦焱也知道她那个"阿拉西安人"的公开谎言,只是他从没有想过再见到她。如果说在西北芦焱感受的是生命的爆裂,那么到了上海他就在感受生活的荒唐。他冷静地退出来,一名职员正怀疑地看着他。

职员:"你找副会长?"

芦焱:"……我们有几个副会长?"

职员:"十一个。这是第十二个。"他瞧一眼芦焱云里雾里的神情,"我想你不是找她。没人找她。"

另一个职员站在一间办公室门口:"会长问提大包的怎么还没来?"

职员恍然大悟:"来了来了——你就是吧?"

芦焱被推了过去,于是连卞子粹都没有见着,芦焱手上多了一个信封。

职员:"速速送给副会长!"

芦焱看着卞融的房门,如果近到这种地步,又何必他来。

职员善解人意地:"第一副会长。"

他把芦焱拉到大门口:"这条街顶到头,西拐到头,东向再到头,进里弄到头,走到头,都是豪门大宅啊,不会弄错的。开眼啦你。地址信封上有。去吧,速速。"

芦焱看着门里出来的一位同行,那位摁响了车铃,远去。人家有脚踏车。

芦焱:"那个……"

上司:"交押金了吗?"

芦焱:"没有。"

上司:"老员工,可以。新来的,有押金条也可以——把车拐跑了怎么办?"

芦焱开步。

时光飞驰于沟沟坎坎的郊外,远离了上海市区,驰过久违的树丛、农田和低矮的民居。九宫在后边的车上,冷着脸看时光把个摩托车骑得惊险至极。他身后的座上放着电台,电台在噼噼啪啪地响。

手下:"总部来电,先生改道西郊。"

九宫猛摁着喇叭,让前边那位意识到他们的存在。

九宫:"改道西郊!"

时光对此毫不意外,车头一拧,在磨磨叽叽转向的九宫们车边留下一溜青烟和扬尘,他仍然冲在前头。

满目疮痍的厂房。一代中国人在上海地区兴起近代工业,但在淞沪战役中被摧毁了。时光驶行于那些骨架般的残余结构中,直到驶近他的车队,九宫在第一时间靠近过来。

时光:"这是什么地方?"

九宫:"上海人盖的第一批现代工厂,淞沪之战中毁于炮火。日本人炮打得准,靠着旁边的那些洋人资产倒是一点没事,误击了一炮还道歉赔偿。"

时光又看了看周围的景观,苦笑:"那就是存心炸的……这是造什么的?"

九宫:"好像是造国人最爱的锅碗瓢盆,洋铁的那种。"

时光:"为什么不造炮弹?"

九宫:"后来日本人回收了这里的钢铁拿去造炮弹。"

时光叹了口气,坐在摩托车上静静地感受那份荒唐。每当他觉得荒唐时总是看见青山,现在他又看见青山悲伤无比地从废墟里拿起一个崭新的洋铁锅。

时光:"先生就要来了,你会冰消雪融。"

他拿枪瞄准,而青山消失了。那里只是废墟,甚至连洋铁锅也没有。九宫正看着他——时光并没举枪也没说话,他已经很有经验,会把这些克制在内心里了。

九宫:"双车传讯,上海的暗流现在恨不得成了明沟,藏了多年的泥鳅都想起来翻腾,有人跑路,有人拜上门来想要效忠。他忙得不可开交,告罪,得空就来。"

时光:"还有心怀叵测没动静的那帮人想是盯着咱们呢,而咱们就遛着他们让他们现形。"他笑了,"先生在钓鱼,钓鱼前要撒把饵食让鱼聚拢,我们就是那饵食。耐着心吧,也许先生马上到,也许今天不来,也许明天,后天,也许下星期。"

九宫小惊:"下星期?"他看看周围,在想怎么在这样的荒凉中住一星期。

那不是时光在乎的事:"也许下个月,都无所谓。我只知道先生要来了,越来越近。他使出这样手段,就是一定要来。"

他憧憬着,而手下通知他:"总部让改道北郊。"

时光:"那就改道。"他仍然上他更喜欢的摩托车,"也许明年。"

提大包的芦焱走过空空的巷子,上司的连接五个"到头"都不近,他现在才走到第四个。这枯燥的路程让他闭上眼睛,哼着诸葛骡子哼过的西北酸曲,想象着自己走在大沙锅的干旱之中,然后睁开眼看着熟悉的家乡的巷子。

芦焱:"老家伙——少年的中国没有学校,他的学校是大地和山川。"

这让他容易接受,甚至步子都迈得更大了一点。然后他瞧见巷子尽头那辆黄包车向他驶了过来。巷子很窄,芦焱侧身避着,那车停下了。芦焱沉默地看着那辆车,而看着他的不光是车夫,车里显然还有人。芦焱去翻他的包,像在大沙锅对狼做的那样。

车里人:"别开玩笑啦。青山自己从不摸枪,难道在一棵树反而让你碰枪?你要像对土狗一样对自己的同志吗?芦焱。"

当等待的东西到来时,反而是不信和恐慌,芦焱开口时,居然有些艰涩。

芦焱:"你……哪位呀?"

车里的回答让他惊讶:"芦焱是无名之辈,红先生在屠先生的必杀清单上可是赫赫有名。没见过这么犯浑又命大的——一无所知,手段粗劣,刺杀屠先生居然让他挂彩,姓屠的明知你是个毛孩子也只好把你染成顶尖的红色刺客。然后你从一九二七年逃到一九三六年,跑了十一个省,跟逃命有关的事都做过了,最后在共治区的一棵树被青山保护着过到今天。"

鉴于青山曾经拿这个唬过芦焱,所以芦焱已不太震惊了,只是苦笑:"看来这段故事已经是无人不知,无人不晓了。"

车里:"信我了吗?"

芦焱:"那你是谁?"

车里笑了:"你是什么我就是什么。"

芦焱:"种子?"

车里沉默了一会儿:"是的。把你手上那份假货给我吧,你的任务就完成了。"

芦焱:"反正是假货,你要它干什么?"

车里:"只是想让牺牲了那么多人送来的东西……哪怕是假的,也有它的价值……好吧,你把它留作纪念吧,真的已经送到,烟幕也用不上了。你的任务已经完成,你自由了。"

芦焱咂摸着那两个字:"自由?"

车里:"对。是人就会喜欢这两个字,但只有你这样付出过代价的人才会真懂它的意思。"

芦焱不由茫然:"就是以后没人管你了,你要自己对自己负责。"

车里:"对。安心过你的日子,等我们下一步命令,像你在一棵树那样。你做得很好。"

芦焱:"暗号?"

车里先是发愣,然后是愠怒:"我又没要你手上的假货,要什么暗号?"

芦焱:"以后没人管我了,我要自己对自己负责。有暗号——你不懂吗?是个种子就知道的那个笑话。"

车里:"没有暗号!"

芦焱拔腿就跑。他跑得也不是多快,但不到快跑死绝不会停下来。最后他跑进了一个死角,不管三七二十一,先扒拉一堆杂货盖在自己身上,然后那堆杂物都跟着他喘气。没动静,没脚步,没喧哗,芦焱爬到巷角小心翼翼地探头张望。无人。

芦焱躺在地上边喘边笑:"送死的人来了呀……笨蛋,这么好笑的笑话你都不知道。"他笑得浑身发抖,后来他不再笑了,看着巷子上空那一线阴霾发呆,"老天,你到底有多高,有多深,我们还有多少东西能够留存?"

"你"是什么,芦焱自己也不知道。他拿着信封辨着路,这生平的第一趟公差,付出如此的艰辛,最后却走到了自家门口。

芦焱:"那位骗子……先生,你为什么不是真的呢?"他呻吟着,"去你妈的自由。"

芦焱像要爆炸。

芦公馆院子里,岳胜在擦车。芦天伦也在,并且对芦焱露出一脸久违的笑容,那笑容让人猜想他是否在茶里下了毒。

芦天伦:"二公子气色真好。多少年没见了?"

芦焱对家里这位老成员只有脸色:"我还真没记见不着您的年头,不过上回发噩梦被人用棍子抽时好像见过?"

芦天伦:"您是不知道,这么大个家有多少宵小要防啊,龌龊事只好龌龊人来做了。说起那事来我日子也不好过,这几天脚不沾地,就忙这事了。"

芦焱:"打的是个叫花子,有什么忙的。"

芦天伦:"叫花子是叫花子,二公子是二公子,就是忙这事呗。"

芦焱:"怎么办的?"

芦天伦笑不像笑:"当然是杀了灭口。"芦焱瞪他一眼,他让在一边,"开玩笑的。二公子回屋吧,下班真早。"

芦焱:"我还在上班。"

芦焱进屋,应小家居然还在扫地。

芦焱:"还在扫?你真把我逼得满地找牙。"

应小家瞧他一眼,觉察到他的怒气,决定暂避锋芒:"下班了?"

芦焱:"正在上班。我爸在哪儿?"

应小家:"养心斋。"她瞧一眼芦焱的脸子,"就是书房。"

芦焱:"他这样五毒俱全、六欲不缺的人,干吗不叫心痒斋?"

他冲冲往楼梯上走了几步,又站住,因为他从来没从这道楼梯上走过。

芦焱:"对不起,那个心痒斋……"

应小家:"养心。"

芦焱:"请……我又迷路了。"

他已经习惯跟在应小家身后了。

房门紧闭着,上边挂了块养心斋的牌子,古老的隶书和草书的"君子勿扰"极不和谐地配在一起,再加上英语和法语的"请勿打扰",好像这鬼屋每天有多少人和鬼进出似的。

应小家退在一边——这位芦夫人大部分时间更像个用人。芦焱敲门,或者说是砸门。

芦之苇:"君子勿扰!小人滚蛋!"

芦焱:"我是沪宁汉奸商会的死提大包的!"

屋里的芦之苇立刻心平气和,隔着门都能听出他幸灾乐祸的调门。

芦之苇:"死提大包的好啊!死提大包的有出息!快死进来!"

芦焱压抑着愤怒,进门前还不忘跟应小家再道一歉。

芦焱:"实在对不起了,你去忙吧——不过建议你别扫地啦,我家不干净。"

应小家愣了下,然后走开。她倒是听了芦焱的话,暂时没去扫地。

芦焱愤怒地看着架子上的《四库全书》之类的大部头,那形同芦之苇的装饰墙,可以肯定它们从买来就再没动过。芦之苇拿过芦焱送来的信,他开信封时一直在审视着芦焱。见芦焱回头,芦之苇低头打开信封,拿出里边的纸条看一眼,捂了嘴哧哧窃笑。

芦之苇:"卞子粹这个老东西。"他趾高气扬地对芦焱动了动手指,"提大包的,研墨。"

芦焱快要爆炸了:"研什么玩意儿?"

芦之苇:"文房四宝呀!你要饭把学那点东西都要没了吗?"

芦焱诚恳地建议:"如果这十几年你没练过书法的话,用自来水笔好吗?"

芦之苇向他抖着卞子粹的纸条:"卞老不死用的毛笔!没看见吗?他是国粹,我是汉奸,都用毛笔!"

芦焱:"咱们别拿汉奸两字满墙扔好吗?看看人家的字,你最好就不要写了。"

卞子粹写的是工整的小楷,内容却是让芦焱狂怒的原因:"晚上吃什么"?

芦之苇:"那倒也是,这些面子活老卞一向练得好。那我口述,哎,你记好了。"

芦焱瞪着他,不是认真,是愤恨。

芦之苇:"烦琐无益。大闸蟹配清酒就颇好。你不喝鬼子酒,我带女儿红过来。——,记好了,要紧得很,不要错一个字。"

芦焱:"原来贝尔还没有发明电话这种东西。"

自然是有的,实际上他和芦之苇不用抬头就能看见桌上那部锃亮的电话。

芦之苇:"电话哪有这种你来我往的乐趣?"

芦焱:"是我来我往——电波跑得比我快,电波还不用跑断腿。"

他掉头就走,再不走人他只会被他老爹活活气死。

芦之苇:"站住。我有个朋友……"

芦焱:"他被人撬掉假牙时干脆睡着了。"

芦之苇:"另一个。他以前杀过猪,他说猪身上除了尖叫,每个部分都有用处。你现在就在尖叫,于人于己,最没用的那个部分。从小我就告诉你不要尖叫。从小你就在发白日梦——这一天会载入历史,那一天又会载入历史——我告诉你,每一天都会载入历史!你觉得琐碎?我告诉你,除了要过的日子没有别的真正的大事!你想赢,对吧?甭管哪种赢,每个人都想赢。想赢你先学会输……见你第一眼我就瞧出你输得找不着北了。如果还学不会输,那我的儿子就是一头除了尖叫声什么都没有的猪!"

即使是一向刻薄的父亲,芦焱也从来没听过他把道理说得如此侮辱人的。血脉相连的思维方式让他认同父亲的道理,至少是十几年艰辛后明白的部分,但他又更想屈从自己的愤怒,他想要动手了。

芦之苇咄咄逼人:"你想怎么办?"

芦焱:"我想把这屋里的东西都砸烂,除了您……然后冲出去,再也不回来。"

芦之苇瞧着儿子的脊背,脸上有种神秘而又苦涩的笑容:"好啊,我不会拦你。只要我还在上海,你就永远不要回到上海。"

芦焱却忽然笑了:"我爸爸真好玩,因为他总玩我。"他回身鞠了一躬,"老板还有什么吩咐?"

芦之苇瞧着儿子,叹了口气:"你回来到底是要做什么?仅仅是要回家?"

芦焱:"我也有一个朋友,他跟我说过一句让我刻骨铭心的话。他说,不必多说,在这一堆烂事中我让你看一件有趣的事,我让你看一个为最初的理想去死的人。"他抬头看着他的父亲,"家,爸爸,也是最初的理想。"

芦之苇:"只是一部分。"

芦焱:"一部分。"

芦之苇:"去吧。上海烤红薯的都可以叫老板,以后你要叫会长,芦副会长。"

芦焱:"再见,芦副会长。"

他出去。芦之苇的脸上似乎写满了世上所有的担心、迷惘和疑虑。而芦焱出门时已经想通,凭着这十几年来的屈辱。况且父亲的责难中还有与侮辱并重的好意。

他揉了揉脸:"这老东西,他真想赶我出去?"

然后他居然自己找到了出门的路,并且看见应小家在望着窗外的上海发呆。

芦焱:"你怎么连这个楼都很少出?至少院子?"

应小家:"外边不太平。"

芦焱想了想:"你要有兴趣,等我不忙了,教你认字。"他说了句只有他和他爸听得懂的话,"我不止有尖叫。"

沪宁商会,卞子粹在签着和看着没完没了的表格和文件,折腾了一天的芦焱在向他口述:"……烦琐无益。大闸蟹配清酒就颇好。你不喝鬼子酒,我带女儿红过来。记好了,要紧得很,不要错一个字。"

卞子粹"嗯"了一声,表示诧异。

芦焱:"最后那句是芦副会长说的。"

卞子粹:"嗯,写条的时间都没有,老芦看来很忙?"

芦焱:"嗯,他最近有点用脑过度。"

卞子粹:"哦,气色怎么样?"

芦焱:"气色倒健旺得很,跟找了多少乐似的。他还跟我说一定要好好为商会效力,手头有一百万的人还不发财,那不是傻子就是败家子。"

卞子粹哦一声:"有了一百万还不叫发财?"

芦焱:"我也这么说。可芦副会长说那是因为我还没有过一百万。"

卞子粹哈哈大笑:"老芦这个人。"他正色对秘书,"记得给他加薪。我希望国人办事都这样认真。"

然后芦焱就跟他没相干了。他只是把父亲说过的陈谷子烂芝麻拿来卖了一道,然后鞠一躬,出去,然后和一个女人撞个正脸——卞融。她很会打扮,在一棵树穿红军军装时她都把自己打扮得与众不同,到了上海在一堆名媛中她绝对属于清丽的。但短短一瞬间,芦焱已经注意到她内心的憔悴。

卞融瞪着他,那是只有女人才有的表情,通常伴着尖叫和跳跃:"你?你?你!"

芦焱认命地苦笑:"你说过到西安一定要来找你的。西安的空气真好。"

卞融:"你不是肯定不来上海的吗?"

她已经连问号都没了,只有惊叹,并且已经抓着芦焱的手蹦了起来,下面的尖叫和跳跃被从卞子粹办公室里追出来的秘书打断了。

秘书:"提大包的,先等着!"

于是卞融的激动中止了,她从他身边过去,似乎他们昨天刚见过面,而且是在上海的街头。卞融走到卞子粹办公室门口,对着看不见的卞子粹大喊一声。

卞融:"我下班啦!爸爸,我用你的车!"

卞子粹:"我要跟老芦吃饭!"

卞融:"你另外找车。"

芦焱还在那儿不知应对,卞融转身拍了一下他的肩膀:"我下班了,我有急事。何思齐对不起啊,咱们明天再聊。"

她的语气里没有一丁点惊讶和怀旧,她晃着一个坤包走了,一个职员帮她拿着大包小裹。芦焱惊讶了一小会儿,人生课的无情和冷漠部分他不用补课了。

而秘书拿一个信封戳着他的肋骨:"哎哎,这个送给副会长。速速。"

芦焱:"是芦副会长?"

他忽然很想回家,倒不是人情冷暖啥的,但看芦之苇和应小家比这熨帖多了。

秘书:"想得美啊,芦副会长家是最近的啦——是马副会长。那条街顶到头,东拐到头,南向再到头,进里弄到头,再里弄到头,上大路到头,一百九十三号,马副会长。速速去吧。以后能不能派点认路的人来?"

芦焱看看从身边经过的一个骑脚踏车的同行,然后看了看天上已隐约可见的星光。

像在大沙锅一样,芦焱又开始了他提大包的征程。

晚上回到家,芦焱已是一个极度疲惫的家伙。他找大门的门铃找了半天,等人来开门又等了很久,最后干脆瘫坐在铁门外休息。岳胜出来开了门,芦焱又摁一遍进屋子的门铃,正打算靠在门边喘口气,门开了。

芦天伦:"二公子,下班早啊。"

芦焱:"天伦叔,从小我就想,这个叔叔为什么说话总这么阴阳怪气的呢?现在我就想你跟咱家司机学学。"

芦天伦:"他怎么说话的?"

芦焱:"他什么也不说。"

芦焱进屋,芦天伦停在门口恭立着。应小家居然在等他,她把一个纸条递给芦焱。

应小家:"押金条。还有,我现在去给你热饭。"

芦焱全无兴趣,只想在就近的一张沙发上瘫下:"什么玩意儿?什么押金条?"

应小家:"领脚踏车的。"

芦焱惊了,疲劳飞走了一半:"你是神仙吗?……对不起,我累得只好开这种半死不活的玩笑了。"

应小家:"是你爸爸给的。他说你要是八点以前回来,就过几天给你。"她看了下钟,"现在十点了。"

芦焱瘫坐:"他是妖怪。八百斤重的拳头砸过来,再给你一个半两重的烧饼。"

芦之苇在楼梯口,敢情他也在候着:"你想要多重的烧饼?"

芦焱乐了:"咱们一家人居然能在客厅聚齐,真是比在上海遇见西北老乡还要罕见的事情。"

芦之苇:"土包子,咱家客厅就这鸟样?那叫玄关。"

芦焱:"总之一起聊聊呗?"

芦之苇掉头就走:"没空。路过。"

芦焱:"我没有尖叫。"

芦之苇:"那我就尖叫。你傻子一个,总跟别人说的屁话玩命。"

芦焱回到自己阔大的房间里,西服半卸。他拿着一只皮鞋,那鞋跟西装配套的,仅仅一天,鞋底已经磨到见底了。他找了一双适合步行的鞋,以及不那么吸眼球的衣服。他明天是有车族,所以他选了适合蹬脚踏车的衣服。

芦焱出着神:"自由就是没人管你啦,以后你要自己对自己负责。那你不早就自由了吗,芦焱?睡觉。"

他起身关灯,把自己淹没在黑暗中。

黑暗中芦焱的声音:"骗子先生,还会来找我吗?一定来。我才好记得我不光是一个提大包的。"

芦焱扑到床上的声音。寂静。

第二天早上,芦焱出门。

芦天伦:"二公子上班早。"

芦焱:"谢你吉言,二公子下班晚。"

商会。芦焱的顶头上司把一辆半旧的脚踏车推了过来,在芦焱跟前毫无必要地提起来蹾了一下。脚踏车哀鸣,芦焱的心都要碎了。

上司忽然和蔼了许多,小声:"我说,你家开的裁缝铺子倒闭了吗?"

芦焱:"……嗯?"他看了看自己,倒也是,又是一套,连袜子在内,"蛇要这么蜕皮也都烦了是不是?可我要穿昨天那身蹬脚踏车,是不是像四脚蛇加了两个风火轮?"

上司:"我是说,有没有二手价的,便宜点给我?"

芦焱很认真地想了一下拿老哥的衣服取悦顶头上司的可行性。

芦焱:"只有我的尺寸,你要不要?"

问题是上司和他绝对不是一个尺寸。

上司恼了:"只一个尺寸?难怪你家铺子倒闭了!"他又把脚踏车猛蹾了一下,"一!这是商会财产!二!你要好好保养,坏了丢了都要赔!三!以后派到远活儿不要抱怨!"

芦焱:"……我没有抱怨。"

上司:"你是在抱怨你连抱怨都不能抱怨吗?这还不是抱怨?"

管他呢管他呢,总之车到了自己手上了。芦焱触摸着,很实在,金属的质感冰冷贴实,他笑得合不拢嘴。芦焱推着脚踏车离开,没走两步,自行车链条掉了。芦焱收拾自己的脚踏车,每一块锈迹都被他细心地打磨掉,某些部分还用上插在西装胸袋里的手帕。

"何思齐。"

芦焱花痴一样瞪着脚踏车:"……哎?"

他被坤包砸到了头,茫然地回头看着砸他的卞融。

卞融:"还要装不认识吗?"

芦焱立刻惊喜地认出了她,并且跳了一下:"啊!你?你?你?你……"然后文质彬彬地鞠了一躬,"卞副会长早安。"

卞融又恫吓地挥舞了一下坤包:"你是我见过的报复心最强的男人。"

芦焱:"你没觉得我是有幽默感的男人?"

卞融:"西北佬,你很快就知道我昨天那样没什么大不了的——这是上海。"

芦焱:"饿知道,摆完架子就打肿脸充胖子的地方,这个病马达滴很。"

卞融:"我也没觉得对不住你什么的。"

芦焱:"对咧,你包说咧。"

卞融:"愣是没事,下来瞅你一眼。"

芦焱:"饿知道,饿又不是个克里马擦的尻。"

卞融忍无可忍:"你到底有完没完?我踢你啦!我特意买的包钢尖的鞋!"

芦焱:"……鞋为什么要包钢尖?"

卞融:"土包子,保形啊,还有就是防备碰上你这样的人。"她忽然有些纳闷儿,"你虽然穿得过时了点,倒也不土气啊。怎么回事?"

芦焱实在不想跟她谈着装问题:"哦哦……你为什么来上海?"

卞融也实在不想谈这个问题:"哦哦……那你为什么来上海?"

芦焱睁眼说瞎话:"为了离地狱般的巴督教远一点吧,我想。"

卞融也睁眼说瞎话:"那我就是为了离你天堂般的一棵树远一点吧,我想。"

芦焱:"哦,一棵树。"这是个快乐的话题,也让他想起了快乐的事情,"你看,我的车。在大沙锅……我是说一棵树的时候,我一直想有一辆车。"

卞融下意识地看看远处的一辆卧车,然后才明白他说的是面前这堆破铁:"上海人说的车都有四个轮子,何思齐。"

芦焱只管爱抚自己的破铁:"管他呢,这是我的车,我的第一辆车。哎哎,你说我要是能把我的车骑回一棵树多好啊!那帮乡巴佬哪儿见过这个?花机关、野豆子、洋芋擦擦他们算个屁!到时还不得老子说东就是正东,说西他敢偏西?"

他在卞融突变的神色中想起,洋芋擦擦就死在她的怀里,一场暴风雨的前兆正在卞融脸上聚集。

卞融:"……我上去了。我有急事,何思齐对不起啊,咱们明天再聊。"

芦焱在衣服上把手擦得稍为过得去一点,打量着自己的爱车,他不光是看着代步的工具,也看着永远回不去的一棵树。芦焱轻声地哼哼:"飞得高,飞得低,学习再学习,多少好东西……"

上司从房里出来,催命似的摇晃着一个铃铛。

上司:"干活啦干活啦!今天有很多事!每一件事都是大事!"

芦焱:"对!每一件事都是大事!"

他骑在自己的车上,车把上挂着大包,一手高举着拳头。

上海郊外,时光在开车,一向警醒的九宫都有些没精打采,只他一个人目光炯炯。

他扫视着废墟,招呼:"该造炮弹却造洋铁锅的地儿,我们又回来啦。"

九宫:"南郊,西郊,北郊,再南郊,东郊,北郊,西郊,我们差不多把上海周遭跑了两圈。"他强打精神,"也许现在回头,我们能瞧见被我们遛死在路边的对头。"

时光乐了:"没想到你也会开玩笑。"

九宫也笑:"缺觉,大脑缺氧,失控,容易发笑。"

时光:"这个解释比较九宫。在你那里,人这辈子就是块插了电极的猪肉。"

九宫正色,他已经在考虑屠先生来了以后把他调离时光身边的可能。

二十

时光和他的人站在废墟与废墟之间,车早已藏好,而他们已等候良久。九宫在望远镜里张望着四面八方,天外山们在塔顶,在废楼的窗口,在树林里,在路埂边,在事先分配好的每一个监视点。在这样一个开阔的地形里,他们当然携带了长枪和观瞄用具。塔顶上的人挥舞着手势。

九宫放下望远镜知会时光:"双车来了。"

时光看了看时间:"我们已经在这站了五个钟头了。"他窃笑,"双车从昨天起就唯恐来晚了,等再站五个钟头就会后悔自己来早了。"

先生将临,这真是让他心情好了许多。

九宫蹙着眉:"双车不该来的……至少来得太早。"

时光:"怎么?"

九宫:"我们费了多少奔波把整个上海周边布成疑阵,他一来不就等于在这儿插了个地标?"

时光:"那不过是甩掉一堆不入流还要跟着凑趣的虾米,眼不见为净而已。真配跟先生放对的人,你当费点油就能甩掉?你肯定我们中间没有若水的人?比如说吧,你是不是若水的人?"

九宫气结,但迅速冷静:"也许是。"

时光还就贫上了:"是不是共党的人?是不是小日本的人?"

九宫:"也许是——可先生为什么要让他来?"

时光:"大概是要把那些能短时间反应过来,还能布出杀阵的家伙聚而歼之吧?毕竟这样的人对我们多少还算点威胁……坦白讲我也不知道。我只知道先生要动,就必是长江大河,杀招不绝,在他面前,那些说'我倒有一计'的蠢货都该刨坑把自个儿埋了。"

双车们已经到来,居然是卡车,双车从驾驶室里蹦出来,后厢下饺子一样往外出溜人,被三进兵八角马分派着往各路口填,把个天外山布的局又加固一层。

九宫有些来气:"这位江湖兄当是械斗么?"

时光:"我看见废柴。不过废柴可以让火烧得旺一点。"

然后他径去路口做望先生之石去了,并且又恢复了那个很让人看不过去的轻佻娱乐:拿手杖敲自己的假腿,叮叮当当敲出随意的节拍。

双车第一时间自然是奔这里而来。

九宫事先拦住:"别去惹他。他现在心情很好。"

双车纳闷儿:"心情很好怎么倒不能惹了?"

九宫:"他正在想着先生——那就是你最不该打扰他的时候。"

沪宁商会门外,芦焱骑着他的脚踏车过来,很及时地在上司面前掉了链子。

芦焱:"花副会长一个——送到销差!"

他一边修着车链条一边咏唱,骑了几个钟头还要一路修车的人是啥样他就是啥样,但他的情绪真是高昂至极。

上司:"侬脑袋里的链子也掉啦?"

芦焱:"你不懂啊,这么多年来我每回跑路的时候就想脚下长个轮子。"

上司又拿一个信封敲他的头:"吴副会长。地址上头写得有。"

芦焱蹬开他的脚踏车:"吴副会长一个! 好嘞你啦!"

上司大怒:"不要喊得像跑堂的! 又不是生煎包子!"

于是芦焱趾高气扬地踩着踏板,毫无必要地按着车铃耍着嘴皮。

芦焱:"好嘞! 让哪让哪! 会长不是包子! 开水! 开水!"

时光还在那儿戳着,九宫在旁边候着,双车离开两位一段距离。又是几个小时过去,双车偷偷地打着哈欠,倒换着站成了桩子的两条腿。

时光又开始找乐,好心情实在是因为先生将临:"镜子。"

九宫还真有本事,顺手就从口袋里掏了面镜子给他。

时光:"爱俏爱到随身带面镜子?"

九宫实事求是:"随时照照身后是不是有人跟踪。"

时光:"何不在脑袋上装俩后视镜?"

九宫无语。时光照镜子,照一会儿,随手扯掉了自个儿的胡子。

时光:"这玩意儿会让先生笑话的。"

九宫:"先生说青山强在信仰,若水强在伪装。他不会笑话为伪装做的事情。"

时光:"那好——过来。"

时光一丝不苟地把胡子粘在他唇上:"好啦,在它掉下来之前你就戴着吧。"

九宫又无语。时光开始找双车的茬——他这时候心情颇好,从走出两棵树之后就没有过的好。他琢磨双车带来的那几位异类,脑袋套在布袋里,被八角马看着的那个是邱宗陵,而另一个,时光并没有看见,但肯定是带来了。九宫悄悄把胡子撕开一个角,这样也许那玩意儿能自己掉下来。

而时光在双车的又一个大哈欠之后:"双车老大,劝你三件事。"

双车:"啊？洗耳恭听洗耳恭听!"

时光:"第一呢,赶紧去找个地方吸足了。若是当着先生来这样丰满的一个哈欠,你知道那结果跟通共通日差不多的。"

双车:"啊？"他小声,"见笑。酸臭文人说的也没错呢,人总得有个……托寄？"

时光:"寄托。"他从三进兵口袋里掏出整包烟,塞给双车,"顶会儿吧。"

双车感激得把一半的烟卷都掏到了地上:"谢谢谢谢。"

时光:"第二呢,既然连邱宗陵这样的蛆虫都带,那位你拿来扳本的红先生也必然带了。赶紧去把车后厢开着,无论是真是假,捂死了都是个笑话。"

双车:"对对!"顺带着给了三进兵一脚,三进兵飞跑着去开后备厢。

时光:"第三,又等了五个钟头,你一定觉得时间过得太慢了吧？"

双车:"太短太短!"这话好像也不大对,他又改口,"等五天五夜都成!"

时光:"如果要为最近做错的事情想个解释,这五个钟头只会嫌过得太快。"

双车脸上是一个比哭更难看的笑容。

时光:"现在觉得时光如梭,白驹过隙了吧？"

双车:"是的……"

但时光也不理他了,因为他们派作前哨的摩托车已经疾驰过来,车上的家伙都等不及停下,大力地挥着手势。

时光:"人总会后悔没好好利用过去了的几分几秒。可我能倒着走,时光却绝不会倒流。"然后他狂奔向摩托车驰来的方向,嚷嚷着,"先生来了!"

双车看着那家伙疯跑,那样跑已经让他的瘸态暴露无遗。一个那样的年轻人瘸奔,即使在双车看来都是件心痛的事,但跑着的人却仿佛浑然不觉。

时光:"先生来了!"

他第一个跑到路口站住,翘首以待。他不屑与别人站在一起,他的欢迎和别人的欢迎不是一回事。从每一个人神态反应来看,恐怕先生的来临仅仅对时光是一件快乐的事——双车带着一缕苦笑走向欢迎和戒备的人群。

路尽头的那几个小黑点终于现身。在这里恭候的人们分成了几起:真正望穿秋水的时光;排着队的双车一伙早被分派过,各司其职的警戒者;以及看管着两位囚犯的人。那几辆车静静地驶来,张扬的程度还不如时光出行时的小小车队,只是每一辆车里都拉着窗帘。可以想见,如果发明了单向玻璃屠先生一定早换上了,他是那种喜欢把别人看得很透,却不喜欢被别人看见的人。而时光炽热的目光却几乎烧穿玻璃。他一直肃立着浑身上下只有颈子随车行而动。车停下,双车和九宫们也都站着没动,对着几辆一模一样的车,你不可能知道正主在哪一辆车上。车门开了,几个年轻人下车。他们比时光的人更为剽悍和精干,也更为年轻。他们更接近于时光和九宫这种很有前途的骨干,也更接近于十数年前追杀芦焱的那种人——真正接近内核的力量。如果把天目山当作以数量取胜的常规部队,把天外山当作是以质量取胜的特种部队,这群来自青年营的家伙就是生杀予夺的督军。他们在一辆车周围聚成屏护四面八方的人墙,现在时光们至少知道该迎接哪辆车了。时光站在天目山的队伍之外,静静等待着初见先生时激动情绪的到来。

车门开启,屠先生下车,很像个领导人那样去摘自己的帽子。轰然一声枪响,子弹从人墙的唯一破隙击中了屠先生还没摘下来的那顶帽子,子弹的冲力将尸骸推回了车里。时光回头,他立刻看死了百米外一个光秃秃的小山丘。

时光:"那里!"

他飞奔过去,九宫和天外山毫不犹豫地跟着。双车和他的天目山抄着枪,就那么十几个人,枪却恨不得指向几十个方向,放着马后炮。车上下来的家伙都原地不动四周警戒,缉凶的任务理所当然就交给了天目山,而没人去关心那具最该关心的躯体。时光在那座光秃秃的小丘上站住,这座小丘是由城里运出的垃圾和土料堆成的,有些野草,土质松散。天外山在他身周布成散兵线,九宫和两个人在时光身前挡住可能射向时光的子弹。问题是他们并没在这里看到任何冷枪手的痕迹。

而时光往来路判断了一下,开始冷笑:"你想阴谁呢?不知道我跟中国最阴的冷枪手待了四年吗?"

他夺过一支冲锋枪,开始扫射。手下们闪避不迭,因为时光的目标根本就是他们脚下。直到地上飞迸的烟尘中夹杂着某种金属碰撞的声音。

时光:"挖开!"

手下手搬刀撬枪托砸,立刻接触到了某种绝非土质的物质。当他们从土层下将一块门板大的波纹铁皮撬起时,土层下开始手枪的射击。藏成这样的人被发现就不要想有任何逃生机会了,简直像被堵在死角的耗子一样,本来就在后边警戒的一排枪口开始射击。铁皮被翻开,露出下边那个坟坑大的坑。一个奄奄一息的人蜷在里边,配着瞄准镜的步枪扔在一边,一支手枪抓在手里。

九宫仔细辨认了一下:"名人,前线被日本人恨得牙痒的冷枪手喻成杰,据说打死过三十三个,登过报纸。他怎么把坑挖到这里来了。"

时光:"若水还是有些杀招的。就凭调这种人来刺杀先生,他够得上通敌罪了。"他看了一会儿还在喘气的喻成杰,"你看清楚,我不是日本人。"

然后他给了喻成杰一枪,给一个被打得像蜂窝一样的人补枪,不好说他是冷酷还是仁慈。

双车正在半路上候一个主意:"时光,那先生……"

时光:"把尸体搬出来。"

他径直走向车队,走向车队中的另一辆车。

他向着紧闭的车门鞠躬:"先生,我还是没能彻底肃清上海。这人能一早潜伏在这里,就是咱们中间还有若水的眼线。"

车门没开,甚至连窗帘都没有拉开。

屠先生:"要绝了这些眼线,要么不用活人,要么都是你这样的人。都没可能。上车吧,时光。"

时光走向另一侧的车门,开门,消失在车里。青年营和天外山的家伙都上了各自的车,双车们还在那儿愣着,那辆盛着死屠先生的车还停在那里。

九宫在车里挥着手:"你们上那辆车!走头!"

三进兵哑然:"……这是让咱们去做炮灰呀。"

双车咬牙:"这是将功赎罪的机会。"

双车们忙着去搬出那具尸骸,发动,走头,形成一支戒备森严的车队,离开,只留下两具相距百米之遥的尸体:那位死了的"屠先生"和杀他的人一样无人问顾。

芦焱趾高气扬地蹬着脚踏车驶过街道,嘴里哼着来自西北的曲子。然后又掉了链子。

芦焱空蹬了几下才意识到这个问题:"伙计?学我爸,咱约法三章好不好?一日不过三……十好不好?"

芦焱把车倚在一辆带篷的汽车旁边,修车。

那支车队驶来,森严,无声,并不快。三进兵不安地拉开窗帘,看着后面的车,时光从上车后就再没有动静,让这车上的人觉得他们像一支殡仪车队。后车副驾座上的九宫隔着前挡风没好气地指了指。

双车:"快拉上,要死也闭着眼死。"

三进兵:"天爷保佑,咱们前些日子把上海扫干净了。"

双车苦笑:"时光说,时光不会倒流。"

三进兵拉上了窗帘,现在他们看起来真和殡仪车队一模一样了。

芦焱终于让脚踏车的链条归轴,他抓着踏板空转了几下,好啦,完美。

芦焱:"三十次,你已经用掉二十九啦。响鼓不用重槌,人的脸皮非地皮。"

而他倚着的那辆汽车,司机出来了:"死提包的,跟你那死车死一边去。"

芦焱:"都被你说死啦,怎么还再死一次?"

那位一脚踏着踏板瞪他一眼,然后两下里一起愣住——芦焱已经在思考一条可行的退路——小欠的搭档,逼得他跳黄河的盛货郎。盛货郎亦是讶然,看了一眼自己人藏匿的某个方向。但实际上他已经不可能把这位的消息知会给别人了,屠先生的车队正在缓缓驶来。

盛货郎苦笑了一下,上车:"……你他娘的真是命大,有话咱阴司里说吧。"

芦焱正纳闷儿自己何以被轻易地放过,他瞧见了驾驶室里满舱的炸药。

芦焱发着傻,呆着愣:"喂,你是在打日本……"

盛货郎在发动车时随手点了根烟,之后他又点了个什么。车驶走,芦焱的宝贝自行车失依靠摔在地上。瞧着盛货郎驶去的那个小小车队,芦焱猛醒。他能做的事情就是骑上脚踏车,追过去而他的车龙头摔得别住了,他歪歪斜斜撞在墙上。

盛货郎开始加速。双车瞪着这辆迎面撞来的车,他的司机已经在猛打方向盘。

三进兵认出了盛货郎:"那是盛城隍!欠老板的死党!"

大事不好的感觉笼罩了一切,双车做出了最为正确的决定:"跳!"

他扒开门跳车,三进兵从另一头跳了下去。

爆炸。在堪堪撞上双车的座车之前,盛货郎的车就爆炸了,席卷而来的爆尘顿时笼盖了整条街道。芦焱蜷在墙角,什么也看不见,什么也听不见。

待他从恍惚中清醒过来,浓浓的烟雾仍在,他听到整个世界都在低啸和尖鸣。他站起来,在他眼前一场光天化日之下的搏杀开始了。屠先生一系的人,天外山、天目山和青年营正以压倒性的火力和人数优势,对付着从街巷、屋顶、窗口、民居里冒出来的不知何路的刺杀者。芦焱茫然地看着这一切,茫然地听着耳中的尖啸。他不远处的双车、三进兵亦和他同样茫然,他俩和这位真正的红先生面面相觑,脸上比芦焱更不堪,而耳朵里的轰鸣也更甚。时光拿着两支手枪左右开弓,在冲向他的人几乎沿路倒成了路标之后,他把杖剑连根捅进了刺杀者的腹中,然后从车里抄起一支冲锋枪扫射。

这时候忽然一切都有声了:"杀屠先生!杀了屠先生!"

芦焱惊奇地瞪大了眼睛,谁说时光不可以倒流?他瞪着眼睛,摇摇晃晃走向那辆时光保护着的车,冥冥中似乎有一股力量要求他把多年前未竟之事做完。

芦焱在嘀咕:"杀屠先生,杀了屠先生。"

但已经有人冒死冲破了另一侧的阻拦,冲到车边,向车里开了半匣子枪。然后时光隔着车向他扫射。然后时光看了一眼摇摇晃晃靠近的芦焱,他向芦焱瞄了少顷,然后判断出并非路人的芦焱确实是个路人。

时光:"要饭死别处去!这里像在摆满汉席吗?"

然后他猛然回身,还是亏得他的冷静,没把凑近他的九宫和几个手下打死。

时光怒吼:"死哪里去了?"

九宫只管张望车里。和上一位一样,又是一具尸体:"先生呢?"

时光抬手将刚翻过墙头的一名刺客打倒:"死了!"可看不出他的半点难过来。

芦焱猛醒——他居然和时光这位死敌眼对眼如此之久——然后走向自个儿的脚踏车。一个路人斜刺里冲出,扶起芦焱的脚踏车,瞬间扳正了摔歪的龙头,骑上走了。

芦焱大急追上去："放下！那是我的车！"

芦焱的鬼叫让九宫瞄了一下芦焱的背影："那儿有个要车不要命的。"

时光："你是没穷过。"他扫视四下，除了屠先生一系已没有站着的人，便招呼双车，"双车老大，收拢你的手下！"

双车："啊？"

时光："很好。拿从来用不上的耳朵换回一条很用得上的性命。"他转而吩咐九宫，"去收拢他那帮就会扎堆的手下，这乱劲全他们造出来的。"

九宫看了一眼车里的尸体才去。天外山和青年营原地不动地警戒。

芦焱在里弄里追着他的脚踏车。

芦焱："放下！那是我今天刚拿到的车！"

那位用更发狂的速度逃跑。

芦焱急中生智，念咒："链条大爷啊！你要真给脸就断第三十次吧！"

真个是有如神助，那通了灵的链条顿时断掉。小偷蹦下车炝蹶子跑了。

小偷："你这车还好意思骑出来？龙头坏的链条断的！老子不要啦！"

芦焱跑到他的车边，坐下来："你不要我要。"

然后他呆呆看了看自己的手，看见两手血。那是链条大爷给他造的两手油污。

芦焱："……回家很好，可我不仅仅是一个提大包的。青山和门闩，你们不是早就告诉我要为什么去死吗？那你们现在告诉我为什么而活着？"

时光在他的车边沉吟。既然先生不在，青年队等候他的决定。

九宫："时光，要快啦。阿部再给面子，他的面子在占领军那里也是有限的。"

时光看着正从车里拖出来的第二位替身的尸体："双车，就冲这样一个上海，我们也许该在你脖子上绑扇磨盘，让你去黄浦江找你的寄托。"

仍在失聪中的双车点头不迭："对对对对对。"

时光："这样一个杀场般的上海，又怎能让先生进来犯险？"他向那些青年营的人挥手，"来个人给我们开车。你们先走，我们跟着。"

那群人形机械一样的家伙立刻分出来一个，其他上车，掉头，走上来路。

时光："扔掉该扔的，带上该带的。我们离开上海。"

九宫："离开？难道……"

时光："现在知道越多，回头麻烦越大。"他对双车虽然嬉笑怒骂，却还真有些照拂之心，"双车跟我一辆车。他带的货我们带走。"

九宫不敢再多问了，抓着八角马交代任务。三进兵跟双车在一旁发呆。车队迅速回驰，只留下一街狼藉以便抢占明天的头条。

车队驶过上海郊野，时光漠然地看着窗外，外边是刚才迎接屠先生的地方，替身的尸体还在，想必喻成杰亦在。

双车:"我们去哪儿?"

时光颇有恶趣味地看他一眼,掏了掏耳朵,并且特意小声:"听得见啦?"

双车:"……什么?"

时光:"听得见啦?"

双车连忙点头:"这是去哪儿?"

时光瞧了瞧后边跟随的车:"甭管去哪儿,反正今天该算的账不少。不过第一个死的人不会是你吧,是我也不会是你。"

双车只是哭样地笑了一下,看眼外边,嘀咕:"这都马上要出上海地界了。"

时光:"嫌路长?"

双车:"不长不长。"

时光:"还是那话,想想最近做的错事,你就会觉得路短。"

又一次,时光看到青山站在路边,扶着杖,看着他驶去。

时光:"永别啦,老头子。"

芦焱推着那架已经不能给他带来任何惊喜的脚踏车回家。他发现他丢了他的大包……管他呢。车链断了,缺乏润滑的轴承怪响着,芦焱踢它一脚。

芦焱:"别叫!我巴不得跟你换个个儿!"

前路的几个船帮地痞正瞧着他不怀好意地指点议论,芦焱凭直觉绕着边想要远离他们。但人家可未必让他走,一哥们儿涎着脸坐在车后座上,芦焱死了心愣当没发现这平添的附累,另一位干脆跨在车前轮上,芦焱要往前走只好撞他的裆,这当然没好下场。

船帮:"老弟,有闲钱没有?"

芦焱把自己所有的口袋底全翻出来:"我的钱忙得全着不了家。"

他正对着的那位船帮对着他诡秘地笑笑,芦焱不知吉凶,也跟着笑笑。对方趁他嘴一张时把个木塞子塞进他嘴里,后头一勒,一根布条让他再不可能把那木塞给顶出来。另几位绳索交加一通忙活,熟练得包了几十年粽子一般,瞬间芦焱连脚都被他们绑上了。芦焱只有瞪眼的份儿,直到那辆黄包车被拉出来——昨天见过的那辆黄包车。芦焱在他们低声的议论中被架进车里,又稳又快又狠,有条不紊。"别绑太狠。说了不要伤着。""我手上有数。""船预备好了?""没船我拿绑他的绳子吊死自个。""这么个瘪三都能欺死的主儿干吗劳动我们几个?""你们不要管,只管和他一起离开上海。到该放人时先生自会知会。"

厚重的帘子放下,车里一片漆黑。芦焱感觉到车开始疾驶,车左车右传来脚步声和喘气声。

上海郊野,时光已经不再看车外了,在长久的奔驰中,他麻木地戳着自己的假腿,他无法忘记失去的这条腿,无法忘记比这条腿更多的东西。双车则疑惧地一直看着车外,外边是树林掩映中的草径。

双车:"是不是……都过了苏州了?"

时光摇头:"真不愧是地头蛇,狗都能走丢了的地方还能闻出道——九宫。"

九宫扔过去一个黑布套子。

双车:"……这是干什么?"

时光:"方便毙了你啊。"

双车:"时光……兄弟,我这个不成器的错是没少犯,可你看……看在……"

时光微笑着:"我看你还能说出看在什么分上。"

双车一咬牙:"看在你一直可怜我的分上!"

时光笑骂:"赶紧套上吧,你根本没资格去我们要去的地方,你要是记住了路,就算你抓了十个正牌的红先生也得毙了你。"

双车立刻套上了袋子,自觉地拉紧了收口。

时光:"九宫,要去的地方你也没有去过。"

九宫为难:"我只预备了一个口袋。"

时光:"扎瞎双眼,可保一命。"

九宫脱了衣服包在头上:"围巾能借用一下?"

时光扔给他围巾,九宫把自己的一颗脑袋绑扎得像木乃伊。

时光好笑:"刀头舔血的生涯,你又何必如此惜命?"

九宫瓮声瓮气地:"是个人都有爱惜的东西。"

时光不再说话了,沉默地看着车外掠过的景物——就如流泥坑一样,这是他长大的另一个地方。

……一个被反绑着的时光,带着伤奔跑于林间。猎犬在林外狂吠,枪弹在林间呼啸。时光在树干上猛撞自己的左肩这是为了让肩膀脱臼,这样,被反缚的手才能脱困。

追赶者到来,一个年轻人,全副武装。绕在他身后的时光冲了出来,他已经成功地把被反缚的手生扳到了身前。在奔跑中两记高位膝撞,对方倒地,时光随之膝压他的胸廓,抡起缚在一起的双手猛砸,他的嚎叫更多是由挥动时的痛苦。然后他拔出对方腰上的刺刀,插在地上,割断手上的绑缚,用右手让左手肩胛复位。他对着地上的死人嚎叫:"干什么?干什么你要跟我玩真的?我又不是你的敌人!"

一个身影出现在他身后:"先生在等你。"

时光忍着肩痛:"如果我死了呢?"

那位看了看地上的尸体:"那先生就只好等他了呗。"那位就是门闩。

于是时光明白了为什么这样以死相搏——他看着地上自己的旧识。

……屠先生站在林子深处,是一个背影。摇摇欲坠的时光站在他的身后。

屠先生:"我手下的人叫炮,卒,士,叫连环马,铁门闩,穿心杀——都是象棋的名目,都是棋盘上的玩意儿,只有你叫时光。时光在棋盘之外,时光流逝,时光也永驻,时光不是棋子,是要继承这盘棋局的人。"

时光疲劳地把自己靠在树上,并没有受宠若惊。

屠先生:"共产党叫我屠先生,他们说,我会因为我破坏的世界而被铭记。错了,我们这些水面下的人,只会因为我们创建的世界而被遗忘。"

他向时光张开双臂,被撑开的大衣像是黑色的翅膀,而他本人只是一个影子。

屠先生:"和我一起创造世界。时光。我们同样孤独。"

时光也张开了自己的手,不是屈服于威势,而是服于他从未得到过的感情。

…………

时光看着窗外渐临的初夜,忧伤的笑意。农人正在归家,远处的农舍灯影初亮,一切看起来祥和得很。当时光和农人对视,双方都从对方眼里看出了什么——他们是同类和同僚。也许能从那名农人身上找出足够武装三四个人的枪械,并且在林子深处还有和他互为支援的人。路边的农舍下边也许有鬼知道通往哪里的地道,从这里路过的每一个人每一辆车也许会被电台通报到指挥中枢,这一片祥和中的警戒甚至比绝大多数中国军队的指挥部来得森严,不过一切都披着暗流的外衣。

时光飞驰。车后方和远前方的灯光明灭应和,通报着他的消息。

上海江边,车帘掀起,人粽子芦焱瞧着自己的绑架者。

船帮:"委屈一下,你不会出不来气的。"

话客气,行动却果决,芦焱瞬间被装入一口长条箱子,箱子上写着货物的品种与规格,箱盖盖上。芦焱在挣扎中使劲用脑袋撞箱板。而船帮的人把箱子抬向泊在江边的篷船。岳胜出现在他们身后,暮色下黑黝黝的,戴着黑布的蒙头。

那几个船帮背后生眼似的:"朋友,灯笼举高点,不要碍了财路。"

蒙面者一声不吭从背后掏出一把铁尺,几个船帮也各亮兵刃,瞧着像是将有一场械斗,但所有的冷兵器忽然全换成了机头大开的手枪,一通翻爬,各自掩蔽和速射。最后剩下一个船帮就着箱子的掩护射击,而蒙面者明显投鼠忌器。这时斜刺里响了准得吓人的一枪,最后的船帮一头栽倒。蒙面者一跃上前,拧掉了箱上的封扣。芦焱一时觉得亮得耀眼,他被人拽了起来。蒙面者一边警戒着四周,一边头也不回一刀划断绑缚他的绳索。芦焱甚至有些生气——你就不怕伤着我?然后那把刀被塞到芦焱手里:"赶快。"

芦焱:"您哪位呀?"

那头不语,大步走开,就算腿没绑着,芦焱跟他的步子也得费点劲。芦焱一边使劲割着腿上绳子,一边打量着箱子周围的三具尸骸。他偷偷摸了把枪,跟上。

前边的人影总算慢了点,但也没有要等芦焱的意思。

芦焱:"你到底是谁?他们又是什么人?昨天那位说一堆骗子话,今天这几位直接上绳子包粽子,你又干脆来个哑巴大仙。我一个安分良民,明天还要上班的,能给一天歇的吗?"

岳胜真不是装酷,是活活被这位输理不输嘴的给缠的:"旧相识。"

芦焱:"旧相识?"他忽然有一个荒唐的想法,"难道你是……青山?"

岳胜回头,叹了口气,隔着个头套都能看出他的无奈:"你……有病啊?"

芦焱的后脖梗子忽然着了一记脖拐子。

"青山?"芦焱一惊,拔枪,刚拔出来就落到对方手里了,紧接着前脑门子又被人狠敲,"你安分良民我也不会是青山!我长得像你的脚踏车也不要像青山!"

芦焱又挨了几下,但他不反抗了,因为他已经看见门闩,那就挨着,瞪着。

门闩笑,还是那种让人很不放心的笑,一边动手动脚:"我说让你看一出有趣的戏目,在这一堆烂事中看我怎么去死。我演砸了。"

芦焱:"是为了最初的理想去死。"

门闩终于停止,停止是因为对方没反应:"总之是演砸了。"

芦焱:"门闩?"

门闩:"啊哈?"

芦焱:"你知道十多年来,我有多少时间能和你们这些所谓的同志同进退的?"

门闩:"不多吧?"

芦焱:"只有跟你在一块儿的十几个小时!"他暴风骤雨一样揍了过去,绝非门闩刚才那样的骚扰,"你怎么还没死?"

门闩不反击,只招架,他实在很理解芦焱那种永远绷在崩溃临界点上的孤独,因为他自己亦然。

门闩:"英雄只死一次,懦夫就可以死很多次。"

芦焱猛击:"别来充英雄!"

门闩向岳胜:"练家子快来救命!"又向芦焱,"听得懂人话吗?我说,老子是个懦夫!"

门闩向芦焱讲述了他这一路的艰辛,脸上现出颇觉有趣的表情:"就这样。没做时,我不知道自个儿是什么,做了它,我知道我是什么。门闩,活着,多年前的共党,迷过路,不知道会怎么死,可现在知道,死的时候,他肯定是个共党。"

芦焱:"然后你就到了上海?"

门闩:"没死的都得来上海,上海是开始和结束的地方。给你介绍个人。"

岳胜早摘了头套,芦焱回头就惊一跳,他自然记得他家这位冷面司机。

门闩:"岳胜,新四军的幸存者,这回惊蛰中我方逃出来的唯一一个。你话多,他话少,两位多亲近亲近。"

岳胜点了下头以为意思账,而芦焱干脆连这个意思账都没有。

芦焱:"青山呢?"

门闩:"岳胜逃生之后费尽周折去做了你家司机,一直在等你。因为这是青山的嘱咐。他可没少受委屈。"他玩笑,"主要是你家给的人工实在太低。"

芦焱:"为什么要等我?让青山来告诉我这是他的嘱咐。"

门闩苦笑:"我受够了这样的怀疑,就好像你受够了不管能不能扛都得去扛。"

芦焱:"我没办法,我不知道青山给我的是什么,只知道一直有人在为了它死。值得人为它活的就值得人为它死对不对?值得人为它死的也值得人为它活。我一无所知,只好把它交回青山手里。"

门闩沉默,看了会儿芦焱,掉头:"我们能弄到一辆车吗?"

岳胜从不肯定也从不说不行:"试试。"

上海,青年基地,时光的车穿行于废弃的厂区里。时光看着车外掠过的一切,他没来过这里,这应该是屠先生在他去了西北以后,确切说是全面抗战之后在日占区内开发的新点。同车那两个蒙着头的家伙像两个假人,后面的车上还有一帮蒙着头的家伙——来自天外山和天目山。

车终于停下。时光当先,双车九宫被青年队领进阴暗的生产间大门,然后是上着铐子的邱宗陵。最后打开后备厢,那个完全无力挣扎的人被抬进门,芦焱。

时光、九宫和全部从上海被带来此地的人站在这怪影嶙峋的偌大空间里,除了时光在四下打量,其他人都还没有摘下头套。这偌大的空间里就放了一张空空的椅子,而且放在那么醒目的位置。青年队的人出来,在原本四布的人周围又加了一圈,这已经超出了警戒的逻辑——警戒不需要特地腾出人站在那些蒙头的自己人后边。本已被这趟过长的旅程折磨得有些厌烦的时光忽然有了精神,他饶有兴味地研究身后那些蒙头者。一片死寂,唯一的声音是时光戳着自己假腿的声音。

终于在细碎的脚步声中,后堂出现了一个人影。他应该是屠先生,无疑是屠先生,他走得很慢,但他每一步都给厅堂里恭候的这些人巨大的压力。他走向那把空椅子,在椅子边站下,像时光一样打量着那些蒙了头的人。

屠先生:"欠老板,无须再忍了。让我瞧瞧你最后准备的杀招是什么吧。"

从那些蒙着头的人中爆出一声喊叫:"杀了他!"

立刻就是砰砰的两声枪响:青年队的人早盯上了混在人群里的刺客,那枪几乎是顶在后脑开的。正主儿小欠却弓腰躲开了同样是顶着后脑开的一枪,那发子弹贴着他的头皮飞过。他滚倒在地,撕开了蒙头的面罩,以便看清楚屠先生的位置。

他没有掏枪,而是从口袋里掏出一根连线的开关。但他离时光太近了,时光倒抡手杖,一杖打得小欠瘫在地上,然后一脚下来差点把小欠的手骨踩断,又顺势拔出了杖剑把那根连线削断。几秒钟之后青年队便蜂拥上来,小欠被十几只手摁得动弹不得。小欠连耳朵眼儿里都在流血——时光那金属头的手杖挥起来跟战锤一类的冷兵器没啥区别,足够把人一击致死。

　　青年队的人踩着小欠和那两位潜伏者的尸体,一个活的,两个死的,都被扯开衣服,搜出武器,主要是身上绑着的炸药,被用力撕扯下来。

　　那位屠先生站在椅子背后,却不去坐:"你怎么看呢,时光?"

　　时光:"我有点后知后觉。这位欠老板前两次都在搞壮士断腕,就算碰不到先生,也总换来我们一个麻痹大意,这第三次才真下了血本,连埋在天目山的内线也动了,靠着他们和第二次的刺杀,想混进这里来一个玉石俱焚。"

　　屠先生:"现在知道先前为什么不让你动欠老板了吧?"

　　时光:"今天跟我们放对的不是船帮,一个个视死如归,都是若水为自个儿扶植的死忠党羽。先生是想放着欠老板把这帮家伙引出来,在没进上海前就砍光若水那条八爪怪的膀臂。"

　　屠先生似乎很是满意:"时光你跟我进来,还有双车和九宫。"

　　时光跟进。而那两位还套着头套晕晕跟着,两人自己先撞上。

　　时光轻声:"可以摘掉了。"

　　那两位摘掉了头上家伙,很难不被周围的变故惊着,带着满肚子疑惑跟进。

　　小欠被摁死在地上,捆绑起来。十几条性命的孤注一掷就这样被屠先生扑灭,像捏死一只还没来得及吸血的臭虫。

　　市区咖啡馆里。店主——青山被杀时唯一的局外目击者在柜台后一刻不停地擦着他的咖啡具,与其说为了清洁不如说是为了掩饰他的紧张。青山死去的位置坐了两个客人,芦焱和门闩。岳胜在外边,执行他永恒的保镖任务。芦焱坐在青山坐过的椅子上,看着那两杯咖啡。

　　芦焱:"两杯咖啡?"

　　门闩:"两杯最便宜的咖啡,我请你的。"

　　芦焱:"跑这么远来喝两杯咖啡?"

　　门闩:"因为便宜货还好,老板是个咖啡痴,又因为青山是个老吃货,总喜欢不怕苦不怕远地跑来这种地方。"

　　芦焱犯晕:"青山会来这儿?"

　　门闩:"他来过了,并且永远不会再来了。看你右下角的地板。勃朗宁手枪,开枪的人站在你我之间,打的是你那个位置。近距离穿透颅骨,余下的劲头刚够打出你看到的那个眼儿。不过你找不到弹头,当时他们就给挖走了。"

芦焱云里雾里,而门闩扔过来一张几天前的报纸,"咖啡馆枪击命案,老人尸体离奇失踪"那条被门闩画了框,但这样的新闻在上海比比皆是。

芦焱:"就是这里?"

门闩:"就是那个弹孔——不要情绪,我们在聊不相干的事。别被赶出去,老板今天才刚敢开工。青山这老家伙骗了我们所有人,我现在明白的是,在他那个高高兴兴去送死的计划里,他是一定要去死的,并且比谁都高兴——也许比谁都难受,谁让他明白得最多?"

芦焱愣着,一股难以形容的冰冷从头浸过脚跟。

门闩:"时光开的枪。他一定是对老家伙也有点说不出来的东西,才把他一向用的柯尔特换成了勃朗宁。柯尔特口径大,搞不好就是脑浆迸裂。"

芦焱:"我不知道时光……不,我不知道青山……我们不是车马相什么的吗?你大概是炮,我干脆是个卒……他是将啊,将怎么能死?"

门闩:"他何止是将?他是下棋的人。只是他下这盘棋,早就把自己的死算好了——搞不好都算好了这把椅子,这张桌子,开枪的人,开枪的位置,算好了两个傻瓜拿咖啡当哀悼。"他恨得只好骂,"这个老妖怪,你本该死在半道,我本该死在大沙锅,可从西北到上海,他实在太招苍蝇了——你知道他牵制了多少人?就算到现在,屠先生那里还有两个部门连夜加班,指望找到他的破绽。"

芦焱愣着,他没有那么悲伤,一种比悲伤复杂得多的情绪噎在心里。也许这也是青山的算计?用自己留给人的百感交集,让人别把时间用在悲伤上。

门闩:"我明白了他的死是蓄谋已久。你明白了什么?"

芦焱看门闩一眼,目光有点闪烁。因为他明白的东西是他并不太敢相信、不愿意相信的东西,尽管他早已想过。

芦焱:"我明白了……以前骡子给我那所谓的种子时,我想,要是真的该多好啊,能让我空洞的人生有点意义……后来,真上了路,每次……比如被你拿枪顶着头……我就想,幸好是个假货,幸好……对得起崔百岁、骡子、古老板这些死在头里的人……现在,我明白……不,是我想,我手上的种子……可能是真的。"

门闩:"那我再给你加个码。你知道现在我们人手紧到什么地步?连我这种过往很有点扯不清的人都在一个当两个使,却把岳胜扔在芦公馆卖呆,凭什么?"

芦焱噎了一会儿:"别说了。"

门闩:"得说。你的'可能是'会害死我们,知道吗?如果我要岳胜给你一枪,他准先给我一枪。他接到的命令是,保护你,不惜一切。"

芦焱:"你要告诉我,这一路上铺过来那些人命是为我死的吗?"

门闩:"当然不是,神经病才去寄一个空信封。"

芦焱:"你他妈的!"

门闩:"你他妈的!种子是什么?是一切!一切是什么?包不包括你这个人?人先垮了,我们能拿到什么?空信封还说好听了。"

他一边和芦焱说话还一边和老板赔笑招手:"他喝多了。"

芦焱往椅子上一倒,真有点心灰意冷了:"我把东西给谁?"

门闩:"我说现在给我,你会给吗?"

芦焱:"不会。我觉得真正可以相信你们时才会拿出来,我拿出它来会很费工夫。"

门闩:"有多费工夫?你把它藏在哪里了?"

芦焱:"反正很费工夫。我拿出来的时候,你就知道它在哪里。"

门闩笑了笑,不再在这事上费劲:"我去预备。"

芦焱:"最后一问。"

门闩:"有问就问。"

芦焱:"昨天骗我的人,今天抓我的人,他们是谁?他们好像并不想伤我。"

门闩:"不知道。"

芦焱:"好干脆。"

门闩:"什么情报都是要人去听去看的,我们没人,你知道我们的人被杀了多少吗?我们现在跟你一样是瞎子聋子。我看见我们那些幸存者时,就想,青山可能真的只有死了,因为除了自己他再没什么好依靠的了。"

芦焱:"他把他可以依靠的全扔我这来了,比如说你,比如说岳胜。"门闩默认,而芦焱沉默,直到一股巨大的心痛让他不得不说话,"不要尖叫。"

门闩:"什么?"

芦焱:"我爸说,被杀的猪,除了尖叫声每个部分都是有用的。"

门闩:"好缺德的话。可……不要尖叫?"

芦焱看着窗外的岳胜,沉默如金,永远警备,真是一个永不尖叫的典范。

芦焱:"总之做有用的事,不要尖叫。"

上海治区外的青年队基地。时光一行穿过一个废弃的大型工厂的甬道和拐弯抹角,有些地段亮得耀眼,有些地方又黑得伸手不见五指——这样强烈的明暗只能是有意为之的防御措施。感觉像个鬼蜮,偶尔出现一个青年队的人影。没人说话,除了时光。

时光:"你觉得这地方原来是干什么的,九宫?"

九宫小心翼翼地:"大概是做冶金什么的。"

时光:"又是因为日本人废掉的?"

九宫:"江浙地带本来势头正好,也没别的缘由了。"

时光:"你居然探知了我们是在江浙地带的一家冶金厂。灭口。"

九宫顿时哑了。

时光在这样阴森森的环境中开着玩笑,从神情到心情都已经被这样一件事笼罩:我就要见到先生。

他们在一条狭长的走道边站住。一扇不起眼的门,像是清洁工的工具间。开门。里边很大,灯光很暗,刚才那位屠先生背对了一盏台灯站着。青年队对时光们做了个请的手势,时光、双车和九宫进去。门关上。门外的青年队卫护在走道两端。

时光三个站在灯光的面前,看着那个背影。随他们进来的青年队站在身后,成了一个黑黝黝的人影。

双车和九宫一躬到地:"先生!"

背影没有回应,双车和九宫有点疑惑,讶然看着时光脸上的一丝笑纹。

时光:"他也配被叫作先生?又一个替身而已。"

那位屠先生倒向时光鞠躬:"时光回来了?"

时光点点头,然后转身,向着身后那个影子,充满尊崇地:"先生,时光回来了。"

影子没有任何表示,离开了时光点头的方向,从一片阴影走向另一片阴影。而那位被时光称作替身的,悄没声地出去了。九宫还好,双车紧张得直咽唾沫。而屠先生和时光根本不理会他们。

屠先生:"时光怎么可能会回来?"

时光:"是活的时光回来了。"

屠先生:"时光又怎么可能死掉?"

时光:"好吧,是长……腿的时光回来了,不是那个钟表上嘀嗒嘀嗒的时光。"

屠先生:"双车错。"

双车连忙又鞠了一个躬。

屠先生:"你从我这里走时行的是军礼,回来时怎么点头哈腰?你见过我的,怎么屡屡把替身当真货?你在上海的所作所为……真是堕落。"

双车赶紧挺直,看着半身都淹在黑暗里的那个人,他那两条筛糠的腿被屠先生和时光一览无余。

屠先生:"我只是想看看我的上海站站长近况如何。我看到了——九宫。"

九宫咔的一声,普鲁士化的立正敬礼,倒比双车来得干净。

屠先生:"你最近的成绩倒还好看,才被调接门闩的职务。他怎么样?"

后一句是问时光。时光便答:"还不错。比不上门闩。"

屠先生没说话,只在阴影里看时光一眼。

时光:"门闩能顶半个脑子,他只是个闹钟,但很尽责。直接说吧,不管斗智斗力,门闩一个能干掉他三个。"

屠先生居然就这样认可了时光对一个叛徒的嘉许:"你们两个出去吧——准你们在基地出入,以便公干。双车,把你的拉和老陈和邱宗陵弄干净一点,我也许见他们。九宫,会派你出去做件尽责的事情。"

两人敬礼,出去。双车哆嗦着开门,屠先生门上的锁复杂了点,他抖得打不开那扇门。

屠先生:"双车,去给我杀掉三个阿部堪治的手下,名单会有人交给你。"

双车:"是……是。"

九宫愣一下:"……阿部现在和我们合作密切。"

屠先生看时光一眼,那意思他来回答。

时光:"所以更需要几条人命来让他的上司认为他在和我们殊死斗争——这是我们要给他的说法。"

九宫:"可他跟我们的和平相处,实际上是他们总部的授意。"

时光:"所以更要让他们知道眼下的假和平在我们眼里还不值一毛钱,让他们下更大的本钱,不敢生别的心。"

那两个人出去之后,屠先生不再避讳灯光。时光静静站着,没有说话的冲动。

屠先生:"忙完眼前,我要找个鸟不拉屎的地方让那家伙自生自灭。"

时光:"双车辛苦还是有的,换下去也就算了。"

屠先生:"双车?上海这浑水就要他那样得过且过的庸人才安适,换你这样的才多久已经搞到要决战了。我说的是九宫。"

时光吃惊:"可九宫没犯什么错。"

屠先生:"看得出你不喜欢他啊,甚至讨厌。"

时光:"可他确实没犯什么错,几次公干也都做得不错。"

屠先生:"你还在以对错衡量世事吗?棋子能犯的最大的错,就是下棋的把它搁错了地方。"他轻轻地拨弄着那支六管的枪,让它在桌上转动,"九宫先对我力练,以示耿直,再对双车见死不救,连开门的一把手都不帮。我不能再留这样野心的人在你旁边,他是个忠奸人。"

时光:"什么叫忠奸人?"

屠先生:"忠厚的奸人。就像门闩是个奸的忠人——忠谁权且不论,但真是以死报效。世人多有数张脸孔,如青山,六十好几的人,二十岁的心,简直是几百岁的人精,却像莽少年一样玩命。如若水,扮成小人的真小人,油滑却又辛辣……"

时光忍不住问:"真小人如何再扮成小人?"

屠先生:"简单。做个一见即穿的市侩小人,让你只顾厌恶他,对他那些置人死地的阴招杀招反视而无睹。当然,二次北伐后再未见过,鬼知道他现在又给自个儿披上多少层伪装。"

时光沉吟,拿拐杖捣着自己的腿。而屠先生毫无表情地看着他的杖。

时光:"我一直被青山搞得很狼狈,而若水险些要了我的命。"

屠先生:"那是因为青山没想弄死你。如果他的信仰让他觉得某人死了更好一些,那你我,连同若水,都难说不会死在他那些稀奇古怪的烂招损式上。可人的死穴都是自我的,青山的死穴是总想对得起他的少年中国。"他笑了笑,"那只好做了你功劳簿上的一大笔了。我的死穴我用了一辈子来填,若水的死穴我还不知道,而你的死穴……"

时光愣一下,看着正瞄着他腿的屠先生肃立。

屠先生:"数年在外,你居功甚伟,可犯了三项该杀的错——知道吗?"

时光:"知道。"

屠先生:"自己说。"

时光:"其一,两棵树贻误战机,以致那名最可能是种子的何思齐至今在我们视线之外;其二,被青山牵制了全部人力,而青山的目的之一恐怕就是掩护何思齐;其三……"他犹豫了一下才说出可怕的第三条:"通共。"

屠先生:"你倒是真会给自己扣凌迟碎剐的罪名。"

时光:"确有其事。青山从未在我面前讲过那些赤匪惑众的妖言……"

屠先生:"就他那份人情世事的通达,还用跟你照本宣科?"

时光:"只是琐碎,净是琐碎,让人烦得要死。可烦到后来,就像烦自己家的亲人,怎么烦,你也不会想到杀了他……好吧,我该向任何困扰我的东西开枪,我杀了他。"他看着他的先生,不是在倾诉罪状而是在寻求一个答案,"他死之前我总想我没了的那条腿,杀他之后我不想了,我想他远远超过想我的那条腿。他让我觉得这世上只能跟您说话了,先生,我只剩您了,先生。"

他沉默了一会儿,"我想哭。"

屠先生站起来,手上拿着他那支偌大的枪。

屠先生:"为青山哭?"

时光:"不是。"他不回避屠先生和屠先生那支枪,"……不知道为了什么。"

屠先生:"看来青山和门闩联手找到了你的死穴,高效,可是太缺亲情。你这十几年全费在高效上了。"

时光:"如果他们仅仅是在找我的破绽,我可以克服。"

屠先生:"站好。"

时光站好。屠先生猛一挥,把那支枪当锤子砸在时光的头上,然后在时光仍试图站好的努力中,巴掌拳头脚尖与当锤使的枪一并飞舞。时光迎接着暴雨般的殴击。

户外,青年队的人在玩"球",那只在地上蜷缩的人球被一只布袋套死了上半身。青年队扯下布袋,那是小欠。小欠惨笑,时光那一下打得他耳根还在流血。

小欠:"屠先生的精锐揍起人来怎么也一股子混混的味道……"

但他的脸色迅速变了。九宫过来,手上玩着两张纸片——两张照片,小欠转开头佯作无事。九宫在小欠面前玩着那两张照片,小欠无法不看照片上的那个妇人和小孩了,但他挺着不看。

九宫:"听说你们自己人都拿你家小照片要挟过你了,不新鲜了。给你个新鲜的。"他把一个血迹斑斑的纸包扔在小欠身上,"刚切下来的小孩手指一根。"

小欠顿时崩溃,抢过那个纸包窝成了一团。他没有哭,拱在地上浑身颤抖。

九宫:"先慢着。不是你儿子的,是你家前几天收养的那孩子的。听说是你故友的儿子?你对不起他。"

小欠嘴里嘟囔了一句,瞧表情是正在酝酿一句骂人话。

九宫:"别骂。我担保你现在心里正在侥幸,觉着幸好是你故友的儿子。对不对?人都有这个自私心。"

小欠变色:"你这个冰窟窿里生出来的怪胎……"

九宫:"你觉得我们不敢抓你家小还是不敢把你家小怎么的?"见小欠闭嘴,九宫阴笑,"简单啦。帮我们杀了若水,你家小,包括那个少个指头的,还给你,你们会过得不错——杀了若水你也只好投入我方,我方的人都过得不错。"

九宫走开。小欠愣着,快要被自己的念头逼死。

屠先生的房间里传来响亮的殴击声,时光仍在承受着打击。屠先生的殴打不是一两下,而是不折不扣的臭揍一顿,他身体好得很,不需别人帮忙也能干掉几条壮汉,最后时光在屠先生的一记弹踢下跪倒,彻底蜷了起来。屠先生离开那具躯体,他很平静。

屠先生:"三条。说你其错有三,你一条都没说对。早知你能愚钝至此,你就不该叫时光,兵和卒这样的炮灰,棋盘上有的是。"

时光艰难地站起来,尽量让自己像原来那样站好。

屠先生:"其一,你的腿。我的错,居然把门闩这样又毒又尖的牙齿放在你的身边。可你为什么要锯掉你的腿?"

时光:"因为时间。没有时间,我得抢回时间。"

屠先生一个巴掌扇过去:"我的手下——也就是你的手下遍布大江南北!用得着你这样抢时间?你是不是很想像那些赤匪一样把自己烧成灰?你是不是跟他们惺惺相惜?你要对得起我,先对得起你自己。"

时光沉默,屠先生的最后一句话让他很想哭泣。坦白讲,青山和那些种子的死对他未尝不是某种冲击——还有门闩。

屠先生:"其二,你居然在我眼前相帮双车那样的庸人。"他摇着头。

时光:"可您刚还说九宫见死不救。"但他迅速明白了,"我不是九宫。"

屠先生:"你本来就有怜悯之心,我以为西北几年的狂沙喋血能让你去掉怜悯,结果青山让你变本加厉。怜悯双车那样的人,最后你也变成庸人。是的,百万世人也许就是百万个庸人,所以你叫时光——时光超越众生。"伴随着这句话过去的又是一记耳光,"其三,你在分辨对错。你跟我说九宫没什么错,那你就在想门闩也许对,青山更对,也就是说你在想,我做的,也许是错——是不是?"

他瞪着时光,时光低下了头。

屠先生歪头去看时光的脸,时光在先生避无可避的注视下啜泣。这让先生摇了摇头,举起的第三个巴掌并没落下去,而是轻轻推在时光肩上:"走吧。"

他似乎烦恶至极地回到自己桌边,而时光擦干了眼睛,跟到桌边,用那支六管手枪完成了一个复杂的上弹,然后推到先生手里。

屠先生:"你让我打死你?不,你不配。这支枪曾经打死了我的父亲,他是个懦弱的人,我带它在身边是提醒我自己,永远不要懦弱。"

时光无限眷恋地看着他的先生,他想那他大概会被别的方法杀死。

但屠先生厌倦地吐出两个字:"出去。"

芦公馆的门铃响得半死不活。应小家去应门,进来个死眉死眼的芦焱,两手空空,身后却拖着整个坍塌了的世界。

应小家可能是对这个家里的变化最敏感的人:"你的车呢?"

芦焱的脑子还没回来:"车?什么车?"

应小家:"你早上拿着押金条走的。"她被人一问就没把握了,"我以为你晚上要骑着车回来的。"

芦焱看看自己空空的双手,连车带包都不知扔在何方了。他不想家里人知道他今天的遭遇:"亏了你还记得。没骑回来,我爸会觉得那么破的车有失体面。"

应小家:"……也对。"

芦焱没力气多说,想上楼,却又刚明白应小家为什么等着他。

芦焱:"你那么喜欢脚踏车?"

应小家:"爸爸原来也有一辆。很破,总修。"

芦焱发现这个女孩还是有属于自己的表情的,而不止一味的低眉顺眼。

芦焱强打精神凑趣:"我那车肯定更破。你爸要在我就跟他一起修。"

应小家并不是很难过地:"爸爸走了。"

芦焱:"哦,对不起。"

应小家:"没事。妈妈还在南京,之苇……你爸爸专门请了人照顾她。妈妈总带口信寄相片来,说她过得很好。"

芦焱大概明白她和父亲的婚姻是如何交易的了:"干吗不接过来一起住呢?这么大个房子。"

应小家:"你也这么想?"

芦焱:"还用想吗?这家最缺的就是人气。"

应小家:"可是亲家住在一起,不合礼法。"

芦焱:"准是我爸说的!有问题明说行不行?他又哪儿在乎过礼法?改天我跟他说说,让他接你妈过来。"

应小家狂喜:"你真会说吗?"立刻口是心非地,"还是不要说了。"

芦焱忽略了她的后半句:"等接过来你就知道真假了。你也知道,我跟我爸总吵,可话都是会往对方心里去的。"

应小家:"给你看看我妈。"

这女孩居然把几张照片带在身上,喜滋滋掏出来,递给芦焱。一个五十几岁的妇人,在那总是很昏暗的黑白背景上,服装和身后的家具房屋都还不错,可见芦之苇是给了对方一个高于普通市民的生活标准。但芦焱就是觉得有些不对,后来他发现这不对是什么了,不管哪张照片,上边的人都是同一张脸和完全相同的表情。

芦焱:"你多久没见着你妈了?"

应小家:"五年四个月了。"

芦焱把照片还给她:"精神头真健旺,老人家准长命百岁。"他把照片还给应小家,"我一定说。"

芦焱上楼梯,应小家给他鞠下一个额头差点碰到膝盖的大躬。

芦焱:"你别这样。"

他赶紧上楼,留着应小家在那胡思乱想。芦焱没瞧见的是:

芦之苇站在另一侧的楼梯口,用一种极复杂的神情看着他的背影,好似儿子是他的仇人,又好似这个仇人是他极亲极近的儿子。

芦焱关上房门,把一切都关在外边,表情迅速沉黯下来。

今天都发生过什么?掏表看了看时间,把那表扔进抽屉里,然后关灯,扑上了床。他在黑暗中啜泣,手电筒的光柱在窗外明明灭灭,他没注意也无心关注。

二十一

芦之苇站在窗口,巡街们在街角,拿他们的手电筒明明灭灭地摁着玩。那一定会被路人理解为无聊,但被芦之苇那么专心地看着,似乎有了某种意义。芦之苇在抽雪茄,这时候他绝不是土包子,而是一个真会品雪茄的行家。

芦焱也站在窗帘后窥看着:芦天伦笼着双手,老鬼似的在院里巡视,寻找新招来的佣工的毛病。芦焱看见唯一的老佣工岳胜在擦车,芦天伦对他指指戳戳,他就像一块木头,没有反应。

他抬头看芦焱,也像看见一块木头,然后钻进车里调试引擎。芦焱回头去翻他哥的衣柜,今天还得上班。他顺手把一把裁纸刀塞进口袋,上海比两棵树更安全吗?他不知道。想起丢失了脚踏车和公文包,芦焱的心情十分沮丧。他走下楼梯,应小家把一手巾包子给他:"你起来晚了,拿着路上吃吧,早饭。"

他最需要的一点暖意居然是离他最远的人给他的,他也没法不注意到应小家眼里的期待和询问之意。

芦焱:"谢谢,昨天太晚了,我没法说。"

应小家:"没事没事。"

应小家的表情瞬间恭谨起来,那是因为芦之苇下楼了。

芦之苇:"跟老东西们玩牌去喽,宰他们的肥羊!"

芦焱听着就没好气:"小心被人宰。"

芦之苇得意扬扬:"老子把钱往天花板上扔,粘在天花板上的才是他们的,掉在地上的都是我的。"

芦焱向应小家点点头,拿着一手巾包子跟在父亲后边。芦之苇上车,芦天伦很殷勤地送行。

芦天伦:"老爷大杀四方!二少爷又去磨炼去啦?"

芦焱不理他,而岳胜发动了汽车缓行,他父亲和他同一时间出得大门。芦焱出了门,身后引擎忽响。

回头看,他那鬼爹已向另一个方向扬长而去。芦焱只好赶着路啃他的包子,包子还热,心里凄凉。

街头,黄包车夫很警惕地看着一个低着头向他靠近的人。那个人是小欠。

车夫:"你们那活干得糟透了。最后那点还堪用的人都让你败光了。"

小欠:"我还活着。"

车夫:"你活着又有什么用?现在活着的全是冯河虎那帮垃圾了。"

小欠:"是冯河虎想排挤先生嫡系的势力,先生又全没发话——我想见先生。"

小欠坐在黄包车上,车夫飞快地跑过雨中的街头。他们像在逃避,像在被追杀——实际也是。

小欠:"慢一点!"

前边路口一辆汽车狂驶出来,车上的九宫在寻找着什么,小欠低了头,车夫也以正常的步幅蒙混过去。但那没有用,屠先生的青年队是中国嗅觉最灵敏的一群猎犬。汽车跟上了他们。

车夫:"小欠,保护先生。"

然后他开始狂奔,这等于挑明了,后边跟着的车开始加速。小欠在一处弄堂口跳下车时,听到后边的枪声,车夫死了——至少在小欠心中如此。他在雨夜的弄堂里狂奔。

摆脱追踪之后小欠蜷在里弄的死角里换上一套衣服,衣服是事先藏在一堆杂物里的,藏在这儿的不光是衣服还有枪。他从换下的衣服里掏出他必须带上的东西——从青年队手上得来的那两张照片,昨天才照的,新鲜。他离开,在里弄里拐了一个又一个弯,他的生活似乎注定了这种拐不完的弯。

他的目的地是一扇小到简陋的门,周围堆了比家居多得多的杂物,这似乎是一家店铺的后门,他进去。从浴室里透出来的蒸汽弥漫了这里的换衣间,赤裸的人体在蒸汽里走动。小欠在柜边脱去自己的衣服,脱至赤裸,并且拿出柜里的用具。现在他成了一个擦背的。他犹豫了一会儿,把枪放在用具里。他又看了看那两张照片,在他看的时候,耳孔里又开始流血。他拭去那似乎永远无法止住的血。蒸汽弥漫,无法看清那些赤裸的皮肤,慵懒、平静、昏昏欲睡。

擦背的小欠从其间走过,像这里游魂般走动的人一样麻木,看不出他心里的狂风暴雨。他径直走向某个位置,坐下,一个老迈的背脊在那里等待他的拭擦,他很熟练地开始忙碌。

小欠:"先生,还没到上海我就想见您,还在黄河西渡的时候我就想着见您。"

若水的声音在蒸汽中焦虑而暴躁,湿重得像能掉在地上,就像那次和青山对话一样,我们看不见他,但是能觉到那颗在热锅上煎熬的灵魂。

若水:"你急着见我干什么!难道我几句屁话,烦着你的那些事就全像这蒸汽一样飘散了?"

小欠:"……我只想知道你还好,先生。"

若水暴躁地:"当然还好!没死就是好!"

小欠叹了口气,满腹心事重得能压死他,可他不知从何说起。

小欠:"那我们去刺屠先生时您怎么不发话?冯河虎说是您的意思,您不发话,我真以为是您的意思……"

若水:"难道不是因为他要挟了你的家小?"

小欠愣了:"难道是先生您……"

若水只冷笑了一声:"自始至终,死的哪一个不是我若水的手足亲信?难道我会逼着你们自杀,做这种自挖心肺的事情?"

小欠:"我知道。是我们在屠先生面前屡战屡败,冯河虎生了异心。他也没有改投屠先生的心,只想耗尽了您的亲兵,他好自立山门。"

若水:"他一向就很有野心。到合适的时候,我会让他知道死字怎么写。"

小欠:"可是……我的老婆孩子怎么办,先生?"

他斜睨着他那些擦背的用具,那下边有他的手枪。开枪?在他敬重如斯的人面前,连想一下开枪这件事都十分艰难。

小欠倒像在说服自己:"冯河虎拿他们要挟我,屠先生的人也拿他们要挟我。我不敢去看他们,只知道这两头要下狠手都是分分钟的事……我怎么办?"

他一只手在给人擦着背,一只手偷偷靠近他的枪。

若水:"怎么办?能怎么办?被人要了狠,你就得比他狠。他以为捏住了你的要害,你一刀砍了这要害,让他手上抓的什么也不是,他就死定啦。"

小欠:"什么也不是?"他摸到了他的枪。

若水:"什么也不是。杀敌一千,自损八百?不,跟小屠放对,你得准备好杀敌一个,自损一千——就杀小屠一个。"

小欠不再说话了,他抓住他的枪。

若水:"或者你就趁现在一枪把我崩了。我知道,你早已气馁,雄心壮志,都跟着你被人捏住的要害化为尘烟了。"

小欠猛然抽搐了一下,如被电击,所有的忍耐都被一句话瓦解,他扔了枪,开始哭泣。耳孔里又开始流血,血滴在白色瓷砖地板上。

沪宁商会,芦焱戳着,挨骂。

上司:"见过偷的,见过骗的,见过往家夹带的,没见过你这么笨的!第一天车就丢啦?连包也丢?跑了和尚跑不了庙,你就是庙啊!弟弟!"

芦焱只是因为那颇带蔑视的"弟弟"两个字才抬眸一下子。

上司:"事情可大可小。大呢,你不用干了。小呢,扣薪。对你这种贼眉鼠眼的还有第三种法子,听说日本人也讨厌小偷……"

芦焱大怒:"我不是小偷!他倒是强盗!"

上司瞧着他翻个白眼："你急什么？喜欢第三种法子？"

芦焱愣了会儿，想着一路上那些人，缓和："……喜欢第二种。"

上司："孙子都喜欢第二种。可你这孙子，一月薪水够买一辆车吗？还有那包，真皮的呢——三个月要白干啦。"他又一次拿大信封敲着芦焱的头，"沈副会长的件，走着去吧，这个不会拿来换钱了吧？"

芦焱开步，他捏着那个大信封走在街上，心情与体力都近于衰竭，除了脚踏车，他甚至也有些怀念自己的包了。脑袋上挨了一个小石子，抬头，几个无所事事的混混在跟他寻衅。芦焱退一步，掏出他那可笑的裁纸刀，握在手里。

这几个混混却走人了，让芦焱难得有一回扬眉吐气的威风。

芦焱："老子明天还从这里过，有本事你们候着！"

门闩："得啦得啦，明天我可未必有空再盯你一程。"

芦焱回头，门闩正掩上衣襟，盖住枪柄。芦焱悻悻地开路。门闩只好跟上。

门闩："我说二少爷，我盯了你六站地，总算是确定没人跟你。可我就一直纳闷儿，你不知道可以坐电车的吗？"

芦焱把他那价值一百块的衣服袋底翻给门闩看："虽说我家家教不好，可那种偷老爸家当出来卖钱的事还是干不出来的——那就挺着。"

他把口袋翻回去的时候，门闩往他口袋里塞钱。

芦焱："你住哪儿？"

门闩："穷人，当然是住棚户区啊。"

芦焱把钱塞回去："我住的那房子足有四亩地，我是说一层楼，有三层楼。"

门闩苦笑，不再勉强，只是跟在芦焱旁边，倒像陪走的。

门闩："跟你分手后我就一直在想，怎么让你相信，怎么让你把种子交给我们。青山这家伙又什么也没留下来。"

芦焱："这很重要，你要没招，我就只好永远送着这十几个会长们的闲言碎语，真该送的东西倒只好捂着。这又很难，这一路上过来除了死人我真是啥也不信了，更别说还有那些莫名其妙的假货和绑架。"

门闩："我想不出来，索性不想了。"

芦焱看他一眼，露出失望之色："你要想啊。那东西太沉，我快被压死了。"

他甩下门闩只管一个人走，心情越发沉重起来。

而门闩心情复杂地看了他一会儿："喂，我不去想招让你信任了，因为你已经任何招都不信了。我只是想让你自己去看看，然后，你自己判断。"

芦焱回头，看着他。

血滴在白色的地板上，红得触目惊心。小欠在哭泣。一块毛巾摔在小欠赤裸的身上,那来自若水。

若水:"我知道,要你杀了我,你宁可杀了自己。我知道,你们一个个跟着我,十几年的,几十年的,那份忠心。"

小欠:"可他们都死了,人死之前就死掉了壮志。我们图什么?图什么?先生,我的命,加上我老婆孩子的,都没法让我开您的黑枪——可我们图什么?"

他犹豫了一下,说那句话很需要勇气,他呆呆地看着地上的血,擦掉。地上的血幻化成集中营的血。幻化成他们每天被拖出去的尸体。幻化成被他和芦焱杀死的手下。幻化成在雨地里抽搐了一个晚上的树海。幻化成小欠在芦焱面前哭泣:"我再也不会跟你作对,我要杀光日本鬼子。"幻化成从悬崖上跳下去的芦焱。

小欠:"先生,别杀了,我们在被日本人杀呢。"

若水:"你在说什么?"

小欠:"我们正被日本人拿刀慢慢割死。"

沉默。

小欠:"我没法为我那一家子向您开枪,我就只好照您说的,当他们什么也不是。可我得跟您说这句话。高泊飞以赌自废,燕飞熊索性啥也不想了,因为自打同胞相残,我们就不知道在干什么了。打日本人,打日本人好不好?那就连冯河虎也不敢掀这些风浪了。"

沉默。

若水的声音是从牙缝里蹦出来的:"要等杀了小屠之后。"

小欠:"我搭进去十几条人命,恐怕连他的真人都没见着!"

若水:"那我就退,我就败,我输掉所有地盘。他胃口大,我拿所有东西来填他的胃口,哪怕是这把老骨头——撑昏了他,撑晕了他。"

他充满了讥诮和仇恨的笑声,那笑声让小欠发寒发冷。

若水:"直到他以为上海是他的,他进上海。知道吗?像他这样权势滔天的人,在上海遇过刺,并再不进上海,是他的心病和笑话。他必得进上海,那在他的心里,形同加冕称王——他一心想做这地下世界的王。可老子仍是王。"

轰然一声枪响,小欠直愣愣地瞪着在他眼前爆开的那个头颅。黑衣在蒸汽中出没,训练有素的枪口指着一切可能的方向——屠先生的青年队,由九宫带领。小欠瘫坐下来,带着溅了一身的血迹。若水之死让他反抗之心全失,连坐着也嫌累,他躺倒在地板上。血在慢慢地渗开,白瓷砖地板不渗水,死者的血无穷无尽地扩张。青年队掩近,用枪指着那具老人的尸体,也指着小欠。九宫又开了几枪,直到确定那个老人再无生机。

九宫:"知道我们为什么能跟到这儿吗?因为拉你来的那家伙,他也有家小。你以为他死了?当然,现在他死了。"

那名小欠以为已死的车夫被架了进来,一枪击毙。小欠被踢了一脚,像对一具尸体。

九宫:"做这行的人,就不要有家小——我们都没有家小。"

门闩和芦焱走过陋巷。门闩要求芦焱套上了一件适合这穷街陋巷的衣服。一路无话,门闩没做任何说服芦焱的努力,他试图把一切说服交由芦焱的眼睛。他们去的是在这里都属于最穷最不堪的地方,门闩和芦焱先后走进一扇门,这门被杂物挤得勉强能塞进一个未成年人。芦焱瞧着近在咫尺的一支燧发枪。那支古老的枪持在一个伤重近残的人手里,若不是门闩说了声"自己人",说不定早已击发。芦焱对着那半张脸愣了会儿神,然后打量这即使在贫民窟中也是拿来堆杂物的空间。低矮昏暗,几个佝偻而带伤的人出没于破烂之中,他们的床是用木条和纸箱子搭出来的上下铺,上铺还好,下铺根本就是一个鸽笼。

门闩:"你一路往上海挣命的时候,是不是也在想,我们要去的地方什么样子?同志、组织、安全、舒适、食物、干净的床,应有尽有?可这儿就是,一群奄奄一息的人,一个叫花子窝。被三方清剿,就还剩这么多。"他看了看芦焱,"我第一眼看见它的时候也是,觉得死在大沙锅也许省心一点。然后我明白了青山那么老奸巨猾的家伙也只好死,因为除了他的命,他没有别的牌。"

芦焱看着一个伤员的伤口,轻声嘀咕着,其实他自己也不知道自己在说什么。

门闩:"对,很可能是骗你的苦肉计。我的背后要是屠先生或者若水,布置这么个局轻而易举。可我只能把你带到这儿,你信过的人都已经死了,现在,信与不信,在你自己。"

芦焱沉默,叹了口气:"摊在我前面的是个什么呀?"

门闩:"你自个儿选择的路呗。"

芦焱:"那就让我自个儿待会儿。"

门闩走开,顺便还嘱咐别人:"别打扰他。"

但芦焱去打扰别人,他并没老实坐在那儿,而是去照顾一个伤势最重的人。

门闩小声:"他快死了……靠这个来辨别真伪是不是不大地道?"

芦焱:"辨你个鬼,我真在照顾他。"

芦焱照顾伤者,一直到他平静地睡去。然后他放下水杯,帮那人掖好被角。

门闩探探那人的颈根:"死了。"他看着死者的表情,"不过他走得很平静,因为我告诉他,种子已经到了,我们可以重新开始……你不要觉得是死给你看的。"

芦焱看着那个人的生命一点点逝去,他向门闩低声咆哮:"换成你!你会怎么办?"

门闩:"我会确定他真的死了,然后再拿出一份假货做个试探,好让骗我的人露出马脚。得啦,兄弟,我知道什么叫怀疑。因为怀疑,我做了屠先生的打手,因为信任,我回来跟你们过这要啥没啥的日子。"

芦焱:"我没预备假货,因为我一直以为我拿到的就是假货。无论真假,我现在把它交给你们。"

门闩伸手把他止住:"先不要说。等岳胜回来,我们一起去取。"他苦笑,"我跟他是现在仅存的两个打手了。"

芦焱:"上哪儿去取?不用去取。"

门闩是真个惊讶了:"……你是说你把它随身携带?我这辈子搜过无数人,你是搜得最彻底的一个,你把它吞肚子里我都找得出来。得啦,骗我这样的人你要换个招。你把它藏哪儿了?就算让我再跑一趟西北我也毫无怨言。"

芦焱:"真的不用去取。"他犹豫了一下,再次确信这些人可以相信,"只是需要很多的纸和笔,还有很多时间。那玩意儿鬼画符一样,错一点可就谬之千里。还有,我大概不能回家了,包括提那活见鬼的包,因为我所有的时间都得用在这里。"

他很清楚这屋里人都把他当作了怪物。

门闩挥手,让所有人各忙各的。他几乎是挤在芦焱身边。

门闩:"你……"

芦焱:"对。"

门闩:"等我说完你再说对,因为我还是不信——你把它背下来了?"

芦焱不耐烦地:"对。"

门闩敲他的脑袋:"这里边?"

芦焱:"对。别敲。"他恨恨地,"在两棵树你砸过我的头。"

门闩惊叹:"幸亏我当时不知道,否则只好照自己脑袋开枪了——有多少?"

芦焱拿手比了一个一指多的厚度:"一本书,一本大概得看两天两夜的书。可你看不下去,是个人就看不下去……根本是一堆连词都组不成的乱字。"

门闩:"那你把它背下来?"

芦焱:"我觉得它是假的,可把它给我的人没说真假。我想,万一是真的呢。"

门闩摇头:"这不够。岳胜那样的军人,或者我这样的刺客,有可能,可你压根儿是个随心所欲不知所谓的死老百姓。"

芦焱看看他:"好吧,因为我在假装。"

门闩:"假装?假装什么?"

芦焱:"假装这半辈子没被屠先生逼成空白,假装假装只有我是真的,我心里有一个天大的秘密,否则这些年真的没法过。对自己假装最难了,所以我把它背下来……像真的一样。"

门闩:"就是真的。"他拍拍芦焱的肩,让芦焱表述自己的情绪,而他立刻投入实际的计划,"今天是不行了,今天太晚。我们往后得挤出一切可用的时间,把你脑子里的种子搬出来生根发芽。不过,我不同意你离开家,你也不能辞去工作。"

他指了指周围,"这里不安全,我们损失不起你。"

芦焱:"我已经被人骗过一次,劫过一次。"

门闩:"可他们好像没有恶意。而且我跟岳胜时时刻刻盯着你,他们好像放过你了,你现在身后很干净……我也搞不清他们是谁,要干什么。"他挠了挠头,"青山知道你会回家,也知道你在家是安全的……青山知道很多我们不知道的东西,否则不会做此安排。"

芦焱:"青山死了。"

门闩:"所以只好走一步看一步,时间是最好的老师。"

芦焱看着门闩:"可是时间也杀了他所有的学生。"

门闩毫不动摇,芦焱只能回家,但他回家时比早上出去时要振奋得多,那是因为脑袋里藏着的种子终于有了个寄托。车停在早上停的地方,他那老爸似乎已经回来。岳胜在钉通往花园的栅栏,这活本不是司机干的,可在他家也是平常。芦焱毫不同情,因为岳胜盯他的眼睛仍是死鱼眼睛一般。

另一双死鱼眼凑上来,芦天伦:"二少爷今天回来得真早!我是真心说早!"

芦焱:"你能不能把那些假意的都省了不说?我耳根子也安静许多。"

芦天伦:"我就是个把家的门,门轴子开开关关还有个嘎吱响呢。"

芦焱:"打小我就瞧着你学我爸的阴阳怪气。他是阴阳气都有,你是都缺,学不好就像岔了气。"

芦天伦色变。芦焱懒得理他,径直上楼。偌大个楼里空空落落,芦焱早已习惯,在路过走廊时也习惯地往父亲的书房瞅了一眼。门虚掩着,依稀听到父亲的呻吟声。芦焱进去。

芦之苇面色灰白地坐在椅子上,应小家在给他捶背。那副老态龙钟的样子,芦焱回家以来还没见过。芦焱仔细看,发现那衰老源自沮丧。

芦之苇:"小家啊,去给我泡壶龙井,没个三泡三滚就不要拿过来了。"

应小家应声去了,看芦焱一眼,是期待和提醒。

芦焱:"怎么啦?"

芦之苇悻悻哼一声:"走在河边湿了鞋……打牌输钱了呗。"

芦焱:"一帮老家伙打那么大干什么?好啊好啊,你现在赢了也不叫暴发,输了也不叫破产,反正是一辈子吃住不愁——吸气,呼气,放轻松。"

芦之苇:"那要赢了就是个活,输了就是个死呢?"

芦焱:"得啦得啦,你们一帮老家伙就算打到当场脱裤子也出不了人命。"他胡乱翻腾着父亲的肢体,"哎呀,老家伙在外头受了气啦,我看看没少部件吧。老胳臂老腿都在,老骨头嘎嘣响。哎呀不好啦,这被哪头老畜生打出大块青来?你儿子我操刀去跟他玩命……原来是块老人斑。"

芦之苇泥菩萨一样由他折腾,从绷着脸到带着笑:"你那条狗命舍得卖给你老子的事?"

芦焱:"看什么事了,要是我老子被人伤了辱了那自然得玩命。要是我老子在外边欺负人……嘿,还得先看被欺负的人是不是够身份是吧?"

芦之苇笑骂着把他推开:"没伤没辱,输点小钱。放你一百二十个心吧。"

芦焱凑过去研究芦之苇的头发:"染的吧?你倒是留根黑的给我玩。"

芦之苇由着儿子胡闹,沮丧变成感伤:"人生苦短啊,儿子,我想你哥啦。"

芦焱:"召回来!几年不归家算个什么玩意儿?"

芦之苇:"联系不上。啊!"他痛叫一声。

芦焱拈着几根头发:"这有几根黑的,我帮你拔了。"

芦之苇劈头盖脸打将过去,忽然猛醒:"你有什么事?"

芦焱:"什么什么事?"

芦之苇:"你这么舍得花时间陪着我,必有所图。什么事?"

芦焱:"就不能是父子之情啊?"

芦之苇:"也是也不是。我对你动之以情是必有所图,你也是蓄谋已久志在必得。真真假假真亦假,假假真真假亦真,这东西你老子玩了一辈子,难道被你几根头发就拔走了?"

芦焱装傻充愣,两人大眼小眼地瞪着,芦焱终于涎着脸笑了。

芦焱:"咱家能再住个人吗?"

芦之苇愣了一会儿,恍然:"你混来个女人?那也要看是啥样的,不能是个女的就往家领。"

芦焱臊得连呸了几口:"我呸呸——是你那边的……我直说了吧,是你那个估计比你还小了二十好几的丈母娘。"

芦之苇的笑容立刻没了:"门儿都没有。"

芦焱不气馁:"咱们家多的就是门。你是怎么把那女孩买……娶过来的?瞧她牵肠挂肚那样,最重要一条就是照顾她南京的妈妈对不对?你得在南京雇着人,找块地,费的这工本,来咱这儿,省了钱不说,而且有女必有其母,她妈绝不是个饭来张口的,又多个劳力,又多点人气,这生意,我都替你觉得划算!"

芦之苇东摇西晃地折腾自己那一屋零碎,连个动念的意思都没有。

芦之苇:"我们这样的人家亲家混居,是要脸面扫地的。"

芦焱:"你要怕这个,蚊子就叮得死犀牛啦。咱们这样的人家有贪便宜住商会盖的公私两用宅子的吗?你这格局合适吃喝嫖赌,可适合人住吗?别蒙我啦。"他忽然想起一件事来,"应小家给我看她妈的照片,多少张照片都是一个脑袋一个表情,你不是抠到连相片都不舍得给人照,剪个人脑袋贴上的吧?"

芦之苇看看他,阴笑:"那哪能?剪个人脑袋贴上去,还是要再翻拍一次的。"

芦焱纳闷:"没省钱啊?"

芦之苇:"还更费了。"

芦焱看着父亲的脸,忽然感觉父亲又变了,让他觉得毛骨悚然。

芦之苇:"果然是历些沧桑才长心眼儿啊,像小家这样闷在楼里的就是好蒙,你却是一眼就看出来了。也好,我曾给老天发过大愿,哪怕你把家产败尽,只要不是个傻瓜——看来放你出门还是对的。"

芦焱:"怎么能说到这事上来?"

芦之苇:"没什么。既然你一眼能瞧出蹊跷来,那就瞒不住你。瞒不住的事还瞒,我就是傻子。"他简单地结束,"她妈大概是死了吧?"

芦焱"啊"一声,竭力想在他这花样无穷的父亲身上看出个究竟。

芦之苇:"我不知道怎样死的。你口口声声把她住在南京的妈妈给接过来,你就没寻思过南京这两字表示什么?我那边刚把人安顿好,日本人就带兵杀将过来,连伺候她的用人都杀绝了,房子尽为瓦砾,你觉得一个老太太能在尸堆里苟存?我只好找人把多年前的照片变着花样换,再带点口信特产什么的,还有就是她绝不能出这门。"

芦焱看着父亲,迷茫着,突然一声嘶吼:"我们能这么缺他妈八辈子的德吗!"

芦之苇皱了皱眉:"你声音还可以再大,把小家叫来。她知道这事,不外乎三种可能。其一,立马死了;其二,冲去南京找,然后死在路上;其三,杀了我,然后死在你面前。三三之数,我倒好奇会是哪种。"

芦焱愣了半响,去关上半开的门。而芦之苇笑了,不光得意,亦有苍凉。

芦之苇:"怕她听到?我儿子学会妥协啦?他跟他哥换了名字,火上之芦苇,——现在他知道火也不是那么好的,有光有热,可离得太近了,要成灰的。"

芦焱愤怒,但声音低了很多:"……你怎么能这样!"

芦之苇:"那就我成灰你也成灰,连你哥也成灰,如何?火上的芦苇——你哥告诉我,你要他的名,我就想,老子的骨血,真他娘种性强韧。可又如何?全家闷头儿去死,没一个想着活?我能怎么办?甭管小家受不受得了明白,就给她一个明白?儿子,明白这事,世上能担当的人不多。来人间一趟,谁都想做个真正的明白人,可我又怕你成了个明白的妖怪。"

芦焱:"……像你这样的妖怪。"

芦之苇:"我是为了护住这个家,你不在,你哥也不在,你们回来时这个巢还得在。我只是为了小家好,人为了活着什么都得忍住,哪怕人拿把刀来撬你的牙。"

芦焱:"我只知道在你的考虑里,那女孩一定是最末一位的,甚至连最末都排不上,你只是为了你自己。"

芦之苇过来给他打开了门:"那你去告诉她。让我看见你还有十几年前的那股血性,还有蠢劲。"

芦焱死死地盯着父亲,他甚至从父亲的眼里看不出任何心虚。

应小家站在远处的窗口,看见芦焱过来,连忙装作清理窗帘。芦焱很想若无其事地走过去,但他背后却生了眼睛一样,感受着那女孩随他迈过的每一步而生的失望。芦焱站住,应小家几乎已经把头埋在了窗帘里。

芦焱:"我……哪天我教你识字吧。"

他快步逃也似的走开。应小家将头埋在窗帘里哭泣。

时光站在青年队基地的废墟里,看着砖瓦堆中生出的一丛草,这丛野草比那些鲜花艳草更让他喜欢。废墟的另一头,双车正在给几个青年队递烟点火,套近乎,看见时光,便夹烟带火地凑过来,想起时光并不抽烟,连忙把烟踩灭。

双车:"时光老弟永远是这么早,闻鸡起舞光复河山的样子。"

时光:"你也早啊,才知道抽鸦片的也可以起这么早。"

双车忙看了看那几个青年队,确定他们没听见,又远远地摇手跟他们打招呼。

双车:"你知我知,天地都不知。"

时光:"我现在明白了,上海这样的天地,双车兄才是游龙啊。"

双车:"什么游龙?地头蛇罢了,在时光老弟面前干脆就是一条蚯蚓。"他刻意放大声音让那边听到,"我现在知道啦,这儿虽然出了上海几百里地,可双车还是朋友遍地的,喝花酒、抱婆娘,七情六欲,酸甜苦辣,这些小兄弟戎马劳顿,真想带他们去见识一下。"

那边僵硬的脸们有了笑纹,让双车很受鼓舞。

时光:"告诉你,他们只是套你话,回头全做了记录上呈。"

双车的脸僵了:"……不会的,那哪儿能?"

时光若有所思:"一定会,否则就会有人把他们报上去。不过放心,不会怎么样,在混蛋地方待久了就会变成混蛋,混蛋地方也需要混蛋,先生心知肚明。"

双车眉开眼笑:"你这评的真是入木三分!时光老弟,我一直当你是天才,不敢和你过近……"

时光:"我是蠢材。"

双车:"那我就是劈柴。我最近才知道你那狠是对敌,对我这样的自己人都是善意。晚上,就今天晚上,我带你找个好地方松松骨头。"

时光很想拒绝，并看了青年队一眼，那帮青年队明摆着是把他当成外人了，这让他颇觉落寞。

时光："到这里你还有地方喝花酒？"

双车："我是混蛋啊，世上还是混蛋居多，到哪儿都有混蛋作陪的。"

时光："……我们出不去。"

双车："出得去！我和九宫都能自由出入。"他笑了笑，"不过带不带他你定啊，好像他又出去公干了。"

时光愣了一下，九宫都有事做，而他没事做，这真让他妒忌。

时光："先生没给我下一步指令，我出不去。"

双车："谁说的？他们说我们几个爱进就进，爱出就出，这里跟自己家一样的。"

一辆车驶来，几个青年队抬着一具包裹的尸体下车，不和人说话，但神情里充溢着惊喜。紧随其后的九宫表情更不同往常：不敢置信、憧憬、压抑的狂喜。时光听见迎出来的青年队充满艳羡的低语。"他们杀了若水。"时光震惊地看着带领小队回屠先生汇报的九宫。

九宫亲手解开了那个包裹，然后退到一边等待。时光和双车在远处观望。屠先生从屋里出来，看了看地上的尸体，立刻走开了一些，他杀人如切草，可并不喜欢死人。九宫的晕晕然和那几个青年队脸上的自豪没能保持多久。

屠先生："假货。"

九宫："……小欠是在跟他说话，而且绝非装模作样。"

屠先生："你听见这个死人亲口在说话？"

九宫："是在澡堂，很厚的蒸汽。小欠装作擦背的，一边擦背一边跟他说话。"

屠先生仿佛亲临现场："他只是提供了一个背给小欠擦，说话的是若水，也许在蒸汽里，也许隔着一道墙，也可能在水里。他总是这样的，随时把别人脑筋拽到一个错的方向。"

九宫闭嘴。其实他觉得自个儿杀了若水时倒不相信自个儿了。

屠先生："小欠呢？"

九宫："照先生吩咐由他自生自灭着。我们的钓丝已经太少了，如果冯河虎那头还是挟着一个若水的下落跟我们漫天要价，恐怕就这一条了。"

屠先生不再理会这事了："陪我出去走走，一股死人味。"

屠先生出去，九宫们跟着。时光和双车站在过道上，当屠先生过来时，双车往后缩了缩，时光往前挺了挺。

时光："先生。"

屠先生径直过去，似乎听不到这个声音，也看不到这个人。九宫也似乎听不到时光的声,看不到时光的人。时光茫然看着屠先生的背影,心都要碎了。他得为自己想想法子。

时光:"喝酒的时候别找女人。"

双车怔了一下,明白时光说的是喝花酒:"对对!时光老弟这样的人品,一般的俗脂庸粉……"

时光:"国色天香也不要。只要有几个人……"他看着屠先生的背影在过道上消失,心痛不已,"只是要几个说话的人。"

芦焱坐着,揉着自己越来越少笑容的脸。他看着这破屋里的人:门闩正襟危坐着,旁边放着满竹筒的笔,幸存者阿允正把整摞的纸搬过来,岳胜站在门口把风,他永远在警戒。所有的人都很庄严,因为芦焱正要开始做的事。

芦焱:"那我就开始吧。它很漫长,搞不好比我们走过来的这一路还要漫长。"

没人说话。只有门闩很庄重地把一摞纸放到了自己跟前,拿起了蘸水笔,阿允拧开了墨水瓶。但是芦焱望着草棚顶苦笑。

门闩:"不要是提笔忘字吧?"

芦焱:"那怎么会?我只是……"他揉了揉眼睛,"只是这一路上,我越来越明白,我们做这件貌似荒唐的事情,我们这些把自个儿当蝼蚁的种子,图的什么,为了什么。很高兴和你们一起,种子。"

门闩从笔上腾出手跟他握了握:"送死的人来了。"

芦焱把手松开:"天堂和地狱结成同盟,对付这世上软弱可欺的人们,所以我们要创建一个善良些的世界。种子让我们复苏,而我们是新中国的种子……"

门闩:"如果感慨完了,可以开始了吗?"

芦焱:"那就开始吧。"他舒了一口气,念出以下让所有人瞠目结舌的话,"砂 JK54 话 XD33 晶 KA3 家 QF75 碴子 01NG 参天 SS……"

门闩根本忘了记:"汉字加数字再加字母的密码?"

芦焱:"要再说一遍吗?如果你们是真的,应该就会有译码员。"

门闩:"有,青山早把他放在一个相当安全的地方了。我只是说你怎么把它们记下来的?"

连岳胜看过来的眼神都像在看一只怪物。

芦焱苦笑:"你们在一棵树等过天亮吗?"他怀念地叹口气,"因为人这辈子太短,而每一个黑夜又太长——砂 JK54 话 XD33 晶 KA3 家 QF75 碴子……"

门闩这回不再发呆了,埋头苦记。

芦焱回到商会,魂不附体地由着上司骂。

上司:"就算你饭钱都挣不着也不至于觉都没得睡吧?省出了吃饭时间不是

正好睡觉？你小子老穿成这样不是半夜还去舞厅钓富婆吧？那也换张脸啊！"

芦焱黑着眼圈打哈欠。

门外："喂，上头叫芦焱去！"

上司："他顶什么事？马上我去。"

门外："是上头的上头的上头！会长级的，点名芦焱去。"

上司："还不快去！"他又把芦焱叫住了，把一张薪水单给他，"你这月的薪水。钱是一文没有，可薪资条还是要给一张的。"

芦焱把薪水单放进口袋里，快快地走开，一边擦着脸上的唾沫星子一边继续他的哈欠。

芦焱去敲卞融副会长的门，没人应。卞融今天居然在算账，她瞄芦焱一眼，继续看账，很敬业的样子。

卞融："你等一下，我正忙。"

芦焱立等，偷偷打哈欠。

埋头账目的卞融："今天没心跟你开玩笑，放庄重一点。"

芦焱："我已经很庄重了。"

卞融终于算好了她的账，拿着她的眉笔站了起来。

卞融："站好，现在是算账的时间。"

她用眉笔在芦焱的脸上涂鸦，芦焱不但没躲闪，而且还很配合。

卞融："你这人……怎么回事？脸不要了吗？"

芦焱："我给过你一块沾了机油的手帕，你害得我很怀念我刚擦过就丢了的脚踏车。"

如芦焱预料，卞融觉得无趣便罢了手，只在他脸上写了"卞融至此一游"几个字。

卞融："这笔账算完啦。另一笔，二十万。"

芦焱："……什么？"

卞融："两大会长合伙做的一笔生意亏了。我还当那两个老滑头永远不会亏呢。"

芦焱想起他那老爸那天的反常："好大手笔，一亏二十万？"

卞融："不，他们亏了十五万，各摊七万五。我是说我要赚的，二十万。"

芦焱："……你要赚的？"

卞融："我天天坐在这里，当然是要赚的！我爸说我要再这样下去，沪宁商会就百分百姓了芦，我得让他看看。"

芦焱赞美："二十万那么整啊，你赚钱都赚得这么工整的。"

卞融："别打哈哈。我费了很多心血经营的，投了五万，是我的全部资产。赚的当然不是二十万整。"她看着账本,"二十四万三千一百,我四舍五入了。"

芦焱:"有这么四舍五入的?舍掉了四万三千一?百分之四百八十多的收益?上海的骗子可比西北多啊,当然这是大城市的象征啦,我都遇到过。"

卞融:"何思齐,你的算术很不错嘛,这就更好了。"

芦焱:"国语强心,数学强脑……我更喜欢教小孩子数学,可他们不喜欢。"

卞融:"还有你们那个拿来踢的篮球,强身。"

芦焱立刻神往之:"射门的时候可以投篮,投篮的时候又可以射门,多好。"

卞融手一画:"都过去啦。我今天叫你来,是告诉你,那笔账就不要算了。"

芦焱:"哪笔账?"

卞融:"我是西安人,你来西安可以找我那笔账。我也不跟你算你怎么会出现在上海这笔账。"

芦焱:"阿拉西安人那笔账我从没算过,只是麻烦你叫我芦焱。"

卞融:"这名字很好么?跟水有仇似的。好啦,何思齐……"

芦焱:"芦焱,求求你。"

卞融:"芦焱是吧。我喜欢明白一些,我说过你来找我,我会照顾你,这个我没忘。"她大方地拍拍芦焱的肩,"至少我会讲义气。"

芦焱苦笑:"好吧,希望你受得了明白这玩意儿。"

卞融威胁地对他挥挥手:"所以呢,来帮我干吧。"

芦焱:"帮你干?……我不是正在帮你干吗?"

卞融:"那个二十……多少万来着?"

芦焱:"二十四万三千一百,记好了啊。"

卞融:"记它干吗?我本来可以赚到百分之几百的利润,现在我把四舍五入下来的给你。别愣着,你报数不是挺溜的吗?报一个。"

芦焱:"你想给我四万三千一百,你说你能赚到的利润是百分之四百八十六,你放弃了你说你能赚到的纯利润的百分之二十,你说要把它给我。"

卞融眼有些发直,她不是惊叹芦焱的数学天赋,而是惊叹自己可以这么大方。

卞融:"那不是给了你五分之一还多吗?……我这么大方?"

芦焱:"……大不大方先不说,你没听我一口一个你说你能赚到的……"

卞融:"你这土包子哪知道上海的生意场,左手倒右手,右手倒左手,不是一棵树那样肚皮朝地背朝天地刨地。四万三千一,够你在上海安个家了,并且是还不错的家。"

芦焱:"……可我有个家了。"他看着联想翩翩的卞融,"只有我和我爸的家,有时候我觉得它还不错,可最近……"

卞融才没兴趣听他最近如何呢:"总之我祝你幸福。不过提醒你,我们是两种人。"她叹了口气,"我的世界,它太尔虞我诈了。"

芦焱:"……算了吧。这钱太多了。"

卞融:"我跟他们打过招呼了,从现在起,你就单为我一个人提大包了。跟我走吧,你换工作了。"

芦焱看着她出去:"……去看看我那足足十二亩地的家,你请得起我吗?"

灾难。芦焱脸上带着这两个字站在路边,他在等人,身后是一栋有点眼熟的小洋楼——青山在去咖啡馆之前到过的最后一个地方,然后他就在咖啡桌前被时光杀了。

芦焱听见卞融的笑声从关着的门里传来,他苦笑。

芦焱:"又这样,唯恐不风情万种……跟你比我不算累了。"

他闪到路边,还觉得不够,几乎闪到了车道上。门开了。叶尔孤白伴着卞融出来,抑扬顿挫,谈笑风生,扮足了最热情的商家和最有可能的情郎。

叶尔孤白:"可爱的,最可爱的卞、卞……"

那个"融"的音对老外来说真不那么好发,但论到做作,这些到上海便成了贵族的洋暴发户实在比卞融更甚。卞融笑得几乎有失仪态——其实她并没觉得有多好笑。而芦焱冲着马路上翻着白眼。

叶尔孤白:"卞,和你做生意,不是最荣幸的事情啊,让我们赶快结束我最痛苦最赔本的这桩生意吧。我们去檀香山,怎么样?给我一生中最难忘的一个星期。"

卞融:"一个星期?那么长,你会厌烦我的。"

叶尔孤白:"那就一生吧,卞。"

卞融:"一生又太短了。像三天这样漫长的时间,怎么样?"

芦焱瞪眼,吹气,嘀咕:"……让你少看点烂电影,这可倒好。"

叶尔孤白:"三天?然后你留给我一生的痛苦?"

卞融回到现实,或者说她都演得有点累了:"我那死跟班呢?"

芦焱只好冲着两位摘了摘头上的帽子。

芦焱:"公主,奴才在这儿。"

叶尔孤白有了新的话题:"跟班先生,要看好你的小姐,在上海有一万个我这样的可怜虫在追求她。"在卞融的笑声中他决定继续幽默,"您赐我几天的幸福,公主?"

卞融风情万种地:"三天。"

然后闪人,芦焱求之不得地跟着,留下叶尔孤白在后边叫唤。

卞融:"蠢货。"

芦焱:"说我说他?"

卞融:"东方的蠢货和西方的蠢货。"

芦焱:"换个语境好不好?要我像你们那样又抖风情又抖智慧,吾宁死乎。"

卞融语重心长:"该学的总得学,我不能罩你一辈子。"

芦焱:"哈哈,我爸也老这么说。"

卞融给他一脚——穿成她这样在上海街头踢一个跟班,她还真不缺勇气。

但芦焱决定还是要尽朋友的本分:"他在骗你。"

卞融冷笑:"他骗得了我?你真是个蠢货。他是白痴加蠢货。"

汽车驶过盘山道,车里坐着时光、双车。青年队的黑衣站在路边,正如双车说的,没有人阻拦他们。时光盯着那些青年队,当确定他们像屠先生一样仿佛没看见自己时,用手杖戳着自己的假腿。

湖岸,几个比天目山更低一级的外埠暗流人士七手八脚在岸边解缆,把一条小船荡往湖心。

"今晚的花酒是给双车老大捧场,大家打起精神。""女人不许带!粉头不许带!连唱曲的都没有!连牌都不许带!这叫喝哪门子花酒?""是花痴酒。""这话到席上绝不要说。今晚的正主不近女色的,人背后说他不爱使爸妈给的枪。""这玩笑到席上能开吗?"一个老大拿枪顶着说话人的头:"那他就会跟你使这杆枪。"

双车在别的方面漏洞百出,在吃喝玩乐上却是门儿清,在这样荒凉的地方他仍能弄来花船,吃喝的是地道船菜,陈年老酒,下酒的是刚起湖的湖鱼。只是他的唯一贵宾是个上过百次杀场却难得进次酒场的人。

双车用筷子敲打着碗边让大家安静,其实时光的在场已经让整条船如遭了霜打一样。双车试图在鸦雀无声中喊出点人气,在一片安静中他的活跃很是荒唐。

双车:"都闭嘴都闭嘴啊!不要鸡一嘴鸭一嘴的!今天这个酒,实在是我自上海沦陷以来喝得最高兴的一通酒!为什么?大家只要把招子擦亮,看看咱们今天主位上坐的是谁!"

时光在一桌子瞪着他的眼睛中勉力动了动脸上的肌肉,他已经很努力地融入这里的气氛了。

双车:"时光老弟笑起来真是英气逼人!冷峻!——我知道你们王八蛋在想什么,你们以为老子摆这船酒是要庆祝大家死里逃生。可不是,咱们最近没少做错事,先生来了居然没罚!就跟时光老弟说的似的,在座的都该死!"

双车笑哈哈地看着桌子,把脸凑到桌面上似乎要猛亲一口,然后猛拍了一记桌子。

双车:"狗屁呀!这酒是为时光老弟摆的,首先是谢,谢谢时光老弟在先生面前帮我们大家遮掩……"

这个要敬,不管是谁都真心要敬。没等双车说完,一群杯子举了起来。时光看看那些杯子,抿了一口酒,仿佛在尝味,然后放下杯子拿起了壶,他喝掉了一壶,谁都瞧得出这家伙在存心找醉。

双车:"……海量……其次,不是其次,是最重要的,是庆祝时光老弟指日高升!是有一日我们大家由时光老弟……不,是时光先生统领!"

鸦雀无声。双车这么说实在是突然加孟浪。连时光看他的眼神里也带着疑惑。

双车:"青年队的弟兄告诉我的,先生把时光老弟揍了一顿,狠狠揍了一顿。你们想想,这表示什么?……你们听说过先生揍人吗?先生要做掉谁还不就是一个字吗?你们谁有本事让先生冲你一瞪眼吗?我是有幸见到先生了,你们谁有八辈子修来的福分见到先生吗?"

反应快的家伙们已经明白了,时光那张冷漠的脸被惊诧艳羡和目光注视着。

双车:"打,即是亲,即是爱,即是委之大任,即是……"

时光:"别说了。"

双车立刻打住,坐下。时光又拖过一个酒壶,灌下,那真让人们眼睛发直。

双车:"时光老弟,这么干喝……弟兄们陪你,划个拳什么的?"

时光:"怎么划?"

双车比画:"一点红哥俩好三星照四……"

时光:"就是对数是吧?我只会对数。"

双车:"对对!就是对数!"

他俩划拳,时光一二三四地叫,双车五魁七巧喊得热闹。他们的划拳也很无味,永远是时光喊一个数字就把双车毙了,一会儿工夫双车已经灌了三杯。气氛怪异。

双车:"哈,老哥哥一直被这帮王八蛋叫神拳,你时光老弟才是拳神啊!"

时光有些沮丧,其实他很想输:"……原来划拳就是拼反应。"

双车:"是是!跟你老弟比反应,我还不是找死!"

时光:"好像我想喝就可以喝,用不着输拳?"他又拖过一个酒壶。

双车:"老弟,酒能伤身哪。"

时光:"没事。以前训练时关屋里,每天空腹三瓶白酒。"他看着酒壶,有点感伤,"有人醉死了,活出来的再不会醉了。我想醉。"

人们只好沉默地听着他喝酒的声音。时光没有喝完,他后脑生了眼一般,放下酒壶,望着船尾方向的水面。天目山的人们这才看见过来了一条小船,船上站着九宫。

九宫:"先生叫你去。"

时光立刻站起来,清醒,抖擞,如一柄在鞘里等了半生的刀。

九宫:"先生在等你。"

他往岸上指了一下,那里静静地停了两辆车。然后他的船离开了,那条船是唯一可以载走时光的船。

双车结巴着:"快快快起锚……"

时光看着岸上那两辆车,痛苦和绝望消失了,眼里燃烧着渴望与欣慰,岸上等着的是他的全部世界。他跳进水里,一歪一斜地游了过去。

岸上,青年队笔直地在车边戳着,没人给时光递上毛巾或者干衣服。他径直走向一辆车,凭直觉他判定屠先生在这辆车上。门开了。屠先生看着他,目光足够让他融化。

屠先生:"上来。"

时光上车,关门,车静悄悄地驶走。

屠先生的车简单而封闭,那对时光意味着温暖和踏实。屠先生看着前方,时光也看着前方,全身心地享受"在先生身边"的感觉。他尽量坐得离屠先生远一点,因为他身上在淌水。

屠先生:"没关系。"

这三个字让时光哭泣。

屠先生:"没出息。"

这三个字他不会用在别人身上。

贫民窟里,门闩亲热地搂着芦焱的肩,而后者有点打晃——太累了。

芦焱:"我知道这样显得你很快乐,可我真担不起半条门闩的分量了。"

门闩:"你要看见待会儿那些东西,你就会跟我一样高兴。"

芦焱:"高兴。可你知道我和谁耗了一整天?那位已经把我力气全耗干了。"

门闩:"卞融卞小姐不是吗?在上海的邂逅让你们分外喜悦?"

芦焱挣脱他:"你怎么知道?你们整天在跟踪我?"

门闩:"是保护你。你是个跟一堆铁球混的鸡蛋,可你也是我们的未来——这话我本来想跟我儿子说的,可我没空生他。"

芦焱:"那你是不是该费神看有没有盯我们梢的人?"

门闩:"没有。岳胜一直在盯盯我们梢的人的梢,他没事干。"

芦焱果然看见岳胜离得老远地无所事事。

芦焱:"你这样没身份的人跟我这样有身份的人亲热成这样,这就是大破绽。"

这倒真是的,穿得混混样的门闩死搂着很波俏的芦焱——路人诧异的目光。

门闩亡羊补牢:"识相点,把钱交出来!"

路人恍悟,扬长而去。

门闩拖着芦焱拐进陋巷:"往这边走——我真的很高兴。"

他们进了一个破烂的房间,那些破东烂西让芦焱简直不知道要看些什么了。

门闩:"前头的店面是个收破烂的,生意还很不好,连混混都懒得来收保护费。"

芦焱:"我瞧得出它是收破烂的。"

门闩翻开一个破鸡笼子,让芦焱看见包装完好的一台电台。从破坛子里掏出一个布袋,让芦焱听银圆的响动。从房梁上拿下几个部件,组装出一支步枪。此时的门闩快乐得像个孩子。

门闩:"你默写出来那些让人疯掉的玩意儿,我们破译了一部分,多是人名和地址,我们找到了一部分,集中了一部分。"

芦焱翻看着一套日本军装:"这就是集中的部分?这是拿来摸日本人哨的?"

门闩:"对。电台、钱、人、武器、弹药、器材,什么都有。藏它们的人是贩夫走卒、工人、商人、苦力,也什么都有。你见过商人说你的货已经在他库里放了五年吗?见过小贩二话不说拿出他十年的赚头?我可长见识了。"

芦焱:"你让我见吗?你说,那不安全。"

门闩:"那不安全。有好些根本不是我们的人,只是民间的同情者。青山这家伙,他怎么做到的?能让这些三教九流多年如一日地信守承诺?"他在兴奋中回到主题,"对不起,啥人都有,所以你这样的宝贝绝不可去抛头露面。"

芦焱戴上一个钢盔,在臆想中刺杀一个日本哨兵。

芦焱:"严格地讲,我也不是共党,我也是三教九流。"

门闩扒拉着他:"走吧走吧,去做你该做的。让你看这些,是为了让你更热爱你的本职工作。"他看看芦焱的表情,"好吧,你可以戴着它工作。"

于是芦焱拿刺刀敲着头上的钢盔冥思苦想——他的工作就是默写。在他周围,电台、通讯,一切应有之物,一个能在日占区活动的小基地渐渐成形。

已经是很深的夜晚,应小家在芦公馆厨房里忙活,她把芦之苇几乎没动的饭菜热一遍,端到芦焱面前。她发现芦焱睡在他的汤里。

她想了想,把热好的饭菜放在芦焱两手之间,芦焱被惊醒了。

应小家:"……吃饭了。"

芦焱看着顶着鼻子的饭菜:"我知道吃饭了。"他看看钟,"十二点半。我该吃饭了,你该睡觉了。"

应小家:"你爸爸说你吃的饭要我亲手做,他说,你很辛苦。"

芦焱对着饭菜苦笑:"他对人的心思要有对我的百分之一就好了。"

应小家:"你……每天回来很晚。"

芦焱瞧一眼她的表情,已知她要说什么。

芦焱:"那件事……我想了很久,真的,很久很久。"

应小家:"我知道你想了很久。我知道你每回看见我,都在想那件事。"

芦焱:"我觉得……老人家年纪大了,还是不要动了吧?"

应小家:"可我妈年纪不大。比你大十岁,不算大吧?"

芦焱:"路上不太平。"

应小家:"南京到上海有火车的。"

芦焱:"你妈也许更愿意跟你家在南京的亲属……"

应小家急切地:"我家在南京没亲属。"

芦焱发现一件很悲伤的事,真正颠扑不破的理由是他老爹使的那个理由:"……我爸有他的道理,亲家俩住一起,就算这地方大……总是不便。"

应小家:"我知道了。你说得对。"

芦焱艰难地吃两口饭:"我……我教你认字吧,我明天就去找识字本。"

应小家:"不用啦。认了字的人很容易搞不清自己是谁,我妈说的。"她向芦焱鞠了一躬,"不认字我也知道,你心好,可这房子里哪有把我们当人的机会呢?"

她急慌慌地走开,不想让芦焱瞧见自己哭泣。芦焱呆坐,然后把一只碗狠狠地砍在墙上——还得应小家来收拾。

小小的车队已经奔波了整夜,除了开车的司机,从未入睡的大概只有后座上时光和屠先生两人。望着旭日的光芒,时光同时望见了极目处的城郭,这让他惊慌起来。

时光:"先生,太危险了。"

屠先生:"什么危险?"

时光:"太靠近上海了,上海现在太不安静。"

屠先生:"有什么办法?我要去看个朋友,你的错。"

时光摸不着头脑,又不能再问,只能摸着他的武器警戒。

二十二

芦焱实在起得太早了,以至于去上班前还可以在自家花园里坐上一会儿。楼上应小家早已起来了,习惯地呆望着窗外。岳胜也早起来了,正在擦他的汽车。芦焱习惯性地要转开头,岳胜却向他点了点头。芦焱诧异,试探着走过去。

芦焱:"早。"

岳胜:"不早。芦管家一早就出去了。"

芦焱苦笑:"原来我就比我爸早点。"

岳胜:"老爷让我一大早把车备着。"

芦焱:"我这家怎么回事?这么早我还是起得最晚的?"

岳胜扫了眼楼上的应小家。

芦焱:"她没问题,有问题也不是我们这种问题。"他叹口气,"我的家,她的牢房。"

岳胜:"你起太早。门闩说你好好休息。"

芦焱:"个人经验,每天睡四个小时以下才能保持大脑兴奋。八个小时?那是正常人。我现在不是正常人。"

岳胜:"你脑袋里的东西现在才掏出来三分之一,长此以往,人完啦。"

芦焱:"没办法。那玩意儿每写完一句都得校正,错一个字,或者字母或者数字,差之千里……世界上最难校的就是鬼画符吧?"他抱着点希望,"要能丢了这份工作,也许快点?"

岳胜:"门闩说,这份工作是最好的掩护,并且,青山这么安顿你,必有其意。"

芦焱:"是否倒光我脑袋里的东西,就不用再做这提线木偶?"

岳胜没吭声,仍然擦车,只是擦过来时顺便在芦焱这边留下一些纸币。

芦焱:"什么玩意儿?"

岳胜:"我的薪水。我也用不上。"

芦焱:"我家够抠门的啦,可你的薪水还比我多五块钱?"

岳胜:"我趁四个轱辘,你身无长技。"

芦焱:"不要。"

岳胜:"门闩说,我们不想为你狭隘的自尊支付代价。"

芦焱:"门闩说门闩说,真是门闩说的?我可从没见他跟你说什么。"

岳胜不说话只擦车,笑了笑。芦焱想了想,把钱收了。

芦焱:"要了。谢啦。"

岳胜:"我保护的第一个人被我弄丢了,可我一定能护住你。"

这让芦焱心里很温暖,他点了点头,自去上班。岳胜瞧着他的背影,神情中却有种抑制着的哀伤。

郊外,墓地。车停下,屠先生拿起一枝白色的菊花,那很怪异,他从来是个与花无干的人。

他下车,看着车边的景色。

时光:"先生,这不安全。"他绷得很紧,"这里太靠近上海。"

屠先生:"我不是要靠近上海,是进入上海。进入上海,就是说占领上海。"

他拈着那朵菊花走开,没人给他领路,倒像是他在给人领路。他从来是个很清楚自己在走哪条路的人。

屠先生:"年纪大了,最近常有些胡思乱想。"他看了看时光,"像你一样,胡思乱想。"

时光几乎要微笑一下,因为先生居然会胡思乱想,居然会像他一样。

屠先生:"少年的中国没有学校,他的学校是大地和山川。"

时光因这话而茫然,而屠先生脸上居然浮现出一种伤逝的神情,他把玩着那朵菊花。

屠先生:"如果这里埋的死人都活过来,每个人对这句话都会有不同的感悟。我们三个,青山、若水,还有我——都是大地和山川,可是三个学校。"

时光看他一眼,因为屠先生提到那两个名字时居然如此敬重。

屠先生:"我最喜欢青山,可他是共党。若水是同党,可他保守,我激进,与他不共戴天。我是三个人中最年轻的,也最无知,可是青山把自个儿扔给了他那天边外的红色理想,若水则在一九二七年后变得虚无起来——直到发现我真能宰了他,才不去想人活着图什么这样的无聊问题。我吸进这口气就为了把它呼出去,好让生命延续,如此而已。"他走在坟墓间,抚摸这个墓碑,轻拍那个墓碑,似乎他是在和死人交谈,"少年的中国要长大,也不知道要长成什么样,这三个人,有一个人已经死在你手上了,还有一个,我们要尽快杀了他。"

他终于站住了,一个坟墓,一块无字的碑,他温柔地轻抚着那块碑。

屠先生:"青山为梦而死,若水和命运玩他的油滑,而我,抛弃一切营建我们现在的王国。"他疲劳地叹了口气,"可不是?王国,这就是我比那两个强大的原因。我的王国——时光,你现在可以为我开枪打死你自己吗?"

时光:"可以。"

屠先生:"做给我看。"

时光没有犹豫,他掏出了枪,上膛。屠先生摇头,并且向九宫示意,九宫把时光的枪拿了过去。屠先生看了看时光、九宫和随时准备为他拦住子弹的青年队。

屠先生:"我不稀罕。他们也可以。这就是王国。我的王国。青山为他的少年中国而粉身碎骨,若水不相信中国也不相信王国。我背弃了我的少年中国,得到了你们,得到了王国。"他把花拿到了胸前,像是在对那块无字的墓碑说话,"因为命很重要,命靠权保障,权靠力维持。你们是我的力量,我很看重你们,我尤其看重你,时光。那俩老家伙有的你都有,你有的他们没有。你年轻,年轻很可怕。多年严苛的训练都没磨掉你的个性,这太好了,我的王国本就是一台机器,我怎么能把它交给另一台机器?"

时光忍住想跪在屠先生面前大哭的冲动。

屠先生:"我让九宫去杀若水,你是不是很失落?这样重要的事没交给你。蠢,知道他做不到我才派他去。我的继承者必须是杀死了青山和若水的人。"

九宫全无表情。而屠先生居然在哭,时光清楚地看见一滴眼泪掉在那块无字的墓碑上。然后屠先生轻柔地把菊花放在那块碑上,那个孤独伤逝的中年男人随即从这片死地中消失,他的吐字立刻像平常一样冰冷而清晰。

屠先生:"所以,挖出来。"

时光愕然:"挖什么出来?"

屠先生:"我杀了一辈子共产党,从没埋过。我不能被你破了例。"

时光茫然,他已经知道这下边埋的是谁。

屠先生:"你变得愚钝了,涂陌涂公子,自己掏钱买的墓地也认不出来?这里边埋的人对你没有意义吗?他恐怕是世界上第一个把你当作孩子的人——我不知道他让你想起你的父亲还是兄弟。他被你杀了,又被你下令解剖,所以这黄土下不是一个青山,而是一块一块的青山。现在你要把他挖出来一块块锉骨扬灰。"

时光:"先生,这样做没有意义……"

屠先生:"那就做这件没有意义的事吧,为了我。"

时光明白,他必须做这件事,不可推诿。他开始挖,挖倒墓碑,刨开泥土,起出椁石。他的动作越来越急促,锹柄断裂,用手刨,流血。九宫将一根铁撬棍扔在时光面前。时光惶然地看着。

九宫:"先生等不起。"

时光坐倒,瞪着挖开了一半的坟墓,他不是没有力气,只是……做不到。

屠先生:"别挖了。我还没无聊到做鞭尸的事情。"他像看坟墓一样地看着时光,"涂陌,我讨厌你给自己起的这个名字。他们叫我屠先生,你就姓涂,你是在找根还是想要一个父亲?你是我捡来的孤儿,我没见过你父亲,你也早该忘了他。你叫涂陌,陌即道路,难道你至今还没想好要走哪条路?"

时光瘫软,他在坍塌。

屠先生:"你自由了,你和我的王国再没有关系,去找你的道路吧。"

九宫将时光的枪扔在他身边,和青年队追随着屠先生离开。几秒钟后时光意识到他失去的是什么。他爬起来,捡起他的枪,大步追赶屠先生。

屠先生的车队驶走。崩溃的时光从墓地里深一脚浅一脚跑了过来。

时光:"先生!先生!"

他摔在地上抬起头时,正好目睹了爆炸,那是屠先生坐的车。时光哑住,冲过去,不顾死活地把一具尸体从车里拖出来,不是,他扔开尸体冲向另一边车门。头车上的九宫们跑过来,扑倒他,压在地上。又一次的爆炸——这回是什么也不用拖了。

趴在地上的时光呆呆看着拐进视野的另一辆车,车上的人以他熟悉至极的姿势向他扬了扬手杖——青山!青山向他展露一个戏谑的、曾经让他厌恶、后来又觉得亲切、再后来觉得怀念、而现在深恶痛绝的笑容。

时光:"不要脸的!你这个不要脸的老骗子!"

他追着青山的车射击,那车沿着林子驶远。时光冲向刚才爆炸的烟雾之中,阻挡他的青年队被他一脚踢开,当他再度出现时,骑着一辆摩托车。

卞融又在化妆,桌上没有账本。芦焱进来。

卞融:"我好看吗?"

芦焱:"好看。"

卞融:"你看了吗?"

芦焱抬头瞄了一眼:"现在正在看。"

沉默。卞融看着镜子里的自己,她不像在化妆,更像是想看清自己是什么。

卞融:"说点什么。"

芦焱:"说点什么?"

卞融:"是你说点什么!你知道什么是提大包的吗?你以为商会很需要你这样提大包的吗?就是找开心的!你该让我开心,知道吗?"

芦焱愕然,因为这突如其来的震怒。

芦焱:"我该让你开心,就像……每个人都该让他身边的人开心。但是,你找我来提这个大包,不是为了开心。这是我的理解。"

卞融:"那我是为了什么?为了什么?"

芦焱:"为了你觉得你再也回不去的西北。为了你觉得应该照顾我。你是个好人,很讲义气。"

卞融:"你觉得我是什么?拿着抗联大学的招生通知当旅游手册?一个去西北就为了赶时髦的漂亮蠢货?"

芦焱:"……能在那片黄土上找到时髦也算本事啦……"

卞融暴起,芦焱闪躲。卞融翻开她那屋角堆着的一堆纸箱。

卞融:"把你的脑袋伸进去看看!这就是我从你那鬼西北找回来的时髦!"

箱子都被她踢散了,几瓶药滚在地上。芦焱看到箱子里全是药,内服、外用的,各种各样的药。

卞融:"我知道我欠那里,欠你的学生,欠很多。我最欠的是,终于对你们有用的时候,我跑了。可我记得,记得擦擦死在我怀里,记得饥民、饿殍、屠杀……我不想记得!可这里——"她敲打着自己的脑袋:"咔嚓,咔嚓,一张又一张!就像个坏掉了快门的相机!"

芦焱叹了口气,用一种别的方式看卞融:"所以……你就在上海攒了很多药,因为西北有人缺药……只是你没有勇气再回去。"

卞融:"赶时髦的漂亮蠢货。活该。对吗?哈哈。"

芦焱:"不那么漂亮,可不蠢。视而不见才是蠢。"他温和地,"被叶尔孤白骗啦?赔了多少?"

卞融:"全赔啦……可根本不为钱,不是因为钱!"

芦焱:"我知道。因为你一向把他当蠢货,被蠢货骗了……愤怒加倍。可他真的蠢,你真的聪明,你见过人能怎么穷,那是灾难。你知道到处在打仗,那是死亡。你比你那大唱满江红的爸爸还要聪明。"

卞融:"不要拿这个安慰我!"

芦焱:"那换西北方式?记得红色剧社来咱村演《罗密欧与朱丽叶》那回吗?"

卞融瓮声瓮气地哭,偏又忍不住好奇:"不记得。怎么啦?"

芦焱:"那回红军骑兵队的人也在看。演到朱丽叶喝毒药的时候,他们在下边就闹场了。"卞融没听出啥兴头来,哼哼叽叽又哭,"他们就这么嚷嚷——朱丽叶,不要死,一起奔向新生活!"

哭声中夹进了一声响亮到无法掩饰的笑声,然后坚强地哭,于是芦焱换成某人口音又来了一条:"小朱同志,不要死嘛,一起——奔向——新生活嘛!"

卞融同志哭着哈哈大笑,跳起来抡着随手从桌上抓到的什么。

芦焱大叫:"等一下!我的大包呢?我的盾牌?"

但是卞融随手搪开了他的大包,吻他。然后两个人都有点木然。

芦焱:"这个,好像有点……不够义气。"

卞融瞪了他一会儿:"如果这是在西北,你什么也不是……永远也不可能。"

芦焱:"我又不是西北。"

于是卞融抓住他,再次用了自己的嘴——不是吻,是狠狠咬了他的手。

芦焱:"我也不是上海。"

卞融:"只是回答你刚才说我不那么漂亮。可以说女人蠢,别说她不漂亮。"

芦焱:"明白了。"

卞融:"……走吧。"

芦焱:"嗯。"

他掉头走向关着的门。

卞融:"何思齐。"

芦焱站住。

卞融:"回楼下去吧。其实我根本不需要一个提大包的,我不想再看见你了。"

芦焱:"嗯。"

卞融:"我弄那些药只是哄自己玩儿,我不会再回西北了。"

芦焱握着门把手,他看了一会儿房门:"我知道。"

芦焱出去。

青山车上的人向时光开枪,时光与车后窗玻璃上的青山对望。

时光咆哮:"你怎么还没死?你怎么可能还活着?"

青山全无表情地看着他。

时光:"骗我!什么都是假的!全部都是阴谋!什么不要自相残杀?你就是一直想着向先生下手!"

青山向那名射击的枪手说了什么,于是手枪换成了冲锋枪。时光将摩托车驶下路面,钻进了树林。

待他从林中冲出,远远地看见青山的车驶来。他停车,持枪,上弹,等待。青山的车撞了过来,时光向着奔跑在准星上的车开枪,司机猛栽在方向盘上,车歪歪斜斜在路边停下。时光站起来,将从车上跳下的那个持汤姆逊的人射死。青山从另一侧跳下车,也不理时光,一根拐杖挂着,逃向旁边的树林。时光大步跟上去,一边叮当作响地退着弹壳。

时光:"来啊!骗我呀!利用我的同情心!对,我现在还有同情心,马上就要没啦!来,装出那副悲天悯人的样子,然后向我开枪,向先生开枪!来啊!开啊!"

青山只管走,时光砰砰啪啪一枪左,一枪右,弹着点险些落在青山脚上。

青山:"蠢货!你就是狗狼养的一头猪!猪都懒得踩的一摊狗屎!"

这样的叫骂实在不合青山的风格,也让时光更加愤怒,他一枪打断了青山的手杖,青山摔倒。时光瞄着他的头向他走近,他已经不想再把时间和感情浪费在这个老头子身上了。

时光:"谢谢你……谢谢你告诉我,这世上没什么东西可以相信的。先生说得没错,对一个共党,最大的尊重就是三枪可以打死他,可你开了五枪,而且最好是瞄着脑袋。"他瞄着青山,忽然有些茫然,"我又要杀你一次了……可我上次杀的是谁?"

青山急切地,同时瞄着身后和左右:"你看出来了?你终于看出来了?"

时光:"看出来什么?"

青山:"骗你的不是我。"

时光冷笑:"除非你不是你。"

青山捶胸顿足:"我不能说,说出来我就得死。"他又一次扫视四周,"我给你看一样东西,看了你就会明白。什么都会明白,明白一切。"

时光莫名其妙,看着青山掏出一张纸、一支笔,他要在纸上给时光写什么,拧开笔帽,却猛然把笔里的一柄刀子扎在时光的胸口。

青山笑了:"早就说了,在你这样的小毛孩面前,死的绝不会是我……"

时光:"你是不是想杀我想疯了?疯到忘了我永远会在这里佩一支枪……你刺的是我的枪!"

青山色变,甩手间一柄微型手枪出现在手里,但他已经没有开枪的机会了,时光用一柄从皮带里抽出的刀捅着他,自下而上,一刀、一刀……

时光:"你到底是谁?死了的那个又是谁?我不知道你们哪一个跟我说了真话,可现在所有一切全是假的!"

他把所有杀人的玩意儿全摔得远远的,颓然坐下。九宫和青年队追来。

九宫:"时光,先生的遗愿,他若有不测,我们所有人由你全权代领。"

时光:"遗愿?"

九宫:"先生死了,时光。"

时光沉默。

九宫:"你的命令,时光。"

时光在一团乱麻中拼命理出该做的事情:"我方全面收缩,撤回。"

九宫:"撤回?"他看一眼青山的尸体,"可你在……"

时光:"我在进攻,为了逃跑。如果你不能在撤退时给对手伤害,就得做好被人连锅端掉的准备。先生已遭不测,我方精锐云集上海,群龙无首,蓄谋已久的对手又怎能不来捡这天大便宜?"

他起身,走人,而九宫等人随行身后。

时光想了一想,又做出个痛苦的决定:"让双车速回上海,集结天目山的人,向船帮、日本人和任何能威胁到我们的势力展开攻击,无须理由。"

九宫吓了一跳:"那样双车就必死无疑了。"

时光:"可能撑到我把先生训练的精锐带出雷区,我们也不慢。双车知道先生没了?"

九宫:"不知道。"

时光:"告诉他先生会即刻率主力来援。"骗这个一向相信他的双车让他有点不安,"……最后他会明白,然后在诅咒我的同时被人打死……我们都得为自个儿做错的事付出代价,连我在内。"

九宫:"我们撤往国统区吗?"

时光:"那样必遭阻截。撤往沦陷区——"他叹了口气,"不得不承认,共党的沦陷区经营得要有声色,那也就是说活命的机会能大一些。"

他们步出林外,便已经把一切决定了。没有了先生,他们显现出的是一种胜过先生的效率。

芦焱站在叶尔孤白金行外头,又一次对着门口的小牌嘀咕。

芦焱:"叶尔孤白,金行。骗子先生。"他看了看信封,"卞公主啊,你玩不过人家的。因为人家是真吃肉的,你只是在玩。"

他打门铃,铃声在里边传得很深,开门的是曾给青山开门的那位。

芦焱公事公办:"有信。叶尔孤白先生。"

看了一下:"等着。"

门关上了,一个提大包的并不总有进屋的待遇,芦焱漠然看着街景。门里传来的脚步声很急促,出来的是叶尔孤白本人。

叶尔孤白:"我骂了我的用人!我从来不骂人!怎么能让您等在外边?芦焱先生!我在里边等您,今天一整天仅仅是为了等您!……认识?"

芦焱看了一眼这张几乎天天要见的脸:"也许您看每个中国人都长得一样吧?无论男女。"

叶尔孤白笑:"也许也许!请进。"

芦焱只好进去:"你要给她回信?"

叶尔孤白:"回信?您不是在这儿吗?"

他拍着芦焱的肩,芦焱下意识地闪避,他拥着芦焱的肩往里走。芦焱颇不习惯地看看自己的肩膀,真他妈的。

隔着一张桌子,芦焱看着窗外的雨。他不知道一个雨天,青山也坐在这里。

叶尔孤白:"芦焱先生?"

芦焱:"嗯?"

叶尔孤白:"本人?"

芦焱:"……本人。"

叶尔孤白:"您知道我是做什么的吗?"

芦焱:"蒙、骗、拆白党、国际掮客、放高利贷的……一切能让别人的钱落进您口袋的事情。您最近刚做的一笔生意进账五万,无本生意。"

叶尔孤白惊讶:"您的直接在中国人中真是罕见。也好,既然您清楚我的底细,那也会同样清楚我们要谈的事情?"

芦焱咬着牙:"一清二楚。"

叶尔孤白:"那很好。有一种钱是钱的尸体,因为你们的政治和时局无法流通,它叫死钱。而我向我的上帝祈祷,让它复活,我的上帝叫金融。"芦焱的表情让他多问了一句,"你明白我的意思?"

芦焱:"我是一个金融世家的后裔。我说话直接,是想换来你的直接。"他虚张声势地,"当然,我了解一切。"

叶尔孤白:"打开天窗说亮话。从很久以前,就有一笔款子在我这里进进出出,它很活跃,长得很快。当它被冻结成为一笔死钱的时候,它已经成了巨款。"

芦焱毛了胆子:"通常三五块钱的款子当然不用惊动到我。"

叶尔孤白看了他一眼:"你很幽默。而前不久一位老人约见了我,要求我把这笔死钱做活。他说你手上有让它死而复生的一切手续。当然,在这个冒险家之都,光有手续是不够的,还需要我这种人的一些——手段。"

芦焱:"明白。我的手续,你的手段。"

叶尔孤白:"所以……你准备给我多少?"

芦焱:"你通常收多少?"

叶尔孤白:"这样麻烦的一笔款子,将动用我所有的上层朋友,百分之二十五的抽成,我起码的尊严……"

芦焱不愠不火地"哦"了一声。

叶尔孤白:"……而百分之二十,是尊严的底线。"

芦焱又"哦","哦"得叶尔孤白怒从心头起:"少于十万的抽成,那对于我热爱的职业就是侮辱!"

芦焱:"嗯?"

叶尔孤白:"在上海不可能有比这更低的价格了,芦焱先生!即使手续俱备,您要靠我盘活的是死得不能再死的五十万!您到底有多少的资产?手上砸了整整五十万钱的尸体,您还面不改色?"

芦焱瞪着他,面不改色,因为他已经没反应了。

远远地,青年队正把屠先生的尸体装运上车。时光和九宫走了过来。

时光:"……在基地各处要点装设炸药。找一个不怕死的,在对头来时全面引爆。最好是单身,若有家小,我的薪饷全部给他……"

他掉头看见那具正在装车的尸体,便再没说下去。

九宫:"时光,上车。"

时光:"你们上车……"他的嗓子哑得不像样子。

在稍微的犹豫后他向着那辆车跪下,这让所有人跪下,不过真正在伤心的恐怕只有时光一人。他以额触地,并非在磕头,而是借此平静自己。

站起来时,他已经恢复了常态:"你们全部上车,我跟着车走一会儿。"

九宫:"现在是千钧一发……"

时光:"只是走出这片树林!这是灵车!得有个孝子!除了我谁能来做这件事情?先生死了,可又没死!"他拍着胸膛,"他的遗志装在这里边!我发誓,两个月之内布置好一切,我卷土重来的时候所有那些阴谋家都要用来奠先生的英灵!你们都给我记着,否则我就回到这里吞枪自尽!"

九宫仍不动,只是做了个上车的手势。时光对着他脚下开了一枪。所有人二话不说,上车。小车队驶动,扔下一地的残骸。时光呆呆站了一会儿,看了看那一片狼藉,起步跟在后边。小车队在林间缓慢而沉默地驶行,卷起或者碾过路上的冥纸。时光低着头跟在车后十米之地,带着一天所有的狼狈、伤口、血迹……自出大沙锅以来,每天都在疯狂地变化,但今天已超过他承受的极限。他开始哭泣,像个迷路的孩子边走边哭。

车队停下了。

时光:"走啊!走出这片鬼林子!"

车队沉沉无声,林中一片死寂。时光生出不祥之感,伸手去摸枪,突然惊呆了——车门被推开,屠先生从车里探出半个身子,一只脚踩在地上,向他招了招手。时光转过身子看了看这林间的上下左右,然后瞪着屠先生,并没放下手里的枪。

屠先生微笑:"上车。"

时光一屁股坐在地上。九宫几个人来扶,被屠先生止住。

屠先生:"时光,以你二十多岁的人生,走过了这么多的路,你就根本不需要别人来扶。时光流逝,时光也永驻。"

几近虚脱的时光站了起来,梦游一般地上车,像是一个人形的架子。

时光坐下,车队驶动。

屠先生:"你现在搞懂仇恨这玩意儿了?"

时光:"……懂了。一种让我只想扔掉枪,扑上去,用牙齿和指甲把人撕碎的东西。发泄出来,又痛快……又沮丧。"

屠先生:"你也明白了被人欺骗的味道?"

时光:"一直往下掉,冰窟窿,没底。"

屠先生:"你杀过青山一次,可是,不合格。我只好让你再杀一次,幸好,这次你合格了。"

时光:"这个青山……"

屠先生:"当然是假的。是你从阿部那里要回来的恶手。我们做的是见光死的行当,他没什么用了,这事上正好废物利用。"

时光:"可是他就是青山。"

屠先生:"那是因为你太痴了。恶手多年前见过青山,他又擅长模仿。而你呢,我一死你就成了着火的蛾子……太好骗了。"他叹息一声,"这是一次测试,跟多年前一样,谁赢了谁活的测试。恶手很尽力,并且,他要能杀了你,我会重用他。"

时光沉默,蜷在后座上——过去在先生面前他绝不会有这样的姿势。

屠先生:"感觉怎样?"

时光:"……我在做梦。"

屠先生:"你早该做个梦了。九宫告诉我,从我说要来上海,你就没怎么睡过了。遇见难以解决的事情,睡个觉,醒来再说。"

时光:"根本睡不着。"

屠先生:"我答应你一个黑甜乡,一次真正的睡眠,这是我来上海要带给你的礼物。继承我的王国,那不是礼物而是负担,是我从一开始就要压给你的东西。"

时光苦笑:"真正的睡眠?那怎么可能。从离开西北后就再没有过了。"

他与屠先生目光相对,所有的委屈全迸发出来,他用双手死死捂住了脸。

屠先生拍打着他:"好啦好啦。今天我很满意,尤其是你在我死后的应变,换我来做,也不会更好。有这样思虑的人,不该再为善恶生死这样的事痴迷。记得我屋里总挂着的那句话吗?无我相,无人相,无众生相,无寿者相。所以我要你的手下服从你野马脱缰一样的思维,就是想让你把人这辈子要摔的筋斗摔完,超然于人,凌驾众生。"他靠近时光,"并且你让我很烦恼,在死后看见有人为他那样伤心,都会生些烦恼。"

车开得不快,屠先生打开时光那侧的车门,把他推了下去。

屠先生:"这些烦恼会妨碍我往下要做的事情,所以你自己走回去吧。再见到我时,什么都没有发生过,但你得是我希望的那个时光,无我相,无人相!"

时光摔坐在路上,看着车队驶离。然后他步行走回基地。当他走进青年队基地的大门,已经觉得恍如隔世。

贫民窟里,像通常一样,纸笔都在,门闩屏息,等着录入芦焱脑袋里新的内容,岳胜也在一边守护着。但芦焱把家伙事儿都推到了一边，愁眉不展地抓挠自己的头。

门闩："有事？"

芦焱："没多大事，五十万的事。"

门闩愣一下，然后笑，在芦焱眼里看来是让他恨之入骨的假笑。

门闩："这么快？这是你大前天背诵出来的内容，我们昨天刚把它译出来。"他从贴身的口袋里掏出一张纸："账户，密码，相应手续，全在上边。你不是不想仅仅做一台打字机吗？我们数目最大的一笔经费——你去支取。"

芦焱拿过那纸："小事。我回家路上顺便就好了……连银行门牌号都有。"然后他就怒了，"这是谁干的？永远给我安排一大堆根本不可能完成的事情！"

门闩沉默。岳胜沉默。

芦焱："……一位老人去约见一位洋奸商。"他连苦笑都觉得多余了，"当然是青山……他在死前一定很忙。"

门闩："何止忙。时光的整队精锐跟在他身后。"

他捅了捅岳胜，这个精明家伙意识到芦焱在岳胜面前不会那么怒火中烧。

岳胜从不退避："是我们多年前的一笔经费，最初是五千。可管钱的人从来没让它闲着，买进卖出，赚到的每一分钱他都用来生钱。因为怕当局查封，这钱一直通过地下钱庄周转。后来我们被清洗，钱被封冻，屠先生也只能做到这里，他不能干涉国际金融。"

芦焱："一百倍的利润？一个商界奇才。可我是什么？"

岳胜："他是上一个我保护的对象，现在屠先生手里，生死未卜。他化名陈植，因为总在联合若水和屠先生的势力抗战，人称拉和老陈。他同时在假冒被通缉了十四年的红先生。"他好像没看见芦焱一脸惊讶，"为了保护你，也为混淆视听。"

门闩："这是你带来的种子里最大的一份。重建上海这片废墟不用这么多——它得换成物资给我们前线的士兵输血。五十万能干什么？能让五千个拿着棍子跟日本人玩命的士兵端上真正的步枪，要是这位很会做生意的陈植经手，每个人还能配上子弹。"

芦焱坐在那，眼睛有点发直："一百块钱能干什么？"

他起身出去，并且不再打算回来。

门闩："你干什么去？"

芦焱："回家。今天得早回家。"

门闩盯着岳胜："你干吗不跟他说？去保护他。"

岳胜沉默跟出，远远盯着魂不守舍的芦焱。芦焱忽然拐进某处挂着水果行牌子的巷口，岳胜等候。芦焱出来的时候，手里捧宝似的捧着一个纸袋，另一只手往自己的口袋里装找回来的零钱。岳胜挠着头——那曾经是他的钱。

青年队基地,屋里除了坐在椅子上的屠先生和重镣加身的芦淼,好像再没其他人。实际上双车、九宫、屠先生的青年队亲信全在这里,只是鸦雀无声,几乎紧贴在墙上。时光进来,只看着在他心里失而复得的屠先生,然后也去做了墙壁的附着物。

一片死寂,唯一的声音是芦淼活动时身上的镣铐发出来的。尽管被强光照着,尽管被许多双眼睛瞪着,芦淼该做什么做什么——他正在活动他的肢体,在镣铐允许的空间内做类似一种太极拳的运动,搓脸,吐气,让自己被铐到僵死的四肢灵活起来。在这一屋子被心机折磨得心力交瘁的人中,他最有神采。

屠先生:"时光,过来。"

时光便去站在屠先生身边,这让所有人都松了一口气,因为两个小时的沉默实在很长了。

屠先生:"听一下这家伙的在监记录,很有趣。"

一名青年队翻开记录便念:"犯人每晨六点半起床,原地小跑半小时,然后洗漱……没洗漱用具,他是靠搓脸吐气活血来保持干净。看书,根本没书可是看书,还头头是道。十二点吃饭,一碗白饭也吃得很细。一点午觉,一小时后起床,原地运动十五分钟——就是现在。我们想打乱他的时间,在半夜三点送去午饭,十二个小时后送早饭。没用,他还是知早知晚。不给吃,他也做出吃过的样子,甚至连小便都是按时的。"

时光:"他想说,我们连他的时间都无法扰乱,何况动摇他的信仰。"

屠先生认可时光的话,苦笑:"幸亏和他打交道的是双车这个糊涂虫。换个稍明白的人,早被这样的一丝不苟搞到疯掉。"

双车把脑袋更放低一些。

屠先生:"去扰乱他。"

这是个很艰难的任务,时光应声,走过去看着芦淼。芦淼看见他,抽空点了点头,又忙着他那套健身操的收手势。

时光:"青山死了。"

芦淼点点头:"那我也快了。"

时光:"青山是一箭双雕。吸引注意,掩护种子进入上海反是其次,对吗?"

芦淼犹豫了一下:"对。"

时光:"真正害死他的,是因为他想接着做拉和老陈。几方最交恶的时候他还妄想说和,于是几方的子弹一起打在他身上。对吗?"

芦淼有些沉痛之色:"是我没做好我的分内事。这些子弹本该先打在这儿。"

他敲敲自己的脑袋。

时光:"反正我们确定他一心求和,然后杀了他。如果他真有阴谋,大概还能活久一点。利益,你们那些不着边际的理想在这玩意儿面前,就是臭了的鸡蛋。"

他没说下去,因为芦淼看着他的时候露出一个笑容,嘲讽,还有怜悯。

芦淼:"利益……你说这词,好像小孩子愣充大人。你真在这两字面前跪下了吗?好好想想。"他像对朋友一样拍拍时光的肩,"青山从来没指望他这条命能让天翻地覆。可你们已经看到了,这就是改变。"

屠先生饶有兴趣地看着两人对话。对时光的测试在他这里永无终止——直到时光完全成为他的那一天。时光从芦淼身边走开,一个手杖的距离,然后转身,猛然把手杖的金属头抽在芦淼的膝盖骨上,那足以让人致残。芦淼在一声痛哼中砰然跪地。双车又低了低他的头,而屠先生露出激赏之色。

时光走向屠先生:"我已经扰乱他了。"

屠先生:"你明白了?强在弱面前不用费嘴皮子,讲什么狗屁道理。"然后向着正在挣扎起来的芦淼,"谢谢你和青山,拿肉身来做他的教具。"

芦淼很艰难地试着用一只脚站立:"好说。"他看着时光,"动手好,动手比单单看着改变更多,除非你想事用的是脊髓而不是脑子。"

屠先生把话接了过去:"外边天气好得很,不想出去走走?"

芦淼:"想,想得要命。"

屠先生终于站了起来:"走。"

芦淼的镣铐拖在地面,发出刺耳的声音。屠先生的眼角微微抽动了一下。

芦淼:"没办法,我瘸了。"

屠先生停了停,让芦淼先出去。他的王国随在身后。

芦淼站在那里,用面颊承接着白天而降的水滴。远处,邱宗陵像一个随时等候调用的备案一样被人看押着。在宽阔的院子里,时光双车九宫们也把自己尽力地贴在墙边。屠先生思考时,视野里最好不要有任何干扰他的事物。

芦淼:"原来我还在上海?我闻到家乡的味道了。"

屠先生:"不是上海。"

芦淼:"是上海,屠先生。上海在您眼里只是一座城市,可以弃守可以占领。在我这上海人眼里可就是个梦想,一个夭折掉的现代中国的梦想。"他看看周围,"除了上海,哪里还有这样刚建好就被日本炸弹摧毁的现代厂房?国人一夕而碎的美梦,血和眼泪。"

屠先生表示同意:"那就是上海。"

芦淼:"您把驻地放在沦陷的废墟上,是要卧薪尝胆反击倭寇,还是仅仅是看中这里的荒凉和广袤?"

屠先生："我很少做单一目的的事情。"

芦淼点点头，又沉默了。屠先生耐心地等待，他也被淋湿。

芦淼："对不起，刚才在屋里对您无礼。"

屠先生："对不起是天下最无用的三个字。"

芦淼："所以您的手下从来没有说对不起的机会，可我不是您手下。对一位智者该有起码的尊敬。"

屠先生："我也要求我的人尊敬青山——尊敬地杀了他。"

芦淼："杀戮中没有尊敬可言。而我尊敬您，因为您总算与日本为敌，比起我们这些被剿杀通缉的人，您给他们的压力要大得多。虽然杀我们的也是您。"

屠先生："我尊敬地杀掉了青山，种子们的指路明灯。"

芦淼："这不好。青山说您从不废话，我也喜欢不浪费时间的人。"

屠先生："是的。"手下愕然看着他向自己的囚徒低头："我不会再废话。"

沉默。他们已经交锋数次，或胜，或负，或平，但一座山峰不可能征服另一座山峰。

芦淼："好吧。办正事吧。"

屠先生几乎是友好地："欢迎。"

于是发生了让手下们更愕然的事情：芦淼伸出一只手，要与屠先生相握。

芦淼："屠先生，我一直在等着您的到来。等很久了，等苦了。"

手下错愕无比地看着屠先生与他的囚徒握手。

双车看了时光又看九宫："难道他被咱抓住也是将计就计？"

时光说不清是感动还是怜悯："又一个青山一样来玩死谏的家伙。"

屠先生不关心也无须关心别的，他只是握手，看着对方。

芦淼："等很久，自然是有事。您很忙，说实话我比您更忙。"

屠先生点了点头，他好像是世界上最好的倾听者。

芦淼："您从来不让能反抗您的人靠近，连青山都死在半路，只有我这样的囚徒才能和您的真人说上几句话。"他抬起他沉重的镣铐，"那么好吧，我把脑袋放在砧板上了，您随时可以砍掉它，我用这个来取信于您。"

屠先生淡淡地："我早就不喜欢砍头了，没效率。说你要拿命来说的那些话。"

芦淼："您究竟怎么看待日寇？"

屠先生："清完了你们和若水，我会全力对付他们。我不介意砍他们的头。"

芦淼倒微有些意外："没想到屠先生会这样同仇敌忾。"

屠先生："不，只是为了效率。他们总是害怕比他们更残忍的人。"

芦淼苦笑，真是旗帜鲜明的屠先生逻辑："您是否觉察到这回的事变有些不对？"

屠先生:"太多不对。起得蹊跷,之后日本人简直把上海放给我们做互杀的射击场,并且恨不得在外边贴上请勿打扰的条子。我还不知道他们具体的阴谋是什么,可他们一定很高兴看国人兄弟相残。"

芦焱又一次意外了:"您居然用这四个字?"

屠先生:"借用你们心里的四个字而已,别抱希望。"他冰冷地笑笑,"相残又怎样?皖南之变,我怎能不杀些共党以明立场?最好乘机把你们清出上海。若水蠢蠢欲动,我不下手,还等他缩回壳跟我拼命长?至于日本人,我只要杀你们两方杀得够快,回过头来时,他们就是预备了黑枪也会扔掉——这你都看不明白?"

芦焱愣了一会儿:"您确实是火中取栗的高手——可淹死的都是会水的。"

屠先生:"机会一旦被抓住,机会就无限增加,不劳你水水火火地费心啦。你的话讲完了?"

芦焱苦笑,一种认了命的苦笑:"总之不是为了你私人的王国。为了民族,请您谨慎和保重吧,我们的死敌。"

屠先生不置可否,却忽然抛出问题:"你是红先生吗?"

芦焱:"您这样搞下去,会让每一个人都成了红先生。"

屠先生点点头,他的青年队手下早在他的细微暗示下潜近,把一个针管扎进芦焱的身体里,注射。青年队夹住他们的囚徒,等待着那具躯体瘫软。芦焱在迅速发作的药效中盯着屠先生,他恨这个人,这是毫无疑问的,直到失去知觉。屠先生在雨里站着,沉默着。

芦之苇父子俩已经吃过饭,应小家在收拾碗筷。

芦焱:"你别收拾,家里用人都是干吗的?"

芦之苇:"我吃饭时不喜欢旁边有生人呢。生人犯琢磨,琢磨伤胃口啊。水果。"

应小家:"就去拿。"

芦焱:"我去拿我去拿。"

他抢先站了起来,从某个角落拿出他事先藏在那里的纸袋。

芦之苇的牙签一下把牙龈捣破了,他看着芦焱从纸袋里拿出的荔枝。

芦之苇:"什么玩意儿?"

芦焱:"一骑红尘妃子笑啊。"

芦之苇:"老子知道荔枝来!这在上海也算得上品的水果了。我是说你什么意思?"

芦焱:"发薪水了呀。"

芦之苇:"你那点薪水不是还在赔着吗?破车加破包,居然被人敲三个月薪水,吊死在花园里算了。"

芦焱气恼:"是不是你指使的?"想想自己的任重道远,又忍气吞声,"孝敬你的。老大在城隍庙给你买点心包当东南亚特产,我这可是正经刚下船的。"

芦之苇:"孝敬两字你会写吗? 小家给我剥。"

应小家给他剥了直接送到嘴里,芦之苇瞧着芦焱生气。提大包的随身就有笔,芦焱找张纸片,写上"孝敬"两字放在芦之苇面前。

芦之苇:"拿回去贴你床头,睁眼就念一遍。哈哈,很甜。"

芦焱:"你不能白吃吧?"

芦之苇:"我吃你的东西叫白吃? 你白吃我多少年了? 这辈子还是第一次吃你掏钱的东西吧? 有什么事就说,看你那一脸要求人的样。想求人不要让人看出来,人家会漫天要价,知道不?"

芦焱:"你精成那样,我有什么你会不知道?"

芦之苇:"有女人是不是? 我知道你最近跟老卞那傻女儿混得近,可你要当真你就疯了。你以为你家房子比她家大就叫门当户对? 人是活的,就不要比死的,你出五万我也出五万才叫门当户对,这生意才有得做——我是不会给你出这个本钱的,掏钱把自个儿子变成个空心大少,这种蠢事不会发生在芦家。"

芦焱拍着巴掌提示说得得意忘形的父亲:"清醒清醒,看这边。老家伙怎么那么喜欢把小的乱配对? 你是做信托中转的吧?"

说到这行当,芦之苇来劲:"那是,现在这乱世,没本钱的生意数这个最好做。八国联军的钱,日本鬼子的钱,各大家族的钱,各种的黑钱死钱,能潜到水底就只管捞吧,路子对了就跟端着壶香片去打劫一般。"他叹口气,"可惜你脑筋不够使。"

芦焱:"我有一笔钱……要中转。"

芦之苇忽然清醒了,炯炯地看着芦焱:"你有一笔钱? 你的钱?"

芦焱:"我这些年在外头赚的钱……"他自是编好了父亲能接受的话,"想拿来做生意本钱。至于中转费用,你少要点?"

芦之苇:"多少? 够不够你挨那顿揍的医药费?"他又从应小家手上啃了一个荔枝,"味道不错,就是少了点。你要孝敬我何不买个十斤八斤……多少钱?"

芦焱:"两块五。"

芦之苇:"两块五的信托中转! 我至少拿十一的抽头,能赚二毛五的抽头!"

芦焱:"我以为你问荔枝呢……要中转的那个是五十……"

芦之苇:"多多了,我能拿五块钱抽头……也别中转了。"掉头对应小家,"小家,拿五十块钱零花给他,我这儿子从不跟我谈钱,值得奖励!"

芦焱一咬牙:"五十万。不是日本人的伪币,不是法币,是硬通的银圆。可我绝不能给你十一的抽头。"

芦之苇和芦焱,父子俩大眼儿瞪小眼儿地僵在那儿。

芦之苇开口时很平和:"其实呢……你老子以前穷疯了的时候,看见花旗洋行的金库也想是自己的……其实你把守金库的打死,再把巡捕房灭了,再把美利坚国灭了,它确实就是你的。"他很和气地,"好好商量一下吧,也有我的不对,三个月身无分文,在上海,人会疯掉。我每个月还是少少地给你点零花钱吧?五十?"

芦焱:"咱们先说这五十万。"

芦之苇:"黑钱?死钱?在哪儿?"

芦焱:"死钱。被冻在渣打银行,分文动不了。"

芦之苇仰天怪笑:"渣打银行?五十万死钱?你倒是真敢说!我陪你做这大梦?"

芦焱:"我从来没有这样认真地跟你谈过一件事情。"

芦之苇不理,起身,走人,上楼梯。他完全不认为芦焱是在胡诌或者做梦。

屠先生站在雨里,似乎看着他的手下,又似乎没看。他终于看定了双车,双车忙低了头,他确定屠先生在看着他。

屠先生:"双车,你对他太好了,他居然有思考的自由。而这样的人能毁掉你们的心智。"他向在场的人交代他的判决,"他不光不能再见天日,还要不能动弹,让他听才能听,让他看才能看,不用给他吃,靠注射活着就行了。疼痛和饿肚子都是让人不能思考的好办法。"

屠先生看着站在一群手下之外的邱宗陵。

屠先生:"能知道多一点总是好的——送讯问处吧。走。"

穿过那些迂回的空间,能与屠先生随行的只有时光一人。

屠先生轻声:"双车是个蠢货。那家伙根本不是红先生。"

时光:"那您为什么不说?"

屠先生:"因为他远比红先生可怕,假以时日就又是一个青山,对你的威胁。"

时光沉默,屠先生眼睛中有点冰冷的温暖:"时光,九宫说你很久没有睡过了。是杀了青山后再没睡过,还是从我说要来后再没睡过?"

时光:"先生说要来后。也不是没睡,盹还是有的。"

屠先生轻轻摇头:"太不像话了。"他扫一眼时光,"你在想什么?"

时光:"我想回上海。"

屠先生:"我更希望你去睡觉。"

时光:"我睡不着。拉和老陈说的很可能是真的,那就是我的失职。我得去把那鬼地方再清理一遍。"

屠先生:"那你就永远不要睡了,我们就是活在阴谋中间的。"他站住,向青年队递了一个不易觉察的眼色，"只是因为这个睡不着吗？"

时光："只是因为这个睡不着。"

屠先生拍他的肩："那你现在可以睡了。"青年队的人给时光注射了一支针剂。"睡吧，我来这里的一件事就是想给你安宁。要命的不是你这种年轻人都爱想的对错，是你为对错想了太多。"

时光在袭来的睡意中挣扎，九宫和一个青年队抢上来搀扶住他。

时光："……先生……这不是……睡着……"

屠先生："只要能休息好，它就是睡着。不忧不虑，扔掉那些人心里的垃圾，时光。"

时光终于在挣扎中沉沉睡去。屠先生整理了一下他的衣服，然后向其他人说："他再来见我的时候，要像新的一样。"

叶尔孤白的金行里，两个人自觉很有杀伤力地互相瞪着。

芦焱语速急促地开炮："这笔钱，不是借贷，只是寄存，您根本没做一分一厘的投入。就算借贷，百分之五的抽成已经可以叫高利贷，百分之十就干脆是牟取暴利，您现在要的是百分之二十！而我们在谈的是五十万，仅仅是利息就足够支付你的佣金还绰绰有余！"

叶尔孤白："您在说白道的规矩，而我们现在在谈黑道的事情。"

芦焱哑然："一个洋人来说黑白道？"

叶尔孤白："我入乡随俗，并且黑白通吃。并且您什么都说了，就没说这是一笔死钱。您知道什么是死钱吗？您的账户密码不过是找到这扇门，我的手段和关系网才是开门的钥匙——您在干什么？"

芦焱："您已经说了很多遍什么叫死钱。而我就说一遍，您知道什么叫死吗？"

叶尔孤白愣住。

芦焱大力发挥："死就是以前做过的事一瞬间从您心里划过，您都来不及一桩桩后悔。您好像被扔上一列您不想上的单程车，看着站台远去——我是个亡命徒，这个我深有体会……"

在他自己都觉得自己很狰狞的时候，一支大号手枪的枪管子顶上了他的脑门。叶尔孤白以一个商人的谨慎研究着他。

叶尔孤白："描述很生动——那您要上车吗？"

还好，芦焱早被枪顶皮实了："我的后台很强大。我们会共一辆车。"

叶尔孤白："得了吧。我闻得出来，您根本没有后台。"

芦焱拿脑袋去杵枪管子："您再好好闻闻，我的后台强大又残忍，为了百分之二十的损失他们会要我的脑袋，之前先切掉您的。"

叶尔孤白放下枪,芦焱舒口气,坐下。

叶尔孤白:"好吧,您不怕死。为了五十万上海会有一半人不怕死,包括我。可那不表示您能够杀人。"

芦焱发现了自己的错误,他应该把枪抢过来。可叶尔孤白把枪放进了抽屉,息事宁人地拍拍桌子。

叶尔孤白:"好吧,就这样。您尽快证明您有一个令我畏惧的后台,否则我收取百分之三十的佣金。"

芦焱大叫:"不是百分之二十吗?"

叶尔孤白:"您傻吗? 如果您没有后台,我怎么会甘于挣那区区的百分之二十?"

弄巧成拙的芦焱愣在那里。

贫民窟,屋子里很暗,小欠身后站着两个人。尽管面对的是完全丧失了斗志的小欠,两人仍是剑拔弩张的架势。

小欠盯着油灯,他不想看坐在对面的冯河虎。

小欠:"杀屠先生这件事,我觉得你是存心让我们去死。"

冯河虎:"是先生要杀的。"

小欠:"先生说他没这个意思。"

冯河虎:"你们胜,就是他的主意。你们惨败,他就没这意思。说到皮厚心黑,先生举世无双。"

小欠:"污蔑。"

冯河虎:"是赞扬。"他不想太刺激小欠,"我也为此次殉职的十三壮士难过。"

小欠抬头看着冯河虎,冯河虎在黑暗里,他只看得见黑暗。

小欠:"不是壮士,杀日本人叫壮士,我们在杀自己人。"

冯河虎:"有什么办法? 这是若水先生和屠先生的私怨,却把我们全拖进去,连你的家小都拖进去,看搞成了什么样子?"

小欠轻轻地抽搐了一下:"先生完了。"

冯河虎:"哦?"

小欠:"这次他差点死了,只要屠先生的人多转一下脑子。先生吓破了胆……吓破胆的人,什么也不敢做,完了。"

冯河虎:"那你们这些对他最忠心的人怎么办?"

小欠:"是我。没我们了,就剩我一个了。"他愤怒地瞪着他所在的黑暗,"你明明都知道的! 都死了! 所有跟着先生的老人儿,不是这里的墙头草,都没了! 打生打死为的什么? 我在保护什么?"

冯河虎:"保护什么?一大一小,一女一男,两个呗。"

小欠像是被狠狠地打击了一下,嗫嚅了半天:"是的……是的。"

冯河虎在暗影里走动:"能撑到现在,你也算得上强人啦。如果就此倒戈,我不会动你家人,先生一死,屠先生那边也不屑动你的家人。"

小欠:"如果就是要先生死,你把先生的下落告诉他们不就得了,何必来勉强我做这不忠不义的事。"

冯河虎:"所以你就只是个干脏活的手啊。船帮不想做屠先生的狗,何以自立?除了若水我们还有他看得上的筹码吗?所以若水死,得死在我们手上,活,得捏在我们手心,是绝对不能告诉他的。"

小欠:"……原来是要占山为王。"

冯河虎:"擦屁股的事我是做够啦,你还没够吗?你愿意一起对付若水吗?"

小欠的嘴唇抽搐,冯河虎满意地看着并且凑近,一个垮掉的人更让他觉得可信。

冯河虎:"什么?"

小欠忍无可忍地:"你知道我会说什么啦!"

他说完倒平静了,血平静地从耳朵里流出来。冯河虎递给他一块青布手帕。

冯河虎:"好了好了,这事完了去治治。跟我一起做草头王,保准你快活。"

小欠苦笑:"快活。"

冯河虎:"若水再没有忠于他的人了,他没牌了。"

小欠:"是的,他没牌了。"

二十三

芦焱从街头走过,脸上的神情像落满街头的那种湿重的落叶,显然他和叶尔孤白的僵局仍是僵局。忽然,他精神起来,因为感觉到身后有一辆汽车尾随着他。芦焱回身,拐进了旁边的弄堂。七转八转,他想象自己已经处在尾随者的后方。

走出弄堂,汽车正守在那里,司机座上坐着岳胜,没有表情。芦焱慢慢地走过去,还没近车边,已经听到一根手杖敲打着车窗沿的声音,手杖的主人正在表示自己的不耐烦。

芦焱苦笑:"……爸。"

门开了,芦之苇坐在后座上,用古怪的眼神打量着芦焱,这个老糊涂有时候似乎又很清醒,他清醒时似乎能看穿人的魂。

芦之苇:"你现在做的什么见光死的事?见了自己家车都要跑?"

芦焱:"长这么大,您的车我就坐过一次,所以……"

芦之苇:"我儿子是飞毛腿,一抬腿就天南地北。我儿子是土行孙,跺跺脚就土遁,让我以为他被黄土埋了。我儿子是穷人的救星,见天就想着他家大宅子能住百多号穷人。他能看得上他那损人利己蝇营狗苟汉奸老爹的私家车?"

芦焱讪笑:"你只是愤世嫉俗玩世不恭,不是汉奸。"

芦之苇打量着他:"看看再说。你只是觉得汉奸的儿子不好听吧。"

芦焱干脆岔话:"你怎么在这儿?"

芦之苇:"我要绑你的票啊!我穷疯了,有个叫花子说他挣了五十块,我就眼红得睡不着,得上叫花子嘴里抢饭碗。上车。"

芦焱上车。

车在江边停下,芦之苇看着车外黄澄澄的江面和轮船。

芦之苇:"跟我来。"

他下车,芦焱花了些工夫才搞定自己家车的车门。芦之苇不耐烦地等着儿子来到自己身边。

芦之苇:"劳苦终穷,我都不知道你图个什么?"

芦焱:"我最近也许能搞清我图个什么。"

芦之苇:"我也是。"

芦焱诧异了一下，芦之苇摸出一根雪茄叼上："跟我来。"

芦之苇带着几丝愤怒在江边走，雪茄已经点着了火，他今天的愤怒绝无做作。

芦之苇："我的儿子是个什么玩意儿？叫花子还知道别砸碎要饭的碗，叫花子还睁眼知道第一件大事是填饱肚子。我儿子呢？他知道不平，知道愤怒，知道离家出走，知道欺负他爸爸！然后呢？在外头被人欺成一条死狗！你倒是给我欺负个人看看哪！去欺负！快去欺负！"

老家伙咆哮到后来干脆动手，芦焱左支右搪，好在倒也不是很疼。

芦焱："你你你这这这干什么呀？别喊！呛风！呛了江风！"

芦之苇："呛死算完，可以省掉多少的麻烦？你老子我打拼出一个商会，你老子我为了活下去无所不为，你老子我累得像个儿子！我儿子呢？他他妈的倒成了老子！说你呢！我以为你这一晃十几年有了通天的能为，结果呢？为人所用的一个屁都不是！老朽无能！迂腐不堪！手上握着五十万的一个叫花子！"

芦焱讶然："爸爸？……"

芦之苇："该我叫你爸！你老子我不会打听啊！从你跟我开口我就打听！查渣打行费点劲，查叶尔孤白这种洋瘪三还不轻而易举？你以为上海是什么人的？是商人的，是冒险家的，是黑帮的，是小日本的，是英格兰法兰西美利坚的！是所有敢吃得下吐得出的人的！绝不是你和叶尔孤白这种说有种又没种的！这话就是为你们这种丢人货预备的——两个学大人玩闹的小瘪三！"

芦焱："你叫叶尔孤白小瘪三？"

芦之苇抬手就一下："我是叫你小瘪三！"

芦焱："就是说你能……"

芦之苇："能什么？我贪生怕死，老胳膊老腿，不能卖狠卖打，不能白进红出。只能玩死他。现在几点？"

芦焱看了看表："五点……下午。"

芦之苇："九点我能让他下跪，十点我能让他磕头，不过他找不着地儿，因为老子睡啦。他跟老卞那傻闺女骗了五万零花，我跟老卞只当看小孩子玩闹。他这号人只是上海一季一换的落叶，你老子这样的才是树，才是根。"

芦焱希冀着："你气成这样……那当然是不想玩了。"

芦之苇："你不觉得丢人？早该成家立业的人，这样望着你老子，就好像几岁的时候，盼我扔给你一块糖。"

芦焱："可是您从来没扔过。"

芦之苇掉头就走。

芦焱："我……错了。"

芦之苇哼一声："认错啦？你刚回家说的啥？"

芦焱:"我没错,可是后悔了。因为我没能让我爸看着我长大,也没能看着我爸变老。"

芦之苇稍缓和了些:"认错不值钱。你真当男儿膝下有黄金吗?那我早雇百八十条壮汉每天跪着玩啦——给我点值钱的。"

老家伙的神情渐渐平和下来,甚至回头向芦焱微笑了一下。芦焱悚然。

芦焱:"你别那么笑好吗?……我以后孝顺。"

芦之苇:"孝顺是虚的,给我个实的……你给我多少分成?叶尔孤白要多少?"

芦焱:"百分之二十。"

芦之苇吐口气:"我的个乖乖呀。"

芦焱大有同感:"太黑了也。"

芦之苇迎头给他一下:"烧香吧,你碰上好人啦!换成你老子,黑钱洗白,至少要十抽三,像这种死得不透气的死钱,给你留三成就赶紧买木鱼回家敲吧。"

芦焱哑了,好吧,知道老爸黑是一回事,听他说出来是另一回事。

芦之苇:"自己说吧。雁过拔毛人留影,你是人,打算给我多少?"他在芦焱的嗫嚅中声明,"我不做蚀本生意。"

芦焱看着他老子那张厚颜无耻到发人深省的脸,拼命想琢磨出个中深义。

芦焱:"……一个子儿不给。"

芦之苇的表情一下变得凶狠,却不像是对着芦焱:"老狐狸,你是真敢给我挖坑埋雷。"他向自己的车走去,"走啦,江风伤人哪。"

芦焱:"你要那么多钱干什么?"

芦之苇:"等我百年之后留给我不屑的儿子。"

芦焱:"那你干吗要抢我的钱?"

芦之苇:"你的钱?你的钱?"他满是讥诮地看着自己的儿子,"再说一遍你的钱,你就永生不要跟我提他妈的这笔钱!"

芦焱:"我知道的!我爸嬉笑怒骂,可是顶天立地!他从小就在教我一个男人该怎么活!为生!为活!为志!为气!不是盯着每一笔蝇头之利的小钱!我知道你不过是要我照你希望的那样活,安全的,稳当的,不会头破血流的!我答应你——任何事情!"

芦之苇面对着他的车,听开始几句时还略有愧色,但后几句让他微笑。

芦之苇:"任何事?"

芦焱:"任何事!"

芦之苇:"那你去给我娶了卞子粹的傻闺女!那家伙快嫁不出去了!咱芦家就行行好,收了进门!现在上海的日子不好过,生意越来越难做,你就跟他们父女迁去香港,做他家的倒插门!"

芦焱愣到了没头没脑:"这……这叫哪儿挨哪儿呀?"

芦之苇上车:"江风伤人哪!"

芦焱:"这是你那生意场上的斗争吗?"

芦之苇心不在焉地哼哼:"老子的斗争多了去啦。江风伤人哪!"

芦焱:"我答应你!可卞融那宝贝儿……卞小姐怎么看得上我?"

芦之苇:"愿打愿挨的事,屁股着了板子再说罢。还有……"

芦焱:"你说点我想得到的事行吗?"

芦之苇又露出那副赖赖的笑容:"回去叫小家一声妈。"

芦焱:"妈的。"

芦之苇一时似乎再无更多要求,他看一眼芦焱,若有深意,然后就思虑重重地望着江水。

芦之苇:"儿子,看看江水。"

芦焱莫名其妙。

芦之苇:"人哪,就像这江水,浑浑浊浊的,啥也看不清,只管从出生那天起,就一劲流去它要去的地方。"

芦焱并不明白父亲的无奈和苍凉的心情。

芦之苇的车停在商会门外,岳胜下车,走开。芦之苇玩弄着一根雪茄,想着什么。芦天伦从商会另一侧过来,上车,把手上的衣包放在芦之苇身边,他的行为动态总是给人一种贼溜溜的感觉。

芦天伦:"老爷给二少爷定做的衣服,已经做好了。"

芦之苇:"天伦,咱们不用亲手做那些见不得人的事,很多年了吧?"

芦天伦:"可有些年了。"

芦之苇:"那你怎么举手投足,总有那么一种刚偷过东西的样子?还是刚才真偷了东西?谁的?我的?"

芦天伦:"老爷真有趣,谁敢动您的东西。"芦之苇跟他对上了眼,芦天伦只撑了两秒钟,低头。

芦之苇叹气:"虚啊,虚的哟……我的人怎就这么不成气候呢?"

芦天伦气馁,可又不想认输:"下人的气候要看老爷的雄心啊。这样生死的关头,老爷却去给儿子订相亲的衣服。"

芦之苇笑:"你是越来越喜欢掺和不该你管的事了。"他忽然正色,转了话题,"你说你想告老还乡?"

芦天伦:"是。老爷不喜欢天伦,天伦也想家了。"

芦之苇:"男人有两个乡,家乡,离家越来越远的野心之乡。大蠢还是大智,就看你要还的是哪个乡。"

芦天伦明白芦之苇话里的警告之意："自然是男人都要回的那个家。"

芦之苇出了口气："那就回吧。你只学会了我的缺德，却没学会……"他敲敲自己的脑袋。

芦天伦："就这一项也够天伦混吃等死啦，谢谢老爷。"

芦之苇再也没理他，芦天伦径自下车，在车边跪地磕了一头，关上车门。芦之苇没理他，研究着刚给芦焱定做的衣服。

芦公馆。芦焱近似委屈地看着镜子里的自己，今天这身衣服过于光鲜和隆重了。

芦之苇："转过来。你自己看什么，是老子看！"

芦焱悻悻地转过身："你又看什么？是卞小姐看。"

芦之苇："袖口紧了点。"

芦焱："我怎么没觉得？"

芦之苇："不用叫裁缝了，他们那活儿还不如小家好呢。小家，去帮他改改。"

一直在旁边伺候的应小家帮芦焱把衣服脱下来，拿走。

芦焱很深刻地看着他的父亲："做饭，打扫，缝纫，捶背……她好像会所有为别人服务的东西，可她不识字。"

芦之苇："你觉得不好？那我告你个好消息，你那口子，所有与人为善的东西全都不会，居然能把老卞的里外两件衣服给缝到一起。现在你高兴吧？"

芦焱："就算婚姻是交易吧。你做了笔划算交易——划算到了缺德的地步，可干吗逼我去做亏本生意？送上门去，找个你也不怎么认的儿媳伺候着，还跟他们去香港，倒插门？"

芦之苇："山人自有妙算。"

芦焱怀疑地看着他："要是你那妙算是我把人卞家连女儿带家产打包，包你一统商会——你可知道我不是干这种活的人。"

芦之苇："他老卞发财靠的我，理财靠的我，人缘人脉靠的我。一统商会这种小事还用你？我今天动了念，明天就统啦。"

芦焱狐疑，但要在他爸的河里摸鱼，还真不是那么容易。

芦焱："天伦叔呢？怎么这几天不见他阴阳怪气啦？"

芦之苇："他想回老家省亲，我看他年纪也大了，索性给了个长假。"

芦焱："真想不出他还能有亲友。"

芦之苇："也不用支三岔四地小家天伦了，想问的事你就直问吧。"

芦焱："那笔钱怎么样了？"

芦之苇:"它已经不是死钱了。"

芦焱惊了:"就这么快?"

芦之苇:"慢的话那位叶尔孤白先生就不会觉得可畏了。昨儿一天,商会、帮会各给他上门一趟,商会见面就是下最后通牒,帮会见面就是亮了亮枪杆子,后来洋鬼子社团又跟他聊了聊驱逐出上海的问题。那位直了眼也弯了膝盖,他又不是罗斯福张伯伦,没炮舰没军队,再说驱出上海,他一个犹太流浪汉上哪儿去?"

芦焱体会了一下那位的处境:"别太狠。"

芦之苇:"我当然知道点到为止。可你呢,心慈不是坏事,能看见硬心肠人看不见的东西,但别手软,我不是说你要狠到能砸叫花子一砖头,那叫有病。别总是绊在一件事上走不开道,你我没有时间。"

芦焱看着镜子里的自己,也看着身后的父亲——自己没时间好说,但父亲这个没时间又是从何说起:"爸,你怎么从来不问我这钱哪儿来的?"

芦之苇:"见不得光的钱罢了,我天天在见。问的话我也知道你怎么说,说一堆鬼话。省省心,钱就是钱,见不得光的钱洗个澡就是见得光的钱。"

芦焱:"谢谢。"

芦之苇:"哈哈,心存感激?我跟你说个事你就不会感激了。你那钱啊,现在不是死钱了,它是黑钱。"

芦焱很有不祥之感:"你什么意思?"

芦之苇:"被冻死在行里看得见摸不着的那叫死钱。用点手法能摸得着还能换得出来的叫黑钱。"他笑容可掬地向儿子点了点头,"本店专事洗净各种黑钱脏钱,欢迎光顾。"

芦焱:"我觉得……你又给我挖了一个坑?"

芦之苇:"哪是挖了一个坑呢,是铺了一条道。做下老鬼的女婿,人家股份利润是肯定要给你一些的,我嫁儿子呢,总也得给个嫁妆。所以呢,这个相亲你要聊足了上,女婿你要好好地做,生意你要卖力地干,钱我也会好好地帮你洗。这样乖乖地活个年把两年,又够市侩够奸商的话,钱就白啦。"

他乐得不行,而对一心想了却此事的芦焱来说,他描述的真是一种无尽的磨难。

芦焱:"你……这根本是给我脖子上套条锁链啊?"

芦之苇正色:"我不知道你心里的大事是什么,只知道为了它你是随时可以再跑个十几年的,大不了到时来个我对不起你,下辈子还之类的,我呢,只在乎今生。"他又嬉皮笑脸:"所以呢,我把死钱洗成了黑钱,算是给个订金,你好好做人,我保证能付全款。洗净五十万分文不取也不是亏本生意,我赚了个能守家保业的儿子。"

芦焱听得干瞪眼,芦之苇扬长而去:"听说香港的海鲜不错,希望你吃得上。"

会所湖边,岳胜放下芦焱,将车开走。

芦之苇优哉游哉地从芦焱身边晃过,扔下一句话:"好自为之。你老子虽满口胡柴,却从不食言。"

芦焱跟随父亲,他觉得自己像一个第一次上台的模特。

把他带到卞子粹跟前:"转一圈,让你卞伯伯看看。"

卞子粹色迷迷疑惑惑地瞪着芦焱,让这位预备女婿有一种被扒光的感觉。

卞子粹:"好好。"

芦焱转圈的时候差点儿把牙咬碎了。

卞子粹点头不迭,外带敲打自己的额头:"怎么怎么……"

芦之苇:"怎么眼熟?"

卞子粹:"是啊是啊。老芦,你家二公子贵姓……我呸呸……这个大名?"

芦之苇:"单字一焱,芦焱。"

卞子粹在自己额头上拍出响亮的一声,叫并不多的客人回顾。

卞子粹:"那不是那不是……"

芦之苇:"商会提大包的对不对?——对你家千金他是久有贼心久有贼意啊,你年轻时干过这种窃玉偷香的事没有,老卞?"

卞子粹:"我是有贼心没贼胆啊。"他给了芦焱一个大拇指,"好小子,有种!"

芦焱:"……见笑。"

芦之苇:"令爱一向持重,这小子得不着手就来求我。只好带给你老卞看看,就这么个东西,没缺胳膊没少腿,就是骨头轻了点。"

卞子粹:"哪里轻了?骨格清奇,气宇轩昂,人中龙凤啊!哪里高就?"

芦之苇:"前些年在外地打拼,挣的钱黑不黑白不白。"他淡淡地,"一笔五十万的款子还要劳烦我通过商会来帮他洗。"

卞子粹吓了一跳,并不在乎那钱脏不脏:"原来还是我们的大主顾!长江后浪!大手笔!坐坐!"

芦焱总算能入座,但并不舒服,因为仍被卞子粹目不转睛地看着。一名侍者抱着一大捧玫瑰花过来。

侍者:"先生,您订的花。"

芦焱看花,看芦之苇。芦之苇哈哈大笑。

芦之苇:"玫瑰就是示爱吧?这帮小家伙。"他看看卞子粹,指着芦焱,"他还订花!"

卞子粹合不拢嘴:"很有意思很有意思。"

芦焱只好和那捧玫瑰一起坐下,他觉得自己介乎花痴与白痴之间。

卞子粹:"贤婿啊……"

芦焱:"啊?"

卞子粹:"哦,这个……芦焱公子啊,融儿还没到。你去过商会也知道,她就没个准时的时候——不过要知道是你怕早就到了。你们打过交道是吧?"

芦焱下意识摸摸自己的手,伤痕犹在:"……常打。"

卞子粹:"很多人叫我卞哼,意思是说话直。我也先直说,令尊和我一条裤子的交情,丑话早说过,商海无边,你忙到快四十没成家。我那小女也高不成低不就,快三十人还不思归宿。所以我心里呢,你们就一对金童玉女,小女漏斗手流财命,我看你是个有心思有计较的人,以后两家合一,我卞哼的产业你要当芦哈的一样照应。"

芦焱一副嫌钱太多的痛苦表情。

卞子粹:"身在商海,却不以钱为喜悲,做大事的人!万里挑一!"

芦之苇瞪着芦焱:"哼,跟钱过不去的,怕是百万里挑一吧……哈,正主来啦。"

卞融出现了,一脸的烦躁加应付事。芦焱呆呆看着那捧该死的玫瑰花。卞融过来,不看抱着玫瑰的芦焱,只冲着卞子粹和芦之苇点了点头。

卞融:"爸,芦伯伯,我还有事。"

卞子粹:"有事也要先见一下芦伯伯的二公子!老芦,我怎么晚认识你十几年啊,有那十几年他俩就是青梅竹马……"

芦焱站起身,像一具牵线木偶,僵直地把花递给卞融。

卞融的脸变成了冰冷加诧异:"芦二公子?!"

卞子粹:"嗯嗯,你芦伯伯的二公子芦焱,人品气派,情深意切,生意场上也是八面……哎,女儿?"

卞融在他的唠叨声中放下坤包,活动了一下手腕。

卞融:"把花给我。"

她接过花放在桌上,然后由下至上,一只手几乎画了条一百二十度的弧线,然后狠抽在芦焱的脸上。芦焱被打得头仰了一下,他看一眼卞融,默默擦掉流出来的鼻血。四座寂然。芦之苇和卞子粹甚至忘了发问,卞融看了他们一眼。

卞融:"这个人经常拿脸打别人手。他跟我认识的很多人一样,面部没有知觉的。你们不用担心。"

芦焱看看父亲:"……看到啦?这不是我的问题。所以你该做的还得继续。"

然后他掉头就走,卞融把整捧玫瑰花砸在他的背上。愤怒、痛苦、茫然、屈辱,那就是芦焱脸上的表情。暴露于众人眼中多一秒钟都是屈辱。他冲冲走向自己家的车,打开车门钻进去,瘫在车座上。

芦焱:"去我们该去的地方吧,岳胜。"

那处让他愤怒的地方被甩在身后,他呆呆地看着车顶,后来他在哼歌:

"飞得高,飞得低。学习再学习。多少好东西……"

岳胜只管开车。

芦焱:"你肯定在心里骂我,这点事都扛不住。"

岳胜扔过来一块手巾,为了他的鼻血。

芦焱:"不是怕挨揍,我还怕挨揍?就是我做不来。你见过我爸放家里养眼的那位夫人吧?你知道她背后的故事?我要去骗的这个人和她是一样的,都剩不下什么了。再来最后一刀子,她们就得趴下。我捅不了这一刀。"

岳胜在后视镜里打量着芦焱,然后打转方向盘。

芦焱顾自嘀咕——不知何时开始,他已经把岳胜当作倾诉的对象:"她不蠢,你知道吗?她知道羞耻,这就让她更容易受伤。她还是一个很讲义气的女人……不该伤讲义气的女人,因为女人很少会讲义气……"他忽然醒悟过来,"你这是要去哪儿?我们没走过这条路。"

岳胜不说话,只开车。而芦焱开始寻找一件自卫的武器——他已经习惯了这样一种生活:谁都不要相信。

岳胜:"能为你挡枪子的人,不可能伤害你。"

随着这话扔过来的是岳胜的枪。芦焱毫不客气地抓在手上,并确定了是实弹,在用它对着岳胜时他犹豫了一下。

岳胜:"只是想跟你说件事,怕你失态。"

芦焱稍安静了些。车拐入巷子,巷子里停下。空无一人,符合岳胜的安全定义。他俩下车,面对面拿枪对着人不大合适,芦焱决定把枪塞在口袋里玩个暗瞄,像他所见识过的那些人一样。可是枪卡在了口袋里。岳胜帮他在口袋里把那支枪卸了,把部件拿出来装上,又还给他。

岳胜:"这件事,门闩早想让我告诉你,我没说,因为……我也不想捅那一刀子。保护你是我个人要求,因为我欠你的……不,是欠他的。"

芦焱拿着枪,一脸不解:"你欠我?我们认识才多久?他是谁?"

岳胜:"我上一个保护的人,结果他把我从二楼推下去了。"

芦焱恍然:"冒牌红先生,生意奇才,赚了五十万死钱的人。我很感谢他,没他掩护我可能西北都待不下去。"

岳胜:"他最常做的就是喝酒拉和,打算盘,他最恨的就是喝酒拉和,打算盘。为了喝酒拉和打算盘,他弟弟离家出走时他都没空回头,还是喝酒拉和打算盘,他人在上海,却跟家人说去了东南亚。"

芦焱介乎反应过来和不肯相信之间,木然。

岳胜："他化名陈植,绰号拉和老陈。问我,他真名叫什么?"

芦焱："……他真名叫什么?"

他在企望着另外一个答案,但又渴望就是这个答案。

岳胜毫无意外地说:"他叫芦淼。芦苇的芦,浩淼的淼。他的弟弟拿走他的名字之前,他叫芦焱,芦苇的芦,焚火之焱。"

青年队基地,昏迷的芦淼和邱宗陵分别躺在轮床上被推进相邻的两个房间。守卫的青年队注定要整夜听着来自两个房间里的尖叫、嘶吼、哭泣、大笑,七情六欲注定要在这里被拿出来,打碎、粘上、再打碎,最后成为缺这少那的精神畸形。终于有一个人从屋里出来,他像个医生,紧跟时代的屠先生已经是药物和刑讯并用了。那人拿着记录本匆匆走开,他要去见屠先生。

屠先生房间的台灯压得很低,只能照到屠先生眼下的桌面。屠先生和刑讯者都在台灯之外的暗影里,屠先生一边听着报告一边翻着堆积如山的情报卷宗,他能够一心两用甚至三用,他喜欢这样的高效。

刑讯者:"……用刑的同时,我们对陈植和邱宗陵都使用了大量药物,几乎是致死的剂量。陈植的抗拒现象并不强烈,可是……"他难掩沮丧,"说出来的和清醒时区别不大,还是统一战线,日本人阴谋什么的。"

屠先生并不抬头:"如果他受刑前后说的话是一样的,那要你们这些精通药物的审讯专家有什么用处?"

刑讯者:"是……他说了很多数字。"

屠先生在卷宗上画着的笔停顿了一下,然后继续:"数字?还是密码?"

刑讯者:"更像账目。买进,卖出,抛售,收盘,诸如此类。我们好像在审问一个生意人,一个账房。"

屠先生停下,看了一下专家递上的记录本上边那些没有意义的数字,扔开了。

屠先生:"拉和老陈本来的身份就是生意人,他赚的钱在他发出那个惊蛰明码后就不知下落,你要能挖出来也算有功。可我没兴趣看他怎么买进卖出。"

刑讯者:"……这些共党明知必死,也许就是没带着任何秘密来的。"

屠先生:"那不可能。每个人心里都有秘密,挖不出来是你的无能。"

刑讯者只好转移话题:"邱宗陵倒是已经快像个鬼了。"

屠先生:"那就在他不人不鬼的时候叫我。"

芦焱:"……可你现在才说……可我一直在玩他的算盘。"

岳胜:"从你知道那五十万的时候,门闩就让我告诉你,可是……"他竟然单膝下跪,"我来上海的任务是保护他,可是,他倒保护了我。现在,我希望,至少能让我站在你和射来的子弹中间。"

芦焱："可现在射来的不是子弹。"

他任由岳胜跪在那里,晕乎乎地去拉车门,他和那扇门较着劲,直至哀求:"帮帮我。"

岳胜帮他打开车门。芦焱钻了进去,从车窗里看着岳胜。

芦焱："落在屠先生手里的人……拉和老陈……我哥他,还出得来吗?"

岳胜："从一九二七年至今,从无先例……连青山都不例外。"

本来是不抱希望的一问,而当绝望袭来,芦焱恸哭,整个人从车窗之上滑了下去。岳胜走开,背了身站在一步之外,仰望着天空的阴霾。

芦焱伸手在车外敲着车门,附带瓮声瓮气的声音:"走吧,岳胜,我们回会所。"

岳胜沉重地上车,再也没勇气去看芦焱。

世界在车外流逝。芦焱呆望着车顶。岳胜开着车。芦焱整理自己的衣服,把自己收拾成一个从未悲恸过的样子。

芦焱:"我的哥哥芦淼。我十六岁之前,模仿他的一切,最喜欢穿他的衣服。十六岁之后,反对他的一切,世侩、小气、财迷、不通人情……尤其讨厌穿他的衣服……现在我回来了,穿着他的衣服,保护我的人上一个保护的是他,还有他那拼了半辈子命赚来的五十万……"

岳胜因为自己也被列在清单里而有些难堪:"你……不要嫌弃。"

芦焱:"我不是嫌弃。我是想他……连那样妖怪一样的爸爸都能理解,我又怎么会不想他?他怎么攒的钱?五块钱能干什么?十块钱能干什么?五十块钱能干什么?"

岳胜:"像个钉在算盘上的疯子。"

芦焱:"他还活着吗?"

岳胜:"……最好别去想这个。"

这是又一个让芦焱崩溃的问题:"……我怎么告诉我爸?"

车停下。岳胜看着芦焱那似乎平静实则崩溃的样子。

岳胜:"我们真的要回会所吗?"

芦焱:"我穿着我哥的衣服,保护他的人在保护我……还有不回去就拿不到的五十万——我们真的要回会所吗?走吧,我们真的要回会所。"

岳胜再发动汽车的样子像是比芦焱更别无选择。

芦焱:"不要尖叫。我爸说,做点有用的,不要尖叫,没人要听你尖叫。不要回头。我爸说,芦家的男人从不回头。"

车停在会所外边,芦焱看着会所,拍拍岳胜的肩:"那是我哥的钱。"

一辆车停在树荫里,车里有四个人。后座上是小欠,司机和他身边那位老疤手上的枪有意无意地对着他。冯河虎在副驾座上，猛吸雪茄。芦之苇那一老一小进去，那小的让小欠震惊。为掩饰他下意识地拨弄了一下老疤的枪口，老疤警告性地把枪对准了他。小欠嘲讽地冷笑。

见芦焱又回来了，小欠的呼吸不由又紧了一下。这回冯河虎觉察到了。

冯河虎："你认得他？"

小欠收回了目光："那是谁？"

冯河虎："你真不知道？"

小欠倒像是颇有怨言："我们这些干脏活的，又哪儿有机会靠近先生？"

冯河虎："今天你好好干完这单活，以后就不用干脏活了——老疤，给他。"

老疤仍把枪口对着小欠，掏出一支手枪交给他。

冯河虎："他老家伙尿频。如厕时就是你下手的机会。会有人到那棵树下划根火柴点上雪茄，那就是说你该干活了。"

说着话他自己划上火点了根雪茄。

小欠："为什么非得我来下手？"

冯河虎："想以后好吃好喝总得交个投名状。还有，我要让他知道有多对不起我们这些被当炮灰的弟兄，你下手他更知道众叛亲离。"

强光、轮床、器械台、和器械台上那些足够把活人做成沙拉的或尖利或锋利的锋芒闪烁的玩意儿，使这个房间更像个手术室。轮床早已被拆成了仅剩下钢丝底的空架子，连带着上边已经松开的几副镣铐。邱宗陵拼命钻在屋角，用青年队扔给他的毛巾死死包裹着赤裸的躯体，厚厚的毛巾上已经渗透着血迹。他抖得不成话，一个青年队正在给他注射镇静剂。屠先生进来，在他身边站住。邱宗陵开始尖叫，这是表示害怕到了极点的一种信号。屠先生皱了皱眉。九宫跳过去，用几记耳光将邱宗陵打回了现实。

屠先生："说吧。"

邱宗陵的目光完全没有焦点，他甚至没看近在咫尺的屠先生："小屠必须死。"

九宫在器械台上找了一根最有杀伤力的棍子，扬起来。屠先生用眼神制止了他，伸出一只手在邱宗陵耳边打了个响指。如同引爆了一颗炸弹，邱宗陵跳了起来，被九宫再加上几个人摁下。

屠先生："你叫我小屠还实在年轻了点——是谁这么叫的？"

邱宗陵嚎叫："是若水！一定要杀了屠先生！若水说！若水先生说的！"

屠先生听到这个名字后变得全无表情，他点了点头，退后。会意的青年队们上前，哀号中的邱宗陵再度被架上轮床，铐上铐子。刑讯专家在器械台上寻找着适用的道具。施刑者和受刑者厚重的影子映在墙上，形如地狱的剪影，也映在默然苦思的屠先生身上。九宫把从邱宗陵嘴里撬出来的不成语句的审讯记录拿来念给屠先生。

九宫："……我是邱宗陵,我是若水的人,费了很大劲才混进共党内部。双车以为我是他的人,笑面暴以为我是他的人。他们都是傻瓜,我只听若水的,我是若水先生的人。"

端坐的屠先生换了一个姿势,脸上浮现出冷笑："……若水说,小屠如日中天,我们都要死在他手上了,得先下手。我放了消息,种子在陈植手上,让他们大打出手……"他脸上凝固一般的笑容,"我杀了笑面暴,让船帮和天目山火并……若水说,掀起战火,我们定输,小屠会赢到沟满壕平,我们会丧师失地……可最后他总得进上海。一个躲着上海的黑道之王,就是笑话。在上海被刺杀过的小屠不敢进上海,更是笑话。他明知有陷阱也得往里跳,他这赢家比输家更没选择……"

九宫不念了,屋里一片寂静,连用刑都停止了——傻子都知道,这话已经把屠先生得罪到极致了。屠先生再没了笑容,两手交错,望着头上破碎的穹顶苦思。

屠先生："问他,若水预备用来杀我的那些人现在在哪儿?"

九宫吃了一惊,因为这等于说之前天外山天目山做了多少次的清洗工作都是白费："我们实际上在追查一起已经被挫败的阴谋。若水预备的刺客丧失殆尽,欠老板带队的就是最后一批了……"

屠先生："问他!不是问你!去给我问一百遍!如果他说一百遍你刚才那种鬼话,就问他第一百零一遍!"

九宫立正,肃静。屠先生出去——能承受血腥不代表他喜欢血腥。

芦焱进入会馆时卞子粹正要如厕,他摸着装了太多酒水的肚子跟芦焱傻乐。

卞子粹："贤婿,你们家传的厚脸皮呢?我如厕,呵呵,我去如个厕。"

芦焱死忍,芦之苇正戳着一块牛排和端着托盘等小费的侍者较劲。

芦之苇："……这是七成熟吗?"

侍者："七成熟。是的,先生。"

芦之苇："我要的是中国人的七成,你给我来个洋人的七成——洋人的七成最多是中国人的三成。"

侍者："……我拿去给您再做。中国人的七成是吧?"

芦之苇："你以为三成加四成就等于七成?可这四成是中国人的四成还是洋人的四成呢?中国人的七成加洋人的四成又等于几成呢?"

侍者："这个……先生……"

芦焱虎着脸过来："你走吧,他不过是想绕到你不敢跟他要小费。"

侍者愣了,却看着芦焱,就不走。

芦焱:"走吧。我是他儿子,比他更抠门儿。"

绝了小费之念的侍者终于走开。

芦焱:"我从来没见过人像你这样决心做一个耍把戏的。"

芦之苇津津有味地吃着七成熟的牛排:"我从没见过做人有不耍把戏的。"

芦焱看着老头心情大好,暗自叹了口气:"我哥……"

芦之苇风雨不惊地:"你哥回来啦?"

芦焱:"……回来就好啦。"

芦之苇:"人在这个好字上是没得够的。所以,你该想,眼下就不错啦……万一待会儿你爸就叫这块牛排噎死呢?"

芦焱:"你别边吃边说这种怪话就不会。"他扫视着周围,"她呢?"

芦之苇大笑,噎着了。芦焱慌忙给父亲倒水捶背。然后芦之苇倍儿正常地往湖畔的树丛里指了指,芦焱看去,见树不见人。

芦之苇:"她真是让我眼红啊,给了你那么大一个嘴巴子,我多想也来那么一下啊。打完了也不走,哭个稀里哗啦。我瞧这事是有八成数了。"

芦焱:"卞哼芦哈您两位,那是你们的后辈,女的,哭成那样了,你们两位就跟这儿研究牛排几成熟?"

芦之苇:"管她干什么?这笔生意我们两个老的已经谈完,剩下的琐碎你们小的自己谈好了。"

芦焱:"生意?"

芦之苇:"生意生意。万物都在耍把戏,无事不是谈生意。"

芦焱点点头,离开之前从父亲盘子里捞了块肉,这是他唯一的反击手段。

芦之苇:"扔个石头。"

芦焱:"石头?"

芦之苇:"八成数不是吗?乌鸦喝不着瓶子里的水,就往里边扔石头,水自己就溢上来了。扔个石头。"

芦焱很没辙地看着无事不用心机的父亲,而父亲毫无心机地专注着牛排。

青年队基地,屠先生站在铁锈斑驳的平台上,看着晨曦之下的破败厂房和那些被爆炸和气浪冲击得面目狰狞的机械。护卫他的青年队站在阴影里,仿佛希望屠先生忘掉他们的存在。九宫出来,鞠了一个折刀式的大躬。内疚和惶然交织在他的脸上,以及极度的疲劳。同一个问题问一百遍,折磨的不仅是被问的人,何况还得施刑。

九宫:"问第八十三遍的时候他终于说了。船帮的叛变是真的,可若水就是要把船帮扔出来做炮灰,他就是要我们觉得他众叛亲离。欠老板那帮是高级炮灰,命中注定的送死货。真正的撒手锏,是他多年来专为这事培养的……"他踌躇了一下,"……锄奸队。那些人多年一直在他身边暗中护卫,我们不知道,船帮也不知道。就为在我们当他山穷水尽时,给先生您致命一击。以上是最后的审讯结果。又经三次核实,犯人再无改口。"

屠先生盯着眼前的满目疮痍,表情竟有些苦涩:"狠过毒蜂啊,若水。为了叮我一口,你不惜让自己的肠子肚子一块被扯出来。你为什么就不肯好好死呢?"

九宫又鞠了一躬:"先生不进上海,若水就是再多的设计也无从施展。但这里还是太危险了一点,敦请先生速回重庆。"

屠先生:"退?没得退。不可避而不战,否则,徒增敌人胜算。"他无视九宫,只跟他那位宿敌交谈,"厉害呀,老伙计。实力如此悬殊,却逼得我说出了这种话。你不是在玩苦肉计,你是真把自己放进绝地,砍掉自己两腿一手,就留了一只开枪的手。这时候,我怎么舍得走?"

芦焱贼手贼脚前往会所寂静的角落,听见那个细碎的声音:蜷成一团的卞融捂着嘴发出轻轻的哭声。芦焱在茫然无措中生出对茫然无措者的同情,他安静地看着女人在真正伤心的时候的哭泣。卞融换了个姿势,托着腮摆着身段,珠泪涟涟,让芦焱的心都要碎了。他很绅士地走过去。

芦焱:"芦焱和何思齐,哪一个更让你觉得讨厌?"

卞融:"想好这回你要扮演谁了吗?"

她威胁地活动着自己的手腕,芦焱站住。

芦焱:"你要揍芦焱的时候,我是何思齐。你要揍何思齐的时候,我是芦焱。"

卞融全无笑意:"真希望你的幽默长着脖子,这样我就好掐死它。"

芦焱干笑:"你真幽默。"

看起来卞融要又一次使用她的巴掌,但她放下了手。

卞融:"算了,你走吧。女人打男人,无外乎是受了骗,可被一个欠揍男人骗了的女人,更欠揍。走吧你,我知道你回来干什么。你知道我除了生气,还很好奇,何思齐怎么就成了芦焱,于是你准备好了一堆解释。我也许信,也许不信,可只要我听了,这场游戏就又得玩下去了。对不对?"

芦焱连干笑都没有了:"我不解释,因为一个像你这样聪明的女人根本不需要解释。"

卞融仿佛被打动了:"还是解释一下吧,你小看了女人的好奇心呢。"

芦焱提气凝神:"这件事情是这样的……"

卞融:"还是别解释了,我逗你玩呢。"她忽然乐了出来,"真解气,比打你耳光更解气呢。也许芦焱比何思齐更有意思?不过那是不可能的。何思齐有趣,因为

449

上海根本没有他的角色。你呢,和我一样,从小就在扮演分给你的那个角色吧?"

她要离开,芦焱欲阻,她把手提包当流星锤作势欲挥,芦焱站住。

卞融:"我才舍不得呢,包里有我喜欢的香水。"她取笑芦焱,"芦公子,你还是做回何思齐吧?一棵树对你比较安全一点。"

芦焱硬起了头皮,因为此时再不做什么,以后他也无法为芦森的那五十万做什么了:"这只是一笔交易,知道吗?我只是尽可能让它不要成为交易。"

商人的女儿对那个词总是敏感的:"你和我的交易?你拿什么当本钱?芦二公子,你知道上海有多少二公子?每个二公子都是在等着老大死掉的二世祖。"

芦焱:"不是你我的交易。只是两个闲来无事的老头子,闲到成天只好操心他们的败家儿女,因为他们知道,这样下去,他们的家迟早要被儿女败光。"

卞融瞧了一眼远处正大快朵颐的芦之苇,而她的父亲正好如厕归来,很无辜地冲她笑笑,又和芦之苇交换着鬼脸。

芦焱:"他们爱钱,可最爱的不是钱。他们怕死,可最怕的是看自己的儿女在外头碰得头破血流或者被人骗得醉生梦死。"他几乎以假当真,"后来他们一合计,反正生意都做到一起了,索性把家也并了吧。就这样。"

卞融看父亲的眼神有些茫然,毕竟一个对生人都同情的人,不至于不在意自己的父亲。芦焱的停顿让她醒过神来:"就这样?"

芦焱:"当然不止这样。现在轮到那个败家子——就是在下——上场。虽说打小担着孽畜之名,我也知道这样的强拧,会挫了他们的手,伤了他们的心。可是,连我都不愿意接受这样分不清是生意还是婚姻的东西,想必你更加厌恶透顶。"

卞融调侃芦焱做作的愤怒:"不用那么义愤填膺。不用装出你真能分清生意和婚姻的样子。"

芦焱:"好吧,所以我去了一棵树,因为我知道你在延安,经常会来一棵树。所以……"他编不下去了,好在芦家还有门绝活是用问号把人绕晕,"你真的从来不觉得和我在一棵树的相遇太过巧合吗?"

卞融:"芦公子,你是说你为这么点小事花费了四五年?"

芦焱:"当然不。可一棵树很穷,而我们这些人最拿手的绝活就是砸钱,砸到我说在那里待了四五十年他们都会说,没错。"

卞融仍不相信:"看来你真是很有钱,居然能砸出一口地道的西北口音。"

芦焱:"我在方言上很有天赋,我还能说地道的东北话。"

卞融不再说话,沉默意味着她已经信了大半。

芦焱看一眼远处的岳胜,给卞融最后一击:"其实你想想就知道了,中国这么大,在共治区的一棵树我们相遇,在日占区的上海我们又邂逅,除了我说的这个理由,还有别的站得住脚的理由吗?"

450

卞融:"你鸳鸯蝴蝶派的小说看太多了……我根本不信。"

芦焱又看了一眼父亲,然后开始扮演一个他很厌恶的人——叶尔孤白。

芦焱:"亲爱的卞,你不信,我也只是告诉你原因,而不是要你相信。你不信会比较有趣,你若信了,我们就会拥抱在一起,太容易就遂了父亲们的心愿,也到了我们都在逃避的结局。不信,这个游戏也许会更有趣。"

卞融显得有点伤心和疲倦:"原来你也讨厌这么个结局?"

芦焱:"婚姻对你我的父亲是个结局,对我们却是开始。"他甚至不好意思面对自己的无耻,"先得把米煮成饭,我们才能知道米的味道啊,亲爱的卞。"

身经百战的卞融被他肉麻得发冷:"何思齐在上海真是没有立足之地啊。"

芦焱:"你是说我换在衣柜里的那件衣服吗?"

卞融:"你这样愤世嫉俗好像很乐在其中啊?"

芦焱:"哦,我打拼了三十多年只为得到愤世嫉俗的权利,上流专利。你不也一样吗?亲爱的卞,你正在对着镜子说——必须改变自己的行为举止。"

卞融的勇敢总是掺杂着糊涂:"那好吧,我们斗嘴。门当户对,上流对上流。"

芦焱:"不,我很下流,让上流人去玩他们的口才吧,我只想谈成这笔交易。"

卞融:"为什么?为了卞家芦家能继续发国难财,你我能躺在这堆钱上?"

芦焱:"我要说为了破碎的河山,为了每一次我见过的艰难的死和活,为了我年轻时的第一个理想,你会信吗?"

当然不信。卞融为他的厚颜叹了口气:"你真是个空虚的男人。"

芦焱:"我实在得很。不信你摸摸我。"

卞融:"还很无耻。"

芦焱:"但不是最无趣,对吧?"

卞融:"无趣自觉有趣,下流自命上流,芦公子。"

芦焱:"这是一种修养。糟糕,但总得让自己过得去。你我一样,我的左手,你的右手。我弯腰,你也没有直着——镜子外的你,镜子里的我,亲爱的卞。"

卞融败下阵来:"走吧走吧,我信你了。何思齐只是一件被你穿过的衣服,好吗?芦伯伯一向很奸,现在他虎父无犬子了。跟你比,我认识的那帮货色也许都是光屁股的小天使,可我还躲得起你——让路。"

芦焱:"我就算让开了,你前边也没有路。"

卞融:"让开!"

芦焱:"让开之后呢?你回家,恨你家,恨你交的朋友,甚至恨你父亲。你看着你买来的药,想着有一天它们能到一棵树,可它们没长腿,你这长了腿的又迈不动,因为你害怕看见苦难。别人还能隔河望景,你却两头都挨着针扎。人到底该有多少内疚和怜悯才不至于出危险?你早就过了那道红线了……"

卞融:"谁要你说这些的?那些东西我是给何思齐看的!不是给你!不要拿从我这里骗走的东西再来骗我!"

芦焱:"那并不羞耻!而且我知道怎么让你安宁!灯红酒绿让你失望,穷乡僻壤也让你失望,冒险让你失望,待在家里更让你失望,你已经没地儿可去了!"

卞融狠狠地把手提包挥过去,不再在乎她的香水:"用不着你说!"

芦焱:"答应我的求婚。我知道,这样一个婚礼,和我这样一个人,是你逃了多少年的人和事。可是能走的道你都走过了,只有我这条道了。来,走我。我们正正经经地生活,只有我能做到,因为你认识的那些都不是正经人。我会堵住那些让你不得安宁的五湖四海,当同情心泛滥时你还可以去去棚户区发发药。我们都该歇歇了,我会让你变成像眼前这潭湖水一样安宁和……"

卞融:"一潭死水和一股漂白粉味。"

芦焱:"但是能过得下去。"

卞融:"但是总过得下去。"她叹了口气,走了几步,平静得似乎没发生过刚才的一切,"你在求婚?那你求婚吧。"

这是芦焱今晚的目标,但他犯了难,因为卞融站在湖岸边,背对着他。芦焱愣了一下,意识到又是一场考验。他跳了下去。卞融惊叫。芦焱下沉。整个世界倒清静了,对他来说只有水声——

青山:"同志,比死还难熬的就是沉默。"

芦焱踩水上浮钻出水面的一刹那,卞融尖叫,芦焱大笑。

芦焱:"我向你求婚!"

卞融:"我不答应!"

芦焱:"那我求到死……"他下沉,并且喝了口水,"看来会……很快……"

卞融:"你到底会不会游泳?"

芦焱使劲让自己冒头:"游泳……在大沙锅……"

卞融试图让他够到自己扔出去的包:"你给我上来!"

芦焱已经只剩一张嘴和一只高举的手:"……求婚……"

芦焱消失。卞融大叫救命。岳胜如子弹一样直线冲过来跳进水里。

屠先生走过青年队基地那些让人错乱的空间,他和九宫的交谈像飘浮在废墟和锈铁中的浮尘。

屠先生:"邱宗陵大概也不知道若水的真实身份吧?"

九宫:"正在讯问,但看来他真不知道。"

屠先生:"他说别人是炮灰,其实他自己也是弃子,若水怎会把藏身之处放给一颗弃子?船帮的冯河虎似乎知道若水下落,他还在漫天要价?"

九宫:"一个若水的下落,那家伙居然想拿来换船帮在上海为王。这人要死了,就一定是贪死的。"

屠先生:"他肯定会死,若水哪会容得这样的小丑坏事?"他望着天窗里透进来的光,"大概很快就要死了。我觉得若水和我一样,正在清理掉一切琐碎,只留下我和他的战场。"

屠先生走向自己的房间,把他的人关在里边,话留在外边:"下一个死的是谁呢?"

会所里,小欠、冯河虎在车里看着远处的喧哗。

小欠:"怎么啦?"

冯河虎:"一对狗男女在争风吃醋打情骂俏吧?下半夜就要滚到一张床上了……来了,注意火柴。"

他瞧着树丛中隐现的一个人影,也划着一根火柴,点上抽了一半的雪茄。那边那人走到树下,也划着火柴,点上了一根雪茄。冯河虎愣了:"怎么会是他?"

小欠:"怎么会不是他。"

冯河虎从小欠的表情看出大事不好,他身后的老疤已经把一只袋子套了上来,那袋口是钢丝加皮筋绞成的绳子。司机结结实实抓住冯河虎掏枪的手,小欠在这场暗杀中根本无须动手。冯河虎玩命挣扎。

小欠:"装模作样抽雪茄,对着壶嘴喝茶,就能赢了先生?先生多年前就看出你头生反骨,脑袋里就在捣糨糊。为什么容你?因为我们需要一个傻子去卖主求荣,跟屠先生讨价还价,让他以为一切尽在掌握。你做得不错。"冯河虎没气了,小欠拍拍他,"跟着先生那么多年,只学会野心没学会智慧,你真是笨死的。"

小欠摇下车窗,尊敬地向那位抽烟为号的人点头。芦之苇站在树下抽他的雪茄,笑了笑。载着小欠和死冯河虎的车驶走。人们司空见惯地看着湖边那一对男女的闹腾,芦之苇的神情有点古怪。卞子粹一直是背对着湖边,这样的时候他总是有点聋哑。

卞子粹:"怎么啦?有什么事吗?"

芦之苇:"没什么,我儿子快被你女儿玩死了而已。"

卞子粹东张西望:"啊?哪儿呢?哪儿呢?"

芦之苇:"亏了他身边的人忠心啊,那小伙子要能收到我麾下多好啊。"

卞子粹:"什么?你一副曹操见着赵子龙似的表情干什么?"

芦焱被岳胜搭救上来,几个侍者和卞融跟在后边。

卞子粹:"这是……搞什么?怎么搞的?"

芦焱挨了卞融几记拳头后死死抱住她,他觉得那就是大庭广众之下的强暴。

453

芦之苇笑眯眯地回过身来:"怎么搞都行啦！亲家翁！"

卞子粹看着那个男人怀里的女儿不再挣扎,老家伙有点茫然,他听到远处的车声,无意识地回头。小欠的车正在驶走。卞子粹看着女儿和未来的女婿,不知是喜是忧。

冯河虎在微微地颤动,在车身颠簸中仍像活着。小欠疲倦地靠在前座上,也像尸首一样随着车身颤动。前路漆黑,加上后边的尸体,他觉得自己是辗转在地狱中。

小欠:"尸体沉江,头记得砍下来。他很少见人,可保不准谁见过他。"

老疤:"我会让他变成饺子馅的,忍了多少年这个龟孙了?"他情绪高亢得很,"欠老板,不用再忍了,我们锄奸队终于干了回大事。"

小欠:"大到能让我一家子好好过日子,还是能让占着中国的日本人死绝?"

老疤犹豫了一下,他知道小欠那一家子会是什么下场:"抱歉,可惜了你的家小。"

小欠呆呆坐着,耳朵又开始流血:"不可惜,有什么可惜的……我赢就赢在家小……冯河虎以为我舍不得家小,所以他死了。屠先生以为我舍不得家小,所以没杀我……我舍得啊,我怎么会舍不得……"他泪流满面,"冯河虎,你死得其所。我们都要干狗屁的大事嘛……现在我们要去干什么了?"

二十四

　　青年队基地。时光睁开眼睛,靠强效催眠药得来的睡眠并不舒适,时光恢复了精力,但头痛欲裂。他下床时东摇西晃,干脆摔倒,他恼火地扯下被褥,在一团凌乱中寻找他的假腿。门开,两名手下冲进来扶他。
　　时光狂怒地用手杖乱砸:"我的腿呢?把腿还给我!"
　　以一个丑陋虚弱,站都站不稳的躯壳出现在人前,时光因而狂躁。
　　九宫和几个天外山的亲信正坐在椅子上打盹儿,一名青年队跑过来:"时光醒啦!"
　　九宫机器一样弹了起来:"去告诉先生!"
　　九宫和几个青年队走过阴暗而复杂的空间,青年队手上捧着盒子,里边装着屠先生为时光定制的杀人工具。
　　时光坐在一盆洗澡水里出神,热气蒸腾,他有些晕晕然。
　　九宫:"时光,你好些了吗?"
　　时光的声音和着蒸汽,像在梦中:"像刚磨过的刀,算坏算好?"
　　九宫:"最好不过。先生让你穿上这些。"
　　时光:"兵临城下,先生怎么还去管这些。"
　　九宫打开最大的一个盒子,一条精巧的金属假腿。
　　九宫:"从你截掉腿那天,先生就命令我们做这条假腿。"他向时光展示着那些怪异炫目的玩意儿,"空腔,和你没了的腿应该差不多重量,用的是造飞机的金属,轻而坚固,燕飞熊要再想踢断你的腿怕得再练些年了。"他轻挥了一下,那条腿的趾尖砍进了床板里,"而你要踢断他的,轻而易举。"
　　时光处在惊讶和惶恐中,但有哪个小孩不喜欢新玩具呢?即使这玩具的代价是他的肢体。九宫给那条假腿装上了枪套,连同一支精巧的小型手枪:"你爱用掌心雷。先生特地给你换了支新的……"他从另一个盒子里拿出一双皮手套,让时光戴上右手那只:"手套枪。压力击发,一次只有一发,是低过声速的减装药弹,声音很小,杀人无形。"
　　时光往床上打了一拳,手背上那个击发机构射出的子弹把床打了个洞。
　　九宫不再一件件展示,只是把那些尖的弯的带刃的带刺的玩意儿放在床上:

"你总与人短兵相接,这些东西应该合你的脾胃,都是先生特意定制的。"

他最后拍了拍手,青年队的人把一套衣服拿了进来。

九宫:"先生在等你。他希望看见一个全新的时光。"

时光从自己刚装好的假腿上抬起头,他已经穿上了那套机关重重,不如叫凶器的衣服。他在九宫们的注视中轻轻顿了顿脚,感觉到这只假腿的结实和轻巧,他向桌子踢了一脚,桌腿断了,桌子塌了下来。他抬了一下腿,还没看清怎么回事,那支镀铬的手枪已经滑到他的手上。

时光:"走吧。去让先生看看。"

"无人相,无我相,无众生相,无寿者相。"屋里有点风,吹得屠先生的格言微微飘动。屠先生看着时光在屋里走动,像一个武士看着刚磨砺出的刀锋。时光在走给屠先生看,就像孩子在炫耀父母给新买的衣裳。

屠先生:"别老想着你的那条腿,地很平,你不用想用你那条腿去就地面,要让地面就你的腿。……好,好,像样。"

在他的调教下时光走得自然多了,你几乎看不出他是个缺了一整条小腿的人。

屠先生:"很好,时光。你再也不瘸了,你用不着手杖。每次你拿手杖戳假腿时我真想抽你。我来上海之前想,你也许是废了,那我就只好把你杀啦。"

时光:"先生不来,也许我就自己把自己杀了。"

他深深地鞠下一个躬,尊敬的程度已经远远超出尊敬的必要。

屠先生:"也许我该感谢青山。他本想毁了你,没曾想倒让你历经忧患,长大成人。我心甚慰。"

他是有意提起青山,并很注意时光的反应。时光犹疑了一下,因为他并不觉得青山要毁了他。

屠先生略微不快,但并不表露:"好吧,还差那么点。不过我们还有时间,因为你叫时光。容我时间,我能上天的时光。"他摆弄着桌上的什物,"你现在想干什么?"

时光:"我想去上海。"

屠先生:"还是上海?"

时光:"之前要去上海,是因为觉得无处可去。现在要去上海,是因为我必须去。先生一向的教导,枪可以躲,心里的疙瘩绝不能躲。"

屠先生:"我正要把双车、九宫和一部分的青年队都派去上海。若水已经让上海成了个叫人头疼的地方。"

时光振奋:"那我就更该去上海了。"

屠先生:"不,不,你可以去上海,可不是干这个。我不缺打手,我要的是一个继承人。给你配的那些小玩意儿,是用来防身的,不是让你做阵前风。再那样,我会亲手锯掉你另一条腿,没麻药,用锯子。"

时光有些失落:"可我去上海做什么?难道去做锦衣夜行的涂陌涂公子?"

屠先生:"正是去做涂陌,可不是锦衣夜行,要光天化日。"他看着时光,"你要做我这样见不得天日的人吗?为这点权力,我做尽了人们不屑做又必须有人做的脏事。他们说我是王,什么王?地下的,阴沟里的王,鸡鸣狗盗的王。不行的,时光。"他不再掩藏伤感和自卑,"阴沟里的国王注定也要死在阴沟里,我想活在阳光下,可现在多晒会儿太阳都会头晕。去吧涂陌,不用带那些干脏活的棋子,你身后有我全部的人力和财力。别再管这些脏事,好好做一个上人,直到把我们从地下带到地上。我是秩序的父亲,没有暴力就没有秩序。我叫暴力,你叫秩序。"

屠先生亲手为时光打开了门,时光讶然。

时光:"怎么在这个时候……说这些?"

屠先生微笑:"因为我要去跟若水打仗了,人在生死关头,总会想多一点的。"他敲敲自己的心脏,"枪能躲,这个,不能躲。"

他关上房门,时光对着关上的门站立良久。青年队的人正在忙碌,准备着去上海的又一场战斗。时光漠然地离开他们,车、司机、一个与门闩九宫不同的新的亲随已在等着他。

他们为时光开门:"涂公子,请。"

九宫站在屠先生房间里,他唯恐自己不毕恭毕敬,但屠先生根本不在乎他的态度——一向如此。

屠先生:"时光走了。"

九宫:"我看见了。我不用跟着他了?"

屠先生:"你不用跟着他。你们是干脏活的,他不是去干脏活。但是你也去上海吧。我不指望你能找到若水,但是至少,你能给若水和他的锄奸队造成压力。"

九宫:"是。"

屠先生:"要保护时光,但不要主动和他接触。我要洗干净他的脚,不能像我们这样,到哪儿都带着一串血糊糊的脚印。"

九宫:"是。"

屠先生:"记住。时光才是我们的未来。"

时光的车从路上驰过。他看着前些天他和屠先生来过的地方,注目处,埋着青山。

亲随:"要下车吗,涂公子?"

时光:"不。去上海吧,这里什么也没有。"

车轮卷着路边的冥纸飞舞。时光望着极目处上海的城影幢幢,也回望青山埋骨的地方。

时光:"在我心里死掉吧,老家伙……时光流逝,时光也永驻。"
他是真打算忘掉青山了,用最残忍也最温和的方式——时光。

岳胜的车在商会门外候着,曾经的上司屁颠地跟在芦焱后边:"会长您好,会长走好。"
芦焱:"别乱叫,我只是会长助理。"
上司只管笑:"嘿,早早晚晚,这会长还不跟拎在您手上的包似的。"
芦焱:"这是我的第二个包,第一个包已经丢了,现在还在扣着我的薪水。世界还有很多包,但丢了的那个是我最怀念的包。"
上司:"您这话说的,您现在是给我们发薪水的人啊。"
芦焱苦笑着上车:"看来我这辈子也拿不到薪水了。"他向岳胜,"先去会所,再去我们该去的地方。"
岳胜:"你要不要我这个月的薪水?"
芦焱:"你可以换个别的方式打击我,比如告诉我门闩其实是屠先生派来的暗桩什么的。"
岳胜:"应该不是。"他认真地想了想,"我吃不准。"
芦焱忍俊不禁。他们的车与时光交错而过,只是时光对着街这侧卖呆,而芦焱面对的是另一边。时光的车在岳胜刚停车的地方停下。亲随下车,急匆匆走进商会。
时光无聊,对着反光镜拿假胡子粘着玩。手下给他预备的假胡子款式很多,他把自己粘出了一副山羊胡子。
亲随从商会里匆匆出来,上车,因时光的胡子愣了一下。
亲随:"卞哼和芦哈不在,他们已经把一应商务交由卞家的未来女婿,也就是芦之苇的儿子,现任会长助理芦焱管理,但芦焱也不在。我们曾和沪宁商会做过几单让他们稳赚无赔的生意,所以他们马上出来迎接。"
时光:"必须要迎接吗?"
亲随:"对。以您涂陌的身份,应该是卞哼芦哈和会长助理一起出门迎接。"
时光:"可他们都不在。就是说他们不必迎接,我也不必上去。走吧。"
司机当然听时光的,当即一脚油门。
亲随:"但恐怕您还是得参加芦家少爷和卞氏千金的订婚典礼,这件事我们必须排进四号的日程,涂陌公子既然身在上海却不去参加,有点说不过去。"
时光往椅子上一靠,随手把假胡子扔出窗外,像一个逃课却被抓住的学生。
亲随:"而先生对您的期许是成为黑道的霸主,白道的商界之王,这是在野;最后您笼络了黑白两道,挟先生之势入朝,成为政界新秀。"

时光打量着车窗外,不知如何打发这对他近似苦行的时间。

芦焱在会所下车,第一眼就看见约见的客户正坐在湖边向他招手。但芦焱又瞧见卞融坐在一张长椅上,看见了他却跟没看见一样,等着芦焱表演"你怎么在这儿"的惊喜。可芦焱只向她挥了挥手,匆匆。

卞融:"何思齐!"

芦焱无奈地站住:"我们……能不能用那个比较通俗的名字?"

卞融:"你没让我开心,我也不用让你满意。你不觉得我们好像只是路人?"

芦焱:"没有啊,我们后天就要订婚了。"他指湖边的那位,"可我约了客户。"

卞融:"你当然约了客户。你哪回没约客户?害我来这里守株待兔。"

芦焱:"我知道你要说什么。"他回头看看岳胜,因为他知道这个改变将会让他们的晚上变得更加紧张,"我先谈完客户,然后,好吗?"

卞融回到长椅上,第 N 次收拾自己的包。

芦焱坐在庭院里,暮色下,和那位他约好的生意人。

芦焱:"……您知道这是战乱时期,战乱,对我们生意人是机会也是灾难。可小船会翻的地方,大船可能连颠都不会颠。所以必须要有大船,要有商会,沪宁商会。现在,给您一个上大船的机会。"他像他父亲那样奸猾地笑了笑。

他一直盯着对方,每一次停顿都露骨地表示着强大和自信,而一个平庸的小本经营者,正在沪宁商会会长卞子粹第一助手兼预备女婿的目光下飘摇不定。

芦焱:"……所以,提成上您给我多少?……您那单生意并不干净,就凭商会所要冒的风险,低于百分之三十五是对我们的侮辱……"

那边吓了一跳:"这不是抢吗?"

芦焱:"您幸运地碰上了我,我刚入行。如果是会长或副会长,他们要的会是百分之五十到百分之七十之间。"

那位直接就站了起来:"我们还是下次合作好了。"

卞融跑过来:"很大的生意吗?你们谈一个多小时了。"

芦焱:"生意无大小。"他并没放过对方,"下次合作愉快,这次您肯定不会愉快。因为已经交过底了,不管您再找哪家,在下一定会堵死您的路。"

那位却是认得卞融的:"卞小姐,我和令尊还算认识。这位芦先生怎么这样对我?"

卞融:"我也恨透了他的财迷,吃相难看,像饿了三年的臭虫。可我爸和他爸为此爱死了他,现在沪宁商会他说了算。"

那位哑然。芦焱在被卞融拖走前同情地拍拍他。

芦焱:"我保证,一定把你的钱用在最合适的地方。"

那位呆若木鸡:"是放高利贷吗?"

芦焱乐了:"是高利贷。您回收的利息是一个繁荣富强的中国。"

那位嘀咕:"这牛皮吹得也忒大了。"

芦焱没空管他了,因为卞融已经极度的不耐烦,跑去玩会所为熟客准备的小消遣,套圈了。她像扔石头一样向她看中的东西扔出几个藤圈,结果是撞在上边立刻弹开,令她恨恨地跺脚。芦焱看着表,又看着远远的岳胜。

卞融:"别看表啦,快来帮我!我要那个。"

芦焱看了看卞融要求的那个毛绒玩具,又远又大:"怎么可能呢?那是人能搞得定的事情吗?"

卞融:"为了我,试一下也不可以吗?"

于是芦焱试了一下,他扔的藤圈飞得跟他的心思一样远。

芦焱:"人力有时而尽啊。你就直接跟他们要好了,冲着你爸的面子,会不给你?"

卞融:"芦老二,去上海滩打听打听,卞府女公子闯荡你们这个乌烟瘴气的江湖,什么时候利用过她老爸的名声?"

芦焱:"如雷贯耳。"他又看表看岳胜,"我六点半约了人谈笔生意。"

卞融:"我陪你一起去。"

芦焱:"那不可能。"

卞融:"芦焱先生,你以为我就会捣乱?我三岁的玩具就是我爸的算盘,六岁我的玩伴有一多半是我爸的生意伙伴。我可以帮你讨价还价,杀他们一个半死,还不像你刚才那样跟人伤了和气。"

芦焱欠了欠身:"很期待跟你的合作。下次吧,这次不行。"

卞融倒冷静了:"一笔生意,如果我投进去一万,你投进去十块,那就做不下去了,明白吗?感情也是一样。"

芦焱又鞠了一个躬:"问题是我投进去的是我剩下的所有。"

卞融淡淡地:"居然在这里又听见这句无耻的话。上次跟我说这话的人你不认识,另一个男人而已。"

芦焱完全没有妒意:"真得走啦,客户最大嘛。回头再说。"

卞融由得他匆匆地去,又忽然大喊一声:"何思齐!"

芦焱站住:"不是说别这么叫我吗?我是芦焱。"

卞融:"被叫作何思齐你很不开心吗?我不开心的时候绝不会叫你芦焱。"

芦焱知道逃不掉,便涎脸凑过来:"那麻烦大了。人这辈子穷开心的时候居多,你要的那种开心,人间哪得几回闻啊。"

卞融:"不好笑。尤其我正在算账,就更加觉得不好笑。"

芦焱:"算什么账?"

卞融："算你和我的这笔交易,我到底亏了多少。"芦焱立刻闭嘴,"你信誓旦旦地说,老家伙的交易是老家伙的事情,你答应我的是一个歇脚的地方,一种还有希望可言的生活,一份安宁。"

芦焱苦笑:"……应承了别人安宁的人,总得先把自己安宁下来。"

卞融:"那你什么时候安宁下来呢,何思齐先生?"

芦焱咧了咧嘴:"……等这个国家安宁下来……"

卞融哑然失笑:"那我何不去一棵树找我自己的安宁呢?"她忽然间冷若冰霜,"从你说服我做这笔交易,就再没见过你。我跟以前一样,只是把满世界找乐子变成满世界找你。而我的未婚夫,挣钱时的吃相比谁都难看,好像一心在钞票里淹死。你我的交易,迄今为止,你连预付款都没付过。"

芦焱挠头,吸气,哈腰,像牙疼的同时犯着肚子疼。

卞融倒笑了:"我不是要撕毁合同啦,我比我爸爸讲信用。我只是提醒你天下还有信用两字。"

信誉是吧?芦焱看了眼湖水。世界上最细心的岳胜在那边,也已经在做脱衣服脱鞋的准备。

芦焱:"……这回……能不能我先脱了衣服?待会儿还得见人……"

卞融:"又跳?你当我是打鱼的吗?你刚才那笔黑心生意挣了多少?"

芦焱警惕地:"商会挣了三万七千二百五十块。"

卞融:"十分之一的抽成,就是说你挣了三千七百二十五块。便宜你啦,我看上的一条项链只要这一半的钱。"

芦焱:"什么项链?你还缺一条项链?又不是九头蛇,干吗要那么多项链?"

卞融:"是为了让你在你我之间,除了口水还投入点别的——芦焱先生。"

芦焱:"你就一个脖子,干吗要那么多项链?你看,我两只手只戴了一只表。"

卞融:"那好吧,你帮我套中那个娃娃,我就让你留着你的钱暖床。公平吧?"

芦焱叫冤:"我一不是一门大炮,二不是飞将军李广……"

卞融:"只准投一次。"

芦焱慌神,屏息,宁神,觉得不对,又活动肢体,做体操。

卞融瞧得不耐烦:"还有五秒钟。四。"

芦焱甩手榴弹一般把藤圈掷了出去,然后就开始抗议:"这一把不算!给我换个大一点的圈……"

他比着一个能把人套进去的圈,而卞融表情怪异地看着他,那位照料着这一小小娱乐的服务生已经把那个娃娃给送了过来。

服务生:"芦公子,您莫不是上过战场来的?嘿嘿。"

芦焱接过娃娃,哑着,和卞融面面相觑。卞融夺过毛绒玩具,死耗子一样拎着,然后甩手扔了出去。

卞融:"谁想要你的项链?我看见我一抓一把的那些项链就觉得恶心,我屋里的那些药就是拿两条项链换回来的——可你,至于吗?无论金钱还是时间,一毛不拔,还为你这活见鬼的狗屎运这么高兴?"

她离开。而芦焱暗自庆幸,还没忘了去捡起那只毛绒玩具。他蹦蹦跳跳地上了岳胜的车,和那只毛绒玩具一起躺在后座上,把自己也摆成那玩具的姿势。

岳胜不由纳闷:"有什么好事吗?"

芦焱:"值一千八的好事。虽然她说只要花我一半的钱,可她算术不好。"

岳胜:"听不懂。"

芦焱:"用不着听懂,你只要知道我又赚钱啦。"

岳胜:"五十万?"

芦焱:"不要跟门冄学得阴阳怪气,那还远着呢。"他忍不住要炫耀,"岳胜,你做新四军的时候,最爱使什么枪?"

岳胜:"当然是二十响德国大镜面啦。可那玩意儿不好找啊,黑市上少说一百五,两百的都有。就我们营长有一支,宝贝的,枪带上写着枪与老婆概不借人,可他没老婆啊。我们都说就等他洞房花烛,老婆要跟他借枪,到天亮时他恐怕就又要打单身了。"岳胜说得又高兴又心酸,"我想,皖南的时候他一定是毁了枪才死吧?真可惜呀。"

芦焱:"一百五两百?那我有十好几支。"

车陡然停住,岳胜看着他:"给我一支。"

芦焱敲自己脑袋:"在这里边。"

岳胜:"那里边的东西……就算换成真的,门冄也不让动。"

芦焱:"对呀。拿来孵鸡的蛋,那怎么能动?"

五十万使他痛苦,一千多块却让他满心喜悦,芦焱拿自己脑壳当鼓,敲打着愉悦的节拍。

贫民窟里,芦焱今儿没有钢盔,而是顶着一个锅。刺刀也没了,岳胜提供了他自己的刀,但那叮叮当当的哑响实在让他很不来情绪。

芦焱:"克 BNJ840 双栅 AQ0024 卡脖 S842……"

今天听写的是岳胜,门冄在一边折腾一支上了瞄准镜的枪,酷似他在大沙锅使的那支枪,发出一种"咔啦砰,咔啦砰"的声音。

芦焱今天明显不在状态,一口气错了好几个。岳胜索性停笔了,看着他。

门冄:"把你的枪也给他。我明白他那意思,有些家伙事儿在手,好把自己当作战士,才能一泻如注。记得卸了子弹,咱们没那么些人来给他走火。"

岳胜把枪膛里的子弹都给卸巴了,芦焱拿在手上,背诵果然顺畅了许多,只是没忘了牢骚:"我的鬼子盔呢?我的鬼子刀呢?"

门闩:"送去前线啦。"

芦焱:"那你手上的枪呢?怎么不送走?"

门闩明显心虚:"我……短家伙用不称手,总得有支长火才好保护你们。"

芦焱:"在里弄里使那家伙?你不用瞄,枪管子一指就能把对头顶出鼻血来。"

门闩:"我……把它改装了。从侧面生焊了个镜桥,活儿糙了点,不要笑话。"

芦焱:"对着一个假公济私的人,我笑不出来。"他接茬背他的数据。

门闩愣着,一时像个要被抢走心爱玩具的孩子,这在他身上倒也罕见。

岳胜:"是在假公济私。"

门闩愣了一会儿:"好吧。虽然上梁正了下梁也未必就不歪……我去交公。"

芦焱:"其实我们这里都是老弱病残,需要一支大枪来保护。对不对,岳胜?"

岳胜心领神会:"对对!现在哪怕地沟里钻出只耗子来,手上拎的家伙都比我大,我真怕保护不了你们。"

门闩绷着脸:"不用装可怜,我会去跟上头申请一门土炮来保护你们。"

身后忽闻异声,是从来不玩笑的岳胜一边埋头苦写,一边用嘴模拟了他吹嘘的那门土炮。门闩挂着枪蹲在地上哑笑,他们实在是很久没欢乐过了。

回家的路上,芦焱坐在车里,一只手还抓着那只玩具。

芦焱:"我很感激芦森。想想他留给我什么?五十万,一个吓死人的礼物。"

岳胜:"不是礼物,是麻烦。没有一分钱是属于你的。"

芦焱:"是礼物。他一定很得意,他肯定想过我接受这份礼物时的窘迫——我们家人就没有一个好东西。他说过我,只会莫名其妙地燃烧,只会愤怒,只会骂不公平,他觉得我是荒野里的野火,对人们没用,所以他用这五十万把我填进炉膛——要烧,你给我像像样样为点有用的事烧。"他看着天空,"这是不是你想跟我说的话,芦森?"

岳胜表示同意:"这么说的话,是礼物。"

芦焱:"你花了半辈子挣来的银子,整整五十万哪,我给你洗净快五万了。除了门闩那个不要脸的猫了支枪,全齐齐整整送去打日本人了。我脑子里藏着的东西,倒出来三分之二了。我瞎了三十多年,你给了我一个刻度,让我知道,做人是该有个尺码。我烧得怎么样,芦森?"

芦焱抓着那个毛绒玩具进了家。杳无声息,连芦天伦那个讨厌货也消失了。走上楼梯时他真觉得这楼里在闹鬼。应小家站在她的老地方眺望上海的夜色。

芦焱:"我爸呢?"

应小家:"还没回来。"

芦焱忍不住看看他家那幽幽暗暗的纵深,说真的,这个时间有些地方让他都心里发毛。他把那毛绒玩具放在应小家身边的窗台上。

芦焱:"给你。"

应小家看一眼,点点头。芦焱愣了一会儿,没什么可以说的,他回到自己的房间。

又一次的默写或者洗钱后,岳胜拉着瘫成一团泥的芦焱回家。

芦焱冤魂般的声音从后座上传来:"明天晚上,我要订婚了。"

岳胜:"知道。恭喜。"

芦焱:"俩老头子非把典礼在家操办。我那未婚妻势必闹翻天,不包个舞厅把她从三岁到三十岁交的男友都请来能叫订婚?可她居然说很好,只是得由她操办。我觉得她比屠先生还要可怕。"

岳胜:"在家办安全。"

芦焱苦笑:"安全。炸弹在我屁股下坐着呢——倒车!"

岳胜一惊,立马把刚出巷口的车倒回巷子,然后一只手摸着枪,看着卞子粹和卞融的车从巷口驶过。芦焱紧张地蜷在后座上瞪着眼分析:"……她很高兴,心满意足,这表示埋我的坑已经挖好。这才中午,她居然就起床了……"

岳胜:"……她就不能是高兴得睡不着觉?"

芦焱:"有了报复我的点子她高兴得睡不着觉。我没给她买她要的项链。"

岳胜:"难道她还缺一条项链?"

芦焱:"问题是我连一颗蚕豆都没给她买过。"他突然大吼,"那条项链要让前线打仗的十几个人手上没枪!"

屋里堆着许多写了洋文的纸箱和纸盒,像要搬家。最重头的盒子放在桌上,有几个已经打开,应小家正在伺候着芦之苇换衣服。

芦之苇:"这个儿媳定了性时倒还不错,巴巴地先把明天要用的东西送了来。你瞧她给我定做的衣服,怎么样?"

芦焱光看玄关里堆得满满半下子纸箱就知道没好:"明天要订婚了今天还瞎跑个啥。"

芦之苇:"我们家是新派的,没那些陋习。"他指着桌上的盒子,"试试你那身。"

包扎得挺像那么回事的,芦焱手齿并用地使着劲:"她的呢?"

她是指应小家,芦焱还没能给她找到一个合适的称谓。

芦之苇:"来的都是外人,小家出头露面的干啥?"

芦焱狠瞪了芦之苇一眼:"咱家不是没那些陋习吗?"

芦之苇:"我是入得进去,跳得出来,没那些新派老派的陋习。"

芦焱真是恨得牙痒，又不忍看应小家那失望的表情，索性使暴力撕开了盒子。

里头那玩意儿让他愣住：一个假面，酷似西洋的戏剧哭脸，只是多了些芦焱将来也许长得出来的鼠须——总之很像一个总觉得亏了的奸商。

芦焱："这什么玩意儿？"

应小家："少奶奶……卞小姐说一般的舞会没意思，她要办个……"

芦之苇套上属于自己的那张假脸："假面舞会。"

芦焱气恼："订婚！一人扣一张假脸子？"

可芦之苇左顾右盼，和蔼可乐恰如土地爷，连应小家都觉得很有趣的样子。

芦之苇："假面很好啊。省得老子见个脸熟的都得掰出一脸笑了，省心省心。对啦，老子还能套着这张脸子在后边骂人，不亦乐乎！"

芦焱："她根本就是在报复。"他拎起卞融给他置办的全套行头，很瘦的燕尾服，很瘦的裤子，超尖的皮鞋，"你们看看，她就是借着订婚之名，逼我穿成吝啬鬼在人前出丑弄怪。因为我没买她要的项链！"

芦之苇："等成了家，她就知道你的小气就是她的福气，大气到以前那样一个出溜十几年，她高兴么？面具戴上看看。"

芦焱一下没反应过来："戴着呢。"

芦之苇奸笑："跟平时一个样！"

芦焱："总之我是绝对不会……"

芦之苇理正衣冠："总之你赶紧地给我把婚订了，然后跟着他们卞家去香港。你老子为办成件事能给人磕头，你就连跟没过门的婆娘开个玩笑都受不住么？"他照着镜子，"一把年纪啦，儿媳孝敬的衣服怕没几身就要看见寿服喽。"

这话倒真让人心酸，芦焱愣了一下，瞧瞧他又瞧瞧应小家。那些纸箱里多是卞融租来的面具，应小家正一个个掏出来在自己脸上试得不亦乐乎。

芦焱的打量让她觉得自己应该放下："……好像蛮有意思的。"

芦焱叹了口气："你玩吧，还可以拿几个到你屋里去玩。"

他看着镜子里自己那张鬼脸，而他的父亲套着那张鬼脸在他旁边摇头摆尾。

父子两人各套一张鬼脸站在自家门前，芦焱已经穿上了卞融置办的全套行头，那根细细的领带让他觉得自己像一个吊死鬼。

人群络绎而来，芦焱戳在那儿庆幸这假面让自己少了装腔作势的麻烦。而对商人卞子粹和芦之苇来说，哪怕葬礼都可能被他们变成社交场。

"章鼎器老爷！章世魁公子！""寇天凡先生携淑妮夫人！""杨均隆先生和雷文原先生！"

司仪在人们的寒暄笑语中喊着。熟人们多是被卞哼芦哈城隍土地一样的扮相笑到肚子疼，而卞融在门外打了个支架，挂满了假面，方便人选择自己中意的。中

465

国人还真好这份洋热闹,戴了假脸后便寻着熟人,再一通大笑。

芦焱的身边围了几位消息灵通人士。

假面:"听说芦公子一直在大不列颠国深造?"

芦焱:"其实是苏格兰。"

假面:"啊!是那个男人穿裙子的地方吗?那里出产什么?"

芦焱拍着自己的衣服:"羊毛绒。裙子留着自用,裤子卖给我们。"

假面:"听说芦公子的生意一直做到了澳大利亚国?"

芦焱看看忙得不可开交的俩老头,不知道是哪位把自己吹成了这副神通。

芦焱:"其实是新西兰,毛利岛。"

假面:"哦,卖的什么?"

芦焱:"弓箭和标枪……"

他回过头时芦之苇那张土地脸儿正对着他,从牙缝里挤出对他的警告:"再卖弄你那门不知所谓的功夫,我就打得你一月后还觉得戴着假脸。别当这日子老子就干不出来,你知道我不拘礼。"

芦焱:"我想不通,我爸是不近人情,可不蠢。眼下的包揽婚事就干脆是傻事,您这样恨不得拿枪逼着我到底图什么?"

芦之苇:"我什么也不图。你们现在都觉得自己太有理了,就像吃饭噎了根鱼刺,吞口饭咽下去就好,你们却要剥开自己的嗓子。"

芦焱:"你不是一向说过日子的事讲不明白,只有过了才明白,就像你没法替我吃喝拉撒。"

芦之苇不再理他:"翰亭公子对不对?活埋了你都埋不了的那股子风度,区区面具挡得住吗?"

芦焱戳在那儿,他看见了门闩。对着一帮鬼脸子,门闩茫然得很。芦焱举手。

门闩过来:"我进不去。不戴那玩意儿不让进。你们有钱人可真会玩。"

芦焱咬牙切齿:"我要是在玩你就地崩了我。"他抓了个面具给门闩。

门闩摇头:"我不进。背后来一下死都不知道死在谁手上的。"

芦焱:"戴上它,你给人一下,人也不知道是死你手上的。"

门闩便戴上,然后警觉地看看不大自然地凑过来的假面。

面具后岳胜委屈地:"你那口子要下人也戴面具,说要的就是个高低不分。"芦焱大笑,"还有,你那口子叫你过去,她要向她的朋友介绍芦焱芦公子。"

门闩:"那我就走了,给你道个贺吧。怎么看你倒像要上刑场一样?"

芦焱:"不许走,既然是刑场你总得看到我挨刀的那一刻。"

门闩:"好吧,我不走,陪你熬刑。去吧,你回来时我准还在这儿。"

芦焱苦大仇深地进去,他真应该感谢他的面具。

芦公馆外,时光坐在车后座上,冷冷地看着去往芦公馆的宾客。他今天扮演的是和沪宁商会有大宗生意往来的涂陌涂公子。

时光:"我还记得卞子粹这个伪君子和芦之苇那个真小人,我还怀疑过卞子粹是否若水的化身。没想到商人的订婚典礼竟然能上到我们的日程,这上海的势力忒也盘根错节了。"

亲随解释:"咱们也并不单是做那些有出没进的打打杀杀,您今年跟他们商会还有几笔大宗进出。于情于理,涂公子总该露一下面……"

时光推开车门:"礼物准备了吗?"

手下:"涂陌到访就是大礼,当然您可以随便给点什么,我们给他们的货物本就是战争财,没本钱的。"

时光止住了打算跟着的亲随:"应个景就回来。涂陌就好独来独往。"

屠先生送的假腿真是好使,他稍加小心都已经看不出瘸来。

芦焱从三三两两攀谈着的人们中走过。宾客们对交际比对跳舞兴趣大得多,爵士乐响着,却没几个人跳舞。芦焱一边走一边偷偷地将领口松开了一些。卞融在几个男人中应对着,她穿着酷似婚纱的晚礼服,戴一个半脸的面具,露着交际场的笑容。

卞融正在大发议论:"……可不是吗,女人就像一辆总想出轨的火车,可最后总得找个像轨道一样的丈夫。你对他的一点要求就是按时到站,定点发车。"

芦焱鼓掌:"可以开车了吗?小姐?"

卞融笑得端庄:"我的轨道。卖相不太好,可是,您看火车就可以了。"芦焱在人们的笑声中深深地吻了卞融的手。卞融:"你的嘴唇很凉啊。"

芦焱:"因为它是木头的,火车。"

卞融:"很配你啊。"

芦焱:"配不配再说。不过在外边做木头人也好过在你这里做油焖大虾。"

卞融:"你的领结松了。"

几个男士讪讪散去,显得对芦焱并不怎么友好。而卞融依在芦焱怀里帮他收紧领结,一边向他们回眸一笑。芦焱咳嗽,卞融手上使的劲能掐死他。

芦焱:"火车跟轨道过不去,就是跟自己过不去。"

卞融:"我恨轨道。"

芦焱:"轨道就是拿来招人恨的。"

卞融:"你爱我吗,芦焱?"

芦焱扫视着周围那些假脸:"爱。"

卞融沉默了一会儿:"我想回去。"

芦焱:"这可是你张罗的……你要实在累了可以上我房里歇一会儿。"

卞融:"我想回一棵树。"

芦焱惊了一下,忙把卞融拉到了背人处。卞融心情很低落,但是并没有狂风暴雨。

芦焱:"别再说了。"

卞融:"我想回一棵树。我叫你来,就是要告诉你,我想回一棵树。全上海就你一个人听得懂。"

芦焱沉默,他只想掉过头去,并且真的掉过头去。

卞融:"对,转过头去吧。你现在是强者了,你要征伐上海的。你要跟我说隔河望景了对吧?用你们那种又清醒又智慧的口气。"

芦焱:"……隔河望景。"

卞融:"可我没有把那里想成世外桃源啊。我只是想我该去帮那些被你们抛弃的人,就算他们一无用处还毫不可爱。可我却天天在这儿演一辆总想出轨的火车!再看你一天一天把傻瓜何思齐凌迟,就剩下个聪明的芦焱……你知道我干吗要把订婚弄成了假面?"

芦焱:"……为了取笑我。"

卞融:"因为这张木头脸很傻,比你那张真脸好看。还有……"

芦焱:"不用说了。"

卞融:"可以遮住我哭。我走了三十岁女人能走的路,结果站在我面前的是我逃了三十年的那种人。"

她没哭,几乎是平静地走了。芦焱站了一会儿,平静地回去。

假面就是有这个好。

门闩和岳胜两张假脸一直戳在那儿,像是来展示面具的。芦焱过来,静静站在他们旁边。

门闩:"吵架了?"

芦焱:"隔着两层木头你还看得出我们吵架?我什么也没说,因为我说了这订婚就不存在了,我们的死钱也永远是死钱了。我想说去关心你想关心的人吧,反正他们不会戴假面的。"

门闩丈二和尚摸不着头脑,但决定向岳胜学习沉默。

芦焱:"可耻,可耻,可耻啊。我和我爸一样可耻。"

门闩:"我走了。甭管安慰还是恭喜,送你句话,爱情和牙齿一样是难以自拔的。"

芦焱:"走吧走吧。我爸说这种话比你有内容得多,你就光有噱头。"

门闩笑着摊摊手,正想摘下面具,就听见司仪的声音:

"涂陌涂公子来贺!"

门闩立刻把摘了一半的面具扣上,但芦焱已经看见了他一脸的惊骇,他和岳胜把门闩揪到了背人之处。

门闩:"涂陌是时光的化名。我们为这个人起了一家很有本钱的公司。"

涂陌这名字对卞哼芦哈实在太响,芦之苇拖着卞子粹饿虎扑食一般扑过来。

芦之苇乱喊:"涂公子涂公子,久有生意往来,久想一瞻久想……"

时光很想抢在他认出自己之前进去,却被门务一伸手拦住。

门务:"领取面具,方可进入。"

时光随便挑了个面具,已是在那两老的目光炯炯之下了。

芦之苇:"涂公子涂公子!果然是人中龙凤!哈哈,这个是我们沪宁商会的卞子粹会长,我是副会长芦之苇,咱们要成了忘年交你叫我一声芦哈就是了,哈哈。"

时光只将手与芦之苇轻触一下便放开了,他对被疑为若水的卞子粹更感兴趣一点。

时光:"大喜事情无以为敬,我和贵商会最近那单生意让利百分之五吧。"

卞子粹不大晓事:"涂公子多礼了。"

芦之苇吓了一跳:"这可是真真的太多礼了!今晚全上海的大手笔要以涂公子为第一了!"

他又去抓时光的手,另一只躲在背后的手向卞子粹抓了一个满把,这个数字叫卞子粹也有些讶然。

时光回避芦之苇的手,打量卞子粹:"久仰卞会长的爱国清名,我……"

芦之苇:"他不跟日本人做生意是日本人的纸币不值钱生意场上最好不过一个直字,甩开这些清清浊浊的好谈生意!"

时光:"我只是来随个喜。几笔小生意不敢扰了会长千金的喜日。"

卞子粹想起来了:"对对,把那两个小的叫过来跟涂公子结识一下。"

芦之苇:"不知道跑哪儿去了。"

卞子粹:"刚才你公子不是还在?"

芦之苇:"更刚才跟你千金拉拉扯扯往没人处去了。"

卞子粹老脸微红:"这小子。"

时光已经不胜其烦,反客为主地往屋里一伸手:"里边请。回头聊。"

他把面具往脸上一扣,加入宾客群中。芦之苇舒口气,脸上不再是戏谑的神情。

卞子粹:"老芦,你不是常说对真正上等人热络过头就是物极必反……"

芦之苇:"我是不是还常说你不要乱说话?"

对着这样一个副会长,会长卞子粹居然一个忍字:"我说错什么啦?"

469

芦之苇："涂陌的汉奸之名可是跟你的爱国之名一样响。"他拍拍卞子粹，"老家伙，我那一把抓，可不是五千，是五万。"

卞子粹喜笑颜开。

芦焱和门闩站在漆黑的阳台上，看着院里的时光。

门闩："记住他的面具和他的衣服，尤其是裤子和鞋这些不便更换的东西。"

芦焱："他冲谁来的？我还是你？"

门闩："冲我就该早下手，不会把自己落在明面。冲你他根本用不着来，手下就够了。我也瞧过了，外头等他的就俩人，他等于落了单。"

芦焱："总不成这位阎王是路过，进来讨杯水喝。"他盯着与世无争的时光，"杀青山的人，杀骡子和古老板的人。"

门闩："如果他真是贺客，除非你露馅了，我们不能动他。他死了是让屠先生很痛，可让屠先生痛不是我们的目的。"

岳胜带着芦焱曾见过的一名共产党幸存者过来："我把阿允也叫进来了。"

门闩："外边不用望风了。四对三，暗对明。"他拔出枪，岳胜和阿允也掏出枪，清点很有数的子弹。门闩苦笑："好像咱们从没占过这么大的便宜。可记住，尽量让他好好地来也好好地走，开打的唯一原因是为了保护芦焱。"

芦焱伸手，企图给自己也要一支枪，门闩把他的手打开了。

门闩："要是你在自己家开枪，那我们杀不杀时光都无关紧要了。去找些没声响的尖东西来。别瞪着我，你当我想？不能用枪我先废了一半。"

芦焱忿忿去了。

岳胜："他待会儿就得下去。今天是他的订婚典礼。"

门闩盯着院里的时光："幸好还有这张假脸。可是待会儿宣布订婚时怎么办？难道芦焱还戴着假脸？"

时光触摸着自己的假脸，从玻璃杯的映影上饶有兴味地打量着这张惨白的哭笑之间的脸。

"我刚才听见涂陌也来了。""那个最有钱的汉奸？""他在哪里？要真是他，今晚这里最有钱的人不是卞芦两位了。"

时光听着旁边的假脸这样议论，觉得人要总戴着这么个玩意儿倒也不错。

"先生，你知道谁是涂陌吗？"

时光指了一张最丑怪的面具："就是他，日他的汉奸。"

然后他往椅子上一靠，体会着个中乐趣。

一堆刀子在几个人手上被分发，被他们几个藏在各个便于自己出刀的位置。往身上藏着利器的每一个家伙都注视着院里的时光，恐怕心里想的都是怎么把刀子扎在时光身上。

门闩:"一旦要动手,就下死手。"

芦焱:"你也会下死手吗?"

门闩:"上回是想有个活的,好换青山。"

芦焱:"青山死了……现在我想起这四个字还不敢相信。"

门闩便保证:"他杀我,事后也许有点难受,但绝不会留情。我也一样。"

阿允:"他站起来了。"

岳胜的语气中就听着松了一口气:"他在看表,要走。"

院里的音乐声已渐渐低了下去,司仪开始试他的喇叭筒。

门闩:"新郎该下去了。等候他的新娘——那家伙有时候很懂礼貌有时很无礼,我只希望今天……"

时光也意识到新郎要来了,便又坐下。

门闩苦笑:"今天你要做好孩子——下去吧。岳胜封门,记住,除了芦焱,我们今天都可以死在这里,我们是黑道买的凶手,为钱杀了涂陌。"

芦焱:"也许我的未婚妻能容忍我在订婚典礼上不摘假面的怪癖。"

岳胜:"可能吗?"

芦焱:"一切皆有可能,只要你给她一个解释,要够荒唐却不需要道理。我还可以在最后关头毅然逃婚,拼着我爸的震怒。"

音乐歇止,许多张假脸翘首以待。

司仪拿起了喇叭筒,先来了句英语的先生们女士们:"——自然,卞融小姐是我们大家既熟悉又爱慕的人,但我们更好奇的是芦焱芦公子,听说他在商场和情场上是一样犀利的杀手……芦焱公子?"

芦焱站在人群里,还在死撑。而他看得见他的那三位同志在离时光不远不近的地方站成了一个三角。隔着面具都能看出时光轻蔑无聊的表情,他并没有要走的意思。

司仪:"上帝告诉我,他把地球搓成个汤圆,是为了让迷路的人还有走到一起的可能……芦焱公子,你走到哪儿了?"

人们哄堂大笑。

芦焱紧了紧他的脸,然后往前走了几步。突然,车场方向传来枪声,那枪声并不响,大部分人甚至没意识到,但足以让那位小阎王起身了。他扫了司仪一眼,起身出去。芦焱舒了口气,他能看到那三位也在面具下舒了口气……想不到这么简单……实际上就这么简单。

卞融:"何思齐!"

如遭雷击的不是芦焱,而是时光。半秒钟内他就转过身来,并且在假面中搜索叫这个名字的人。他不用费劲了,一直藏得比芦焱还深的卞融冒了出来,她没戴面具,抱住芦焱,在芦焱的木头嘴上亲了一下。

卞融:"天天跟脏小孩玩大人游戏的西北笨蛋已经死了,上海的芦焱把什么都烧给他的钱了。我们俩就像在扯一块又老又韧的橡皮,谁后放手谁就是痛得最狠的那个,而且早就放手了。"

芦焱完全没听她说的话,只是瞪着时光。时光在微笑。

芦焱:"走开。"

卞融:"你一直想跟我说的话,你一直在用眼睛说。"

芦焱压着嗓子咆哮:"赶快走开!"

卞融:"人割除了内疚和怜悯是不是就能像你那样不出一点危险呢?我只是告诉你我们不用上去表演幸福了,订婚已经完成了。"

芦焱:"做任何你想做的事吧。"

他缓慢却用力地把卞融推开。时光近前了,他很绅士地等待了一下——他有点误解了芦焱眼里的绝望。

卞融向着那些愕然等待着的宾客:"没有订婚了!因为在我们的两人世界里已经订过了!那样私密的事情不能当众给大家再来一次!音乐!"

音乐响了起来。时光站在芦焱身边,伸手摘下芦焱的面具。

时光:"活得这么好?你真是种子中的败类。"

芦焱瞪着他:"你见到青山,要跟他说对不起。"

时光猛觉得大事不好,刚想转身,岳胜欺近又闪开。时光的腰侧狠狠挨了一刀。时光伸手拔枪,看见靠近的门闩。门闩将面具扯开了一半,时光连瞳孔都收缩了。

时光:"该死不死的活鬼都在这扎堆了吗?"

他放弃了拔枪的打算,走向大门,他掩饰着自己的伤势。岳胜和阿允各从侧翼跟着,芦焱、门闩从正面跟着。

芦焱:"他怎么不开枪?"

门闩:"他聪明。瞧见岳胜的身手,又看我还没死,知道大打出手他就活不出这门了。"他对阿允做了手势,"我让阿允靠过去,就他没被认出来了。"

一条精似鬼的大鱼,三个明着的芦焱们,一个暗着的阿允,像一张渔网,在人群里穿插包抄,渐近出口。岳胜又一次靠近时光,刀光在袖筒里闪了一下。阿允趁岳胜吸引着时光全部的注意力,路人般从时光身边走过,一刀攮进他的肚子。时光像条触了电的蛇一样靠近了他,拳头轻轻敲在他的心脏部位,阿允软倒。时光把阿允搡到一张椅子上坐下,看起来是在照顾一个喝多了的朋友。然后他掉头走向芦公馆。

芦焱:"阿允出事了。"

门闩检查了一下阿允:"阿允死了。时光也被他吓退了,他不知道我们有多少人。"

时光掩映在人群中,头也不回,却似乎后脑上都长着眼睛。

时光给他的手套枪又装填上一发子弹。那种子弹很小,初速低于声速,击发时几乎无声。然后他才去管自己的伤口,岳胜那刀没中要害可扎得不浅,阿允那刀还牢牢地插在肚子上。时光拔刀的时候开始恍惚,眼前晃动着一张又一张漠无表情的假脸。他悄悄地把手绢塞在裤腰里止血,庆幸自己今天穿的是深色的衣服。又一张假脸。这张脸靠他太近,似曾相识。

芦之苇:"涂公子,找得我好苦。这里有几个朋友……"

时光:"改天。"

他把那讨厌老头搪到了一边,又走了几步。一个正靠在墙上研究自己皮鞋的人,翻身对他就是一刀。时光抓住了刀锋,一拳打在对方的下颌,他在轻微的枪响中看着对方的表情陡然僵硬。时光把死人靠在原来的墙角,他的脚步已经有些踉跄。芦焱三个震惊地瞧见时光的遭遇。

芦焱:"……你到底带了多少人?"

门闩:"你倒想想我们还剩下几个人?"

岳胜:"不是我们的人。"

时光又一次遇袭,又添了一道伤。这种不事张扬的刺杀简直避无可避,视觉听觉反倒通往误判,双方拿肉身感觉对方的敌意,然后一击致命。时光艰难地走开。芦焱们惊讶得忘了自己在干什么,他们只是跟踪,没有插手的机会。

岳胜:"他会被一口口地咬死。"

芦焱多少有点不忍:"他干吗还往里进?"

门闩:"因为你们家够大,大得够打埋伏。"

时光走得既艰难又轻松,艰难在内,因为伤势也因为步步杀机,轻松在外,因为他如果露出丁点艰滞之态,扑上来的人恐怕还要多几倍。一张假脸,又一张假脸,每一张假脸都充满杀机。时光抽出掩着腹部的手看了一下,深色的手套让他不能看清自己的鲜血,却能看得见被伤到骨头的掌心。地上是平的,他却绊了一下。他扶了一下栏杆,留在那儿一个血手印。他上楼梯。立刻就有一个假面上去。

二楼并不像一楼那样灯火通明,有些地方十分幽暗。时光拔出手枪装上了消音器,他一刻不停地把周围收诸脑海,以便在最短时间内熟悉这个陌生的地形。脚步声从另一道楼梯处传来,他走过的那处楼梯也响起了脚步声,时光转移位置,赶在那位假面举起枪之前开枪。脚步声还在响,时光掩进拐角,在对方刚看见他时把针形匕首扎进对方心房。楼梯上一时没有声音了,时光这才打理自己的伤口。他仍在走,从这楼里那些狭小的窗户下望,看见花园里依稀闪动着人影,虽戴着假面,却绝不是来参加舞会的。他甚至看见自己的车,他的两个手下全无踪迹。

芦焱三人看着又有两个假面向周围张望了一眼,上楼。

岳胜:"五分钟,第二拨。"

门闩:"他们到底有多少人?"

芦焱:"我们隔岸观火的时候,我忽然想起这是我的家。"

门闩:"枪打得准的人,最不喜欢的就是把自个儿扔到枪口下边。"

芦焱忽然拍了一下脑门儿:"跟我来。我爸盖的房子是九宫嫁给了八卦,好像就为了跟活人过不去的。知道我花了多大劲才能在自己家不转向吗?它啥也不趁,就趁楼梯。"

二楼消音枪的响声像是就上了爵士音乐的节奏,那群袭击者占据了楼梯口,借着同伴的尸体和拐角的掩护开始射击。双方的枪声在芦家那些空荡荡的房间里起劲地钻着孔。时光打完了一个弹夹,那边倒地前一枪打在时光腿上,可惜是那条假的腿。楼梯又在轻响,时光将失血过多的身子靠在墙上,他眼里看出去的准星都有两个了。缓一口气,他开始在芦家连绵不绝的空房间里跟那些脚步声捉迷藏。时光的追杀者搜索着二楼的空间,他们有点转向。另一帮追杀者在另一处楼梯口冒头,他们不会转向,因为带头的是芦焱。

芦焱被最近处的一具尸骸惊住了。门闩捡起死者带消音器的枪:"老子终于有支敢开的枪了。"

二十五

芦公馆二楼,时光在躲避着追杀他的人,很不幸的是,他也转向了。他已经听见了刺杀者的脚步和轻语,时光把自己挤在最犄角的门框里,一手把住了把手,不到万不得已的时候他并不想把自己逼进死角。但今天是时光的背日,脚步和轻语偏就往这边来。他反手拧门,背身进门,扫了一眼这房间,简单的家具,单人床,女人居住的气息。桌上有几个面具,那是应小家拿回屋玩的。时光没看见窗帘后面的应小家:她正看着楼下的热闹发呆。外边的脚步声,在门前停下,一只手试探地推了推门。时光用枪顶住门上一个正常人头颅的高度。脚步声远去,时光靠在门角舒了口气,另一个声音让他差点噎住。

应小家:"……先生?舞会在楼下……"

时光瞪着眼,他不明白这么一个活人他却没发现。他把为了瞄准方便抹下的面具又抹到了脸上,应小家面对了一个装着消音器的枪口。

应小家:"……这是什么?"

时光:"……枪啊。"

应小家:"……枪不是这样的。"

时光对着地上打了一枪:"无声手枪。坐下。"

应小家仍傻着。时光把一张椅子钩到屋角,坐在一个便于监视应小家和门口的角度,开始打理自己的伤口。应小家轻呼了一声,时光看她一眼。

时光:"床单……扯下来……举起来……举高一点。"他几乎忍无可忍了,"你是天目山的废物吗?别叫啊。"

他一刀划下,得到了一条绷带。他边包扎伤口,边想着逃生的方法,示意应小家坐到床上。

时光:"我被人黑吃黑了。你不要叫。"

应小家:"反正枪在你的手上。"

时光:"说得对。"

应小家看他一手擎枪一手裹伤实在别扭,过来帮他。

时光:"你是什么人?"

应小家:"芦夫人。"

时光并不相信:"吹吧就。我看这房子像用人住的。芦公子到底有多不要脸啊?外边跟富家千金订着婚,屋里藏个童工一样的小。"

应小家:"不是小,是续弦。我先生是芦之苇。"

时光又噎了一下:"那就更不要脸了。"

应小家把那根临时绷带扎好:"反正枪在你的手上。"

时光把一直没放下过的枪拍在桌上:"枪就是不在我手上又怎么样?人未必有贵贱,但一定有个廉耻。"

应小家抄起桌上早看好的物件就给了他迎头一下。

时光一阵眩晕:"你一直在等我放下枪?"

应小家一咬牙,又给了他一下。

时光被打急了:"有种你再来一下!"

不但有种,不但再来了一下,还掉头就冲去抢房门。

应小家:"有强盗! 救……"

时光没开枪,他一把掐住应小家的后颈把她从门前拖开,顺手把枪架在她肩上,直对着房门。

时光阴森森地:"再喊我生气了,因为我居然杀了个女人。"

应小家老实了。时光听着脚步声由远而近,然后消失:"喊吧。"

应小家:"不喊。"

藏在门外的袭击者踢门而入,迎头正中了从应小家肩上射来的一枪。时光把应小家推开,一边瞄着她一边那具尸体拖进来,关上房门。

时光:"你要谢天谢地,碰上的是我。"他摸了摸脑袋,"他妈的这么大个疙瘩!"

应小家只是瞪着他,一边等死一边寻找可以给他制造更大疙瘩的东西。

时光看见桌上那几个面具,乐了:"你把这东西拿到屋里来干什么?"

应小家:"……玩。"

时光:"在屋里有什么好玩的? 我带你下去玩。"他指指死人,"帮我把他的衣服脱下来,连鞋一块儿。不找点事干你还得动糊涂心思。"

枪口和死人哪一个更可怕呢? 应小家犹豫了一下,照办。

时光:"对了。死人不咬人,枪可是咬人的。"他翻着应小家的衣服,翻出一件来扔在床上,"你就穿这件吧,快换。"

时光很绅士地面向着墙,几秒钟后便觉得不对,转过身来,应小家正轻着手脚去摸先前拿来砸他的物件。

时光苦笑:"算了,你还是不要换了。"他拿起死人的衣服,"你转过身去。"

时光换上了死者的衣服、假面和鞋,应小家也被他套上了一个假面。他抓着应小家走过曲里拐弯的走廊,听见人声时他把应小家推到墙角,然后转过身来,冲着走廊掩蔽的半个人影不管三七二十一地摇头。那头也冲他摇头,然后掉头回去。时光回过头时应小家正打算逃跑,被他一把捞住。

时光:"老实带路,到楼下就放了你。"

时光把应小家从拐角推出去,示意她走向空无一人的楼梯口,窝在那里的暗哨突然现身,时光跳出来开了一枪。应小家已经有点麻木了。

时光:"这些都是强盗。我只是逃命,他们可是要抢你家。"他挟着应小家在楼梯口站定,"好了,我一喊你就往下跑吧,出门我就放了你。"

他捡起死人的枪,把消音器拧掉,对着窗外开了几枪:"我们是船帮的好汉!把珠宝首饰都交出来!"

忽然间一片死寂,音乐还在响,人们面面相觑。应小家从楼上跑下来,守楼梯的家伙看着她跑过身边才反应过来。时光从楼梯拐角闪出来,用没有消音器的枪把他一枪击毙。芦公馆寂静了一秒钟,然后是一片尖叫,每一个人都冲向芦家那重重叠叠的房门。

时光追上应小家,又一次把她钳制在手里:"继续带路。"

侧门打开,应小家和时光先后出来。时光看着正门处他制造出来的热闹,人们争相跑出芦家,他认出几个守在正门不知所措的袭击者。

时光开着玩笑:"现在你可以喊了,我打算束手就擒。"

应小家:"救命!强盗在这里!"

但四下里"强盗!有强盗!"的呼声打架一般,没人听她的。

应小家:"你把我当傻瓜了。"

时光:"我把你当救命稻草。走吧,稻草。"

应小家:"你已经出了门了!"

时光:"我要找去车场的路啊。前门那么挤,后门,请问后门怎么走?别走人多的道,我怕吵。"

后门寂静无声,时光和应小家从偏僻小巷里绕出来,走向停在那里的座车。时光一个翻滚到了车边,枪指着车窗,拉开车门,叹了口气。他的司机和亲随的尸体被扔在后座上。

时光看着远处的芦公馆:"你们就不能在这里放几个人?脑袋锈住了。"

他发现应小家又跟了过来:"你怎么不跑?"

应小家:"跑得了吗?"

时光:"你刚才要跑,我只会说声好走,然后分道扬镳。"

应小家:"你又没说。"

时光:"那我现在说啦。回家吧,稻草。谢谢你。"他坐上驾驶座,"告诉你儿子,我欠了他妈这份情,我回来送他大礼的时候,不会把他妈算在里头的。"

应小家:"我……儿子?"

时光:"芦焱芦公子啊。"

一支手枪的准星套准了时光,但晚上的这个距离,即使是门闩,也得好好静心。

门闩:"他开窍啦。只要躲过我们,再制造混乱……谢谢你家今天的假面。"

芦焱在一边恼火:"卞融就是败事有余!"

岳胜:"没假面,照面就露馅,屠先生的人应该已经把这儿围啦。"

芦焱欲言又止,也知道岳胜说的理儿。

门闩讶异:"那女人是谁?"

芦焱彻底低下了头。

岳胜:"他妈。"

芦焱:"你能不能专心瞄准?"

门闩:"我说话才打得准。这一枪太要紧了,我得可着劲说话。"他一点点让准星稳在时光头上,寻找他自己都无法形容的那个瞬间,"时光,门闩来送你上路了。一个人像你这样奋勇当先地坏事做尽,早该休息啦。"

在他击发的同时枪声轰鸣,把他那一枪完全淹没了,那是一支冲锋枪的扫射。时光猛地往下一扎,门闩那一枪命中肩头。

门闩大骂:"那帮莫名其妙的家伙!反应过来啦!"

时光扎在车里检查自己的枪伤,车在子弹和金属撞击声中震动。他从一面镜子里看着旁边驶过来的那辆车,黑黝黝的车里往外喷射着枪火。

应小家蜷在车边,抱着胳臂,子弹在她身边的路面上溅着火光。时光手上的镜子碎掉。他蜷在那里发动了汽车,引擎轰鸣的时候,他看着应小家犹豫了一下,车一开走应小家就没有屏障了。

时光:"上来!"

应小家:"你说了放我回去的!"

时光:"那你就留在这儿挨枪吧!"

应小家犹豫,抓住了副驾驶的座椅,时光一把将她拽了上来。那辆袭击者的车跟在后边追射。芦焱几个目瞪口呆,看着那两辆车远去。

芦焱:"你就是灾星转世,凡事有了你就功败垂成!"

门闩:"谁让你给我挑了那样一个面具?那就是丧门星啊!"

芦焱:"那是死神!死神知不知道?杀手门闩,你真丢死神大人的脸!"

岳胜:"还是想想怎么办吧?"

门闩:"没东西要拿就跟我们一起跑吧。"

芦焱:"那我们的钱怎么办?你知道五块钱能干什么?五十块钱能干什么?"

门闩:"财迷,抢回还能保住的东西。"

芦焱闷了一会儿:"我得去看看我爸。"

门闩:"对,还有你妈,被时光那小子给劫走了。"

芦焱瞪着他:"再也不要这么叫了,你羞辱的是我们这个世界。搞清她怎么回事,我才明白青山图的什么——她不过是被生活打得千疮百孔的一个小女孩。"

时光在急刹和转弯中将那辆追命的车甩岔了路,他强打精神开着车,大伤几处小伤无数,他撑不住了。应小家还照开始时的姿势蜷在座上,一动不动。

时光:"死没死?没死就动一下。"

应小家没动:"没死。"

时光:"那就不用那么坐着了。杀我们的人恐怕还不能像我们一样在上海横行无忌。"

前边是日军的岗哨,时光又一次振作精神,拉拉衣服掩盖了身上的血迹,平和地向过来的日军递上他顶级的良民证。他从反光镜里看着后面驶来的追杀者,他们慢下来,停下。

时光在微光中看看自己脚下,那里是一摊他的血。日军敬礼,路障被移开,时光慢慢驶过。后面那辆车里,小欠无奈地放下手上的冲锋枪。

芦公馆,芦焱走过一院的狼藉。警察已至,在大门口拉了一道绳子。芦焱被人让进去,他回头看看大门外远远的门闩和岳胜。芦焱进到客厅,卞哼芦哈坐着,警察在问讯。芦之苇在发抖,卞子粹眼发直。

芦之苇:"来问我怎么回事?这整片洋楼区不是你们看的场子吗?两个老东西,满心就是儿女的将来,忽然就是乒啪乓,帮会的好汉爷打到我家里来了!你倒来问我这样奉公守法的人怎么回事!"

警察只管赔罪:"我知道我知道。最近黑帮火并得厉害,连二老都受了波及。可死这么多人,总得问上一问。"

芦之苇:"最近中国死的人何止万千,你怎么不去问委员长?"

这是日占区,日属的警察哑住。而卞子粹咳嗽,示意墙上的日本旗。

芦之苇瞧见芦焱,明显地松了口气:"反正我家没死人。好在我家没死人。儿子,过来。"

芦焱过来:"爸,你那位……应小家呢?"

芦之苇:"哦?不是让她别下楼吗?楼下成战场啦都。"

芦焱支使警察:"你们去看看。"

警察:"就去就去……贵府几口人?"

芦之苇:"两口。"

芦焱:"三口,还有他夫人。"他瞧着警察走开,"他们能做什么? 收尸?"

芦之苇:"行啦,怎么不问你的未婚妻?"

说这个芦焱就来气:"她人呢?"

卞子粹:"受惊啦。她晕血,我让人送她回家了。"

芦焱:"她晕的东西太多了。"

芦之苇:"我跟老卞商量了,你们婚也订了,两家合一家了。老卞早有移居香港不做亡国奴的意思,你索性今晚就住他家去,这三两天就一起去香港吧。"

芦焱:"跑到香港就不是亡国奴了?"

卞子粹没见过芦焱的刻薄,一愣。

芦之苇却狠瞪他一眼:"小子!"

芦焱:"去不了,我手上还有几单生意。"

卞子粹:"女婿啊,重事业是好的,但掉在钱眼儿里就不好啦。"

芦焱没理他,他回来四分之三为老爸,四分之一为应小家:"倒是你,家里这样不太平,去卞伯家吧,老哥俩抵足长谈。"

卞子粹:"是,那倒也好……"

芦之苇:"我跟他有什么口水好费的? 这么大个家,却没人当它是家,这么大个商会,却没个有脑子的。我得看着,不去。"

芦焱:"我们能换个地方说吗?"

芦之苇:"正有此意。"

他径上楼梯,芦焱背后跟着。尸体已经移走了,他打量着地上一处血迹。只留下卞子粹坐那儿目瞪口呆。

芦之苇进了书房,走到桌边,翻出根雪茄点上。

芦之苇:"我一直在想,你跟你哥,我更疼谁?"

芦焱愣住:"怎么说这个话? ……你有我哥的消息?"

芦之苇没理他,眉眼间却让人觉了疼:"你哥从不跟我作对,只管埋头做事。你压根儿一事无成,凡事跟我作对。"

芦焱:"我很想他。"

芦之苇:"我也想他,可忽然就好像没这人了是不是? 你我忽然就不再提他了。订婚这样的事,你都没说他该来,我也没说他该来。他在这家好像就是过路的。"

芦焱:"他不是过路的。"

芦焱忽然有种奇怪的感觉,他一向以为父亲过分精明,可现在他有种别的猜测,如果是那样,那很可怕。

芦之苇:"我最近才明白,你跟你哥,我更疼你,因为你更不懂事。懂事的那个,很快就成了朋友甚至对头,他自有一个世界。不懂事的那个,却永远是我的儿子。"他瞪着芦焱,柔和而伤感,"儿子,你,也要做个过路的吗?"

芦焱:"……关于我哥,你到底知道些什么?"

芦之苇:"关于你,你到底要怎么办?"

芦焱:"我不去卞伯家,我暂时不能去香港,可我也暂时不能住在家里。我还有生意要谈,约的是……马上。"

芦之苇忽然开怀了:"哦,生意啊!去谈吧!好好谈,估计会晚吧?今晚不给你留门了。去吧,你约的马上,别让人着急。"

芦焱几乎反应不过来,他有种被算计的感觉。

芦之苇:"哦,你老爱用我的司机,干脆就调给你用吧。就那个,我不记得名字,很年轻,我老胳膊老腿跟不上他。"

芦焱看着父亲,这个时候,这个节骨眼儿,把最信任的岳胜放给他,他几近震惊。

芦焱:"那你……怎么办?"

芦之苇:"我?我也谈生意啊,我那主顾很快就来,我算算账。"

芦焱:"你算账?你桌上有一个账本子吗?你说过做大生意的人从不算账。"

芦之苇:"不算账是因为心里有本明账。去吧,别让你约的人等急了。"

父亲的反常已经让芦焱的疑惑变成了担心。

芦焱:"那我先去……忙完了回来看你。"

芦之苇干脆得很:"希望我们都能尽快忙完。"

芦焱又看了父亲一眼,芦之苇却忽然有一个苍凉而刻毒的笑容。

芦之苇:"她要是没掉脑袋,该多好啊!"

芦焱又惊了一下:"你什么意思?"

芦之苇:"一九二七年,我看着一个被砍了脑袋的漂亮女共党发的感慨,好玩吧?——儿子,不要尖叫。"

岳胜发动汽车,驶离芦公馆。芦焱回望这个让他百感交集的家,脑袋里一团乱麻。门闩从后座上直起身子。

芦焱:"我刚才猛觉得,我爸好像什么都知道。"

门闩倒不是很介意:"做贼心虚的儿子,总觉得老爹什么都知道。"

芦焱摇头:"岳胜,你明天不用来我爸这里应差了,我爸完全把你调给我用了。"

岳胜看芦焱一眼,他不习惯表示惊讶,继续开车。

门闩:"怎么会有这样的及时雨啊?"

芦焱没说话,只是看着他家的灯在灭掉,他的家在视野中消失。

芦之苇独自一人走在空落死寂的长廊上,像一个兵死臣丧的孤独君王。他随手灭掉所过之处那些因舞会而通明的灯,让他的家和他自己都浸入深沉的黑暗。他打开通向阳台的门,端起阳台栏杆上的花,狠狠地砸在地上。

时光的车在破烂的街区缓行。芦焱曾经叫花子一样地在这里走过,年幼的时光曾经在这里哭过。这里是时光出生和成长,一生都想回去和避开的地方。应小家惊奇地看着车外的黑暗,被车灯照到的地方破烂肮脏。

应小家:"这是棚户区吗?"

时光的半个身子几乎压在方向盘上,流着虚汗:"没曾想芦家的贵妇人也认得这样肮脏的地方。"

应小家:"我在这里长大的。"时光惊讶地看她一眼,眼神闪出些亲切,"不过是南京,南京的棚户区。"

时光:"哦,我才是真在这里生这里长的……"

应小家:"随便你怎么说。"

时光:"我不知道你们南京的棚户区是不是跟上海的黑街凶巷一样,杀了人都懒得送黄浦江,那边有个烂泥坑,往里一扔,浸上十天半月,阎王都认不出来……"

应小家不再说话,她明白时光没说谎。

时光:"你活着离开这地方的唯一办法,就是求老天保佑。"

车灯缓缓刺开前途的黑暗。

应小家:"你为什么开得这么慢?"

时光:"因为我在等你下车。"

时光已经不仅是慢了,他一头倒在方向盘上。应小家把时光扶得靠上了后座,怔怔地看着时光的枪。

时光:"我身上的枪……车后厢的药,要哪个你自己选。"

应小家没大犹豫便选了药,她看了看外边的黑暗,一只手电从时光手上递了过来,应小家木然接了。她打开后厢,为了掩住脱口而出的惊叫,手电掉了。时光的司机蜷缩在后厢里,压在药箱上。应小家看了看车里的时光,她从尸骸上拿起了手电,然后拽出药箱。

应小家:"现在……现在怎么做?"

时光睁开眼,他那边的车门被打开了,应小家站在那儿,不知所措。

应小家:"车后边有个死人。"

时光:"……你怎么不害怕?"

应小家:"怕过了。"

时光:"真是棚户区长大的孩子。"

应小家:"我知道你没有骗我,这里是黑街凶巷,我一个人活不下去的。"

时光笑:"有意思,越来越有意思。"

他挣起来,应小家搀扶他,两个人走向伸手不见五指的黑街陋巷。

应小家:"我们去哪儿?"

时光:"去找条宽到够我们两人走的活路。"

他眼前发黑,捂在伤口上的手都湿透了,往墙上甩了一下,一把血。

有节奏的敲门声,门闩应门。

门闩:"船都联系好了?"

来人:"绝对可靠。我们一直把他送到苏北。"

门闩:"你们最好再陪他在苏北待着。一是安全,二是这小子很可能待不住。时光逃啦,卷土重来时就是狂风暴雨,我们还是把所有的鸡蛋都搬走吧……"

一阵敲击声让他愕然回头。芦焱坐在那,脑袋上扣着一顶钢盔,一手拿着一柄刀,当当地敲着:"……观瞻 QQA09 驰驱 68305KIN 参验 RJDBH44689……"

岳胜在记。

门闩:"你两位在搞什么?岳胜,你记什么鬼?也帮他起哄?"

岳胜很委屈:"他开了口,我敢不记?"

芦焱:"要我走可以,先把脑袋里东西倒完。真金白银都是实货。"

门闩:"你到了苏北再倒好吗?不要随地乱倒。"

芦焱:"可还有我哥的钱呢?五十万,我才洗出来六万啊。"

门闩:"那不是你哥的钱,是组织的。那也不叫钱,叫经费。"

芦焱:"我要花了一分钱,让我一个人待到老死。可对我来说。那就是我哥的钱,不,不是钱,是我哥的一生。现在走,我哥的这辈子就剩下不到八分之一……我给你一个八分之一的人生?你说得出口,这也算个交代?"

门闩:"这算不上个交代!可时光跑啦,他背后的势力能让黄埔江都变成红的,并且还很愿意为你红先生搞出个大阵仗!再不走,你就要交代在这儿了!"

芦焱:"那就交代在这儿吧。尽快倒光我脑袋里的东西,然后我去跟那帮发国难财的家伙牟取暴利,直到屠先生的人来跟我说一声:红先生,久违了。我能做什么?抢回我哥的人生,六分之一?五分之一?四分之一?也许……二分之一?"

来人看着门闩发呆:"这怎么回事?他说的我都听不懂。"

门闩苦笑:"不用听懂。人要钻了牛角尖,也不在乎别人能不能听懂。"

芦焱敲打着自己的头盔:"对啦,钻牛角尖时间到啦。赶快赶快,我现在心痛每一句和你们的废话,浪费时间。"他开始背诵……岳胜趴那就记。

门闩:"恐怕我该把他打晕了再绑上运到苏北。"

芦焱应声把脑袋放在桌上："打吧，打吧。"

门闩："可我现在最不敢碰的就是他的头。宁可我脑袋上多个洞，也不想他脑袋上多个包……"

芦焱的大声背诵像是示威。

门闩："岳胜你出去警戒吧，我来记录。"他向来人道歉，"你们那边随时做好撤人的准备，可是转告同志们，我们决定坚守岗位。"

来人叹口气，拍拍门闩的肩，和岳胜一起出去。

芦焱眼溜溜地东张西望，门闩在岳胜的位置上坐下，拿起笔，一肚子怨气。

门闩："坚守岗位……我怎么觉得这四字用在你身上，有点儿糟蹋呢？"

芦焱背诵，他开始记录。

青年队基地，双车向屠先生报告着上海的惊变，声音在屋里飘浮，双车有一种罪臣见皇上，并且马上要被拖出去问斩的感觉。

双车："……时光在参加沪宁商会卞芦两家的订婚典礼后失踪。现场有枪战，死了不少人，芦府已经报案。到目前我们能确定的就是……时光最后进了流泥坑的棚户区……"

屠先生："进了？什么叫进了？怎么进的？被人追着逃进去的，还是追着别人杀进去的？是烦了灯红酒绿想去逛逛穷街陋巷，还是干脆走迷了路？"

双车："是……被追杀进去的。我们的人听到枪声，全自动的大威力武器。"

屠先生："不要跟我搞这种避重就轻的文字游戏。"

双车低着头，尽可能让自己的腿不要打战。

屠先生踱着，他很喜欢看自己的影子投射在双车身上的样子。

屠先生："流泥坑，我第一次看见时光的地方，也是船帮的发源之地。船帮现在名存实亡，冯河虎已经死了吧？"

双车："没发现尸体，可在上海，一个人死了，根本用不着看见尸体。所以，时光虽然闯进了船帮的老巢，可幸好他们现在群龙无首。"

屠先生："很值得庆幸？有秩序的暴力还可能变成秩序，没秩序的暴力永远只会是暴力。现在时光要承受的是他们多年来的贫穷、混乱、屈辱和怒气，现在那些人杀他根本就不用理由，只为发泄。你庆幸什么，双车？"

双车："我……立刻回上海。"

屠先生只是看着他，没说让走，他没说留。

双车深深一躬："千错万错，都是我犯下的。只有一条，我瞎庆幸了，可我是真着急，我是真的把时光当作兄弟。"

屠先生沉默："刚才那句话救了你……我已经在考虑接管天目山的人选了。

回去吧。动用天目山的全力,只是要知道适可而止。这些所谓人渣的家伙,打败他们很容易,杀绝他们则不可能,也没必要。九宫还在追查若水的下落,让他先放一放,协助你。还有件事。乱认亲戚,救了你一命,可也能害死你。以后永远给我记住,时光不是你的兄弟,他是你的一切。走吧。"

双车又鞠了一躬,出去。

贫民窟里,时光看着他曾经的家,这是一个破败到了极点的家,除了一张用砖做支架的破板床和一张破桌子,一地碎碗片脏稻草,什么也没有了。时光躺在这个被废弃的地方,闭上眼,恍惚地听着来自晨光里的孩子的笑声、大人的话语、老人的唏嘘。他突然叫了一声,因为被应小家碰到了伤口。

时光:"你说你会,是会包扎还是会杀猪?"

应小家:"对不起,有点走神。你说你去过南京?"

时光从鬼知道哪个地方拔出了一柄锋利的木柄小刀,应小家立刻收声,瞪着他。

时光把刀柄咬在嘴里,翻了个白眼:"接着杀猪吧。再要下狠手的时候先吱一声。"

应小家换了话题:"你说,这里是你家?"

时光:"很久以前是,但后来……好像叫花子都不愿意住在这里了。"他调侃地,"这里不错吧?谁家能找到这样新鲜的西北风?"

应小家:"比我家还穷。"

时光:"我外婆是为了把吃的省给我,生生饿死的。我爸爸,想赶在他饿死之前把我卖掉,可老子气场太强,就是没人敢要。我爸爸临死前最后的话是怎么办,你怎么办?我死了,你怎么办?……怎么办?凉拌呗。"

应小家手底下开始使劲,而时光反应也快得很,在她使劲前就紧咬了刀柄。他愣是咬断了刀柄,才长舒了一口气:"老天,真疼。"

应小家:"对不起,我……其实你真应该去医院,我保证不报警。"

时光:"我是说我的牙疼,牙疼去什么医院?"他在药箱里挑拣,"……白的止疼,黄的消炎,绿的提神。"他看着药瓶上的标签,"有副作用。"

他把一把白的黄的绿的送进嘴里,又找到一个早充装好的注射器,隔着裤子给自己大腿上扎了一针。

时光:"医院能做的,我都已经做过了。现在……"他玩着那把断刀,不怀好意地打量着应小家,"说说你想说的南京吧。看得出来,为了活着,你什么都可以做,为了让我说说南京,你也什么都可以做,我决定满足你。"

应小家:"我妈在南京。"

时光立刻失去了兴趣,把那柄断刀掷在墙壁上:"哦,女人为了聊家常真是可以不惜一切。可我根本没家常可聊,也不可能认得你妈。"

应小家:"我只是想问你南京现在是什么样子……还有……"

时光:"先说你那个还有——我觉得那才是你真想说的东西。"

应小家:"你不是个好人。"

时光:"对。强盗、恶棍、黑帮、刺客、凶徒,你随便说,绝不会说错。"

应小家:"可你能不能做件好事?给我买张车票,去南京的……"

时光讶然:"一张车票?"

应小家:"只是一张车票,三等的就行。如果你好心的话,能不能把我送到车站?因为我不认得上海的火车站……真的,别的什么都不用你管了。"她动之以义,"我总算是救过你。"

时光:"我可以给你一个包厢,最好的,配上保镖,甚至包下整节车厢,因为你总算是救过我。可是,为什么是南京?"

应小家:"因为我妈妈在那儿啊。我很久没见过她了,五年五个月了。只有相片,可相片不是人啊。我先生不让我出门,我又不识字,连封信都不能写……我妈也不识字,只能托人带相片带口信。可口信也不是人啊……妈妈总想着我嫁个好人家,可她真的没想明白,不是有钱就是个好人家……"

时光只是在听:"五年五个月?你有你妈妈的相片?"

应小家又一次拿出贴身藏着的相片,她似乎认为相片上的那个妇人能说服一切。

应小家:"谁都说我妈的精神头很健旺,看着倒像我姐。你说是不是?"

时光没理她,他把照片像扑克牌一样翻了一遍。

时光:"五年五个月?那就是说一九三四年你就嫁到了上海?被芦家买来做妾?"

应小家:"是续弦。"

时光:"芦焱不让你出门,也不让你识字?"

应小家:"是我先生。芦焱想帮我回南京,还想教我识字。可后来……"

时光:"这些相片是近三年寄来的吧?"

应小家:"你怎么知道?以前没这么多相片的。是我先生看我想家,差不多每个月都让我妈拍了相片寄过来。我说别拍了,能不能让我回趟南京……"

时光:"一九三七年十二月十三日,这日子能让你想起什么来?"

应小家昏昏然:"想起什么来?"

时光:"你根本不知道南京在一九三七年发生过什么。大屠杀。日军华中方面军,上海派遣军第十军,杀了六个星期,直至无人可杀。死的人不计其数,报告上说江水成了红色,沟渠里都填满了尸体。"他把相片还给应小家,"相片上应该是个死人吧,也许是失踪了。"

应小家瞪着他:"你可以不给我这张车票,可是不要这样乱说……"

时光:"你可以撒泼打滚,可是不能做睁眼瞎子。你我锦衣玉食,可是都有一颗穷人的心。"

应小家怒了,一个耳光甩过去。时光抓住她的手,摔开。

时光:"我可以给你一百张车票!"他把一把钱摔在应小家身上,"够你坐车到天涯海角!可就是到不了你妈那里!"他躲开应小家抢过来的一根木棍,抓着她凑近那些相片,"你好好看看,这些相片都是同一个脑袋!"

应小家挣扎:"照的都是我妈,当然同一个脑袋啦!"

时光:"你也嘀咕过是吧?只是不敢往下想?指望着一切变好?"他用另一只手把那些相片抹成一排,"仔细看,这种小花活我那帮手下经常干。现在你给我比着看,有谁照这么多相片都是一个表情脖子拧一个角度的?还有这张,你给我拧出这角度来,我能听到你的骨折……"

应小家拼命挣开他,剧烈地喘着气,啜泣。

时光:"疯子。"他面对现实,"这是船帮的老巢,我不能带着一个疯子。你走吧,带上钱。如果你出了这黑街凶巷,找个黄包车,说声火车站就可以了。你不会连这三个字也不会说吧?"

应小家啜泣着捡起地上的钞票。那真是屈辱,但她一张没落。

时光冷冷地:"对,都带上,一张也别落。虽然是废纸,总好过身无分文。"

他看着那女孩出去,然后叹了口气。极硬的东西总也极软,时光没能逃出这个法则。应小家又冲了进来,捡起了她妈妈所有的相片,然后对时光鞠下深深一躬,匆匆而出。

"这是谁呀?抢地盘抢到老子的地盘上来了?""我早就说有生人味有生人味,你们不信。""这样的抢地盘最好天天都有啊。你很有钱吧,大妹子?"

应小家回头,看着那几个最低级的混混,她没有害怕,在她的潜意识中,她跟他们是一样的人。

应小家:"南京现在怎么样了?"

那头讶然:"……这里是上海。上海,棚户区,流泥坑,我们船帮的地盘。"

应小家:"南京现在怎么样了?"

那头终于认真了:"我没去过。你呢,老五?"

船帮瘪三们:"谁要去啊?都教小日本杀光了。几十万。死城。""听说这几年倒是有人往回返了。可我才不去呢。晦气。"

应小家立刻抓住了一线希望:"就是说还有人活着?"

船帮瘪三:"那得多大条命啊?""先好好犒劳一下我们,啥都告诉你。"

应小家站在那儿,木木愣愣的,由着那四位靠近,像个听信疯话的傻子。时光站在巷角用他的手枪瞄准着,一个发现让他觉得有趣:应小家背在身后的手里握着那柄断刀。

于是他站了出去:"几位好汉,船帮拜的也是十三祖吧? 就这么趁人之危?"

时光的出现实在让那几位惊讶:"今儿是不是百乐门的分舱要开到咱们流泥坑来了? 这货这身衣服都值得咱们玩命了。"

时光摘下手表:"嘴上的快活都是穷快活,你们大概是离着百乐门一百米就要被扔马路上了。所以呢,拿去,这够你们四个喝酒喝到死,也可够你们做点正经营生。不管走哪条道,以后别抢小孩子的油饼了……"

他把表扔了过去,另一只手摸到了塞在后腰的枪。他并不是很想开枪,就像一个成了年的坏孩子未必想在自己的母校打架。

但那四位中的一个家伙开始嚷嚷:"我认得他! 他是天目山重金请来的杀手! 燕飞熊张横虎马骝……"

时光一把将应小家拽到了自己身后,一枪甩在那家伙的嘴里:"都是我杀的。"

这巷子的地形实在很影响他发挥,第一个还没倒利索,第二个已经冲了上来,时光用持枪的手挡开了斧头柄,用鞋尖上踢出来的刀豁开了一个肚子。第三个冲了过来,时光吃了假腿的亏,他被撞倒,两人抱在一起,撞破板壁,滚进了屋里。时光看见阴影一闪,第四位抢着一把菜刀扑了上来,一刀砍在他的肩上。

时光大骂:"你倒是把菜叶子洗干净再出来砍人呀! 想砸死人吗?"

抱着他的那位玩命大叫:"砍啊! 砍啊! 抢了他咱们就不用在这鬼地方混了!"

时光:"我就是这鬼地方混出来的!"

第四个冲上来想砍第二刀时,时光一通盲射,那人歪歪扭扭地倒下,大叫:"烧饼! 烧饼! 快叫人! 这顿独食咱们吃不下的!"

烧饼是那个被豁开肚子的,疼痛倒加大了他的音量:"老谷子,张芝麻,扔了牌吧! 这里有个请不动的财神爷啊!"

陋巷里一扇破门开了,冲出来的人挥着刀子斧子,各种能要了人命的粗陋兵器。时光还被人死死抱着,他向应小家大叫:"走! 快走! 只要不是死路你就走一个方向,很快就能出去! 去你的南京吧! 活见鬼!"

但应小家冲过来,抱着时光的人变得瘫软。应小家两手是血,茫然地试图拔出那没柄的刀子。时光挣出来,迅速摸出手枪,对着那一巷子人射空了一夹子弹,那边攻势顿缓。

时光拽起了应小家:"跑! 跑!"

没有人追赶他们，让他们跑的是求生的欲望。他们搞不清是谁扶着谁，奔跑中他们的手紧紧相握。喘过气来，时光摔开了应小家的手，闻了闻自己那一手血："你受伤了。"

应小家大喘气："我没有。"

时光抓起应小家的一只手看了看，拿无柄刀刺人的结果自然是自己手上一条大口子——只是应小家根本没意识到。

时光："可惜急救箱没抢出来。"

他蹲下来把裤管撩到了膝盖，那条假腿让应小家惊得把刀掉在地上。时光居然从假腿里掏出一卷绷带："最后的备份了，省着用。"

应小家把刀还给他："我不学这个。我要去南京。"

时光："你留着吧。等我忙完这堆烂事，立刻安排你去南京。说不定我亲自送你去，我也想看看那座死城现在是什么样子。……先生若在上海站稳了脚，又怎会放弃南京？"

应小家："我现在就要去南京。我自己去，不用麻烦你了。"

时光发火了："连一个流泥坑你都出不去还去南京？我是不想你死在路上！"

应小家看了他半晌："谢谢。再见。我想妈妈，我想看见她，为了看见她，我会用你给的刀子。"

时光瞪着那女孩远去："你见不着她的！死定了你！知道中国这几年死了多少人！你被芦家父子坑惨了！芦焱不是个好东西，芦之苇也不是个好东西！"

他每嚷一句应小家便又走了几步，于是他的每一句嚷嚷都更气急败坏，但最后一句却让他觉察到了什么。

时光："芦之苇干吗要骗你那么多年……"嚷嚷变成了嘀咕，"他骗你那么多年是图的什么……"

应小家快要走出时光的视野。

时光："喂！"没反应，应小家反倒走得更快。

时光："我有事要跟你商量！"没反应。

时光："你这样去就是白搭上自己！我陪你去南京！"

应小家回头看了他一眼，继续走。

时光："先找个地方填饱肚子！然后我们去火车站！两张车票！马上！"

应小家只是走，走了几步，在墙根里蜷了，哭泣。时光有些怔忡，无论有多少同情心，他也不可能放下眼前的大事去帮助这女孩。他坐在应小家身边，拍拍她的肩膀。

时光："我保证，你一定能平安到达南京……我保证，一定找到你妈妈的下落，无论死活……我保证，你碰到的坏事，到此为止了。我会安顿好你以后的生活，但你要先帮我弄清一些事情。"

　　应小家："不是说马上吗?"

　　时光于是明白了这女孩去意坚决,无法阻止,却又必须阻止。

　　时光："如果你觉得先填饱肚子再去南京,就不算马上的话,那我没什么好说的了。我是已经快饿疯了。"

　　应小家："我也很饿。"

　　时光："那我们先去填饱肚子。"

　　应小家："然后火车站?"

　　时光："然后南京。"

　　他又拍拍应小家的肩,应小家也拍拍他的肩,时光笑得越发勉强了,他从口袋里掏出一个本子,往上写字。

　　他只写了个"我"字便停了,应小家看了一眼便不看了,看了也不认得又有什么好看?

　　应小家："你在干什么?"

　　时光："去南京要准备的东西很多,都得写下来。"

　　时光唰唰地写："我是时光,有重要发现。事关若水。见字速调可用人手,与我会合。"

　　他掏出一个尖头的金属管子,把那张纸条塞进去。

　　应小家："那是什么?"

　　时光："这样可以防水。"

　　他们走过一条街道,时光看见墙上一张司空见惯的广告,站住,掏出笔,改掉了广告上的几个字。

　　应小家看着他,时光解释："它写错字了。我看不得错字,不改不安生。"然后相当直接地,"我要撒尿。"

　　应小家赶紧走开。时光弯下腰像是要系鞋带,顺便一脚,把塞了纸条的金属管踩进土里。

　　然后他追上应小家："前边有个能吃饭的地方,味道还好。"

　　应小家："能吃饱就行。"

二十六

九宫与双车的车在街头交会,停车。九宫与双车交换信息,手下在周围警戒。另一辆车驶过,车上坐着芦之苇。他对那两位视若无睹。芦之苇下车,他叼着一根雪茄,走向路边烟摊又买了几根雪茄。半支雪茄被另一只手接过,反向离开。

那雪茄上的烟灰被人在路边掸掉。

假芦之苇叼着那根雪茄上车,车驶走。

真芦之苇不知去向。

电影院,银幕上放映的是卓别林的《大独裁者》。

黑暗里的观众不断地发出哄笑之声,引座员的手电光在过道间晃动。

引座员走向最靠边的一张座位,那位子偏远,已经坐着一个人。

引座员:"先生,您的票。"

就着银幕上的微光,看得出那是小欠。

一样东西递了过来:"这是我最要紧的秘密,我把它告诉你,因为要你去做最要紧的事——认识他吗?"

那不是票,而是一张照片,芦焱的照片。

引座员:"烧成灰我也认得。但是看到他活着,并且是先生您的儿子,我真是高兴。我已经很久没有过高兴的事了,先生。"

引座员小欠在旁边坐下,而芦之苇在光与暗的变换中随着其他人一起大笑,你会觉得他真的还有心去看那部电影。

小欠:"我骗过他,可他救了我。后来我确信他是真正的种子,几乎把他置于死地,可他却给我能撑到现在的勇气。杀冯河虎时我才知道他是您的儿子,真是龙生龙凤生凤。先生,您让我不再是瘪三,您让我二世为人,您的儿子让我不再是个瞎子,他让我三世为人。"

芦之苇对着银幕哈哈大笑,他抹着眼泪:"龙生龙凤生凤,乌龟原是王八种,老鼠儿子就打洞。青山啊青山,你是真敢玩啊,我把我最重要的东西交给你,那是我儿子,你把你最重要的东西交给我儿子,那是你的种子。然后你就让我儿子带着种子回上海,一颗焊死的心眼儿,半点不打折扣——你让我怎么办呢?"

这并不是小欠听得懂的话:"先生?"

芦之苇:"没什么,被死人耍了一道而已。"他狂躁地吸着烟,用手帕掩着咳嗽,"好个死人,好个青山。连我连小屠连时光,都跟着你一个死人布下的局在团团乱转,你到底是世上最磊落的人,还是最缺德的人呢?"

小欠:"我没杀了时光,我们力量太弱,那天也太突然。可到底发生了什么?"

芦之苇:"我那不知是龙还是王八的儿子呀,我知道他是个炸弹。我绑他我骗他,想让他离开上海。可他是我芦家的种,孽啊,我哄了他订婚,想完事了就打发他跟老卞远避香港,可时光在舞会上把他认了出来。我能怎么办?我宁可让时光死在我家里,也不能让我儿子死在我跟前。可时光没杀了,我也很快就要藏不住了。"

小欠:"您怎么不早告诉我?"

芦之苇:"因为若水老了,老到想在死前能一享天伦之乐。还因为老家伙总是多疑,要不是你全家人都为此搭上了性命,我到今天还不知道该信谁。"观众大笑,芦之苇阴沉地看着银幕,"晚了。现在大祸将临。"

九宫和双车开完了他们的街头碰头会,几辆车分头驶去。一个揉成了团的空烟盒被扔在地上。老疤隐藏在人群中,看着那支车队远去的尘烟。影院里的观众正在退场,疤脸捡起那个烟盒逆流而进。

银幕上仍闪烁着"THE END"的片尾字样,芦之苇没有去关注退得寥寥无几的观众,他把头几乎靠在前排的椅背上,那根手杖支撑着他全身的分量。骂过、愤怒过、哨过、击过,一直在挣扎的若水被无力感席卷。小欠发现他的先生真的是老了,对小欠来说这是一种沉痛的感觉。

芦之苇:"小欠,这事过去,如果你还能活下来,有多远走多远吧。惑人者将被天惑,人设的局,玩不过老天爷设的局。"

小欠哑然,他太清楚若水何以那样愤世嫉俗,又何以如此颓萎。

小欠:"我们还可以护着您离开上海……"

芦之苇:"放屁!我儿子都不肯离开上海,我却要逃出上海?我老了,可还没老到惜这条狗命!这么多年,涛生云灭,多少的不如意,我从未离开过上海。小屠风生水起,如日中天,可也从没进过上海。你当我跟他争的仅仅是地盘?"

小欠沉默,老疤走过来。

小欠:"你怎么能不在外边盯着?"

老疤:"屠先生那边好像出大事了。"

随之递过来那个揉成一团的烟盒。小欠诧异地看了老疤一眼,他不知道这个情报的来处。芦之苇迫不及待地接过来展开,他用他的雪茄熏烘着里边的锡纸,几个字开始现形:"时光失踪,屠生动意,早做预备。"

芦之苇没给小欠看,就划了根火柴点着了那张纸,他的表情像是如释重负又像是更加沉重。他说话的声音有点发颤。

芦之苇:"……跟原来想的不一样,可也许是真要开始了。"

小欠:"什么开始了?"

芦之苇:"小屠这回恐怕是真要进上海了。他不进上海,我会被他活活逼死,他进了上海……"他干笑了两声,却没说会怎么着,"如此不智,是为了他好容易培养出来的继承人?我刚才说错了。不是大祸将临,是大变将临……我们做地下的霸主,还是黄浦江的沉尸,都看我们自己。知会锄奸队所有的人,不要行动,不要出来,等我命令。哪怕是上海在你们眼前塌倒,哪怕屠先生就在你们枪口下,也不要行动,不要出来。一直等到……"

他犹豫了一下,小欠纳闷儿:"等到什么?"

芦之苇:"等到黄浦江上的军舰鸣响三长两短的汽笛。"

小欠更加诧异:"黄浦江上都是外国军舰,怎么会为我们鸣响汽笛?"

芦之苇:"你听着就是了。"

小欠:"是哪国的军舰?"

芦之苇没理他,走了。地上的纸已经烧成灰烬,但仍保持着完整的样子。小欠伸手去捡,但是芦之苇回来,一脚把纸灰碾乱。小欠看着芦之苇并无怒色的眼睛,不寒而栗。当发现最亲近的人瞒着那么多事情……留一手是为了置人于死地,置谁于死地?

小欠和老疤呆呆看着芦之苇消失在影院的过道里。

上海地下党据点。芦焱的眼睛发直,桌上的一摞写得密密麻麻的纸是他至今为止的收获。岳胜早被他练得倒头大睡,现正在写着的门闩也已经熬得像个活鬼,更不要说一人应付车轮大战的芦焱了。

门闩摇摇晃晃站起来,看了看旁边那几个写空的墨水瓶,和他为了提神而制造出来的缭绕全屋的烟雾。

门闩:"如果再不歇一会儿,时光找到的你就是一具尸体了。那样的话他肯定会冲着你撒一泡尿,所以……"

芦焱:"所以我没必要在他这么干之前洗澡和睡觉,反正要被他尿的。该来的总是要来,所以继续。"

门闩推开纸笔:"我跟岳胜都已经轮番睡两觉了。你可以把我们当牲口,可不能把自个儿当死人。"

芦焱站起来,没站稳,又坐了回去:"完事就可以睡个够了……快了,快了。"

门闩:"你从昨晚就在说快完了快完了,到底还有多少?"

芦焱:"两页,两页。"
门闩:"我也听了一晚上的两页。"
芦焱:"这回真的就剩两页了,两页。"但他想了一会儿,自己都放弃了,"我现在脑子里很清醒,可什么都记不起来。"
门闩:"那不是清醒,是木了,跟我在大沙锅堵天外山一样。睡会儿。"他把岳胜踢了起来,岳胜愣愣地就直冲纸笔,被他又踢了一脚,"让他睡会儿。"
岳胜:"他终于要睡了?"
芦焱坐在那木木愣愣地想着什么:"我睡不着。"然后忽地打了个激灵。
门闩把一件衣服扔了过去:"不吃,不睡,体虚,骨头发寒。"
芦焱:"是心里发寒。"他疑惑地,"我想起了……"
门闩:"屠先生?太子爷时光?"
芦焱很古怪的表情:"我爸。脑袋空出来了,我终于有空想起他来了。"
门闩和岳胜也很古怪地看着他。
芦焱:"我必须离开家,否则就连累他。可我去跟他告别的时候,倒觉得是被他赶出来的……他在保护我?他怎么知道我有危险?他每一次给我挖个坑,让我上班啊,让我定亲啊,摆一张害人的脸,可却是在帮我……"
门闩:"你是他儿子,他不帮你帮谁呀?"
芦焱:"我说的是帮我们。你懂了吗?他知道你们的存在,知道你们是什么人,甚至知道我跟你们在一起做什么。"
门闩被他盯得打了个激灵:"岳胜,你不是他爸的司机吗?有点说法没有?"
岳胜:"从用我的时候就说好了,甭管去哪里,我只能在车上,连车都不能下……这老爷子又忒喜欢步行,要不那么花白头发,走路跟穿堂风似的……"
芦焱只顾嘀咕:"……我觉得他什么都知道,刚开始我当这是一个做父亲的心思……可你后来觉得连他最不该知道的他也知道。他凭什么知道?连屠先生那样随时能汇集几百个情报来源的都在管中窥豹……"
他又打了个激灵。而门闩意识到什么,看着他,但是欲言又止。芦焱的怀表鸣响,把这三人吓了一跳。芦焱忙把表摁了,放下这通胡思乱想去抓他的衣服。
芦焱:"等我回来。约了人谈个生意。"他赌咒发誓,"真只剩下两页了,否则雷劈死我。"
门闩都快暴怒了:"出门去?去死去?"
芦焱:"谈客户的时候被逮住,总好过在这里被逮住。洗出来十万再死,总好过现在这样洗出六万就死。"
门闩都懒得拦了,拦也拦不住。芦焱出去后,他的神情也凝重起来。
门闩:"从发出惊蛰的信号,青山就说这事绝非走火,而是蓄谋。屠先生擅长抓机会,可他不是蓄谋者,他也不知道全部。全都知道的人只有一种……"

岳胜揉着缺觉的眼睛:"什么?"

门闩:"策划这个阴谋的人。"他猛省过来,"你怎么还在这里?"

岳胜愣了:"我应该干什么?"他也猛醒了,"哎呀,车!"

芦焱已经有点恼火地扎了回来:"我很想孤身涉险,可我不会开车。"

岳胜头也不抬地出去。芦焱和门闩对视,两人欲言又止。

门闩:"自己保重。"

芦焱出去。

这个食店很不合时光的身份,它是连流泥坑那帮货色都能来撮一顿的地方。但时光很自如地坐着矮凳子,就着矮桌子,远比在高堂华屋里自如。他目不转睛地瞪着隔了桌子的应小家,总是会有不断的问题,总是关于芦府。简单的饭菜正在上桌,应小家低着头,咽着唾沫。

时光:"芦之苇一向都爱做些什么?"

应小家不大习惯别人这样称呼芦之苇:"我先生?"

时光:"你该说,那个不要脸黑了心的老骗子。"

应小家咬了咬嘴唇:"他喜欢吃,喜欢喝,可从来不喝多。喜欢抽雪茄,可老喊着要戒,还要我监督,可其实他根本没打算戒。喜欢种花,可种的花都快死了。哦,他最喜欢的是和他儿子吵架,每次都吵得兴高采烈的……"

时光:"你说的都是在家,这老匹夫出去时都会干些什么?"

应小家:"不知道。我连院子里都很少去……其实我连他每天在家里待了多久都不知道。"

时光:"难道他晚上不上床的吗?"

应小家:"他只是要我帮他做饭,陪他说话,他儿子回来后说话也省了。"

时光:"如果我没想错的话,他只是想混在人群中间而已。你也不过是人群中的一个。"他顾自说着,"先生说他善于伪装,我以为说的是化装,原来他是把人的本性当衣服换着穿。"

应小家:"你说的话我都不知道意思。"

时光:"你用不着知道,只需要吃饱,吃饭吧。"

应小家:"你先吃。"

时光有些恼火,并且他已经听见一声尖厉的口哨声,那是他们在大沙锅时常用的暗号,对他有特殊的意思。

时光:"你当我会在饭菜里下毒?"

应小家:"我从来是等别人吃完了再吃。"

时光:"这里不是芦府,我不是你先生,也不是你儿子。我可能比他们还坏,还狠,还恶,可在我这里只有活人和死人,没有下等人和上等人,所以你先吃。"他半个屁股离开了凳子,"我现在不吃,是因为我有事。"

应小家开始吃饭,刚开始还斯文,很快便狼吞虎咽。时光站了一会儿,从店小二手上接过最后一份菜,放在应小家面前,有一种他在照顾这女孩的奇怪感觉。

时光:"你能不能……"

应小家:"我能不能先不去南京?不能。"

时光讶然:"你是不是把所有的聪明都用在这事上了?"

应小家:"……我可以自己去的。至于你要对我先生和芦焱做什么……"

时光:"你现在管不到了。你现在只有南京那一件事。"

应小家:"对。可芦焱是个好人。"

时光:"我的世界里也没有好人和坏人。"

应小家:"只有死人和活人。"

时光点点头,叹口气,并且也做了一个决定:"好好吃,别顾吃相。咱们没那个。"

她看着时光的背影就像她在芦府看着窗外。

时光绕出巷子,九宫正缩在角落里吹第二遍口哨,几个手下分散在周围警戒。

时光很没好气:"别吹了,你当这是大沙锅吗?"

九宫收住:"因为事先没有确定好暗号。"他看了眼时光,"你受伤了?"

时光:"包扎过了,没大碍。"

九宫:"天外山的人我都带来了,双车带了天目山的好手在外围,青年队的人正赶过来增援。"

时光摇摇头:"太兴师动众了。"

他还在恼火和犹豫,因为他必须要做的那个决定。

九宫把那个金属管还给他:"你提到了情报……"

时光:"还不能确认。我需要时间确认,目标不给我时间。"

九宫:"我可以……"

时光:"你不可以。"

九宫表示不理解:"目标是和你在一起的那个女人吗?沪宁商会会长芦之苇的续弦,五年多前买回来的。无足轻重的人物,有什么不可以?"

时光:"因为我说不可以。"他有些心虚,"我还需要她的信任,这比你的刑讯能套出更多实情。把她留在我的身边,可不要是刑讯和绑架。"

九宫:"那我就不知道怎么做了。"

时光:"……你们装作来刺杀我的人,让她伤于流弹。我只是要她这段时间不能离开上海。"

九宫:"明白了。"

时光有点啰嗦:"谁来打?"

九宫:"我来。"

时光:"打哪儿?"

九宫:"打……"他想了想,指了指自己的膝盖。

时光脸上的肌肉微微抽搐了一下,那也许意味着又一条假腿的诞生。他摇头,将一只手指在九宫身上移动,最后指了指九宫的肩侧。

九宫:"没问题。"

时光:"用什么枪?"

九宫不解地掏出枪,一支大口径的柯尔特。

时光:"不行。"他熟知九宫藏枪的地方,从他身上摸出一支勃朗宁,看起来他很遗憾找不着更小的枪了:"用这支。"他又想起什么,"离这里最近的地方有我们的暗巢吗?那些明着的点儿绝对不要还有,要有药。"

九宫:"南桥路202号,你要的东西都有,甚至还可以换件衣服。"

时光点点头,又想了想,走开。

九宫:"什么时候?"

时光:"我进去之后,两分钟。"

时光进到食店,先就惊了一下:应小家已经不吃了,所有的菜都整整齐齐分成了两半,一半被吃光了,另一半不曾被动过,并且所有的菜盘子都放在他这边便于夹到的地方。一碗饭和筷子也整整齐齐放着,筷子搭在碗沿,以免在不大洁净的桌子上弄脏。

时光:"这是在干什么?半壁河山吗?"

应小家:"你还没吃。我怕我都给吃光了。"

时光:"那你吃光好了。花的又不是我的钱,我的钱都给你了。"

他勉强地玩笑着,往窗外望了一眼,他忽然懊悔自己设定的诡计。

时光:"你听着,别多想,也别问,告诉我是不是我和你很像,我从来没想过我会和一个女人很像。"

应小家看他一眼,迅速把头扭向一边。

时光:"这几天,哪儿也别去,陪着我好吗?……我是说,等过了这阵子。"

应小家转回了头,但结果是一样的:"不。"

时光急了:"你他妈的知不知道好歹……"

应小家:"现在我知道,就算找不到妈妈我也能活下去,这是你教我的。"

时光瞧着那个凄楚的笑容,同时想到两分钟实在是很短的时间。他把应小家拽了起来:"别说了。你先出去,我待会儿来找你。"他已经看见一个手下出现在街对面,"我们走后门。"

他把应小家推向后门,转身想制止他的手下。但那边已经出发,砰砰两枪擦着时光的身边打在墙上,玩得倒是逼真。

"他在这里!""杀了他,替船帮的兄弟报仇!"

时光大叫了一声"不!"但九宫已经开枪了,他是瞄着已到了后门口的应小家打的,一团血花在应小家肩头炸开,冲力把她掀到了门外。

时光大骂:"不是说不要开枪吗?"

九宫:"……我以为你在骗着她信你呢……"

时光看看应小家的伤口,炸了:"怎么是开花弹?!你存心杀人是不是?"

九宫:"今天随时预备着跟船帮驳火,所有兄弟都装的开花弹啊。"

时光青着脸检查应小家的伤势,那女孩的肩都快被打碎了。

时光:"车!"

九宫吩咐手下:"快去开车……"

时光:"我等你开过去?车钥匙!"

他一把抢过九宫刚掏出的车钥匙,抱着应小家冲了出去。手下愕然看着时光,身后的九宫追赶不及。这一切和计划好的完全不一样。

应小家晕沉地:"走……你走……"

时光:"闭嘴!"

他将应小家放在副驾座上,回身坐到司机座上,一只手死死摁住应小家的伤口,尽管那是徒劳,另一只手把握方向盘。

九宫向潜藏的手下招呼:"都出来!有变!"

汽车在他身后发动,拐了个亡命的急弯,撞倒一片坛坛罐罐,飞驶而去。

"我是时光,有重要发现。事关若水。见字速调可用人手,与我会合。"

青年队基地,屠先生听着手下把来自九宫那边的电文念完,他的第一反应不是惊喜而是愤怒。

屠先生:"我给他的命令是去洗干净自己,他怎么又扎进这潭臭水了?"

手下:"时光没有违背您的命令。他确是去与各路商界大亨联谊的,至于之后的枪战,和这段情报……我们在这里也搞不清怎么回事。"

屠先生沉吟,他站了起来:"备车,我自己走一趟。"

手下:"……小心中计……"

他看着屠先生的表情而住嘴,屠先生的笑脸对大部分人不是好事。

屠先生:"时光的计?你觉得世界上有谁能让时光写这么个玩意儿来害我?"

手下:"若水的锄奸队总是还在暗处……"

屠先生:"我早就不耐烦看九宫双车和他们拉锯了。"

他已起身开步,"时光加上若水,这是最能让人提神的两件事啊。备车。"

南桥路。车急刹,几乎顶在墙上。时光从车里抱出浴血的应小家,跌跌撞撞地寻找着门牌号,念叨着202这个对他很重要的数字。他用自己的全金属之脚踢开了202号的院门,门上的铰链彻底断裂,他面对了一个幽静而简朴的院子。应小家苏醒,时光粗重的呼吸喷在她的脸上,她看着时光扭曲的脸。

应小家:"你……又在杀人了……"

时光:"我在救人!救人!救你!"

应小家又昏沉过去。

时光:"我要救你!我保证过你能平安到达南京!你不会再碰到坏事!"

他咆哮着穿过院子,又是一脚踹门,进入屋里。他把应小家放在床上,咆哮着:"不准死!否则我杀了你!"又因为这句浑话给了自己一耳光,"你妈妈没事!她还在等着你,你还没看见她呢!"

应小家昏昏沉沉地嘀咕:"……你有同情心,可没把我们当人的机会……"

时光:"有力气说这种鬼话,就不要死!"

应小家昏了过去。时光喃喃地咒骂着,狂乱地在屋里翻找,终于在抽屉的夹层里找到了药。他把药水、药粉、药膏、药棉、止血带、绷带,水泥抹墙一样一股脑儿往应小家伤口上抹着,但那对开花弹造成的伤口无济于事。时光试着在绷带里夹入厚厚的药棉,再涂上厚厚的药膏。他看一眼应小家,她毫无生气地躺着,一条血迹从门外进来,一直滴到床边。时光继续努力,擦汗,顺便擦掉点别的东西。

时光:"你不会死的,因为我要做成这件事情。这只是件人命关天的小事,可我要做成这件事情。我总得……总得……就算世界上其实没有好人和坏人,可在我手上,你不能从活人变成死人……"

门外的脚步声,喘气声,金属的摩擦声,九宫和他的手下,一路狂奔,终于赶到。

时光头也没抬:"帮忙!"

时光用刚做好的绷带又一次尝试,厚厚的绷带仍被迅速洇红。

九宫:"救不了。创口面积太大,流太多血了。"

时光一拳把他打成了一只虾米:"附近有医院吗?"

九宫:"有倒是有,可这不是我们的地盘,这里的医院听日本人的。这明摆着的枪伤,不可能不向日本人报告,说不定我们要先跟日本兵打起来。"

时光:"那就打吧。"

九宫:"这完全不合规矩。你从不挟私,所以先生容你犯错,可现在……"他看了看应小家:"她终究是个外人。"

时光怔住,然后跳了起来,沉默着摧毁这房间,九宫们也不阻拦,甚至为他让出空间。待他终于停下,怒气发泄过了,房间里已一片狼藉。

九宫掏出枪:"我动手吧,没得救了。"

时光:"她是很重要的情报来源。"

九宫:"一个死人?"

时光:"等等。她是……很重要的情报来源……很重要很重要……"

九宫放下枪:"时光,我实说了吧,我们都没看出她是什么情报来源,只看见你为她公私不分滥用职权。她到底是什么?你的女人?"

时光:"不!她什么也不是!只是一个我不想让她死的人!无所谓男女!"

九宫定论:"她是你的女人。"

气氛忽然改变,九宫和他带来的人挪动了一下位置,变成了一个对时光带有警戒之意的布局。

时光:"想造反吗?"

九宫:"不是造反,是维护大局。先生已经确定你是未来的继承人,正因如此,先生也要求我们好好看着你。女色,尤其用情,我行大忌。我杀了她,也是救了你。"

时光:"用你妈的情!你不做猪肉的时候也是个人,是人也会想做点好事!"

九宫:"反正就是一枪,你可以怪我,可我保住了你的前程和我们的未来。"

时光:"我来。"

九宫看了他一眼。这是一个已经恢复了自控力的时光,九宫放下枪。

时光:"是的,我来……这样更好一点……是啊,向我们搞不懂的一切开枪,和我们不一样的都是我们搞不懂的……没错,我会开枪。"

他拔出了枪,九宫让开。他仔细看了看应小家,甚至帮她理了理头发。

时光:"你来错地方了。这里的人身上都是长着刀子的,不伤人,就会伤己……待会儿谁处理尸体?"

九宫指了一个手下:"就你吧。"

于是时光的手抬了起来,一声闷响,被九宫指到的手下眉心多了一个孔。另一个手下立刻把枪对准了时光。

时光:"打呀!开枪!"

那边在犹豫。时光一枪甩在他的枪上,成了废铁的枪飞了出去,时光第二枪打断了他的手腕。

时光:"舍不得打还是不敢打?那我替你打!"

九宫同样没胆量向时光开枪,只好选择了跑路。时光一枪枪打在他身后,没真心杀他,只在地板上钻着孔。九宫连滚带爬钻了邻屋的墙后,时光又在地上捡起一支枪,对着他。

九宫躲在墙后,大叫:"你是不是疯了?为了一个奸商的小老婆自毁前程!你的未来,你的天下!时光!为了什么?"

时光:"跟一块猪肉谈论天下和未来?那是什么样的天下和未来?"

九宫气得拿脑袋撞墙。时光一枪一枪地打在墙上,他没想杀九宫,只是宣泄他的怒气,几句话一枪,几个字一枪:"麻烦你,告诉我,我们的目的?制造出一堆一堆的,一片一片的,一群一群的,这些我们要杀掉的人,还有那些,要杀掉我们的人!为什么?图什么?要活下去,得学会游泳,看着别人沉下去。可我得告诉你一个秘密,那些你看着他们沉下去的,那也是人!"

九宫:"可我也是人!不看着他们沉下去,我就得沉下去!"

时光没说话,九宫听着弹匣落在地上的声音和装弹的声音,他不敢探头。

九宫:"你真的要杀我吗,时光?"

没动静。

九宫:"我没有做错事。我到今天还平平安安,就是因为我从来不做错事。"

时光:"转告先生,我会离开……一个星期。我会回来,负荆请罪。"

寂静。

九宫:"时光?"

他又等了一会儿,索性把枪扔出去,举起双手,走出去。时光不在了,只有他那一死一伤的两个手下。九宫举着手,听着院外疾速发动的汽车声。

时光用一只手抱着应小家,另一只手驾驶着汽车。

时光:"医院……医院……医院医院医院医院!到底在哪里啊你?医院!"

咆哮,嘀咕,咒骂,一个街弯,再一个街弯。

应小家在颠簸中醒转:"……你又在杀人?你真厉害……"

时光:"睡吧睡吧,等再睁开眼,我已经把你治好了。"

应小家:"……可怎么每次你杀的……都是中国人?日本人呢?……他们不是屠了南京城吗?"

时光脸上的肌肉有些抽搐。他没有勇气去看应小家,他长长地舒了口气。

时光:"是的。我们本来可以让日寇的血染红大地,我们倒在用中国人的血涂抹天空。"他忍无可忍地大叫,"医院!"

在急促的刹车声中,车几乎撞进了医院里。时光狂躁地抱着应小家冲进大门。医院里几乎是空的,时光抱着应小家,一个门一个门地推开。他的耐心已经耗完了。

时光:"有人吗?……这里到底有没有喘气的人?这是医院还是停尸房?打

劫啦!再不出来人放火烧房子了!"

声音传得到处都是,震震地远去,震震地回来,但没有人回应。

时光:"救命啊!"他被自己从未说过的这三个字弄怔了,"……我疯了?"管他呢,"救命啊!要死人啦!"

终于,走廊尽头的门轻响了一声,一个医生走出来,然后对着屋里:"没事,有个人喊救命。"

然后他看看时光……走了。

时光:"没人要救命,老子要杀人!"

就像对上了暗号,医生立刻转过头来:"病人在哪儿?"

时光愣了,看看自己抱着的应小家:"你还没看见?那你就再不用看见了。"

医生忙不迭向里边挥着手:"快快快!有病人!"

一架轮床终于被几个护士推了出来。

青年队基地,正要出门上车的屠先生站在锈迹斑斑的阶梯上,愕然地看着那个向他挥舞着电文纸跑过来的手下。

屠先生:"什么?"

手下:"九宫用天目山的电台发回的消息:时光反水,正在追捕。"

屠先生:"……发这八个字的人是九宫?"

手下:"九宫亲自发的。"

屠先生:"如果不是九宫,我会把发报的人杀了……可是九宫根本就是台执行命令的机器。也许没什么本事,但是绝不敢逾越。"

他径自下阶梯,上他的车。

手下讶然:"您还是要去上海么?"

屠先生:"更加要去。今天一天真是太多的惊喜了。"

车开动。驶过那具吊着的棺柩,棺柩里传出微弱的敲击声。有意无意,屠先生垂在窗边的手也敲了敲车子。

屠先生:"你也听见了吗?你想说什么?"

棺柩里竟然传出微弱而沉闷的笑声,亲随们色变,这实在太恐怖了。

屠先生:"你笑话我?"他也笑了笑,"没办法,每个死了的和要死的人都可以笑话我,因为阎王还不是我手下。……走吧。万事虽因天注定,莫笑浮生空自忙。"

湖边茶座,芦焱和一名商人模样的男子握手,看来他又谈成了一单生意。

芦焱:"欢迎您坐上我们这条大船。这条船很稳的,滴水不漏。"

岳胜站在不远处,紧张得什么似的。一个长相阴鸷的人伸手到怀里掏东西,岳胜冲上去就把他放倒。那人手里举着一只打火机。

岳胜难堪至极，一边把人扶起来，一边给他拍打身上的灰尘："对不起，借个火。"他在身上一通乱摸，"真对不起，没带烟。"

那位气得半死："没烟我给你啊？我今儿要不给你点上这烟我这跤就白摔了！"

岳胜："不了不了。"

芦焱臊得脸红，径直打岳胜跟前走过去，只当是不认识，岳胜赶紧跟上他。

芦焱："如果来的是时光甚至屠先生，你那两下子……嘿哈喝的能拦得住吗？"

岳胜："至少……不，我会让你先跑，我能挡一会儿挡一会儿。"

芦焱瞪他一眼："我只是说……我那边正跟人吹着不漏水的大船，你这头把船都打翻了。钱哪，很多钱。明白？"

岳胜："明白，我再也不这样大惊小怪了。等一下。"

芦焱被他一把拽得差点没摔了，岳胜极警惕地扫视四周，赶在芦焱之前出去。

芦焱坐定之后，岳胜又一次环视周围，上车，启动。一辆车从斜向里扎来，把他们堵了个严严实实。

岳胜："趴下！"

他一手把芦焱摁倒在后座上，然后从驾驶杆那里摸出了一把砍刀，打开车门，一个翻滚到了车侧。芦焱没好气儿地扒着车窗看，岳胜一手刀一手枪地警戒着。

岳胜："我说你趴下！"

芦焱："你……听见了吗？"

当岳胜听见那个"何思齐"的女声，颓然坐倒在地上。那辆车的门开了，卞融，芦焱自订婚典礼后就再没见过的未婚妻下车，她很平静，她的平静一向有潜台词。

卞融："哦，认错人了。原来是芦二公子，好久不见。都说是一回生二回熟，自从您变身芦焱以来，算上订婚咱们都见三次了吧？是不是该庆祝一下？"

芦焱没好气，他记得在自己家的那通杀戮是谁点的火，以及他们所有人何以落到如今这般境地。

芦焱："整天跟两个名字过不去，你觉得有意思么？"

卞融："我只是在跟两个名字过不去吗？你除了这两个名字之外还有什么？"

芦焱转向岳胜："岳胜，我们走吧。"

岳胜愣了一下："就这样？"

芦焱："还要怎么样？拿出你刚才的勇武来？"

岳胜："……不合适。这是你个人的事情。"

芦焱："我踩进这个坑的时候，一直以为这是我们的事情。"

岳胜："可后来不是了。"

芦焱瞪着他:"门闩也是这么看的。走吧。"

卞融:"去哪儿？又是那个穷街陋巷的贫民窟吗？"

芦焱和岳胜顿时定住,岳胜还好,芦焱一时间有点杀人灭口的冲动。

芦焱:"……你跟踪我？"

卞融:"也许是关心你呢？毕竟我们刚订婚,新鲜劲还没过,你的家……"

芦焱:"你的假面舞会。"

卞融:"你的家就是个假面舞会,再加上打成一锅粥的京剧全武行。好吧,我看见我的未婚夫和几个男人鬼鬼祟祟地出来了,我能不能担心他被绑架？我能不能跟上去看一看？我能不能……"

她忽然不说了,看着芦焱,虽未哭却有些哽咽,那种受了委屈的哽咽。

芦焱明白无误地接收到了对方的关心,干巴巴地:"明白了。知道了。"

卞融:"你不光有两个名字,还有两张脸。一直到你又跑这里来谈你的生意,我才知道,你没事,我不用报警。可你到底是干什么的？在棚户区通宵达旦又在这种地方风生水起的人,只有一种……"

芦焱:"对对,就是你要说的那种。岳胜我们走吧。"

卞融:"你是贩鸦片的！我最恨贩鸦片的！我居然和一个贩鸦片的订婚！"

芦焱愣住:"……贩什么的？"卞融的巴掌又扬了起来,芦焱对着卞融的巴掌心嚷嚷,"我最恨的就是贩鸦片的和拐卖人口的！"

卞融:"那你就给我个解释。"

解释？芦焱看岳胜。

岳胜摊手:"确实,只能是卖鸦片的。"

芦焱瞪他,然后看着卞融:"上车。"

岳胜相当不同意地看着他,没说话。

芦焱:"那怎么办？你们又不帮我,或者你宰了她？"

岳胜二话不说,钻进车里。卞融瞪着芦焱,没动窝。

芦焱:"你怕我们杀人灭口吗？"

卞融也二话不说,上车。芦焱很绅士地帮卞融开门,然后自己上车。岳胜叹着气。卞融瞪他一眼。车开走。

医院急诊室,时光瞪着几个医生护士在应小家身边忙碌,在这片忙乱中,人们忘了赶他出去。

医生摘下听诊器:"这是枪伤。"

时光努力克制:"要不要我告诉你是什么型号的枪,什么规格的子弹？告诉我能治吗？"

医生:"就我们医者的逻辑来说,就是牙病也可以病死人的。"见时光一脸杀气,医生便收口,"可以输血看看。你去打个电话。"

时光挡住那名要离开的护士:"给谁打电话?"

医生:"她这是枪伤啊。别说枪伤,就是刀伤也要跟太君报备的。"

时光手上便出现了一支枪:"如果再多一个枪伤呢?哦,一、二、三……这儿有三个,如果再多三个枪伤呢?"

医生冷静地:"先别打电话了,还是救人要紧。"

时光看着那位医生死样活气地带着两个护士,红药水、蓝药水、紫药水、消炎粉……实在是跟他从自己假腿里掏出来的货色差不太多。

时光用枪管子敲医生的头:"不是要输血吗?我没看见血。"

医生:"你知道这是什么时期?"

时光:"……你想说什么时期?"

医生:"战乱时期。什么地方?"

时光抬了抬枪:"再给我来这种反问,这里就是你躺在地上打滚的地方。"

医生:"我不屑于低级的暴力……"看着时光的枪,"……但不妨碍我的畏惧。这里是战乱时期的日本占领区,太君怎么会在血库里留下中国人用的血?"

时光:"再太一个,我会让你在地上表演打滚儿。用我的血。"

医生:"血型?"

时光:"AB。"

医生冷淡地摇头,那样的摇头快让时光疯了:"她是 B 型。"

时光低下了头,谁都会以为他在伤感,但他抬起头来时手上又多了一支枪。

时光拿两支枪对着三个人:"B 型请举手。"

两个护士,一个 O 了一声,一个 A 了一下。

时光压抑着狂躁,让自己冷静,因为他知道此时的冷静更慑人:"没有 B 型?那这里的地板就不够人滚了。"

一个护士怯怯地提醒:"……B 型血的特征就是死样活气。"

时光大悟,回头瞧那医生时,他正想溜出去。时光一手搂住了他的肩膀,手上的枪在他胸口晃荡。

时光:"先生,请您躺在那里好好冷静一下。"

医生:"该冷静的是你。我是主治医生。"

时光:"没人要夺你的权,你是主治,缺了你不行的主治。"

医生被时光逼到另一张床上,他乖乖地躺下,嘴上却没完没了。

医生:"我必须一刻不离地看着我的病人!"

于是时光把他的脸扳到了应小家那个方向,并拿枪轻敲两下:"看着吧,放心,你怎么看我都不会吃醋的。"

然后他看了看那两位护士:"你们跟他共事一定很消磨耐心吧?深表同情。我也有同样的同事,我的耐心也被消磨得差不多了,所以……谁会输血?"

两个脑袋拼命点着。

时光:"那就工作。"

贫民区陋巷。岳胜打头,卞融中间,芦焱押后,他们深一脚浅一脚地走着,已经快靠近芦焱们的据点。

芦焱:"你真的跟着我们走到了这个地方?"

卞融:"我没敢进来。在外边找了个地方住下了。我知道这是什么地方。你到底要带我去看什么?这里比一棵树还要糟糕,这是什么地方?"

芦焱:"跟这里比,一棵树是天堂。这里是你的家乡,这里是上海。其实你要真想做什么的话,根本不用跑那么远,朱丽叶。"

卞融显然很想反驳,但她嗫嚅了一下,沉默。

岳胜:"你真的已经想好要带她去吗?"

芦焱:"我想好了,我已经想了很久。我知道门闩会反对,你会反对,每一个人,连我自己的理性都在反对。可只有这个解决办法了,只有这样才能保全我们,还不伤害她。"他轻轻把岳胜推开,"相信我。我知道她是个什么人。"

岳胜便让了,并让自己做了殿后:"……如果门闩骂人,我站在你这边。"

芦焱:"我老哥留下来的,钱是最糟的部分,你是最好的部分。"

三人进入地下党据点。卞融打量着周围的一切,这样破烂的地方,在一棵树也许见过,在上海却是头一遭。一通乱响,芦焱把藏着的武器、物资、器材都搬到了桌子上。

芦焱:"这就是我每天都要来的地方。我做的所有事,包括我们的订婚,都是为了这个地方。"他很威武地把一柄刀扎在桌上,奈何腕力差了点,刀倒了,"你现在知道我是干什么的了。"幸好卞融没在意刀,芦焱继续,"这里只有很少的一部分,大部分都被我们送到前线去了。我做的事情,就是你想做的事情。你不是囤了很多药吗?那时候我不敢说,现在可以说了,把它们给我。我不敢保证它们一定会出现在一棵树,但我保证它一定会用来救最该救的中国人,就像这些武器,它们会用来杀最该杀的日本人。"

卞融:"什么是最该救的和……最该杀的?"

芦焱:"就是那些在国难当头的时候去牺牲的人,真在砍,真在杀,真在吃枪子儿,真在挨炮弹,真在被人杀,真在用中国的血肉抵抗日本的钢铁的那些人。而最该杀的,当然是杀他们的那些人。"他看看岳胜,"不论是中国人,日本人。"

岳胜深表同意地点点头,他显然想起了他那些已经不复存在的同僚。

卞融:"那你是……什么人?"

芦焱:"我……不知道我是什么人……"他又看岳胜,"我能算是个共党吗?"

岳胜小为难了一下:"……也算是吧?"

但芦焱并不自信:"至少……我和你在西北见过的那些人一样。你觉得他们粗暴、没涵养、不洗澡,可回了上海又想着他们……不,其实我和你一样,不知道自己是什么人。"他看着这废仓库一样的房间,"……也不对,我想我就是那群最有出息的中国人,不指着别人为自己牺牲。因为做这些事,我慢慢知道自己是什么。我就是他们。"

他因这个发现而振奋,而卞融却很沮丧。

卞融:"我们的订婚也是算在这些事里边的?跟你这个最有出息的中国人比,我在国难当头的时候总是想着今天吃什么,活得行尸走肉对不对?"

芦焱的安慰显得很无情:"世人拿来判定你的,不是你的说和想,是你做过的事情。"他摆出挨揍的姿势,"随便吧。是的,订婚是为了这些事,我做的一切都是为了这些事。我现在的分分秒秒都为了这些事,所以你要干什么就赶紧吧。"

卞融看向桌上一件真能弄得死人的东西。

岳胜连忙拦在桌边:"还是要有个分寸。"

卞融望着这屋里的一切和透光的天顶。芦焱做好了听她啜泣或咆哮的准备,她却高傲地仰起了头颅。

卞融:"是啊,你理直气壮,以国家民族之名。你不是何思齐,连芦焱也不是,你是一个我不认识的人。我凭什么要求一个陌生人对我信守诺言?"

芦焱:"我理不直,气也不壮。"

卞融径直走出去,芦焱和岳胜都有点讶然。他们不相信这事就此结束。

岳胜:"就这样?"

芦焱:"就这样。"

岳胜:"……比起你干的缺德事来,她不像你说的那样……不讲理。"

芦焱:"这事没完,她还会来闹。可在那之前,屠先生或者时光一定先找到我了,所以……"他庆幸地笑笑,然后猛醒地对着岳胜嚷嚷,"去送她呀!你觉得她走得出这个烂地方吗?"

岳胜连忙跑出去:"你两个还真是无微不至。"

芦焱冲着晃动的门嚷嚷:"做人,这是起码的!"

他清理桌子,拿出纸笔,准备默写。他忽然想起之前那个陌生人交给他的大信封,他拿了出来,拆开。门闩从门外飘进来,在桌边坐下,瞧着芦焱。芦焱捡起从信封里飘出的一张纸条:"见字如见爹"。

那确实是芦之苇的笔迹,芦焱疑惑着从信封里掏出更多的内容,那是一些打印得相当精致的法务文件,一时根本搞不清端倪,芦焱越看就越皱眉头。门闩拿过芦焱看过就手扔在桌上的文件。芦焱伸手去摸自己刚看过的文件,没摸着,抬头,骇得一声大叫。

门闩看他一眼:"别问我为什么不出声,我走路一向就这样的。别问我啥时候进来的,我在门外听了全本,几乎起了杀人灭口的心。"

芦焱:"她没有问题。"

门闩:"我还在给时光做手下时就知道她没有问题。有问题的是她的性情。可既然我们连你这样的人都接受了,她也就不算什么了。这是什么?"

芦焱:"我也正琢磨它是什么,我爹派人神秘兮兮送给我的。"他晃晃那张字条,"见字如见爹。还真是,我一看这云山雾罩的把戏,就想跟这张字条拌嘴。"

门闩看了一眼那字条,便和芦焱一起翻看那些文件。

门闩:"好像是跟钱有相干的,好像是继承遗产什么的玩意儿。"

芦焱没好气地回嘴:"你才遗产呢。我们家那位祸害千年。"

门闩:"……你们家房子值多少钱?"

芦焱:"不知道。四亩地,三层楼房,最贵的富豪地段,你算吧。"

门闩看着芦焱,表情很复杂:"我出门,是要搞懂为什么你爹知道得那么多。什么都没查出来,倒发现沪宁商会和天目山过往甚密,和船帮却完全不往来。这么大的商会一定是三教九流黑白通吃的,你们商会怎么这么泾渭分明?"他摆了摆手上的文件,"刚觉得有点意思,这玩意儿却又给我搅和了。芦先生,你现在是有钱人了,你爹把你家的房子过继给你了,你现在随手就可以去把它卖了。"

芦焱翻看着文件:"待会儿再说。"

门闩呆了一下:"……我还真见到富贵不能淫的人了。"

芦焱晃了晃手上的文件:"这里才是大头。我爹把商会甩给我了,我可以把沪宁商会也给套现了。"

门闩:"你爹只是个副会长啊!"

芦焱翻着那些文件,不是在翻自己发了多少横财,而是希望在那张见字如见爹的纸条之外发现关于父亲的信息:"如果我爹在,就会告诉你,会长只是个门牌号码,他老人家才是房子本身。"

他越看越焦虑,冲着文件嚷嚷:"你倒多给句话呀!真当在继承遗产吗?"

二十七

双车的车在医院外停下。他们看见了时光开走的车,堂而皇之停在医院门口。

九宫:"在那里!"

双车:"以时光老弟的缜密,怎会做这样着迹的事情?莫不是个陷阱?"

九宫:"他为了那个女人什么都不顾了,这是我这辈子见过的最蠢的事情!"

双车:"以时光老弟的姿色,还用得着为个女人?肯定是个陷阱。"

九宫:"以屠先生着令我监督你们的命令,是个陷阱也给我往里填!"

双车老实了,拔枪上膛,和他那几位手下一副急难勇先的模样。

九宫去后备厢抄起了他那根包着皮的刀棍。

急诊室内,医生瞪着自己的血液被抽出,转过身就输入应小家的血管。

医生:"……出现头晕、心慌、冷汗、乏力、口干等症状,表示急性失血在四百毫升以上;如果有晕厥、四肢冰凉、尿少、烦躁不安,表示出血量已经很大……"

护士在忙碌,时光背向他们,面对门,两手持枪,不搭理医生的背书。

医生:"我现在头晕,冷汗,口干,四肢冰凉,烦躁不安,已经无法冷静……"

时光:"喂他口热水。"

但医生并不想要热水:"……若出血仍然继续,会有气短、无尿症状,此时急性失血应已达两千毫升以上,我会晕的,就无法看着我的病人……"

时光:"继续说下去,我会把你打晕的,就不用担心气短无尿了。"

医生闭嘴。时光屏息,他全力听着远至走廊另一端的动静。应小家的脸上有了些血色,恍惚中想要挣扎着醒来。时光转过身来看着应小家,耐心等着她醒转,但他已经听见了走廊上的动静。

他甩甩手,他手上的两支枪消失了。他的手从医用器材上一掠而过,一把手术刀的寒光在袖口一闪而没。他听着外边的动静,猛地打开了房门。正蹑着手脚摸过来的双车和两个手下没料到时光会突然现身,顿时僵在那里,这倒让时光哑然。双车挥手,那两位手下掉头就退,双车也倒着退,跟时光表示全无恶意的手势。

双车:"时光兄弟!时光兄弟!我没恶意的!你也知道的,我这人胸无大志,一辈子只求个说得过去。"

时光:"我求的也只是一个说得过去!谁这辈子求的都是说得过去!问题是对谁说得过去!对酒色对财气?对天对地?对人对己?走远一点!今天这事我只求对这里——"他点了点自己的心窝,"说得过去!"

　　双车倒退着:"我是要对啥都说得过去,说白了老哥哥今天就是来讨打的。"

　　时光一展胳臂把枪甩到了手上:"我可以让你满意啊。"

　　双车:"我说的讨打——"他把一颗头往前伸着,"给我们几个带点伤,总好过回头追究起来,身上多几个洞。"

　　这还真是高难度,时光踌躇:"那打哪儿?"

　　双车:"你看着办,别让老哥哥太长时间喝不了花酒就行。"

　　时光从廊边抄起根棍子,打量着双车那颗歪着的脑袋,想找个下手地方。但他隐然觉得不对,猛然回身,见九宫和双车的手下正摸进急救室,九宫的刀子已经拔出来拿在手上。

　　时光:"九宫!"

　　九宫头也不回,和那名手下闪身进屋。而双车一伸手,用藏在身后的绳索把时光套住,连枪都被他抹掉了。

　　九宫大叫:"时光老弟别怪我!是九宫要一劳永逸的!可我也替你觉得不值!这事了啦哥替你找十七八个,全是名媛,要有一只鸡你就把我……"

　　时光瞧着急救室的门被那名手下反手带上,心急如焚,把棍子一挥,从自己胯下打在双车裆上。双车的许诺变成了惨叫,夹了腿滚在地上。但他的两名手下已经抄住了绳头子,玩命把时光往后拖。

　　时光:"九宫!"

　　九宫一脸杀气地直冲向轮床上的应小家。两名护士一通尖叫,碍了他的道。九宫棍子一挥,右边砸翻一个,左边捅倒一个。

　　医生微弱地:"麻烦你,打个电话……"

　　九宫拔出了棍里的刀,用棍鞘劈头击下,医生直接进入了晕厥状态。应小家在喧哗中恍然睁开了眼睛。九宫一棍横击在应小家腰上,应小家惨叫,然后那柄中长刀立刻插了下来,在应小家下意识的躲避中刺穿了轮床。九宫踢翻了轮床,应小家滚在地上。九宫踢开身边的家什,腾出杀人的空间。走廊上,时光和两个人拔着河,他猛然倒退,整个身子撞在一个持绳的家伙身上,三人滚作一团。时光倒翻了一个竖滚,脚尖落地时扎上了一个人的胸膛,他脚尖上有刀。绳子仍套在身上,而另一位手上套上了一个厚实的手指虎,有模有样地做出了几个虚击动作。时光没有跟他过虚招的工夫,径直把脑袋对着他的拳套撞了上去。

　　急救室内,九宫站在应小家身边,弯着腰比画了一下,把刀高抬,他好像打算把应小家一刀断头。似乎昏沉的应小家忽然发难,她抡刀,是典型的女人架势,胡抡。

一条弧线刷下,九宫后退,他持棍的那只手几乎被划断了手筋。应小家用的是时光给她的那把刀。九宫看了看自己的手,冷冷站着。

应小家虚弱不堪地挥着刀:"为什么?你们是谁?"

九宫一言不发,猛一棍子把应小家砸了回去。他把刀和棍拧在一起,冷冷看着应小家越来越无力的挥舞。应小家能保护自己的距离只比手臂长出几寸,九宫只需要趁虚而入。

应小家:"我根本不认识你们!"

走廊上,时光在跟对方近身时拔出了皮带里的刀,第一刀从对方腰间划过,第二刀几乎在同一个位置,最后在猛然一撞中把刀扎进了他的身体。时光一边割着身上的绳索一边冲向急救室,对着急救室的门,砰砰开了几枪,那名一直在观战的九宫手下被穿门的几枪击倒在地上。九宫转身,正好碰上撞进来的时光。

时光:"我告诉过你,我只是想做一件好事!我想知道帮一个人而不是杀一个人的滋味!我让你们不要再跟着我!尤其是不要再对她下手!我要的只是一个星期的自由!听不懂吗?"

他狠狠地把绳子缠上九宫的脖子,两人一通扭打,九宫被勒得濒临断气。

时光:"最后说一次,告诉先生,我只是要送她去一趟南京,因为不这样她就活不下去。我只是要说得过去,对我自己,也对我碰上的这些鬼事。"

九宫翻着白眼。时光把九宫拖到床边,把绳子绑死在翻倒的轮床上。然后他走向应小家。应小家还在那乱挥着她的刀子,时光伸手一挡,把刀子从她手里拿了下来,顺便让自己做了她的依靠。

时光:"走吧。我们现在去南京,现在就去。"

被绑在床架上的九宫艰难地喘着气。双车仍在那躺着,看见时光两人过来,便赶紧做出一副假死状。

时光将应小家揽进自己车里,一手把着方向盘,一手拥着应小家。

应小家:"……我们去哪儿?"

时光苦笑:"不知道。跟对手吹牛皮是一回事,真要找个可去的方向是另一回事。不管哪个方向,我们去南京。"

应小家握住了他的手,那只手虚弱得让时光不敢稍动。……时光看见了青山,青山站在车外,看着车驶走。青山的表情是开心而满意的,顽童一样的开心和满意。时光猛然刹车,应小家撞到了驾驶台上。时光呆坐着,应小家呆呆看着他。

时光对着黑暗说话:"你没错,九宫,我以为这只是私事,不是背叛,可这就是背叛。我居然在做青山希望我做的事。这就是无法饶恕的背叛。"

应小家看着他:"我不知道你在说什么。可是,我可以下车,你可以……"她把时光的手放在时光的枪上,"该怎样就怎样吧,死了我也会感激你的。"

时光抚弄着枪上的花纹……屠先生一直教他入得进去跳得出来,这真是有用。

时光:"那就算是背叛吧。一生的效忠,附加长达一个星期的背叛。"

他没有把枪掏出来,反而把应小家揽进了怀里。

时光:"你说过,我有同情心,可是没有把你当人的机会。"

应小家看着他:"我没说过。"

时光:"你说过。晕着的时候说的,那是你心里最真的话。"他踩下了油门,"每个人都有同情心,至于能不能把人当人,那看他自己。我决定给自己这个机会,不全是为了你,我要给我把自己和别人都当人的机会。"

时光的车扎在郊外的废墟之中,被树枝和破烂掩藏。他卸下车座来给应小家做了一张床,又拖过来一大块油布,让这辆车完全消失。然后他从车上搬下来所有可能利用的东西,回到应小家身边。那些东西包括武器、工具、干粮、药品,更多的是我们很难想象有何用途的零碎——曾经属于九宫的车,和时光的车一样是时刻准备面临战争的。时光为应小家寻找的避风之所是尚未倒塌的厂房一角。

应小家醒了:"这是哪里?"

时光:"中国人造洋铁锅的地方。日本人炸了它,然后把钢铁拿去铸炮弹。"

应小家:"你说会有很多人来追我们?"

时光为自己补充弹药,压弹匣:"大概有半个上海那么多的人吧?我在吹牛。"他笑了笑,"你不是问,这么厉害,为什么不去杀日本人吗?因为我们一向很忙,要么在追这个,要么在灭那个,各种莫名其妙的忙,没空去杀日本人。"

应小家:"那为什么我们不赶紧跑,还要在这里休息?"

时光:"因为再不休息,你会累死在路上,我也就不用跑了。因为我们要穿越日军的封锁线,必须等天黑,大白天里我们只能当机枪靶子。还因为那辆车再也不能用了,我以前的身份也再也不能用了,因为那就像站在别人枪口前,跳着嚷嚷你敢开枪吗一样,他们从来就敢开枪。"他瞧瞧应小家,"至少敢对你开枪。"

时光把找到的食物和水扔过去:"吃点吧,我的话会不会影响胃口?"

显然不大影响胃口,应小家立刻开始吃。

时光:"咱俩还真有点像。"

然后他开始整理那些锋刃,每每从一件意想不到的东西上蹦出一截寒光,时光拿手指和脸颊测试它们的利度,然后在身上为它们寻找到一个藏匿的位置。

应小家皱眉:"为什么?要带这么多这些东西?"

时光:"保护我自己,顺便保护你。"他正在测试一柄长相恶毒的逆刃,并且注意到应小家的神情,"因为除了半个上海的人追咱们,前边还有好几条日本军队的封锁线。你放心,咱们会尽力地跑,不光是怕后边的人追,也因为……这样凶狠的武器,我希望用在日本军队的脖子上。"

应小家的表情有些放松。

时光沉默了一会儿:"对,你会看到我杀日军。以前我跟一个人说过这句话,在心里。现在我跟你说出来,忍很久了。"

应小家:"我从来没问过你。你叫什么?"

时光:"你应该先问,我是做什么的。"他开始自我介绍,"我是一个坏人,我很早就在十八层地狱最深的一层给自个预订了位置。我认识的每一个好人都死在我手里了,我……"

应小家:"只问你叫什么名字?"

时光愕然瞧了眼应小家:"我有很多个名字。现在我叫涂陌,道路的意思。在西北我叫老魁,天字第一号,吹牛的。我还叫过七十四号,是在青年营里训练时的编号,前头那七十三个都挂得差不多啦……不过我叫得时间最长的名字是时光。"

应小家:"时光。"

时光应了一声:"什么事?是时间的时,光阴的光。"

应小家:"我没有事,我也不识字,只是想知道我该叫你什么。"

时光想了想:"我在心里就是叫自己时光。"

应小家:"时光。"

时光再度从忙碌中抬头:"什么事?"

应小家:"没事。"

时光:"你叫应小家,可那是芦之苇给你改的名,你原来叫什么?"

应小家:"我叫……等我妈妈一开口,你就知道我叫什么名字。"

时光:"不错的奖赏。"他看着远处上海城区的阴霾,"快睡吧,好运的孩子。我早已经忘掉了爸妈给的名字。"

岳胜走进地下党据点,蒙了。芦焱用两件物事敲着自己的头,背诵那些绕耳的密码,门闩在执笔。但今天氛围不大一样,搞得像个战场。

岳胜:"我把人送回去了。可你要这么不开心,至少要跟人多说两句。"

芦焱:"别说话!"

门闩:"他要立刻默写完所有的密码,他觉得这样自个儿就一文不值了,然后好去做他要做的危险事情。"

芦焱:"只有十行了,就十行……"然后小心地背出一串字符。门闩小心地记录。

岳胜看着他们写完:"什么危险的事情?"

门闩:"他要回家,找他那位高深莫测的老爹。"

岳胜吓一跳:"时光会派人在那里盯着!"

芦焱："父子亲情,你们觉得像这些东西一样难以理解？"——他又冒出一串字符。

门闩记完："他觉得他爹被人害了,可我觉得他爹能把人的假牙都骗走。"

芦焱："这和他头发白了,年纪大了没什么关系。"

岳胜："绝不能让他去。你真的让他去？"

芦焱："还有九行。岳胜,我要用车。"

岳胜瞪着门闩。

门闩："总得做点什么。并且,我心里也老大疑团。还有,你面前这位芦公子,虽然他认为自己倒完密码就一文不值了。可实际上他刚继承了芦家的全部产业和大半个沪宁商会,现在是个可以买下整条街的阔人。"

芦焱："只要持有那份文件就可以买下整条街,有我没我都行。我爹大方的时候一向是最大方的人。"

门闩："一向被他骂成抠门狠恶的老爹现在是最善良最容易受伤的人……人哪。"

芦焱："还有慷慨。"他又背出一串字符,"八行半。岳胜备车。"

芦焱的车停在路边。岳胜守在电话亭边,观察着四周,掩护着芦焱,焦急不安地看芦焱拨动号码盘。

芦焱："如果你父亲正在生死关头,你会仅仅给他拨个电话回去吗？"

岳胜："有电话就好啦。我都不知道他死活,老家几年前就打烂啦。"

芦焱无语："那你要是离家像我这么近,能不回家看一下吗？"

岳胜："请知足。我离家从来没有像你这么近。"

芦焱悻悻地盯着岳胜,拨电话。电话空响着,没人接。

他放下电话,瞪着岳胜。

岳胜："怎么？"

芦焱："没人接。怎么可能？家里那么些用人……"

岳胜把他往车上拥："好啦好啦,老爷子出去玩啦。我们这些下人在你家从来不允许接电话的,你不知道？"

芦焱挣扎："帮我做点事！让我多做一点,岳胜！"

岳胜放开他："我能做什么？绝对不允许你靠近你家。"

芦焱："我不知道。帮我多做一点！"

岳胜："……我去,我回去你家。你给我等着,离得远远地等着,可以吗？"

芦焱感激地点头。

芦之苇走过空空的房间。他在厨房里翻腾吃的,拿着一盒变质点心回到书房。

电话响着。

芦之苇抚摸着电话没有去接。

芦之苇:"暗号不对啊。我的傻儿子,是你吧?想起你爹来啦?拿到了你要的,就快点走吧。走远远的,狼来啦。"他对着自己苦笑,"放心吧,你爹我,也是狼。"

芦之苇把最后一个点心填进肚子里。书房里乱得不成样子。芦之苇让自己沉浸于雪茄的烟雾之中。电话铃再响的时候芦之苇惊得弹了一下,那是他一直在等的东西。他吸着他的雪茄,看着电话铃响着。电话铃响得没完没了。芦之苇的表情开始变得狰狞,他终于走向电话,走得很慢,似乎希望对方在这漫长的过程中放弃。但是电话一直响到他摘下话筒。他拿着话筒,不说话。那边也沉默了一会儿。

"他出动了。他这回真的要进上海了。"

芦之苇静静地拿着话筒,他狠狠地吸着烟,烟雾和他都像要凝固。

屠先生的小车队从上海街头驶过,不招摇,但是肃杀。老疤站在街角看着。车队远去,他走向一台由人看守的公用电话。

老疤拨通了一个电话号码:"是的。他真的进上海了。杀气腾腾,好像上海就是他的一样。"

芦之苇在电话那头:"这回我们要冲在前边,要不以后上海还是没有我们说话的地方。"

老疤:"您放心,不冲在前边我会遗憾一辈子。只是便宜了那帮萝卜腿灰孙子。"

芦之苇:"便宜不了他们。去通知小欠。"

老疤:"还是不告诉小欠萝卜腿的事?"

芦之苇:"绝对不说,到该知道的时候他自会知道。"

电话挂了。老疤走向他们生于斯长于斯的穷街陋巷,身前身后是三三两两似与他无关实则是锄奸队成员的人们。

在南桥路202号,九宫和双车看着并排放置着的四具自己人的尸体,满面沮丧。

双车:"怎么办?"九宫望天叹了口气,"时光兄弟这是怎么啦?"

九宫:"人脑袋里都有条蠢蠢欲动的虫子,你们叫它良心,我叫它虫子。"

三进兵狂奔进来,和双车耳语。双车立刻戳成了一根木桩。

九宫:"我们必须把时光找出来,找到后怎么办?有没有人敢向他开枪……"

然后他愣了,听到院外刹车的声音,开车门关车门的声音,和青年队那独特的整齐划一的脚步声。九宫也立刻戳成像双车一样了。青年队进来,警戒着。屠先生进来,他直奔那几具尸体,看着。双车想要揭开盖布。

屠先生:"不用。死了就是死了,见了脸我也不认识。"他看了看九宫,"只有四个?"

九宫:"就是四个。"

屠先生:"如果时光是存了心要反,不止这么几个的。"

九宫:"……他意不在杀人,还有他要保护的人。他可能也不大想伤我们。"

屠先生:"不想伤你们,还死了四个,你们是不是也太无能了?"

九宫只好顾左右而言他:"时光让我带话给先生,他不是要造反,只是要一个星期时间,去满足他私人的一桩心愿。事毕,回来负荆请罪,侍奉先生。"

屠先生:"原来他只是请了个假。"他指指那几具尸体,"原来这是他打的假条?他保护的那个……什么人?"

九宫:"沪宁商会副会长芦之苇的续弦,姓应,南京人,被芦之苇改名为小家。南京那边一九三七年后便一团乱局,我们查不到她的本名。她跟我们这行业完全无关,就是一个家庭主妇。"他看看自己的伤口,"一个悍妇。"

屠先生笑了:"小家?时光想有个家吗?"

九宫:"时光说,他也是人,是人……有时候也想做点好事。他只是想要一个星期时间,他要送那个叫应小家的回南京……好像是找那女人的妈妈。"

屠先生眉头一皱:"千里送京娘?很好看的戏目呀,好事?好事,好事。好事的反面就是坏事。这孩子,从来勇往直前,在给自己找诸多羁绊时也照样勇往直前。"他看着沉默的九宫,"好吧。时光请假啦,我收到了假条,可我不准假。调青年队来吧,天外山和天目山都和他牵牵绊绊,搞不清白。"他又看着青年队的头儿,"你们,搞一些打不死的家伙,明白我的意思吗?"青年队点头,"这不是坏事,是好事,小孩子总得摔摔打打才能长得大。只是我没想到,这么快就得给他上这堂大课啦。青年队、天目山、天外山都要做好大战的准备。我知道上海不太平,并且要有很长一段时间的不太平,那索性就为了此事提前进入上海。让我们的对手打无准备之战,于我们就是有准备之战……我要看到你们随时随地做好准备。"

九宫双车连同青年队的头目,齐齐地一起弯腰点头。

屠先生:"就是这样吧。他害我在这个时候进了上海,就是已经把有些事凌驾于王国之上了。而我既然已经来了这一趟,一定要带他回去的。否则……"

他把所有人扫了一圈,于是大家又把头和身子低了。

屠先生:"我要进去看看。"他在进屋前又想起什么来,"既然你们查不出那位小家的是非,就把芦之苇家的情报都给我调来吧。还有,赶快去把邱宗陵给我叫来。"

屠先生站在这间曾是杀场的房间里，没人知道他老人家会来，房间里还到处是血迹和羽毛，屠先生静静地看着。他在发抖。

屠先生："好事？时光，这两个字是谁给你的，青山？你该长大了，时光。我会让你这傻瓜和你的好事分手，直到你死心塌地做一个我这样的人，再不碰头。"

一个花瓶在他的打击下像榴霰弹片一样炸开。九宫戳立在门外，青年队已经忙开了，只有他和双车两个人。他们听着屋里传来的摔砸声。

双车低声："先生进去的时候心情不错啊……这到底是？"

九宫低声："爹要把儿子打个半死，好让他长大。你说他是高兴还是难受？"

他们斜睨着青年队准备用来对付时光的各种钝器，他们正在给斧头、锤子、撬棍绑上柔软的保护层。动作快的家伙已经在尝试虚击同伴的左腿。

上海郊野废墟中，应小家睡着，时光轻轻地用石头把捡来的碎玻璃砸成粉末状。他已经把一些从破门窗上撬下来的腻子调成了胶状，他在几股绞接好的鱼线上涂满腻子，然后在上边粘满了锋利的玻璃碎屑，等着它们晾干。应小家醒了。

应小家："你不睡？"

时光："睡了眼下，死了将来。不睡。"

应小家："那是什么？"

时光没回头，盯着他那粗陋的制造："鱼线啊。"

应小家难以理解："难道我们要去钓鱼？"

时光乐了："我们才是被钓的鱼。"他把正在做的东西在自己脖子上轻勒了一下，已经与鱼线黏合的锋刃在他脖子上擦出了细微的伤口，"不过再小的鱼也要挣扎几下的，否则对不起鱼这辈子。"

应小家拭去他脖子上的血滴，试图给他包扎。

时光："这不算伤。这之前没好的伤，之后要来的伤，你根本包不过来。"

应小家没搭理他，只是把胶布剪成小条，照顾着时光身上最微小的伤口，然后用衣领帮他遮上。

时光看着自己的假腿，前途真是让他有些沮丧："我恨透了我的假腿，后来先生给我换成了合金的腿，我得意了一阵，可现在更加恨它。谁愿意长一条用来杀人的腿呢？"他打铁一样狠狠敲着自己的腿，"要么我就从脖子以下都是合金的，这样我就能护着你走远一点。"

应小家把他的头扳过来："那样我就真的会把你当成一个怪物。"

时光："本来我就是一个怪物。"

…………

一辆车停在树下,青年队的高倍望远镜锁定了废墟角落里一团模糊难辨的东西。镜头调到最大的倍率:时光遮盖好的那辆汽车。

电台:"第十七组,发现时光开走的车,西郊,正泰制锅厂。明白,不要深入,明白,其他二十四组全部调集,明白。"

贫民窟,小欠蜷在巷角的一堆破烂里。他看着手上的照片发呆,身子无意识地摇晃。然后他突然开始动作,一下变成一头豹子,分散在各个点拦截他的人措手不及,险些被他冲出了包围。但是他又一步步退了回来:老疤一步步地紧逼着他,手上拿着一条带着狼牙的棍子,要打又不打的架势。

小欠:"你这是什么意思?"

老疤:"你这又是什么意思?干吗要跑?"

小欠:"你们围,我当然要跑。你干吗要围?"

老疤:"因为你最近不大稳当。"

小欠:"不是。老伙计,是你们不大稳当啊。"

老疤瞪着他,突然笑了,围小欠的人也笑了,只小欠笑不出来。

老疤:"稳当不稳当,该来的也都来了。屠先生进上海了,就刚才。"他瞧着小欠,"别问真的假的这种无聊的话。"

小欠:"……我们真要做吗?"

老疤:"我们活着图的什么?"

小欠苦笑,下意识扫了一眼捏在手里的照片:"反正不是为了这个,真的不是。就算一条蛇,它活在世上也不是为了咬人一口,它有好多事要做。"

老疤叹了口气,似乎要走开,却把他带刺的棍子对小欠猛砸了过来。

小欠又惊又怒:"你干什么?"

老疤不是真要打他,而是乘机抢过了照片,撕得粉碎。

小欠:"你干什么?"

老疤:"他们生死未卜,在这个世界里,那就等于死啦!欠老板,我在叫你回来!开店啦!有生意啦!我们等了半辈子的一笔生意啊!你还要图什么?家小吗?你早把他们扔进去了呀!舍不得孩子套不着狼,舍不得闺女逮不着和尚!拿得起放得下啊!"

小欠一拳把老疤砸得仰面翻倒,躺在那再也起不来。而小欠摸了摸他血肉模糊的拳头,看看那些锄奸队的人们。

小欠咆哮:"那就去做了吧!扔进去,全扔进去!我已经把老婆孩子扔进去了,我不在乎再把你们扔进去!谁跟我来?"

他掉头就走,跟他来的是所有人,这本来就是专为屠先生而设的锄奸队。老疤推开别人的搀扶,笑着,擦着嘴角的血,瘸着跟在后边。这一群人走过巷子,不断有人加入他们。

小欠嘀咕:"……去死吧,那就一起死吧。春天,是送死的好日子。"

芦之苇的最后一批人马,隐藏了十数年甚至半辈子,被屠先生入城激活,从匪夷所思的鬼地方拿出他们保养良好的杀人武器。小欠在嘀咕中惨笑。

芦焱缩在巷子里,焦虑地等待,直到看见岳胜回来。岳胜很警惕,一直在注意自己的身后,但确实没有人跟着他。

岳胜:"很不对劲,没有人。"

芦焱:"什么叫没有人?"

岳胜:"没有人,就是一个人也没有。你爹,用人,全都没有。就是个空宅子。"

芦焱:"怎么会没有人呢?"

岳胜:"所以我说很不对劲!"他已经在架着芦焱走,"我要赶紧送你回去。"

芦焱挣扎:"你有没有找遍每一间房子,怎么会没有人?!"

岳胜干脆把芦焱反拧了,像抓一个犯人:"弄窝蚂蚁来也不可能爬遍你家每一间房子。快回去,我已经错了!"

芦焱被生架上车,驶走。

芦之苇在书房里自言自语:"傻儿子,别再来找我啦。我就在家里,可是你找不着。我是老了的头狼,可我又是你爹。我一直想你也能成头小狼崽子,可你非要做人。那好吧,你爹跟狼咬架的时候,离远点吧。"

屠先生在街边买了一包瓜子,就地嗑开了。他的车停在一边,他这份悠然自得让青年队如临大敌。他身边的青年队配的是藏在大衣下的长枪,大衣让他们脑门子流汗,更让他们有掏出长枪打死任何可疑目标的冲动。

屠先生嗑着瓜子,打量着久违了的上海:"很多年了,这瓜子的味道不如从前了,但是生意倒是更好了。世上的矛盾很多,质与量就是一对矛盾,可我们往下又不得不扩张。所以,我需要一个时光这样想做好一切的人。"

双车:"先生所言极是。请先生上车。"

屠先生:"现在正当红的是什么电影?"

双车哑然,好在旁边自有熟谙一切情报的。

青年队:"卓别林的《大独裁者》,听说这部电影居然是有声音的。"

屠先生:"真是时光流逝,时光永驻,我还没看过有声的电影呢。这个名字也让我很有兴头,既然都有了瓜子,真想去看场电影。"

双车:"我这就去把放电影的抓到天目山的地头给您放上一场,请先生上车。"

屠先生："那还是看电影吗？我倒不如瞧你们刑讯算了。"

九宫匆匆过来："先生，发现了时光。"

屠先生："哪里？"

九宫："西郊，正泰锅厂。他们好像是想逃离上海……也许是虚晃一枪，因为就凭他们两个不可能突破日本人的封锁线。"

屠先生："要对付的是我们，他没有时间搞那些虚虚实实的把戏了，而且他那样的人碰上了他说的那些东西，善恶好坏什么的，再疯狂的事都干得出来。"他摇着头上车，这总算让所有人都松了一口气，"他永远不让人省心。希望将来他值得我这样费心。"

九宫递上一个文件夹子："您要的芦之苇家中的一应情报。我们又审了一遍，没有任何破绽。"

屠先生："这世上所有人都一知半解，可所有人都在做出一切了然的判断。所以，没有破绽我们可以做出破绽。"

他嗑一粒瓜子，翻开了文件夹。他整整齐齐地把瓜子壳放在一边的文件夹上，沉浸于那份文件。

双车来到车外："邱宗陵带到了。"

屠先生对一个青年队："给邱宗陵用刑的时候你好像也在？你去告诉邱宗陵该说些什么。狗总是会害怕揍过它的棍子。"

青年队："是。"

屠先生："双车，正泰锅厂，为什么是这里？"

双车踌躇了一下："因为您说要来上海时，时光在这里等过您，他熟悉这里的地形……还有，从反水那一刻起，他就知道水路陆路都不可以走了，他只能带着一个女人去闯日本人的封锁线。"

屠先生："你觉得他闯得过去吗？"

双车："恐怕不可能。"

屠先生："那我们是在救他对吗？"

双车："……对。"

屠先生："那你为什么一脸我们在害他的表情？"

双车赶紧把头缩了，一副我没有任何想法的乖样子。

屠先生叹口气："我很高兴你能想他所想，只是待会儿不要坏我们的事。"

双车："绝对不会。您明察秋毫，我哪儿会有那份出息？"

屠先生："你当然没有。我只是告诉你想都不要想。"

双车："没有想，绝对不想。"

屠先生点点头，他很清楚，对于双车，这样就足够了："所有事都布置好了？"

双车:"只要您交代过的。所有事。"

屠先生:"若水的锄奸队再没动静?"

双车:"没有。我都疑心是不是邱宗陵这家伙挨了打瞎说的。"

屠先生:"他不会每次都说出一样的话来。锄奸队没出现,不过是我们不给他们机会出现罢了。"他收了这莫测高深的一句,看看外边的郊野,"多年来我第一次亲手布局,居然要对付的不是若水而是时光。时光时光,别让我失望。"

时光看了看没有屋顶的天空,又看了看自己的表。他没看应小家,因为他知道应小家一定在看着他。

时光:"还不够黑。我们在日本人枪口下捉迷藏,最好是天全黑的时候。不过等我们从这里摸到那儿,天应该已经完全黑啦。"见应小家瞪着他,时光只好把话说白了,"就是说,可以走啦。笨得就欠拿脚踢了,可惜你不是我的手下。"

两个人收拾自己那点简单的行装,武器都装在身上,一点药、剩下的一点食物,时光从车上找来一件衣服给应小家套上,还有一根让应小家支撑身体的拐杖。时光犹豫一下,把自己的枪递给应小家一支。

应小家摇头:"还是你拿着吧。这个东西在我手上一点用也没有。"

时光像对孩子一样摸了摸应小家的头发:"我最服你的是,坚持幻想,面对现实。"他收了枪,从他的指尖里弹出一柄弹簧刀的尖头,"奖励。你要再那么胡划拉,它就是废铁,可要用来捅,你都可以把一个壮汉刺穿。只是不要闭着眼睛。"

应小家学着把刀弹出又收回:"我会睁着眼睛。"

时光忽然有些茫然:"……天地良心,我到底要把你教成什么样子?"

应小家:"你没教我。只不过是不想死的话,我就得这个样子。"

时光有点难堪,因为他发现事实上他需要对方的勉励。他不习惯去拥抱一个女人,只是揽着对方的肩,和她碰了一下额头。

时光:"走吧。祝我们好运。"

时光在废墟中蹿跳,应小家跟在后边,一边揉着自己被撞疼的额头。她尽可能依靠着自己和那根拐杖,拒绝时光的搀扶。时光时而奔窜于前方探路,时而跑回应小家身边照顾,看起来他甚至比应小家更期待这次旅行。冷枪手趴伏在草丛里,更远的草丛后,青年队潜伏着,九宫是那一群人的首脑。

冷枪手:"……目标出现……时光和她在一起……时光走开了……好机会……我可以射击?"

九宫冰冷地:"只要打的是她,你当然可以射击。一劳永逸。"

但冷枪手的镜头里,时光又回来帮助应小家。应小家消失了,时光很不服气地摊着手。

冷枪手:"……目标消失。可是还有机会。"

九宫:"下次你就不要问了。"

冷枪手:"明白。直接射击。"

时光在废墟尽头站住,看着应小家又一次跟上他的脚步。

时光:"前边就是无人地带了,在这几里地内,日本人看见没走大道的中国人,可以先开枪再问话。再往前走,封锁线,无须问话,一律射杀。"

应小家点点头,她累得说不出话。

时光苦笑:"本来想的,一个豪华车厢,睡一觉,到南京,那是找死。最不济,一辆车,睡一觉,到南京,还是找死。现在只好……"

应小家:"你怎么那么多废话?"

时光:"我只是……"

应小家:"我只知道早一步走,就早一步到。"

她走出废墟。

时光又好气又好笑,但废墟之外出奇的安静让时光有种不祥之感。他一把将应小家拖了回来。

冷枪手瞄着应小家一闪即逝的人影:"目标出现……目标消失……"

九宫:"在打死她之前你不要再说话了。"冷枪手的镜头里套住了废墟后的身影:他一直在以应小家的那件男式外套为识别。

冷枪手屏息,开枪。尖厉的步枪声划破旷野。人影倒在地上。应小家震惊的表情。时光躺在地上,看着虚支在手上的那件衣服,上边一个弹孔。他把那件衣服狠狠甩了出去。他跳起来,跑向废墟:"跑!跑!这不是日本人!"

九宫一脚把那名冷枪手踢了个滚。

他掂了掂手上的棍刀:"准备吧,第二计划。"

那列一直在后边等待的家伙将大头棒子裹上软布,将布倒上乙醚,将绳索结成活套,将枪和子弹全部留下。

九宫:"谁身上敢带一发子弹,我就活剥了他。"

他们成列地拥了出去,像中世纪使用冷兵器相搏的斗士。

时光跑回应小家身边。应小家站在那里,看着他,一颗眼泪夺眶而出。

时光用手指帮她揩掉眼泪:"没事的。我早知道要走的是条什么路,你也知道对不对?我怎么夸你的?坚持幻想,面对现实。我很少夸人的。"

他狠狠拥抱了应小家一下,把她推开:"跑!跑!跑!"

应小家犹犹豫豫地走了两步,回头看着他。

时光:"跑啊!你当我少一条腿就追不上你吗?"

应小家开始奔跑,时光走出了废墟。夜色渐临,草线尖上点缀着渐近的人影。

时光:"我没想过活着回去!只是想至少,死到临头,跟我打的不再是中国人!我们的每一颗子弹都来之不易。你们听得见吗?不要挡在我和日本人中间!"

人影在靠近,时光觉得自己在和风说话,和草说话。他双手持枪,开枪。

时光:"你们知道我在做什么吗?不过是为你我这些人讨回一点从来没有过的公道和尊严!"

人在向他压近,像收紧的绞索。时光掏出他的另一支枪射击。他跑回废墟,和这么多人对阵,只能是边打边逃。人收紧。

小欠在望远镜里看着屠先生的车队。他回到地沟,老疤和整支锄奸队都藏在地沟里。

小欠:"他们开打了,他们在内讧,可我们还要等。他们还没把所有的人都扔进去。是屠先生亲临没错,我看见他了,这回绝不会错。"

老疤:"胜算几何?"

小欠犹豫:"先生费偌大心力布的局,自然是至今为止最有把握的一次。"

老疤神情复杂地笑:"先生真行,把谁都骗得过。"

小欠:"每次功败垂成,都是我们自以为骗过了屠先生。"

老疤:"我说的不是屠先生。"

小欠愣了:"那你说的是谁?"老疤不再说了,小欠抓住他,"你要说个明白,老疤。我这十几年来,最差的就是一个明白。我一直在西北,你知道得多,你要告诉我。"

老疤把他的手挥开,走开,又回了下头:"对不起啦,欠老板。"

老疤在远离锄奸队的地方卧倒,小欠追过去。

老疤:"非抓你来,是要用你的脑子和你的威望,现在用完了。待会儿开打了,你不要上,有多远跑多远吧,为着你那不知死活的老婆孩子,你找他们去。"

小欠瞪着他:"第一,我不是那样的人;第二,为什么说这话?"

老疤笑了笑,揪着地上的草叶:"我们的命就像这野草啊。"

小欠:"可这不对。你是狠绝了的人,是抓着根草都要试一下的人。说这话……是因为你知道咱们这回还是个死输?"

老疤:"我没说。我猜咱们这回是个死赢。只是我知道,就算咱们没骗过姓屠的,姓屠的这回也死定啦。"

小欠:"难道你我还不是先生最后的人?这不可能。我去西北之前,锄奸队还没成形,就这几年,先生的人力物力又一直收缩,怎么可能养另一批人?"

老疤:"这我不知道。我只知道咱们最至关紧要的情报,都不是我这里出去的。那就是说,还有一拨人。我还知道,一九二七年共党的红先生行刺屠先生,屠先生没死,先生不知为什么一直耿耿于怀,他很想屠先生死在那里。"他看着小欠,"我比你笨,可我一直在上海,我比你笨,所以先生让我知道多一点。待会儿我们上,你就走吧。我是巴不得先生还有后手,这样,无论成败,我都可以在奈何桥边等姓屠的来了再揍他一顿,用我的狼牙棒。"

小欠确实比他聪明,因为小欠没有纠结于那些意气上。

小欠:"先生让我们的攻击听军舰汽笛为号。哪国的军舰?"

老疤很无所谓:"黄浦江上的军舰除了没有中国的,还差哪国的?"

小欠苦想了一会儿,爬向另一边,拿起望远镜:黄浦江上的舰船,万国博览。

二十八

时光一边奔跑，一边给枪装上子弹。只是他一条假腿跑起来也快不到哪儿去，而那些昔日同僚也慢不到哪儿去，他们立刻就在废墟上出现了。时光开枪，击倒了第一个冒头的。他藏在断垣后，听着脚步声在墙后出现，甩出他做的那根勒绳把对方绞杀。

时光："我身上每一样杀人的东西都是为日本人准备的，可你们还是要来。"

同僚渐渐瘫软，时光把他放倒，然后去搜他的身，打算从对方身上补充点弹药。他掀开对方衣服，腰间除了空空的枪套和几个空着的皮弹盒，一无所有。

时光："拿命来跟我耗子弹？"他检查自己身上的弹夹，所剩寥寥无几，"是你指挥的吗，九宫？除了你谁还有这么阴？"

一个黑森森的人影出现在断垣上，抡起锤子就砸，目标显然是时光的左腿。时光滚地躲过，踢出脚上的刀尖，割断了对方的脚筋。时光还没起身就被一根绳子从后勒住，他把那人倒摔在身前，袖出刀，反手插下。掀起对方的衣服，又是空枪套，空弹夹。

时光："为什么不叫？"

青年队："我出声，你肯定立刻把我打死。"

时光："聪明。为什么都不带枪弹？"

青年队："死命令，身上带一发子弹，杀无赦，打你左脚之外的部位，杀无赦。但是只要看见那个女的，立杀无赦。"

时光："九宫在指挥？"

青年队："不，九宫只是督战，先生才是指挥。"

时光心里顿时冰凉，他最后向着那断了脚筋的问了一句："没听见我喊的话吗？为什么要挡在我和日本人之间？"

那位苦笑："你以前难道不是一直和我们站在一起吗？"

这甚至比屠先生亲临是一个更大的打击。时光呆呆地看了对方一眼，逃逸。

应小家在废墟中奔跑，一片死掉的城市，无处不是可怖的。

应小家带着哭腔："时光？时光？时光？时光……"

这样完全无意义的念叨是她唯一的勇气来源。黑影里钻出两个青年队。应小家惊叫,对方毫不犹豫挥棍砸下。应小家下意识地格挡,时光为她制作的拐棍被打飞了,她重重撞在残垣之上。第二个人跨上一步,重重一记耳光差点把应小家扇晕过去。但是当应小家被打得旋了半圈的身子再旋回来时,时光给应小家的那柄弹簧刀深深插进他的胸口。枪声在近处响起,响得急促而焦躁。第一个家伙举起棍子,打算把应小家一击碎顶。时光以一个瘸子的最大速度飞奔过来,飞扑向那个家伙,那柄他都觉得阴毒的爪刀从对方喉间划过。

应小家:"时光!"

时光捡起了对方的棍子:"去把你的刀拔回来!"

于是应小家去拔回她的刀,那几乎要使尽她全部的力气和勇气。时光看着黑沉沉的废墟,看着那些出没的人影,前后左右,他们已经被完全包围。

时光苦笑:"跟你吹了那么大的牛,一个鬼子没杀到,连上海都没有出得去。"

应小家拔回了她的刀,回到时光身边:"你怎么那么多废话?"

时光哑了一下,然后笑了:"我保证你不会死在他们手上,这是不是废话?"

应小家:"不是。"

时光大笑:"我真喜欢你啊!"

应小家擦去眼泪:"我也是。"

时光一辈子没这么开心过:"那就好好待在我身后,让他们瞧瞧,咱们这对狗男女能搞出多大排场!对不起,狗男女说的是我,不是你。"

应小家:"说的就是你和我。"

时光快笑疯了,他向着那些人影大叫:"那就都过来吧!反正我说什么你们也听不见!你们不用知道为什么,不用呼吸,不用听见,不用看见!"

九宫从高处跳下,稳稳落在地上。他用刀棍击打着自己的掌心,恨恨嘀咕:"喊吧,喊吧,你都快变成青山了。"他向着身后大声发令,"接着上!"

于是又一批阴森森拎着各种钝物的人逼向目标。时光护着应小家,一直在退却,他们已经被包围。这场搏斗十分古怪,一次上去一个,最多两个,每一个人使的招都一样,就是砸时光的假腿。这基本上就是把自个儿暴露给了对方,在时光的反击中,他们或死或伤,都一声不吭。

九宫的声音单调地响着:"……第七组,上……第八组,准备……"

生力军不断替补消耗殆尽的同僚,他们有足足二十五组。应小家终于失去了她的刀,时光把自己的棍子递给她。他开枪打倒了逼近来的两个人,然后拔出了一柄短刀,这让他对付那些棍棒锤子时更加吃力了。

九宫:"八组上,九组准备。"

钝器敲在时光假腿上的声音就如打铁一般,时光终于现了形,一个走投无路的瘸子,也许还能再伤一些人,如此而已。应小家也早已精疲力竭。九宫站在人圈子的边沿,掂着他的刀棍。

九宫:"九组上,十组准备。"

时光向着九宫咆哮:"九宫,过来! 你是不是早想跟我玩这些阴的?"

九宫:"从来没有想过。我根本斗不过你。"

时光:"过来跟我打! 这是命令!"

九宫:"我会服从你的命令,等你恢复理智以后。十组上。"

时光拦下应小家正在挥舞的棍子,他不打算让应小家再做徒劳的抵抗。

时光揽住应小家,拔出枪,对住自己的太阳穴:"九宫,我叫你过来!"

九宫傻了眼,所有人都傻了眼。

时光:"三个数,过来,站到我的面前。"

九宫:"……你敢开枪,这我信。可你绝不敢把她扔给我们。"

时光:"我当然不敢,所以我留的子弹是两颗。"他对住了应小家,"对不起。"

应小家:"你说过了,我听见了。"

时光向着九宫点点头,简直有些友好。九宫愣了愣神,放下他的刀棍,敞开他的衣服,让时光看见他只有一个空空的枪套。

时光:"拿家伙。我让你过来干吗? 让我好向你吐口水吗?"

九宫:"我绝不会跟你打,很久以前我得到的命令就是辅佐你。你是杀人的刀,我算是一块磨刀石,磨刀石怎么和刀打?"

时光:"磨刀石可以磨掉刀的锋刃。"

九宫耸耸肩:"先生才是磨刀的人,他怎么会毁掉他锻炼了一生的宝刀?"

时光拿这货还真没脾气,他狠狠地一脚踢了出去,九宫跪在地上,死死捂住了肚子,还是一声不吭。

时光:"现在,各位弟兄,给我一条活路。"

人们哑着,都在犹豫,都不敢动,无论是进是退。僵持中时光看见又一批人进入这半坍塌的房子,打头的双车进来便低眉顺眼地窝在门角,时光立知大事不好。果然,屠先生进来了。他撑开双臂,肩上披的大衣像翅膀一样,比夜色更黑。

屠先生:"蠢货。"

那是一个拥抱的姿势,时光在茫然中甚至向屠先生的怀抱走了两步。

他回头看了一眼应小家,伤痕累累、筋疲力尽的女人也正看着他,绝望又充满希望。时光回到应小家身边,屠先生放下空张的双臂,脸上露出一丝讥诮之意。

时光:"先生,我无意背叛。"

屠先生:"无意背叛,只是屈服于人心的软弱,我倒宁可你一心背叛,比如说夺权什么的,那倒能让你变得更加坚强。"

时光:"我让九宫带给您的话,他是否带到?"

屠先生:"你要请一个星期的假吗?我不准假。就是这样。"

时光:"我知道您正在用人之际,但我一星期之后就回来效力,我用一辈子来赎回这一星期的过错。否则她就会死掉,我知道她对先生来说一文不值……"

屠先生:"一文不值?"他认真地看看应小家,居然向她点点头,"你好。"

应小家没回应,反而向时光贴得更近。时光讶然,但是他也很清楚不能跟着屠先生的思路跑。

时光:"是您给我一个星期时间,还是现在,我把您给我的都还给您?"

屠先生看上去又茫然又失望:"一个星期?一个星期后你真会回来?"

时光:"这样好吗?我束手就擒,您派人押我们去南京。只要南京一个来回的时间,只要您不伤害她。"

屠先生:"我不伤害她,可她会不会伤害你?你又会不会伤害我?"

时光顿时被他绕得七荤八素:"……我不知道您是什么意思?"

屠先生:"我真希望你不是在我面前装糊涂。为了区区的一个星期,有多少人被你下了狠手?训练出这些人要多少个星期?"

时光:"我愿意以死抵罪,等她到了南京之后。"

屠先生:"那还有什么意义?双车,把你的枪给时光,还有子弹。"

双车犯着愣怔,把装着枪的枪套连同弹夹一块儿递了过来。

屠先生:"走吧,前途莫测,枪带着防身。我真希望你从没想过,我当你死了。"

应小家眼里亮起希望,时光则是惊诧和警惕。他瞪着屠先生,屠先生看起来有点疲劳,这让时光有些软化。

时光:"先生……"

屠先生:"人是世上最经不得诱惑的东西,只要有块饵,就自个儿往老鼠笼子里钻。走吧,你已经败给了懦弱。"

那就走吧。时光将手伸向应小家,坚实地握住。他怀疑地环视所有人,从屠先生到所有的青年队。

应小家一脸劫后余生的庆幸和重新开始的憧憬。

时光:"走吧。"

但他仍然忍不住去看屠先生,痛心疾首、担忧、欲言又止,一并浮现在屠先生脸上,都是时光从未见过的神情。

时光站住:"您说希望我没有想过,没有想过什么?"

屠先生:"没有想过你是谁,没有想过你是我选定的继承人,没有想过我们的敌人,他们如果无法打垮我,就会转过头来摧毁你?"

时光看了应小家一眼,他已经想到屠先生所指为何,但这对他来说实在可怕。

时光:"我还是不明白您的意思。"

屠先生："这位化名应小家的同行,你手段了得,我的阻截都被你消弭于无形。你打算什么时候给他一个明白?杀了他的时候?还是他被若水收买的时候?"

应小家看看屠先生,向时光靠得更紧。她不知道屠先生说的什么意思。

应小家："我们走吧。"

时光："我们走了。"

但时光已不能像方才那样紧揽着应小家,他看了一眼屠先生。

时光："您说的都是假的。"

屠先生："九宫。"

九宫从手下那里拿过来一个卷宗,绝密的那种。

九宫："这是上次审讯邱宗陵的记录。那次你正在休息,没有参与。"

九宫看屠先生,屠先生只瞧着废垣出神。

九宫打开卷宗,几张应小家的照片掉了出来。时光愕然。

九宫去捡那照片,一边道歉:"对不起。我已经把记录总结归档了。"他翻开卷宗,"那晚上的收获很大,最重要的是知道了这一系列事变都是若水引诱先生,进上海的阴谋,但与今天这事无关,我直接跳到有关的部分。"他娴熟地翻到标记处,"若水直属,锄奸队队长,代号不详,本名不详,编号不详,化名应小家,现持有身份,沪宁商会副会长芦之苇之续弦,社会身份无,出勤情况无……"

时光没等他念完就把卷宗抢了过来,一目十行地扫完,把卷宗摔回了九宫脸上:"假的。做份假档案也不会尽心点?一溜的不详和无?真是编都不会编。"

屠先生："因为邱宗陵也不知道,所以才写上不详,要做假的随便编点故事岂不省事?这样重要的伏子只能用来对付你我,所以出勤上才会是无,难道她是刺杀九宫使的?你跟她认识才多久,就能搞到生死与共,就没去想过那诸多巧合?"

时光："谢谢提醒。我们走了。"

屠先生："你想见个人吗?"

时光："不想。"

他看看应小家。那张无辜的脸。此前,除了屠先生,他怀疑任何人。

时光："我绝不会相信。让我见谁?"

时光看着被青年队押进来的那个人,露出了嫌恶的神情。邱宗陵。邱宗陵很呆地看了一会儿应小家,点了点头。

屠先生："邱宗陵,她是谁?"

邱宗陵："她是应小家。"

屠先生："你怎么会认识她?"

邱宗陵："她是锄奸队的队长,我是若水先生重要的棋子,我当然认得她。"

屠先生："为什么要建立锄奸队?"

邱宗陵迟疑了一下："就是……杀你。"

屠先生："怎么杀？"

邱宗陵："让她引诱时光，然后，由小欠带锄奸队动手。"

应小家看时光："他在说什么？"

时光不说话。

屠先生："她说她要去南京找她的妈妈。"

邱宗陵："她根本就不是南京人，怎么会在南京有一个妈妈？"

应小家："他到底在说什么？"

时光看着她，疑虑，困惑，甚至畏惧，但他终于向着屠先生："我还是选择不信。您说，要拿得起放得下。我拿起来了，也放下了，如果错了，我认命。"

屠先生笑着，给了时光最后一击，他问邱宗陵："锄奸队要杀我，什么时候？"

邱宗陵："就是这个时候，现在。"

然后他们听见了三长两短的汽笛。

小欠和老疤也听到了汽笛。

老疤："可算是响啦！"他向着锄奸队，"弟兄们，咱们等的什么？"

他们还在潜伏，不敢出大动静，但每个人都亮出自己的枪。

老疤："今儿是杀人的好日子，也是送死的好日子。"

他是激动得管他吉利不吉利，手下也不管他吉利不吉利，鱼贯而出。小欠一把抢过老疤手上的望远镜，眺望：江面上的一艘军舰，冒着蒸汽，鸣响它节奏独特的汽笛。小欠清楚地看见那舰上悬着的日本旗。

小欠："是日本军舰！老疤，是日本军舰！"

他徒劳地想把焦距再拉近一点，几乎就要啜泣："是日本的军舰……我一直就在担心这个……从日本人出现在黄沙会的时候就担心……一直在担心……"他语无伦次地向老疤抱怨，"看不清，这鬼玩意儿看不清。"

老疤抢过望远镜扔了："用不着看清！它用不上啦！你去那边，活，我去这边，死！只要能杀了姓屠的，什么人重要吗？哪怕是……"

他语塞，小欠在啜泣中苦笑："你看，你都想不出来比这个更糟糕的啦。"

老疤："我不管啦！"

手下都已经全部出阵，老疤紧紧尾随，他很想做第一个。

小欠拉住他："是日本人！先生一直在跟日本人合作！我们一直在给日本人做事！哪怕我们注定要和屠先生撕咬，可我们不能做汉奸！你想想啊，先生和日本人合作，我们再杀了屠先生，那不止上海，整个沦陷区，除了那些红字头的，所有的抵抗力量就全都乱了！"

老疤："我都死了,还管他身后事!反正我这半辈子都拿来和自己人打生打死!日本人就日本人,汉奸就汉奸吧,我只要姓屠的死!"

他用他的狼牙棒打了小欠的腿,小欠摔倒。

老疤："带着你的老婆孩子去走阳关道吧!多少年前我就走的独木桥!"

小欠摔在地上,看着他的同僚们摸过荒野。

小欠："那是死路一条!老疤,成败都死路一条!"

没有回应,老疤已经不打算回头。可是,他带着锄奸队的人马进了青年队的埋伏圈,在大部分人还用着栓动武器的时代,青年队的全自动武器一旦有足够时间准备和开始扫射,屠杀也就开始了。锄奸队的人先是被那极低的火线命中腿脚,摔倒,然后在连续不断的攒射下成了蜂窝。老疤玩命开枪,可那根本是盲射,直到他被接连命中。然后出现了一个站着的人,那是小欠。他茫然地看着从潜伏处钻出来的青年队,向着倒在地上呻吟呼号的他的同僚继续开枪。

小欠喊叫,他不知道自己是在向老疤,还是向谁喊叫:"为什么?你知道的!你明明知道的!"

他不想再当勇士了,他转身逃跑。为他那生死未卜的妻儿,逃向自由。一根棍子从他前边伸了出来,小欠飞摔出去。

草丛里藏着的青年队站起来,一棍子挥上了小欠的后脑。当他从昏迷中醒来时,发现自己正被人倒拖过草地,扔在几具尸体旁边。尸体旁边还有一个不是尸体的,奄奄一息的老疤,正被人踩着伤口,脚踢棍子揍:"照我们交代的说,听见啦?"

老疤惨叫:"知道啦!那个人是锄奸队的队长!"

青年队的人又给了他一脚:"那个女人!"

老疤:"那个女人!别打啦!"

青年队:"欠老板,又见面啦?不知死活的丧家犬,说的就是你这种人了吧?"

小欠:"行行好。这回给个痛快吧?"

青年队:"你要直接头上打个眼儿的痛快,还是带着老婆孩子滚开的痛快?"

小欠屈服了:"他们……在你们手上?……你们要我做什么?"

青年队:"待会儿你们要去见一个女人,她是你们锄奸队的队长。"

小欠:"锄奸队的队长?"他讶然地看着老疤:"不是你吗?"

老疤没好气地:"老子让贤啦!这帮孙子,下手真狠。"

棍子横的竖的狠劈了下来,老疤小欠真要被打死了。

小欠:"答应啦!答应啦!别让我们死在这个地方,太不值啦!"

废墟里,屠先生听着外面传来的枪声,嘴角噙着一丝神秘的微笑。时光听着,心里翻涌着怀疑的波涛。应小家感觉到恐惧和威胁,她下意识去寻找时光的手。

时光的手僵硬而冰冷,当屠先生看过来的时候,他下意识地轻轻挣脱。

屠先生:"时光,你杀了多少若水的人?可你根本不知道锄奸队的存在,那是若水最后的爪牙,专门留着杀我的。他一次次把他的人喂给你,让我们以为他实力耗尽,可我就是不进上海,那怎么办?于是就有了一个可怜的女人,一个南京的感人故事,和一个傻瓜。好极了,现在我进了上海,在若水的枪口下边,因为这个傻瓜太软弱了,他把听来的故事置于这里所有人的生死之上。他说,我只要一个星期——蠢货!——可我还得来,因为我不来,他就得死。"

时光游魂一样的目光从屠先生身上移开,应小家、九宫、邱宗陵、双车、他昔日那些同僚……

屠先生:"她是鱼钩,你是钩上的鱼饵,而我是那条她要钓的鱼。"

外边有了沉重的脚步,连同着伤者粗重的呼吸。青年队的人进来,被拖进来的是锄奸队最后的两名幸存者,重伤的小欠和濒死的老疤。

九宫过去,在老疤的伤口上踩了一脚:"认得她吗?"

老疤惨叫:"认得!"

九宫:"她是谁?"

老疤努力起身:"看不清……看不清……我要靠近一点……"

他向应小家爬过去,陡然转身,操着一柄从靴底拔出的刀扑向屠先生。屠先生还没来得及反应,时光护住先生早已是他的本能,他抢过九宫手里的刀棍,一刀把老疤钉在地上。屠先生点点头,露出宽慰之色。

九宫继续向小欠发问,像什么事也没发生过一样:"认得她吗?"

小欠无知无觉,根本没看应小家,而是盯着老疤的尸体:"……认得……"

九宫:"她是谁?"

小欠:"……队长,我们的队长……"

他发抖,部分是因为伤痛,部分因为撒谎,更是因为又一次被出卖,并且是又一次被若水出卖。小欠被拖了出去。所有人都看着时光,包括应小家,实际上她的目光就从没离开过时光。她不知道这里发生了什么,她只是意识到巨大的危险,她的守护者忽然成了陌生人,是这群人中最危险的一个。

应小家试探地看着时光:"我……不知道他们在说什么。"

时光:"可我知道他们说了什么。"

应小家:"我也知道你想说什么……你不会跟我去南京了,对不对?"

时光笑了:"南京?……我们要是刚才一起被乱棍打死该有多好。"

应小家:"我不那么想。刚才你挡在我前边,我真觉得这辈子没有白活。"

时光的脸有些扭曲:"……像真的一样。"

屠先生挥了挥手:"你自己决定吧……不要懦弱。"

时光瞪着天穹,他喃喃嘀咕着什么。他还有一支枪,枪里有他给自己和应小家留的两发子弹,他忽然拔枪,甩手。枪声轰鸣,邱宗陵被一发子弹打进了嘴里,直挺挺倒下。九宫愕然,屠先生无动于衷。

时光:"我恨你,就像恨真相一样。"

然后他走向应小家,离得很远他就抬起了枪。应小家看着他。

时光:"我说过,我不会让你死在他们手里。"

应小家:"你说过,我也听到了。"她一边对着时光微笑,一边抹着眼泪:"可是……你以后怎么办?我妈妈怎么办?"

时光也笑了:"你笑得真像……"他也抹掉眼泪,"被锤子打烂的玫瑰花。"

这一次的枪声更响,响得有些超现实。时光在应小家身边呆呆地站了一会儿,那支空枪落在地上……他摇了摇头:"你说得没错,我废话真多。"

应小家躺在地上的样子让人以为她正睡着。时光用最快捷的方式射穿了她的心脏。屠先生脸上绽开了半个死水微澜的微笑。时光拖着他支离破碎的一切走向夜空下的废墟,他坐在残垣之中,抱着胳臂蜷成了一团,发着抖,看着自己那条完全报废的假腿,他已经意识不到冷、疲倦与伤痛了。屠先生出现在面前,他比黑暗更黑。

屠先生:"你应该重新开始。还有,你需要一条新的腿。"九宫几个人抱过来一个沉重的箱子,打开,时光看一眼那条腿。他有些畏缩,不知道自己在害怕什么。

屠先生:"所有挡在前边的障碍都能帮我们成长,只要我们够本事把它干掉。对我来说,是若水,也许之后,是共党和日本人。对你来说,以前是青山,现在,是刚才那个女人……叫什么来着?"

时光像梦呓一样:"小家,应小家。"

屠先生:"哦,小家,很好的名字。这个名字让我觉得,她死得真是可惜。"

时光瞪着漆黑的天穹:"……我开了枪,不是因为她骗我,而是……如果我不开枪,她会死得更惨。"

屠先生:"你做得很对。可是以后绝对不要轻信,你太容易上当。"

时光:"以后我再也不会相信什么了,可我一点也不怪她骗了我。"

屠先生:"她本来就没有骗你。你怎么会相信她是你的同行?是不是我说其实你是我的私生子,只是要避人闲话才把你扔在棚户区放养,你也会信?只要是我说的,被切成几百块的青山你也觉得可以死而复生。"

时光愕然,想把身子撑起来,但屠先生轻描淡写的话让他虚弱得像个婴儿。

屠先生:"不。如果不是招惹上了你,她跟我们这些暗流没有半点关系。"他甚至有点伤感,"她是个好女孩子,会让你过得不错。"

愤怒让时光有力气冲着屠先生嚎叫:"为什么?"

屠先生甚至比时光还要愤怒:"为什么?因为她会让你不思进取,从此成为一个庸人！她比青山和刺客更加危险,青山不会跟你耗一辈子,刺客不过是要你的命,而她要你的一生！再没有比她更大的威胁了,时光,她会带走你,带走我们的未来。没有你,我只能看着自己变老,看着手下的饭桶们毁掉我一生的心血！你说,我们应不应该杀了她？"

时光咆哮:"我们？"

屠先生:"当然,我们。杀她很容易,但必须由你来杀,否则就是浪费。"

时光:"浪费？浪费了什么？什么浪费？"

屠先生:"浪费了你这辈子只有一次的机会,因为你今后不再会把一个女人当回事了。"他悲悯地摇摇头,"不对,你以后不会把人当回事了。你以后再无执迷、了无羁绊,没有非爱恨,只有做不做、怎么做,就像我一直希望的那样。今天是你的成人之礼,以后我可以把我的王国交到你手上了。"

时光不再说话。屠先生倒不是存心往伤口上撒盐,而是在锻炼时光的承受力。

屠先生:"上海很危险,若水和他的锄奸队一直等着我进他们的圈套。可你的成人礼我怎会不来？很久没这么辛苦了,从知道你突发奇想,我就在准备给你的成人礼物……九宫,告诉时光,我们都为他做过什么。"

九宫恭立:"是。邱宗陵早就供出了锄奸队的存在,先生料定此次进上海事出仓促,锄奸队万万舍不得放过机会,只要在合适时候卖个破绽,他们何时进攻是由我们来定的。至于邱宗陵,在刑讯下垮过一次的人,要他串个口供易如反掌,至于档案,自然是连夜假造,至于相片,我们早先搜寻若水的下落,监视过这些大亨同他们的家人,手上底片现成……"

屠先生打断九宫:"其实呢,做我们这些事的人就是靠怀疑吃饭的,而你想做的事得要绝对的信任——鱼能离得开水吗？所以我只要让你怀疑就够了,剩下的事情你会自己做完。"他看着时光,像名匠看着要被自己打造成刀的一块神铁,"别只是看着我,我不会内疚,我只是为了我们的王国。我现在想知道你会怎么办？杀了我？你不会。杀了我,所有你在意过的人就都死在你手上了,你会宁可杀了你自己。杀了你自己？你没那么懦弱。如果你真那么做了,你也不配继承我的王国。"

时光呆望着漆黑的天穹:"……我们下边,要做什么？"

屠先生笑了:"有意思。我想看你怎么做,而你倒在看我做什么。"

时光:"你已经杀了青山,杀了小家,若水也快完了。你的敌人已经快死光了,我想知道你下边做什么。"

屠先生:"我们的敌人永远也不会死光的,因为我们会一直征服下去。往下,从阿部堪治开始,我们将会对付日本人。"

时光:"青山喊着,我们本可以用日本人的血涂抹天空,我们却在用同胞的血染红大地。小家问……小家问,你这么厉害,为什么杀的都是中国人？……我说快了快了,就快了,说得自己都不信了。"

屠先生:"攘外,必先安内。"

时光:"我等了很久了,从大沙锅到上海好像是上一辈子。走了这么远,怎么还停得下来?把我的假腿给我。"

屠先生:"能在我面前这样轻松地提起他们,你已经敢于直面这里。"他敲敲时光的心脏,"无论怎样看我,你已是我的同类。欢迎来到真正的人间,时光。"

他离开残垣。九宫和手下搬过去时光新的假腿。时光更换他的新玩具,和每一次他被打碎再来的时候一样,这一举动充满了某种仪式感。

屠先生坐上他的车,吩咐司机:"等着,我要跟时光一起。"

大部分人已经去先行开路,在危机四伏的上海这是必需的。小欠被扔在一边,几个人看着,正不知如何处理。

屠先生:"把他弄过来。"

小欠被拖过来,扔在几米之外。

屠先生:"那个女人死了,你帮了很大的忙。我的手下用什么让你就范的?"

小欠直直盯着屠先生:"我的老婆孩子。放了他们,我说了你要我说的话。"

屠先生:"人加上他的希望真是可怜可笑。我的手下骗你的,谁会绑架一只蚂蚁去威胁另一只蚂蚁?"

小欠暴跳起来:"放了他们!放了他们!"

屠先生:"我手上没有,如何放下?冯河虎想必早死在你手上了吧?既敢杀他,就是说你已经把老婆孩子扔在一边了,又何必再做反复?"

小欠:"那他们在哪儿?在哪儿?"

屠先生:"死了吧?我不关心。"

一次次被出卖的小欠被这样的轻描淡写彻底击溃,伏在地上咆哮呜咽。屠先生关心的是从废墟里出来的时光,他已经装上了新的假腿,九宫们跟在他的身后。

屠先生:"和我同车,时光。"时光听话地上车,屠先生交代九宫,"一个随便什么瞎话都信的暗流,放了他吧。不过割掉他的耳朵,省得他再来添烦。"

小欠叫喊:"姓屠的!我知道一个秘密,我不会告诉你!因为那是你的报应!"

屠先生对时光:"上海大局已定,无须再被他干扰了。我放他走,只不过是觉得,人们应该知道他们已经被征服。"

时光:"……人们早已被我们这样的人征服过很多次了。"

屠先生:"但他们永远不会愿意被征服。所以我们永远不可松懈,一生都得用来战斗,否则死无葬身之地的就是我们。"

小欠还在喊叫:"这就是报应!这是报应!我帮着你们伤天害理的报应!走吧,去遭你们的报应!为了你们做的事!报应!"

时光看着小欠身后的废墟，那是应小家丧生的地方，不知道她的尸骸怎么样了。不过，既然做了那样的事，她的尸骸与他又有什么相干。

屠先生听着渐远的小欠的叫喊："世人无知，宣扬所谓恶人的死亡，叫作报应。其实每个人都要死的，只有巧合，没有报应。"

九宫让手下把小欠摁在地上，小欠安静地承受刑罚：切去耳朵，包扎上药。

九宫："快点干完，我们还得追上大队。"

小欠忍受着，伸手捞起挣扎中掉在地上的锈铁片。

九宫："那是什么？"

青年队："就是块锈铁片。"

但是小欠把那锈铁片抓在手里，继续忍受他的命运。

屠先生和时光在车上，沉默。屠先生递给时光一张纸条，时光认出，那是他和应小家在一起时亲笔所书。

"我是时光，有重要发现。事关若水。见字速调可用人手，与我会合。"

屠先生："我知道你现在心里还过不去。没关系，时光能忘掉一切，也能记住一切。现在，我们先做事情。"

时光："芦之苇，沪宁商会的副会长，他几乎有您提到过的若水的全部特征。"

屠先生愣了一下，立刻拿起座位上九宫给他的芦府资料翻看。一切变得明晰起来，屠先生有些失态，像一个数学狂面对着一道困了多年终将破解的难题。

浑身是血，意志丧尽的小欠在陋巷里奔跑，身后是一群追赶的人。

他钻在巷弯，大叫："别过来！你们的先生说放了我，你们为什么还追着我？我还有什么值得你们追的东西吗？这条烂命值得你们杀吗？"

他真的是绝望了，他已经丧失了所有活下去的希望，他身上的武器只剩下一块锈铁片。他对着面前的死墙大笑，那种笑声又更像啜泣。他转过身来，看着追击者向他靠近。几支枪黑沉沉地指着他。枪口后的那几个并不像是青年队的人，他们有着迥然不同于屠系手下的一种异域的气质。小欠已经彻底被沮丧吞没了："我这辈子过得也没多干净，只是不甘心死了以后还要被人说，这是被狗咬死的狗。能给我这种死法吗？让我杀掉我看见的第一个日本兵，然后我被他们打死。行吗？哪怕再被说成狗说成汉奸我也瞑目。"

那几个刺客面面相觑，互相看了一眼，笑。

两个刺客操着日语："他在说这辈子最后一个笑话吗？""他们一直在说笑话。除了笑话他们不做任何认真的事情。"

小欠惊讶地看着他们，直到那边向他微笑，似乎想在死前还把他戏耍一通。这回那位阿部的手下说的是纯正的中文。

刺客："欠老板，刚才开枪是个误会。若水先生正在我们的地方等着您，并希望您能一起去赏鉴屠先生的尸体。"

小欠："老天爷啊,你总算听见我一回。"他极其欢喜地向那几个阿部的手下,"知道我刚在求老天爷什么吗?我在求他能让我遇见一个你们的人。"

小欠的日本同行向他笑着,一边把枪收起来,一边在身后向他的人做着即刻下手的手势:"当然,当然。遇见我们,你就不用死了。这个世界上谁会愿意死呢?"

他把手伸向小欠,小欠也把手伸向他,两人相握,而他的手下抬枪。

小欠："欢迎你来杀人灭口。"

那位愕然,小欠把他那块锈铁片捅进他的肋骨之下。他下手极狠,一块锈铁片居然被他使得像开了锋的利刃一般,他打算用这玩意儿把对方开膛剖肚。刺客急忙开枪,小欠不闪不避,使劲拔着他的铁片,但他捅得太用力了,拔不出来。

小欠徒手冲向那两个人："你们不是一直躲在后边吗?做这样没骨头事的人怎么会卡住刀子?"

小欠终于在攒射中倒下,刺客仍然一下一下向他补枪。

门闩的声音:"他死啦。你们又不是没杀过中国人,连这都看不出来吗?"

刺客转身,门闩提着那支私藏的步枪站在巷子里,两个人脸上露出鄙夷之色。他们三个几乎同时举枪,但是只响了一枪,门闩的一发子弹射穿了两个人。

门闩忍不住得意:"对啦,我就是抠门儿。你们知道现在一发子弹有多贵吗?"

然后他去察看小欠的伤势,漫不经心中有些伤悲。

门闩："欠老板。"

小欠："铁门闩。屠先生手下的战将,到头却是死心塌地的共党。"

门闩："这年头,只要有点良心的人多少都会偏向共党。我不想多管闲事,只是你喊得也太响亮了些,我的枪又从来没宰过鬼子。"

小欠："你做得都比老天爷还多了。"他苦笑,"让我死在这里吧。"

门闩："如你所愿。"他是真打算走的,他一向遵循暗流的冷酷规则,但又想起正在忙的事来,"你不会正好见过在您店里住过的混蛋何思齐吧?"他吹嘘着,"他开着我的私家车跑掉了,一直没有回来。"

小欠："你说芦焱?让我挺到现在的人,我羞于见面的人。先生最后的骄傲。"

门闩蹲下,看着小欠："我忽然觉得该等你死透了再走。先生最后的骄傲是什么意思?"

小欠仍不愿意出卖他的先生："告诉芦焱,我不知道该怎么做。屠先生就要死了,我恨他,没人不恨他,我想他死,可我不知道怎么办。告诉芦焱。"

门闩震惊:"你们对屠先生的每一次暗杀都失败了,凭什么说这次就能成功?"

小欠："这次动手的不是我们,我们自始至终都只是先生扔出去的诱饵。"

门闩："那动手的是谁?什么时候?什么地方?"

小欠终于说出了最让他羞耻的部分："是日本人。老天爷,我们一直在做汉奸做的事情。求你别再问了,别让我死在这儿,我最怕一个人死在烂巷子里。"

门闩握住了他的手："这个我帮不了你。只能保证,你不是一个人。"

小欠啜泣："我真羡慕你,真的很羡慕你。"

门闩看着小欠安静地死去："羡慕是应该的。我也很害怕以前的我自己。"

芦公馆大门紧锁。车停下,芦焱下车,忧与惑并形于色,他试图打开门上紧锁的链子。岳胜走开,一会儿,他从墙头跃下,用钥匙打开锁头。芦焱看他一眼。

岳胜："我偷配的,有备无患。你不该回来。这周围都被人扫净了,连巡街都没了。"

芦焱无心听他说话,闷头进屋。屋里空空荡荡,全无收拾,芦焱有看见父亲倒毙在某处的预感。他终于忍不住开始"爸,爸爸"地叫唤。芦之苇从某处拐出来,他明明听见芦焱的喊叫,但置若罔闻地拐进书房。芦焱跟着他进屋,先就被这屋的凌乱不堪惊了,空气中散发着一股霉味,他差点没被熏倒。

芦焱："你这过的是什么日子?家里用人呢?"

芦之苇超然地笑了笑："人手紧,用得上的都派出去了。用不上的,我留他干吗?打发回家了。"他忽然有点伤感,"其实我也只吃得下小家做的东西。人的嘴是世上最任性的。"

芦焱："那你又不管她!人都派出去,派出去干吗?"

芦之苇："做我们这种事的人又怎能贪恋口腹之欲?"

芦焱："她是人,是人!不是你的口腹!"

芦之苇："人哪里是人能说得清的?你开口闭口是人就可以,真是轻狂孟浪。"

芦焱瞪着他的父亲,把他最大的疑惑,那塞满了文件的大信封放在桌上。

芦焱："这个,我今天刚刚拿到,是什么意思?"

芦之苇："做父亲的给儿子一点零花,还能有什么意思?"

芦焱："这是零花吗?这是整个沪宁商会六成以上的财产归属!拿着它的人,可以光明正大地套现,转眼间就让商会垮台!"

芦之苇："早说过老子把钱往天花板上扔,粘天花板上的是商会的,掉地上的是我们的。一点积蓄而已,大惊小怪!你是要来质问我对自个儿商会干吗下这黑手吗?一个当婊子立牌坊的卖国商会?"

芦焱："我是来质问你怎么突然这么大方?大方得让我担心……"那三个字在他喉咙里纠结了一下,"你死了。"

芦之苇："快走,儿子。你哥在我眼里就不止那区区五十万,你就更不止。那点钱在你们是杀鬼子的枪弹,救同志的医药,在我,铜臭而已,不值得为它拼上你们两个。快走,儿子,狼来了,我总得保住一个。我一直想这么说,所以就这么做。"

芦焱:"你怎么什么都知道?什么都知道?我的哥哥……你还知道什么?"

芦之苇:"我知道的那些会吓死你,儿子。我知道一九二七年你都干了什么,你逃了八年,红先生。凭你的能耐能逃八年?你知道我派了多少人保护你?我杀了逮过你的人,让你能在一棵树立足。我把你托付给青山,我跟他说,我的地盘也许保不住,可我至少要保住我的儿子。"

芦焱在震惊中已经麻木了:"……你也是……种子?不,不可能。"

芦之苇:"我是种子吗?哈!我的儿子有多天马行空啊?我是种子的死对头。小欠和高泊飞是我设在西北的明暗桩,你碰上的假种子是我派人摸底,你被人绑架是我想你远离上海,可你的同志把你护得太死。青山太损了,不光让你做种子,还把唯一的真货塞给了你。我能斩尽杀绝,可不是对我的儿子。我只好逼你订婚,赶紧跟卞家这局外之人避祸去。可你跟我一样倔,五十万和你哥那条命让你铁了心。好吧,这信封装的绝不止五十万,你可以把它全交给你的信仰,可我建议你留下一小部分让自己过得像个人样。"

芦焱:"我走了,你要做什么?"

芦之苇:"做你一九二七年没做干净的那件事,我要杀了屠先生。"

芦焱:"一定是血雨腥风。难怪要我走。"

芦之苇:"但我会安然无恙,上海会重新洗牌。告诉你的同志,我跟青山是故友,跟他们也不是仇敌,我洗过的牌局会有他们一席之地。"

芦焱:"我的同志告诉我,青山生前就认准了日本人有一个针对屠先生的阴谋。因为屠先生势力太大,大到能铲除他们,于是日本人勾结了汉奸设局,我们的站点被铲,多少种子走完这辈子最后一趟,都是这事引发的。"

芦之苇忽然有点不大自然:"他要杀的人就都说成通共通日,要杀他的人就都成了汉奸。他倒真是刀枪不入了。"

芦焱:"我一直想,我要有把枪就好了,屠先生死了就好了。一直到被日本人押着去踩地雷,到知道青山为什么死,到看着应小家……到看见你现在的样子。爸,看你把自己折腾成了什么样子?就为你一向嘲笑的权势和地位?"

芦之苇咆哮:"为了老子要活!为了他一点点从我手上抢走的东西!为了他一直在重庆诬我通共通日!为了你那个回不来的哥哥!还为了你这半辈子被他追成空白的蠢货!"

芦焱:"为了仇恨?我也恨他。可当发现日本人那么处心积虑想杀他,我就不那么恨他了……原来他除了杀戮同胞之外,也杀日本人。"

芦之苇:"你跟青山一样脑袋里进了水!还是镪水!"

有一束光,镜子逆射过来的光,在窗户上晃动。

芦之苇看看那光,冷笑:"你们看中的那个人,你们觉得会对日本人开火的那个人,屠先生,他来杀你们了。你们好像不是日本人?"

芦焱:"你也不是日本人。"

芦之苇:"我是汉奸啊!你不是就想这么说吗?你刚回来我就告诉过你了,你老子是汉奸!你还在那儿一厢情愿地表示理解!现在你理解一个给我看看哪!"

芦焱看了他父亲一会儿,摇头:"我知道你最恨屠先生什么了。你恨他逼你,让你为了活下去,做了汉奸。"

芦之苇苦笑:"说得对。你不是蠢货。"

不知他做了什么,他的书架成了通往黑黝黝深处的暗门。他伸出一只手。

芦之苇:"跟我走吧,儿子。"

芦焱:"去哪儿?"

芦之苇:"明人不做暗事,小日本早准备好接应。我的人全死光了,为了让小屠进上海,他们恨不得排着队死。可小屠没算准我最后用来杀他的是那帮阴狠毒辣的小日本。"他再一次向儿子伸出手,"跟我走。我们可以安稳坐着,看小屠怎么死。然后我来重整上海,我不会再约束你,你可以任红任白,在上海,永远有你那些同志的一块地。我会翻手对付小日本。"

芦焱咆哮:"不!你被托在日本人的掌心里,翻手的是他们!翻手把你拍死!看看你要走的那条道,连个灯都没有,那么黑!待在这儿!不要走!"

芦之苇的表情变得沉静,他最后看了儿子一眼:"倔得真是像我。"

暗门在芦焱面前关上。芦之苇消失了。

芦焱:"不!"

他扑过去,可是找不到暗门的开关。他抓起桌上那个大信封,跑出去,撞上正急急上楼梯的岳胜。

岳胜:"快走!几条路都被封了!对面楼上都有人!"

芦焱:"你能出去吗?"

岳胜:"我能带你出去!"

芦焱:"听着,这个非常重要。"他把那个信封交给岳胜,"把它交给门闩,门闩看了就知道怎么办。"

岳胜:"赶紧走!"

芦焱:"听着,听着,岳胜。你话少,但懂道理。这很重要,我带着,跑不了。我们俩,跑不掉。你走我留。我还有个红先生的虚名,能让他们满意。"

岳胜愣了少顷:"怎么又是这样?"然后抓起信封穿廊而去。

芦焱换上一件芦森的衣服,看着镜子里的自己:"我们很快就要见面啦,芦森。可别埋怨我又穿你的衣服。"他又狠狠地去打了几下算盘,"还又玩你的算盘。"

540

屠先生的人已经在严密戒备中占据了整个院子，屠先生在时光的陪同下堂而皇之地进门。杀死了应小家的时光恢复了屠先生赞赏的理性和冷静，但眼里还有一种烧灼过后的余烬。

屠先生很有兴趣地打量这偌大的宅子："如此奢华。若水，你也成了一个庸人吗？"他在望着阳台上那几处花盆，"还用这种三十年前的办法传递暗号，你怎么扛得住我的车载电台和情报网络？"

阳台上的门开了，芦焱站在阳台上看着他。已经潜进屋的人从后边扑上来，把芦焱摁倒。芦焱被人从楼上夹下来，他第一眼看见了时光。

芦焱："时光，应小家呢？"

时光淡淡地："死了。"

芦焱飞起一脚，时光翻手把他从两个人的挟持中抓过来摔在地上。

芦焱："你该死！知道吗？现在你比杀了青山的时候更该死！"

屠先生进来，直奔芦焱。

屠先生："久违了，上回见面还是一九二七年的一个阴天吧，红先生？"

连时光都愣了，屠先生最后一个字出口时他的手下如同炸窝，芦焱瞬间被十几只手摁住。那是一个无比危险的词。屠先生往后退了一步，他讨厌混乱。

屠先生："这里出了什么毛病啊？若水的家，红先生的家，你们家成立了一个跟我过不去的俱乐部吗？"

九宫："他还是在西北逃逸的何思齐，青山应该就是为掩护他死的。据此推断，真正的种子很可能是由他送来上海。"

屠先生："青山已经死了，不过种子我们还是要能杀则杀的。先把他送回基地吧，专给他准备一个刑讯室。"

九宫："暂时还没能找到若水……也许逃了。"

屠先生："这样一拥而上抓不到他的，但我们把他伤得很厉害。好好搜吧，我要看看若水的家，这很费时间。"

屠先生参观宿敌的家。绑得粽子一样的芦焱被塞进车后座。

二十九

芦焱双手被反铐,头朝下塞到了座位下,四只脚踩着,两支枪对着。车在颠簸行驶,芦焱的头重重地磕着地面。他拼命想看到车窗外飞逝的家,被押送者摁了回去。那一瞬芦焱看见人影一闪,岳胜一个翻滚到了车上,把他的折刺由下至上刺进了临窗那名青年队的下颌,然后他挑着那个人当挡箭牌,一枪打死了后座的另一人。司机掏枪,被方向盘弄得动作不大利索。

芦焱:"岳胜?"

岳胜:"不是我!"

芦焱正自莫名其妙,又听见一个女人的呐喊,卞融挥舞着她的坤包冲过来。岳胜用他的折刺扎穿了椅背,司机死不瞑目。芦焱被岳胜拔萝卜一样地拔出来,割了脚上的绳子就开始跑路,他们上了岳胜的车,向贫民窟驶去。

他们进门的时候,门闩正在桌边沉默地擦枪,连同他那极有限的几发子弹。他那警惕而冰冷的目光让芦焱下意识地把卞融护在身后。

门闩:"天下大乱,你们几个去哪里了?"

芦焱:"我回了趟家。岳胜拧不过我。"

门闩:"见到你父亲了?"

芦焱:"见到了。"他向岳胜伸手,岳胜拿出那个文件袋,芦焱把它放在桌上,"这东西没有问题了。我把它交给你了,如何支配,权力在你。"

门闩:"发财的梦人人都做过。可能买下整条街的钱放在面前,却再也没时间去碰它了。"

芦焱:"为什么没时间?也许我们现在有时间了,有比以前更多的时间。"

门闩:"你知道什么?"

芦焱:"知道了一些事情,等我想好了,我会原原本本告诉你们。"

门闩站了起来,把那些子弹一发不落地纳进怀里,仔细地包好了他的枪。

门闩:"那我永远也不会知道了,因为我没时间了。"

芦焱:"没时间了?你要干什么去?"

门闩向外走,经过芦焱身边时,他很近地看着芦焱的眼睛:"你不在的时候,我从日本人手上救下一个我们的西北旧相识——欠记客栈的欠老板,他临死时告诉我很有趣的话。"

芦焱:"什么?"

门闩:"芦焱,是先生最后的骄傲。欠老板是若水的死忠,被他尊为先生的人当然是若水。现在,你有话要告诉我吗?"

芦焱:"是的。我是我父亲的儿子。"

门闩从这句废话中明白了一切,他径自出去。

芦焱大叫:"挡住他! 岳胜!"

岳胜本能冲了上去,门闩粗暴地把他推开。卞融惊讶地瞧着两个男人推搡厮打。

门闩冲芦焱咆哮:"我跟你急不是因为你是若水的儿子。要是跟你算老子辈儿的债,我先得冲我的前十几年抹了自个儿脖子! 我急的是你现在想干的事!"

芦焱:"我什么也没干!"

门闩:"就是因为你什么也没干! 你知道若水和日本人要联手杀屠先生对不对? 整件事就是你爹为了杀屠先生布下的局,你想把它拖成了是不是? 冲你的老爹? 为你的仇恨? 还是你觉得屠先生死了咱们就平安大吉,正好渔翁得利?"

芦焱:"可那是我爹,就算他还有一个名字叫作若水! 我恨屠先生,最恨的是他把我爹逼成了汉奸! 最重要的是,屠先生死了,我们就可以活! 我们可以把系在裤腰带上的脑袋放回脖子上了!"

门闩抄起手边的零碎就冲芦焱摔了过来,岳胜挡不是不挡也不是,卞融误挨了一下干脆也对门闩摔了过去。

但门闩只冲芦焱:"隔岸观火从中渔利是不是? 那我们和那些把事情搞成眼前这样的人还有什么区别?"

芦焱:"是我们的生死存亡! 我没工夫去管你的道德!"

门闩:"你这个酸丁只想着道德吗? 想没想过上海? 这里的地下势力十之八九是屠先生执掌,他死了就由你爹和日本人接手,到时候你准备在满城汉奸中讨生活! 想没想过江浙? 屠先生一死,能跟日本人对抗的抵抗组织至少去掉一半! 然后是唇亡齿寒! 剩下的一半也要遭灭顶之灾! 想没想过中国? 没了他的情报网正面战场上我们要多死多少人? 你爹甩给你的钱又能买回几条人命? 道德?"

芦焱:"干什么去?"

门闩:"去救屠先生! 我说过英雄只死一次,懦夫死很多次。这回我这个狗日的英雄怕是做定了!"

芦焱:"岳胜,挡住他呀!"岳胜有点发蒙。芦焱又喊:"你想他像青山一样粉身碎骨?"

岳胜冲出去,芦焱和卞融也冲出去。门闩和岳胜在陋巷里厮拼,芦焱也扑了上去。门闩用枪托击倒芦焱把枪对准了他。

芦焱:"你不会开枪的,你不会再杀自己人了。"

门闩:"芦焱,我最想杀的是你。你对不起青山,你居然以为他交给你的仅仅是钱和物,你错了,芦先生。青山给你的是他没走完的路,和所有人的命,包括我这个该死还没死的。"他把芦焱踢开,"别再过来了,别再浪费我本该用在日本人身上的子弹。"

芦焱咆哮:"我就是要过来!我不光要过来,我还要跟你去!去救那个王八蛋,救他妈的屠先生!"

门闩愣了一下,收枪:"滚远点吧!我一个送死的人,没必要带个定时炸弹。"

芦焱:"我知道,我只是想不明白!我骂我爹那一套,恨屠先生那一套,可我把他们那套全接了过来,把青山给我的全扔掉了!我帮着日本人成了事,跟那些我恨之入骨的人做的一模一样,对不对?所以我现在得去坏他们的事,去救屠先生,顺便去死。"

门闩犹豫了一下:"欠老板说你爹对你刺屠刺了个半途而废耿耿于怀,有心在原址把这件事做完。可我不知道你在哪儿刺的屠先生。"

芦焱:"连个秦始皇都找不着你演什么荆轲?"

门闩:"路在嘴上,我会问。"

芦焱:"十四年前芦焱在哪里拿刀戳的屠先生?你跟扫马路的这么问?"

岳胜:"我知道!"

两个人一起看着他,岳胜紧张地走过来。

岳胜:"我真的知道,因为拉和老陈,芦森指给我看过。"他郑重地向芦焱,"我和门闩去,你留下来,那些文件得有个靠得住的人转交。还有,给我的命令就是保护你。"

门闩和芦焱面面相觑。

门闩:"对呀,那些文件。"

芦焱:"三个人去俩。手心手背,输的留下。"

这真是个很扯的解决方式,但当芦焱把手举起来时那两位也把手举了起来。芦焱一个手心,芦焱狠狠一巴掌砍在岳胜颈根上。

岳胜:"我说过的,请让我挡在你和子弹之间。"

一声闷响,门闩直接拿包着布卷的步枪把岳胜拍晕了。

门闩:"我保证他功夫练不到后枕骨上。"他看着芦焱,"我很想岳胜一起去,可时光认得咱俩却不认得他。以我的想法,我们都死在他面前了,这些刚发芽的种子就不会被他们掘了。"

芦焱:"而且那些联络组织的事我都是外行。"他同情地看看岳胜,"怎么又是这样?他醒来一定是这句话。走吧,我们两个人?"

门闩看看卞融:"还有一个人。"

芦焱苦笑:"又得去谈笔生意了。"

卞融:"一笔大生意,绝不能带我去。我应该什么都不懂,还是什么都明白?"

卞融:"……能不能不去?"

芦焱:"总得有人去,而且……"他看了眼岳胜,"不去的人,已经选出来了。"

门闩看了看天色:"告诉她你很快就回来。"

芦焱:"不,她讨厌假话。"他向哭泣的卞融宣布,"我永远也回不来了。你已经踩着我这座桥,过了这条河,河对岸很宽广,比大沙锅还宽广。你再也不是池塘,你看见你的五湖四海……"他从卞融手上一点点拽出自己的衣服,"现在,我也要去我的五湖四海了。"他想走,但看着哭得不成话的卞融,又说,"可不可以……一个极其私人化的要求?……一棵树需要的不光是药,一棵树还需要书,我的学生,他们没有教科书。我一直想,要是能活着回去,我就背一捆教科书……你,能不能帮我寄一些教科书?"

卞融:"……写谁收?"

芦焱:"……何思齐。我的学生们一定会老实不客气打开每一个何思齐的包裹。"他憧憬着,"然后,他们就有了教科书。"

卞融:"我会寄。"

芦焱感激地点了点头,不知道是感激他的学生终于有了书,还是感激卞语不成声的啜泣。卞融一把抱住他,用力之猛,让他觉得自己会死在这个女人的拥抱之中。

芦焱:"好啦,谢谢你解决我最后一桩心事。其他的,我要自己去解决啦。"

芦焱和门闩从小巷摸进与正街直通的弄堂。芦焱惊呆了,这里是十四年前,行刺屠先生的那一天,他们藏身的地方。芦焱清楚地记得他们每一个人的样子,却只知道一个人的名字:阿卯。门闩解下背上的长布卷,珍惜地拿出他那支本该上缴却被私藏了的步枪。芦焱也摸出他那把卖相难看的刀,但是门闩从他的厚布卷里掏出了一根木条,递给他。又一次惊呆,和十四年前芦焱得到的那把简直一模一样。芦焱下意识地去拔,看着那木条里藏着的锋刃。

芦焱:"……他们把我们塞进锅炉,说,让你们烧。你们给我木头。"

门闩:"啥?"

芦焱:"没什么。想起你说的,我们从这里开始,也就要在这里结束。"

缩在巷角里的门闩以屋顶为目标,试了一下他刚调好的枪。

门闩:"最大的麻烦是,我们知道你爹……不,日本人要在这里行刺,可根本不

545

知道他们要怎么行刺。"

他回头,发现芦焱跪在地上亲吻着。

门闩:"这种事你总不至于要问土地公公吧?"

芦焱:"我在祭拜几个死人。他们就是我的开始。"

门闩:"你们当年就在这里刺杀屠先生?"

芦焱:"当时藏住我们的就是这条里弄。"

门闩不由倒吸口凉气:"我说……你家老爷子是个很信命的人吗?"

芦焱:"他信命,可更信他自个儿。他最喜欢的是嘲笑和对抗命运。挑这么个地方,他是想要嘲笑屠先生的命运。他就这么个人。"

门闩:"那他待会儿就能看着屠先生的尸体嘲笑我们了。好容易搞明白他要干什么,也找对了地方,可不知道他要怎么干。我只会用枪,可枪是拿来杀人不是救人的,至少有上百种我拿枪对付不了的杀人法子。"

芦焱:"我们要救的不是一个好人,对吗?"

门闩苦笑:"连时光也不会认为他是好人,可屠先生从不当自己是坏人。你家老爷子嘲笑命运,屠先生则自以为超越善恶……是的,他是个恶人,可是……"

芦焱:"如果这时候你还讲那些民族大义,我就根本不会来这里。只是我真的很想杀了他,他也是我知道的人中间最该死的一个,而且……如果我们先杀了他,日本人就杀不着他了。"

门闩:"可你终于宣泄了你的怒气时,得利的是你最大的敌人……"

芦焱:"我要是触景生主意呢?我不是干你们这行的人,每走一步都留出七八个后手。从小我父亲就说我笨,因为我想出来的永远是让自个儿死得最惨的办法。"

门闩:"我不会比你晚死多久,只是……"他无可奈何地笑了笑,"居然是为了这个姓屠的……"

芦焱:"我不想把你跟我说的话再还给你了。只还给你一句,你在大沙锅跟我说的,这个世界上烂事太多了,可我要让你看一件有趣的事情,一个人如何为他最初的理想而死。"

门闩:"不做这件事,我不知道我是个什么,做了这件事,我才知道我是什么。"

芦焱:"其实就算做了这件事,我也不知道我是什么。我的家教,人这辈子就是个含混的不等式。可是我爸那老妖精说得好,不要尖叫,做点有用的事。"

门闩:"不要尖叫。"

芦焱像对他父亲那样:"我不会尖叫。"

屠先生的车队驶来。他们似乎也像芦焱一样,成了陷在时光琥珀中的虫子,从一九二七年跑到这里来的一道风景。时光看着窗外,几天的奔波之后,他和屠先生都有些疲劳。

先生今天很多话:"旧地重游了。十四年前我就在前边遇刺,后来就再没进过上海。下手的那位红先生现在快押到基地了吧?回去要跟他好好叙叙旧。"

时光:"青山应该就是为保护他死的,可我一点没有看出他的价值。"屠先生:"我们以死相争的,无非就是值与不值。你又怎么可能看得清他在青山眼里的价值。"

越来越熟悉的景物让屠先生也生感触,"时光,你我必须从一件事里学到很多,因为我们没有那么多犯错误的机会。车外是我曾经的课堂……那节课告诉我,永远不要觉得事情已经完成,永远不要沾沾自喜。有很多事情,其实比人生更长……"

他忽然愣住了,因为他远远看见车前方的芦焱以及芦焱手上那根令他眼熟的木条。

屠先生:"……这也未免长得太不像话了……你看见了吗?"

时光淡漠的脸上也出现了震撼的表情。

芦焱站在那弄堂口,死死地攥着他的刀。门闩掩在弄堂里,他抱着枪的姿势像在亲吻他的枪。

芦焱:"好好看我怎么死。我死了,你就不怕了。"

门闩:"我没怕。"

芦焱:"我只是要把台词说完。"

那支车队,头车急刹,之后一溜的急刹声。寂静,车队的每一个人都死死盯着芦焱,没有动静,屠先生还在惊讶之中。芦焱开始大叫,奔跑,一切都像十四年前一样,除了他再也没有畏惧和迟疑,再也没有青春。

芦焱:"杀屠先生!杀了屠先生!"

他拔出他的刀。车队开始骚动,青年队纷纷下车。

"怎么回事?他不是被抓住了吗?""押送他的人呢?"

芦焱还没捅出第一刀就被人一脚放翻。

芦焱:"杀屠先生!杀了屠先生!"

他又一次被人放倒。门闩躲在弄堂里,听着动静,竭力压住自己冲出去的冲动。芦焱的笨办法超出了聪明人屠先生的预料,他试图在莫名其妙中找出一个解释。时光则静静地看着芦焱挨揍,这让他想起和应小家在废墟里的经历。九宫走向芦焱,他已经把刀拔了出来。芦焱被一个半圆的人圈子包围,他好像在创造一项一个人一分钟内可以被击倒的次数的纪录。他一直举着他的刀。

芦焱:"杀屠先生!杀了屠先生!屋里猫的鬼子弟兄们听着,你们动手啊!"

青年队起了一些小小的波动,分出一些人去护卫着车辆。九宫喃喃地骂了一声,一脚把芦焱踢倒,然后扬起他已经接驳好的刀棍。

芦焱:"后边躲着的日本老兄们,我跟若水很熟的!不是说好的吗?若水只管把姓屠的喂饱,拿他的人把姓屠的喂饱!关键时候,这时间,这地点,指着你们了!若水是下了注也扔了本啦,你们呢?缩了吗?"九宫一棍子把他的刀砸飞了,"他妈的,再不出来我真把姓屠的杀了!"

屠先生愣了一下,下车。与此同时,同样被芦焱搞得摸不着头脑的枪手终于开枪。刹那间,时光一脚把屠先生踢开,本该击中屠先生咽喉的子弹击碎了车上的后视镜。随后枪声频发,子弹纷纷射向屠先生的座车。九宫大骂了一声,扔下芦焱跑回车队,护卫屠先生。在短枪与长枪的对射中,最兴奋的是门闩,他瞄准射击,那些躲藏在高处的日本枪手一个个倒下。芦焱从藏身的摩托车后跑了出来,被青年队一棍子放翻,拖回车队。

门闩大骂:"你们看不出来他在救你们吗?"

他一回头间,被来自日方的子弹击中了脊骨,从藏身处摔了出来,但他仍然射中了开枪的人。

门闩:"早知道你们用这么笨的办法,我就该找个掩体了!"

青年队上来抢走他的枪,棍子劈头盖脸地砸下,也把他拖回了车队。

门闩:"看不出我在杀他们吗?"

青年队终于有机会使用他们组装好的冲锋枪,汤姆逊开始轰鸣,密密麻麻的弹壳迸落在门闩和芦焱的头上身上。时光在扫射,日本人刺杀让他恢复了活气。重伤的门闩喘着气,而芦焱被绑上了绳索,青年队在还击。

九宫:"前车变后车!那辆车是好的,送先生先离开!"

屠先生在众人的簇拥下走向那辆车:"时光也跟我一起走。"

时光二话不说,把枪扔给了双车就走。

门闩躺在车轮之间,沉重地喘着气:"我们像堆垃圾……早知道日本人是这么个顾前不顾后的打法,真该听你的——根本不用管。"

他艰难地在地上拧着头看向后方:屠先生和时光已经上车,九宫扔掉了刀棍,四下张望,眼前是完全被打瘪了的车胎。

芦焱:"门闩,你们这帮放冷枪的,杀人时有光打车胎这一说吗?"

门闩:"那怎么会,打掉头车阻路就可以了。这里不是死路,他们只要尾车变头车……"

他瞪着芦焱,芦焱瞪着他,两人顿悟。

他们同时看见了车底盘下装着的黄色炸药块。

芦焱："那辆车上有炸药！"

门闩："炸药！"

没人理会他们。青年队正打落水狗打得如火如荼，那辆车正在发动，唯有九宫张皇地看了他们一眼，开始拔步。门闩站了起来，摇摇晃晃奔跑，在车加速前拉开了驾驶舱门，司机毫不犹豫地给了他一枪，门闩还是把他拽下车，自己坐上了驾驶座。车里的两个人，屠先生冷冷地看着他，时光抬手，手上出现了一把刀。

门闩："炸药！他们就是要逼你们上这辆车！这是九宫的车！"

时光明白得比屠先生更快，他猛推了屠先生一把，和他一起滚落车下。门闩仍在加速，他打算把它驶进前边的拐弯以便把损失减到最少。时光捡起九宫的刀棍，猛旋起来飞了出去。九宫被天外飞棍砸中，摔得惨不堪言。

时光："抓住！"

如狼似虎的青年队扑向九宫。

门闩把车开进了拐角，跳车，把自己塞进了巷角。爆炸，砖砾碎片，一条土龙从巷子里冲出来。时光静静地看着门闩站起来。门闩向时光伸出一个大拇指，微笑，倒下。

屠先生看着地上的两个人，芦焱和九宫。九宫不敢看他，而芦焱死瞪着他。

双车："我调过来的车马上就到，第一时间就掩护先生离开。"

屠先生只跟芦焱说话："红先生，十四年能改变很多事吗？你居然救了我。"

芦焱："救你是一回事，想杀你是一回事。你该死是一回事，你现在死便宜了日本人又是一回事。我没有青山的胸怀，庸人一个，庸人的话，你能听得懂？"

屠先生："听得很懂。青山一直喊到死的那些话，我也信。只是我怕和日本人打，会便宜了他和若水，还有我没想到日本人来得这么快。我生于危难，起于危难，危难是我的坐舟，这样的人很容易成为赌徒。待会儿请您和我同车。"

芦焱："您倒不如现在就放了我……"他回头，看见门闩正在被绑，顿时愤怒，"你们绑他干什么？他都快死了！"

双车招着手跑了过来："车来了！准备护送先生上车！"

屠先生冷漠地向青年队交代："绑紧一点，放进我那辆车的后备厢。"

芦焱大骂："本来是该你进日本人的后备厢！"

屠先生的车队驶入嶙峋的废墟，夜色下那些废墟的剪影，酷似西北的峡谷。制高点和暗处潜藏的青年队，蹑行如狼。

屠先生和时光坐在后座，其静如水。后备厢里却砰砰如同打鼓一般，那是红先生芦焱在发泄自己的愤怒。

屠先生："时光，我像你这么大的时候，明白了一件事情——这个世界就是一片汪洋，要活下去，你不光要学会游泳，还得学会看着其他人沉下去，不要同情，因为他们会拖死你。"

时光的回答像个回声："他们会拖死你。"

屠先生："若水明白得更早,我还在看的时候,他已经在把别人都踩下去。可是青山……"他叹了口气,"他早已上岸,还想把每一个溺水的人都拽上岸。我们三个,论智慧论狡猾,他数第一,可他为什么要做那么愚蠢的事情？"

时光："青山死了。"

屠先生像在做梦："对,无论愚蠢或聪明,他都死了……时光,以后要提醒我,我刚才居然有点动摇。"他指指后备厢,"因为这个家伙,我知道他有多恨我,可事实就是,无论如何,他刚才救了我。我本该死于我的贪婪与傲慢,若水太会利用人的劣性。"

时光："提醒什么？不要贪婪和傲慢？"

屠先生："不,贪婪和傲慢都是人之本性。本性何以戒除？你该提醒我,不要同情。"

他转过头,看着窗外的废墟和夜色,在几分钟的动摇后,又做回屠先生。而芦焱还在起劲地踢着后备厢。

时光："我去给他一枪吧,省得烦人。"

屠先生："不,他还有用。"

他们驶进了基地的核心。由于今日的收获丰厚,屠先生并没像通常那样径自入室,而是等待着他们的猎物。一辆车一辆车的后备厢打开,他们的收获被架出来：玩命挣扎的芦焱,被捂得严严实实的嘴还在大骂。从后备厢里抬出来的门闩,伤得很重,但是捆绑和堵嘴一样也不少。九宫,不用人架也用不着推搡。三个囚徒,两个为祸日久的红色犯人,一个来自日本的顶级间谍,全在这儿了。

屠先生亲手松掉芦焱嘴上的负担："我给你说话的权利。"

芦焱跳脚："那你先给他喘气的权利！"

屠先生示意把门闩嘴上的玩意儿松开,门闩狠狠地呼吸着新鲜空气。

芦焱："用不着你给我说话的权利,也用不着你给他喘气的权利！是我们先给了你活下去的权利！"

屠先生不说话,进屋,时光和三名被押的囚犯依次而进。

曾经照过芦森的光柱照在芦焱身上。他被几个人摁在地上,一通忙活,当他再度挣扎起来的时候便拥有了全套的刑具。他的同犯们,门闩伤得快死,被撂在地上并有一支枪对着脑门儿；九宫和押着他的两位一起站在人圈子外,像在看热闹。

芦焱："怎么回事？诸位丢了钱包的爷们？打死捉贼的,和贼一块儿看热闹？"

屠先生："把门闩带去医治,别让我听到伤重不治这种鬼话。给九宫准备刑房,时光,交给你了。"

时光点点头,看向九宫:"人生就是一块通了电极的猪肉,这是你说的,对吗?现在我要是给你通上电,你也是一块猪肉?"

潜伏十数年的日谍九宫在时光的盯视下有些萎缩。

时光:"带他过去。"

刑房里透出来的惨白灯光。

九宫在将近刑房时露出恐怖之色,他想要逃开那道白光,但被人押住,一根棍子砸在他的颈上。时光回头,默默看着废厂房天窗之上的夜空。

芦焱试图适应他的镣铐,他轻轻地走动了两步,挑剔着他的新玩具。屠先生看着,像一个嗜猎成痴的人看着终于捕获的猎物。

芦焱捧起手镣:"做工太糙。我认识一个很好的铁匠⋯⋯不过他在一棵树。"

屠先生:"你真像你的父亲,不捕食时都好像在打盹儿,让人掉以轻心。"

芦焱:"我不认识您的父亲,我觉得您就像一条蛇,甭管踩没踩到您,您就是要咬从你眼前经过的腿肚子。"

屠先生:"蛇就是这样的,怪不了蛇。"

芦焱:"我无话可说。"

屠先生:"为什么?"

芦焱:"为什么要救一条蛇?为了救这条蛇,还把自己的父亲推进火坑?"

屠先生:"对。"

芦焱:"因为我们天真,心存幻想。我们想,那条蛇,它虽然是吞噬着我们的血肉,长成今天这个怪物,可这里,这疮痍满目的废墟,总也是它的家。也许,也许它在啃我们的同时,也能回头看一看,也许它能发现那个它一直没能看见的秘密⋯⋯"他低头沉默,又突然声嘶力竭地吼叫,"日本人来了!他们在杀我们!你们这群瞎子!蠢货!聋子!白痴!"

屠先生揉揉被震聋的耳朵:"就这些?"

芦焱:"你还想有什么?"

屠先生:"若水素来比我亲共,他要与日本人为敌,也是一支劲旅。你们干吗三番五次地往我这里垫着人命,何不坐视我死,再去跟他合作?他可能早跟你们提过这样的计划吧?"

这是芦焱最痛心的事情:"因为他在多年跟你的争斗中早已耗光了实力!因为我们等不起他杀了你之后再去恢复元气!因为中国的日子很难过!因为日本人已经进来十年了!从一九三一年到一九四一年!我他妈的都长出白头发来了,而你们两个不要脸的还在同室操戈互相残杀!"

屠先生只摘取他所要的信息:"明白了。"他向着时光,"听见了吗?你可以粉身碎骨,但可能做到他这样的大义灭亲吗?"

时光:"不能。"

屠先生:"所以我一九二七年杀他们,只当是晋身之阶,可后来却发现这是我毕生的事业。你想想,若他们这样的人太多,我们的世界又如何留存?所以,这也是你毕生的事业,因为你也看到了,他们杀之不尽。"

时光:"是。"

屠先生向着芦焱:"我不想杀你。可该说的话你已经说了,该听的我已经听到。你没有价值。"

芦焱笑了:"该做的都已经做过,该看的都已经看到,该明白的都已经明白。连不该救的人我都救了。是的,该死的我早该去死,这是我剩下的价值。"

时光死水一样的神情有了波动。

屠先生:"是的。你和门闩,红先生,通缉名单上一直悬着你们两位的名字,对我们真没什么好处。然后……"他看着芦焱,"死前有什么要求?"

芦焱提出他渴望已久的要求:"让我见我的哥哥。如果已经杀了他,至少让我见到他的坟墓。"

屠先生:"你们都没有坟墓。可是……你的哥哥?"

芦焱:"我的哥哥芦森,很久前就落在你们手上的拉和老陈、陈植,让我见他,看在我总算救你一命的分上。"

屠先生忽然笑了:"你们这家人,怎么回事?血管里流淌着和我作对的血?杀了我是若水对你们的家教?"

芦焱:"别太高看了自己。芦家的男人从来就不畏强暴,连我的父亲也是,他只是被你逼得忘了根本。"

屠先生:"好,我让你见你的哥哥。"时光看了屠先生一眼,屠先生挥了挥手,"就这样吧。不要钉子。"

几名青年队把一具类似棺材的玩意儿扛了过来,芦焱被摁了进去。他笑了笑,没有挣扎。屠先生走了过去。

芦焱:"谢谢收回。您不需要来自人间的任何善意。"

屠先生:"你不觉得羞耻吗?你这样刚烈的人,却有一个汉奸的父亲。"

芦焱:"我不觉得羞耻。我的父亲若没做这糊涂事,我一定会高高兴兴瞧着你死在日本人手上,做个你这样为私欲而不明是非的人。因为他被你逼成了汉奸,他的错让我学会了作对。这件事已经过去,我做了该做的事,芦家的罪孽已赎,我不觉得羞耻。你觉得羞耻吗,屠先生?"

屠先生默然:"若水的种比他还要难惹啊,幸亏今天就要死绝了。"

他走开。青年队把芦焱摁进棺材里,打算钉上棺材钉。

时光过来:"这事我来,他欠我一条腿。"

他一把将芦焱搋倒,就手把一颗硬物塞进他手里。芦焱凭手感都知道那是什么,陪伴了他十数年,又在他、青山和时光手里折了几个来回的毒药。

时光轻声:"吃了它。我的忠告。"

他推倒芦焱,一下一下钉上棺盖。棺材被抬走。时光扔掉锤子,看着屠先生。

屠先生舒口气:"今天晚上你来。我累了,我要想事。"

时光:"我会在他们死前尽可能掏出点有用的东西。"

通常这总是屠先生想要的,但今天却不是:"……做父亲的总是想儿子快点长大,可儿子真长大时,又觉得来得太快。"

他叹口气,走开。时光的神情有一丝波动,他看着屠先生离开。

装着芦焱的棺材被抬到基地大门前慢慢吊起,与早已挂在那的另一具棺材并立。

芦焱敲打着棺材:"不明是非也就罢啦!棺材有不往地里埋倒往天上吊的么?"

阴暗的屋里,濒死的门闩被两副手铐铐在轮床上,伤口总算是包扎过了。时光拽住端着药出来的医生。

医生:"肯定是活不了啦。我们只是保证先生问起来的时候,他还在喘气。"

时光进去,看着,直到门闩意识到他的存在,睁眼。门闩微笑。

时光:"我刚把芦焱钉进棺材,说是为我的腿。"

门闩:"可其实是我开的枪。"

时光:"为什么是腿?而不是……"他敲敲自己的头,"你也想跟我说那句话吗?养好伤去打日本人?"

门闩:"我还想拿活时光去换回活青山。还有我们是朋友。"

时光愣了一会儿:"你不该把我的出身卖给青山,让他拿这个来对付我。"

门闩摇头:"你搞错啦,很多事你都搞错啦。我根本没让他对付你,我是要他帮你。他也没有对付你,而是一直在帮你。我们都想,屠先生的继承人心里如果还照得见一点阳光,大家的日子就都会好过点。"

时光:"我可以停你的药。你明白我的意思。"

门闩:"不,我要挺到屠先生见我,我要问他一句话。"

时光:"还是那句统一战线,枪口对外的蠢话?"

门闩:"也是也不是吧。"

时光:"……你的命是我的,我把它还给你。"

惨白的灯光下,九宫躺在惨白的床上,被铐得结结实实。时光静静地看着他,青年队过来试图给时光穿上行刑专用的服装。

时光阻止："我并不觉得这个人是一块猪肉,你们也都认得他,他叫九宫。"九宫露出一丝感激之色,但时光瞬间就打消了他的希望："你可以怕,可逃不过。你不是门闩,我也不会跟一个日本间谍念什么旧情。"

青年队装束停当,拿起工具,跃跃欲试。九宫哀号。

时光："果然啊,天天砍人的人才是最怕挨刀的人。既然如此,何不干干脆脆,把知道的都倒出来。"

九宫："没有用！根本没有用！我就是都说出来,还是一样要挨刑！比不说还挨得更多！只要犯人还能自控,你们就不会信他说的任何东西！都是假的！假的！假的！还有真的！继续掏！"

时光："你做过什么,总有一天会归还于你。既然这么怕刑罚,何不早给自己预备一份痛快的大礼,比如氰化物什么的。"

九宫嚎叫："因为我想活！比起怕疼来,我更怕死！你根本不懂,只要活下去就还有希望！"

时光："我们害死无数的人,灭绝他们最后的希望,可你现在来跟我说只要活下去就还有希望。"他交代手下,"做你们该做的吧。他撑不了多久。"

九宫哭嚎："时光！时光！你帮帮我！"

时光走向黢黑的长廊："……谁帮帮我？"

九宫："我从来没想要害你！我一直羡慕你！我只是一个在中国长大的日本孩子！有一天他们找到我,说,要为天皇效力！可我已经跟你们待得太久了,我连我的母语都说不利落了！我根本不知道我是他们还是你们！我只知道,我帮你们,我被他们干掉！我帮他们,死在你们手上！……左右都是死啊！时光！我羡慕你啊！我永远是肠道里的蛔虫,你却要去拥有世界！"

时光在流泪："……你是个人哪,干吗要把自己比作那么恶心的东西？"

他关上门出去,九宫的惨叫响起。时光在废墟里坐下,大门那里有一点灯光,他看着在夜风中嘎呀作响的两具棺材。身后有一点明灭的火光。

双车："是我。"他打亮火机,"出来抽根烟,抽根烟。"

时光看看他脚下那一堆烟屁："一根？"

双车："跟你老弟这样的聪明人我还是说白了好,大变横生,我也没有激流勇进升官发财的出息,只好找个缝儿躲远一点。"

时光拍拍他肩："你总是自称混蛋,可倒是个不那么混的混蛋。"

双车不知所措："老弟过誉了……其实一个人要一混到底,也不是那么容易的。"

时光看着那两口悬空的棺材："那口棺材里装着的……芦淼,是个什么人？"

双车自然知道时光问的不是芦淼的身份:"一言难尽哪。"

时光:"你就用一言给我尽了。这是我给你下的第一道命令。"

双车叹气,低头,摇头,良久:"……好人。"

时光点点头:"另一口棺材里……也是好人。"

一名行刑者出来报告:"九宫招了。"

双车吓了一跳:"这么快?太没种了也!"

时光:"跟有种没种无关,他藏在我们中间时,一直就想招了吧?人死扛一件事的时候,总是会这么想的……"他呆呆地瞧着夜色,"算了吧,还是算了吧。"

青年队的人关上门,以便把九宫的又一阵惨叫关在门外。

青年队:"对不起。我们正在讯问第四遍,务必要保持每一回得来的口供都是一致的。"

时光拿着九宫的审讯记录站在屠先生面前:

屠先生:"念吧。"他例外地添了四个字,"辛苦你了。"

时光:"能得来眼前的明白,算不得什么。"

屠先生:"是的,我们就是要不惜一切去求个明白。思想这东西在人脑子里就叫作胡思乱想,把它挖出来为我所用,才是情报,才有价值。"

时光看了眼屠先生,他说的明白和屠先生所说的明白恐怕是两件事。

时光:"九宫的日本名字叫村木庆次。一九二〇年他随着日本流民进入中国,一九二五年时被发展为……"

屠先生:"他的身世是要和他一起销毁的废纸,念点称得上情报的。"

时光:"阿部堪治在去年初就已经和若水勾搭上。皖南之变虽发生在后来,可大江南北,屡有我方屠杀八路军新四军的事情发生,于是阿部觉得有机可乘。"

屠先生是那种会瞬息把一切梳理出条理的人:"那时若水在重庆也已经完全落势,存亡也只是我何时下手的问题。若水从来不是甘心等死的人,他跟阿部只怕是婊子碰上了嫖客,一拍即合。"

时光:"他们的办法很简单,首先是借共党的种子挑起我们双方纷争,这之后必然的火并中,若水把他的人和地盘扔给我们吃,直到我们确认他再无实力,这时我们只能长驱直入上海。"

屠先生:"然后就是阿部上场,至今连皮毛都没伤过的日本人。先把我一击而毙,再趁乱收拾掉连你在内的我方精英,然后他们重新瓜分地盘。日本人会立刻和若水枪口相向吧?他们又怎么能跟没有实力的家伙瓜分地盘?"

时光:"就像我跟人枪战时的花招,先使手枪,等着他们以为我子弹告尽冲过来。其实我真打算使的,是早放在脚边,装了弹盘的汤姆逊手提式机关枪。"

屠先生笑了："难为你把复杂的事理得这么清楚。若水的两个儿子都是共党，而他自己是个汉奸，通共又通日，这回……死怕是对他最轻的处罚了。但你有办法对付阿部堪治吗？"

时光："我有办法。"

屠先生："而且你也一直想对付阿部堪治。什么办法？"

时光："跟他们一样，很简单的办法。"

屠先生："简单的办法通常都有用，只要你不去想得太过复杂。"

时光："那样九宫就得死。"

屠先生："那他就死吧，你现在就可以去预备了。听着，时光，我希望你成为杀死青山、若水和阿部的人，这是我都没有过的荣耀，我需要一个这样的继承人。"

时光："跑了的若水就是谁也杀不了的若水。"

屠先生微笑，有一件事他好像已经胸有成竹。

那两具棺材被青年队解下来，芦焱被抬向屠先生跟前。钉子被起开透入的光让芦焱的眼睛险些瞎掉，他像垃圾一样被人从棺材里倒出来。他倒在屠先生的脚下，看着周围的动静。时光正在废墟里，对被绑着跪在那里的九宫举起手枪。

九宫仍在哀求："我愿意为你们卖命啊，时光！其实我一直是向着你们的，他们很讨厌我，他们连给我递个纸条子都得译成中文……我是中国人啊，时光！"

时光检查着自己的手枪："你的命是我的，怎么使用它在我不在你。"他对准了九宫的头，但想了一下改成了心脏，"一枪毙命是我能给你的仁慈。"

眼见无望的九宫大叫："我恨你们！我讨厌你们！一群怪物！……"

时光开枪，九宫一头栽倒。时光看着死去的九宫，神情淡漠。

时光："怪物最讨厌的就是怪物，所以我会帮你报仇的，九宫。"

芦焱躺在地上看着屠先生。

芦焱："又杀了一个。"

屠先生微笑："放心，这回不是好人。"

芦焱："鬼信。"

屠先生："幼稚。你真认为只要死在我手上，就一定是你们所谓的好人？"

时光收着枪过来，有些不自在地看芦焱一眼。他想不清为什么在有了那颗毒药之后，他还要这样活着。门闩被抬了上来，有出的气，没进的气，但是很闹人。

门闩："早上好啊，列位！时光，一看你昨儿晚上又没好好睡！列位弟兄，眼生的，面熟的，好久不见！屠先生，真高兴把您跟张三李四王二麻子搁一堆儿招呼，以前为了表示尊重，总得离着我枪都打不开的地方就把您单择出来的！"

只屠先生答话："人死了就是那么回事。你早该把我和别人搁一堆儿招呼。"

门闩："所以你务必在活着时做完该做的孽，是不是？"

屠先生微微一哂,给他来了个默认。

芦焱在一边恨恨地招呼:"早上好啊,铁门闩。"

门闩笑得有点赧然:"嘿嘿,红先生……你干吗非来凑这趟热闹?"

芦焱:"因为我想瞧瞧你怎么后悔。"

门闩:"一分钟六十秒,每分钟我后悔六十次。可下回我还得这么干,因为要拿来埋我的这块土地还被日本人占着。"

芦焱:"就知道你要这么说的……了无新意。"

门闩:"一发子弹就能得来的新意,这种事我以前做得太多了,他们就做得更多啦。换换口味。"

屠先生不大习惯被冷落:"我宣布对你们的判决……"

芦焱:"歇他妈菜吧,门闩,我们昨天宣布对他的判决了吗?一根毫毛,人五人六。"

门闩:"你说粗口的时候总是很有品位的样子……"

几个青年队冲上来暴踹,芦焱哈哈大笑,门闩使劲求饶。

门闩:"饶命啊! 先生还没判决,我们就被你们打死啦! 这叫什么事呢?"

青年队应声住手,退下。

门闩便向芦焱告别:"你乖乖待会儿,我要去应酬客人了。你知道,摁下葫芦起来瓢,做人好累的。"

芦焱:"你才是葫芦。"

门闩笑了笑,脑袋转向屠先生:"先生我来啦,您有什么事?"

屠先生:"我一直在想,该拿你怎么办,门闩。你曾是我重用的人,我让你伴在时光身边,你却向他开枪。可你的重伤,是帮我挡子弹挡的,我是非分明……"

门闩:"算盘珠子上的分明不叫是非分明,先生,做人不光是算自个儿捞多少。"

屠先生:"见仁见智罢了。"

门闩:"见仁见智说的是大家各有其道,怎么您的道就得灭了我们的道?"

屠先生:"见仁见智,客套话罢了,说的其实是你死我活,你是个洒脱的人,这话也要当真?"

门闩:"受教了,不是一般的受教。"

屠先生:"既是你死我活,那就不如早死。但你总算救了我,所以……"他挥挥手,青年队的人捧上了他那只六管的枪,早已经装好了弹药,"用这只枪,这是我为青山和若水预备的,也算对得起你……"

门闩:"还有阿部。"

屠先生:"阿部不配。一条阴沟里的蛆虫,没资格享用我亲手铸造的子弹。"

门闩笑了:"您亲手铸造的子弹能把死人打活吗?给我验伤的医生有没有告诉您,搞这通形式根本是脱裤子放屁?"

屠先生:"形式本就是脱裤子放屁,无须纠结。而执行的人,我打算……"

时光毫无疑问地站了出来,伸手接枪。

屠先生却不给他:"你既已过了这道坎,我又何必多此一举。自己来吧。"

时光讶然。屠先生执枪对住了门闩的头。

屠先生:"你可以瞑目了,我这辈子还没亲手杀过人。"

门闩:"这有什么好瞑目的?总算我也曾经是这头的人,您要给手下一个说法而已。或者您真心觉得对不起我,或者您只是想过过杀人的手瘾。要让我瞑目,回答我一句话吧。"

屠先生:"请说。"

门闩看着屠先生,气人不偿命的无赖气息全没有了,他这辈子都没有这么认真过。

门闩:"我挨死挣活,走多少路,忍多少气,不是为了来吃您那发五米外都能跑靶的破子弹,就为问您这一句话。"

屠先生:"我说了,请问。"

门闩:"您把我们都杀光了之后,您会去杀日本人吗?"

屠先生看着他。很久。"会的。我会去杀日本人。"

门闩:"很好。那就不耽误您的时间了。"

他站了起来,整理了一下自己的衣服。屠先生开枪,在那种老枪巨大的轰鸣和烟尘中,门闩倒下。

芦焱大笑。

三十

上海某庭院,两个阿部的手下进来,芦之苇的一个手下迎上去。神情谨慎而紧张。

阿部的手下:"他在吗?"

问得有点多余了。虽未见人,他们已经听见芦之苇那疯疯癫癫的声音。

芦之苇:"花间一壶酒,独酌无相亲……"

芦之苇的手下鬼祟而惶恐,与日本人同谋以来,他们失去的东西比料想的还多:"在。可是先生……好像有点疯了。"

阿部的手下:"怎么?"

芦之苇的手下:"他认为屠先生已经死了,他跟死人说话,跟死人喝酒,没有酒,他拿水当酒,而且真的……喝醉了。"

芦之苇隔着道墙:"举杯邀明月,对影成三人……"

阿部的手下:"我们要杀了他,你帮谁?"

芦之苇的手下可怜巴巴地:"我们不就是一边的吗?"

阿部的手下:"再说一遍,我们要杀若水,你帮谁?"

芦之苇的手下:"帮你们。"

虽然早已知道,芦之苇的架势仍把那两位吓了一跳:一个疯癫老头子,衣裳不整,半敞着胸,趿拉着鞋,头发支棱着。他的面前摆满了杯子,各种各样的,而他当酒往杯子里倒的,干脆是鱼缸里游着的金鱼。

芦之苇:"来来来,小屠咱早说好的,谁先死就罚酒三杯!青山那三杯是早喝过啦,人家是赖拳不赖酒,你怎么着?知道你不好酒,要不我陪你一杯?"他从一堆杯子里挑一个就喝了,还把喝空的杯子顶在头上,"瞧好了小屠,酒是这么喝的,倒出来一滴再罚三杯。你瞧你倒出来多少?"

阿部的手下冲他鞠了一躬:"屠先生已死,阿部阁下请您去庆功。"

芦之苇:"死个把个小屠算什么?从南京到重庆,你们指谁我给你们灭了谁!"

阿部的手下给他让出一条道来:"阿部阁下正在等您。"

芦之苇:"他为什么不来喝我给小屠的饯行酒?"

阿部的手下:"他那边给您预备了真正的酒。"

芦之苇："我这也是三十年的陈酿啊！暴殄天物！"

阿部的手下抓起一杯喝了："喝了，走吧。"

芦之苇却指着另一个大叫："他赖酒！罚三杯！"

那位拿起一杯，却拉过芦之苇的杯子，碰了一下，芦之苇喝了，他才喝了。

芦之苇忽然踢踢踏踏地往外走："走吧，我还真想喝点酒了。不用好酒，真的就行。"

那两位跟在他身后，一个人已经把枪调整到易拔的位置。

芦之苇："小屠这回居然没死得了吗？"

阿部的两位手下互看一眼："是的，而且我们损失惨重。您的儿子真是帮了大忙。"

芦之苇："我的儿子？百无一用，除了跟他老子作对。出息啊，出息。"

阿部的手下："您没醉？也没疯？"

芦之苇："喝水能喝得醉吗？疯？这些年我一直疯着，现在倒是清醒了。"

那位瞪着芦之苇，缓缓地掏枪，却觉得鼻子下有些不对，一擦，一手鼻血。他的那位同僚则是一声不吭，倒地就死了个干脆。

芦之苇："我以为阿部会来。他肯定很想杀我的，一是怕我坐大，二来他好移祸江东，渔翁得利。我一定是要杀他的，我虽有汉奸之实，却不想落个汉奸之名。汉奸都是这样的。"他看着那位，"你身体不错？"

这位也仆地嗝儿屁了。芦之苇兴趣盎然地看着自己的手下，手下顿时跪了。

芦之苇："我一点后手也没有了，所有的杯子里都被我下了药。本来还能落个水饱，却把我渴个半死。"他从衣服下拿出满满一缸子水摔在地上，"老了老了，想当年走江湖骗人的时候，卵子下边藏条活狗都没问题的。你怎么着？"

芦之苇的手下："先生，我是被逼的。"

芦之苇："我们都是被逼的。"他叹了口气，"现在我要逼你啦。"

芦之苇的手下惨叫，积威之下，连反抗之心都没有："先生！"

芦之苇："去给我把车开过来吧，顺便找点能喝的水。"他整理自己的衣服，仰天长叹，"此地不留人哪。"

青年队基地。芦焱在笑，屠先生从烟雾里走了出来。

芦焱："我不耽误您时间啦！赶紧杀了我，去忙您在上辈子就该忙的事吧！"

屠先生："您必须耽误我的时间，红先生。我没有多余的子弹费在你身上了，一九二七年，您费了我六发子弹，您没死，您捅了我二十多刀，我只受了伤。"

芦焱："赶紧的，宰日本鬼子去。净跟这儿废话。"

屠先生："并且您教会了我，无论何时何地，人不可太过得意，人在恐惧之时，卵子都会缩回去,这个大家都是一样的。"他深深地鞠了一躬。

芦焱:"您缩得太久啦!赶紧抻出来啊!该干什么?不知道吗?"

屠先生:"所以,我决定放了您。是的,我用十四年的追捕让您的人生停滞,您大概一直到现在还觉得刺杀我是昨天的事情,因为除了逃命什么也没有,对吗?"

芦焱认真地看着屠先生:"什么都没有,又什么都有。"

屠先生满意地点点头:"很好,从现在开始,您自由了,对您的追捕停止了。您冰冻了十四年的人生又可以流动了,像个普通人那样好好过日子,这是我给您的回报。是您想要的吗,红先生?"

芦焱:"是我想要的,但不是您的赏赐。"

屠先生:"说得对,所以我还得多给您一点回报,我答应您昨晚提出的要求。"

芦焱震惊:"让我见我的哥哥?"

屠先生:"对。你的哥哥是个很了不起的人,我跟他一席交谈,得益匪浅。"

他挥挥手,那一口棺柩轰然开启,沉重的棺盖砸在地上,扬起半人高的灰尘。

芦焱看见了面色惨白,表情平静的芦森。

芦森的血早已凝固,芦焱没有了眼泪。

芦焱提醒着自己:"不要尖叫,做有用的事,不要尖叫。不要哭,有人想看你哭,哭就会让他们笑话你。"

屠先生:"不要尖叫?"他笑了,"你还真是你爸的种。"

芦焱过去抚摸着芦森的脸庞:"不畏强暴,芦家的男儿……从来不畏强暴。不要回头,哥,对吗?芦家的男儿,不会为了歉疚回头,不会为了老天不公回头,不会因为贪生怕死回头,……实际上芦家的男儿从不回头,对吗,哥?"

他脱下身上的衣服为芦森穿上,微笑:"……你怎么离家这么远也不带件衣服?我又穿你的衣服了,知道吗?以前总穿着大,现在合身啦。我又玩你的算盘啦……还有啊,你的宝贝账目被我搞得惨不忍睹一塌糊涂,你知道吗?"

屠先生:"你的哥哥远比你可怕,假以时日,他是又一个青山。所以,我对他的判决是,不能再见天日,不能动弹,让他听才能听,让他看才能看。其实我昨天晚上就说过了,让你见你的哥哥,你事实上也就在他旁边,只不过是隔着棺材壁子,还有就是,你的棺材没钉子。"他想了想,"也许昨天晚上他还活着吧?他知道旁边就是他的弟弟吗?你们兄弟俩感情很好?"

芦焱抡足了双拳向着屠先生冲了过去,时光一肘横扫过来,芦焱仰面朝天倒在地上。

芦焱:"你判决完这个,又判决那个。现在,屠先生,我来宣布我对你的判决!我宣布我会用我的余生来对抗你的狗屁理想,因为我明白了青山他们的理想,我会用我的一生来摧毁你的狗屁王国,所谓的暗流世界!"

屠先生:"有意思。你们芦家的人都很有意思。"

芦焱:"我不会拿枪,也学不来你们那些污浊不堪。一棵树就是我的手段,那里的人穷得把空瓶子都当宝贝,可他们现在在工作,四年前那里还只有鸦片和土娼。屠先生,你懂了吗?你的王国不过是集合了无业游民,流氓恶棍,最晦暗的暴力和野心。你恨青山,因为他拿着能杀你的枪——耕者有其田,劳者有其食,每一个效力的人都有一份工作和安乐。你的王国还存在吗,屠先生?你跟红色永远不可能和解,因为他们会融化你的冰山!"

屠先生看起来很不高兴,因为他很明白芦焱正在切中要害。

芦焱:"等我们把我们的事业从一棵树做到上海,你就完了。屠先生,你也得学会为你的食物把手上磨些茧子,而不是窝在阴沟里做一个空想到死的白痴智者。"

他伸出手,手心里放着那颗昨天从时光手上转到他手上的药:"所以把这个送给你。它在很多惨死在你手上的人手里待过,可谁也舍不得吃了它,因为能有个自己决定的死法,真是很奢侈。"他把那药递给屠先生,"现在我送给你一个死法,希望那天来了的时候,你能记得它。"

时光盯着那颗药,盯着屠先生接过那颗药。

屠先生:"我会记得,天天都会记得。谢谢你送给我要卧的薪,要尝的胆。"他转身离开,"割掉他的耳朵,让他不能再做暗流,然后放了他。"

芦焱抗议:"我才不是暗流!在你眼里,无处不是阴谋,无人不是暗流!"

屠先生走了,只留下几个行刑者和处理现场的人。芦焱看着芦森,看着门闩,他在笑,直至行刑者搬来应用的工具,抓住他的肩膀。时光远远地回头,看着芦焱被摁倒。

…………

一辆车驶过,芦焱被从车上推下来,他的头上套着一个黑布袋子。几个青年队开车走了。芦焱扯下头上的黑布袋子,他的耳朵已经被精确地割去,精确地包扎了。

他辨认着方向,有了一种与青山与门闩与每一个种子类似的苍凉。

芦焱:"家,我要回家。"

对一个像候鸟一样靠直觉走回西北的人来说,山野和城镇没有区别,芦焱在泥泞的山道上摔倒和爬起,爬起和摔倒。喝雨水,嚼树叶,只是要活着走回去。

一个人从树丛中冲了出来,他抓住芦焱,在泥泞里拖行。芦焱挣扎,因为对方在把他拖向后方。

芦焱:"走开!别管我!不要管我!"

他残余的体力和体重让对方就像在拖一个小孩。

芦焱啜泣:"你不要来!你为什么要来?你来就是死啊!哥哥已经没了,就剩下你了!"他咆哮,"我恨你!可就剩下你了呀!"

屠先生在工厂的废墟中拔步,时光在一堵断垣后站了一会儿,走过去。

时光:"先生……"

屠先生:"我正在看废墟。我一直很喜欢看废墟,它总是在告诉我们,有东西被摧毁,有东西要重生。我告诉废墟,我们就是要重生的那个……但是,每一个废墟里出来的人都想重生。"

时光:"我已经准备好,可以去杀阿部了。"

屠先生:"我喜欢你那个以毒攻毒的主意。可你知道为什么要你亲自去做吗?"

时光:"因为要告诉我们的政敌,我是不容他们怀疑的继承者。"

屠先生点点头:"事成后你不用马上回来。知道我要你去做什么?"

时光:"去追踪芦焱。"

屠先生很满意:"为什么?"

时光:"因为放他走就是一桩交易。"

屠先生更加满意:"什么交易?"

时光:"我们给若水递出了一个交易的信号。如果他还想要他最后一个儿子的命,就不要再耍滑头了,实打实拿自己的命来换。"

屠先生:"全对。他们刚刚来报过,芦焱没有回上海,他迈出的第一步就是向着西去。我从没见过被割掉耳朵的人还有这么好的辨向能力。"

时光想起那个在大沙锅狂走的家伙:"他这么些年来就没走过别的方向。"

屠先生对此并不关心:"去做那个杀了青山、阿部和若水的人吧,让所有人提起你就发抖,像提起我一样。"

一辆车停在路边,芦之苇一直把芦焱拖到这里。

芦焱仍在挣扎:"……你蠢吗?白活一辈子?一辈子都在设陷阱玩阴谋,你就看不出这是他们给你设的套吗?跑啊!跑啊!爸爸!你个老汉奸!"

芦之苇连呼哧带喘:"跟我拧跟我拧!老子年轻的时候也是横拖八马倒,倒拽九牛回……"他喊司机,"帮忙啊!吹牛归吹牛,你真当老子是李元霸吗?"

司机帮忙把芦焱塞在后座上,喂食,喂水。

芦焱:"谁要你管我?走啊!"

芦之苇:"你老子是那种扔下儿子跑路的贱货吗?我先跑了,是要留下点翻本的本钱!蠢成你那样,一次把所有牌交到对家手上,还玩个屁呀你?"

芦焱:"那我哥呢?你倒是翻个本啊!把他翻回来呀!"

芦之苇一下显得苍老了许多,他点燃了一根雪茄,不停咳嗽。

芦之苇:"我没扔下你哥,是你哥扔下了我。他从来没离开过上海,可走得比你更远更绝。我知道他是拉和老陈时,他已落到小屠手上了,什么都晚了。我搬起石头第一下就砸断自己一只脚,现在我不想砸断另一只脚。"

芦焱:"你总是让自己成为最可怜的人,然后,你做的恶事就都有了理由!"

芦之苇苦笑:"儿子,我演戏,是为了活下去。可到死定了的时候,我还费劲巴力演什么呀?"

芦焱大声揭露:"又在演戏!"

芦之苇摇着头埋怨自己:"假了一辈子,你现在还来认什么真?"然后他盯着汽车大叫起来,"怎么回事?让你加足油!油表怎么空了!"

司机忙不迭过来看:"不会的,才跑了多远……"

芦之苇扳断雪茄,把里面藏的一根针扎进司机的颈根,他倒在驾驶座上。芦焱目瞪口呆,他是第一次看见他老爹杀人,杀得闲庭信步。

芦之苇:"现在可真是众叛亲离喽。这家伙就等着拿我的脑袋卖个好下家了。你爹我再没后手,降他不住了,这时候还是先下手的好……"

芦焱:"还在演戏!你怎么那么坏呀?"

芦之苇:"被坏人逼的。"他搀起芦焱,"咱爷儿俩安步当车吧。"

芦焱大叫:"走啊你!知道现在有多少人跟着我吗?赶紧把你那帮手下叫出来,跑啊你!"

芦之苇:"没有手下,手下都被我填进坑了。你干吗这么着急?"

芦焱:"你是我爹!若水我恨不得他死了,为了死个若水要搭上我爹,不值!"

芦之苇笑了:"那我怎么会舍得让这样的儿子死了。"

芦焱:"我也舍不得你死!你死了世界上就没有这么混蛋的人了!你走啊!"

芦之苇:"我舍不得我最后的儿子死,我还有后着。最后的后着。"

芦焱愤怒地嚷嚷:"我就知道!"

芦之苇:"儿子,看好啦,看爹最后的绝招。"

他扑通跪地,望着树林茂密之处一个一个头磕了下去:"小屠,你我之争,我彻底服输。你想拿走的,连你以为你拿不走的,我全都给你。我只要这小畜生活命。你不能把我哄出来,又把他的命拿走。你听好喽,我可就说一遍……"

芦焱扑过去,想把他的父亲拽起来:"你这是干什么?犯得着给他下跪?哪怕给你害死的随便哪个人跪,可绝不能是他!"

芦之苇:"因为没棋,因为没辙啦。小屠啊,听好了,我是汉奸,卖国求荣,伙同小日本子阿部堪治,蓄谋刺杀朝廷要员——就是你啦——我认罪伏法,只是啥时间啥地方,得我说了算! 否则老头子别的没有,弄死自个儿的办法一大串。你动我儿子我就弄死自个儿,在你最爱吃的东西上撒大把的死苍蝇!"

芦焱:"你已经是过街老鼠啦,还嫌杀你的人太少吗?!"

芦之苇:"最后的绝招。人总是到最后才搞得清自个儿要什么,儿子。"

芦焱使劲把父亲从地上拖起来。他有一个让他永远不知如何是好的父亲。蹲伏在树林里的双车,他叼在嘴上的烟掉到了地上。

屠先生听完青年队的报告,面无得色,反而有些悲伤。

屠先生:"他答应我做这笔交易,给的价比我想要的还高,不光是他的命,还有他的名,他的一辈子,他的骄傲……只要保住他儿子的命。"他站起来,"我跟他曾经是朋友。他已经毁了他自己,毁得一点不剩,再没可能翻身……我是不是该放这个已经自废的老头子和他儿子进西北,一起终老呢?"

手下:"……您怎么说,我们就怎么做。"

屠先生忽然猛拍了一下自己,仿佛从一个梦中惊醒了过来:"我真是疯了,我居然要跟着他们一起发疯。"他从废墟上站起,向手下发令,"他可以出更高的价,可我们就给他这么多的货。因为他彻底服输,我可以放过他的儿子,并且容他陪他的儿子走到两棵树。然后时光必须在那里杀死他。"手下又看见了他们习惯的屠先生,"给重庆的呈文这么写,若水通日事败,转而投共,我方星夜追捕,时光将他击毙于红白交界的两棵树。"

屠先生走向废墟深处,这个决定让他多少有些伤感,只是伤感而已:"时光若在就会提醒我,不要同情。"

时光的车驶过荒路,九宫坐在他旁边。青年队的摩托车从后边追了上来,时光停车。

青年队:"若水已经出现了。"

时光惊诧:"就这么没有耐性?"

青年队:"是的。简直是光明正大,无遮无掩,就带了一辆车,一个司机。"

时光:"他既然出现,就是拿他的命买他儿子的命了,还遮掩什么?"

青年队:"先生让你……"

时光:"杀了阿部后立刻去跟盯若水的弟兄们会合。谁在盯?多少人?"

青年队:"是双车。带了三十组人。"

时光:"如果这票人拿来干小日本,会是什么气象啊!"他看看九宫,"走吧,我们去对付阿部,只有你我,两个人。"

汽车驶过街头。九宫安坐车内,安详宁静,栩栩如生。目的地快到了,时光回过头来看着九宫。

时光:"我是一条毒蛇,九宫,你是一颗炸弹。你不想炸,你不想死,整天到晚的,你连个气都不敢喘。这算什么?连自己的母语都不会说了,结果一个陌生人找到你,说你必须效忠天皇,必须以死效忠。"他摇摇头,细心地为九宫整理好衣服,"我理解你,九宫,因为我们很像。可我对你只有同情,没有友情。我对门闩只有友情,没有同情,因为我根本不配同情他。"

车拐过弯,时光已看见了自己的目的地。阿部堪治的住处,一处幽静深邃的大院子,院门紧闭,门外有一个警戒和便衣。

时光开了车门:"去吧,九宫。我会为那些人报仇,也会为我自己报仇,也会为你报仇。你也要有点志气,你要为你自己报仇。"

他把九宫推下车,关上车门扬长而去。

警戒者立刻吹响了哨子,门迅速开了,阿部和两个部下冲出来。震惊之后,阿部轻声咒骂,他的手下脱下衣服,蒙上了九宫的脸。三个人把九宫往院里抬,阿部谨慎地看了看四周,进门。院门再度紧闭。

时光的车停在巷子里,他手上把玩着一件东西。

时光:"撒哟那拉,阿部。"

他摁下引爆器。一朵小小的蘑菇云,一声震响。装填在九宫身体里的炸药爆炸了。时光扔掉引爆器,靠在椅背上,感受着爆炸的余波。车驶动。

时光:"撒哟那拉,九宫。"

郊野,荒路。

时光的车驶来。双车迎上。

双车:"若水就在前边,这回他是真的插翅难飞啦。"他上车,"听说你杀了阿部?"

时光:"杀了上百个不该杀的,杀了一个该杀的。如此而已。"

双车嘿嘿:"两个两个,还有九宫。"

时光想了一下:"是的,两个……门闩是共党,九宫是日谍,看来我注定是一个人。"

双车:"还有我,嘀嘀,还有我。"

时光看了他一会儿,心事重重地乐了:"要不是在打仗,你还真可能是。可现在,就不是。"

双车转移话题:"先生的意思是……"

时光:"两棵树是若水最后的界限,他死在那里我们可以指他通日又通共。芦焱可以放回红区。对吗?"

双车有点小失落:"原来先生早告诉你了。"

时光:"没有。只是这两天脑子格外清楚,再无羁绊,便自清明。"

芦之苇企图用湿漉漉的绿色枝叶将火堆烧得更旺一点,这方面他实在不是内行,老家伙被熏得涕泪横流,咳嗽不止。

芦焱:"你这也算是自幼闯荡江湖?生个火都不会。"

芦之苇:"你老子的行走江湖,那也是养尊处优,生个野火那叫乡野风情。像你似的惶惶然丧家之犬?"

芦焱:"吹吧,接着吹。"

芦之苇只管制造更多的烟:"孩儿啊,有些人不吹,那是真的要死的。嘿嘿。"

芦焱:"那你倒是把自己吹活了呀!你把自己吹成一个气球,唬的一下飞到九霄云外,谁也找不着你!吹呀!"

芦之苇:"那我会惦记你的,我还会不甘寂寞。说什么大隐于市,其实就是不甘寂寞。"

芦焱愣着,想着父亲可能的……必然的结局,愣着。

芦之苇体味着儿子对自己恨之爱之的关心,这让他颇为得意,他是个很会找乐的人。

芦之苇:"儿啊,送君千里,终有一别。好像是我在送你,其实是你在送我,不过就是你以为能送我十里地,结果才走五里地我就赶火车去了。莫哭莫哭。"

芦焱:"谁哭啦?你那打的什么破比喻啊?谁是君啊?你是我的君还是我是你的君?我以前一直以为我没大没小,现在才发现原来是你没大没小!"

芦之苇:"你教训得是。可人这辈子见了太多生死,悟出的就是这个理啊。你爹我从驱除鞑虏,到打倒列强,到铲除军阀,到民族民生民权,没有一个好梦是成了真的。到最后只得这一个狗汉奸的噩梦,能悟出的也就是这个理了。"

他倒有些唏嘘起来,芦焱默然。

芦焱:"你还有办法,你还有很多花招没使,对不对?你一向是这样的。"

芦之苇掏掏自己的口袋:"袋里空空啊。若水这个老匹夫,只要还有半个花招,他会来走这烂泥路,生这断气火吗?"

芦焱没哭,芦之苇抹开了眼泪。芦焱呆呆地站了会儿,在父亲肩上捏了一把。

芦焱:"你就不能找点不这么冒烟的东西?"

芦之苇唯唯诺诺:"我去找点不那么冒烟的东西。"

芦焱把他摁下:"我去找点不那么冒烟的东西!"

他离开,在树后捡了几根稍干些的树棍,回头看着:父亲已经坐在烟雾缭绕中沉沉睡去,遑论若水还是芦之苇,都从未受过跋涉千里的这种罪。芦焱继续捡他的树棍。在这样潮湿的地方找一根干木头并不那么容易,芦焱渐行渐远。身后忽然细碎的响声,芦焱回头,看见时光。芦焱的第一个反应是丢了手上的树棍,只留下可做武器的一根,然后冲向父亲睡觉的地方。时光拦着。芦焱挥棍。

时光:"我身上有二十多种能杀掉你的东西,我都没拿出来。我没有恶意。"

芦焱:"可你们对他有恶意!"

时光:"只有我一个人。你放心,现在你们刚刚抵近黄河,绝不会动他。"

芦焱:"一过黄河就要杀了他吗?"

时光:"在任何我们觉得合适的地方,这是一桩你无力阻止的交易。"他看着芦焱,"我已经杀掉了这件事的日方主谋,你可能很高兴听见。"

芦焱:"你们做了件早该做的事,就要我欣喜若狂,大喊老天开眼?不,我不高兴,只是青山和门闩他们没有白死。"

时光:"虽然我觉得最该死的就是我自己,可若水必须死,事情总得有个结果。"

芦焱倒有些惊讶:"最该死的是你?那你的先生呢?"

时光茫然:"我没法向他下手,而你没法像恨汉奸一样恨你的父亲。"

芦焱笑了:"是什么让你变聪明了?让你发现自己原来是个该死的东西?"

芦焱清晰地看到他脸上的痛苦之色,他以为时光不打算回答他了。

时光:"小家……我本来打算为她死一百次的,可我只杀了她一次。"

芦焱惊讶:"……你想杀几次?你这是什么活见鬼的计数方法呀?"

时光:"我有病。可一个靠杀人来解决一切的蠢货,就是这么个计数方法。"他不再提这事,看着芦焱,"我来找你,有事请教。"

芦焱:"我不擅杀戮,在这事上我们没有可以交流的心得。"

时光:"我给了你那颗毒药,你以为要在棺材里活活闷死,可你没吃它,还把它送给了先生。你的兄长,你的父亲,你的朋友——你很快就要像我一样,孑然一身,你靠什么撑过这些绝境?"

芦焱愣了半晌:"……你觉得你很该死,可你在问我怎么才能活下去吗?"

时光:"对。我一直在被人教会求生,求生,一直到我不知道为什么而生。"

芦焱犹豫了一会儿,把散落的柴棍一根根捡了起来:"我爹在火堆边,烟很大,火快灭了,他会着凉。不管你们最后给他什么罪名,还是他真的就是个罪犯,他是我爹。我得把柴火给他送过去。"

时光愣着:"……告诉我呀!"

芦焱:"我已经告诉你了。总有你该做的事,总有你放不下的人,我就靠这个撑过来的。一个光会为生而活的人?比如你的屠先生?"

时光:"可你有的我都没有!我没有!我没有爸,没有妈,没有家!本来有先生,后来有小家,可是现在,都没有!先生知道,知道我一定会回去!可我不想回去!我不想成为他,我什么都不知道,只知道我不想成为一个什么样的人!"

芦焱:"我没死只因为我知道为什么活着,所以这事我帮不上你。"

时光瞪着芦焱远去,他甚至又有掏枪杀人的冲动。后来他把枪扔了,小家死后的绝望他一直掩饰着,现在全涌了出来。

西北荒原,两棵树镇外。芦焱神志昏沉地看着地平线上被曝晒的那座镇子,芦之苇扶持着他,一个筋疲力尽的父亲扶着一个筋疲力尽的儿子。

芦之苇:"你到家了,二小子。"

芦焱清醒过来,他挣开父亲的手,试图阻止父亲走向两棵树。

芦焱:"不行!不能走那儿!那是屠先生的地方!"

芦之苇:"傻小子,现在除了你要去的地方,哪儿都是屠先生的地方,连日本人占的地方都是。他是有人住的地方就要流淌的阴沟臭水,我是有人住的地方就要钻营苟且的老蟑螂。"

芦焱:"不行!你怎么办?!"

芦之苇笑着,心花怒放,多少年里从未有过的心花怒放。

芦之苇:"你不是希望我死?"

芦焱粗鲁地:"废话!"

那也打扰不了芦之苇的开心:"天下现在是屠先生的,屠先生的天下连条缝都没有。他要你死你就不能活,他要你走两棵树,那你就剩下那条破马道。"

也许是父亲扶着儿子,也许是儿子抱着父亲,芦焱在哭泣,似乎预感到了以后将发生的一切事情。

芦焱:"我恨你。求求你,你走。"

芦之苇:"我是你老子。"他自豪地,"你老子是谁?是若水。路漫漫的若水,让屠先生一个头两个大的若水,南征北战的若水,为民族民权民生打了一生江山的若水,最后忘了本忘了民族民权和民生的若水。你爸爸有两个儿子,一个单枪匹马拿走了屠先生所有的表情,让那只乌鸦开口就像乌鸦一样发声!一个是上海滩日进斗金的巨富,最了不得的还是共产党的铁杆特工,他叫屠先生十几年不敢亲临上海!"

芦焱的心碎了,芦之苇的心也要碎了,他们笨拙地拥抱和摸索着对方。

芦焱:"你是个老混蛋。"

芦之苇:"混蛋,我的混蛋儿子,为你老子活下去吧。我也会为你活。我就剩下你了,你也就剩下我。"

芦焱:"你怎么活?……怎么活?"

芦之苇:"我会听你青山叔叔的话,向屠先生投降,跟屠先生合作。"

芦焱茫然看着他的父亲:怎么合作?

芦之苇:"你老子是若水啊,若水有很多秘密……哪一个都是屠先生想破脑袋也想知道的……我告诉他半个,再告诉他另外半个,让他想破脑袋,够他想一百年了……你老子活不了一百年了。"

芦焱:"……真的?"

芦之苇:"假的。"

芦焱无奈而愤怒地看着他的父亲。他的父亲看着他的身后。芦焱回头。时光和他的手下,如影随形,一路跟随至此。

时光看着芦焱和芦之苇,阴冷无情,他瘸得越来越厉害,腿不属于他自己,手不属于他自己,眼不属于他自己,没什么属于他自己。

一只手插入父子两人中间,如果把那只手当成一道墙,那么芦焱在墙外,芦之苇在墙里。时光看着自己的手,而不是被他分开的两个人中任何一个。

芦焱看着时光,连仇恨都已经干涸了:"他跟我走。"

芦之苇:"别傻了,谁跟你走?要走,多少年前我已经跟你青山叔叔走了。"

芦焱:"你从来没有保护过我。现在也用不着。"

芦之苇:"我有秘密。"

他看着时光,时光看着虚无。

芦之苇:"你看,我有秘密,他都不敢看我,怕被我的秘密吓着。"

芦焱低声咆哮:"你不要撒谎了!你每一个字都是谎言!"

芦之苇:"走吧,儿子。你注定要在一个每天都有太阳升起的地方生活,贫瘠干旱,活得不易,可你堂堂正正地活着。你的撒谎老爸待的地方一定是阴雨绵绵,你知道他在撒谎,在苟且,可他活着。"

芦焱瞪着他,隔着时光的一只手,隔着一个世界。

芦之苇:"你我不是一种人。"

那是定论,芦之苇从未如此诚恳。芦焱转身,每个人都听得到他转身时的长叹,时光放开了手臂。

芦之苇看着他唯一的儿子走过长街。良久。

芦之苇:"十多年我挣了几百万。我用这钱买他过两棵树喝的水。"

时光:"你的账房立刻会投靠我们,用你的钱买他的命。你没有秘密,什么也没有,没有讨价还价的资本。"

芦之苇同意地点了点头。

时光:"你现身就同意了和屠先生的交易,你的命,换他的命。"

芦之苇:"是的。我只能死掉,好证明屠先生的权威。"

时光掏枪,举枪,枪口顶在芦之苇的太阳穴上。芦之苇微笑,再次油滑起来。

芦之苇:"儿子,告诉你我的秘密!我为你骄傲!真他妈的骄傲!就这个秘密!除了这个,你的撒谎老爸还有什么秘密?你快走!走你妈的!不要回头!回你该回的地方!那是屠先生做梦都想去,可做梦都不敢去的地方!他要杀你,要杀我,可他做梦都不敢梦见他能杀掉你要去的地方!他知道那地方有一天能吞掉他!他和他的王国见不得太阳!他和他的王国在你们那儿就像大太阳下放的一个屁,噗的一下,就变了空气!"

芦焱回头,呆呆看着他的父亲,他在大笑。

时光的手指扣在临界点上。

芦之苇:"走啊!芦焱!我的儿子是芦焱!屠先生在他面前像蛆虫一样发抖!我的儿子啊!单枪匹马,一把水果刀!这是我的秘密!"

芦焱战栗了一下,因为他的父亲叫他芦焱,一生中唯一的一次,最后一次。

芦之苇:"走吧!少年的中国没有学校,他的学校是大地和山川!"

芦焱加快了步子,走向他的大地和山川。在他的身后,时光开枪。芦之苇像是一个被弹开的纸偶一样倒地。芦焱没有停下步子。他大步走出了两棵树,没有回头。

芦之苇被细心地包裹好,包裹里有早准备好的防腐剂。时光最后看了一眼那张似乎仍在挖苦奚落的脸,让那个曾经的特工元老成为一个无意义的包裹。

时光:"送走。屠先生要看。"

他看了一眼两棵树的长街,芦焱已经看不见了。

芦之苇的尸体被装到车上。时光最后看了一眼这个镇子,他曾经的手下期待地看着他。

时光:"走吧。回咱们该待的地方。"

芦焱在号哭中摔倒,在号哭中爬起,在号哭中喝水,在号哭中不知珍惜地将水淋在自己头上。

芦焱:"少年的中国……爸爸……没有学校……学校……爸爸……爸爸……"

芦焱蜷缩在两棵树外的一段土埂下,风沙在身边卷过,呼啸,他几乎被湮没。在风沙渐渐平息的时候,芦焱呆呆看着忽然倍显清洁的星空。一轮月亮,很多星星。星空下的那个人再也没有悲伤和欢喜,只有梦呓。

芦焱:"大地和山川……"

延安今天的天气相对凉爽。芦焱坐在一个冷清的角落,已经成了灰色的绷带紧缠着他的头,上海的时髦装束已经成了破烂。三个孩子从他的身边经过,他们没看见芦焱,看见了也未必能认出他们的老师。芦焱用带着苦楚的微笑看着孩子们,他从破碎中看着完整,从不可挽回的衰老中看着希望。

一点水滴砸在干燥的地面上。芦焱看着那点水滴。然后又是几点,在灰土中砸出小坑。芦焱抬头看着天空。

"下雨啦!喜雨啊!今年要有好收成啦!"

芦焱坐在雨地里,被雨水打湿,被雨水淋透,悲伤与安乐让他像这场延安的雨一样虚幻,不可捉摸。雨水在身上淌成了溪流,它们将淌进延河润泽这里的土地。

一双脚踏进了这条溪流,一双女人的脚。芦焱抬头看着,脚的主人静静地看着他,悲伤混杂了欢乐。卞融,她终于学会了节制自己的悲伤和欢乐。她的穿着仍像在上海一样俏丽,但这一切将很快换去,她一向夸张的神情已经彻底换去。

卞融:"你终于回来了,我知道你一定会回来的。"

她蹲下,她拥抱着芦焱的时候也就是她彻底失去控制的时候,她的拥抱让无力回应的芦焱几乎窒息。

卞融:"给我一辈子的依靠吧,我的爱人。"

上海,青年队基地。屠先生听着青年队报来的那个消息,抬头望着头顶支离的钢梁。

屠先生:"为什么要跑?"

青年队:"不知道。时光什么话也没说。"

屠先生咆哮:"怎么能什么话也不说?!"

青年队:"双车、天外山,已经携我们在两棵树的全部人马展开追捕……"

屠先生:"追捕?抓到以后呢?在他脑袋上钻一个洞?他是我们的未来!"

青年队嗫嚅:"……总得先抓到呀。"

屠先生:"那就赶紧去追!"

几个乖觉的家伙连忙跑去发令了,而迟钝的家伙经受着屠先生的风暴。

屠先生:"问题根本不在我们能不能抓住他,而是他一直在告诉我,他就是要逃,他就是不想做一个他命中注定的强者!他再也不干他不想干的事情!他用逃跑来告诉我,那是他真正想做的事情!时光,你到底想干什么?"

一辆车驶进基地,车上载着若水。双车和司机下车,忙不迭地解开绑着口鼻的围巾。屠先生走到车边,在苍蝇的轰鸣中探头看了看,似乎还期待车上有别的活人。

双车讷讷:"没有找到时光。我们把大沙锅来回筛了两遍,连红区都……"

屠先生像在自言自语:"他不会去红区的。他正在闹毛病,觉得自己欠着死鬼们的债。要找到他,你们得搞清他要还的是哪笔债,可谁能搞清人心里的这笔债?欠了谁的,被谁欠了?"

他去看了一眼芦之苇,那个绑得严严实实的包裹,青年队很费劲地解开。

屠先生:"很臭。"

双车:"是很臭。可这么重要的犯人,不能只带回一个部件……"

屠先生:"双车,你很聪明,丢了一个活的时光,所以拼着一身臭,带回一个死的若水。你总在想法让一切都说得过去。"

双车沉默。

比起双车和死若水屠先生更惦记的是时光:"继续追捕吧。以后的通缉名单上,时光要顶替掉那位红先生的位置了。他以为他杀死了妖怪,却不知道人心皆恶,他在下个十字路口就会碰见它们。而当我们的王国成真,他就会明白我一直跟他说的……真臭,人死了就是这么臭。"

他走向他的座车,双车跟在后边。

屠先生:"我要走了,双车,若水既死,重庆有很多要解决的事情。你就继续在这里说得过去吧。"双车低头,"注意盯紧了日本人,该狠时不需要我来说话。"

双车抬头,多少有些振奋。屠先生踏上车,犹豫一下,回头看了眼装着若水的车。

屠先生:"不是还空着一口棺材吗?把他和他的儿子葬在一起,就葬在这废墟里。看他们谁被摧毁,谁将重生……让他们在阴间接着争论那些善与恶是与非的劳什子,反正我们在人间也是争论这些问题。"

双车:"是。"

车驶走。双车站在后边,吸着车轮卷起的灰。当车驶离视线,他呼出了这辈子最长的一口气。

屠先生在车上,望着他与时光曾多少次一起驶过的这条荒路。他看着手心里的一件东西冥思——芦焱送给他的礼物,那颗毒药。他珍而重之地把它放回了口袋里。然后他继续看着车外的路,一个自以为主宰着道路的人又何尝不是在行路。

屠先生:"干什么去了,时光?"

阴霾中的南京。一个乞丐婆坐在街角,她的笸箩里只有很少的几个硬币。

一张照片,举到了离她很近的位置。时光仔细地比较着,直到确定了照片上就是这个人。那正是应小家一直当宝贝的妈妈的照片。

时光一枚一枚往笸箩里投着零币:"请问,您是不是有个女儿,嫁去了上海?"

应母,几年的苦难已经把她折腾得有点痴呆:"找不着啦,找不着啦。"

时光:"她姓应?"

应母仿佛无意识地回声:"姓应,姓应。"

时光:"她叫什么名字?"

时光把耳朵凑到了应母的嘴边,应母终于在他耳边轻语了那个名字。时光直起身子,呆呆望着天空,几乎停止了呼吸。

时光:"小家,原来你给我预备了这么丰厚的犒劳,不光有你的名字,还有你的妈妈,还有一个家。能让我活下去的东西,你都给啦。"然后他伏地跪了下来,"我是小家的男人,我终于找到你啦,妈妈。跟我们一起回家吧,妈妈。"

在历尽大难的南京,没人会关心一个在街边对着乞丐跪倒不起的年轻人。

西北一棵树,一个被捆得严严实实的包裹被车夫从车上推下来,落于尘埃。马车远去。一群村民冲了上来,歪头摆脑,颠三倒四地辨认:"……何、何、何……"

豆爹一手把他推开,虽然是同样颠三倒四,但却辨出了一个整名:"何……何,思,齐!我家野豆子都要把我教成秀才啦,三个字串一块儿我都认得。"他登上高处,来了马匪一样对着全村嚷嚷:"何思齐!你的包包!"

"何思齐!你有包包!""何先生!你家的邮包!""野先生!这块有你个包包!"各种西北风沙味的口音喊了个漫山遍野。

芦焱和他的孩子兵正对着墙上青山的留墨,似是哀悼,实则认字。

芦焱:"我出门前说过的,现在把这四个字不走音地给我念出来。野豆子!"

野豆子很不屑:"魑魅魍魉啊。认它干啥?你说过这不是好字。"

芦焱:"识个字你又挑什么好坏?识得坏,你才做得好。"

然后远远传过来那一嗓子让他震惊:"没耳朵的!你家的包包不要啦?!"

芦焱:"我回来多长时间啦?"

野豆子:"多半年?"

学生们:"很久啦!"

芦焱意识到发生了什么,他欢呼,呐喊,奔跑。

芦焱的邮包让村民们忍不住好奇,豆爹已经把跋涉了几千公里的包装手扯牙撕就剩了一个内皮。芦焱冲过来抱住了那个包裹,后边是他的孩子军。

芦焱:"别动!不要动!它是我的!——它是你们的,可至少现在,它是我的!"他把那个包裹连搬带挪到一角,同时向着他的学生们嚷嚷,"我说的就是你们!排队!排队懂不懂?"

学生们总算排了个队。芦焱撕开已经被豆爹十去其九的包装。课本,够他把这些人从白丁教成一个有自我思维能力的人的课本、写字本、笔……最上边的一本课本和一顶帽子写得有字:"何思齐专用"。

芦焱刚把帽子和那本课本抢到手,就被孩子们淹没了,他只能在尘埃里鬼叫:"排队!排队是我们从蛮荒走向文明的第一步!尤其是不能踩老师的手指头!"

野豆子:"老师手上拿的什么?"

芦焱机警地跑开,而孩子们心不在他,立刻回到对书本文具的争抢上。

芦焱抱着自己的两件宝贝转过村口,一辆手推车与他错头:推车的是一位新郎倌,车上坐的是花儿,花儿手里抱着崔百岁的牌位。

芦焱招呼:"花儿又出嫁啦?"

手上的牌位让花儿无法向芦焱挥舞手绢,她猛点头:"常来玩哦!"

那位新郎倌也一径地点头:"常来玩,常来玩。"

芦焱让在路边,瞧着那车远去,深深地鞠了一躬。他不知道这一躬是鞠给崔百岁还是花儿。车出了村,成为一个远影。芦焱走向村外的那棵树,一棵树现在有很多棵树,但他心里永远就是这棵树。

芦焱边走边翻出藏在怀里的帽子戴上,帽子带有护耳,放下后能够让他忘记自己失去了耳朵。芦焱放下了护耳。

他坐在树下,翻开了他的专用课本。第一页便是卞融的照片,死死地粘在书上,而芦氏家传的恶作剧性格让芦焱试着把照片扯下来。

"你扯不下来的。我花了两天才找到这种你扯不下来的胶水。"

芦焱回头,看见风尘仆仆的卞融。

芦焱憨笑:"我是想把它……"他指指自己的胸口,"放在这里。"

卞融筋疲力尽地在他身边坐了下来:"反正,我没看见。"

芦焱顾左右而言他:"一棵树现在通了邮件,今年收成不错,一亩地能打一百多斤,野豆子能念整篇的课文了,花儿又出嫁了,新郎倌容她带着百岁的灵位进洞房,我屋外那只野猫一窝生了八个,我那点口粮都快供不上它们吃喝啦……"他终于被卞融看得撑不住了:"你来了……一个惊喜?"

卞融:"我也这么想,可是没力气惊喜了。一棵树通邮件,沦陷区和国统区可没通邮件。我把你要的书从上海一直背到延安,从延安寄到这里,再把我自己发过来。还有药。"

芦焱想到那些书的分量,不由咋舌,他捅捅卞融的肩膀:"拿这儿背的?"

卞融点头。芦焱开始给她按摩肩头,这一刻,他们像天荒地老的老夫老妻。

芦焱:"……你要知道,这里永远不可能上海那样繁华。"

卞融:"我知道。"

芦焱:"刚到这里,你会觉得自己很年轻。其实,这里的风沙让人老得很快。"

卞融:"别再唠叨。"

芦焱:"不再唠叨。"

他老老实实地给卞融按摩着肩头,他们一起看着极目处的花儿——那渐渐没入苍凉的小小红点。